HEYNE <

Zum Buch

Robert »Ro« Curtlee wurde vor zehn Jahren wegen mehrfacher Vergewaltigung und Mordes zu einer lebenslangen Haftstrafe verurteilt. Und genauso lange beteuert er seine Unschuld. Ros steinreiche Eltern, die als Zeitungsherausgeber zu den mächtigsten Menschen San Franciscos zählen, lassen ihren Einfluss spielen, um den Fall neu aufzurollen. Der neu eingesetzte Staatsanwalt Wes Farrell entlässt Ro gegen Kaution, eine Neuverhandlung wird angesetzt.

Damit beginnt für alle diejenigen, die Ro einst vor Gericht brachten, der Albtraum von Neuem. Unter ihnen ist auch Abe Glitsky, dessen Karriere durch den Einfluss der Curtlees beträchtlichen Schaden nahm. Trotz der brachialen Methoden ihrer Gegenspieler versuchen sie, Ro wieder hinter Gitter zu bringen. Doch um seine Freiheit nicht zu verlieren, scheint der Angeklagte auch vor Mord nicht zurückzuschrecken.

Zum Autor

John Lescroart begann schon während seines Studiums in Berkeley mit dem Schreiben, entschied sich dann aber, Rockmusiker zu werden, und tourte mit seiner Band u.a. durch Europa. Nach einer schweren Krankheit und elf Tagen im Koma beschloss er, es noch ein letztes Mal mit einem Roman zu versuchen und eroberte mit seinem ersten Justizthriller auf Anhieb die US-Bestsellerlisten. Heute lebt er als freier Schriftsteller in Davis, Kalifornien. Seine Bücher sind internationale Erfolge.

Besuchen Sie auch www.johnlescroart.com

Lieferbare Titel

Ehernes Gesetz – Das Gesetz der Jagd – Dünnes Eis – Das Motiv – Mordverdacht – Schattenkampf

John Lescroart

DER ANGEKLAGTE

Thriller

Aus dem Amerikanischen
von Bernd Gockel

WILHELM HEYNE VERLAG
MÜNCHEN

Die Originalausgabe DAMAGE erschien 2011 bei Dutton,
A member of Penguin Group (USA) Inc., New York.

MIX
Papier aus verantwortungsvollen Quellen
FSC
www.fsc.org
FSC® C014496

Verlagsgruppe Random House FSC-DEU-0100
Das für dieses Buch verwendete
FSC®-zertifizierte Papier *Holmen Book Cream*
liefert Holmen Paper, Hallstavik, Schweden.

Vollständige deutsche Erstausgabe 07/2012

Printed in Germany 2012
Redaktion: Stefan Rohmig
Umschlaggestaltung: Geviert – Büro für Kommunikationsdesign,
München, Christian Otto
Satz: Leingärtner, Nabburg
Druck und Bindung: GGP Media GmbH, Pößneck
ISBN: 978-3-453-43651-0

www.heyne.de

Für meinen Consigliere Al Giannini
und meine Frau Lisa Marie Sawyer,
auf immer und ewig

»Das Leiden hat in der Natur jedes Jahr ein Ausmaß, das jede erträgliche Vorstellung übersteigt.«

Richard Dawkins

»Vergleicht man es mit dem Lebenswerk eines Mannes, ist das Leben nicht viel wert.«

Ernest Hemingway

PROLOG

Felicia Nuñez sah ihn auf der anderen Straßenseite: An der Haltestelle, an der sie gewöhnlich ausstieg, lehnte er gegen eine Hauswand. Ihr Puls begann zu rasen, ihr Herzschlag dröhnte ihr in den Ohren. Sie drehte sich weg, als sich die Tür der Straßenbahn öffnete, und setzte sich auf eine der seitlichen Sitzbänke gleich neben dem Fahrer.

Als die Straßenbahn wieder anfuhr, warf sie aus den Augenwinkeln noch einmal einen Blick auf ihn.

So er es denn wirklich war. Zumindest sah er ihm täuschend ähnlich. Die Frisur war anders, die Haare länger, seit sie ihn das letzte Mal im Gerichtssaal gesehen hatte, aber es war seine Körpersprache, die ihn verriet: Er hatte ein Bein gegen die Hauswand gestemmt, die muskulösen weißen Arme über der Brust verschränkt.

Sie wusste, warum er hier war. Er wartete. Wartete auf sie.

Damals hatte sie ihn überall gesehen, selbst wenn der gesunde Menschenverstand ihr sagte, dass er sie beim besten Willen nicht aufspüren könne. Sie war ins Zeugenschutzprogramm aufgenommen worden. Niemand wusste, wo sie wohnte. Es war schlechterdings unmöglich, dass etwas passieren konnte, und doch: In den ersten ein, zwei Jahren kam es ihr jeden Tag so vor, als würde sie ihn irgendwo sehen.

Aber heute?

Dieses Mal war er es *wirklich*. Die anderen Male war es immer jemand gewesen, der sie an ihn erinnert hatte. Manchmal waren es die Haare, manchmal die Arme oder der Körperbau. Heute aber passte alles zusammen, diesmal war es nicht ein Mosaik ähnlicher Körperteile, die sie in ihrer Fantasie zu dem Monster zusammensetzte, das dieser Mann in Wirklichkeit war.

An der nächsten Haltestelle stieg sie aus. Sie hörte noch, wie sich die Tür hinter ihr schloss, wie die Bremsen gelöst wurden, wie sich die Straßenbahn schleifend in Bewegung setzte und sie allein am Bürgersteig zurückließ.

Sie wollte nicht unnötig Geld ausgeben, und ihr war klar, dass sie für die Tasse Kaffee zu Hause nichts ausgeben musste, aber falls er noch immer dort lauerte und auf sie aufmerksam wurde, dann könnte er, nein, dann würde er …

Sie konnte es sich nicht vorstellen.

Doch, sie konnte es sich *sehr gut* vorstellen.

Sie ging in ein Starbucks und bestellte einen Kaffee – auch wenn er die Hälfte des Stundenlohns kostete, den sie bei der Reinigungsfirma bekam, bei der sie glücklicherweise untergekommen war. Aber sie musste jetzt einfach ruhig sitzen und ihre Gedanken ordnen – und ihm vielleicht die Zeit geben, sich von ihrem Haus zu entfernen. Falls er denn wirklich wegen ihr dort stand.

Wie um alles in der Welt hatte er sie aufgespürt?

Sie setzte sich ans Fenster, wo sie ihn sehen konnte, falls er zwischen den Fußgängern auftauchen sollte.

Der erste Schluck verbrannte ihre Zunge, und der unerwartete Schmerz schien ihre Widerstandskräfte zu überrollen. Sie setzte den Pappbecher ab und versuchte, die Wogen der Erinnerung herunterzuschlucken, die plötzlich über sie hereinbrachen.

Bastardo!, dachte sie nur. Der Bastard hat mein Leben zerstört.

In ihren Gedanken war sie plötzlich wieder achtzehn.

Sie strahlt über das ganze Gesicht, als sie das Schulgebäude verlässt. Zweimal pro Woche bekommt sie hier Englischunterricht, der von den Curtlees bezahlt wird und Teil ihrer Arbeitsvereinbarung ist. Sie ist den ganzen weiten Weg hierhergekommen, um für die Curtlees zu arbeiten; die kümmern sich im Gegenzug um ihre Papiere und helfen beim Erlernen der Sprache. Eines Tages wird sie amerikanische Staatsbürgerin sein – und ihre Kinder werden eine Ausbildung bekommen und ein Leben in Freiheit führen.

Sie kann ihr Glück kaum fassen, nach all der Armut in Guatemala, nach dem Tod ihrer Mutter, der sie zu einem 17-jährigen Waisenkind machte. Aber jetzt – jetzt ist der Traum Wirklichkeit geworden. Seit fünf Monaten ist sie nun hier, und obwohl sie anfangs Sklaverei und Ausbeutung befürchtete, ist nichts davon eingetroffen.

Um den Sohn mit seinen grapschigen Händen muss sie einen Bogen schlagen, aber die Curtlees selbst sind offensichtlich genau das, was sie im Vorfeld zu sein schienen: grundgute Menschen, unsagbar wohlhabend oben-

drein, die aus reiner Menschenliebe junge Latinas hierher bringen und ihnen Arbeit geben.

Es war eine Fügung des Schicksals, dass ihr Kontaktmann in Guatemala gerade auf sie gestoßen war.

Beim Gehen hat sie den Kopf gesenkt, weil die Sonne an diesem warmen Herbstabend schon tief steht und sie blendet. Sie trägt ein weißes Baumwollkleid und rote Schnürschuhe, in denen es sich so bequem gehen lässt, zumal in den steilen Straßen von San Francisco. Sie verabschiedet sich von den letzten Schulkameraden, geht die Straße hinauf und betritt das bewaldete Areal namens Presidio, das sie auf dem Weg nach Hause durchqueren muss.

Sie hat die Hälfte der Strecke hinter sich, als er hinter einem Strauch hervorkommt und sich ihr in den Weg stellt. Hier unter den Bäumen ist es dunkler als auf der Straße, aber immer noch hell genug, um zu erkennen, dass er breit lächelt und vor Selbstsicherheit nur so strotzt, als er auf sie zukommt. »Hola«, *sagt sie und setzt ein gequältes Lächeln auf – in der Hoffnung, dass er sie in Ruhe lässt.*

Sie will um ihn herum gehen, doch wieder stellt er sich in den Weg.

»Du bist so hübsch«, sagt er. Er lächelt noch immer, atmet aber schwer. Mit seinem Kopf macht er eine Bewegung nach unten. Sie sieht, dass seine Hose geöffnet ist.

»No, por favor«, *fleht sie. Und sagt es nochmal:* »Por favor.«

Er lächelt noch immer, aber seine Augen sind eiskalt. Blitzschnell greift er mit seinen Händen um ihre Hüften, zieht sie heran und presst ihren Körper an sich.

»Wehr dich nicht«, keucht er. »Wehr dich ja nicht. Sonst bring ich dich um.«

Sie wehrt sich trotzdem, und er schlägt ihr mit der einen Hand ins Gesicht, während die andere noch immer ihr Kleid festgekrallt hat. Er umklammert ihren Hals und drückt sie so weit zurück, bis sie zu Boden geht. Er kniet nun über ihr und hat eine Hand um ihre Kehle gelegt, die andere drückt ihre Beine auseinander. Und dann stößt er und stößt und stößt, bis er in ihr ist, und sie schreit, doch er hält ihr mit der Hand den Mund zu und sagt noch mal, dass er sie umbringen wird – und sie glaubt es ihm aufs Wort. Ohne einen Laut von sich zu geben, lässt sie den Rest über sich ergehen.

Dann ist es vorbei. Er steht auf, lächelt zu ihr herunter, zieht die Hose hoch und sagt ihr, dass er ihre Schuhe mag und dass er es toll findet, dass sie für ihn die Schuhe anbehalten hat. Das ist sexy, sagt er. Sie hätte es wohl nicht abwarten können, es mit ihm zu treiben. Und dann sagt er noch, dass man sich ja sicher noch sehen würde. Vielleicht könne man dann noch mal das Gleiche machen.

Ihr Kaffee war inzwischen kalt. Seit fünfundzwanzig Minuten saß sie nun hier. Draußen waberten Nebelfetzen über die Straße.

Wenn er wirklich auf sie gewartet hatte, müsste ihm inzwischen ganz schön kalt geworden sein. Sie würde ihren Mantelkragen hochschlagen und zum Ende des Häuserblocks gehen, um von dort aus zu sehen, ob er noch da war. Und wenn er noch da war, würde sie einfach weitergehen und sich dann überlegen, wo sie sich verstecken könnte.

Als sie zur Ecke kam, war er verschwunden.

Sie überquerte die Straße, umrundete den Block und näherte sich ihrem Haus von der anderen Seite.

Er war weg.

Trotzdem machte sie sich in ihrem Mantel ganz klein, hielt den Kopf gesenkt und den Kragen nach oben geschlagen, während sie am ersten Haus vorbeiging, dann am zweiten und dabei kurz einen prüfenden Blick in die Einfahrten warf, um sicherzustellen, dass er sich dort nicht versteckt hatte. Als sie an der Tür ihres Apartmenthauses angekommen war, vergewisserte sie sich, dass die Tür auch wirklich abgeschlossen war. Sie war es. Sie drehte sich noch einmal um und warf einen letzten Blick auf die Straße. Der Asphalt glänzte im Nieselregen. Als sie ihren Namen NUÑEZ sah, deutlich lesbar unter dem Briefkasten für Apartment 6, schnalzte sie mit der Zunge.

Wie unvorsichtig.

Sie stieg schnell die drei steilen Treppen hinauf, öffnete ihre Tür und war endlich in Sicherheit – ihr Schlafzimmer, ein winziges Wohnzimmer, die Küche.

Sie schloss die Tür und schob den Sicherheitsriegel vor. Vom Fenster zur Vorderseite schaute sie noch einmal auf die regennasse Straße hinunter. Als sie sich wieder umdrehte, fragte sie sich, ob sie am Morgen die Tür ihres Schlafzimmers wirklich zugezogen hatte oder nicht. Sie konnte sich nicht mehr erinnern.

Doch schließlich erlaubte sie sich ein kleines zaghaftes Lächeln. Wer weiß, vielleicht war er es ja doch nicht gewesen. Sie hatte sich wieder einmal in etwas reingesteigert – und das wegen eines Vorfalls, der nun schon so lange zurücklag. Die Paranoia, die Erinnerungen, die stets wiederkehrende Angst hatten sie schon früher verfolgt – und würden das mit Sicherheit auch in Zukunft tun.

Sie durfte nicht zulassen, dass ihr Leben von Angst bestimmt wurde.

Sie musste nach vorne blicken. Vielleicht hatte sie ja noch immer die Möglichkeit, ihr Leben zu ändern und den Schatten dieses einen schrecklichen Augenblicks abzuschütteln. Andere Menschen hatten schon Schlimmeres überstanden und trotzdem in ihrem Leben noch Großes erreicht.

Sie atmete tief durch und machte die drei Schritte zu ihrer Schlafzimmertür. Vorsichtig, ganz vorsichtig stieß sie die Tür auf.

Siehst du?, sagte sie sich. Niemand hier. Ihre Apartmenttür war abgeschlossen gewesen, als sie gekommen war, ebenso die Haustür.

Und was sollte er auch von ihr wollen, wo es doch so viele Frauen auf der Welt gab?

Sie war nicht mehr die Schönheit, die sie mit achtzehn war. Sie wollte auch gar nicht schön sein und widerstand allen Versuchungen, ihre Schönheit zu zeigen.

Schönheit hatte ihr Leben ruiniert.

Sie ging durch die Schlafzimmertür.

1

Es war der Morgen des Tages, der sein erster im neuen Job sein sollte. Ein attraktiver und athletischer Mann, der die Haare bis knapp über die Ohren trug, stand vor dem Wäscheschrank in seinem Schlafzimmer. Er trug Jockey-Shorts und warf einen prüfenden Blick auf den riesigen Stapel mit T-Shirts, die sich auf einem gesonderten Regal befanden. Er griff sich das oberste heraus, streifte es über, schaute in den Spiegel, zog den nicht vorhandenen Bauch ein und drehte sich mit einer theatralischen Bewegung um. Auf dem T-Shirt stand: SHOTGUN WEDDING: A CASE OF WIFE AND DEATH.

»Nein.« Seine Freundin richtete sich im Bett auf. »Auf gar keinen Fall.«

»Ich mag es«, sagte er.

»Wes, du magst sie alle.«

»Stimmt. Töricht der Mann, der T-Shirts kauft, die er nicht mag.«

»Und noch törichter ist der, der seinen Job als Staatsanwalt in San Francisco antritt und dabei ein Shirt trägt, das unweigerlich missverstanden werden wird.«

»Von wem denn?«

»Von allen. Aus allen nur erdenklichen Gründen.«

»Sam.« Wes ging durchs Zimmer, setzte sich aufs Bett und legte eine Hand auf ihre Hüfte. »Niemand wird es zu Gesicht bekommen. Es ist ja nicht so, als würde ich es gleich unter meiner Krawatte tragen. Und selbst wenn ich einen Herzinfarkt hätte und sie mir das Oberhemd vom Körper reißen: Es ist nicht gerade anstößig. Es ist ein Kalauer, nicht mehr und nicht weniger.«

»Es ist kein Kalauer, sondern ein politisches Statement.«

»Mit welcher Aussage?«

»Dass du mit Zwangsehen einverstanden bist. Dass Heiraten heute nichts Heiliges mehr ist. Dass in deinen Augen Frauen nicht gleichberechtigt sind. Und dass du grundsätzlich nicht besonders sensibel bist.«

»Nun, das wussten wir ja schon vorher.«

»Du lachst, aber da gibt's nichts zu lachen. Alles, was du künftig tust, absichtlich oder nicht, ist ein politisches Statement. Warum willst du das nicht kapieren? Ich dachte, du hättest diese Lektion im Wahlkampf gelernt.«

»Scheinbar nicht. Aber darf ich dich daran erinnern, dass ich die Wahl gewonnen habe.«

Sam verzog ihr Gesicht. »Wes, du hast mit 90 Stimmen Vorsprung gewonnen. Und das bei 315 000 Wahlberechtigten und angesichts der glücklichen Tatsache, dass dein Gegner eine Woche vor der Wahl das Zeitliche segnete.«

»Als ob das ein Makel wäre. Nein, das ist der Beweis, dass der liebe Gott mich siegen sehen wollte. Er hätte Mr. Dexter nicht zu sich zurückgeholt, wenn er mich nicht als Sieger gewünscht hätte. Ist doch sonnenklar. Ist geradezu kosmisch.«

»Ist völlig hoffnungslos.«

»Nun, das wollen wir doch nicht hoffen. Es ist gerade mal mein erster Tag. Ich bin mir sicher, dass noch Tage kommen werden, an denen ich erheblich hoffnungsloser sein werde.« Er stand auf und ging zum Schrank zurück. »Aber wenn du wirklich meinst, dass es einen Unterschied macht, würde ich in Erwägung ziehen, heute das T-Shirt von morgen zu tragen.«

»Willst du morgen etwa schon wieder eins anziehen?«

»Sam, ich trage jeden Tag ein T-Shirt. Es liefert subtile Hinweise auf mein verborgenes Ich.«

»So verborgen wird es nicht bleiben. Wenn sie einmal davon Wind bekommen, werden die Medien es auch sehen wollen.«

»Sollen sie. Wird mir nur die besondere Note geben: schrullig und liebenswert. Aber wenn du willst, würde ich für die Amtseinführung dieses T-Shirt von morgen nehmen.« Er drehte sich um und hielt das nächste Exemplar vor seine Brust: HEAVILY MEDICATED FOR YOUR SAFETY.

»*Viel* besser. Also wirklich, ich glaub's nicht …« Sie ließ ihren Kopf auf die Brust fallen und seufzte. »Vergiss es«, sagte sie. »Vergiss es einfach.«

»Hör mal, Sam«, sagte er. »Warum sollte man sich krummmachen, wenn man nicht auch seinen Spaß haben kann?«

Vier Tage später war es mit dem Spaß vorbei.

Wes Farrells Büro im dritten Stock des Justizgebäudes ähnelte eher der Rumpelkammer des Hausmeisters. Ein paar Dutzend ungeöffnete Umzugkartons stapelten sich vor dem Fenster Richtung Bryant Street. Die ebenso eleganten wie bequemen Möbel seines Vorgängers waren ausgeräumt worden. Stattdessen hatte Farrell sich einen Schreibtisch und ein paar Stühle aus anderen Büros zusammengeklaubt. Er hatte auch seinen Miniatur-Basketballkorb mitgebracht und an ein Bücherbrett geschraubt.

Farrell gegenüber, auf zwei Klappstühlen, saßen Cliff und Theresa Curtlee. Sie hatten ihm bereits zu seiner Wahl gratuliert und schauten sich nun vielsagend an. Sie waren Eigentümer des »Courier«, San Franciscos zweitgrößter Zeitung, und hatten in den verschiedensten Geschäftsfeldern – Müllabfuhr, Abschleppdienst, Import-Export – eine Menge Erfahrung darin, im Teamwork ihre Interessen durchzuboxen. Und auch für ihr jüngstes Projekt hatten sie hochgesteckte Erwartungen. Sie hatten sich in Farrells Wahlkampf als großzügige Spender gezeigt, hatten im »Courier« schmeichelhafte Porträts veröffentlichen lassen und sich schließlich auch offiziell für seine Wahl zum Staatsanwalt ausgesprochen.

Farrell hatte sich auf das Treffen gewissenhaft vorbereitet. Ro, ihr Sohn, hatte zehn Jahre hinter Gittern verbracht. Für Vergewaltigung und Mord an Dolores Sandoval, einem ihrer Hausmädchen, war er zu »25 Jahren bis lebenslänglich« verurteilt worden. Am Tag vor Farrells Wahl hatte der Oberste US-Gerichtshof den Antrag abgewiesen, die Entscheidung des Bundesberufungsgerichts zu widerrufen, das einen neuen Prozess angesetzt und den Fall nach San Francisco zurückverwiesen hatte. Das Bundesberufungsgericht hatte das Urteil aufgehoben und sich dabei über das kalifornische Berufungsgericht und den Obersten Gerichtshof in Kalifornien hinweggesetzt.

Offensichtlich hatte Cliff seiner Frau das Zeichen gegeben, das Gespräch zu eröffnen. Sie räusperte sich, und ihr in Botox erstarrtes Gesicht zuckte mit der Andeutung eines Lächelns. »Wir möchten mit Ihnen über Roland sprechen, unseren Sohn, wie Sie vielleicht schon vermutet haben.«

Farrell lächelte, um möglichst vertrauenerweckend zu wirken. »Ich dachte mir schon, dass es sich darum handeln könnte.«

»Es geht darum«, Cliff rückte mit dem Stuhl näher, um seinen Worten Nachdruck zu verleihen, »dass er unschuldig ist.«

»Dieser ganze Prozess war eine Farce«, fügte Theresa hinzu, »und wir hoffen nun – da ein neuer Mann an der Spitze steht –, dass wir gemeinsam einen Weg finden, um all den Jahren, die wir auf diesen Prozess verschwendet haben, zumindest teilweise einen Sinn zu geben. Und um uns allen die Möglichkeit zu eröffnen, die Narben endlich verheilen zu lassen.«

»Ich kann das nur zu gut nachvollziehen«, sagte Farrell, »aber ich sehe nicht, dass ich den Lauf der kommenden Ereignisse nachhaltig beeinflussen kann.«

»Aber natürlich«, sagte Theresa. »Sie *müssen* den Prozess nicht wieder aufrollen. Das liegt im Ermessensbereich des Staatsanwalts.«

»Nun ja, aber … Ich hoffe, Sie können nachvollziehen, dass mir dieser Weg nicht offensteht. Allein schon die Familie des Opfers …«

Theresas Stimme war kaum vernehmbar, aber umso eindringlicher. »Aber sie war nicht *sein* Opfer, Wes. Das ist doch der springende Punkt. Er hat ihr kein Haar gekrümmt. Wenn es Ihnen gelänge, die Familie davon zu überzeugen …«

Cliff schnaubte und unterbrach sie: »Welche Familie? Man müsste sie zunächst irgendwo in Guatemala aufspüren, wo sie sich verstecken. *Viel Glück*, kann ich da nur sagen. Es gibt keine Familie, über die Sie sich den Kopf zerbrechen müssten. Aber es gibt meinen Sohn.«

Farrell räusperte sich. »Soweit ich informiert bin, basierte die Berufung aber nicht auf den Beweisen, die beim Prozess vorgelegt wurden.« Farrell spielte auf die zwei Frauen an, die ebenfalls ausgesagt hatten, von Ro vergewaltigt worden zu sein.

Farrell wusste, dass sich die erfolgreiche Berufung auf ein ganz anderes Detail kapriziert hatte: Mitglieder der Familie hatten im Gerichtssaal Buttons mit dem Porträt der lächelnden Dolores Sandoval getragen – und das, befand das Bundesberufungsgericht, sei eine unzulässige Beeinflussung der Jury gewesen. Es war die haarsträubendste Begründung, von der er je gehört hatte – und das bei einem Gericht, das für seine haarsträubenden Urteile berüchtigt war.

Cliff Curtlee wischte Farrells Einwand umgehend vom Tisch: »Die Beweise werden in einem neuen Prozess keinen Bestand haben. Sie können sich davon selbst überzeugen, wenn Sie die damaligen Gerichtsprotokolle lesen: zwei mutmaßliche Opfer! Wer war das denn? Sie hätten nicht einmal aussagen dürfen! Ro hatte ja eingeräumt, Sex mit einer der Frauen gehabt zu haben, aber es war einvernehmlicher Sex. Es gibt überhaupt keinen *Fall*. Es hat nie einen gegeben.«

»Nun …«

Theresa räusperte sich erneut: »Aber wie immer Sie sich im Bezug auf eine Prozesswiederaufnahme entscheiden – und ich habe keine Zweifel, dass Sie zu einer angemessenen Beurteilung kommen: Sie sollten zumindest die Stellung einer Kaution möglich machen.«

Farrell schüttelte den Kopf. »Ich möchte nicht den Eindruck erwecken, als könne ich die Situation Ihres Sohnes nicht nachempfinden, aber eine Kaution ist bei einem Prozess mit erschwerendem Tatbestand nun mal nicht möglich.«

»Ah.« Theresas Gesichtsmuskeln versagten ihren Dienst, und sie hob – als wolle sie den Mangel an Ausdruck ausgleichen – ihren Zeigefinger. »Aber das ist ja der Punkt: Es gibt keine erschwerenden Umstände.«

»Wie bitte?« Farrell konnte nicht verheimlichen, dass er auf dem falschen Fuß erwischt worden war.

»Das war das einzige Zugeständnis, das Sharron Pratt uns gemacht hat – nach all dem, was wir für diese Frau getan haben.« Es war offensichtlich keine allzu große Sympathie, die Cliff für die frühere Staatsanwältin hegte, die ihren Sohn auf die Anklagebank gebracht hatte.

Fast schon einstudiert übernahm Theresa den Gedankengang. »Die Anklage lautete auf Vergewaltigung *und* Mord, nicht auf Mord als Resultat einer vorangehenden Vergewaltigung.«

Farrell entging der Bruch in der Logik nicht: Falls ihr Sohn die Tat begangen hatte, musste sie konsequenterweise auch als Mord und Vergewaltigung geahndet werden. Aber anscheinend hatte sich Sharron Pratt diesen Gedankengang nicht zu eigen gemacht, sondern auf eine Besonderheit des kalifornischen Rechtssystems zurückgegriffen: »Erschwerende Umstände« sind nur dann gegeben, wenn der Täter erst im zweiten Schritt den Mord begeht – um auf diese Weise die erste Tat zu vertuschen.

»Es gab also keine erschwerenden Umstände«, sagte Wes.

Mit anderen Worten: Es war ein Fall, in dem grundsätzlich Kaution gestellt werden konnte.

Theresa ließ kurz ihre Zähne aufblitzen. »Exakt. Ro war kautionsberechtigt – und ist es nun wieder.«

»Aber kam er beim letzten Mal faktisch auf Kaution frei?«

»Nein«, sagte Cliff. »Dieses Faschistenschwein Thomasino« – ein überaus respektierter Richter am Kammergericht – »hat die Kaution im Vorfeld bereits abgewürgt.«

»Er war von Anfang an voreingenommen gegen unseren Sohn«, ergänzte Theresa. »Und das zog sich durch den gesamten Prozess, in jeder seiner Entscheidungen. Es war für jedermann offensichtlich.«

»Und dieses Mal …?«

»Und dieses Mal«, sagte Cliff, »möchten wir an Sie appellieren, Wes, Ihr Gewicht in die Waagschale zu werfen, wenn Sie auch nur erste Anzeichen von richterlicher Selbstherrlichkeit erkennen. Die Kaution ist eine juristische Option, aber zumindest tun Sie uns den Gefallen und halten Thomasino aus dem Spiel. Oder Sie äußern sich dahingehend, dass Sie eine Kaution in vertretbarer Höhe akzeptieren würden, bevor der Fall überhaupt wieder vor Gericht landet.«

»Wobei Sie das ja nicht öffentlich verkünden müssen«, sagte Theresa. »Nur auf das Resultat kommt es an.« Und dann, mit plötzlich versöhnlichem Tonfall, fügte sie an: »Jetzt, wo er aus dem Gefängnis raus ist, möchten wir unseren Jungen auch liebend gern wieder bei uns behalten, Wes.«

Die Vorstellung, dass seine drei erwachsenen Kinder bei ihm und Sam für ein verlängertes Wochenende einfallen würden, war für Farrell zwar der reine Horror, aber um guten Willen zu demonstrieren und dieses unangenehme Gespräch hinter sich zu bringen, ergriff er die Gelegenheit beim Schopfe: »Ich kann Ihre Gefühle nur allzu gut nachvollziehen«, sagte er. »Und ich verspreche Ihnen, dass ich den Fall genauestens verfolgen werde und alles unternehmen werde, um Ihren Bedenken Rechnung zu tragen.«

Er wusste, dass sich sein Aufwand in überschaubaren Grenzen halten würde.

Die Entschiedenheit in seiner Stimme ließ jedoch keinen Zweifel daran, dass für ihn das Gespräch beendet war. Theresa strich ihren Rock glatt und stand auf. »Das ist alles, was wir von Ihnen erwarten, Wes. Wirklich.«

Cliff starrte noch für ein, zwei Sekunden – drohend? – in Farrells Augen, erhob sich dann aber auch. »Es ist immer gut, wenn man weiß, wer seine Freunde sind«, sagte er. »Und Sie wissen, dass der ›Courier‹ eine enge Freundschaft zu vielen Politikern dieser Stadt pflegt.«

»Nun, ich bin nicht gerade ein großer Politiker«, sagte Wes. »Das ist im Wahlkampf wohl auch deutlich geworden. Aber ich hoffe trotzdem, dass ich in der Lage sein werde, die richtigen Entscheidungen zu treffen.«

Theresa ergriff die angebotene Hand und nickte ihm zu. »Das ist alles, was wir erwarten können. Wir danken Ihnen, dass Sie uns so viel Ihrer kostbaren Zeit geopfert haben.«

»Es war mir ein Vergnügen. Dank an Sie beide. Meine Tür steht Ihnen immer offen.«

Farrell ging zum Ende des Korridors und klopfte an der offenen Tür von Amanda Jenkins, der stellvertretenden Staatsanwältin.

Obwohl sie sich bereits lange kannten – oder vielleicht gerade deshalb –, war ihre Beziehung nicht unproblematisch. Das mochte zum Teil beruflich bedingt sein: Jenkins saß immer auf Seite der Anklage, während Farrell Verteidiger aus Überzeugung war. Das Ganze bekam eine persönliche Note, als Farrell in dem sensationellen Mordprozess, mit dem er sich einen Namen machte, gegen Jenkins antrat und für seinen Klienten einen sauberen Freispruch herausholte.

Im vergangenen Jahr hatte Jenkins selbst mit dem Gedanken gespielt, für die Wahl zum Staatsanwalt zu kandidieren. Aber dann hatten die Strippenzieher, die sich letztlich auf Wes Farrell einigen sollten, ihr zu verstehen gegeben, dass sie wohl etwas einseitig orientiert sei, konkret: dass sie sich ausschließlich mit Frauen-Fällen beschäftigt habe. In anderen juristischen Fragen war sie einfach politisch nicht links genug und vertrat beispielsweise die Auffassung, dass Hausarrest *keine* geeignete Strafe für Gewaltverbrecher sei.

Andererseits hatten sich gleich nach Farrells Sieg die gleichen Strippenzieher dafür stark gemacht, sie zu seiner Stellvertreterin zu küren: Sie hatte bereits als Anklägerin ihre Sporen verdient, besaß administrative Erfahrung, kannte das Personal im Büro der Staatsanwaltschaft bestens – und hatte zumindest für feministische Kreise auch die politisch korrekte Einstellung.

Seit genau vier Tagen saßen sie also an ihren neuen Positionen, und es war das erste Mal, dass Farrell sie seit seiner Amtseinführung zu Gesicht bekam.

Jenkins schaute von den Unterlagen hoch, die sich auf ihrem Schreibtsich stapelten, und setzte sich gerade. »Sir?«

Farrell drehte sich halb um, als stände jemand hinter ihm. »Es gibt hier keinen ›Sir‹, Amanda. Nur meine Wenigkeit. Wes. Ich war Wes, als wir Kollegen bei Prozessen waren. Und selbst als wir gegeneinander im Wahlkampf antraten. Erinnern Sie sich nicht mehr daran?«

»Doch, Sir.«

»Doch, Wes.«

Sie atmete tief durch: »Doch, Wes.«

»Gut. Rühren.« Er trat in ihr Zimmer ein. »Haben Sie eine Sekunde? Was dagegen, wenn ich die Tür schließe?«

Jenkins war die prototypische Staatsanwältin und als solche stets professionell gekleidet, wenn man vielleicht von ihren traditionell kurzen Röcken absah, mit denen sie ihre atemberaubenden Beine ins rechte Licht rückte. Sie warf ihrem neuen Boss einen leicht gequälten Blick zu, zuckte – mit einem Blick auf den überfüllten Schreibtisch – ihre Schultern, schob dann aber doch den Stuhl zurück und legte ihre Hände in den Schoß. Zu Diensten. »Was liegt an?«

Farrell schloss die Tür und griff sich einen Stuhl. »Ich hatte gerade ein Gespräch mit den Curtlees. Mit beiden.«

»Das ging aber schnell«, sagte sie, inzwischen sichtlich neugierig. »Und lassen Sie mich raten: Sie möchten, dass Sie die Wiederaufnahme verhindern und, wenn das nicht funktioniert, ihn zumindest auf Kaution laufen lassen.«

»Haben Sie heimlich eine Wanze in meinem Büro installiert?«

Humor war nicht gerade Jenkins' Stärke. »Ich hoffe, Sie haben ihnen gesagt, dass sie sich umgehend verpissen sollen.«

»So gewählt habe ich mich nicht ausgedrückt. Ich gab ihnen zu verstehen, dass ich den Fall prüfen werde, um dann die angemessene Entscheidung zu fällen.«

»Es gibt nichts zu prüfen. Ro ist ein Monster.«

Farrell hob eine Hand und wartete, bis sie sich beruhigt hatte. »Ich habe mir den Fall schon angeschaut. Aber da Sie die Staatsanwältin vor Ort waren, dachte ich mir, Sie könnten meine Kenntnisse auf Vordermann bringen, damit ich mich nicht durch die gesammelten Verhörprotokolle kämpfen muss.«

Jenkins, die innerlich kochte, ließ erneut Dampf ab: »Haben Sie denn gesehen, mit welcher Begründung diese Schwachmaten ihn rausgelassen haben? Die Familie des Opfers trug Buttons, und deshalb seien – Zitat – *Verfahrensfehler unterlaufen, die den Verlauf des Prozesses beeinflussten* – Zitatende. Haben Sie schon mal derartigen Scheiß gehört? Selbst für die Neunte Kammer ist das ein neuer Gipfel der Idiotie.«

Farrell ließ sie gewähren.

Und sie legte nach: »Ich hoffe, dass einer der Richter eine Tochter hat, die Ro aufreißt und … Nein, natürlich hoffe ich das nicht. Aber Jesus Christus – der Bursche muss im Knast bleiben. Was haben Sie den Curtlees denn erzählt?«

»Nichts, wirklich. Ich wollte erst Ihre Meinung einholen.«

»Meine Meinung.« Sie lehnte sich zurück und schloss kurz die Augen. »Lassen Sie ihn nicht raus. Nehmen Sie das Verfahren wieder auf, so schnell Sie können. Da kann es kein Vertun geben, Wes. Der Bursche hat mindestens acht Frauen vergewaltigt, drei zusammengeschlagen und eine schließlich umgebracht.«

»Acht?«

»Mindestens acht, Wes. Alles Hausmädchen, die aus Guatemala oder El Salvador geholt und dort von der Firma handverlesen worden waren, die das gesamte Personal der Curtlees unter die Lupe nimmt. Alle hatten ein Arbeitsvisum und alle wollten ursprünglich aussagen, doch dann stiegen sechs wieder aus, weil man jede mit 100 000 Dollar pro Kopf zum Schweigen gebracht hat.«

»Wissen Sie das ganz sicher?«

»Hundertprozentig. Sie machten auch keinen Hehl daraus. In unserem wundervollen Bundesstaat kann man ein Vergewaltigungsopfer nun mal nicht dazu zwingen, gegen seinen Willen eine Aussage zu machen. Die Frau kann sich weigern, in den Zeugenstand zu treten. Und all diese Frauen zogen es vor, die 100 000 Dollar zu nehmen. Wir konnten nichts dagegen tun.«

»Und all diese Frauen gaben zu Protokoll, von Ro vergewaltigt worden zu sein?«

Jenkins presste die Lippen zusammen. »Diese Frauen *wurden* alle von Ro vergewaltigt, Wes.«

»Daran zweifle ich ja nicht.« Farrell bemühte sich um einen sachlichen Ton. »Aber meine Frage war, ob diese Frauen die Vergewaltigungen auch zu Protokoll gegeben haben.«

Keine Antwort.

»Amanda?«

Ihre Augen blitzten. »Sie hatten Todesangst vor Ro, Wes. Und Angst vor den Curtlees, die ihr Leben komplett in der Hand hatten. Und obendrein gingen sie davon aus, dass niemand ihnen glauben würde.«

»Ich interpretiere das also als ein ›Nein‹. Niemand hat Aussagen gemacht. Richtig?«

Jenkins blickte durch Farrell hindurch, ihr Gesicht wie versteinert. »Ich hatte gehofft, es würde kein Gespräch dieser Art werden.«

»Welcher Art?«

»Über die Verharmlosung von Gewaltverbrechen, weil sie nicht in das politische Klima passen.«

Der Vorwurf machte Farrell sprachlos. Er schüttelte den Kopf. Nachdem er sich wieder gefangen hatte, holte er zur Replik aus. »Ich versuche also nur zu klären, ob die Frauen die Vergewaltigung zu Protokoll gegeben haben – und schon bin ich der Erzfeind?«

»Ich habe mit diesen Frauen gesprochen, Wes. Ich kenne sie. Es gibt keinerlei Zweifel daran, dass sie vergewaltigt wurden.«

»Okay«, sagte Farrell. »Prima. Darauf können wir uns verständigen.«

»Vielleicht sollten wir uns auch darauf verständigen –

wo wir gerade schon so ehrlich sind –, dass sich die Curtlees im Wahlkampf als ziemlich große Fans von Ihnen erwiesen haben, und Sie sich im Gegenzug nun vielleicht zu etwas … Entgegenkommen verpflichtet fühlen.«

»Das ist doch einfach nicht wahr, Amanda. Ich habe den Curtlees keinerlei Versprechungen gemacht. Meines Wissens steht Ro unter Hausarrest und sollte es auch bleiben, bis der neue Prozess beginnt. Ich habe definitiv nicht die Absicht, ihn laufen zu lassen. Das ist die Wahrheit, Amanda. Und egal, was Sie glauben: Ich kusche nicht vor den Curtlees, ich kusche vor niemandem! Außer ab und zu vor Sam.« Er atmete tief durch, um sich wieder zu beruhigen. Es hatte ihn aus dem Gleichgewicht geworfen, dass ihr Gespräch diese Wendung genommen hatte – und das ohne jede Vorwarnung. »Das ist nicht die Art und Weise, wie ich arbeite, okay? Ich spiele grundsätzlich mit offenen Karten.«

Sie machte eine lange Pause und schürzte die Lippen. »Die Curtlees hassen mich, seit ich ihren goldgelockten Sprössling ins Gefängnis gesteckt habe. Es ist fast schon ein Wunder, dass ich überhaupt noch einen Job habe – nach all dem, was sie mir anhängen wollten.«

»Und trotzdem sitzen Sie hier als die Nummer zwei, obendrein ernannt von dem Burschen, den die Curtlees im Wahlkampf unterstützt haben. Von einem Verlierer kann man da kaum reden.«

»Die Nummer zwei ist nicht die Nummer eins.«

»Zugegeben. Aber vom Ende einer Karriere kann man nun auch nicht sprechen. Sie werden noch mehr Jahre auf diesem Planeten verbringen als ich, insofern würde ich die Hoffnung nicht aufgeben. Und wenn ich an Ihrer

Stelle wäre, würde ich Ihrem Boss auch keine Vorwürfe machen – vor allem nicht wegen Sachen, die er niemals tun würde.«

Sie ließ ihren Kopf kurz hängen. »Ich hätte nicht gedacht, dass es in Ihrer Macht steht, sich den Curtlees zu widersetzen. Oder dass Sie das überhaupt wollen. Es tut mir leid. Ich habe den Bogen überspannt.«

»Vergeben und vergessen«, sagte Farrell. »Aber nur dieses Mal.«

Als sich in seinem Terminkalender eine Lücke auftat, nahm Farrell die Gelegenheit wahr, zusammen mit Treya Glitsky, seiner Büroleiterin, weitere Kisten auszupacken. Treya war eine drahtige, attraktive schwarze Frau mit asiatischem Einschlag. Sie war mit Abe Glitsky verheiratet, dem Chef der Mordkommission, und hatte drei Kinder: Rainey ging bereits auf das College, während Rachel und Zachary, sechs und drei, noch zu Hause waren.

Farrell saß auf der Schreibtischkante und erwies sich beim Auspacken nicht gerade als große Hilfe. »Nein, wirklich«, sagte er, »ich habe hier nichts verloren. Ich bin nicht für diesen Job gemacht. Vielleicht sollte ich besser zurücktreten, bevor ich zu viel Unheil anrichte.«

Treya, gerade mit dem Einräumen der Bücher beschäftigt, drehte sich um und schaute auf ihre Uhr. »Das wäre ein neuer Rekord. Ich glaube, Clarence brauchte eine ganze Woche, um zu dieser Einsicht zu kommen.« Sie sprach von Farrells direktem Vorgänger Clarence Jackman, für den sie ebenfalls gearbeitet hatte. »Und am Ende blieb er dann neun Jahre.«

»Aus dem Holz bin ich nicht geschnitzt«, sagte Farrell. »Ich habe mich eigentlich nur zur Wahl gestellt, um zu verhindern, dass die Nazis die Macht übernehmen – und um Sam und ihren Freundinnen einen Gefallen zu tun.«

»Und den Latinos. Und den Schwulen.«

»Einigen von ihnen, stimmt. Aber vergessen wir nicht die entscheidenden hundert Stimmen von den alten weißen Heterosexuellen, die mir den Wahlsieg beschert haben.« Farrell ließ seine Beine baumeln und kickte mit den Fersen gegen die Schreibtischseite. »Stimmt das wirklich? Clarence wollte auch das Handtuch werfen?«

»Tagtäglich, zumindest in den ersten Monaten. Aber machen Sie sich keine Sorgen, Sie halten noch immer den Rekord: So schnell wie Sie hat noch niemand den Wunsch geäußert, seinen Schreibtisch wieder zu räumen.«

»Das beruhigt mich. Und warum hat Clarence nicht die Kurve gekratzt?«

Treya schwieg für einen Moment. »Weil er süchtig wurde, süchtig nach dem ungenierten Einsatz seiner Machtbefugnisse.«

»Nein, mal ehrlich!«

»Sie haben mich gefragt, und das ist meine Antwort: die Macht.«

Farrell kicherte. »Nun, das trifft auf mich nicht zu. Nichts könnte mir ferner sein.«

»Nein.« Treya kicherte zurück. »Nein, natürlich nicht.« Sie griff sich ein paar Bücher aus der Kiste.

»Das ›natürlich‹ klang ein bisschen sarkastisch.«

»Das muss an der Akustik hier liegen.« Sie stellte die Bücher ins Regal und drehte sich um. »Möchten Sie, dass ich noch mal mit Amanda spreche?«

»Nein. Ich denke, dass wir das ausgebügelt haben. Ich werde ihr mit diesem Ro-Curtlee-Ding nicht in den Rücken fallen. Und mit anderen Sachen auch nicht. Das sollte eigentlich klar und eindeutig genug sein.«

»Wollen wir's hoffen«, sagte Treya.

2

Unsere Stadt
Von Sheila Marrenas

Es war ein Sieg der Gerechtigkeit, als Roland Curtlee, Sohn des Verlegers dieser Zeitung, gestern in San Francisco gegen Kaution auf freien Fuß gesetzt wurde. Mr. Curtlee, dessen Verurteilung vom Bundesberufungsgericht aufgehoben wurde, hatte für die Vergewaltigung und den Mord an Dolores Sandoval, einer Hilfskraft im elterlichen Haushalt, zehn Jahre hinter Gittern verbracht. Während des damaligen Prozesses hatten Familienangehörige der Verstorbenen und deren Unterstützer im Gerichtssaal Buttons mit dem lächelnden Gesicht von Miss Sandoval getragen. Es war eine wirksame, wenn auch – wie das Gericht urteilte – unzulässige Beeinflussung der Jury, um Sympathien für das Opfer zu wecken und gleichzeitig Mr. Curtlees Verteidigung zu unterminieren.

Während des Prozesses hatte Mr. Curtlee nie abgestritten, eine Beziehung zu Miss Sandoval gepflegt zu haben; DNA-Proben, die Miss Sandoval nach ihrem Tod entnommen wurden, bestätigten diese Aussage. Hinweisen, dass Miss Sandoval eine »ganze Palette« von Verehrern gehabt habe, ging die Polizei hingegen nie nach.

Obwohl ihm nach der Urteilsverkündung vor neun Jahren die Prüfung einer Freilassung auf Kaution juristisch zugestanden hätte, wurde Mr. Curtlee dieses Recht von Richter Oscar Thomasino abgesprochen. Die Vorgehensweise des stramm konservativen Richters wurde daraufhin in juristischen Kreisen heftig kritisiert. »Mr. Curtlee«, so ein Rechtswissenschaftler der Universität Stanford, »wurde ein ordentliches Kautionsverfahren verweigert. Er wurde das Opfer der Vorverurteilung durch Richter Thomasino, der Mr. Curtlee für schuldig befunden und ihm so seine verfassungsmäßigen Rechtsansprüche entzogen hat.«

Bei der heutigen Anhörung im Kammergericht setzte Richter Sam Baretto die Kaution auf zehn Millionen Dollar fest. Obwohl es sich dabei um eine ungewöhnlich hohe Summe handelt, gab es von Seiten der Curtlee-Familie keine Einwände: »Um unserem unschuldigen Sohn die Rückkehr in ein normales Leben zu ermöglichen, ist uns kein Preis zu hoch«, so Theresa, Mr. Curtlees Mutter, nach der Urteilsverkündigung. »Wir sehen einem zweiten Prozess mit Zuversicht entgegen und glauben, dass diesmal die Gerechtigkeit siegen und Ro als freier Mann das Gericht verlassen wird.«

Amanda Jenkins saß mit ihrem Freund Matt Lewis, einem Ermittler im Team des Staatsanwalts, beim Lunch. »Farrell spielt nur zu gern dieses ›Ach, ich bin doch eigentlich gar kein Politiker‹-Spiel, dabei wusste er ganz genau, dass die Kaution unvermeidlich war, solange er Baretto nicht einen Wink mit dem Zaunpfahl geben würde. Ich sage ja nicht, dass er Baretto als Marionette hätte missbrauchen sollen – auch wenn wir nur zu gut wissen, dass die gewählten Volksvertreter in dieser Stadt genau das tun. Aber zumindest hätte Farrell im Gericht aufkreuzen können, hätte sich an den Tisch des Staatsanwalts stellen und notfalls auch lautstark rumpoltern können, um Baretto einen eindeutigen Fingerzeig zu geben. Stattdessen hatten die Curtlees mit all ihrer Macht freie Fahrt und nur eine mickrige stellvertretende Staatsanwältin gegen sich, nämlich mich. Was glaubte Farrell wohl, wer diesen Kampf gewinnen würde?«

»Immerhin«, meinte Lewis, »zehn Millionen!«

»Zehn Millionen sind es nur, wenn Ro sich aus dem Staub macht, und das wird nie passieren. Sie haben gleich an Ort und Stelle ihr Haus als Sicherheit für die Kaution hinterlegt.«

»Du glaubst also, dass Farrell dich angelogen hat?«

»Zumindest hat er mich auf den Holzweg geführt. Und obendrein«, fuhr Jenkins fort, »unterschlägt Farrell die Tatsache, dass ein paar Jahre ins Land ziehen werden, bis Ro seinen neuen Prozess bekommt. Falls überhaupt.«

»Ein paar *Jahre*?«

»Wer sollte den Prozess schon forcieren wollen?«, fragte sie. »Ros Anwälte sicher nicht, aus nahe liegenden

Gründen. Farrell wird es nicht tun, weil sich die Angehörigen des Opfers nicht mehr hier aufhalten. Und auf diese Weise kann er die Curtlees bei Laune halten, damit sie nette Artikel über ihn schreiben. Diese verdammte Sheila Marrenas! Jedenfalls kannst du jetzt dreimal raten, wer der einzig verbleibende Kandidat ist, der noch ein Interesse hat, diesen Drecksack innerhalb der nächsten zehn Jahre vor Gericht zu zerren. Okay, vielleicht sind wir ja zwei.«

»Wer ist der andere?«

»Glitsky. Vielleicht.«

»Nun, wenn du einen Verbündeten brauchst, ist er ja nicht die schlechteste Wahl. Zumal seine Frau direkt vor Farrells Büro sitzt.«

»Ich bin mir nicht sicher. Vielleicht. *Vielleicht.*«

Lewis schob seine Hand über das weiße Tischtuch. Nach einem Moment des Schweigens legte Jenkins ihre Hand darauf. »Farrell hat ja nicht die leiseste Ahnung«, sagte sie, »wie übel sie sein können – und zwar die ganze Bagage, die Curtlees, und nicht nur Ro, obwohl der noch mal schlimmer ist als alle anderen. Sie sind wirklich Abschaum. Bei dem Gedanken, dass ich mich allein mit ihnen anlegen muss, wird mir ganz anders. Und Glitsky vermutlich auch.«

»Immerhin habt ihr es schon einmal getan.«

»Und mit Ach und Krach überlebt.« Sie sah seinen skeptischen Gesichtsausdruck. »Sollte das eine Übertreibung sein, dann ist sie nur marginal. Weißt du, warum ich als Staatsanwältin von der Bearbeitung von Mordfällen abgezogen wurde? Weil ich einen schlechten Job machte? Nein, weil ich Ro zur Strecke gebracht habe. Ich habe ihn eingebuchtet, und in den nächsten Jahren haben sie alles darangesetzt, meinen Ruf zu ruinieren: Ich würde zu viel trinken, herumvögeln, ich würde Beweismaterial unterschlagen. Am Ende musste Pratt mich aus der Schusslinie nehmen – ›zum Wohle des Teams‹. Du hast doch die Artikel gelesen, oder?«

Lewis versuchte die Atmosphäre mit einem Scherz aufzulockern: »*Waaas*, du warst das also?«

Aber Jenkins war nicht nach Lachen zumute. »Ich und Glitsky.«

»Amanda, er ist immerhin Chef der Mordkommission und war zeitweise auch stellvertretender Polizeichef. Niemand hat seine Karriere ruiniert.«

»Aber sie waren knapp davor. Weißt du, was er machte, bevor er Stellvertreter wurde? Und das war wohlgemerkt *nach* seiner Zeit als Leiter der Mordkommission. Na? Schreibtischarbeit. Vom Chef der Mordkommission zurück an den Schreibtisch. Nicht unbedingt das, was man Karriere nennt.«

»Und wie hat er es geschafft, doch noch die Kurve zu kriegen?«

»Weil Frank Batiste Polizeichef wurde. Er und Glitsky sind seit Langem dicke. Aber ohne Batiste war Glitsky weg vom Fenster, und er war weg, weil die Curtlees und Marrenas nichts unversucht ließen, um ihn anzuschwärzen. Ich glaube, er weiß nicht einmal selbst, wie weit sie gegangen sind. Aber zumindest einige der Artikel muss er gelesen haben: Glitsky, Chef der Mordkommission, war für schlampige Ermittlungen verantwortlich, Glitsky war der Grund, warum die Verurteilungsquote bei uns die schlechteste im ganzen Land ist. Er habe seine Untergebenen ständig dazu angehalten, Beweismaterial unter den Teppich zu kehren. Seine Jungs hätten konfisziertes Dope entweder behalten oder verkauft. Du kannst dir was aussuchen. Immer wenn etwas passierte, steckte er dahinter. Oh, und fast hätte ich meine Lieblingsepisode vergessen: Er selbst habe mit im Hinterhalt gelegen, als Barry Gerson erschossen wurde.« Gerson war ein früherer Chef der Mordkommission. »Möglicherweise habe ihn Glitsky sogar eigenhändig erschossen.«

»Okay, aber niemand hat das geglaubt.«

»Und trotzdem druckte es der ›Courier‹. Und mach dir nichts vor: Es gab durchaus Leute, die das glaubten. Die Leute glauben den größten Unsinn: Obama wurde nicht in den USA geboren. Und die Landung auf dem Mond ist auch nur eine Inszenierung.«

»Nun«, sagte Lewis und grinste wieder. »Diese Geschichtchen kennt ja jeder.«

Jenkins platzte der Kragen. »Du weißt ganz genau, worauf ich hinauswill: Die Curtlees drucken jede Lüge, die ihnen Vorteile verschafft, und ein nicht unbeträchtlicher Teil der extremen Knalltüten – von denen es in dieser Stadt reichlich gibt, wie du weißt – nimmt den Schwachsinn ernst. Deshalb darf ich mich jetzt um Übergriffe auf Frauen kümmern und keine Mordfälle mehr bearbeiten, und Glitsky musste sich zehn Jahre lang abstrampeln, um wieder da zu landen, wo er vor Ros Verhaftung bereits war.« Sie trank den Rest ihres Cranberrysafts. »Und folglich sind wir, Farrell und der Neunten Kammer sei Dank, genau wieder da, wo wir schon einmal waren – mit Glitsky und mir als den Einzigen, die Ro erneut vor Gericht zerren wollen. Ich sag dir was, Matt: Ich bin mir nicht sicher, ob ich den Mumm habe, das durchzuziehen. Ich könnte mir sogar vorstellen, dass die Curtlees gegen mich körperliche Gewalt anwenden werden. Oder vielleicht Ro selbst.«

»Aber bisher haben sie so was doch auch nicht versucht, oder?«

»Na gut, du brauchst es mir ja nicht zu glauben. Vielleicht hab ich Wahnvorstellungen, aber ich weiß, wozu sie fähig sind. Und ich sag dir noch was.« Sie sprach leise und lehnte sich über den Tisch. »Fast wünsche ich mir, *dass* sie etwas in dieser Art versuchen.«

»So was solltest du dir besser nicht wünschen.«

»Und ob. Vielleicht ist dir schon aufgefallen, dass ich inzwischen eine größere Handtasche trage? Seit Ro wieder draußen ist, bin ich bewaffnet – zum ersten Mal in meiner Laufbahn.«

Amanda Jenkins wusste nicht, dass sie neben Abe Glitsky noch einen weiteren Verbündeten hatte.

Gegen 20.30 Uhr saß Sam Duncan am Küchentisch, als sie hörte, wie die Eingangstür geöffnet wurde und Farrell ihr Haus am Rande des Buena Vista Parks betrat. Er sprach mit ihrer Hündin, einem gelbbraunen Labrador namens Gert, und er tat es in einer putzigen Babysprache, die überhaupt nicht zu seiner normalen Stimme passen wollte. »Ich weiß, es war ein langer, langer Tag, Baby, aber du bist ja so brav. So, so brav. Was für ein gutes Mädchen du bist. Das beste Mädchen, das es gibt. Okay, okay, du bist sogar mein allerbestes Mädchen.«

Herr und Hund betraten die Küche, und Farrell fasste sich wieder. »Um ehrlich zu sein«, flüsterte er, als Gert auf Sam zulief, »ist sie nur mein zweitliebstes Mädchen. Aber sie wird immer so eifersüchtig, wenn ich ihr nicht sage, dass sie mein Liebling ist.« Er beugte sich herab und küsste Sam auf die Wange. »Du bist die liebste.«

Keine Reaktion.

»Die liebste *Frau*«, fügte Wes hinzu. »Gert ist gerade mal drei Jahre alt, und deshalb ist sie für mich, selbst in Hundejahren gerechnet, ein Mädchen. Du bist eine reife und wundervolle Frau, die ich unter keinen Umständen als Mädchen bezeichnen würde.«

Sie schaute zu ihm hoch. »Ich kann nicht glauben, dass du Ro Curtlee auf Kaution hast laufen lassen.«

Farrell, der sich gerade den Mantel abstreifte, hielt für einen Moment inne. *»Und du bist mein liebster Mann«*, trällerte er in einem Tonfall, der Sams Stimme imitieren sollte. *»Mein liebster Menschen-Mann, meine ich natürlich. Und wie war dein Tag heute, Darling?«* Er warf den Mantel über einen der Küchenstühle. »Um genau zu sein«, sagte er, »habe nicht ich Ro laufen lassen, sondern Richter Baretto.«

»Aber du solltest ihn doch davon abhalten.«

»Was ich auch versucht habe. Meine stellvertretende Staatsanwältin hat die Begründung vorgetragen. Vielleicht hast du das Memo nicht bekommen.«

»Aber warum konntest du nicht selbst hingehen und gegen die Kaution argumentieren? Du hast mir selbst gesagt, dass Baretto ein Weichei ist. Warum konntest du ihm nicht durch die Blume sagen, dass du jeden seiner Fälle bis ans Ende der Tage anfechten würdest, wenn er Kaution gewähren sollte?«

»Wieso weißt du, dass ich das nicht getan habe?«

»Hast du?«

»Nein.« Farrell trat einen Schritt zurück. »Wie dumm von mir. Ich dachte, dass ein Richter wie Baretto sich selbst ein Bild machen kann, ob Kaution zulässig ist oder nicht. Was er ja offensichtlich auch getan hat, wenn auch nicht mit dem Resultat, das ich mir gewünscht hätte.«

»Aber du hättest ihn stoppen können.«

»Um ehrlich zu sein: Ich glaube nicht, Sam.«

»Aber du wirst es nie wissen, weil du es nicht versucht hast.«

Farrell zögerte einen Moment, griff sich einen Stuhl, drehte ihn um und setzte sich rittlings drauf. »Hör zu, Sam. Die ganze Sache fing doch damit an, dass Sharron Pratt in ihrer Weisheit entschied, Ro wegen Vergewaltigung *und* Mord anzuklagen – und nicht auf Mord als Resultat einer vorangehenden Vergewaltigung.« Er hob seine Hand. »Ich weiß, ich weiß: Wenn er das eine gemacht hat, hat er auch das andere gemacht, aber das ist nun mal eine Eigenheit der kalifornischen Strafprozessordnung. Die Anklage ging am Tatbestand vorbei, aber davon ließ Pratt sich nicht irritieren. Mit dem Resultat, dass man den Richtern die Möglichkeit gab, über die Kaution zu entscheiden. Der frühere Richter, Thomasino, lehnte ab. Gute Entscheidung. Baretto? Weniger gut. Hätte ich ihm irgendwie drohen können? Ja, aber es hätte gegen den Ehrenkodex verstoßen, und er hätte sich obendrein dagegen verwahrt, dass ich mich in etwas einmische, das seiner Entscheidung obliegt. Und ich muss mit diesen Jungs ja schließlich noch arbeiten, vier Jahre lang. Ich hielt es für die richtige Entscheidung, ihn nicht schon in meinem ersten Monat gegen mich aufzubringen.«

»Was bedeutet, dass nun ein rechtskräftig verurteilter Vergewaltiger frei herumläuft?«

»Ich sage es nur ungern, Sam, sogar weit mehr als nur einer. Für Vergewaltigung kann nun mal Kaution gestellt werden; das haben wir bereits mehrfach erlebt. Es stinkt zum Himmel, aber was soll ich dagegen tun? Meine Aufgabe ist es, die Gesetze anzuwenden – und nicht sie zu erlassen.«

Sam starrte ihn mit unverhohlener Abneigung an. »Ich bin mir nicht sicher, wo dich dieses ganze Staatsanwaltsding noch hinbringen wird. Weißt du das?«

»Ich fange an, einen ersten Eindruck zu bekommen«, erwiderte Farrell.

3

Seit ihrer Kindheit hatten Janice und Kathy gerne zusammen in der Küche gearbeitet. Heute hatten sie sich in Kathys Haus in Saint Francis Wood getroffen, das deutlich gediegener war als Janices beengtes Stuck-Häuschen bei den Avenues, zwanzig Häuserblöcke nördlich von hier. Wenn man die beiden Frauen reden, klatschen, scherzen und manchmal auch singen hörte, wäre höchstens einem sehr aufmerksamen Beobachter aufgefallen, dass Janice an der Diskrepanz ihrer weltlichen Besitztümer wirklich zu knabbern hatte.

Janice Durbin war schließlich vier Jahre älter, hatte eine bessere Ausbildung, war beruflich engagierter und obendrein auch die Hübschere. Nichtsdestotrotz musste sie manchmal plötzlich aufkommende Neidgefühle im Keim ersticken, wenn sie – wie heute wieder – mit dem materiellen Wohlstand ihrer Schwester konfrontiert wurde. Da war die aufwendig renovierte Küche mit den Toskanakacheln, der riesige Luxuskühlschrank, der Profiherd – gebürsteter Edelstahl, wohin das Auge blickte.

Während ihrer düsteren Phasen, die sich in jüngster Zeit gehäuft hatten, fragte sich Janice durchaus, warum Kathy all dies in den Schoß gelegt wurde, womit sie es wirklich verdient habe. Hatte es wirklich nur mit *Glück* zu tun?

Denn es war ja nicht nur der ganze *Krempel* hier – auch wenn's davon mehr als reichlich gab: Möbel, Kleider, Schmuck. Aber darüber hinaus war Kathys Leben einfach so leicht, so problemlos, so heiter und gelassen. Sicher, die Gründe dafür lagen auf der Hand: Sie hatte bei der wichtigsten Entscheidung ihres Lebens den Nagel genau auf den Kopf getroffen und Chuck Novio geheiratet, einen Professor für Amerikanische Geschichte. Er war fraglos einer der talentiertesten Männer, denen Janice je begegnet war. Kathy hatte ihn sich gleich geangelt, als er an die State University berufen wurde und von der Ostküste nach San Francisco gezogen war. Er verfügte über eine messerscharfe Intelligenz, war groß gewachsen, athletisch, witzig – und strahlte obendrein eine innere Ruhe aus, die auf Kathy ebenso abfärbte wie auf Sara und Leslie, ihre wohlerzogenen 12-jährigen Zwillingstöchter.

Es lag nur an diesem ständigen Vergleich, dass Janice Phasen von Selbstmitleid durchlief, die wiederum ihren sporadisch auftauchenden Minderwertigkeitskomplexen neue Nahrung gaben. Sie kannte sich mit diesen mentalen Mechanismen bestens aus – schließlich war sie selbst Psychiaterin. Im wirklichen Leben war sie auch alles andere als eine Versagerin, das wusste sie nur zu gut. Und ebenso wenig traf das auf Michael, ihren Mann, und ihre Kinder Jon, Peter und Allie zu. Es war nur ... Michael leitete eine UPS-Niederlassung auf der Union Street, und der Stress laugte ihn aus und ließ ihn manchmal älter wirken als die einundvierzig Jahre, die er tatsächlich war. Und die Kinder waren inzwischen alle auf der Highschool – drei Teenager sind gewöhnlich für die häusliche Harmonie nicht gerade förderlich.

Janice stand vor dem Spülbecken und ließ das Wasser über ihre Hände ins Sieb mit den geschälten Kartoffeln laufen. Durchs Fenster sah sie, wie Chuck, Michael und die Jungs in der untergehenden Sonne Football spielten. Sie schaute für einen Moment regungslos zu und seufzte dann.

»Janice? Ist alles okay?«

»Ja«, antwortete sie ihrer Schwester. »Alles bestens. Ich hab ihnen nur beim Spielen zugeschaut. Sie werden so schnell erwachsen, die Jungs. Fällt dir das nicht auch auf?«

»Das ist lustig.« Kathy kam herüber und stellte sich neben sie. »Dir fällt auf, wie schnell deine Söhne erwachsen werden, mir fällt auf, wie jung unsere Männer bleiben. In vielerlei Hinsicht sind sie noch immer Jungs.«

»Das ist vermutlich die gesündere Sichtweise.«

»Ich weiß nicht, ob es nun gesünder ist, aber in jedem Fall empfinde ich es so.«

»Es ist gesünder, glaub mir.« Sie drehte das Wasser ab und stützte sich mit beiden Armen auf das Spülbecken.

Kathy berührte sie am Arm. »Bist du wirklich okay?«

Janice schüttelte den Kopf. »Es war einfach nur eine lange Woche.« Sie richtete sich auf. »Tut mir leid. Ich bin einfach heilfroh, dass wir hier sind und für eine Weile aus unserem Haus rauskommen. Und Dinner am Sonntagabend ist immer was Besonderes. Ich möchte kein Spielverderber sein.«

»Das bist du auch nicht.«

»Na ja, die rosarote Brille hab ich auch nicht gerade auf.« Sie schaute wieder nach draußen. »Ich sollte schon froh sein, dass Michael überhaupt mit Chuck und den Jungs da draußen ist. Die ganze letzte Woche war er wie paralysiert. Und in unserem Haus, wo sowieso alle so dicht aufeinander hocken, verbessert das nicht gerade die Stimmung. Alle sind zurzeit ein wenig zickig.« Sie presste ein kurzes Lachen heraus. »Hab ich gesagt, *etwas* zickig? Es hat schon seinen Grund, dass wir bei uns im Haus keine Waffen aufbewahren.«

»Janice, nun komm aber.«

»Okay, ich mein's ja nicht so.« Janice trocknete sich ihre Hände ab und reichte dann das Küchentuch ihrer Schwester. Sie ging zur Kochinsel, zog einen Stuhl für Kathy heran und setzte sich auf einen anderen. »Sagen wir's so: Ich bin jedenfalls dankbar, dass wir uns für ein paar Stunden nicht auf die Füße treten.«

»Wieso ist Michael paralysiert? Die Arbeit?«

»Nein, mit der Arbeit ist alles bestens. Das Weihnachtsgeschäft war besser als erwartet. Unglaublich hektisch, aber erfreulich.«

»Was denn? Läuft zwischen euch beiden was schief?«

»Nun.« Janice hielt inne. »Wir haben sicher schon bessere Zeiten erlebt, aber das ist es auch nicht. Sagt der Name Ro Curtlee dir was?«

Kathy runzelte konzentriert die Stirn.

»Nicht, dass ich wüsste. Wer ist das?«

»Erinnerst du dich noch an die Jury, in der Michael vor zehn Jahren saß?«

»Nur noch vage. Vor zehn Jahren hatte ich zwei zweijährige Schreihälse, und mein ganzes Leben lag unter einer Dunstglocke. War Michael nicht Sprecher der Jury?«

»Genau. Und sie befanden Ro für schuldig und ließen ihn wegsperren.«

»Richtig, ich erinnere mich. Aber dann rückten euch seine Eltern auf die Pelle. Oder wie war das?«

»Genau.« Für Janice Durbin waren die Erinnerungen so lebendig, als wäre alles erst gestern passiert. Nachdem die Zeitungen Interviews mit den anderen Geschworenen geführt hatten, kristallisierte sich heraus, dass Michael beim Zustandekommen des Urteils eine zentrale Rolle gespielt hatte. In der Jury hatten sich zunächst zwei Gruppierungen gebildet, die jeweils fünfzig Prozent der Stimmen auf sich vereinten, aber Michael hatte sich in den Beratungen für eine Verurteilung starkgemacht und am Ende auch die anderen sechs Geschworenen überzeugt.

Als die Curtlees davon erfuhren, setzten sie alles daran, die Existenz ihres Mannes zu zerstören – und hätten fast Erfolg damit gehabt. Er arbeitete damals als Computerspezialist bei einer der großen Anwaltskanzleien – ein geregelter Job, der ihm auch noch Zeit fürs Malen, seine große Leidenschaft, ließ. Die Curtlees kannten seinen Arbeitgeber – und Durbin sah sich prompt mit allen nur erdenklichen Anschuldigungen konfrontiert: dass er Büromaterialien gestohlen habe, dass er die Computer privat genutzt habe – bis er am Ende auf die Straße gesetzt wurde. Selbst nach sieben Jahren Firmenzugehörigkeit bekam er keine Abfindung, stattdessen sagte man ihm, er könne sich glücklich schätzen, nicht auch noch vor den Kadi gezerrt zu werden.

Als dann im »Courier« auch noch ein Artikel über Durbin, den selbstgerechten Pharisäer und überführten Dieb, veröffentlicht wurde, stand er bei den anderen Kanzleien vor verschlossener Tür und fand fast ein Jahr lang keine Arbeit. Und hatte nicht einmal mehr die innere Ruhe zum Malen.

Janice seufzte: »Ich glaube, dass er die Malerei aufgeben musste, hat ihn am schwersten getroffen.«

»Es war eine schlimme Zeit«, sagte Kathy. »Ich hatte die Geschichte fast schon vergessen, auch die Sache mit der Malerei.«

»Michael konnte es jedenfalls nicht vergessen. Er ist innerlich nie damit klargekommen.«

»Und dann noch drei Kinder«, sagte Kathy.

»Ich weiß. Und trotzdem ...« Sie kniff ihren Mund zusammen. »Und trotzdem war es fast ein Wunder, dass er die UPS-Filiale übernehmen konnte. Irgendwie müssen die Curtlees davon nichts mitbekommen haben. Zumindest dachten wir, dass sie endgültig aus unserem Leben verschwunden seien.«

»Das sind sie doch auch, oder?«

»Wir hoffen es. Aber vielleicht täuschen wir uns auch.«

»Wieso?«

»Weil letzte Woche ein paar geisteskranke Richter Ros Berufung stattgegeben haben – und dann ein anderer Idiot ihn gegen Kaution auf freien Fuß gesetzt hat, bis der neue Prozess beginnt. Was bedeutet, dass Ro, der verurteilte Mörder, hier unbehelligt herumläuft. Und Michael hat Angst, dass alles wieder von vorne anfangen könnte, dass der ganze Horror, den wir durchleben mussten, völlig umsonst war. Und diese Vorstellung paralysiert ihn eben. Wenn Ro wieder frei ist, war Michaels Engagement in der Jury völlig für die Katz. Es war alles nur ein großer kosmischer Scherz.«

Draußen auf der Straße ging das Football-Match in die nächste Runde. Durbin hatte den Abwurf von seinem jüngeren Sohn Peter angenommen.

Als sie zwei Teams bildeten, hatte Durbin fast automatisch Peter auf seine Seite geholt, um gegen Onkel Chuck und Jon zu spielen. Beide Jungs waren sehr sportlich, aber Jon hatte einfach das gewisse Etwas und vielleicht deswegen auch einen besonderen Platz in seinem Herzen – obwohl Durbin ständig versuchte, diese Tatsache zu verdrängen. Auch wenn er beide Söhne gleichermaßen liebte und sie auch gleich behandelte, fühlte er sich seinem Erstgeborenen eher verbunden. Ihm war aber auch bewusst, dass Peter sensibler war und sich zurückgesetzt fühlen würde, sollte er seine instinktive Sympathie für Jon unbewusst überhandnehmen lassen.

Mit dieser Situation würde er sein ganzes Leben zu kämpfen haben.

Wann immer sich eine Möglichkeit anbot – wie jetzt beim Zusammenstellen der Teams –, gab Durbin deshalb seinem jüngeren Sohn den Zuschlag. Er wusste, dass Jon intuitiv verstand, warum sein Vater sich so verhielt und fast immer Peter zu bevorzugen schien. Der Jüngere, merklich unsicherer, brauchte einfach diese Gesten der väterlichen Zuneigung. Jon brauchte sie nicht. Und sie mussten über diese Tatsache nicht einmal reden. Sie waren automatisch auf der gleichen Wellenlänge.

Chuck, sein Schwager, stand an der Grundlinie und zählte bis fünf, während Peter die Straße hinunterraste und dabei links und rechts Haken schlug, um die Deckung seines Bruders abzuschütteln. Als Durbin sah, dass sich Peter etwas gelöst hatte, warf er im hohen Bogen den Pass genau in den Lauf des Jungen.

Fast genau.

Jon stieg hoch, fing den Ball mit den Fingerspitzen ab und brach in lauten Jubel aus. Er sprintete die Straße hoch, schüttelte Peter dabei ab und schrie Chuck zu: »Block ihn ab, block ihn ab.«

Aber Durbin täuschte rechts an, links, dann wieder rechts – und schaffte es tatsächlich, an Chuck vorbeizukommen. Er stellte sich Jon in den Weg, was wiederum Peter die Möglichkeit gab, von hinten an ihn ranzukommen. Im gleichen Moment hatte Durbin den ballführenden Jon erreicht, schlang, nicht gerade regelkonform, die Arme um seinen geliebten Sohn und hielt ihn für ein, zwei Sekunden fest an sich gedrückt.

Körperkontakt.

Während die Kinder sich am anderen Ende des Hauses im Fernsehzimmer vergnügten, hatten sich ihre Eltern an den Esstisch gesetzt und tranken Frangelico aus Cognacschwenkern.

»Glaubst du wirklich, dass er dich noch auf dem Kieker hat?«, fragte Chuck.

»Er saß neun Jahre im Gefängnis«, sagte Michael. »Er konnte sich lange genug Gedanken machen, wie er es demjenigen heimzahlt, der ihn dorthin gebracht hat.«

Chuck trank einen Schluck und nickte: »Er hatte aber auch neun Jahre Zeit, sich abzureagieren.«

Michael zuckte mit den Schultern. »Hass verjährt nicht.«

»Sicher«, sagte Kathy, »aber ich denke schon, dass die Curtlees damals so handelten, weil Ro gerade verurteilt und alles noch so frisch war. Inzwischen ist er wieder auf freiem Fuß. Was schert sie heute der Typ, der damals für die Verurteilung mitverantwortlich war. Heute bist du keine Bedrohung mehr für sie.«

Janice warf ihrem Mann über den Tisch einen Blick zu. »Genau das habe ich ihm auch gesagt.«

Michael schaute von einer Schwester zur anderen. »Ich hoffe, dass ihr beide recht habt. Aber selbst wenn ihr recht habt, was seine Eltern betrifft, dann gibt es immer noch Ro.«

Chuck schüttelte seinen Kopf. »Kann ich mir einfach nicht vorstellen. Wenn er schlau ist, wird er doch brav zu Hause sitzen und auf seinen nächsten Prozess warten.«

Michael schwenkte den Likör in seinem Glas. »Ich denke nicht. Er kann einfach nicht *brav* sein. Er weiß nicht, wie das geht.«

»Michael«, fragte seine Frau. »Woher willst du das wissen?«

»Ich weiß es, weil ich seine Aussagen vor Gericht miterlebt habe. Man stelle sich das nur vor: Da steht dieser Serienvergewaltiger im Zeugenstand und versucht uns weiszumachen, dass er mit der Frau, die er umgebracht hat, eine ganz normale Beziehung gehabt habe. *Es war Sex in beidseitigem Einvernehmen! Was soll das ganze Trara?*«

»Vielleicht war es das ja«, sagte Kathy.

»Definitiv nicht, das versprech ich dir auf die Hand. Sie ist achtzehn, ist hier gerade mit dem Schiff angekommen, hat panische Angst, lebt mit ihm im gleichen Haus und hat obendrein eine Arbeitsgenehmigung, die die Curtlees jederzeit rückgängig machen können. Und dann verlangt Ro Sex von ihr? Wie immer man das nennen will – einvernehmlich war es jedenfalls nicht.«

»Trotzdem«, sagte Chuck. »Es muss deshalb ja nicht unbedingt eine Vergewaltigung gewesen sein. Vielleicht hat sie sich dem Druck gebeugt.«

»Chuck«, sagte Kathy. »Das ist immer noch Vergewaltigung.«

»Gut. Ich wollte ja nur auf die juristische Bewertung hinaus.«

Michael nickte. »Dann erzähl das mal den zwei anderen Hausmädchen, die ausgesagt haben. Die übrigens beide aussagten, dass Ro darauf bestand, dass sie beim Sex ihre Schuhe anbehalten.«

»Einfach nur krank«, meinte Kathy.

»Und warum wollte er das?«, fragte Chuck.

Michael schüttelte den Kopf. »Niemand weiß es. Er ist einfach ein Irrer. Aber beide Mädchen haben es bestätigt.«

»Und das bedeutet?«, fragte Chuck.

»Es bedeutet: Wenn Dolores Sandoval bis auf die Schuhe nackt ist, muss er sie vergewaltigt haben. Es war kein einvernehmlicher Sex. Er hat sie vergewaltigt, und als sie zu schreien anfing, hat er sie abgemurkst. Es gibt keine andere Interpretation.«

»Und was war mit den zwei anderen Frauen?«, fragte Kathy. »Die beiden, die gegen ihn ausgesagt haben.«

»Was soll mit ihnen sein?«

»Ich meine, was hat er zu ihnen und ihrer Aussage gesagt?«

»Er behauptete einfach, dass sie lügen. Er hatte nie Sex mit ihnen, von einer Vergewaltigung ganz zu schweigen. Man wolle ihm etwas anhängen, mit dem er nichts zu tun habe. *Warum? Und von wem?* Das wisse er auch nicht. Es gebe viele Menschen mit Vorurteilen, für die Leute mit Geld ein rotes Tuch sind.«

»Aber«, meldete sich Chuck wieder zu Wort, »mein Punkt ist doch der: Warum sollte dieser Ro etwas von dir wollen, wo du doch gar nichts mit dem neuen Prozess zu tun hast?«

»Stimmt. Falls ein neuer Prozess überhaupt stattfindet.«

»Aber selbst wenn es nicht dazu kommt: Auf welche Art solltest du eine Bedrohung für ihn sein?«

Michael nickte: »Vielleicht hast du ja recht.«

»Ich bin mir ziemlich sicher, dass ich recht habe. Was will er schon von dir? Sie haben dir in der Vergangenheit weiß Gott genug Knüppel zwischen die Beine geworfen, aber heute bist du nicht mehr für sie interessant. *Du* bist es nicht, der ihn wieder in den Knast bringen will. Es würde mich überraschen, wenn sie dich überhaupt noch auf dem Schirm haben.«

Janice fügte hinzu: »Ich glaube, Chuck hat recht, Michael. Wir sollten uns wegen denen keine grauen Haare wachsen lassen. Sie haben damals ihr Möglichstes getan, um dich zu ruinieren, aber sie haben ihr Ziel nicht erreicht.«

»Aber sie waren nahe dran«, sagte Michael. »Verdammt nahe dran.«

4

Fast drei Wochen später, an einem Freitagnachmittag um 17.05 Uhr, nahm der Leiter des Morddezernats den Hörer ab, kaum dass es einmal geklingelt hatte. Gleichzeitig zog er seinen Notizblock näher, klemmte sich den Hörer ans Ohr und griff einen Kuli. »Glitsky.«

»Lieutenant.« Die weibliche Stimme am anderen Ende klang blechern und monoton. »Wir haben eine weibliche Leiche, wahrscheinlich Brandopfer, vier-zwanzig Baker Street; die nächste Kreuzung ist Oak Street. Apartment 3 E. Das Feuer ist unter Kontrolle. Der zuständige Brandermittler hat die Untersuchung übernommen, Leute vom Revier, der lokale Einsatzleiter, CSI und Erste Hilfe sind unterwegs.«

»Roger.« Glitsky schrieb die wichtigsten Informationen mit. »Ich schicke ein Team. Vier-zwanzig Baker, 3 E.«

»Korrekt.«

Noch während er auflegte, schob Glitsky seinen Stuhl vom Schreibtisch.

Er war 57 Jahre alt, 1,86 groß und wog 95 Kilogramm – das gleiche Gewicht, das er auf dem College als Tight End des Footballteams von San Jose State hatte. Seinen blauen Augen zum Trotz hatte er eine dunkle Hautfarbe und eine ausgeprägte Nase. Nat, sein Vater, war Jude, Mutter Emma, schon vor Langem verstorben, Afroamerikanerin. Sein kurzgeschorener Afro tendierte inzwischen unverkennbar ins Graue. Eine dicke Narbe, die seine Lippen von oben nach unten teilte, war ebenso unübersehbar. Wie an den meisten Tagen trug er zivil – schwarze Polizeischuhe, eine dunkelblaue Hose mit schwarzem Gürtel, ein hellbraunes Oberhemd und schwarze Krawatte. Dass er großartiges Modebewusstsein an den Tag legte, hatte noch nie jemand behauptet.

Auf der weißen Tafel neben seinem Schreibtisch führte er täglich Buch über die Einsätze seiner zwölf Kommissare – wer wo und wann mit welchem Fall beschäftigt war. Heute war die Wand voll. Der Winter hatte sich als Hochsaison für Mörder erwiesen.

Auf dem Weg zur Tür und dem Großraumbüro, in dem die Schreibtische der Kommissare standen, studierte Glitsky noch einmal die Tafel, erfuhr dort aber nur, was ihm eh schon klar war: Jedes der sechs Mordkommandos war mit mindestens zwei Mordfällen mehr als beschäftigt. Er brauchte zusätzliches Personal, wusste aber angesichts der verschärften Budgetprobleme, dass er schon froh sein durfte, wenn ihm diese Schwachköpfe und Schleimer, die da oben am Hebel saßen, nicht noch mehr Leute abzogen.

Sein Gesichtsausdruck – starr, unbewegt, unterschwellig drohend – war eigentlich stets derselbe. Treya, seine zweite Frau, hatte ihn vom ersten Tag an zu überreden versucht, seine Mimik doch etwas freundlicher zu gestalten. Vergebens. Seine Ausstrahlung war ihm schnurz. Bei der Arbeit hatte sich sein Gesichtsausdruck sogar als vorteilhaft erwiesen, selbst wenn kleine Kinder – sogar seine eigenen – manchmal verängstigt das Weite suchten. Für Glitsky ging das in Ordnung – und es konnte auch nicht schaden, wenn die Kinder ein bisschen Schiss vor dem Vater hatten. Seine buschigen, Intelligenz suggerierenden Augenbrauen verstärkten den Eindruck seiner durchdringenden blauen Augen nur noch. Wenn er seinen Gedanken nachhing oder unkontrolliert vor sich hin grummelte – was regelmäßig passierte –, schwoll die Narbe an seinen Lippen merklich an. Und so wie ihm seine Umwelt jedwede modische Eleganz absprach, so war sie auch in diesem Punkt einer Meinung: Nein, ein Schmusekätzchen war er weiß Gott nicht.

Es war schon am Dämmern, als sich Glitsky durch den Berufsverkehr zum Tatort vorgekämpft hatte. Was nicht bedeutete, dass er im Dunkeln stand: Das blitzende Rot-Blau-Licht der Streifenwagen, die Lampen in den Helmen der Feuerwehrleute, die reguläre Straßenbeleuchtung und die Scheinwerfer diverser TV-Übertragungswagen hatten dafür gesorgt, dass der Tatort wie ein Filmset ausgeleuchtet war.

In der Mitte der Baker Street, gleich hinter einem Löschzug, fand Glitsky einen Parkplatz. Als er aus seinem Wagen stieg, schlug ihm ein bitterkalter Wind ins Gesicht, der Rußpartikel des Feuers über die Straße trieb. Er zückte seine Dienstmarke und meldete sich bei dem Polizeibeamten, der für die Abriegelung des Tatorts zuständig war.

Ein Mann mit einem weißen Feuerwehrhelm, offensichtlich der Einsatzleiter, stand vor der Treppe zu einem dreistöckigen Haus im viktorianischen Stil und unterhielt sich mit einem anderen Mann in Zivil. Als Glitsky auf die beiden zuging, quietschten seine Schuhe im Wasser, das nach dem Löscheinsatz noch immer auf der Straße stand. Er hielt kurz an, um den Reißverschluss seiner dicken Lederjacke hochzuziehen, und sah, wie einige uniformierte Cops scheinbar gelangweilt an ihren Streifenwagen standen. Für einen Moment fühlte er sich versucht, ihnen persönlich nahezulegen, doch wieder in ihre Wagen zu steigen und Patrouille zu fahren – was schließlich ihre Aufgabe war. Aber er wusste nur zu gut, dass das nach hinten losgehen würde: *mal wieder ein Kotzbrocken von Lieutenant, der sich tierisch ernst nimmt und meint, seine Leibeigenen nach Gusto malträtieren zu können.*

Aber der Vorfall hatte immerhin eines ausgelöst: Glitsky kochte vor Wut. Es war Freitagabend, und er sollte längst zu Hause bei Frau und Kindern sein. Überstunden waren nicht das Problem – waren es nie gewesen –, aber in diesem Fall hatte er sie den hirnverbrannten Bürokraten zu verdanken, die das Personal und Budget so eingedampft hatten, dass er nun selbst den Fall übernehmen musste. Natürlich hätte er einen seiner überarbeiteten Kollegen losschicken können, aber das war nicht das, was er unter Stil und Führungsqualitäten verstand.

Zwanzig Meter weiter hatte sich eine Menschentraube aus Neugierigen gebildet, die ein Interview verfolgten, das ein Mann einem Fernsehsender gab. Glitsky schaute hinauf zum Brandherd und konstatierte, dass das Feuer komplett gelöscht war. Die Feuerwehrleute hatten bereits ihre Schläuche aufgerollt und mit Aufräumarbeiten begonnen. Glitsky stolperte über Brandschutt und zersplittertes Glas und erkannte beim Näherkommen, dass der Mann im weißen Helm Norm Shaklee war und sein Gesprächspartner Arnie Becker, der leitende Inspector der Brandursachenermittlung.

Glitsky schluckte seinen Ärger runter, machte gute Miene zum bösen Spiel und ging zu den beiden Männern, die ihn gut kannten und herzlich begrüßten.

»Sie schicken inzwischen also schon die Häuptlinge zur Spurensicherung«, flachste Arnie Becker.

Glitsky ließ sich nichts anmerken. »Ich hab mich selbst geschickt. War sonst niemand im Büro«, meinte er achselzuckend. »Was soll man denn auch machen? Womit haben wir's hier zu tun?«

»Definitiv Brandstiftung. Fing glücklicherweise im dritten Stock an, und noch glücklicher war der Umstand, dass es die Nachbarn im dritten Stock frühzeitig rochen und sofort anriefen. Es gibt Wasserschäden und das übliche Chaos, aber die Mieter können in einer Woche wohl wieder einziehen. Nur eins der sechs Apartments ist völlig zerstört.«

»Was ist mit dem Opfer?«

»Wir wissen noch nicht allzu viel. Die Mieterin des Apartments war eine Frau namens Felicia Nuñez.«

Glitskys Augenbrauen schoben sich für einen Moment zusammen. »Kenn ich den Namen von irgendwoher?«

Becker zuckte mit den Schultern. »Davon gibt's sicher einige, so ungewöhnlich ist der Name ja nicht. Jedenfalls ist sie wohl das Opfer, auch wenn eine Identifizierung unter den Umständen völlig unmöglich war; wir werden auf die Laboruntersuchung ihrer Zähne warten müssen.« Beckers Augen, die im Laufe einer langen Laufbahn so ziemlich alles gesehen hatten, starrten für einen Augenblick ins Nichts. »Du solltest noch wissen, dass der Täter erst sie und dann das Apartment anzündete. Sieht so aus, als sei sie nackt oder fast nackt gewesen, als er irgendwas auf ihre Genitalien schüttete und es dann zündete. Von dort aus breitete sich das Feuer jedenfalls weiter aus.«

»Vergewaltigung also?«

»Kann man vermuten. Und ich denke mir, dass er sie erst umgebracht hat – aber das werden uns die Gerichtsmediziner sagen. Das – und vielleicht auch, wie er vorgegangen ist. Niemand hat Schreie gehört, niemand etwas von einem Kampf mitbekommen – obwohl die Mieter unter und neben ihr zur Tatzeit anwesend waren. Könnte aber sein, dass wir die Vergewaltigung nicht verifizieren können. Die Leiche ist so verkohlt, dass sie möglicherweise keine DNA-Proben entnehmen können.«

Glitsky versuchte seinen Ekel herunterzuwürgen. »Und niemand hat einen Tatverdächtigen gesehen?«

»Nichts, Kommissar, nicht die Bohne. Ich hab ein Team, das die Nachbarschaft abklopft, aber mit allen Mietern des Apartmenthauses haben wir schon gesprochen. Der Täter hatte entweder Glück oder war sehr vorsichtig oder beides. Und hat sich völlig in Luft aufgelöst. Zum Kotzen.«

»Das kannst du laut sagen.« Er wandte sich an Shaklee. »Sind meine Ermittler schon hier?«

Der Einsatzleiter nickte. »Faro und seine Leute. Ich hab sie hochgeschickt. Aber nach dem, was Arnie mir erzählt hat, werden sie nicht viel in die Finger bekommen.«

»Also alles wie gehabt.« Glitsky schaute zu den schwarzen Löchern hoch, wo einmal die Fenster gewesen waren. Im Dunkel sah er die Lichtkegel mehrerer Taschenlampen. Er atmete tief durch. »Was dagegen, wenn ich jetzt hochgehe?«

Er fragte, weil bei Brandstiftungen der Einsatzleiter den Zugang zum Tatort regelte. Shaklee nickte und schaute seinen Partner an. »Wenn Arnie keine Einwände hat.«

»Nein«, sagte Becker. »Ich gehe noch mal mit hoch.«

5

Abe und Treya Glitsky wollten eigentlich ins Kino gehen, aber da er erst nach neun vom Tatort heimgekommen war, wurde der Plan ersatzlos gestrichen. Da sie Rita, ihre Haushälterin, aber schon zum Babysitten einbestellt hatten, entschlossen sie sich, einfach ins Auto zu steigen und sich vom Schicksal treiben zu lassen. Dass sie bei »David's« auf der Geary Street landeten, war indes kaum ein Zufall, wenn man Glitskys Faible für jüdische Spezialitäten kannte.

In diesem Augenblick aber schien Glitsky das Pumpernickelbrot mit Leberwurst und Zwiebeln, das die Kellnerin gerade serviert hatte, hartnäckig zu ignorieren. Seine Augen wanderten ziellos an einen nebulösen Ort hinter dem Tresen. »*Ich weiß*, dass ich den Namen kenne«, sagte er.

Treya wollte sich gerade ihrem überdimensionalen Roggensandwich mit Pastrami und Käse widmen, stellte aber fest, dass sie es partout nicht in den Mund bekam. Sie legte es wieder auf den Teller und sagte: »Vielleicht eine deiner alten Flammen?«

»Keine meiner Flammen war *alt*. Wenn ich recht drüber nachdenke, bist du sogar die älteste. Und selbst du bist nicht mal *so* alt.«

»Das ist ausgesprochen aufmerksam von dir. Könnte es sein, dass ich *frühere* statt *alte* Flamme meinte? Du kannst dir nicht vorstellen, wie untröstlich ich bin.«

»Ich stell es mir lebhaft vor«, sagte Glitsky, »aber es ist keine frühere Flamme. Sie geistert mir nur durch den Kopf, ihr Name zumindest, Felicia Nuñez.«

»Sie wird schon irgendwann aufkreuzen.«

»So sicher wie Weihnachten.« Glitsky biss in sein Sandwich und kaute geistesabwesend darauf herum. »Sorry«, sagte er schließlich. »Ich weiß, wenn wir ausgehen, hat die Arbeit dabei nichts verloren.«

»Bist du denn sicher, dass sie mit deiner Arbeit zu tun hat? Ich meine die Frau, die du einmal gekannt hast, nicht die heute am Tatort.«

»Ziemlich sicher.«

»Nun, ich hab unsere ›Dein Job kommt mir nicht ins Haus‹-Regelung nie sklavisch ausgelegt«, sagte sie. »Ich gewähre dir eine Ausnahme.«

»Weiß ich zu schätzen, aber der Punkt ist der, dass ich eigentlich überhaupt nicht das Bedürfnis habe, über meine Arbeit zu sprechen. Es fängt schon damit an, dass ich keinen Kommissar hatte, der den Fall übernehmen konnte – und prompt selbst eingreifen muss, und das sogar an einem Freitagabend, an dem wir eigentlich ausgehen wollten. Das sind die Dinge, die mich auf die Palme treiben, wenn ich nur anfange, darüber zu reden. Und ich garantiere dir: Es wird nicht der letzte Mordfall sein, den wir auf den Tisch bekommen, obwohl so viele alte Fälle noch nicht abgeschlossen sind. Und es ist ein Problem, das sich nur noch verschlimmern wird, weil die Idioten, die in dieser Stadt ins Amt kommen, völlig hirnrissige Prioritäten setzen. Warum wollen sie es einfach nicht kapieren?«

»Ich seh schon«, sagte Treya, »du willst wirklich nicht über deinen Job reden. Ich merk's ganz deutlich.«

»Ich nicht.«

»Ich weiß, ich weiß. Also lassen wir diesen Teil mal außen vor. Aber was ist mit deiner Felicia Nuñez?«

»Die neue – oder die, an die ich mich zu erinnern glaube?«

»Möglicherweise ja beide. Hast du sie vielleicht mal festgenommen?«

»Ich glaube nicht. Ich erinnere mich an die Leute, die ich verhaftet habe.«

»War sie ein Opfer?«

Glitsky hatte sein Sandwich noch immer nicht angerührt. »Arnie Becker meint, es sei ein gängiger Name, aber irgendwie sagt er mir was.«

»Vielleicht eine Polizistin? Jemand, der für ein Vorstellungsgespräch in deinem Büro saß? Oder jemand, der eine Zeugenaussage gemacht hat?«

Glitskys Gesicht war plötzlich regungslos. Er hielt eine Hand vor den Mund, während seine ungewöhnlich blauen Augen die Ecken der Decke abzusuchen schienen.

Treya kannte die Situation: Er hatte eine Spur aufgenommen. Sie gab keinen Mucks von sich.

»O großer Gott«, kam es schließlich leise durch seine Finger. Glitsky benutzte nur selten Kraftausdrücke, und wenn er sogar den Herrgott bemühte, musste ihm schon etwas ernsthaft an die Nieren gehen.

»Was ist los, Abe?«

Er senkte seine Hand und sagte mit bemüht ruhiger Stimme: »Ro Curtlee.«

»Nein!« Es war ein Name, den sie nun so gar nicht hören wollte, da er – selbst nach all den Jahren – in den Büros des Staatsanwalts noch immer hohe Wellen schlug. »Und du glaubst, dass sie mit ihm irgendwas zu tun hat?«

»Sie hat im ersten Prozess gegen ihn ausgesagt – und wäre auch im kommenden eine der wichtigsten Zeuginnen gewesen. Jetzt, wo sie tot ist, wird sie wohl kaum noch eine entscheidende Rolle spielen.«

»Wes wird begeistert sein«, sagte Treya nach einer Weile.

»Ich muss ihn sofort anrufen.«

»Vielleicht hatte Ro mit dieser Felicia Nuñez ja doch nichts direkt zu tun?« Glitsky, der Farrells Nummer bereits in sein Handy tippte, rollte nur mit den Augen.

Wes Farrell war gerade mitten in seiner Rede, die er auf einer Tagung der Einwandererorganisationen im Mission District hielt, als sein Handy am Gürtel vibrierte. Er fluchte innerlich, das dumme Ding überhaupt mitgebracht zu haben. Er hielt sich nicht gerade für einen begnadeten Redner – schon gar nicht, wenn er auch noch dabei gestört wurde. Nichtsdestotrotz war er diesmal mit seinem Vortrag ziemlich zufrieden, ging es doch um ein Thema, das ihm wirklich am Herzen lag: den Schutz von Verbrechensopfern aus San Franciscos Einwanderergemeinschaften.

»Wir müssen den Eindruck vermeiden«, sagte er gerade, »und nicht nur den Eindruck, sondern vor allem die zu Grunde liegende Realität –, dass Immigranten nicht den gleichen Rechtsschutz genießen wie alle Amerikaner. Wenn Sie in San Francisco Opfer eines Verbrechens werden, ist Ihr Einwanderungsstatus kein – ich wiederhole: *kein* – Faktor der Strafverfolgung. Die Untersuchung eines Vergehens durch die Polizeikräfte dieser Stadt ist *nicht* gleichbedeutend mit einem Besuch der Einwanderungsbehörde.«

Im Auditorium des Centro del Pueblo brandete Beifall auf. Von der Reaktion ermutigt, warf Farrell einen Blick auf seine Freundin und war erleichtert, dass sie ebenfalls klatschte. Sam und er hatten noch keine Antwort auf die Frage gefunden, wie sich sein neuer Job auf ihre Beziehung auswirken würde, und er war dankbar für jedes positive Indiz. In den letzten Wochen – eigentlich seit dem Tag, an dem Ro Curtlee auf Kaution freikam – war die Atmosphäre zwischen ihnen erschreckend frostig gewesen, und vielleicht war dies ja der Beginn des lang ersehnten Tauwetters.

Er schaute auf seine Stichworte und fuhr fort. »Die Gesetzgebung, die San Francisco zu einer ›Stadt der Zuflucht‹ gemacht hat, wird von uns gewissenhaft in Anwendung gebracht, und diese Verpflichtung kommt nun einmal vor allem dann auf den Prüfstand, wenn Einwanderer Opfer eines Verbrechens werden. Es ist die Vorgabe in meiner Behörde, dass im Verlauf einer polizeilichen Ermittlung der Einwanderungsstatus des Opfers nie – *niemals* – eine Rolle spielen wird. Dieser Faktor steht grundsätzlich nicht zur Debatte. Wenn Sie das Opfer eines Verbrechens wurden, muss es eine Selbstverständlichkeit sein, dass Sie zum Telefon greifen und die Polizei benachrichtigen – und keinen Gedanken daran verschwenden, dass Ihr Einwanderungsstatus möglicherweise ein Problem für Sie werden könnte.«

Und wieder brandete Beifall auf. Aber Farrell war nicht mehr in der Stimmung, die Woge der Wertschätzung entspannt zu genießen, nachdem er einen verstohlenen Blick auf das Display seines Telefons geworfen hatte. Glitskys Name hatte seine Stimmung merklich eingetrübt: Wenn Glitsky ihn um diese Zeit auf seiner Privatnummer anrief, musste etwas passiert sein. Und wenn es bis morgen Zeit gehabt hätte, hätte Glitsky auch bis morgen gewartet.

Was bedeutete, dass es nicht warten konnte.

Nachdem er sich beim Publikum bedankt und persönliche Glückwünsche entgegengenommen hatte, bahnte er sich seinen Weg vom Podium ins Foyer, wo er in Ruhe nachdenken konnte. Er drückte auf das Display seines Handys, um den Chef des Morddezernats zurückzurufen.

Ohne Umschweife fragte Glitsky: »Wissen Sie, wo sich Ro Curtlee aufhält?«

»Wie soll ich das wissen?«

»Also nicht. Haben Sie ihn vielleicht in irgendeiner Form beschatten lassen?«

»Nein, natürlich nicht. Was ist passiert?«

»Felicia Nuñez wurde heute Abend umgebracht. Möglicherweise wurde sie erst vergewaltigt und dann angezündet. Sie wissen doch, wer Felicia Nuñez ist, oder?«

»Natürlich.«

»Wir müssen diesen Burschen aus dem Verkehr ziehen, sofort.«

»Klar doch, das machen wir.« Sein Sarkasmus war nicht zu überhören. »Haben Sie vielleicht auch eine Idee, wie wir das anstellen? Haben sie irgendetwas, das ihn mit dem Tatort in Verbindung bringt?«

»Nein. Alles verkohlt. Ro kam mir auch erst in den Sinn, als ich mich an den Namen der Frau erinnerte. Ich werde ihm die Hölle heißmachen.«

»Nein, das werden Sie nicht, Abe. Nichts, was auch nur im Entferntesten nach Schikane riecht – denn sonst werden wir bis ans Ende der Welt verklagt. Falls Sie ihn festnehmen – oder auch nur für ein Gespräch aufs Revier bringen –, wird er in ein, zwei Tagen wieder frei rumlaufen.«

»Zwei Tage, in denen er niemand umbringen kann.«

Farrell spürte, dass Glitsky unter Dampf stand, aber er hielt es für notwendig, seinen Standpunkt noch einmal zu erläutern. »Hören Sie zu: Es wird schon ein dorniger Weg sein, ihn überhaupt wieder vor Gericht zu zerren. Schikane oder eine ungerechtfertigte Festnahme werden uns nur noch mehr Knüppel zwischen die Beine werfen.« Er atmete tief durch. »Hat die Presse schon Wind davon bekommen? Von ihrer Beziehung?«

»Es waren Übertragungswagen am Tatort, aber ich weiß nicht, ob jemand die Verbindung zwischen Nuñez und Ro hergestellt hat. Aber das ist sicher nur eine Frage der Zeit, eher früher als später. Ich muss einfach mit ihm reden.«

»Und was dann? Glauben Sie etwa, er hat kein Alibi? Glauben Sie etwa, er bittet Sie ins Haus zu einem kleinen Plausch? Und meinen Sie wirklich, Sie würden einen Durchsuchungsbefehl bekommen? Ich sage Ihnen klipp und klar: Die Antwort auf diese Fragen ist ein eindeutiges Nein.«

»Wes, der Bursche gehört hinter Gitter!«

»Ich verstehe Sie, weiß aber nicht, wie ich das anstellen sollte.«

»Widerrufen Sie die Freilassung auf Kaution.«

»Unmöglich. Sie müssen schon neue Beweise auftreiben.«

»Vom Tatort? Die Wohnung ist völlig ausgebrannt.«

»Vielleicht finden wir seine DNA am Opfer.«

»Das hatte ich auch gehofft, aber die Chance ist gleich null. Sie haben die Leiche nicht gesehen – es gibt nichts, von dem man einen vernünftigen Abstrich machen könnte. Arnie Becker meint sogar, dass er von Glück reden kann, wenn er sie durch ihren Zahnstatus identifizieren kann.«

Farrell war für eine Sekunde still. »Wollen Sie damit sagen, dass Sie nicht mal sicher sind, dass es überhaupt Nuñez ist?«

»Es war ihr Apartment, Wes. Sie war die Einzige, die dort lebte.«

»Aber wenn sie es nicht nachweislich ist, gibt es auch keine Verbindung zu Ro.«

»Nun hören Sie auf, Wes. Wir beide wissen ganz genau, dass es Nuñez ist – und das folglich alles auf Ro deutet. Es *muss* Ro sein.«

»Ich weiß, ich weiß. Ich dachte gerade darüber nach, ob das neue Überwachungsprogramm von Sexualverbrechern für diesen Fall in Frage kommt.«

»Mit einem Überwachungsprogramm, das sich jederzeit austricksen lässt, ist uns nicht gedient.«

»Nun, zum Teil schon. Wir bekämen zumindest etwas Luft.«

»Und in der Zwischenzeit bringt er die letzte Zeugin um.«

»Oder auch nicht. Hoffentlich nicht. Wer ist das?«

»Ein anderes von Curtlees' Hausmädchen. Passt genau ins Profil. Gloria Gonzalvez heißt sie.«

»Wissen wir, wo sie sich aufhält?«

»Noch nicht, aber ich werde es rausfinden. Und wo wir gerade davon sprechen: Wo ist das Problem, einen neuen Prozesstermin anzusetzen – und ihn auf diesem Weg wieder aus dem Verkehr zu ziehen?«

»Ich arbeite daran, Abe, glauben Sie mir. Aber sein Anwalt – kennen Sie Denardi? – muss sich halt erst in den Fall einarbeiten. Er hat Baretto gesagt, dass er mindestens sechs Monate braucht – und trotz meines erbitterten Widerstands hielt Baretto diese Frist für gerechtfertigt. Was bedeutet, dass frühestens im August über den Zeitpunkt eines neuen Prozesses entschieden wird.«

»Mein Gott«, sagte Glitsky. »Der Mann stellt ja selbst eine Bedrohung dar.« Eine Pause. »Also, wie soll's weitergehen? Wir können ihn nicht einfach weitermorden lassen.«

Farrell kratzte sich mit seinem Handy am Kinn. »Vielleicht hat irgendjemand in der Nähe des Tatorts doch was gesehen oder gehört. Klären Sie Arnie Becker über die Hintergründe auf, und sagen Sie ihm, dass er unter dieser Prämisse noch mal die Nachbarschaft unter die Lupe nehmen soll. Sprechen Sie mit Ihren Ermittlern vor Ort. Besorgen Sie DNA irgendwoher. Wenn Sie irgendwas Handfestes haben, buchten Sie Ro ein. Ich halte dann meinen Kopf dafür hin. Wenn die Anschuldigung aber nicht Hand und Fuß hat, werden sie uns in der Luft zerfetzen.«

6

Das Grundstück mit dem Anwesen der Curtlees lag am oberen Ende der Vallejo Street und nahm das letzte Drittel des gesamten Häuserblocks ein; gleich dahinter schloss sich die grüne Oase namens Presidio an.

Glitsky saß in seinem Dienstwagen, einem Ford Taurus, hatte das Fenster geöffnet und starrte auf das beeindruckende Gebäude auf der anderen Straßenseite. Es war etwa zwanzig Meter vom Straßenrand entfernt, aber erstaunlicherweise völlig zugänglich. Der gewaltige weiße Quader hatte drei Stockwerke, die von Baumkronen umrahmt wurden. Das Erdgeschoss war hinter üppiger Vegetation verborgen, doch in den beiden oberen Stockwerken brannte hinter sechs der sechzehn Fenster Licht. Vage Bewegungen konnte Glitsky nur hinter dem riesigen Erkerfenster auf der rechten Hausseite ausmachen, das teilweise von gepflegten Büschen verdeckt war.

Er wusste selbst nicht so recht, warum er hier war. Sicher, er hatte einen Mordfall zu bearbeiten, in dem ein Bewohner dieses Hauses, gerade aus der Haft entlassen, sein Hauptverdächtiger war. Andererseits traf alles, was Wes ihm gesagt hatte, ebenso zu: Er hatte weder Beweise noch einen Durchsuchungsbefehl. Ro würde ein Alibi vorweisen können und sich vermutlich weigern, überhaupt mit ihm zu sprechen. Die Curtlees waren nicht nur gestopft, sondern besaßen inzwischen auch im Umgang mit Gesetzeshütern reiche Erfahrung. Sollte Glitsky sein Gesicht zeigen, stände umgehend ein Anwalt in der Tür – und Glitsky würde wie ein begossener Pudel nach Hause schleichen müssen.

Aber das war ihm egal.

Er wollte ihnen – der ganzen Familie – zu verstehen geben, dass er über alles im Bilde war. Und sie daran erinnern, dass er – trotz ihres Geldes, trotz ihrer Macht – beim letzten Mal als Sieger das Gericht verlassen hatte. Und es auch diesmal tun würde – zumal es nicht mehr nur um die Wiederaufnahme des Sandoval-Prozesses ging, sondern nun auch um den Nuñez-Mord. Was bedeutete, dass er diesmal die »erschwerenden Umstände« bekommen würde und Roland Curtlee vielleicht sogar dahin schicken könnte, wo er hingehörte: in die Todeszelle.

Es war unausgegoren, undiszipliniert und kam tief aus dem Bauch – und Glitsky war sich dessen schmerzhaft bewusst –, aber er wollte dieser bösartigen, asozialen Familie einfach beweisen, dass sie sein Rückgrat nicht gebrochen hatten, dass er sich seine alte Position zurückerkämpft hatte und trotz aller ihrer Bemühungen, ihrer üblen Nachrede, ihrer Verleumdungen und ihrer Einflussnahme wieder Chef der Mordkommission war.

Er öffnete die Wagentür und schaute auf die Uhr. Es war 22.15 Uhr – deutlich jenseits des Limits, bis zu dem einem Polizisten in San Francisco die Kontaktaufnahme mit Bürgern gestattet war, die nicht unmittelbar in ein Verbrechen involviert waren. Glitsky wusste, dass er den Curtlees schon Munition lieferte, indem er bei ihnen klingelte, aber er hatte sich dafür bereits eine halbwegs plausible Erklärung zurechtgelegt: Die Umstände von Felicia Nuñez' Tod, auch vor dem Hintergrund ihrer Aussage im ersten Prozess, machten eine umgehende Ermittlung absolut notwendig. Möglicherweise stände am Ende ja die Erkenntnis, dass Ro unschuldig war. In gewisser Weise, so sein Argument, täte er ihnen also nur einen Gefallen.

Er stieg aus seinem Auto und ging auf der stillen, von alten Zypressen gesäumten Straße zum beeindruckenden Anwesen der Curtlees hinüber.

Der Bedienstete, der die Tür öffnete, war neu. Als Glitsky vor zehn Jahren zum letzten Mal hier gewesen war, war man noch ohne Butler ausgekommen. Dieser Bursche jedoch war mit seinem muskulösen Körperbau äußerst beeindruckend: Er schien Ende vierzig zu sein, hatte volle, gepflegte silbergraue Haare und aztekische Gesichtszüge. Mit seinem dunkelgrauen Anzug und der schwarzen Krawatte strahlte er Gelassenheit und eine unerschütterliche Selbstsicherheit aus. Als Glitsky vor der Tür stand, seine Dienstmarke zeigte und die Curtlees zu sprechen wünschte, blieb sein Gesicht ungerührt.

Ausgesucht höflich fragte er mit tiefer, akzentfreier Stimme: »Haben Sie einen Termin?«

»Nein. Aber ich bin, wie gesagt, von der Polizei.«

»Ich verstehe. Haben Sie einen Durchsuchungsbefehl?«

»Nein. Ich möchte nur mit den Curtlees sprechen, um sie von einer neuen Entwicklung in Kenntnis zu setzen.«

»Können Sie diese Information nicht mir geben?«

»Ich würde es vorziehen, mit einem Familienmitglied persönlich zu sprechen.«

Der Mann überlegte einen Augenblick und sagte dann: »Wie war der Name noch?«

»Lieutenant Glitzky, Morddezernat.«

»Natürlich, Sir. Einen Moment, bitte. Ich werde nachschauen, ob jemand zur Verfügung steht.«

Behutsam, doch entschieden schloss er die Tür vor Glitskys Gesicht.

Glitsky drehte sich um und schaute über die Auffahrt zur Straße zurück. Es gab kein Tor, keinerlei Einzäunung. Er hatte ungehindert zur Eingangstür kommen können. Zum ersten Mal empfand er diesen Umstand als ungewöhnlich und fragte sich, ob es wohl etwas über diese Familie aussagen würde, über ihre Arroganz und ihr Selbstverständnis. Sicher, in dieser Gegend ging man kaum zu Fuß, und das Viertel galt auch als alles andere als gewalttätig, aber jedes andere Haus in der Umgebung hatte einen Zaun und ein Tor. Vielleicht gingen die Curtlees ja davon aus, dass ohnehin jeder wusste, wer hier lebte – und dass eine Störung ihren Zorn und ihre Vergeltung nach sich ziehen würde.

Ein Zaun war also gar nicht notwendig. Die psychologische Barriere war völlig ausreichend.

Als er im Inneren des Hauses Schritte hörte, drehte sich Glitsky um und stand Ro Curtlee gegenüber, der gerade die Tür öffnete.

Der junge Mann war etwas fülliger geworden im Lauf der Jahre, aber mit seinen milchig-blauen Augen und dem fliehenden Kinn sah er noch immer aus wie ein schmollendes Kind. Seine hellblonden Haare trug er länger, seit er auf Kaution frei war, und irgendwie musste er sich auch eine Narbe eingehandelt haben, die auf der Mitte der Stirn begann und hinter dem Haaransatz verschwand. Das ärmellose weiße T-Shirt zeigte eine gut ausgebildete Muskulatur – offensichtlich hatte er im Gefängnis viel für seine Fitness getan.

Als er Glitsky sah, lachte er hämisch und schüttelte in gespielter Überraschung den Kopf. »Ez behauptete, dass Sie es sind, der zu dieser nächtlichen Stunde unseren Hausfrieden stört, aber ich sagte ihm, dass Sie so dumm nicht sein könnten. Also musste ich mich wohl oder übel selbst überzeugen – und tatsächlich, da stehen Sie in voller Schönheit. Ich muss schon sagen: Sie haben dicke Eier, Ihre Visage noch mal in meiner Nähe spazieren zu führen. Was zum Teufel wollen Sie denn diesmal?«

»Ich war der Hoffnung, Sie als Täter in einem Mordfall auszuschließen, der sich heute ereignet hat.«

»Klar doch. Und welche Dame hat es diesmal erwischt?«

Glitsky war für einen Augenblick still. »Wer hat denn gesagt, dass es sich um eine Dame handelt?«

Ro schien leicht irritiert, setzte dann aber ein gequältes Lächeln auf. »Ups, autsch. Da lockt er mich doch mit einem kleinen Kniff gleich aus der Reserve. Nicht übel. Ich hol besser meinen Anwalt, bevor ich mir noch mehr in die Schuhe schiebe. Vielleicht haben Sie ja sogar ein kleines Aufnahmegerät in der Tasche?«

»Nicht der Fall.«

Ro gluckste. »Was für ein Jammer. Sie hätten diese Aussage prima beim Prozess verwenden können.«

»Das kann ich noch immer.«

»Okay, jetzt machen Sie mir aber richtig Angst, vor allem, wenn es eine Frau war, die da abgemurkst wurde.«

»Wollen Sie mal raten, wer es ist?«

»Kann ich mir verkneifen. Wie würde das aussehen, wenn ich am Ende sogar auf die Richtige tippen würde? Sie wissen schon, was ich meine.«

»Absolut. Sie sind viel zu schlau für dumme Tricks, Ro. Ich bin eigentlich auch nur hier, um Sie zu fragen, wo Sie heute Nachmittag waren und ob Sie mit jemand zusammen waren.«

»Einen Scheißdreck muss ich Ihnen erzählen.«

»Völlig richtig. Aber Sie könnten uns beiden viel Ärger ersparen, wenn Sie es mir verraten würden.«

»Nichts ist mir wichtiger, Herr Sergeant, als Ihnen Ärger zu ersparen.«

»Lieutenant. Ich bin befördert worden.«

»Wahnsinn. Da kann ich nur gratulieren. Und ich

dachte, Ihre Karriere sei nach meinem Prozess im Gully gelandet, wo Sie doch den Falschen eingelocht haben.«

Glitskys Lippe zuckte leicht nach oben. »War gar nicht so schlimm, da ich doch immerhin Sie eingelocht habe. Also?«

»Also was?«

»Heute Nachmittag. Wo waren Sie?«

»Draußen. Hab 'ne Spritztour gemacht.«

»Alleine?«

»Na klar. Ich genieße meine Freiheit.«

»Wohin?«

»Rauf nach Napa, dann rüber nach Sonoma und zum Abendessen zurück.«

»Haben Sie irgendwo angehalten?«

»Hab mir bei ›Taylor's Refresher‹ in Napa einen Hamburger und Milkshake gegönnt. Kennen Sie den Laden? Super Küche. Nichts von dem überkandidelten Zeug, das es sonst da oben überall gibt.«

»Ja«, sagte Glitsky. »Guter Laden. Was für einen Milkshake?«

»Schokolade.«

»Na also. Glauben Sie, dass sich jemand bei Taylor's an Sie erinnern könnte?«

»Keine Ahnung.«

»Was ist mit dem Wagen?«

»Was soll damit sein?«

»Mit welchem Wagen sind Sie gefahren?«

»Dem Z4, BMW. Offenes Cabrio.«

»Welche Farbe?«

»Violett.«

»Also ziemlich auffällig.«

»Die Leute drehen sich um, ja. Geile Karre. Ist es das, was Sie wissen wollen?«

»Ist zumindest ein guter Anfang.«

»Wer wurde denn nun ermordet?«

Glitsky schaute auf seine Uhr. »Es sollte genau jetzt in den Spätnachrichten laufen. Sie können es sich mit eigenen Augen anschauen.«

»Ro?« Eine weibliche Stimme kam von oben. Es war Theresa, seine Mutter. »Wer ist um diese Zeit an der Tür?«

Ro Curtlee zögerte einen Moment, grinste abschätzig und sah Glitsky direkt in die Augen. »Niemand«, sagte er.

Und schloss die Tür.

Glitsky hätte jetzt nach Hause fahren können – was vermutlich nicht die schlechteste Idee gewesen wäre, aber er war zu aufgewühlt. Treya hätte kein Auge schließen können, wenn er im Wohnzimmer hektisch auf- und abgelaufen wäre.

Also fuhr er wieder in die Innenstadt, stellte den Wagen auf dem städtischen Parkplatz ab und nahm den Aufzug zu seinem kleinen ungestörten Reich. Er knipste das Licht an und ging zu seinem Schreibtisch.

Zur linken Hand stellten fünf stark verschmutzte Fenster den Kontakt zur Außenwelt her, lieferten aber so wenig Licht, dass es selbst tagsüber zu dunkel zum Lesen war. Unter gerahmten Fotos und Urkunden – unter anderem war Glitsky 1987 als »Polizist des Jahres« ausgezeichnet worden – befanden sich niedrige Regale mit persönlichen Erinnerungen: die Dienstmütze, die er als Streifenpolizist getragen hatte, ein signierter Ball von seinem Footballteam in San José. Während rechts die Hängeschränke mit den Ermittlungsakten standen, war das Regal mit seiner privaten Lektüre, das hinter dem Schreibtisch bis zur Decke reichte, eher ungewöhnlich für einen Polizisten: Hunderte von Taschenbüchern, darunter eine komplette Sammlung von Patrick O'Brians Seefahrergeschichten, standen dort neben der Encyclopedia Britannica, dem schwergewichtigen »Oxford English«-Wörterbuch, einem Kompendium der Drogentherapie, Dutzenden von Sportbüchern, den englischen Libretti von »Der Barbier von Sevilla« und »Tosca« (Jakob, einer seiner erwachsenen Söhne aus erster Ehe, galt in der Opernwelt als kommende Bariton-Hoffnung), dem kalifornischen Strafgesetzbuch und weiterer juristischer Fachliteratur.

Heute Abend aber würdigte er sie keines Blickes.

Er hatte schon mit dem Gedanken gespielt – und ihn wieder verworfen –, bei dem Amtsrichter im Nachtdienst (der im gleichen Gebäude saß) umgehend einen Durchsuchungsbefehl zu beantragen. Die Begründung: Ro habe sich mit der Aussage verdächtig gemacht, dass es sich bei dem Opfer um eine Frau gehandelt habe. Er tröstete sich mit der Vorstellung, Ros Versprecher bei der Verhandlung zu Protokoll zu geben, wusste aber auch, dass dieser Tatbestand einen Durchsuchungsbefehl in keiner Weise rechtfertigte. Auch wenn es vielleicht irrational war: Der Vorfall hatte zur Folge, dass Glitsky inzwischen felsenfest davon überzeugt war, dass es Ro war, der Nuñez umgebracht hatte.

Glitsky griff sich einen Block und machte ein paar Notizen: Er musste Gloria Gonzalvez auftreiben, die letzte verbleibende Zeugin, bevor sie Ro in die Hände fiel. Er musste für potenzielle Augenzeugen einen »Identifizierungs-Sechserpack«, Porträtfotos von Ro und fünf anderen Männern, anfertigen lassen.

Weitere Fragen, die er notierte: Wie hatte Ro Nuñez aufspüren können? Hatte er sich mit ihr verabredet? Möglicherweise mit ihr telefoniert? Oder alternativ vielleicht einer seiner Anwälte? Lebte sie noch immer in dem gleichen Apartment, in dem sie zur Zeit des ersten Prozesses gewohnt hatte?

Er legte den Notizblock zur Seite, blätterte in seinem Rolodex, griff zum Hörer und wählte Arnie Beckers Handynummer. Trotz später Stunde nahm der Brandinspektor schon beim zweiten Klingeln ab. Da er im Display den Namen des Anrufers sah, kam Becker gleich zur Sache.

»Abe. Hast du was?«

»Ein paar Sachen – vielleicht. Sogar einen Verdächtigen.«

»Ging aber schnell.«

»Bist du noch immer am Tatort?«

»Wir fangen eigentlich gerade erst richtig an. Deine Ermittler sind gerade gegangen. Werde wohl die ganze Nacht hier sein.«

»Hat irgendjemand schon einen Anhaltspunkt, wer diese Nuñez war?«

»Nein. Wir wissen nur, dass sie tot ist.«

»Sie war die Zeugin in einem Mordprozess – und hätte früher oder später wieder gegen den gleichen Mann ausgesagt.«

»Und der heißt?«

»Ro Curtlee.«

»Ist das der Bursche, den Farrell hat laufen lassen?«

»Faktisch war es Baretto, aber, ja: Er ist es.«

»Scheiße. Und dann läuft er gleich los und bringt sie um.«

»So sieht's für mich aus.«

Becker atmete tief durch. Dann: »Warum lassen sie diese Scheißkerle nur raus?«

»Großartige Frage, Arnie. Muss was mit Justiz und Berufungsrecht zu tun haben. Frag doch mal deinen Abgeordneten.«

»Alles Arschlöcher.«

»Du sagst es. Jedenfalls könnte es sein, dass er mit seinem violetten BMW-Z4-Cabrio unterwegs war und vielleicht in der Gegend geparkt hatte, bevor er zu ihr hochging. Vielleicht hat ja jemand was gesehen. Ich lasse die ID-Sechser anfertigen, damit du sie morgen in der Gegend rumzeigen kannst. Wenn ihn jemand gesehen hat, können wir ihn zumindest ins Präsidium holen und ihn in die Mangel nehmen. Vielleicht können wir mit einem Durchsuchungsbefehl auch sein Haus auf den Kopf stellen. Hast du vielleicht schon irgendwas Sachdienliches gefunden?«

»Vielleicht.« Becker machte eine Kunstpause. »Ich will dir ja keine Hoffnungen machen, aber da gibt es vielleicht eine Kleinigkeit.«

»Mach mir Hoffnung«, sagte Glitsky. »Selbst Kleinigkeiten werden dankbar angenommen.«

Becker zögerte noch immer. »Es ist noch kein endgültiger Befund, und ich weiß auch nicht, was es bedeutet, aber wir haben an ihren Füßen zwei verkohlte Partikel gefunden, beide identisch, vermutlich Gummi oder Plastik. Morgen kann ich dir mehr sagen.«

Glitskys Herz machte einen kleinen Sprung. Er hatte vor einigen Jahren bereits einen Herzinfarkt gehabt, und auch wenn es sich diesmal anders anfühlte, massierte er mit der Hand seine Brust und atmete tief durch. »Sie trug Schuhe, als er sie umbrachte.« Es war keine Frage.

»So sieht es aus. Vielleicht. Sagt dir das irgendwas?«

Glitsky hatte noch immer Schwierigkeiten, normal zu atmen. »Das machte Ro Curtlee, wenn er Frauen vergewaltigte. Er stellte sicher, dass sie noch ihre Schuhe trugen.«

»Warum?«

»Weiß der Teufel, Arnie, weiß der Teufel.«

»Tut mir leid wegen der späten Störung, Wes, aber mir lag daran, dass Sie es als Erster erfahren. Ich sehe es so: Wenn Sie das mit den Schuhen bestätigen können, bekommen wir einen Durchsuchungsbefehl.«

Farrell blies in sein Telefon. »Können wir nicht machen, Abe. Verdammt noch mal: Wir wissen nicht mal, ob es sich um Nuñez handelt. Und wir werden es vielleicht nie rausfinden, falls sie nie zu einem amerikanischen Zahnarzt gegangen ist – und davon kann man fast ausgehen. Und ohne ihre ID haben wir nichts, das wir der Jury zum Fraß vorwerfen können. Wurde irgendwas von dieser Schuhgeschichte im letzten Prozess zugelassen?«

»Weiß ich nicht, Wes, aber das können wir schnell rausfinden. Ich habe damals aber mit all den Frauen gesprochen, den Vergewaltigungsopfern – bevor sie Geld annahmen und die Aussage verweigerten. Alle haben die Geschichte mit den Schuhen bestätigt. Das war seine Marotte.«

»Das glaub ich Ihnen ja. Aber er hat die anderen nicht umgebracht, oder nicht?«

»Eine umgebracht, drei verprügelt.«

»Okay, aber die Tote, Sandoval, wurde draußen gefunden, im Park, oder?« Er ließ sich vom Ausbleiben einer Antwort nicht irritieren. »Mein Punkt ist doch der: Er hat niemanden angezündet. Nicht *einmal*. Das ist also neu, richtig? Es ist nicht seine alte Vorgehensweise, insofern ist es auch kein Argument dafür, dass er der Täter ist.«

»Ich weiß, dass er es ist. Jemand im Knast wird ihm die Idee in den Kopf gesetzt haben: Wenn man jemand vergewaltigt und umbringt, zündet man den Laden besser an, damit keine Spuren bleiben.«

»Genau. Und wie Becker schon festgestellt hat: Wir werden noch nicht mal die Bestätigung bekommen, dass Nuñez vergewaltigt wurde, oder?«

»Eher unwahrscheinlich.«

»Mit anderen Worten: Wir haben keine Anhaltspunkte, dass Ro in ihrem Apartment war, keine Zeugen …«

»*Noch* nicht!«

»Okay, noch nicht. Aber immerhin. Außerdem gibt es keine Beweise für eine Vergewaltigung. Wir haben eine Frau, die bei einem Brand umgekommen ist. Wir kennen nicht mal die genaue Todesursache, richtig? Wurde sie erwürgt, erschossen, erstochen? Sagen Sie's mir.«

»Wir werden dazu möglicherweise auch keine Erkenntnisse bekommen, Wes. Die Leiche war nun mal völlig verkohlt.«

»Meine Rede, Abe. Vielleicht ist sie ja … nein, es könnte jedenfalls passieren, dass die Ermittlungen völlig ins Leere laufen. Vielleicht ist sie ja mit einer Kerze ins Badezimmer gegangen, hat einen Herzinfarkt, fällt tot um und steckt ihre Wohnung in Brand.«

»So war's mit Sicherheit nicht.«

»Glaube ich ja auch nicht. Ich glaube sogar, dass Sie wahrscheinlich recht haben. Aber mit *wahrscheinlich* kommen wir nicht weiter – und das wissen Sie genau.«

»Wie soll es denn weitergehen?«

»Ich weiß es nicht, Abe. Ich hoffe, er macht einen Fehler.«

»Sie meinen: einen Fehler bei seinem nächsten Mord?«

»Nein«, sagte Farrell. »Vorher.«

7

Farrell hatte das Gefühl, dass die Einrichtung seines Büros vielversprechende Fortschritte machte. Der große Raum hatte nicht mehr die geringste Ähnlichkeit mit dem Büro seines Vorgängers – was auch nicht weiter verwunderlich war, wenn man sündhaft teure Statussymbole durch Flohmarktmöbel ersetzte.

Farrell hatte immer mit der Diktatur des Schreibtischs gehadert, der traditionell die Mitte des Raums beherrschte. Bei ihm thronte dort nun, mit ausreichend Bewegungsspielraum auf beiden Seiten, ein Tischfußballspiel. Am Eingang und auf der anderen Seite des Kickers gab es zwei Sitzecken mit Sofa, Sesseln und Kaffeetisch; die eine Garnitur war aus Leder und Chrom, die andere aus Stoff und Holz.

Sein »Arbeitstisch« war eigentlich nur eine helle Schreibtischplatte, die vor den Fenstern zur Bryant Street stand, völlig überladen mit Computer, Drucker, Telefon und Fax. Ein anderer Tisch stand an der Wand, wurde aber von einem 52-Zoll-Fernseher okkupiert. Davor ein paar Klappstühle, die bei Bedarf auch in den Sitznischen zum Einsatz kommen konnten. Auf dem Regal unter seinem Mini-Basketballkorb und ein paar juristischen Kompendien befand sich eine Espressomaschine mit Tassen, Gläsern und anderen Utensilien, einer Bastschale mit Zucker und Süßstoff und einer kleinen Auswahl von Alkoholika verschiedenster Qualität.

Es war Viertel vor elf am Samstagmorgen, ein Tag nach dem Mord an Felicia Nuñez. Farrell hatte sich auf dem Ledersofa niedergelassen, Amanda Jenkins und Abe Glitsky saßen ihm gegenüber auf den Sesseln. »Ich muss gestehen«, so hatte Farrell gerade gesagt, »dass ich etwas ratlos bin. Auf der einen Seite stimme ich Ihnen zu, dass es höchstwahrscheinlich Ro war, der Nuñez umgebracht hat. Auf der anderen Seite haben wir nicht mehr als einen Anfangsverdacht. Und ich weiß nicht, wie wir aus dieser Sackgasse rauskommen – und kann mir auch nicht vorstellen, dass Sie es darauf ankommen lassen wollen.«

»Ich würde es in Erwägung ziehen«, sagte Glitsky.

Farrell zuckte die Schultern und ging nicht darauf ein. »Was mir aber vor allem am Herzen liegt, ist die Feststellung, dass Sie beide nicht den Eindruck haben sollten, als hätten Sie nicht meine volle Unterstützung, denn die haben Sie. Ich werde liebend gerne jeden konkreten Vorschlag von Ihnen erörtern, und aus diesem Grunde haben ich Sie ja auch heute hergebeten. Eines aber kann ich nicht: Ich kann den Burschen nicht ohne faktische Beweise aus dem Verkehr ziehen.«

Jenkins schlug ihre Beine übereinander und sagte: »Natürlich können Sie. Man kann ihn hochgehen lassen, weil er alkoholisiert wirkte; man kann ihn hochgehen lassen, weil er sich in einem Drogenumfeld auffällig verhielt; man kann ihn hochnehmen, weil er auf den Bürgerstein gespuckt hat. Jeder Cop, der sein Geld wert ist, findet problemlos zehn Gründe, um jemanden anzuschleppen, bevor er auch nur Piep sagen kann. Ist es nicht so, Abe?«

»Grundsätzlich schon.«

»Grundsätzlich reicht völlig.« Sie nickte zu Glitsky hinüber, wandte sich dann aber wieder an Farrell. »Um es aber ganz konkret zu machen, Wes: Matt sagt mir, dass er Ro jederzeit festnehmen würde – unabhängig davon, was wir ihm vorwerfen. Egal, wie die Anschuldigung lautet, egal, wann. Wir haben schon darüber gesprochen.«

»Das freut mich für Sie, aber wer ist Matt?«

Jenkins konnte es sich gerade noch verkneifen, die Augen zu verdrehen. »Matt Lewis«, sagte sie mit übertrieben zur Schau gestellter Geduld. »Er ist ein Inspector der Staatsanwaltschaft und – auch wenn das hier keine Rolle spielt – mein langjähriger Freund.«

Farrell gab sich zerknirscht. »Ich vermute mal, dass der Politiker in mir sich daran hätte erinnern müssen«, sagte er. »Oder es überhaupt hätte wissen müssen. Aber ich bin in diesen Dingen ein hoffnungsloser Fall. Matt Lewis. Ab sofort werde ich den Namen nicht mehr vergessen.« Dann, mit einem Grinsen: »Und, wie sieht er aus?«

»Wie Clark Kent«, sagte Jenkins ungerührt, »nur ohne Brille. Aber noch mal: Matt bietet an, Ro jederzeit festzunehmen, mit jeder Begründung, die wir ihm mit auf den Weg geben. So einfach ist das.«

»Nein, so einfach ist das nicht.« Farrell schüttelte mehrfach den Kopf. »Nun hört mal, Leute. Auf diese Art halten wir ihn für zehn Minuten fest – und sehen danach wie Idioten aus. Und obendrein wird uns die Presse ans Kreuz nageln – auch wenn das nicht der entscheidende Punkt ist. Aber nein, so geht's nicht. Ende der Durchsage. Was ihr braucht … was wir brauchen, ist ein konkretes Vergehen.«

»Wie wär's mit Mord?«, warf Glitsky ein.

Farrell seufzte. »Geben Sie mir *Beweise*, Abe, und es passiert auf der Stelle. Versprochen.«

Glitsky schaute zu Jenkins hinüber, die den Ball aufnahm. »Wes, nun hören Sie mal. Dies ist eine Situation, in der Ihre Ermessensfreiheit zum Tragen kommt. Sie können diese Entscheidung ganz alleine treffen.«

Farrell zeigte plötzlich Anzeichen der Erschöpfung. Er führte seine Hand zum Kopf, rieb seine Augen und presste die Finger auf die Schläfe. Da er sehr wohl eine Mitschuld am Tod von Felicia Nuñez bei sich sah, hatte er in der letzten Nacht kaum geschlafen. »Und wie stelle ich das an, Amanda? Wie treffe ich diese Entscheidung?«

»Sie lassen ihn von Abe wegen des Nuñez-Mords verhören. Das ist keine Schikane. Das ist eine berechtigte

Anklage, weil er a) tatsächlich schuldig ist, und es b) der überwiegende Teil der Bevölkerung auch gutheißen wird.«

»Gut, vielleicht. Aber …«

»Da gibt es kein Aber. Hören Sie: Sie sind doch besorgt, weil unter normalen Umständen die Beweislage zu dünn ist, um ihm wegen Nuñez den Prozess zu machen. Aber zumindest haben wir ihn dann in Untersuchungshaft – und seine Anwälte müssen sich dann mit dem Wiederaufnahmeverfahren beschäftigen, wann immer auch der Termin festgesetzt wird. Aber auf diese Weise haben wir ihn wenigstens aus dem Verkehr – und verhindern weitere Morde.«

Farrell sank zusammen, lehnte sich zurück und legte seinen Kopf auf ein Kissen. Er seufzte erneut. »Habe ich wirklich meine Energie darauf verschwendet, diesen Job zu bekommen?«, fragte er. »Und kann mir einer von Ihnen sagen, *was* mich dazu trieb?« Er gab sich einen Ruck. »Das ist ein wundervoller Vorschlag, Amanda, aber wir haben noch immer diese Hürde namens ›hinreichender Verdacht‹, und ohne hinreichende Beweise wird Mr. Curtlee in achtundvierzig Stunden wieder ein freier Mann sein. Und Abe, ganz nebenbei, wird wegen unberechtigter Festnahme selbst angeklagt.«

»Ich denke, wir haben einen hinreichenden Verdacht.«

Farrell warf ihr einen vernichtenden Blick zu. »Nun gut, dann haben wir mal viel Fantasie und glauben Ihnen. Als Nächstes, wie Sie gut wissen, kommt dann die Voruntersuchung. Davon haben Sie vielleicht schon mal gehört. Jemand wird verhaftet, wird von uns angeklagt, wir können den ›hinreichenden Verdacht‹ nicht erhärten –

und finden uns dann zehn Tage später bei der Anhörung wieder, um die Beweislage vorzutragen. Liegen keine Beweise vor, ist er frei.«

»Wes, nun hören Sie aber auf.« Jenkins rückte in Ihrem Sessel nach vorne. »Wie viele Voruntersuchungen haben Sie erlebt, bei denen der Beschuldigte laufen gelassen wurde? Zero. Hab ich nicht recht? Vielleicht eine in zehn Jahren. Es passiert so gut wie nie. Was hier zählt, ist nun mal der ›hinreichende Verdacht‹ …«

Duldsam hob Farrell eine Hand. »Bitte, ersparen Sie's mir. Ich kenne die Rechtslage. Laut Gesetz ist ein ›hinreichender Verdacht‹ dann gegeben, wenn ›eine Person im Vollbesitz ihrer geistigen Kräfte den starken Verdacht hat, dass ein Vergehen begangen wurde und der Angeklagte dieses Vergehen begangen hat‹«.

»Das meine ich doch«, fuhr Jenkins fort. »Wir haben Ros frühere Verurteilung, wir haben seine Verbindung zu Nuñez und ihre – für ihn bedrohliche – Aussage im nächsten Prozess, wir haben die Schuhe … Mein Punkt ist doch: Jede ›Person im Vollbesitz ihrer geistigen Kräfte‹, und dazu gehören nun mal die meisten Richter, wird den ›starken Verdacht‹ haben, dass Ro Nuñez umgebracht hat – und mehr brauchen wir nicht. Es ist eine einfache Entscheidung, Wes, und Sie können sie treffen.«

»Es ist immer noch ein inakzeptables Risiko«, sagte Farrell.

»Das Risiko ist minimal«, antwortete Jenkins. »Nicht riskanter als die Straße zu überqueren. Aber falls Sie sich damit nicht wohlfühlen, haben Sie immer noch die Grand Jury.«

Farrell war diese Möglichkeit natürlich bewusst, er hatte sie sogar selbst schon durchgespielt – auch wenn dieser Weg mit seinen ganz eigenen Risiken behaftet war. Wenn er von der Grand Jury einen Anklagebeschluss bekam, konnte er sich das mögliche Minenfeld einer Voruntersuchung ersparen; im amerikanischen Rechtssystem machte der Anklagebeschluss eine Voruntersuchung hinfällig und war völlig ausreichend, um einem Angeklagten den Prozess zu machen.

Wenn sich Farrell aber für diesen Weg entscheiden würde, hatten Ros Anwälte die Möglichkeit, auf einen Prozessbeginn innerhalb von sechzig Tagen zu pochen – Fristverlängerung ausgeschlossen. Farrell könnte das Gericht um eine Zusammenlegung beider Prozesse bitten, aber Richter wie Baretto würden diesen Antrag vermutlich abweisen. Sollte er aber Ro nur für den Mord an Nuñez anklagen, würde – da war sich Farrell sicher – ihn keine Geschworenen-Jury in San Francisco für schuldig befinden. Innerhalb von zwei oder drei Monaten wäre er wieder auf freiem Fuß. Die Wiederaufnahme des ersten Prozesses – für die Vergewaltigung und den Mord an Sandoval, ohnehin schon problematisch genug – würde unter diesen Umständen noch diffiziler werden.

»Aber selbst bei der Grand Jury«, warf Glitsky ein, »müssten wir zehn Tage bis zwei Wochen auf ein Urteil warten. Ro könnte in der Zeit eine Menge Unheil anrichten.«

»Und aus diesem Grund«, so Jenkins, »plädieren wir dafür, ihn gleich zu verhaften und dann in die Voruntersuchung zu gehen. Kurz und bündig. Nur weg mit ihm.«

Als Glitsky nach Ende der Besprechung hinauf in sein Büro fuhr, gingen ihm einige Ideen durch den Kopf, die sich alle um Arnie Becker drehten. Die Identifizierung der Leiche musste schnell erfolgen – und vor allem: Sie musste absolut unzweifelhaft sein. Sollte die Tote nicht Felicia Nuñez sein, dann war die Theorie, die Jenkins und er verfolgten, nichts wert. Die Verbindung zu Ro Curtlee musste offensichtlich sein – und sie musste zügig dokumentiert werden. Vergleichende Zahnuntersuchungen waren natürlich eine Möglichkeit, aber Glitsky wusste nur zu gut, dass er darauf lange warten konnte – vor allem angesichts der Tatsache, dass der Zahnarzt der Toten, so er denn existierte, erst einmal gefunden werden musste. Sie mussten also andere Wege finden, um eine eindeutige Identifizierung zu gewährleisten.

Als er Becker am Telefon hatte – der Mann schien nie zu schlafen –, war der Brandinspektor sogar schon einen Schritt weiter. Die Identifizierung eines Brandopfers zählte zu den größten Herausforderungen seines Berufs, und Becker hatte darin im Lauf der Jahre eine bemerkenswerte Finesse entwickelt. »Sie ist es definitiv«, sagte er. »Nuñez, meine ich. Als sie verbrannte, krallten sich ihre Hände zu Fäusten zusammen – was ja häufig der Fall ist. Ihnen ist das sicher auch aufgefallen.«

»Sicher«, log Glitsky.

»Im Leichenschauhaus hat man ihre Fäuste geöffnet, und wie ich es mir erhofft hatte, bekamen wir an jeder Hand jeweils zwei fast perfekte Fingerabdrücke. Ich habe sie in der Datenbank der Einwanderungsbehörde durch den Computer gejagt …«

»An einem Samstagvormittag?«

»Ein Bekannter arbeitet dort in der Datenerfassung. Er lädt sie also ins System und – Bingo: Felicia Nuñez taucht auf.«

»Falls Sie mal je ins Morddezernat wechseln möchten«, sagte Glitsky, »dann rufen Sie mich an.«

»Ich werde dran denken, danke, aber ich bin mit meinem Job ganz glücklich.«

»Kann ich nachvollziehen. Am Wochenende immer bis in die Puppen schlafen und all die anderen Vorteile ...«

»Schlaf wird völlig überbewertet«, sagte Becker. »Aber Sie erwähnten noch einen zweiten Punkt.«

»Die Schuhe. Oder möglichen Schuhe.«

»Was ist mit ihnen?«

»Wissen wir, ob das Gummi oder Plastik an ihren Füßen von Schuhen stammt?«

»Absolut. Als Sie mir gestern Nacht sagten, das könne wichtig sein, hab ich die Stücke mit nach Hause genommen und in meinem Privatlabor untersucht. Sie stammen von den Sohlen eines Adidas-Tennisschuhs, Modell ›Honey Low‹. Kostet im Handel rund 55 Dollar. Und ja, die Schuhgröße ist 38. Das Oberteil ist komplett weggebrannt.«

Der Brandort lag auf seiner Route, als sich Farrell auf den Heimweg machte.

Er war bereits an der Stelle vorbeigefahren, aber sein überlastetes Hirn musste die gelben Polizeiabsperrungen unbewusst registriert haben. Einen halben Häuserblock weiter kam die Information endlich an. Er schaute in den Rückspiegel, wendete an der nächsten Kreuzung und parkte seinen Wagen auf der gegenüberliegenden Straßenseite.

Glitsky und Jenkins hatten fast eine Stunde auf ihn eingeredet, bis ihm die Argumente ausgegangen waren. Was nicht hieß, dass er eine Entscheidung getroffen hatte. Er hatte vielmehr beschlossen, den Nachmittag zu Hause zu verbringen und sich bequeme Klamotten überzustreifen, bevor er am Abend wieder eine seiner Reden über ein furchtbar wichtiges Thema halten musste. Vielleicht ergab sich ja sogar die Gelegenheit zu einem kleinen Nümmerchen mit seiner Freundin – eher unwahrscheinlich, aber völlig ausschließen wollte er's nicht.

Es war kurz nach zwölf, als plötzlich das Wetter umschlug und ein böiger Wind Nieselregen durch die Straßen blies. Farrell ließ sein Fenster herunter und schaute hinauf zu den Glaszacken, die noch in den Fenstern des oberen linken Apartments steckten.

Aber sosehr er es auch versuchte: Der Tatort hatte absolut keine Botschaft für ihn.

Den Ort eines Verbrechens hatte er zuvor noch nie aufgesucht. Sein Leben lang war er Verteidiger gewesen, und Ermittlungen am Tatort waren nun mal Sache der Polizei und des Staatsanwalts.

Und trotzdem: Da saß er nun – als Staatsanwalt und erster Gesetzeshüter von San Francisco. Der Job drückte, kniff und zwickte wie ein schlecht sitzender Anzug.

Sicher, er war bei vollem Bewusstsein zur Wahl angetreten, auch wenn er sich zuvor eher einen Namen durch seine unorthodoxe Rechtsauffassung gemacht hatte: dass nämlich eigentlich *alle* Angeklagten irgendwie schuldig seien – und es sein Berufsethos sei, die Leute trotzdem herauszupauken. Oder, was weit häufiger der Fall war, einen Vergleich auszuhandeln, der für den Angeklagten akzeptabel war. In der Realität eines Verteidigers ging es nur in Ausnahmefällen darum, einen Angeklagten komplett reinzuwaschen; meist handelte es sich um eine Reduzierung des Strafmaßes oder auch um Kaution. Und weil es so selten vorkam, verschwendete kein Verteidiger einen Gedanken daran, dass ein Angeklagter tatsächlich auch mal unschuldig sein könne.

Dass Ro Curtlee aller Wahrscheinlichkeit nach Felicia Nuñez umgebracht hatte, schreckte Farrell daher nicht ab. Er hatte schon früher Mörder verteidigt. Er würde nicht gerade behaupten wollen, dass es sich dabei um angenehme Zeitgenossen gehandelt hatte, aber zumindest zu einigen hatte er durchaus einen Draht entwickelt. Sie zeigten menschliche Regungen und hatten in ihrem Umfeld oft genug Menschen, um die sie sich sorgten: Mütter, Freundinnen, Kinder. Manchmal zeigten sie Reue ob ihrer Taten. Es waren nicht alles Seelen, die für immer verdammt waren.

Farrells persönliche Erfahrungen kollidierten folglich mit dem Rechtsverständnis von Glitsky und Jenkins. Als er am Morgen mit ihnen gesprochen und ernsthaft versucht hatte, ihre Argumente nachzuvollziehen, war ihm gleichzeitig bewusst geworden, wie sehr ihre Positionen auseinanderlagen.

In Farrells Augen war das Recht ein nicht dehnbares, objektives Instrumentarium, mit dem eine Gesellschaft ihre Meinungsverschiedenheiten klärte. Der Ermessensfreiheit waren enge Grenzen gesetzt. Und Moral war ein Faktor, der ohnehin nur höchst selten zum Tragen kam.

Aber mit Sicherheit war das Gesetz kein Werkzeug, mit dem man selektiv die einen verfolgte – und andere, die das gleiche Vergehen begangen hatten, ungeschoren davonkommen ließ.

Glitsky und Jenkins hatten offenkundig kein Problem damit, die Rechtslage kreativ zu interpretieren, um Ro Curtlee wieder hinter Gitter zu schicken. Farrell hingegen war davon überzeugt, dass alles, was nicht mit der gleichen Elle gemessen würde, per Definition Unrecht sei. Und trotzdem glaubten Glitsky und Jenkins offensichtlich, dass sie das Recht und – mehr noch – die Moral auf ihrer Seite hatten.

Farrell wusste, dass es eine heikle und beunruhigende Gratwanderung war.

Als er in der letzten schlaflosen Nacht seine Verantwortung für die Freilassung von Ro Curtlee und den Tod von Felicia Nuñez überdacht hatte, war er letztendlich zur Überzeugung gekommen, dass er das Gesetz respektiert und korrekt angewendet hatte. Und genau dafür hatte man ihn gewählt. Dies war sein Job.

Aber was war von dem Vorschlag zu halten, eins seiner legitimen Instrumente – Grand Jury oder Voruntersuchung – in die Waagschale zu werfen, um auf diesem Wege Ro aus dem Verkehr zu ziehen? Der Vorschlag war durchaus vielversprechend, aber war er rechtens? Der Mann war nun mal bereits wegen Vergewaltigung und Mord verurteilt worden – und die erfolgreiche Berufung vor der Neunten Kammer hatte seine Schuld auch nie in Frage gestellt. Würde er aus einer armen Familie kommen, die eine Kaution von zehn Millionen Dollar nicht hätte aufbringen können, säße er auch weiterhin im Gefängnis und müsste dort auf die Wiederaufnahme des Prozesses warten.

Der Knackpunkt war am Ende folgender: Farrell *wusste*, dass Glitsky im Fall Nuñez keine eindeutigen Beweise gegen Ro Curtlee hatte. Ro hatte natürlich ein plausibles Motiv und vermutlich auch kein stichhaltiges Alibi, aber Farrell war nicht der Ansicht, dass er allein damit Ro Curtlee vor eine Grand Jury stellen könne. Die Frage des »hinreichenden Verdachts« war nicht entscheidend – Jenkins hatte völlig recht, dass dieser Begriff sehr dehnbar war. Ob mit oder ohne eindeutige Beweise: Die von ihr empfohlene Vorgehensweise könnte funktionieren. Und damit könnte man Ro aus dem Verkehr ziehen und ihn bis zur Prozesswiederaufnahme – oder zumindest fast bis dahin – unter Verschluss halten. Man musste aber schon eine gesunde Portion Zynismus haben, um das System so auszutricken. Und irgendwo ging es dann, in Farrells Augen zumindest, auch um die Moral.

Farrell wusste genau, dass er selbst kein Heiliger war. Er hatte mehr als genug Schwächen. Man brauchte dazu nur seine Frau und die in alle Winde verstreuten Kinder zu befragen. Aber eines war er mit Sicherheit nicht: ein Heuchler. Er hatte geschworen, das Gesetz nach bestem Wissen und Gewissen zu achten – und genau das würde er auch tun. Komme, was wolle.

Er schaute noch einmal zu den ausgebrannten Überresten von Felicia Nuñez' Apartment hoch, schob unbewusst seinen Unterkiefer vor und fuhr los.

8

Von der Lake Street bog Ro Curtlee nach rechts ab und parkte seinen BMW in einer Sackgasse, die – wie die Vallejo Street mit der Curtlee-Residenz, wenn auch ungleich bescheidener – direkt am Presidio endete. Auf beiden Seiten der Straße standen identische, zweigeschossige Doppelhäuser. Direkt am Straßenrand befanden sich die Garagen, und neben jeder Garage führte ein Fußweg zunächst zur Parterrewohnung, dann ein paar Schritte weiter zu einer Treppe, über die man die Wohnung im ersten Stock erreichte.

Ro stieg aus seinem Wagen. Er trug Jeans, Stiefel und eine dicke grüne Regenjacke, die er nach dem Aussteigen zuknöpfte.

Nach einem Blick auf die Hausnummern ging er mit energischen Schritten weiter die Straße hinauf. Ganz am Ende fand er die Adresse, die er suchte. Es war die Wohnung im ersten Stock, und er stieg die zwölf Stufen hoch, stand einen Augenblick vor der Tür und drückte dann die Klingel.

Eine weibliche Stimme rief: »Einen Augenblick!«

Ro wartete.

Die Tür öffnete sich, und er sah eine attraktive farbige Frau, die fast so groß war wie er. »Ja, bitte? Kann ich Ihnen helfen?«

Ro konnte nicht glauben, dass sie so einfach die Tür aufgemacht hatte und ihn begrüßte. Sollte sie vorher durch den Türspion geschaut haben, so hatte er es nicht bemerkt. Und es gab keine Sicherheitskette, die ihn im

Zweifelsfall davon abgehalten hätte, sich gewaltsam Zutritt zu verschaffen.

Gesundes Selbstvertrauen oder schlicht Dummheit, dachte er.

Sie trug einen lila Jogginganzug und Tennisschuhe. Gleich neben ihr, Hand in Hand, stand ein fünf- oder sechsjähriges Mädchen, dessen selbstbewusster und forscher Gesichtsausdruck Ro spontan an ihren Vater erinnerte.

Ro lächelte das Mädchen halbherzig an und richtete seine Augen dann wieder auf die Mutter. »Ich hatte die Hoffnung, mit Kommissar Abe Glitsky sprechen zu können«, sagte er.

»Er ist nicht zu Hause«, sagte sie, »aber er müsste in einigen Minuten hier sein.« Für einen irritierenden Moment dachte Ro, dass sie ihn tatsächlich ins Haus bitten würde. Tatsächlich aber trat sie einen Schritt zurück, legte die Hand an die Türkante, als wolle sie sich darauf vorbereiten, sie im nächsten Moment zuzuschlagen, schaute ihn aber weiterhin gelassen und freundlich an. »Falls Sie in einer halben Stunde noch einmal kommen möchten, müssten Sie ihn eigentlich antreffen.«

»Geht schon in Ordnung. Ich werde ihm sicher in der Stadt über den Weg laufen und kann dann mit ihm sprechen. Ich war nur zufällig in der Nachbarschaft und dachte, ich könnte ihm einen Überraschungsbesuch abstatten – so wie er es gestern Abend mit mir gemacht hat.«

»Gestern Abend?«

»Genau.« Er grinste sie an. »Ich wäre Ihnen dankbar, wenn Sie ihm mitteilen könnten, dass Ro Curtlee mal vorbeigeschaut hat.«

Diesmal verhärteten sich die Gesichtszüge der Frau. Instinktiv ging sie einen Schritt weiter zurück und schob ihr Kind hinter sich. Ihre Hand an der Türkante straffte sich. »Was wollen Sie hier?«

Es war genau die panische Reaktion, die er sich erhofft hatte.

»Ich wollte Ihren Mann einfach nur informieren, dass ich weiß, wo er wohnt. So wie er das gestern mit mir gemacht hat.«

Sie drückte die Tür weiter zu. »Sie sollten jetzt sofort gehen«, sagte sie. »Sie haben hier nichts verloren.«

Mit gespielter Enttäuschung antwortete er: »Wo wir uns doch gerade so gut unterhalten haben.« Er zeigte auf das Mädchen. »Und Sie haben so eine süße kleine Tochter.«

Sie schlug die Tür zu. Er hörte noch, wie sie sagte: »Ich rufe sofort die Polizei.«

»Machen Sie sich nicht die Mühe«, rief er. »Bis dahin bin ich längst weg.«

Er stieg die Treppe hinunter und spazierte zu seinem Wagen.

Glitsky saß gerade in Jenkins' vollgestopftem Büro, trank einen Tee und informierte sie über Beckers neue Erkenntnisse – die eindeutige Identifizierung von Nuñez, die Sohle des Adidas-Schuhs –, als Treya ihn auf dem Handy erreichte. Scheinbar ruhig und beherrscht schilderte sie die Ereignisse, doch Glitsky blieb das Zittern in ihrer Stimme nicht verborgen. Er bemerkte, wie nahe sie einer ausgewachsenen Panik war, wie unmittelbar die Gefahr gewesen sein musste.

Ohne es selbst zu bemerken, war Glitsky aufgestanden und lief nun zwischen Tür und Schreibtisch hin und her. Die Narbe auf seiner Lippe schwoll an, bis sie sich in einen bedrohlichen weißen Strich verwandelt hatte. Er hockte sich auf die Schreibtischkante und pulte sich mit der freien Hand im Gesicht herum.

»Abe?«, fragte Treya nach Glitskys längerem Schweigen.

»Ja, ich bin noch da. Ist er weg?«

»Ja.«

»Bist du sicher?«

»Ich hab ihn wegfahren sehen.«

»Und beide Kinder sind bei dir?«

»Ja, wir sind alle okay. Ein bisschen durch den Wind, aber okay.«

Glitsky atmete tief durch. Ein zweites Mal.

»Abe?«, fragte sie wieder.

»Ja, ich bin immer noch dran. Ich denke nur nach.«

»Willst du vielleicht nach Hause kommen? Das wäre doch eine gute Idee. Warte, Rachel möchte dir ›Hi‹ sagen.«

Und bevor er Einwände erheben konnte, hörte er schon die Stimme seiner Tochter. »Hi, Daddy, Mom ist ganz aufgeregt. Ist alles okay?«

»Alles ist okay. Aber der Mann, der zu unserem Haus kam, ist ein böser Mann.«

»Dann solltest du ihn verhaften.«

»Ich weiß. Und ich glaube, das ist genau das, was ich auch tun werde. Bist du denn okay?«

»Ich hab nur Angst. Wegen Mom. Er hat ihr wirklich einen Schrecken eingejagt. Kommst du bald nach Hause?«

»So schnell es geht. Kann ich noch mal mit Mom sprechen?«

»Okay.«

»Hey«, sagte Treya.

»Trey, ich schicke einen Streifenwagen vorbei.«

»Warum? Ich glaube nicht, dass wir …«

»Darüber reden wir, wenn ich wieder zu Hause bin. Aber vorher schicke ich ein paar Leute vorbei, die den Vorfall zu Protokoll nehmen. Wenn sie klopfen, schau aber erst durch den Spion und stell sicher, dass sie es auch wirklich sind, okay? Und lass bis dahin den Sperrriegel zu.«

»Ich hätte nie gedacht, dass Ro …«

»Ist schon gut«, sagte Glitsky. »Du bist mit dem Schrecken davongekommen. Jetzt sind wir schlauer und schauen zunächst immer durch den Türspion, okay?«

»Machen wir. Und wir warten jetzt auf dich.«

»In einer halben Stunde bin ich da. Lass bis dahin aber die Kinder nicht raus.«

»Mach dir keine Sorgen.«

»Tu ich auch nicht. Ich liebe dich.«

»Ich liebe dich auch. Komm schnell nach Hause.«

»Mach ich.«

Als er das Handy zuklappte, blickte er zu Jenkins hinüber. »Sie haben alles gehört?«

»Ro ist bei Ihnen zu Hause aufgetaucht?«

»Ist er.« Seine Schultern schienen unter der psychischen Belastung einzufallen. »Er legte Wert auf die Bemerkung, dass Rachel ein hübsches kleines Mädchen sei.«

Glitskys Augen wanderten an die Decke und dann zurück zu Jenkins. Er atmete tief durch und schüttelte den Kopf.

»Was denken Sie?«, fragte sie.

»Genau das, was man in so einer Situation denkt: Ich blas ihm den Kopf weg.«

»Kann ich Ihnen nicht verdenken, aber man würde Sie festnehmen, und Sie würden im Knast landen.«

»Irgendjemand muss ihn doch stoppen.«

»Es gibt auch noch einen anderen Weg.«

»Effektiver als ihn umzunieten kann er nicht sein.«

»Sicher nicht. Aber effektiver für Sie. Verhaften Sie ihn.«

»Wes scheint davon nicht übermäßig begeistert zu sein.«

»Schon richtig, aber wir hatten bisher keinen konkreten Anlass, ihn zu verhaften. Jetzt haben wir einen.«

»Und zwar?«

»Gewaltandrohung gegen einen Polizisten. Nämlich Sie. Oder Mitglieder Ihrer Familie. Strafgesetzbuch Paragraf 69 oder 422, Sie können sich einen aussuchen. Beides gilt als schwere Straftat.«

»Stimmt das?«

Eigentlich hätte Glitsky sich nicht mehr wundern dürfen, dass Anwälte ganze Absätze aus dem Strafgesetzbuch auswendig kannten, aber er war immer wieder aufs Neue beeindruckt. Jenkins drehte sich auf ihrem Stuhl, schloss die Augen und sagte: »Paragraf 69: ›Jede Person, die durch Anwendung von Gewalt oder eine entsprechende Drohung einen Polizeibeamten davon abhält, seiner Aufgabe nachzugehen …‹ bla bla bla. Und hier ist 422: ›Wenn eine Person bei vollem Bewusstsein damit droht, eine Tat zu begehen, aus der der Tod oder der schwerwiegende körperliche Schaden einer anderen

Person resultiert und dabei billigend in Kauf nimmt, dass die bedrohte Person diese Aussage …‹ – bla bla bla – ›als eine ernstzunehmende Drohung versteht‹, und jetzt kommt die wichtige Passage: ›*selbst wenn keine Absicht besteht, diese Drohung auch in die Tat umzusetzen,* wobei die Drohung so unmissverständlich, unvorbehaltlos, unmittelbar und konkret ausgesprochen werden muss und die Ernsthaftigkeit der Absicht und die mögliche Umsetzung der Drohung so nachdrücklich vermittelt wird, dass die bedrohte Person einen begründeten Anlass hat, nachhaltig um ihre Sicherheit und die Sicherheit ihrer unmittelbaren Familie zu fürchten …‹ Und so weiter.«

»Sie haben ein gutes Gedächtnis«, sagte Glitsky.

Jenkins zuckte die Schultern. »Gehört zum Job. Wenn man kein gutes Gedächtnis hat, sollte man gar nicht erst Jura studieren. Ich denke jedenfalls, dass wir uns an 422 halten sollten.«

»Was ist mit Wes?«

»Wes hat gesagt, dass er den Haftbefehl sofort unterschreibt, wenn wir etwas Konkretes in der Hand haben. Und genau das hat uns der Bursche nun geliefert. Ich kann als Zeuge aussagen, dass Sie gerade in einem Zustand nachhaltiger Furcht um Ihre Sicherheit und die Sicherheit Ihrer Familie waren.«

»Was absolut zutrifft.«

»Genau. Wie aus dem Lehrbuch. Und es ist eine schwere Straftat. Mehr als genug, um ihn wieder wegzusperren.«

Glitsky rutschte von der Schreibtischkante. »Warum sitze ich dann noch dumm hier herum?«

»Sie sitzen hier, weil Sie darauf warten, dass ich das mit Wes kläre. Er wird den Haftbefehl ausstellen, aber er wird darauf bestehen, dass nicht Sie die Verhaftung durchführen, sondern einer Ihrer Kollegen. Er wird die Meinung vertreten, dass Sie zu nahe dran sind. Matt wäre Feuer und Flamme, wenn er sich mit ein paar Kumpels der Sache annehmen dürfte. Und jetzt müssen Sie fragen, wer Matt ist.«

Glitsky stand schon an der Tür. »Ich glaube mich dunkel zu erinnern. Aber das ist nun mal eindeutig Aufgabe der Polizei, Amanda. Wir haben es mit einem gefährlichen Mann zu tun, der meine Familie bedroht hat. Er wird eingesackt, so schnell es mir möglich ist.«

Glitsky waren allerdings die Hände gebunden, solange er nicht wusste, wo sich Ro überhaupt aufhielt. Möglicherweise schlich er ja noch immer um ihr Haus herum, auch wenn Treya sich sicher war, dass er ihr Grundstück verlassen hatte. Was aber nicht ausschloss, dass er sich noch immer in der Gegend aufhielt, um Glitsky aufzulauern und aus dem Hinterhalt auf ihn zu schießen.

Glitsky rief beim Einsatzdienst an und orderte ein Team, das umgehend zu seinem Haus fahren solle, um dort auf ihn zu warten. Auf dem Weg solle die Streife die Augen nach einem violetten BMW Z4 aufhalten und, sollten sie ihn in der Nachbarschaft sehen, Glitsky umgehend informieren.

In Glitskys Auftrag rief eine Polizistin bei den Curtlees an und gab sich als Gerichtsangestellte aus, die eine Formalität zu der gestellten Kaution klären müsse. Sie betonte, dass sie nur mit Ro persönlich über seinen Kautionsstatus sprechen könne. Als der schließlich mit einem »Was soll dieser Scheiß denn schon wieder« ans Telefon kam, erklärte sie ihm, dass sie nur seine momentane Anschrift überprüfen müsse, und legte dann wieder auf. Zumindest war jetzt klar, dass Ro sich wieder zu Hause aufhielt.

Kaum hatte er diese Information erhalten, machte sich Glitsky auf den Weg. Innerlich kochte es in ihm noch immer. Auf dem Flur begann er zu rennen.

Es gibt drei Wege, die ein Polizist in Kalifornien bei einer Verhaftung einschlagen kann – und Glitsky hatte reiche Erfahrung mit allen dreien.

Im ersten Fall stimmt die Grand Jury einer Anklage zu. Das Gericht erlässt darauf einen Haftbefehl, und einige Streifenbeamte machen sich auf den Weg, um den Verdächtigen festzunehmen und in Polizeigewahrsam zu bringen. Im zweiten Fall kommen die Ermittler zu dem Schluss, dass sie genug Material haben, um die Hürde der »hinreichenden Beweise« zu nehmen, und legen ihre Unterlagen dem Amtsrichter vor (die Richter des Oberlandesgerichts wechseln sich in dieser Funktion im Rotationsprinzip ab). Der Amtsrichter unterschreibt dann den Haftbefehl – und wieder setzen sich die Polizeibeamten in Bewegung, um den Verdächtigen zu verhaften. Der dritte Weg, die Verhaftung ohne Haftbefehl, ist der gängigste, allerdings auch juristisch prekärste, weil hier unweigerlich subjektive Faktoren eine Rolle spielen: Einer oder mehrere Polizisten treffen die eigenmächtige Entscheidung, dass der Verdächtige umgehend in Verwahrung genommen werden muss. Die Gründe dafür können vielfältig sein: weil ein Täter auf frischer Tat ertappt wurde; weil die Polizei die Wiederholung einer Tat verhindern will – oder weil die Gefahr besteht, dass sich der Täter der Gerichtsbarkeit durch Flucht entziehen will.

Glitsky wusste nicht auswendig, welcher Richter an diesem Samstag dem Amtsgericht vorsitzen würde, aber die Gefahr bestand, dass es Sam Baretto war – und der würde einen Haftbefehl höchstwahrscheinlich nicht unterschreiben. Glitsky wusste aber auch, dass Ro Curtlee umgehend aus dem Verkehr gezogen werden musste. Es waren zwei unvereinbare Szenarien, und das zweite war für Glitsky nicht verhandelbar.

Als er aus dem Aufzug des Polizeipräsidiums stieg, hatte er seinen Entschluss gefasst. Aufgrund der offenen Drohung gegenüber seiner Familie war er sich sicher, dass die Sachlage für eine Verhaftung ohne Haftbefehl mehr als ausreichend war. Wes Farrell hatte zugesagt, dass sich die Staatsanwaltschaft auf seine Seite schlagen würde, sobald man irgendetwas Konkretes gegen Ro in der Hand habe. Obendrein: Nicht nur bei polizeilichen Ermittlungen erwies es sich immer als schlauer, lieber im Nachhinein um Vergebung als im Vorfeld um eine Erlaubnis zu bitten.

Es war seine Pflicht, die ihm keine andere Wahl ließ. Glitsky wusste, was er zu tun hatte.

Jenkins hatte aber wohl recht, ging es ihm durch den Kopf, dass er selbst die Verhaftung nicht vornehmen könne. Er war zu nahe dran, zu sehr in den Fall involviert. Und er wusste auch, dass er ohne Haftbefehl nicht in das Haus eines Verdächtigen eindringen konnte, selbst bei einem Schwerverbrechen. Er hatte aber eine Alternative: Er konnte das Haus von einer Handvoll Polizisten bewachen lassen, die sofort zugreifen würden, sollte Ro auch nur einen Fuß vor die Tür setzen.

Er brauchte nur ein paar Minuten, um die Aufgabenstellung zu erklären und zwei uniformierte Teams sowie einen weiteren Streifenwagen aus der Southern Station zusammenzustellen, die im Erdgeschoss untergebracht war. Sie sollten die erste Schicht an der Curtlee-Villa übernehmen; Glitsky würde sich darum kümmern, dass Personal aus dem Nachtdienst zu ihrer Ablösung bereitstand.

Die fünf Polzisten hatten inzwischen Stellung bezogen und ihre Wagen in der Nähe der Curtlee-Residenz geparkt – Glitsky in seinem Dienstwagen, seine Einsatztruppe in ihren schwarz-weißen Streifenwagen mit dem Drahtgitter vor dem Rücksitz.

Sie waren ausgestiegen und hatten sich hinter Glitskys Wagen versammelt. Noch immer nieselte es, und die Sicht an diesem späten Nachmittag betrug nicht einmal fünfzig Meter. Doch das Wetter war das Letzte, an das die Männer einen Gedanken verschwendeten.

Glitsky war vom körperlichen Zustand der Jungs begeistert – allesamt kräftige Burschen, vermutlich jünger als fünfundzwanzig, voll motiviert und scharf darauf, mit dem Chef der Mordkommission zusammenzuarbeiten. Alle machten den Eindruck, als würden sie regelmäßig das Fitnessstudio besuchen. Der größte von ihnen – DALY stand auf seinem Namensschild – war weiß und hatte die Arme über seiner Brust verschränkt. Sein Partner Monroe, drahtig und dunkelhäutig, hielt seine Hände in den Hosentaschen, tänzelte aber entspannt von einem Fuß auf den anderen. Auch die anderen beiden wirkten nicht weniger einsatzfreudig. Alle trugen sie ihre Gürtel mit Pistole, Schlagstock und Handschellen; Glitsky, wie immer in Zivil, trug keinen Gürtel, hatte aber seine Dienstwaffe im Schulterholster unter der dunkelbraunen Gore-Tex-Jacke.

»Was passiert, wenn er nicht rauskommt?«, fragte Daly.

Glitskys Mund verzog sich zu etwas, das wohl ein Lächeln werden sollte. »Wir warten, bis er kommt. Der Junge geht in den Bau.«

Die Streifenpolizisten warfen sich viel sagende Blicke zu, elektrisiert von der Aussicht, dass es diesmal richtig zur Sache ging.

»Ach so«, sagte Glitsky. »Es könnte passieren, dass sich der Butler, ein ziemliches Kraftpaket mit Waffenschein, an unserer Begegnung beteiligen möchte. Sollte er Ärger machen, wird er auch aufs Revier gebracht, klar? Wir gehen kein Risiko ein.«

»Jawohl, Sir«, sagten die vier Männer im Chor.

»Okay, dann geht's jetzt los.«

Glitsky schickte einen Wagen ans Ende der Sackgasse, damit Ro – sollte er aus dem Haus kommen – der Weg links und rechts abgeschnitten war. In ihrem Enthusiasmus hatten es die beiden Polizisten für sinnvoll erachtet, das Blaulicht auf ihrem Wagen einzuschalten, als sie die fünfzig Meter bis ans Ende der Straße fuhren. Glitsky zuckte zusammen. Zumindest, dachte er, haben sie nicht auch noch die Sirene heulen lassen.

Wie sich herausstellen sollte, hatte das Blaulicht aber völlig gereicht.

Glitsky hatte sich gerade umgedreht und zwei Schritte zu seinem Wagen gemacht, als Ro – mit einem Drink in der Hand – in der Tür erschien und den Gehweg nach unten kam, um sich den Streifenwagen mit Blaulicht anzuschauen. Er trug diesmal einen grauen Kapuzenpulli, neue Jeans und neue Tennisschuhe. »Die Scheiße glaub ich doch einfach nicht«, rief er in die Nacht hinaus. Da er noch immer auf den Streifenwagen am Straßenende fixiert war, hatte er gar nicht mitbekommen, dass Glitsky und die zwei anderen Polizisten fast schon hinter ihm standen.

»Sie sollten es aber besser glauben«, sagte Glitsky. »Ro Curtlee, ich verhafte Sie, weil sie die Familie eines Polizisten bedroht haben. Sie haben das Recht …«

Kopfschüttelnd und offensichtlich belustigt zeigte Ro ihm den Stinkefinger und ging zum Haus zurück. Daly, der links neben Glitsky stand, schnitt ihm den Weg ab – Ro war von Polizisten umstellt. Aber Ro hatte nicht umsonst neun Jahre im Gefängnis gesessen. Er lächelte Daly an. »Hey, easy«, sagte er.

Er hielt seine Hände hoch, als wolle er sich ergeben, machte dann aber einen Schritt vorwärts und holte mit seiner rechten Hand zu einem heimtückischen Karateschlag aus, den Daly nur noch teilweise abblocken konnte, bevor er an der Gurgel getroffen wurde. Daly torkelte nach hinten, Ro sprang hinterher und presste ihn gegen einen Baumstamm. Noch in der Bewegung packte er Dalys Gürtel und rammte ihm das Knie in den Unterleib. Als Daly nach vorne sackte, griff Ro um ihn herum und fischte den Kolben der Pistole aus dem Holster. Mit der nächsten Bewegung riss er ihn hoch und versetzte ihm mit dem Kolben einen derartigen Schlag, dass Daly unkontrolliert auf Glitsky zutaumelte.

Ro wirbelte herum, die Pistole in der Hand, doch Monroe war zur Stelle, holte mit seinem Schlagstock aus und traf Ro auf dem Ellenbogen. Erstaunlicherweise schien der Schlag keine Wirkung zu zeigen. Noch immer Dalys Pistole in der Hand, versuchte Ro, mit dem Kolben Monroes Kopf zu treffen, doch der wehrte mit dem Schlagstock ab, hieb im Gegenzug erneut auf Ros Arm ein und setzte schließlich zu einem frontalen Bodycheck an.

Ro zielte mit der Pistole auf Monroe und drückte ab, doch da Daly noch nicht entsichert hatte, hörte man nur ein leises Klicken.

Für den Bruchteil einer Sekunde war Ro offensichtlich perplex, was wiederum Monroe die Möglichkeit gab, ihm in den Unterleib zu schlagen und danach erneut die Hand mit der Pistole zu attackieren. Diesmal flog die halbautomatische Waffe in hohem Bogen durch die Luft und fiel klackernd auf die Steinfliesen. Monroe trat einen Schritt zurück, damit er Platz für den nächsten Schlag hatte.

In diesem Moment aber trat Glitsky dazwischen, packte Ro an der Jacke und warf ihn zu Boden. Ro fiel nach vorne auf die nassen Fliesen, drehte sich aber blitzartig um und nutzte die Bewegung, um – begleitet von einem ächzenden Stöhnen – Monroe voll gegen das Bein zu treten. Der zweite Cop schrie auf und ging zu Boden.

Inzwischen hatte sich Glitsky Dalys Knüppel gegriffen und holte zu einem Schlag aus, den Ro mit dem Unterarm abzuwehren versuchte. Als das Hartholz auf den Knochen traf, stieß Ro einen markerschütternden Schrei aus. Fast gleichzeitig rammte Daly ihn an, riss ihn zu Boden und konnte ihn dort festhalten, obwohl Ro wie wild mit den Füßen nach ihm trat. Monroe, wieder auf den Beinen, kam mit seinem Schlagstock und traf Ro am Kopf, an der Schulter, dann noch einmal am Kopf.

Daly schrie »Ich hab ihn, ich hab ihn«, drehte Ros Arme auf den Rücken und versuchte, die Handschellen aus dem Gürtel zu ziehen. Ro wehrte sich noch immer, aber inzwischen hielt Monroe seinen Oberkörper gegen den Boden gepresst, während Glitsky sich über Ros Beine warf.

Nach ein paar Sekunden war alles vorbei.

Die zwei Streifenpolizisten zerrten Ro hoch. Er blutete am Kopf und am Mund und schrie Glitsky, der inzwischen seine Pistole gezogen hatte, wütend an. »Du hast mir den Arm gebrochen, du Schwanzlutscher. Du hast meinen verdammten Arm gebrochen.«

»Und deine Nase auch«, sagte Daly und schlug ihm mit voller Kraft ins Gesicht.

»Ich werde eure Ärsche vors Gericht zerren«, schrie Ro. »Ich werd eure Dienstmarken einkassieren.«

»Das kannst du dem Weihnachtsmann erzählen«, knurrte Monroe und riss Ro herum. Daly und Monroe griffen sich je einen Arm und zerrten ihn zur Straße hinunter, während Ro weiterhin wilde Flüche ausstieß.

Glitsky warf einen letzten Blick auf die offene Haustür, atmete einmal tief durch und schloss sich dann den zwei humpelnden Cops und ihrem Gefangenen an. Die ganze Aktion hatte nicht einmal eine Minute gedauert.

Die beiden anderen Polizisten waren inzwischen am Tatort eingetroffen, und gemeinsam verfrachteten sie Ro in einen der Streifenwagen. Und knallten die Tür hinter ihm zu.

9

Gegen 20.30 Uhr war aus dem Nieseln ein stetiger eisiger Regen geworden.

Wes Farrell war nicht der Einzige, der gerade neu in ein öffentliches Amt gewählt worden war. Kathy West war nach zwei Amtsperioden als Bürgermeisterin ausgeschieden und liebäugelte angeblich mit einem Sitz im kalifornischen Parlament in Sacramento. Ihr Nachfolger war der 45-jährige Leland M. Crawford, der zuvor als öffentlicher Verteidiger und Leiter der Rechtsabteilung gearbeitet hatte. Mit dieser Personalie ging auch ein Wechsel im Polizeipräsidium einher: Frank Batiste, der Polizeipräsident, hatte sich einen Tag vor Farrells und Crawfords Amtsantritt in den Ruhestand verabschiedet. Nach einer landesweit angelegten Suche, die qualifizierte Kräfte aus dem städtischen Personalpool geflissentlich überging, fiel die Wahl auf Vi Lapeer, eine 48-jährige Afroamerikanerin, die zuvor als stellvertretende Polizeipräsidentin in Philadelphia gearbeitet hatte.

Noch bevor Ro ins General Hospital von San Francisco eingeliefert werden konnte – wo seine Verletzungen behandelt wurden und er unter Bewachung stand –, hatten die Curtlees bereits Bürgermeister Crawford alarmiert, der wiederum umgehend eine Dringlichkeitssitzung in seinem opulent eingerichteten Büro im Rathaus einberufen hatte. Für Crawford war es die erste Gelegenheit, seine Führungsqualitäten unter Beweis zu stellen. Er war 1,92 groß und hatte schwarze Haare, die an den Schläfen das erste Grau zeigten. Er wäre nach landläufiger Meinung als »gut aussehend« durchgegangen, wären da nicht ein übertrieben zähnefletschendes Lächeln und die Spuren seines ständigen Kampfs gegen Akne gewesen. Anders als Farrell nutzte Crawford seinen riesigen Schreibtisch, um eine Barriere zwischen sich und seinen Besuchern aufzubauen, hatte an diesem Abend aber andere Probleme. Hemdsärmelig saß er auf der Vorderseite des Schreibtischs, vor sich im Halbkreis – von links nach rechts – Farrell, Lapeer, Glitsky und Amanda Jenkins.

Crawford war nicht unbedingt das, was man polizeifreundlich nannte. Wie Farrell – eine ihrer wenigen Gemeinsamkeiten – war er zeit seines Lebens Verteidiger gewesen. Er war davon überzeugt, dass unangemessene Gewaltanwendung auf der Tagesordnung stand und bürgerliche Rechte von der Polizei mit Füßen getreten würden. Nun hatte er es also, kaum dass er im Amt war, mit einem Paradebeispiel zu tun, und nach dem, was er von den Curtlees zu hören bekommen hatte, würde er von einem nicht unbeträchtlichen Teil der Bevölkerung dafür verantwortlich gemacht werden.

Da er nicht die Absicht hatte, den Dingen ihren Lauf zu lassen, hatte er dieses Meeting einberufen. »Sie erzählen mir also, Lieutenant«, sagte er gerade zu Glitsky, »dass Sie, obwohl Sie wussten, was wir inzwischen alle wissen, noch einmal in der gleichen Weise vorgehen würden?«

»Ohne mit der Wimper zu zucken«, sagte Glitsky. »Der Mann hat meine Familie bedroht. Ich würde es morgen wieder genauso machen.«

Crawfords Stimme wurde merklich erregter. »Sie würden es morgen wieder tun? Ohne Haftbefehl? Nachdem der Staatsanwalt es Ihnen verboten hatte? Ohne ihn oder mein Büro zu informieren? Sind Sie völlig von Sinnen, Lieutenant, oder haben Sie nur den Verstand verloren?«

»Entschuldigen Sie, Sir«, sprang Vi Lapeer ihrem Untergebenen bei. »Wenn Ro Curtlee nicht rausgekommen wäre und betrunken die Polizisten attackiert hätte, wäre all das nicht passiert. Der Lieutenant wollte die Gefahr nur unterbinden, während die vorgeschriebenen Maßnahmen eingeleitet wurden.«

»Das ist aber nicht mein Informationsstand.« Crawford hatte den Einwand erwartet und gab sich kurz angebunden. »Wie ich die Curtlees verstanden habe, hatte Ro nie die Absicht, bei dem Besuch von Glitskys Haus irgendjemanden zu bedrohen.«

Jenkins lachte laut auf. »Ja sicher.«

Crawford starrte sie an. »Es *ist* wahr, Miss Jenkins. Vielleicht wussten Sie nicht, dass Lieutenant Glitsky am Abend zuvor Ro Curtlee besucht hat – offensichtlich nur, um ihn zu schikanieren. Ro wollte mit seinem Besuch den Lieutenant spüren lassen, wie sich das anfühlt.«

Lapeer rutschte unruhig auf ihrem Stuhl hin und her. Auch wenn sie davon überzeugt war, dass Glitsky nicht korrekt gehandelt hatte, so fühlte sie sich doch verpflichtet, ihren Untergebenen zu verteidigen – zumindest bis sie sich privat mit ihm aussprechen konnte. Sie wählte daher ihre Worte mit Bedacht, als sie sich ausdrücklich hinter seine Vorgehensweise stellte: »Bei allem Respekt: Lieutenant Glitsky ging gestern zu den Curtlees, um den Verdächtigen nach seinem Alibi zu befragen, nachdem eine der Zeuginnen des kommenden Prozesses ermordet wurde. Das war völlig legitime Polizeiarbeit.«

Crawford schüttelte den Kopf. »Das ist nicht die Version der Curtlees. Der Lieutenant nahm die Unterredung nicht einmal zu Protokoll und stellte kaum konkrete Fragen. Und obendrein haben wir gerade von Lieutenant Glitsky selbst erfahren, dass der Curtlee-Sohn bei ihm zu Hause *keine* explizite Drohung gemacht habe.«

Glitsky schäumte innerlich, aber schaute – da er sich zu unsicher fühlte, um selbst das Wort zu ergreifen – lieber nach links zu Jenkins, die den Ball auch aufgriff. »Sir«, sagte sie. »Wenn ein rechtmäßig verurteilter Mörder das Haus eines Polizisten aufsucht und dort Bemerkungen über seine Kinder macht, ist das sehr wohl eine explizite Drohung. Wie hätte er sich denn sonst verhalten sollen?«

»Das ist eine gute Frage, Miss Jenkins, und hier ist die gute Antwort: Ich hätte ihm empfohlen, einen Schritt zurückzutreten und den Fall etwas weniger befangenen Kollegen zu überlassen. Die Minimallösung wäre gewesen, seinen Vorgesetzten zu informieren und einen Haftbefehl zu beantragen. Ich hätte ihm ans Herz gelegt, sich gefälligst an die verdammten Regeln zu halten.«

»Und wenn er sich an die verdammten Regeln gehalten hätte – und zwischenzeitlich seine Familie ermordet worden wäre? Was dann?«, fragte Jenkins.

»Das ist doch melodramatische Scheiße.« Crawford ließ seine Zähne aufblitzen. »Und um ehrlich zu sein: Ich bin schon etwas genervt, dass wir hier über die ach so willkommene ›Drohung‹ diskutieren, wo es doch mir – und morgen der ganzen Stadt, da können Sie Gift drauf nehmen – sonnenklar ist, dass dies nichts als Schattenboxen ist, um von dem eigentlichen Problem abzulenken, nämlich dass Sie« – er zeigte auf Jenkins – »und Sie« – der Finger wanderte zu Glitsky – »eigenmächtig entschieden, den Beschluss des Gerichts, Ro auf Kaution freizulassen, schlicht und einfach zu unterlaufen.«

Jenkins schob ihr Kinn nach vorne. »Bei allem Respekt: Das entspricht einfach nicht der Wahrheit, Euer Ehren.«

Crawford richtete sich auf. »Nein, Miss Jenkins, das ist nicht mal die ganze Wahrheit. Tatsächlich haben wir es hier mit einer Amtsanmaßung von Staatsanwaltschaft und Polizei zu tun, wie man sie sich eklatanter nicht vorstellen kann. Es ist eine klassische Verdrängung der Tatsache, dass es zwischen Vorgehen nach Vorschrift und nackter Schikane eine klare Trennlinie gibt. Und das ist ein Verhalten, das ich nicht akzeptieren werde. Nicht in meiner Stadt. Haben Sie eine Vorstellung, auf welche Summe die Curtlees die Stadt verklagen wollen? Möchten Sie mal raten?«

»Das spielt keine Rolle«, sagte Jenkins. »Sie werden keinen Cent bekommen.«

»Würden Sie Ihren Job darauf verwetten, Miss Jenkins? Denn genau damit bin ich nun konfrontiert. Das ist die Lage, in die Sie mich gebracht haben. Ich muss mich nun auf die Wette einlassen, ob wir eine Schadensersatzklage in Höhe von Hundert Millionen abwehren können oder nicht. Hat jemand von Ihnen eine Vorstellung, wie viel Geld das ist?«

Nach einem Moment der Stille meldete sich Glitsky zu Wort. »Der Mann ist ein verurteilter Mörder, Euer Ehren. Er hat meine Familie bedroht. Er gehört ins Gefängnis.«

»Nun, genau dahin haben Sie ihn ja prompt gesteckt, Lieutenant, gegen den eindeutigen Beschluss des Gerichts. Und wo wir schon mal beim Thema sind: Wie lange, glauben Sie, werden Sie ihn denn dort wohl festhalten können?« Sein Blick wanderte zu Farrell. »Wes, Sie sind bislang so seltsam wortkarg geblieben. Planen Sie wirklich, Klage zu erheben?«

Farrell, noch immer im Regenmantel, hatte seine eigenen Gründe, wütend zu sein. Er hatte sich zurückgelehnt, Arme und Beine verschränkt, und zögerte einen Moment mit der Antwort. »Ich interpretiere Ros Besuch bei Abes Haus ebenfalls als Drohung. Ich gehe davon aus, dass das Gericht bei der Vorführung am Montag unseren Argumenten folgen wird. Abe tat, was er zu tun hatte. Wenn Ro kein Curtlee wäre …«

Crawford fuhr aus seiner Haut. »Aber er ist ein Curtlee, verdammt noch mal. Das ist doch der Knackpunkt. Warum will das keiner verstehen?« Er schaute in den Halbkreis vor ihm, in ein uneinsichtiges Gesicht nach dem anderen, und blieb schließlich bei der neuen Polizeipräsidentin hängen. »Als Minimum erwarte ich, dass Sie Glitsky von der Untersuchung des jüngsten Mordfalls, dieser Nuñez, wieder abziehen. Es liegt auf der Hand, dass ihm jegliche Objektivität abhandengekommen ist, wenn es sich irgendwie um Ro Curtlee dreht.«

Lapeer holte kurz Luft und atmete wieder aus. Ihr ging durch den Kopf, dass sie womöglich eine kürzere Amtszeit haben werde als jeder Polizeipräsident vor ihr, aber argumentativ blieb ihr keine andere Wahl. »Der Lieutenant ist der Chef der Mordkommission, Sir. Ich respektiere seine Entscheidungen, spezifische Ermittler auf spezifische Fälle anzusetzen, auch dass er in diesem Fall selbst die Ermittlungen übernimmt.«

Crawford war mit seinem Latein am Ende. »Und was passiert«, fragte er Wes, »wenn sie ihn am Montag laufen lassen? Was dann?«

»Dann hat das Gericht gesprochen«, antwortete Farrell.

»Und was ist mit Ros Verletzungen?«, wollte Crawford wissen.

Glitsky meldete sich zu Wort. »Er hat sich der Verhaftung widersetzt«, sagte er. »In erheblichem Ausmaß. Er hat darüber hinaus zwei Streifenpolizisten verletzt. Wir werden auch in diesem Punkt Anklage erheben.«

»Wunderbar«, sagte Crawford, »einfach wunderbar.«

Zu dem Meeting waren Farrell, Glitsky und Jenkins separat eingetroffen und hatten ihre Wagen in der Tiefgarage gegenüber dem Rathaus geparkt. Als sie die Standpauke des Bürgermeisters endlich hinter sich gebracht hatten und durch den Regen auf die andere Straßenseite gelaufen waren, standen sie wie begossene Pudel am Eingang des Parkgebäudes. Sie wollten so schnell wie möglich zu ihren Autos und sofort nach Hause.

Glitsky stand als Erster am Aufzug und wollte gerade den Knopf drücken.

Farrell kam von hinten, streckte seine Hand aus und hielt ihn davon ab. »Eine Minute, Abe. Amanda, ich muss mit Ihnen sprechen.«

»Es ist schon arg spät und verdammt kalt, Wes«, sagte Jenkins. Sie trug ihren traditionell kurzen Rock und hatte die Arme vor der Brust verschränkt. »Kann das nicht warten?«

»Wissen Sie, um ehrlich zu sein« – seine Stimme hatte einen ungewohnt barschen Tonfall –, »bin ich der gottverdammten Meinung, dass es überhaupt nicht warten kann.« Er stellte sich frontal vor sie. »Ich möchte Sie beide unmissverständlich darüber informieren, wie wenig Spaß ich daran habe, dass Sie mich in diese Situation gebracht haben.«

Glitsky und Jenkins schauten sich an.

»Nun tun Sie doch bitte nicht so, als wüssten Sie nicht, wovon ich rede. Wir haben erst heute Morgen genau über diese Situation gesprochen. Ich bin mir sicher, dass Sie sich beide noch daran erinnern.«

Glitsky reagierte als Erster. »Aber das war, bevor Ro aufkreuzte …«

»Jaja, bei Ihnen zu Hause. Ich hab's gehört. Aber hier ist die Sache, die ich nicht kapiere, Abe: Selbst wenn ich einmal davon ausgehe, dass es sich wirklich um eine akute Bedrohung Ihrer Familie handelte – was ich nicht so ganz glauben will …«

»Es war hundertprozentig der Fall«, warf Jenkins ein.

»Vielleicht. Aber warum beließ er es dann nur bei einer Drohung? Wenn er die Absicht hatte, Ihnen Schaden zu-

zufügen: Warum hat er es dann nicht an Ort und Stelle getan? Treya öffnet die Tür – rumms! Niemand weiß, dass er sich dort Zutritt verschafft hat. Er schlägt zu und haut ab. Aber er tut's nicht. Warum? Hat jemand darauf eine Anwort?« Wütend drehte er sich halb um, kam dann aber wieder auf die beiden zu. »Und wenn es wirklich eine akute Bedrohung war: Warum haben Sie dann keinen Haftbefehl beantragt? Sie informieren einen Richter und machen es dadurch offiziell. Ich möchte wetten, dass Sie selbst am Samstag einen Richter hätten auftreiben können. Stattdessen ziehen Sie mit ein paar übermotivierten Frischlingen los und lassen die Fäuste fliegen. Und genau das ist es, Abe, was Sie ja ohnehin machen wollten.«

»Wollte ich nicht.«

»Sie glauben doch nicht im Ernst, dass Sie mir diesen Schwachsinn verkaufen können, Abe. Versuchen Sie's gar nicht erst. Stattdessen geben Sie den Curtlees alles in die Hand, was sie brauchen, um auch dem letzten Idioten klarzumachen, dass Sie eine persönliche Vendetta gegen ihren Scheiß-Sohn führen. Oder habe ich da was falsch verstanden?«

»Ro war …«, wollte Glitsky ansetzen.

Farrell schnitt ihm das Wort ab. »*Ist mir doch scheißegal, was Ro getan hat oder nicht.* Warum will das nicht in Ihren Kopf? Der Bürgermeister hatte völlig recht, als er von der zu erwartenden Berichterstattung in der Presse sprach, und wir reden hier nicht nur vom ›Courier‹. Der ›Chronicle‹ wird uns bestimmt auch nicht mit Nettigkeiten überschütten.«

»Aber, Wes«, sagte Jenkins. »Es geht doch letztlich nicht um die Zeitungen.«

»Okay, vielleicht geht es nicht um die Zeitungen, aber dann sage ich Ihnen, worum's geht: Es geht darum, dass Sie mich beide in eine Position bringen, wo ich mich notgedrungen hinter Sie stellen muss, obwohl wir vorher genau festgelegt hatten, dass Sie das, was Sie de facto getan haben, eben *nicht* tun würden.«

»Moment mal, Wes«, sagte Glitsky, der allmählich auch in Rage geriet. »Sie sagten mir ausdrücklich, dass ich, wenn ich etwas Konkretes in der Hand hätte – *irgendwas* –, dann Ro auch verhaften solle. Und dass Sie diese Entscheidung unterstützen würden.«

»Was ich gerade getan habe, ins Gesicht des Bürgermeisters. Vergessen Sie das bitte nicht.« Farrell hob den Zeigefinger. »Was ich aber nicht verstehe – und das reißt mir wirklich, *wirklich den Arsch auf*, wenn Sie es genau wissen wollen« – Farrells Stimme überschlug sich geradezu –, »ist die Tatsache, dass Sie diesen Super-Grund haben und Ro selbstherrlich einbuchten, aber keinerlei Anlass sehen, mich von Ihrem Vorhaben zu informieren. Und wissen Sie, was einem alten Zyniker wie mir da durch den Kopf geht? Dass Sie selbst Zweifel hatten, ob Ihre Argumente ausreichend waren. Dass Sie vielleicht befürchteten, ich würde Ihre Vorgehensweise nicht billigen. Und wissen Sie was? Ich hätte Sie vermutlich auch nicht gebilligt.«

»Und warum nicht?«

»Weil die Verdachtslage noch immer nicht ausreichend war, nicht ausreichend angesichts der politischen Komplikationen und dem ganzen Scheiß, der damit zusammenhängt und den wir nun in den weiß Gott wie vielen Monaten auslöffeln dürfen. Und Ihnen war das sehr wohl bewusst! Sie wussten es, aber dachten sich: ›Scheiß doch auf Wes.‹ Genau so lief es doch, und Sie beide saßen in einem Boot. Und deshalb erfahre ich von dem Vorgang erst, als mich der verdammte Cliff Curtlee anruft – oh ja, er hat mich noch vor Leland angerufen und Ihre Entlassung gefordert, Abe –, und ich Depp muss Sie beide verteidigen, obwohl ich weiß, dass Sie alles komplett verkorkst haben. Vielleicht können Sie nachvollziehen, dass ich mir nicht nur ein bisschen verarscht vorkomme.«

Farrell machte eine volle Körperdrehung, postierte sich zur letzten Runde aber noch mal direkt vor sie. »Nur um das festzuhalten: Ich fühle mich von Ihnen beiden hintergangen und betrogen, und ich habe nicht die leiseste Ahnung, was am Montag passieren wird. Ich weiß nur eines: Wenn sie Ro Montag rauslassen, stecken wir tief in der Scheiße. Und wenn sie ihn festhalten, stecken wir auch in der Scheiße. Aber eines ist in beiden Fällen gleich: Für Leland Crawford werde ich ab sofort der Intimfeind sein, und dafür möchte ich mich bei Ihnen herzlich bedanken. Sie haben an einem einzigen Tag wirklich Erstaunliches geleistet.«

Völlig verausgabt drehte sich Farrell auf der Stelle um und wollte gerade den Aufzugknopf drücken, als er es sich noch mal anders überlegte. »Scheiß drauf. Ich geh zu Fuß.« Er machte kehrt und öffnete die Tür zum Treppenhaus.

Es war 22.45 Uhr, als Glitsky seine Haustür öffnete. Er hatte Treya zuletzt vom Krankenhaus angerufen, nachdem er dort die Benachrichtigung vom Rathaus bekommen hatte, dass er sich unverzüglich, am besten noch schneller, dort einzufinden habe – Erscheinen war Pflicht. Zu diesem Zeitpunkt hatte er noch geglaubt – und es Treya auch gesagt –, dass er in etwa einer Stunde zu Hause sein würde. Aber dann hatte sich noch Farrells Wutanfall angeschlossen und ein halbstündiges Gespräch mit Amanda Jenkins danach. Aus der einen Stunde waren inzwischen drei geworden.

Im Haus war es dunkel.

Er hatte vier Häuserblöcke zu Fuß gehen müssen, weil er keinen besseren Parkplatz gefunden hatte. Nachdem er die Tür geschlossen hatte, schälte er sich aus seiner durchnässten Jacke und hängte sie an den Wandhaken. Für einen Moment stand er still und lauschte dem Geräusch des Regens, ging dann aber zur Vorderseite der Wohnung, wo man durch die Fensterläden den ganzen Häuserblock überblicken konnte. Der nasse Asphalt reflektierte den Schein der Straßenbeleuchtung.

»Was gibt es zu sehen?«

Die Stimme seiner Frau schreckte ihn auf. Er hatte angenommen, dass sie bereits am Schlafen sei – aber da saß sie, auf der Couch im Wohnzimmer.

»Nur den Regen.« Er blieb am Fenster stehen. Plötzlich schoss ihm eine Frage durch den Kopf: »Wo sind denn die Männer, die auf euch aufpassen sollten?«

»Ich hab sie nach Hause geschickt, nachdem du mir gesagt hattest, dass Ro verhaftet sei.«

»Ihr Auftrag war aber, hierzubleiben.«

»Ich sagten Ihnen, sie könnten gehen. Genau genommen haben ich es Ihnen sogar befohlen.«

Glitsky seufzte.

»Hat dein Handy den Geist aufgegeben?«

Er schaute zu ihr herüber. »Treib mich nicht auf die Palme, Frau.«

»Ich wollte doch nur sagen …«

»Okay. Verstanden. Aber sag besser nichts. Tut mir leid. Wenn ich die Gelegenheit gehabt hätte, dich anzurufen, hätte ich's auch getan, aber es ging nicht.«

Sie klopfte mit der Hand neben sich aufs Sofa. »Komm, setz dich.«

Er ging hinüber und ließ sich langsam, als würde sein ganzer Körper schmerzen, aufs Sofa nieder.

»Hast du was gegessen?«, fragte sie.

»Nein, aber mach dir keine Mühe.« Er nahm ihre Hand. »Alles okay mit dir?«

»Alles bestens. Wir haben nur einen Schreck gekriegt.«

»Er ist jetzt im Gefängnis.«

»Ich weiß.«

»Die Curtlees wollen, dass ich gefeuert werde. Und der Bürgermeister scheinbar auch.«

»Der wird's schon noch lernen.«

»Und dann gibt es da noch deinen Boss.«

Er spürte, dass sie neben ihm zusammenzuckte.

»Wes? Was ist mit ihm?«

»Er hätte Ro ebenfalls nicht verhaftet. Er glaubt nicht, dass es eine akute Bedrohung war.«

»Er war auch nicht dabei.«

»Das ist mir bekannt. Aber er meint, dass ich ihn zuerst hätte anrufen müssen – bevor ich Ro verhaftete. Und vielleicht hat er ja recht. Jedenfalls muss ich ihn wohl in eine missliche Lage gebracht haben.«

»Armer Wes.«

»Er ist nicht gerade glücklich. Außer sich, um genau zu sein.«

»Weil du Ro verhaftet hast? Er war eine akute Bedrohung, daran gibt es doch keinen Zweifel. Ich hab mir das doch nicht ausgedacht.«

»Das glaubt auch niemand.«

»Wes offensichtlich schon.«

»Nein, er meint nur, dass ich es mit ihm – oder einem Richter – hätte abklären müssen. Vielleicht hätte ich ja wirklich jemand anderen mit der Verhaftung beauftragen sollen.«

»Ich dachte, dein ganzes Team sei anderweitig beschäftigt.«

»Sind sie auch, aber trotzdem.«

»Du kannst es keinem recht machen.«

»Stimmt nicht. Einigen kann ich es schon recht machen.« Er drückte ihre Hand. »Ich möchte einfach nicht, dass irgendwas zwischen dir und Wes hängenbleibt.«

»Das wird es nicht.«

»Er war außer sich. Ich hab ihn noch nie so gesehen.«

»Der Job«, sagte sie. »Er steigt gerade ein und will kein Porzellan zerschlagen.«

»Nicht nur das«, sagte Glitsky. »Er will vor allem nicht, dass andere sein Porzellan zerschlagen. Und möglicherweise habe ich das gerade getan.«

»Du hast nun mal getan, was du als richtig empfunden hast. Das ist doch so.«

»Ja.«

»Und es war nicht falsch oder ungesetzlich, oder?«

»Nein, es war alles legal und sicher auch die richtige Entscheidung.«

»Na also. Wieso solltest du deswegen Probleme bekommen?«

»Ich weiß es nicht.« Glitsky schüttelte den Kopf. »Und ich möchte es eigentlich auch nicht herausfinden.«

10

Als Michael Durbin am nächsten Montagmorgen in die Stadt fuhr, hatte er Visionen.

Er verstand selbst nicht, warum, aber wann immer er in letzter Zeit – seit er wusste, dass Ro wieder frei rumlief – in sein Auto stieg und losfuhr, ging ihm die Eingangssequenz aus »The Sopranos« durch den Kopf, in der Tony Soprano durch die Stadt fährt – inklusive des dazugehörigen Songs, in dem sich jemand eine Waffe besorgt. *You got yourself a gun!*

Seltsam kam es ihm schon vor, aber gleichzeitig waren die Bilder auch unglaublich realistisch: In seinen Gedanken fuhr er die gleiche Route durch New Jersey, die Zigarre im Mund, während in Wahrheit die Straßen von San Francisco an seinem Fenster vorbeizogen – angefangen von seiner Parkgarage auf der Union Street, hinauf nach Pacific Heights (wo die Curtlees wohnten), runter in die vergammelte Gegend der Western Addition, dann rüber zur Geary Street und schließlich hinaus zu den Avenues. Die Bilder wurden besonders plastisch, wenn er um die letzte Ecke zu seinem Haus bog. Er schien in der Rolle des Mafia-Bosses geradezu aufzublühen und sah, als er die Tür öffnete und ausstieg, fast schon beängstigend entschlossen aus: Hier kam jemand, der über Leichen ging.

Und wenn er es sich erst einmal in dieser bizarren Jetzt-geb-ich-Gas-Stimmung bequem gemacht hatte, kristallisierten sich gleich auch einige sehr konkrete Fantasien heraus. Ro Curtlee umzubringen stand, kaum überraschend, an erster Stelle. Sich eine Knarre zu besorgen war das geringste Problem. Sie hatten zwar nie eine Pistole im Haus gehabt, aber das ließ sich schnell ändern. Ein Jagdgewehr hatte er ohnehin irgendwo in der Garage rumliegen. Mit seiner neu angeschafften Pistole oder dem Gewehr konnte er nach Einbruch der Dunkelheit zu den Curtlees fahren, auf Ro warten – und ihm bei der ersten Gelegenheit den Kopf wegblasen.

Würde ihn jemand mit dem Mord in Verbindung bringen? Einen stinknormalen gutbürgerlichen weißen Geschäftsmann, der ein jungfräuliches Strafregister hatte? Er konnte es sich nicht vorstellen. Ja, er könnte das Ding wirklich durchziehen und seine Sorgen auf einen Schlag aus der Welt schaffen.

Aber seine Gewaltfantasien hörten nicht bei Ro Curtlee auf. Kaum hatte er in seinem fiktiven Szenario Ro ins Jenseits befördert, machte seine Fantasie eine mysteriöse Volte und landete plötzlich bei Janice. Der Gedanke war hochgradig beunruhigend, weil er bei klarem Bewusstsein seine Frau doch liebte. Sie war in den Jahren nach Ros Prozess sein Fels in der Brandung gewesen, sie hatte die Familie zusammengehalten, hatte den Löwenanteil ihres Einkommens verdient und ihm beigestanden, als er den heiklen Übergang vom vielversprechenden Porträtmaler, der sich mit diversen Gelegenheitsjobs über Wasser halten musste, bis hin zum erfolgreichen Kleinunternehmer vollzog. Im Grunde genommen war sie es auch, die ihn aus dem Sumpf des egomanischen und von Selbstzweifeln geprägten Daseins des unreifen Künstlers gezogen hatte, bis er Verantwortung übernommen und sich durch ehrliche Arbeit ein Fundament geschaffen hatte.

Und doch: Ein Teil von ihm hasste sie plötzlich dafür.

Er konnte nicht nachvollziehen, warum Ros Entlassung der Auslöser seiner Gefühle war, aber diesen Impuls hatte er erst seit jenem Tag verspürt. Michael hatte sich immer einzureden versucht – und durchaus erfolgreich –, dass sein Leidensweg damit begann, dass er als Geschworener Rückgrat bewies und die anderen Geschworenen davon überzeugte, diesen Abschaum namens Ro Curtlee aus der Gesellschaft zu entfernen. Inzwischen hatte er seine Zweifel. Rückblickend verstand er seinen beinharten Idealismus als hohle Pose, die unterm Strich keinerlei positive Veränderungen ausgelöst hatte.

Warum hatte er überhaupt mit seiner Malerei aufgehört? Und wieso sollte Janices Einfluss daran schuld sein?

Nun, es gab eine Erklärung.

Selbst damals hätte Janice mit ihrer Praxis genug Geld verdienen können, um die Familie allein zu ernähren – wenn sie denn einen Ganztagsjob ins Auge gefasst hätte. Aber sie hatte beschlossen – man hatte *gemeinsam* beschlossen –, dass sie die Kinder nicht in einen Hort geben wollten; man wollte lieber beruflich kürzertreten, um sich gemeinsam um die Erziehung der Kinder zu kümmern.

Das war der Grund, warum der Verlust seines Jobs – mit tatkräftiger Unterstützung der Curtlees – ihre finanziellen Probleme nur noch verschärft hatte. Aber die Tatsache blieb – und stand unausgesprochen immer zwischen ihnen –, dass sie es durchaus geschafft hätten. Michael hätte weiter malen können, hätte sich entwickeln und zwischendurch auch durchaus ein paar Auftragsarbeiten annehmen können, um dann mit einem substanziellen Œuvre den Sprung in die Galerien zu wagen. Er war sich sicher, so viel Talent zu besitzen, dass sich die Malerei inzwischen finanziell rechnen würde. Sie hätte ihn vielleicht nicht reich und berühmt gemacht, aber einen Namen, einen respektablen Ruf hätte er sich mit Sicherheit verdient. Und er würde heute das tun, was er liebte und was in seinen Augen immer die Bestimmung seines Lebens gewesen war.

Aber Janice hatte – stets subtil, aber Subtilität war nun mal ihre Stärke – darauf gedrängt, dass er zumindest einen kleinen Teil des Einkommens beisteuern solle; allein schon, um ihm das Gefühl zu geben, der Ernährer und fürsorgliche Ehemann zu sein. Also hatte er rund sechs Jahre seines Lebens als Auslieferungsfahrer verbracht, als Möbelpacker, hatte Häuser bepinselt, hinterm Tresen gestanden und anderer Leute Gärten gepflegt. Die Kunst, seine Malerei, musste dabei so in den Hintergrund treten, dass sie irgendwann nicht einmal mehr ein Hobby war.

Und Janice war ihm bei dieser Transformation zur Hand gegangen, hatte ihn Schritt für Schritt von seiner Kunst entfremdet – bis er es für seine eigene Idee hielt, dass ihr Vater das nötige Kapital für die Gründung einer

UPS-Niederlassung zur Verfügung stellen könnte. Und da Michael nun einmal intelligent, fleißig und gewissenhaft war, stand das Geschäft schnell auf soliden Füßen, florierte inzwischen sogar. Janice hatte ihn geliebt dafür, weil er nun endlich der Mann war, den sie immer in ihm gesehen hatte: pflichtbewusst, hart arbeitend, erwachsen.

Und vielleicht, dachte Michael, konnte er vom Schicksal auch nicht mehr verlangen. Vielleicht konnte er auch in Zukunft mit der Tatsache leben, dass dies nun mal der Deal war, dem er selbst zugestimmt hatte: die Frau, die er liebte, und die Familie, die sie wollte – im Tausch gegen seinen ursprünglichen Traum, ein Kreativer, ein Künstler und – in ihren Augen jedenfalls – ein Versager zu sein.

Er hielt es für möglich, glaubte sogar ehrlich daran, dass es sich letztendlich gelohnt hätte, seinen Traum, letztlich seine Identität zu opfern, um Janice glücklich zu machen. Genauso wie das Leid, das ihm die Curtlees zugefügt hatten, einen Sinn gehabt hätte, wenn Ro weiterhin hinter Gittern säße.

Es hätte sich gelohnt, wenn Janice ihm treu geblieben wäre.

Aber nun, da Janice – da war er sich sicher – eine Affäre mit einem ihrer Patienten hatte, dachte er anders darüber.

Der »Sopranos«-Song mit der Knarre hallte immer noch in seinem Kopf nach, als Michael Durbin auf den Parkplatz gegenüber dem Justizgebäude fuhr: »20 $ pro Tag, der Wagen kann in dieser Zeit nicht bewegt werden.«

Das Gericht würde erst in gut einer Stunde tagen, aber trotzdem war der Parkplatz schon fast gefüllt. Auf der Bryant Street parkten Streifenwagen in Zweierreihen, dahinter eine ganze Karawane von lokalen und nationalen TV-Übertragungswagen.

Durbin stieg aus, bezahlte den Parkwächter und knöpfte, da es stark nieselte, seinen Mantel zu. Die graue Fassade des Justizgebäudes glänzte im Regen blau wie ein Bluterguss. Er blieb stehen, als er zu einer kleinen, noch friedvollen Gruppe von Demonstranten kam. Es waren vielleicht hundert Menschen, die sich auf der Treppe versammelt hatten, viele von ihnen mit Plakaten, die »Freiheit für Ro« oder »Stoppt die Polizeibrutalität« forderten. Ein Plakat fiel etwas drastischer aus: »SF Cops sind Arschkriecher.«

Meinungsfreiheit, dachte Durbin. Was für eine wunderbare Errungenschaft.

Ein Teil der Menge schien sich damit zufriedenzugeben, draußen zu protestieren, während sich andere langsam zum Eingang bewegten. Reporter mit Mikros fielen über jeden her, der nicht fluchtartig das Weite suchte. Durbin traf es wie ein Schlag auf den Solarplexus, als er am Rande der Menge plötzlich die Frau sah, die er seit langer Zeit nur noch »Scheiß-Marrenas« nannte. Und es wurde ihm schlagartig klar, dass die meisten dieser »Demonstranten« vermutlich von den Curtlees engagiert und bezahlt worden waren. Wo immer er hinschaute, sah er Menschen mit der Morgenausgabe des »Courier«, auf dessen Titelseite es nur ein Thema gab: Ros Verhaftung und die Forderung nach Glitskys Entlassung.

Marrenas oder ihresgleichen wollte er nun weiß Gott nicht über den Weg laufen. Also mischte er sich unter die Leute, die sich langsam durch die Eingangsschleuse schlängelten. Fünf Minuten später, nach Passieren der Sicherheitskontrolle, hatte er es geschafft.

Er stand in der weitläufigen Eingangshalle, noch immer schockiert, aber auch erleichtert, dass er Marrenas entkommen war. Irgendwo fragte er sich noch immer, warum er eigentlich gekommen war und sich dieses Spektakel antat. Er drehte sich um und stellte plötzlich fest, dass er seinem Schwager ins Gesicht sah. Chuck Novio hatte gerade seinen Kopf gedreht und entdeckte ihn zur gleichen Zeit. Er hob die Hand zum Gruß.

Durbin ging zu ihm hinüber und sagte: »Okay, Chuckie, ich habe wenigstens eine Entschuldigung. Ich muss mein Gewissen beruhigen und sicherstellen, dass Ro wieder in den Bau wandert. Aber was zum Teufel treibt dich denn hierher?«

Novio lächelte entspannt. »Aber hallo! Amerikanische Geschichte – das ist nun mal mein Job. Und wenn dies nicht amerikanische Geschichte ist, dann weiß ich nicht, wo man ihr sonst begegnet. Meine Schüler können davon gar nicht genug kriegen. Gibt ihnen das Gefühl, dass Geschichte tagtäglich passiert. Was ja auch der Fall ist.«

»Hier geht es nicht um Geschichte, Chuck, das ist eine Drecksau.«

»Guter Witz«, sagte Novio. »Geschichte ist nichts anderes als eine endlose Prozession von Drecksäuen. Das macht es ja so spannend.«

»Ich bewundere deinen Enthusiasmus«, sagte Durbin,

»aber warum hast du mir gestern beim Abendessen nicht gesagt, dass du auch kommen würdest. Wir hätten zusammen fahren können.«

»Ich hab mich erst heut Morgen dazu durchgerungen; hatte das Gefühl, dass ich es mir nicht entgehen lassen sollte. Außerdem wusste ich ja nicht, dass du kommen würdest.«

»Hab ich gestern Abend nichts gesagt? Vielleicht hatte ich mich ja auch noch nicht festgelegt.« Durbin machte eine Pause. »Und, wie wird's ausgehen?«, fragte er.

»Ich denke, er bleibt hinter Gittern.«

»Ich hoffe es.«

»Warum sollten sie ihn laufen lassen?«

Durbin nickte mit dem Kopf nach draußen. »Dann schau dir mal dieses Gesindel an. Hast du schon mal was von den Curtlees gehört?«

Novio zuckte mit den Schultern. »Der Bursche ist ein rechtmäßig verurteilter Mörder, der obendrein ein paar Cops zusammengetreten hat, die ihn verhaften wollten. Das kannst du drehen, wie du willst: Kein Richter auf dieser Welt lässt ihn wieder raus.«

»Hoffen wir, dass du recht behältst.«

»Ich habe recht. Wollen wir wetten?«

»Nein danke, ich wünsche mir ja, dass du recht hast.«

»Aber wenn wir wetten und ich danebenliege, gewinnst du in jedem Fall. Die Chancen stehen zwei zu eins für dich.«

Durbin, noch immer nicht begeistert, streckte die Hand aus. »Zwanzig«, sagte er.

Novio griff die Hand und schüttelte sie. »Deal.«

Sitzungszimmer 11 bot Platz für etwa achtzig Besucher, und Durban und Novio, obwohl sie sich frühzeitig angestellt hatten, mussten lange warten, bis sie die beiden letzten Sitze in der vorletzten Reihe ergatterten.

Ro Curtlees Inhaftierung war nicht nur in der gestrigen Sonntagsausgabe des »Courier« der Aufmacher gewesen; der »Chronicle« hatte dem Vorfall ebenfalls auf der Titelseite Platz eingeräumt – und für die lokalen Fernsehsender war es ohnehin das Topthema des ganzen Tages. Eine dieser News-Updates hatte Durbin noch im Fernsehen verfolgt, bevor er eingeschlafen war – allein eingeschlafen war: Nach dem Dinner bei den Novios hatte Janice den Notruf eines Patienten bekommen und war zu einer späten Therapiesitzung in ihr Büro gefahren. Durbin hatte die Vermutung, dass es sich um einen ganz speziellen Patienten handelte, wusste aber nicht genau, wer es war.

Also hatte er die Nachrichten eingeschaltet und Interviewschnipsel eines hageren, etwas zerzausten Staatsanwalts namens Wes Farrell gesehen, dann den aufgebrachten Bürgermeister Leland Crawford, der empört die Meinung vertrat, dass die Zeit für eine Sonderkommission gekommen sei, um der »Kultur der Gewalt und Missachtung der Rechtsstaatlichkeit« ein Ende zu setzen – und natürlich Cliff und Theresa Curtlee, die das schreiende Unrecht beklagten und forderten, dass nicht ihr Sohn, sondern Lieutenant Glitsky verhaftet werden müsse.

Beide Curtlees saßen nun in der ersten Reihe des Gerichtssaals, und als Durbin sie erstmals wieder aus nächster Nähe sah, stieg die Galle in ihm hoch. »Was für selbstgefällige Arschlöcher«, wisperte er zu Novio. »Ich frage mich, ob sie wirklich daran glauben, dass Ro unschuldig ist – oder ob's ihnen einfach scheißegal ist. Wie kann man seinen Sohn unterstützen, wenn man weiß, dass er ein Mörder ist, ein Killer?«

Novio, der die aufgeladene Atmosphäre im Saal zu genießen schien, versuchte einen Blick auf sie zu werfen. »Vielleicht steht ja die ermordete Frau so tief unten auf der evolutionären und sozialen Leiter, dass sie in ihren Augen nicht mehr als menschliches Leben wahrgenommen wird. Und wenn das nicht als Erklärung taugt, muss er wohl für den Mord einen triftigen Grund gehabt haben. Oder sagen wir: einen halbwegs triftigen.«

Durbin schüttelte den Kopf. »Halbwegs triftig. So kann man's auch sehen.«

Durch die hintere Tür, die zu den Büros der Richter und einigen U-Haft-Zellen führte, waren inzwischen die ersten Akteure im Gerichtssaal erschienen. Zwei Gerichtsdiener machten den Anfang, gefolgt von einer älteren Dame, die den Platz der Gerichtsstenografin einnahm, und einer jüngeren Justizsekretärin, die sich gleich neben sie setzte.

Als er die beiden nächsten Personen – einen Mann und eine Frau, beide in Polizeiuniform – durch die Tür kommen sah, lehnte sich Durbin zu Novio hinüber. »Das ist Glitsky, der Typ mit der Hakennase und der Narbe. Und Vi Lapeer, die neue Polizeichefin.«

Als Nächstes erschien Farrell, der übernächtigt aussah, aber einen perfekt sitzenden dunklen Maßanzug mit weißem Hemd und roter Krawatte trug.

Gleich hinter ihm kam eine Frau, die Durbin ebenfalls erkannte. »Was macht die denn hier?«, sagte er zu Chuck.

»Wer?«

»Die Alte mit den langen Beinen, Amanda Jenkins.«

»Wieso kennst du sie?«

»Sie war die Staatsanwältin in Ros Prozess. Ich wusste nicht, dass sie auch was mit diesem Fall zu tun hat.«

»Ich hab den Eindruck, als seien Hinz und Kunz mit diesem Fall beschäftigt.«

Glitsky und Lapeer waren inzwischen durch die niedrige Ballustrade in den Zuschauerraum gekommen und hatten sich auf reservierte Plätze in der ersten Reihe gesetzt; Farrell und Jenkins nahmen, direkt vor ihnen, am Tisch der Anklage Platz. Selbst aus der Entfernung glaubte Durbin spüren zu können, dass zwischen den beiden Anklägern Eiszeit angesagt war.

Am Tisch der Verteidigung saß ein elegant gekleideter älterer Mann mit längeren weißen Haaren. Nachdem er offensichtlich ein Zeichen des Gerichtsdieners bekommen hatte, drehte er sich um, sprach kurz mit den Curtlees, die gleich hinter ihm saßen, nickte und verließ durch die Hintertür den Saal.

»Showtime!«, sagte Novio.

Durbin schluckte, um seine wachsende Nervosität zu bekämpfen. »Kann nicht mehr lange dauern.«

Unter den Zuschauern brach plötzlich aufgeregtes Gemurmel aus, und Durbin konnte sich gerade noch rechtzeitig umdrehen, um zu sehen, wie Leland Crawford den Sitzungssaal betrat, in ein scheinbar wichtiges Gespräch mit Sheila Marrenas vertieft. Nachdem er sichergestellt hatte, dass der Saal seine Anwesenheit registriert hatte, setzte er sich auf einen – offensichtlich reservierten – Platz direkt neben Cliff Curtlee. Amanda Jenkins, die den Vorgang verfolgt hatte, flüsterte etwas in Richtung des Staatsanwalts, und Farrell, anscheinend überrascht, drehte sich auf seinem Stuhl, um sich selbst zu überzeugen. Es war ein Signal, das an Eindeutigkeit nichts zu wünschen ließ.

Fast unbemerkt war der Curtlee-Anwalt zusammen mit seinem Klienten durch die hintere Tür in den Saal gekommen.

Als Durbin ihn zum letzten Mal gesehen hatte, vor fast zehn Jahren bei der Urteilsverkündung, war Ro ein frisch rasierter, gut aussehender junger Mann mit kurzen Haaren und einem dreiteiligen Anzug. Heute signalisierte sein Äußeres die Resignation eines gebrochenen Mannes, der seine besten Jahre längst hinter sich hat. An Händen und Füßen gefesselt, bekleidet mit einem orangefarbenen Sträflingsoverall, trug er seinen eingegipsten Arm in einer Schlinge, war weder gekämmt noch rasiert, hatte noch immer geschwollene Lippen, ein Pflaster über der Nase und ein Veilchen am Auge. Als er mit seinem Anwalt durch den Saal zum Tisch der Verteidigung schlurfte, verstummten alle Gespräche – um darauf umso empörter aufzuflammen.

Novio konnte sich ein Grinsen nicht verkneifen, als er sich zu seinem Schwager drehte und hinter vorgehaltener Hand flüsterte: »Super Schachzug. Sie setzen voll auf die Mitleidsnummer.«

Durbin hörte von der anderen Seite der Galerie einige Anti-Polizei-Slogans – »Nazis«, »Schläger«, »Schweine« –, doch bevor die Unmutsbekundungen überhandnehmen konnten, hatte sich Ro schon gesetzt und der Gerichtsdiener rief: »Alle erheben sich. Das Oberlandesgericht des Staates Kalifornien beginnt mit der Sitzung. Den Vorsitz führt Richterin Erin Donahoe.«

11

Auf den ersten Blick schien Donahoes zierliche Erscheinung auf eine unscheinbare, nicht unbedingt dominante Persönlichkeit hinzudeuten. Wenn sie grübelte oder lachte, war sie sogar durchaus attraktiv: eine Stupsnase, hellblaue Augen, eine modische randlose Brille und schulterlanges blondes Haar, das sich auch in einer Shampoo-Werbung gut gemacht hätte. Wurde sie indes mit unerwarteten Turbulenzen konfrontiert, konnte sich ihr Gesichtsausdruck schnell und dramatisch verändern: Die Augen verengten sich zu drohenden Schlitzen, die Lachfältchen mutierten zu Krähenfüßen und die schmalen Lippen kräuselten sich zu einem kreisrunden, spitzen Mündchen. Wenn sich dann auch noch ihre Wangen rot färbten, war das Donnerwetter nicht mehr fern. Als sie sich nun zum Richterstuhl begab, schien ihr offensichtlich schon im Vorfeld eine Laus über die Leber gelaufen zu sein. Ihr Missvergnügen war jedenfalls mit Händen greifbar.

Während die Zuschauer wieder ihre Plätze einnahmen, warf sie Ro Curtlee einen kritischen Blick zu. Durbin war sich nicht sicher, ob es ein Kommentar zu seinen

Verletzungen und seinem allgemeinen Erscheinungsbild war – oder weil sie es nun mal mit einem Vergewaltiger und Mörder zu tun hatte. Aber ihr Blick wurde nicht freundlicher, als sie erst zur Staatsanwaltschaft und dann auf das Publikum schaute, das inzwischen erwartungsvoll an ihren Lippen hing.

»Lassen Sie mich eines gleich klarstellen«, sagte sie so leise, dass es im Zuschauerraum kaum hörbar war. »Ich habe heute 85 Zeilen und 13 Vorverhandlungen auf dem Programm, und ich gedenke, sie alle abzuhaken.« Fälle vor dem kalifornischen Oberlandesgericht wurden »Zeilen« genannt, weil im digitalen Terminkalender jeder Fall genau eine Zeile einnahm. »Auf Ansuchen von Mr. Farrell werde ich Zeile 12 vorziehen, erwarte aber, dass dieser Zirkus hier schleunigst wieder aus meinem Gerichtssaal verschwindet, damit ich ungestört arbeiten kann. Bitte nehmen Sie zu Protokoll, welche Anwälte die beiden Parteien vertreten.«

Nachdem diese Formalie erledigt worden war, belehrte Donahoe beide Parteien, dass es sich heute nicht um eine Voruntersuchung handele, sondern ausschließlich um die Anhörung zur Festsetzung einer Kaution. »Wir werden uns nicht den ganzen Morgen damit beschäftigen. Ich hoffe, Sie haben das verstanden, Mr. Farrell?«

»Ja, Euer Ehren.«

»Mr. Denardi?«

»Verstanden, Euer Ehren.«

»Nun gut. Möge der Gerichtsschreiber die betreffende Zeile aufrufen.«

Ohne aufzublicken, meldete sich die Justizangestellte

zu Wort. »Zeile 12: *The People of the State of California* gegen Ro Curtlee.«

»Mr. Denardi, verzichtet Ihr Klient auf weitere Belehrungen?«

Denardi stand auf. »Jawohl, Euer Ehren.«

»Schuldig oder nicht schuldig?«

Auf ein Zeichen seines Anwalts stand Ro Curtlee auf und sagte: »Nicht schuldig.«

Donahoe beschränkte sich weiter auf die organisatorische Vorgehensweise. »Bevor wir uns mit dem Fristenverzicht beschäftigen, Mr. Denardi, nehme ich an, dass Sie sich für die Beibehaltung der Kaution aussprechen wollen?«

Mit einem Mal war das juristische Vorspiel vergessen. Denardi, noch immer stehend, fuhr gleich schwere Geschütze auf. »Hohes Gericht! Im Verlauf einer unberechtigten Festnahme ohne Haftbefehl, durchgeführt von Lieutenant Glitsky und zwei weiteren Polizisten, wurde mein Klient am Samstagabend so schwer verletzt, dass Sie sich noch heute von einigen der Verletzungen ein Bild machen können ...«

»Euer Ehren.« Amanda Jenkins war aufgesprungen. »Ich verwehre mich gegen die Darstellung der Verteidigung, dass es sich um eine unberechtigte Festnahme gehandelt habe. Der Angeklagte hatte Lieutenant Glitskys Haus aufgesucht und ihn und seine Familie bedroht, was laut Gesetzbuch, Paragraf 422 ...«

»Euer Ehren. Erlauben Sie ...?« Denardi wartete gar nicht erst darauf, dass ihm das Wort erteilt wurde – und Donahoe machte auch keine Anstalten, es ihm zu verweigern. »Die Darstellung der Anklage, dass es sich bei

Mr. Curtlees Besuch um eine Drohung handele, die Paragraf 422 nach sich ziehe, ist absurd und durch keine Tatsachen belegbar.«

Auch wenn es das Procedere eigentlich verlangte, dass sich die Anwälte mit ihren Statements nur an den Richter wenden, hatten beide Parteien die juristischen Umgangsformen längst über Bord geworfen. Donahoe war nicht willens, vielleicht auch nicht in der Lage, sie davon abzuhalten. Jenkins drehte sich herum und wandte sich direkt an Denardi. »Leugnen Sie, dass er bei Glitskys Haus war?«

Der ältere Anwalt schüttelte belustigt den Kopf. »Nein, natürlich war er dort, aber nur um auf diese Weise gegen den Besuch von Lieutenant Glitsky am Vorabend zu protestieren, der in keiner Weise berechtigt war.«

»In keiner Weise berechtigt war? Sie belieben zu scherzen. Lieutenant Glitsky untersuchte den Mord an einem der Zeugen in Mr. Curtlees früherem Prozess. Ich nenne das einen zwingenden Grund.«

»Wenn Sie denn einen Akt reiner Schikane partout so interpretieren möchten …«

»Du meine Güte. Vielleicht bin ich ja nicht gewillt, Ihre gekaufte Interpretation zu akzeptieren. Die Tatsachen sprechen nun mal für sich.« Jenkins drehte sich zur Richterin zurück. »Euer Ehren, die Darstellung der Vorgänge als Schikane und Polizeibrutalität entbehrt jeder Grundlage und ist offenkundig lächerlich. Die Zeuginnen aus Mr. Curtlees früherem Prozess werden eine nach der anderen umgebracht. Und jeder vernünftige Mensch weiß, dass Mr. Curtlee darin bis zur Halskrause verwickelt ist.«

»Absolut lächerlich!« Denardi explodierte und ließ seiner Empörung freien Lauf. »Schauen Sie sich nur diesen Mann an! Was hier lächerlich ist, ist seine Behandlung durch die Polizei. Er wurde halbtot geschlagen! Nennen Sie das …?«

Donahoe musste inzwischen wohl klar geworden sein, dass der hitzige Schlagabtausch aus dem Ruder lief. Sie räusperte sich und klopfte leicht mit ihrem Hammer. »Miss Jenkins, Mister Denardi. Hier ist nicht der Ort für persönliche Animositäten, nicht wahr? Ich bin mir sicher, dass wir auf eine sachliche Basis zurückkehren können und das Problem zu aller Zufriedenheit lösen. Würden Sie sich bitte wieder setzen? Danke. Um mit dem Thema fortzufahren: Mr. Farrell, welche Position vertritt die Staatsanwaltschaft zur Frage der Kaution?«

Nach dem emotional geführten Dialog war die plötzliche Stille im Gerichtssaal gespenstisch. Farrell brauchte ein paar Sekunden, um sich zu sammeln. »Euer Ehren«, begann er, »gegen den Angeklagten wird ein neuer Prozess wegen Mordes angesetzt. Seit seiner Entlassung aus dem Staatsgefängnis ist er gegen Kaution frei. Wenige Tage nach seiner Entlassung wurde eine der Zeuginnen ermordet. Nachdem Lieutenant Glitsky ihn zu seinem Aufenthalt zum Zeitpunkt des Mordes befragt hatte, erschien Mr. Curtlee am nächsten Tag vor seinem Haus und bedrohte ihn und seine Familie.«

Denardi ließ sich die Gelegenheit nicht entgehen und stand erneut auf. »Euer Ehren, wir haben diese Darstellung, die obendrein nicht zutreffend ist, bereits zur Kenntnis genommen.«

Da Donahoe offensichtlich nicht einschreiten wollte, ignorierte Farrell nun ebenfalls das Protokoll und wandte sich direkt an seinen Kontrahenten. »Die Darstellung ist absolut zutreffend, Tristan, und das wissen Sie auch.«

»Ich weiß leider nichts davon, Wes. Nennen Sie mir doch bitte ein Wort von Mr. Curtlee, das als Drohung hätte verstanden werden können. Oder ein Wort, von dem Glitsky behauptet, es sei bei der Unterredung gefallen.«

»Er zeigte auf Glitskys Tochter und betonte ausdrücklich, dass sie ein hübsches Kind sei.«

Theatralisch hob Denardi seine Hände, lachte laut und wandte sich zur Richterin. »Keine weiteren Fragen. Ein Kind als hübsch zu bezeichnen ist wohl kaum als Drohung zu interpretieren.«

Nun war es an Farrell, aus der Haut zu fahren. »Die Drohung besteht darin, *überhaupt vor seinem Haus zu erscheinen*! Mr. Curtlee ist ein verurteilter Vergewaltiger und Mörder, der nur gegen Kaution auf freiem Fuß ist. Er wird verdächtigt, die Kronzeugin ermordet zu haben, und geht dann zum Haus des Lieutenants, der den Fall untersucht. Man muss den Kontakt zur Realität verloren haben, wenn man diesen Zusammenhang nicht wahrhaben will.«

Erneut zückte Donahoe ihren Hammer. »Gentlemen«, sagte sie, »bitte.« Dann: »Mr. Farrell, ich glaube, wir sprachen über die Kaution. Wie hoch wurde übrigens die letzte Kaution angesetzt?«

»Zehn Millionen, für den Mord, Euer Ehren. Als im jüngsten Fall aber Streifenbeamte Mr. Curtlee verhaften wollten, griff er zur Waffe und versuchte, einen von ihnen umzubringen. Versuchter Mord an einem Polizisten ist ein Vergehen, für das Kaution nicht in Frage kommt.«

Weise nickend fragte sie: »Und wer hat die Kaution für den Mordfall festgesetzt?«

»Richter Baretto.«

»Und was fordert die Anklage dieses Mal?«

»Wir fordern die Bestätigung der Kautionssumme für den Mordfall, Euer Ehren. Für seine jüngsten Vergehen, auch vor dem Hintergrund seiner kriminellen Vergangenheit, darf allerdings keine Kaution gewährt werden.«

»Lachhaft«, rief Denardi. »Der helle Wahnsinn.«

Donahoe quittierte den Zwischenruf mit einem Nicken, ging aber nicht darauf ein.

»Und wie sieht die Anklage konkret für den jüngsten Fall aus?«, fragte sie.

Farrell schaute auf seine Stichworte und bewegte keine Miene. Er wusste, dass er ein Problem hatte. Er war auf vergleichsweise sicherem Boden, was die Drohung gegen einen Polizisten anging, aber der anschließende Tumult bei der Festnahme hatte die ursprüngliche Strafsache in den Hintergrund treten lassen. Die Überreaktion von Glitsky und Jenkins war ein Faktum, das er nicht aus der Welt bekam. Aber er hatte keine andere Wahl – er musste da durch. »Wir erheben Anklage wegen Bedrohung eines Polizisten (Paragraf 422), weiterhin Anklage wegen des versuchten Mordes an einem Polizisten (Paragraf 664 beziehungsweise 187), drei Anklagen wegen Angriffs auf einen Polizisten mit einer tödlichen Waffe (Paragraf 245 d 1), drei Anklagen wegen Körperverletzung eines Polizisten (Paragraf 243 b). Alle Anklagen mit einer 120221-Strafverschärfung, da die Übergriffe stattfanden, während der Angeklagte gegen Kaution frei war.«

»Euer Ehren!« Denardi riss es wieder von seinem Stuhl. »Von einem versuchten Mord kann keine Rede sein. Die Waffe eines Polizisten fiel aus dem Holster, und Mr. Curtlee bückte sich und nahm sie in die Hand.«

»Und hat abgedrückt«, warf Jenkins ein.

»Das sehe ich anders, Amanda. Und davon abgesehen, Euer Ehren: Die mutmaßliche Körperverletzung war nichts anderes als Selbstverteidigung. Die Polizei kam ohne Haftbefehl zu seinem Haus und griff Mr. Curtlee an, als er herauskam und nachschauen wollte, warum sich die Streifenwagen vor seinem Haus aufhielten. Wie schon gesagt: Die Verhaftung war nicht rechtens, und unter diesen Umständen hat jeder das Recht auf seiner Seite, wenn er sich einer illegalen Verhaftung widersetzt, notfalls auch mit Gewalt.«

Denardis Darstellung der Ereignisse sorgte im Zuschauerraum für kurzzeitige Unruhe, aber wieder schritt Donahoe nicht ein.

»Euer Ehren«, sagte Farrell, während die Zuschauer wieder zur Ruhe kamen. »Alle drei Polizisten sind anwesend und können bestätigen …«

Donahoes gerötete Wangen und ihre verkniffenen Lippen signalisierten Unmut. »Ich werde nicht zulassen, dass eine Kautionsverhandlung in eine Vorverhandlung ausartet, Mr. Farrell. Ich dachte, ich hätte mich eingangs diesbezüglich klar ausgedrückt. Wir reden hier über die Kaution. Und um ganz ehrlich zu sein: Ich tendiere dazu, den Fall an Richer Baretto zurückzuschicken und ihn die Entscheidung fällen zu lassen.«

»Euer Ehren.« Jenkins stand auf und versuchte mit mäßigem Erfolg, ihre Stimme unter Kontrolle zu halten. »Wie Mr. Farrell bereits ausgeführt hat, hält die Anklage die Gewährung einer Kaution für unzulässig, auch nicht bei einer Höhe von zehn Millionen. Die Tatsache, dass der Angeklagte überhaupt wieder auf freien Fuß gesetzt wurde, ist eine Verhöhnung des juristischen Procederes.«

»Nun, nun«, sagte Donahoe. »Ich weiß nicht, ob das nicht etwas überspitzt ist ...«

»Es ist eine Verhöhnung«, sagte Denardi, der wieder aufstand. »Ich schließe mich dieser Meinung an. Es ist ein Hohn, dass überhaupt Anklage erhoben wird, da die Vorwürfe so offensichtlich an den Haaren herbeigezogen ...«

»Das reicht, Mr. Denardi, das reicht. Ich kenne Ihre Argumente. Darf ich Sie bitten, mir eine Minute Zeit zu geben?« Die Richterin schaute auf die Unterlagen vor ihr, griff nach einem Kuli und machte sich ein paar Notizen, während die Spannung im Sitzungssaal spürbar stieg. Schließlich schaute sie auf, warf einen aufmunternden Blick erst zur Verteidigung, dann zur Anklage. »Ich habe den Eindruck, dass Richter Baretto die Dimensionen vorgegeben hat. Angesichts der ungeklärten Frage, ob die Verhaftung im Rahmen der Legalität stattfand, halte ich eine Kaution in Höhe von 500 000 Dollar für angemessen.«

Im Zuschauersaal brandete spontaner Beifall auf, doch der Jubel verstummte wieder, als Jenkins, die nicht mehr an sich halten konnte, von ihrem Stuhl aufsprang. »Euer Ehren!«, rief sie empört.

»Meine liebe Frau Staatsanwältin«, entgegnete Donahoe. »Wir haben es hier nicht mit einer Jury zu tun. Sie müssen also keine Rede vom Stapel lassen, um irgendjemanden zu beeindrucken. Sie wissen genauso gut wie ich, dass auch Angeklagte Rechte haben. Wir werden der Sache auf den Grund gehen« – es war offensichtlich eine ihrer Lieblingsformulierungen –, »wenn die Erkenntnisse aus der Voruntersuchung vorliegen. Und zu diesem Zeitpunkt – mit den dann vorliegenden Fakten –, werde ich auch die Frage der Kaution neu überdenken.«

Wieder kam Beifall von den Rängen. Donahoe lächelte, als sie registrierte, dass das Publikum offensichtlich mit ihrem Urteil einverstanden war. »Und nun, Mr. Denardi«, fuhr sie fort. »Ich vermute, dass Sie keine Einwände haben, die Frist zu verlängern?«

Sie fragte die Verteidigung, ob sie den Termin der Voruntersuchung über die zehn Tage hinaus verschieben wollte, die gesetzlich vorgeschrieben waren. Natürlich würde Ro Curtlee davon profitieren, zumal Denardi nach der Voruntersuchung eine weitere Fristverlängerung beantragen würde: Der Prozess könnte dann nicht innerhalb der vorgegebenen sechzig Tage angesetzt werden. Denardis Intention war klar: Durch Ausschöpfung aller nur erdenklichen Möglichkeiten wollte er sicherstellen, dass sich der Prozessbeginn um ein Jahr oder mehr verzögern würde.

»Euer Ehren!« Wieder stand Jenkins auf, auch wenn sie diesmal deutlich resignierter wirkte. »Die Anklage erhebt Einwände gegen eine Fristverlängerung.«

Donahoe schaute nicht einmal unfreundlich zu ihr

hinunter. »Danke, Frau Staatsanwältin, aber natürlich muss der Verteidigung Zeit eingeräumt werden, um den Fall angemessen vorzubereiten. Mr. Denardi?«

»Die Verteidigung beantragt Fristverlängerung, Euer Ehren. Wir werden einen erheblichen Zeitaufwand haben, um die drei Polizisten, die an der Verhaftung beteiligt waren, genauer unter die Lupe zu nehmen. Zwei Monate ab heute?«

»Stattgegeben.«

»Ich danke Ihnen.«

»Keine Ursache.« Donahoe schaute noch einmal zu Farrell und Jenkins und zuckte mit den Schultern. Sie habe, so schien sie sagen zu wollen, bei ihrem Urteil überhaupt keine andere Wahl gehabt. Dann nickte sie zur Justizbeamtin und sagte: »Rufen Sie die nächste Zeile auf.«

Alle erhoben sich, um den Saal für die nächste Verhandlung zu räumen. Durbin beobachtete, wie Ro Curtlee breit grinste und vom Tisch seines Verteidigers aufstand. Er drehte sich zur Ballustrade, nickte zum Bürgermeister hinüber, schüttelte die Hand seines Vaters und nahm seine Mutter in den Arm.

Seine Verletzungen scheinen plötzlich nicht mehr zu schmerzen, dachte Durbin. Und den Kopf lässt er auch nicht mehr hängen.

»Was für ein schlechter Scherz«, flüsterte er seinem Schwager zu. »Ich versuche, es zu verstehen, aber ich glaube, ich kann's einfach nicht.«

»Wir leben in einem wundervollen Land«, sagte Novio. »Man muss es einfach lieben.«

Durbin konnte seine Augen nicht von demjenigen Mann abwenden, der nicht zuletzt wegen ihm vor so vielen Jahren ins Gefängnis gewandert war. Ro löste sich gerade aus der Umarmung seiner Mutter und ließ seinen Blick über die Ränge wandern. Als er Durbin sah, starrte er ihn einen Augenblick lang an.

War es möglich, dass er ihn erkannt hatte?

Durbin senkte schnell den Blick, um jeden Augenkontakt zu vermeiden. Es war, als hämmerten seine Herzschläge auf den Amboss in seinem Ohr. Als er glaubte, die Luft sei wieder rein, schaute er erneut hoch. Und tatsächlich – Ros Augen hatten inzwischen in der ersten Reihe andere Opfer gefunden: Glitsky, Lapeer und die zwei jungen Polizisten standen an der Balustrade mit Farrell und Jenkins zusammen – alle offensichtlich wütend und deprimiert.

Während Durbin den Augenkontakt um jeden Preis zu vermeiden suchte, hatte Glitsky damit überhaupt kein Problem. Als Ros Blick bei Glitsky landete, starrten sich beide für einen langen Augenblick an. Ro setzte ein breites Lächeln auf und schüttelte den Kopf – ganz so, als hätten sie gerade einen Riesenspaß miteinander gehabt. Doch dann – Durbin wollte seinen Augen nicht trauen – hob er den Zeigefinger, zielte auf Glitsky, knickte den Daumen ein und »erschoss« ihn.

Glitsky zeigte keine Regung. Mit unbewegtem Gesicht, die weiße Narbe deutlich sichtbar, starrte er Ro lange an, bis dieser sich wegdrehte.

»Jesus«, sagte Durbin.

»Was?«

»Hast du das gesehen?«

»Ja. Dein Ro hat ganz schön dicke Eier.«

»Der macht mir richtig Angst. Könnte sein, dass er mich erkannt hat.«

»Und das würde bedeuten?«

»Weiß ich nicht.« Er schaute nach vorne, wo Ro noch immer mit dem Bürgermeister und seinen Eltern und Anwälten sprach. Ein Gerichtsdiener versuchte, sie aus dem Saal zu komplimentieren. Nun, da eine neue Kaution gestellt war, würde Ro auch umgehend seinen Sträflingsoverall gegen zivile Kleidung eintauschen können. »Vielleicht bedeutet es ja nichts«, sagte Durbin, »aber wenn es was bedeutet, bedeutet es Ärger.«

»Kann ich mir nicht vorstellen. Nach all den Jahren.«

Durbin zuckte die Schultern. »Ich hoffe, du hast recht.« Er atmete tief durch. »Vielleicht hätte ich nicht kommen sollen. Wenn er wirklich die Leute vom letzten Prozess aufs Korn nimmt und mich dann hier sieht ...«

Novio legte seine Hand auf Durbins Arm. »Nun mal langsam, Michael. Wenn er wirklich die Frau von seinem letzten Prozess abgemurkst hat, dann doch nur deshalb, weil sie auch im nächsten Prozess eine Rolle spielen würde. Bei dir ist die Lage doch völlig anders.«

»Stimmt auch wieder. Du hast wahrscheinlich recht.«

Warum, fragte sich Durbin, war er eigentlich heute hierhergekommen? Vielleicht, dachte er, weil er seine Arbeit bestätigt sehen wollte und hoffte, dass dieser Kriminelle für immer hinter Gittern verschwinden würde. Aber nun, da das nicht passiert war, fühlte er die Angst in sich aufsteigen: Er wünschte sich aus ganzem Herzen, dass Ro oder die anderen Curtlees seine Existenz in keiner Weise zur Kenntnis nehmen würden.

Inzwischen hatten sich die Sitzreihen fast vollständig geleert. Ein paar Minuten später standen Durbin und Novio in der Eingangshalle – und Durbin hatte es eilig, den ganzen Spuk hinter sich zu lassen.

Aber die Halle schwirrte wie ein Bienenstock – nur die wenigsten der Besucher bewegten sich zum Ausgang. Alle anderen standen herum, redeten, ließen das Drama Revue passieren oder hofften vielleicht darauf, dem Bürgermeister die Hand zu schütteln.

Durbin trat einen Schritt zur Seite, wollte eine Lücke in der Menschenmasse nutzen und fand sich plötzlich Seite an Seite mit Sheila Marrenas. Sie hatte ein Mikrofon in der Hand und interviewte Zuschauer, die gerade aus dem Gerichtssaal kamen. Durbin hatte sie kaum erkannt, als sie ihm auch schon das Mikro unter die Nase hielt. »Hallo, Sheila Marrenas vom ›Courier‹. Ein kurzer Kommentar, Sir. Angesichts der Fakten, die heute im Rahmen der Verhaftung von Ro Curtlee zur Sprache kamen: Glauben Sie, dass wir in San Francisco ein ernsthaftes Problem mit der Brutalität der Polizei haben?«

Und bevor er sich versah, hörte sich Durbin antworten: »In keiner Weise. Zumindest ist es nicht annähernd so gravierend wie das Problem, dass Richter auch weiterhin Vergewaltigern und Mördern einen Freifahrtschein ausstellen.«

Offensichtlich perplex ob dieser Antwort – die meisten »normalen Bürger«, die sie morgen in ihrem Artikel zitieren würde, waren von den Curtlees bestellte Strohmänner –, trat sie einen Schritt zurück und schaute ihn mit einem fragenden Gesichtsausdruck an. »Kenne ich Sie von irgendwoher?«, fragte sie.

»Nicht, dass ich wüsste«, antwortete er. »Ich würde mich sicher dran erinnern.«

Sie schaute ihn noch immer fragend an.

»Wenn Sie mich bitte entschuldigen«, sagte er. »Ich versuche mich zum Ausgang vorzukämpfen.«

Unsere Stadt
Von Sheila Marrenas

Die Diktatur kommt immer in kleinen Schritten.

Wie in dieser Kolumne berichtet, wurde Roland Curtlee, der Sohn der Herausgeber dieser Zeitung, letzte Woche auf Kaution entlassen. Ein neuer Prozess wird darüber entscheiden, ob er eines Verbrechens schuldig ist, das vor über zehn Jahren begangen wurde. Auch wenn er für den Mord an einer Frau verurteilt wurde, zu der er eine intime Beziehung pflegte, verwies das Berufungsgericht auf Vorurteile und Verfahrensfehler und entschied auf Haftbefreiung für Mr. Curtlee. Während sich seine Anwälte auf den neuen Prozess vorbereiten, kann sich Mr. Curtlee nun dank der Kaution als freier Mann bewegen. Und bei dieser Sachlage wäre es wohl auch geblieben – und hätte es bleiben sollen! –, wenn sich nicht die Polizei dieser Stadt, allen voran Lieutenant Abraham Glitsky, zu außerordentlichen Aktivitäten bemüßigt gefühlt hätte.

Glitsky hatte vor zehn Jahren die Ermittlungen geleitet und war im Prozess Zeuge der Anklage. Wenige Tage nach Mr. Curtlees Entlassung kam eine weitere Zeugin, Felicia Nuñez, bei einem Brand in ihrem Apartment ums Leben. Obwohl ihr Tod nicht als Mord klassifiziert wurde, fühlte sich Glitsky dazu veranlasst, Mr. Curtlee in seinem Haus zu besuchen – angeblich, um sein Alibi zur Tatzeit zu überprüfen. Da Glitsky auf ein formelles Verhör verzichtete, erwies sich sein Besuch als das, als was es von vorneherein gedacht war: reine Schikane.

Um den Verfall mit Glitsky zu klären, stattete Mr. Curtlee am nächsten Tag dem Haus des Lieutenants einen Besuch ab – ein Vorgang, den Glitsky umgehend als Bedrohung seiner Person und seiner Familie darzustellen versuchte. Unter dem Vorwand dieser »Drohung« wiederum erschien Glitsky erneut vor Mr. Curtlees Haus, diesmal in Begleitung mehrerer Polizeibeamter. Obwohl kein Haftbefehl vorlag, wollte Glitsky Mr. Curtlee verhaften – und setzte sich dabei in erschreckendem Ausmaß über die bürgerlichen Grundrechte hinweg. Als Mr. Curtlee nach einer Erklärung verlangte, wurde er von den Polizisten brutal zusammengeschlagen.

In dem anschließenden Handgemenge schlugen sie auf Mr. Curtlees Kopf und Schultern ein, verursachten Platzwunden im Gesicht und am Hinterkopf und brachen seinen Arm, bevor sie ihn schließlich zu einem wartenden Streifenwagen schleppten.

Als Mr. Curtlee gestern mit den absurdesten Anklagepunkten konfrontiert wurde (unter anderem mit versuchtem Mord), wurde dieser Justizposse von Richterin Erin Donahoe ein jähes Ende bereitet, als sie Mr. Curtlee erneut gegen Kaution freiließ – und das, obwohl die Polizei in einer Demonstration der Stärke schwere Geschütze auffuhr: Vi Lapeer, die neue Polizeichefin, war ebenso anwesend wie Staatsanwalt Wes Farrell, seine Assistentin Amanda Jenkins, Glitsky selbst sowie zwei der an der Festnahme beteiligten Polizisten.

Selten hat die Polizei dieser Stadt ihre Missachtung von Freiheit, Bürgerrecht und Rechtsstaatlichkeit so extrem unter Beweis gestellt wie in diesem Fall. Die Tatsache, dass Lieutenant Glitsky weiterhin in seinem Amt ist, legt die berechtigte Vermutung nahe, dass ungesetzliches Verhalten und Brutalität von den Entscheidungsträgern bei Polizei und Staatsanwaltschaft stillschweigend geduldet werden. Und wenn das Gesetz so eklatant mit Füßen getreten wird wie in diesem Fall, sollten wir uns nicht wundern, dass die Diktatur einen großen Schritt nach vorne macht. Der Polizeistaat ist jedenfalls näher, als es sich viele vorstellen können.

12

Es war kurz nach sieben am folgenden Freitagmorgen, als Glitsky aus dem Bad kam und an der Küchentür stehen blieb, um seine Tochter beim Vertilgen eines Pfannkuchens zu beobachten. Sie summte still vor sich hin, während sie den Teig kunstvoll auf ihrem Teller türmte und peinlich genau darauf achtete, dass kein Tropfen Sirup verloren ging. Dann führte sie, schnell wie eine Maus, die Gabel zum Mund, schluckte – und stellte erst in diesem Moment fest, dass ihr Vater sie beobachtete. Der volle Mund hielt sie nicht davon ab, übers ganze Gesicht zu strahlen und Worte von sich zu geben, die nach »Daddy ist wach« klangen.

»Das ist er. Wie geht es meinem kleinen Mäuschen heute Morgen?«

»Prima.«

Er ging zu ihr und küsste sie auf den Kopf. »Wir reden besser weiter, wenn du den Bissen runtergeschluckt hast, okay?« Er ging durch die kleine Küche zum Herd und schenkte sich einen heißen Tee ein, den Treya aufgesetzt hatte. Als er sich wieder umdrehte, sah er, wie sich Rachels Gesicht in ein großes Fragezeichen verwandelte: »Ist heute Samstag?«, fragte sie.

»Nein.«

Eine Pause. »Gehst du denn heute mit dem Bademantel ins Büro?«

»Klar doch.«

»*Wirklich?*«

»Wirklich. Ich dachte, das wär mal lustig. Was meinst du?«

»Ich dachte, sie würden das nicht erlauben.«

»Wer?«

»Na, alle.«

»Glaubst du, jemand würde mich aufhalten? Vor allem, wenn ich ihnen meinen bösen Blick zeige?«

»Was für einen bösen Blick?«

»Den hier.« Mit seiner Narbe, der Hakennase und den markanten Augenbrauen konnte Glitsky tatsächlich diabolische Grimassen schneiden. Er legte die Stirn in Falten, stieß ein knurrendes Geräusch aus und beugte sich über seine Tochter, um ihr seinen schönsten bösen Blick zu schenken.

Sie krümmte sich vor Lachen.

»Hey«, sagte Glitsky. »Der Blick soll dir Angst machen. Was ist das für ein Polizist, der den Leuten keine Angst einjagen kann?«

»Vielleicht machst du ja anderen Leuten Angst, aber mir nicht. Ich weiß, dass du nur Spaß machst.«

»Ich mach keinen Spaß. Ich bin am Üben.«

»Dann musst du aber noch viel üben.«

Glitsky setzte sich und schlürfte seinen Tee. »Du hast recht. Ich sollte mehr üben. Wo ist Mom?«

»Sie ist noch bei Zack. Ich glaub, er hat mal wieder in die Hose gemacht.« Sie widmete sich wieder ihrem Pfannkuchen. Als sie ihren Mund vollgestopft hatte, sagte sie: »Aber du gehst doch nicht wirklich im Bademantel zur Arbeit, oder?«

»Ehrlich? Nein. Ich bin heute mit dem Anziehen nur etwas spät dran.«

»Wusstest du, dass Mom auch spät dran ist?«

»Nein, wusste ich nicht.«

»Sie hat auch noch ihren Bademantel an.«

»Wirklich? Vielleicht sollten wir einen Verein gründen.«

Glitsky nahm sich nur selten frei. Nach seinem Herzinfarkt, vor allem aber kurz darauf, nachdem er im Dienst angeschossen worden war, hatte er sich lange krankschreiben lassen müssen. Die Genesung von der Schusswunde war durch endlose Komplikationen erschwert worden – mit dem Resultat, dass er fast zwei Jahre lang als Invalide geführt wurde. Konkreter gesagt: In seiner Laufbahn bei der Polizei von San Francisco hatte er bereits für 532 Tage Lohn bezogen – er führte diesbezüglich penibel Buch –, ohne bei der Arbeit erschienen zu sein. Es war eine Vorstellung, die ihm schwer auf dem Magen lag. Es gab keinerlei Anlass, diesen 532 Tagen noch einen weiteren hinzuzufügen – vor allem, wenn er nicht ernsthaft krank war.

Treya dachte nicht anders. Von Rachels und Zacharys Geburt abgesehen, hatte sie sich nicht einen Tag freigenommen, als sie für Clarence Jackman, Wes Farrells Vorgänger, gearbeitet hatte. Und nun, nach erst wenigen Wochen mit dem neuen Chef, wollte sie unter keinen Umständen den Eindruck erwecken, nicht die Zuverlässigkeit in Person zu sein.

Als sie in die Küche kam und ihren Ehemann im Bademantel sah, blieb sie kurz stehen, konnte ihm aber nur einen fragenden Blick zuwerfen, da Zachary sich vordrängelte und zum Küchentisch stürmte. Ihr Sohn war ein Jahr zuvor von einem Auto angefahren worden und trug deshalb tagsüber einen Helm, der sein Hirn vor Erschütterungen schützen sollte. Als er zu seinem Stuhl kam, starrte er ungläubig auf seinen Teller: »Rachel hat meinen Pfannkuchen gegessen!«

»Du warst ja auch nicht hier.«

»Ich war wohl hier!«

»Aber du bist wieder gegangen.«

»Hey, hey, hey.« Treya trat an den Tisch. »Hört mit dem Keifen auf. Ich mach noch mehr, für beide. Was ist mit dir, Abe? Der Teig ist schon fertig.«

»Ich könnt mir schon einen reindrücken. Danke.«

»Mehr Pfannkuchen sind in der Mache«, sagte Treya.

»Hey«, sagte Zachary. »Wie kommt es, dass du noch keine Kleider anhast?«

»Ich werde heute freinehmen.«

Treya hörte für einen Moment auf, den Teig in die Pfanne zu geben. »Wirklich?«

Glitsky nickte. »Wirklich.«

»Was willst du denn den ganzen Tag lang anstellen?«

»Nichts. Vielleicht mittags essen gehen. Vielleicht meinen Vater besuchen. Über Dinge nachdenken.«

Treya lehnte sich gegen den Herd und verschränkte ihre Arme über der Brust. »Möchtest du vielleicht etwas Gesellschaft dabei haben?«

»Ich wollte ja nicht fragen«, sagte er. »Aber wenn du selbst den Vorschlag machst: liebend gern.«

Durbin nahm den Hintereingang, als er mit halbstündiger Verspätung zur Arbeit kam. Liza Sato, seine Assistentin, runzelte die Stirn und warf ihm einen fragenden Blick zu, doch er winkte wortlos ab und ging zur Kaffeemaschine.

28 Jahre jung, sympathisch, extrem kompetent, alleinstehend und definitiv attraktiv, war Liza in Durbins Augen möglicherweise der wahre Grund, warum das Geschäft so blendend lief. Sie hatte auch heute die Filiale pünktlich geöffnet – wie schon am letzten Montag, als er sich Ro Curtlees Anhörung vor Gericht angeschaut hatte. Seine Niederlassung arbeitete mit UPS, FedEx und einem weiteren Paketdienst zusammen und fungierte auch als Annahmestelle der staatlichen Post. Als Durbin ins Büro kam, hatten sich hinter allen sieben Schaltern lange Schlangen gebildet.

Eine halbe Stunde später, der morgendliche Andrang hatte sich gerade gelegt, klingelte sein Telefon. Es war die Leitung, die für private Gespräche reserviert war. Er ging in seine verglaste Bürokabine und nahm beim zweiten Klingeln ab.

Er hatte kaum Zeit, Hallo zu sagen, als er schon die Stimme seines Nachbarns erkannte, der aufgeregt rief: »Mike. Gott sei Dank, dass ich Sie gleich erreiche. Sie müssen sofort nach Hause kommen. Ihr Haus steht in Flammen.«

Im Auto versuchte Durbin – Ampeln und Stop-Schilder so konsequent ignorierend, dass er fast schon hoffte, von der Polizei angehalten zu werden –, Janice per Telefon zu erreichen, bekam aber nur ihren Anrufbeantworter.

Er sah den Rauch – viel Rauch – bereits, als er die Böschung von der Union Street zum Broadway hinauffuhr. Er war noch immer drei, vier Kilometer entfernt, aber eine dunkle Wolke, so hoch wie der Sutro Tower, stand weithin sichtbar in der Luft. Ein kleiner Küchenbrand sah anders aus. Mit quietschenden Reifen bog er schließlich in die Riviera Street, seine Straße, ein, sah aber sofort, dass er nicht einmal annähernd bis in die Nähe seines Hauses kommen würde: Obwohl sechs Feuerwehrwagen mit mindestens vier Schläuchen den Brand zu löschen versuchten, schlugen noch immer hohe Flammen aus seinem Haus.

Kathy Novio, Janices Schwester, stand an der Kommandozentrale neben einem Löschzug, als Durbin endlich in die Nähe des Haus vorgedrungen war. Sie hatte die Arme um ihre dicke Jacke geschlungen und machte keine Anstalten, die Tränen in ihrem Gesicht zu verbergen. »Ich kann einfach nicht zusehen«, sagte sie.

»Ich weiß. Ich kann's auch nicht.«

»Ich muss immerzu denken, dass sie vielleicht noch im Haus ist.«

Durbin legte seinen Arm um sie. »Es gibt keinen Grund, das zu vermuten.«

»Aber, Michael, sie war nicht in ihrer Arbeit!« Nachdem sie von Durbin informiert worden war, hatte sie auf dem Weg zum Brandort an Janices Büro im Stonestown Shopping Center angehalten, das gleich in der Nähe ihres Hauses lag. Und da im Büro kein Licht brannte, wollte sie sichergehen und hatte fast eine Minute lang gegen die verschlossene Tür gehämmert.

»Ich weiß. Das hast du mir schon gesagt. Aber das heißt nicht, dass sie sich hier im Haus aufhielt. Wahrscheinlich hat sie was erledigt und mir nichts davon erzählt.«

»Mit ausgeschaltetem Handy?«

Durbin zuckte die Schultern. »Manchmal vergisst sie,

es anzustellen. Manchmal vergisst sie, es überhaupt einzupacken. Warum sollte sie sich um diese Zeit im Haus aufhalten?«

»Ich weiß es nicht.« Ihre Augen wanderten zurück zum ausgebrannten Haus. Die Flammen waren überwiegend unter Kontrolle, auch wenn noch immer einige Feuerwehrleute die Wasserschläuche darauf gerichtet hielten und dicker schwarzer Rauch gen Himmel stieg. »Ich hab einfach nur so furchtbare Angst, dass sie doch da drinsteckt.«

Durbin legte seinen Arm um sie und drückte sie fest an sich.

Im Laufschritt kam Chuck die Straße hinauf, nachdem er seinen Wagen einige Häuserblocks weiter unten parken musste. Kathy schlang ihre Arme um ihn. Er tätschelte ihr tröstend den Rücken und redete beruhigend auf sie ein. Über ihre Schulter sagte er zu Durbin: »Tut mir leid, dass ich so lange gebraucht habe. Ich hab mein Handy erst nach Ende des Frühseminars abgehört.« Seine Augen wanderten zum Haus. »Großer Gott, Michael. Jesus!« Und dann, nach einer Pause: »Wo ist Janice?«

Kathy, das Gesicht völlig verheult, gab nur einen kümmerlichen Laut von sich und stieß ihren Kopf gegen seine Schultern.

»Wir wissen es nicht«, sagte Durbin. »Nicht in der Arbeit. Und an ihr Handy geht sie auch nicht.«

Chuck warf erneut einen Blick auf die Ruinen, dann wieder zu Durbin und zeigte auf die Feuerwehrleute. »Haben die vielleicht Informationen?«

»Noch nicht. Der Brandinspektor konnte erst vor etwa fünf Minuten hinein.«

Doch während Durbin noch redete, trat der Brandinspektor – Arnie Becker – durch die Haustür nach draußen. Er hatte seine Hände tief in die Manteltaschen vergraben und ging, als müsste er gegen den Wind ankämpfen, gebeugt und mit hängenden Schultern voran. Als er aufschaute, blickte er kurz zu Durbin hinüber – der Einsatzleiter hatte sie nach Durbins Eintreffen miteinander bekannt gemacht –, schaute dann aber schnell wieder weg und ging zum Klapptisch des Einsatzleiters.

Durbin, der sich beim Eintreffen seines Schwagers vom Haus entfernt hatte, löste sich wieder aus der Traube der Nachbarn und Neugierigen und ging zurück zum Einsatzleiter. Und konnte gerade noch hören, wie das Wort »Polizei« fiel.

»Wozu brauchen wir die Polizei?«, fragte Durbin.

Die beiden Männer drehten sich um. Ihr Gesichtsausdruck war so offensichtlich, dass Worte eigentlich nicht mehr notwendig waren, aber Becker streckte seine Hand aus und legte sie vorsichtig auf Durbins Arm. »Es tut mir leid«, sagte er, »aber in einem der Zimmer im ersten Stock befindet sich eine weibliche Leiche.«

Kathy und Chuck waren gleich hinter ihm. Als Kathy Beckers Worte hörte, stieß sie einen schrillen Schrei aus. »Janice! Mein Gott, nein! Janice!« Chuck nahm sie in den Arm, doch Kathy schlug beide Hände vors Gesicht und brach zusammen.

Nachdem sie in ihren Büros angerufen und eine halbwegs plausible Entschuldigung für ihre Abwesenheit hinterlassen hatten, lieferten Abe und Treya ihre Kinder bei der Schule beziehungsweise Vorschule ab, fuhren zurück nach Hause und legten sich wieder ins Bett. Es war fast Mittag, bis sie wieder aufgestanden und zum Lunch ins »Gaspare's« gefahren waren.

»Weißt du, dass das die beste Pizza in der ganzen Stadt ist?«, sagte Treya. »Ich kann mit den neumodischen Pizzerien einfach nichts anfangen – und selbst mit den älteren nicht.«

»›Tommassos‹?«, fragte Glitsky.

»Nicht übel, keine Frage. Aber nicht so gut wie hier.«

»›A-sixteen‹?«

Treya schüttelte den Kopf. »Auch lecker, aber man muss viel zu lange warten. Aber lass mich dir eine Frage stellen.«

»In der Kategorie Pizza?«

»Nein.«

»Okay, lass mich raten.« Glitsky schob sich das letzte Stück Pizza in den Mund. »Ich glaub, ich hab's: die Schlacht bei den Thermopylen!«

»Falsch. Die Schlacht bei … wo?«

»Die Schlacht bei den Thermopylen. Wie kannst du ›falsch‹ sagen, wenn du nicht mal weißt, was das ist?«

»Ich weiß, was es ist – oder war. Es war die Schlacht zwischen den alten Griechen und … Persern, glaube ich.«

»Richtig. Sehr gut. Welches Jahr?«

»Klar weiß ich das Jahr: irgendwann zur Zeit der alten Griechen. Nah genug dran?«

»Wie wär's mit 480 vor Christus?«

»Das könnte ich nur bestätigen. Was für ein tolles Gefühl, die Frage so präzise beantwortet zu haben. 480 klingt ziemlich überzeugend.«

»Es ist völlig überzeugend. Und trotzdem hast du mit ›falsch‹ geantwortet.«

»Es war falsch, weil es definitiv nicht die Antwort auf meine Frage war. Und meine Frage, wenn ich mich recht erinnere, sollte werden: Fühlst du dich auch so schuldig wie ich?«

»Und wie lautet sie jetzt?«

»Wie lautet was jetzt?«

»Die Frage.«

Sie schüttelte lachend den Kopf. »Du alter Wortverdreher hast mich so durcheinandergebracht, dass ich mich nicht mal mehr dran erinnere.«

»Es war irgendwas mit ›Schuld‹.« Er streckte seine Arme über den Tisch und ergriff ihre Hände. »Fühlst du wirklich so was wie Schuld?«

Sie legte ihren Kopf zur Seite. »Irgendwie schon.« Sie seufzte. »Ich hab das Gefühl, als ließe ich Wes hängen. Er tappt völlig im Dunkeln, was seinen Terminkalender und seine Verabredungen angeht. Wenn ich ihn nicht mit dem Löffelchen füttere …«

»Er ist schon ein großer Junge.«

»Nicht wirklich. Und ihm fehlt einfach die Erfahrung.«

»Das habe ich auch schon bemerkt.«

»Und du bist nicht der Einzige. Ich weiß, dass du den ›Courier‹ nicht liest, aber er kriegt dort richtig Prügel.«

»Der ›Courier‹ ist ein Drecksblatt. Niemand liest ihn.«

»Nun, das stimmt nur zur Hälfte – nämlich das mit dem Drecksblatt. Aber mach dir nichts vor, Abe: Die Leute lesen ihn. Er kann bei den Wahlen viele Stimmen so oder so beeinflussen.«

Glitsky zuckte mit den Achseln. Wahlstimmen waren nicht sein Bier. Und sein Respekt für Leute, die Wählern nachhechelten, tendierte hart gegen null. »Ich weiß nicht. Wenn du meine Meinung hören willst: Ich finde, Wes hat es verdient, dass ihm der Wind ein wenig ins Gesicht bläst.«

»Ich versteh nicht, wie du das sagen kannst, Abe. Er hat sich letzte Woche bedingungslos hinter dich gestellt.«

»Aber nur, weil er keine andere Wahl hatte. Und vergiss nicht, warum Ro Curtlee überhaupt wieder auf freiem Fuß ist – und warum wir von ihm bedroht wurden. Weil sich Wes gleich bei der ersten Gelegenheit um die Entscheidung gedrückt hat. Er hätte darauf bestehen können, dass keine Kaution gewährt wird – und wäre auch damit durchgekommen.«

Diesmal war sie es, die nach seinen Händen griff. »Das weiß ich. Er war naiv und glaubte, er könne die Curtlees bei Laune halten. Er weiß es inzwischen auch. Und ich weiß, dass du dich völlig richtig verhalten hast. Aber ich kann mir nicht vorstellen, dass unter den bestehenden Umständen Ro Curtlee wirklich etwas gegen uns unternehmen würde.«

Glitsky zog eine Grimasse. »Das ist zumindest die Hoffnung. Aber ich wäre erheblich entspannter, wenn Wes auf die Tube drücken würde, um den neuen Prozess zu beschleunigen. Und was deine Frage betrifft, ob ich mich schuldig fühle, einen Tag blaugemacht zu haben ... Ich habe nicht vor, es zur Gewohnheit werden zu lassen, aber nach dem Vorfall am Montag ... und jetzt ist er schon wieder auf freiem Fuß, und ich habe noch immer keine neuen Leute oder das Budget, um welche einzustellen.« Er atmete tief durch. »Ich weiß nicht, Trey. Im Moment habe ich das Gefühl, die Atmosphäre im Präsidium nur zu vergiften. Ich muss einfach erst mal Dampf ablassen, um meine eigenen Leute nicht anzustecken. Denn wenn das passiert, kann ich auch gleich hinschmeißen.«

»Denkst du wirklich darüber nach?«

»Manchmal schon. Ziemlich häufig sogar, um ehrlich zu sein. Ich weiß einfach nicht mehr, warum ich mir das antue.«

»Aus dem gleichen Grund, aus dem du es immer getan hast, Baby: um Killer aus dem Verkehr zu ziehen.«

»Ja«, sagte Glitsky. »Und sie dann wieder laufen zu lassen.«

»Nicht immer. Nur höchst selten.«

»Ich weiß, ich weiß. Du hast ja recht. Aber deshalb musste ich mal einen Tag tief durchatmen. Um wieder eine Perspektive zu bekommen. Und wo wir gerade davon sprechen ...«

Er griff nach seinem Handy am Gürtel.

»Wenn's das Büro ist, dann ...«, sagte Treya.

Aber Glitsky schüttelte den Kopf. »Es ist nicht das Büro, es ist Arnie Becker. Ich sollte den Anruf annehmen.« Er drückte auf eine Taste. »Arnie, Abe hier. Was liegt an?«

13

»Aber natürlich«, sagte Becker gerade, »wissen wir es mit Sicherheit erst ...«

»Arnie!« Glitsky hob die Hand und unterbrach ihn. »Haben Sie auch nur den Hauch eines Zweifels?«

Becker atmete tief durch den Mund ein. Schon der Geruch des verbranntes Hauses war unerträglich, aber der alles durchdringende Gestank verkohlten Fleisches konnte selbst einem gestandenen Mann den Magen umdrehen. »So gut wie keinen«, sagte er schließlich.

Sie standen, die Hände in den Taschen, im ersten Stock von Michael Durbins Haus. Die Sonne schien durch das abgebrannte Dach, aber mit gerade einmal fünf Grad war es für einen Februar in San Francisco ungewöhnlich kalt. Die Leiche lag noch immer im ausgebrannten Schlafzimmer und war zu großen Teilen verkohlt. Der Leichenwagen war gerade erst vor dem Haus vorgefahren, aber die Einsatzeinheit, die üblichen Masken vor dem Mund, war bereits seit Glitskys Ankunft vor zwanzig Minuten damit beschäftigt, den Tatort zu fotografieren und nach möglichen Indizien abzusuchen.

Obwohl das Gesicht nicht identizierbar war, schien der Körper in einem besseren Zustand zu sein als der von Felicia Nuñez. Keiner der beiden Schuhe – in diesem Fall flache schwarze Pumps – war völlig verkohlt. Einer war vom Fuß abgerissen worden, möglicherweise durch die Wucht des Wasserstrahls, als die Feuerwehr ihre Schläuche direkt ins Schlafzimmer richtete. Er lag unter dem Bett, vielleicht fünfundzwanzig Zentimeter vom rechten Fuß entfernt, während der andere Schuh noch am linken

Fuß steckte. Es gab keine unverbrannten Stoffreste unter dem Körper, keine Partikel von BH oder Unterwäsche – woraus Becker schloss, dass die Frau zur Tatzeit oder kurz danach, jedenfalls bevor sie in Brand gesetzt wurde, nackt gewesen sein musste. Anderenfalls, so Becker, wären angesichts der vergleichsweise geringen Verkohlung unterhalb des Körpers zumindest noch Fasern der Kleidung vorhanden.

»Was ist mit DNA?«, fragte Glitsky. »Wenn die Verbrennung nicht so extrem ist.«

»Nun«, sagte Becker, »alles ist relativ. Wie Sie selber sehen, bedeutet ›nicht so extrem‹ keinesfalls, dass es nicht noch immer extrem genug ist. Wie bei Felicia Nuñez ist es offenkundig, dass der Körper der Ausgangspunkt des Brandes war. Unterm Strich würde ich mir deshalb von der DNA nicht allzu viel versprechen, auch wenn wir es natürlich versuchen werden.« Becker schaute noch einmal auf die verkohlte Leiche. »Die Parallelen sind frappierend. Deshalb habe ich Sie ja auch gleich angerufen.«

»Ich weiß es zu schätzen.« Glitsky atmete vorsichtig durch die Zähne ein und drehte sich, um nicht weiter die Leiche im Blickfeld zu haben. »Auch wenn es eigentlich keinen Sinn ergibt.«

»Was ergibt keinen Sinn?«

»Zu vermuten, dass Ro Curtlee dahintersteckt. Ich meine, die unglaubliche Unverfrorenheit … nachdem was letzte Woche passiert ist.«

»Er will Ihnen durch die Blume sagen, dass Sie sich ins Knie ficken sollen.«

Glitsky, kein Freund von unflätigen Kraftausdrücken,

zuckte kurz zusammen. »Und dafür greift er sich wahllos irgendeine Frau heraus?«

Becker zuckte die Schultern. »Vielleicht kannte er sie ja.«

»Aber bisher hat er sich nur an die Dienstmädchen gehalten. Und warum sollte er jemanden in dieser Gegend kennen? Eine ganz normale Person, oder sehe ich das falsch? Gibt es vielleicht Hinweise, ob es sich um die Putzfrau oder so was handelt?«

»Sieht nicht so aus, Abe. Der Ehemann und andere Familienangehörige stehen da unten.« Er zeigte zur Straße hinunter. »Sie sind alle fix und fertig und glauben, dass es sich um die Ehefrau handelt. Sie ist die einzige weibliche Person, die sich im Haus aufgehalten haben könnte. Die Tochter ist in der Schule. Er hat dort angerufen.«

Glitsky schaute durch das verbrannte Dach zum Himmel. »Großer Gott, wie alt ist sie? Die Tochter, meine ich.«

Noch ein Schulterzucken. »Keine Ahnung. Schulalter halt.«

»Sie haben recht«, sagte Glitsky. »Was macht das schon für einen Unterschied.« Er schaute noch einmal auf die Leiche, schloss angesichts des Horrors die Augen und schüttelte den Kopf. »Und – mit wem haben wir es hier zu tun?«

»Falls es die Ehefrau ist, heißt sie Janice Durbin. Ihr Mann ist …«

Glitsky griff Beckers Arm und drückte fest zu. »Michael.«

»Genau. Woher wissen Sie …?«

Glitsky nickte, als wolle er sich die plötzliche, zweifelsfreie Gewissheit selbst bestätigen, und zog noch einmal die Luft ein. »Er war der Geschworenensprecher bei Ro Curtlees Prozess.«

»Ich frage mich, warum ich mir wegen des Blaumachens überhaupt den Kopf zerbreche«, sagte Glitsky. »Niemandem scheint meine Abwesenheit aufzufallen.«

»Mag sein«, sagte Amanda Jenkins, »was natürlich auch daran liegt, dass Sie jetzt körperlich anwesend sind. Für einen Außenstehenden muss es so aussehen, als gingen Sie gerade Ihrer Arbeit nach. Aber davon mal abgesehen: Sähe die Welt wirklich anders aus, wenn Sie heute *nicht* freigenommen hätten?«

»Vermutlich nicht. So wie Sie es darstellen.«

»Na also.« Sie stieß sich mit ihrem Stuhl vom Schreibtisch weg, lehnte sich zurück, legte ihre Beine auf die Tischplatte – und dabei gut achtzig Prozent ihres beachtlichen Untergestells frei. »Wollen Sie vielleicht die Tür schließen? Wenn uns gewisse Leute sehen, heißt es sonst wieder, wir würden konspirieren, um den Rechtsstaat zu untergraben, ganz wie beim letzten Mal.«

Glitsky drehte sich um und schloss die Tür.

Jenkins verschränkte ihre Arme und sah ihn ausdruckslos an. »Was gedenken Sie nun zu tun?«

»Ich weiß es nicht. Deswegen bin ich hier. Vielleicht haben Sie ja eine Idee?«

»Keine, auf die ich stolz wäre. Nein, stimmt nicht – ich habe eine.«

»Schießen Sie los.«

»Bevor ich irgendetwas unternehme, würde ich mich

von dem Gedanken verabschieden, Ro noch einmal festzunehmen.«

Glitsky erlaubte sich ein kurzes grimmiges Lächeln. »Das ging mir auch schon durch den Kopf. Was ihm natürlich die Möglichkeit eröffnet, frei rumzulaufen und andere Menschen umzubringen, wenn ihm danach ist. Aber was soll's – das ist ja nicht meine Entscheidung.«

»Seien Sie nicht so verbittert.«

»Warum sollte ich verbittert sein?«

»Dann ist ja gut. Für einen Moment dachte ich, einen Hauch davon bei Ihnen entdeckt zu haben.«

»Bei mir? Von Verbitterung keine Spur!« Er griff sich einen Stuhl, drehte ihn um und setzte sich rittlings drauf. »Ich bin sogar zur Überzeugung gekommen, dass ich einfach so tun werde, als würde Ro überhaupt nicht zu den Verdächtigen des Durbin-Mords zählen. Hält mich aus der Schusslinie.«

»Vermutlich die klügste Entscheidung, die Sie treffen können. Denn wenn Sie nur Ihr Gesicht in seiner Nähe zeigen, geht der ganze Zirkus wieder von vorne los.«

»Was aber nicht bedeutet, dass ich nicht jeden seiner Schritte genau verfolgen werde.«

»Klar. Hätte ich auch nicht anders erwartet. Aber wie geht's danach weiter?«

»Ich werde Ro komplett aus der Sache raushalten, in der Öffentlichkeit zumindest.«

»Und was bringt Ihnen das?«

»Zumindest schinde ich Zeit. Vielleicht trägt es auch dazu bei, dass sich die Curtlees beruhigen. Und ich werde rausgehen und mit Leuten sprechen, wie man das bei der Mordkommission in solchen Situationen nun mal macht. Vielleicht kann ich den Vorgang rekonstruieren, vielleicht lege ich mir eine Liste mit Verdächtigen an. Und ich werde um Ro einen weiten Bogen schlagen, bis ich nicht einen handfesten Beweis habe, der ihn mit dem Mord in Verbindung bringt. Denn ohne den wird der gute Mr. Farrell ihn ja zu unseren Lebzeiten eh nicht behelligen wollen.«

»Dummerweise haben Sie diesmal Indizien, die mit dem Zaunpfahl auf Ro hinweisen.«

»Und die wären?«

»Die Schuhe, die Art des Vorgehens, die Frau des Geschworenensprechers – sie können sich eins aussuchen. Es ist fast so, als würde Ro sie Ihnen auf dem Präsentierteller unter die Nase reiben.«

»Richtig, das ist der andere Punkt.«

»Welcher andere Punkt.«

»Arnie Becker ist der Meinung, dass er mir ganz gezielt den Stinkefinger zeigt – und nicht nur mir, sondern Ihnen auch.«

»Ich bin gerührt.«

Glitsky zuckte die Schultern. »Was wird wohl in seinem Kopf vorgehen, wenn er sich all die Umstände macht und jemanden umbringt und all die schönen Spuren hinterlässt – und ich weigere mich, eins und eins zusammenzuzählen? Stattdessen klopfe ich an einer ganz anderen Tür – und gebe ihm nicht die Genugtuung, die er sich erhofft hat.«

Sie musste den Gedanken einen Moment sacken lassen, nickte ihm dann aber zustimmend zu. »Er *will* uns erzählen, was er alles angestellt hat. Damit wir uns dann die Zähne daran ausbeißen, es ihm nachzuweisen.«

»Es ist mehr als nur Wollen – er *muss* es einfach tun. Und das wird ihn Kopf und Kragen kosten. Könnte es jedenfalls. Zumindest ist es einen Versuch wert.«

Glitsky musste daran denken, was Treya über ihren Boss gesagt hatte: Ohne ihr organisatorisches Talent und die generalstabsmäßige Umsetzung wäre er auf verlorenem Posten. Was offensichtlich dazu geführt hatte, dass er in ihrer Abwesenheit den Laden gleich dichtgemacht hatte und nach Hause gegangen war. Die Lampen in Treyas Vorzimmer waren jedenfalls ausgeschaltet, keine Besucher, die auf ihren Termin warteten – und die Tür zu Farrells Büro war geschlossen. Glitsky ging durchs Vorzimmer, drückte sein Ohr an die Tür, hörte aber keinerlei Geräusche. Ohne mit einer Antwort zu rechnen, klopfte er trotzdem dreimal.

Nichts.

Dann, als er sich gerade umdrehen wollte, hörte er in Farrells Zimmer plötzlich Schritte. Glitsky blieb stehen und schaute gespannt auf die Tür, als Farrell sie von innen öffnete. Der Staatsanwalt hatte die Ärmel hochgekrempelt, die Bürobeleuchtung ausgeschaltet und die Jalousien runtergelassen. Glitsky vermutete für einen Augenblick, ihn bei einem Nickerchen gestört zu haben. »Sollte es gerade nicht die richtige Gelegenheit …«

»Nein, passt schon. Ich hab nur kurz meditiert. Meditieren Sie auch manchmal, Abe?«

»Hält sich in Grenzen. Ich finde nie die Zeit.«

»Zwanzig Minuten pro Tag, mehr braucht man nicht. Zwanzig Minuten hat ja wohl jeder übrig.«

»Ich halte immer vergeblich die Augen danach auf«, sagte Glitsky. »Meine Kinder müssen sie geklaut haben.«

»Stimmt, Ihre Kinder. Sie leben noch zu Hause, oder?«

»Nur noch für die nächsten achtzehn oder zwanzig Jahre. Aber wer will schon Erbsen zählen?«

»Sie haben recht. Würd ich in dieser Situation auch nicht. Und ich würde vermutlich nicht mal meditieren.« Plötzlich schien sich Farrell wieder daran zu erinnern, wo und wer er war. Sein Gesicht, gerade noch geistesabwesend, zeigte wieder erste Regungen. »Aber nun sind Sie da! Was kann ich für Sie tun? Wollen Sie auf eine Minute reinkommen? Ist mit Treya alles okay? Wie geht's ihr?«

»Besser«, sagte Glitsky.

»Ich hoffe, sie kann Montag wieder kommen.«

»Hat sie sich fest vorgenommen.«

»Gut. Gut. Kommen Sie doch rein.« Farrell zögerte und trat einen Schritt zurück. Nachdem Glitsky eingetreten war, schloss Farrell hinter ihm die Tür. Er schaltete das Licht an, ging zu einem Sofa und bedeutete Glitsky, Platz zu nehmen. Glitsky zog es vor, stehen zu bleiben.

»Was liegt denn an?«, fragte Farrell.

»Ro hat wieder zugeschlagen.«

Farrell ließ seinen Kopf nach unten fallen, um ihn dann langsam wieder aufzurichten. »Sie nehmen mich auf den Arm.«

»Nein, Sir. Janice Durbin. Die Frau des Geschworenensprechers. Er hat sie in Brand gesetzt, bevor oder nachdem er sie ermordete. Brannte das ganze Haus ab. Nackt, die Schuhe noch an den Füßen. Er hätte auch gleich seine Visitenkarte hinterlassen können.«

»Klingt, als hätte er genau das getan.« Farrell führte eine Hand zum Gesicht und massierte die Schläfen. »Mein Gott, Abe. Wie sollen wir darauf reagieren?«

»Ich dachte, Sie könnten es noch mal mit Baretto versuchen.«

Farrell zog seine Schultern hoch und lachte höhnisch. »Der wird sich nie und nimmer die Finger daran verbrennen, schon gar nicht nach Donahoe. Inzwischen haben wir zwei Richter, die zu dem Urteil gekommen sind, dass Ro keine Gefahr für die Gesellschaft darstellt. Baretto wird den Teufel tun, ihn jetzt wieder festzusetzen.«

»Und die Schuhe? Und die offensichtlichen Parallelen bei der Durchführung des Mordes? Kommt nicht irgendwann der Punkt, an dem sie als Belastungsmaterial nicht länger ignoriert werden können?«

»Um ehrlich zu sein: Der Punkt kommt wohl nie.«

»Vielleicht sollte ich mit ihm sprechen und die Fakten erläutern.«

Farrell schüttelte den Kopf. »Ihre Glaubwürdigkeit in Sachen Ro ist im Eimer, Abe. Alles, was Sie tun, wird wie Ihr privater Feldzug rüberkommen.« Er zögerte. »Vielleicht sollte ich es nicht erwähnen, aber ich hatte heute Morgen Besuch von Vi Lapeer. Unangemeldet.«

»Was weiß sie denn über den Fall?«

»Es ging nicht darum, was sie weiß, sondern darum, was sie wollte. Sie wollte meine Einschätzung.«

»Wozu?«

»Zu der Tatsache, dass Leland ihr nahelegte, Sie zu suspendieren. Und zwar nicht nur von der laufenden Untersuchung, sondern komplett. Die politischen Zwänge wachsen ihm einfach über den Kopf. Seinen Worten zufolge ist die Hälfte der Bevölkerung davon überzeugt, dass Ihre Jungs die Gestapo sind. Und Sie sind der Anführer.«

»Das ist Marrenas. Die Frau ist das reinste Gift.« Glitsky entschloss sich, doch noch Platz zu nehmen. Als er sich nach vorne beugte, atmete er tief durch. »Und, was war Ihre Einschätzung?«

»Dass sie hart bleiben und hinter Ihnen stehen solle. Der Bürgermeister kann es sich nicht leisten, sie zu feuern, kaum dass er sie eingestellt hat. Natürlich könnte ich damit falsch liegen; ich habe in letzter Zeit so oft falsch gelegen, dass ich gar nicht mehr weiß, wie man richtig liegt. Jedenfalls sagte ich ihr, dass er, nachdem er sie gerade erst zur Polizeipräsidentin ernannt hatte, wie ein Volltrottel aussehen würde.«

»Er drohte damit, sie zu feuern?«

»Das war wohl die unausgesprochene Botschaft. Aber sie war immer noch deutlich genug.«

»Das heißt also, dass ich meinen Hut nehmen sollte?«

»Ich möchte Ihnen nichts vormachen, Abe. Es wäre eine Option, aber keine gute. Besser wäre es, wenn wir was Vernünftiges gegen Ro in die Hand bekämen.«

»Ich dachte eigentlich, das schon beim letzten Mal geliefert zu haben.«

»Sollte man meinen. Aber wir haben ja gesehen, wie das ausgegangen ist.«

Glitsky schwieg eine Weile. »Was immer auch passieren mag«, sagte er schließlich, »ich habe die Aufzeichnungen der ursprünglichen Ermittlung, die ich für die Wiederaufnahme noch einmal durcharbeiten werde. Auch wenn Nuñez nicht mehr lebt, haben wir noch immer ihre Aussage – auch wenn ihr persönliches Erscheinen auf die Jury natürlich einen stärkeren Eindruck hinterlassen hätte. Womit wir nur noch eine Zeugin haben, Gloria Gonzalvez.«

»Aber die ist doch auch untergetaucht, oder nicht?«

»Ich habe bislang noch nicht ernsthaft nach ihr gesucht. Vielleicht taucht sie ja auf. Außerdem möchte ich mit den anderen Vergewaltigungsopfern sprechen – die, die sich ihr Schweigen haben bezahlen lassen.«

»Warum sollten die noch was sagen, nach all den Jahren?«

Glitsky zuckte die Schultern. »Weiß nicht. Vielleicht halten sie den Mund. Aber vielleicht ist ja einer von ihnen klargeworden, dass sie sich nicht richtig verhalten hat.« Er hob eine Hand. »Ich weiß, ich weiß, es ist weit hergeholt. Aber trotzdem einen Versuch wert.«

»Es ist schließlich Ihre Zeit.«

»Apropos Zeit. Reden wir eigentlich immer noch von August als Termin für die Wiederaufnahme?«

»Frühestens. Es sei denn, Sie finden in der Zwischenzeit etwas Verwertbares zu Nuñez oder der anderen Frau.«

»Sollte das passieren«, sagte Glitsky beim Aufstehen, »werden Sie es als Erster erfahren.«

14

Seit den frühen Tagen ihrer gesellschaftlichen und geschäftlichen Prominenz hatten die Curtlees für ihre diversen Häuser und einen Teil ihrer Firmen Hilfskräfte aus Guatemela und El Salvador angeheuert. Statt ein Risiko mit illegalen Einwanderern einzugehen, engagierten sie ihr Personal lieber direkt vor Ort, arrangierten Visa und Krankenversicherung und boten den glücklichen Auserwählten einen fast unglaublichen Lebensstandard. Es war kein Wunder, dass sich im Gegenzug ihre Angestellten als ehrlich, arbeitsam, dankbar und loyal erwiesen. Und wichtiger vielleicht noch: Sie hatten panische Angst, wieder in ihre Heimat zurückgeschickt zu werden.

Zur Zeit von Ros Prozess war einer ihrer Talentscouts in El Salvador von einem Mann namens Eztli kontaktiert worden. In Nahuatl, der Sprache der Mexica – dem Volk, das von den Weißen »Azteken« genannt wird –, bedeutet *eztli* so viel wie »Blut«. Und wie bei den Azteken durchaus üblich, hörte Eztli nur auf einen Namen – ein Name allerdings, der perfekt zu ihm passte.

Er war 35 damals und sprach perfektes, akzentfreies Englisch – dank eines amerikanischen Vaters, der sich aus dem Staub gemacht hatte, als der Junge 12 Jahre alt war. Mit 16 trat er in die salvadorianische Armee ein und diente dort zehn Jahre. Kontakte, die er in dieser Zeit geknüpft hatte, ebneten ihm den Weg zu Enrique Mololo, einem der Drogenbarone des Landes, der ihn zu seinem Hausdiener machte. Mololo war unglücklicherweise der Meinung, die Mara Salvatrucha, eine der mächtigsten kriminellen Verbindungen dieses Planeten, nicht an seinen Profiten und Kontakten beteiligen zu müssen – eine Meinung, die für ihn tödliche Folgen haben sollte. Und wäre Eztli nicht zufällig unterwegs gewesen, um ein neues Auto für seinen Boss abzuholen, wäre er bei dem paramilitärischen Sturm auf Mololos Anwesen mit Sicherheit auch ums Leben gekommen.

So aber verpasste er die Party. Anstatt zu Mololos Haus zurückzukehren, kontaktierte er den Curtlee-Agenten, dem er im Laufe der Jahre die Namen mehrerer junger Mädchen geliefert hatte.

Er musste aus dem Land verschwinden. Er hatte Talente. Und er war gewillt, sie einzusetzen.

Und die Curtlees empfingen ihn mit offenen Armen.

Nun, an einem bedeckten Sonntagnachmittag, saß Ro auf dem Beifahrersitz des Toyota 4Runner, während Eztli auf dem Highway 1 Richtung Süden fuhr. Ros linker Arm war noch immer in Gips, aber davon abgesehen hatte er keine Ähnlichkeit mit dem Mann, der sechs Tage zuvor vor Richterin Donahoe stand. Er war frisch rasiert und elegant gekleidet: Khaki-Hose mit schwarzem Seidenhemd, dazu teure italienische Halbschuhe, die er ohne Socken trug. Das Pflaster, das er über der Nase getragen hatte, war verschwunden, die Schwellung um seinen Mund fast vollständig zurückgegangen – und wo eine Woche zuvor ein blaues Auge glänzte, befand sich inzwischen nur noch ein fahler gelber Fleck.

Als er am Morgen aufgewacht war, hatte er den dringenden Wunsch verspürt, dem O'Farrell Theatre einen Besuch abzustatten und sich in einer der Kabinen von einer heißen Schnitte nach allen Regeln der Kunst verwöhnen zu lassen. Er konnte gar nicht genug davon kriegen, schließlich hatte er neun lange Jahre darauf verzichten müssen. Und danach …? Er wusste es noch nicht. Die Nachmittage waren eh tödlich langweilig. Vielleicht würde er einfach wieder ins Bett gehen.

Aber dann, als er aus dem O'Farrell nach Hause kam, hatte Eztli auf ihn gewartet. Er hatte einmal mehr beteuert, wie untröstlich er war, bei Ros Begegnung mit der Polizei nicht zur Stelle gewesen zu sein. Okay, er hatte eine Entschuldigung, weil er an diesem Abend Ros Eltern in seiner Funktion als Bodyguard begleiten musste. Aber es war nun mal sein Job, die *ganze* Familie zu beschützen. Er hätte vor Ort sein müssen, als Glitsky und seine Cops anrückten. Jetzt wollte Eztli das wiedergutmachen und Ro wenigstens durch etwas Unterhaltung auf andere Gedanken bringen.

Sonntags hatte er dienstfrei, und da unten in Pescadero ein paar Hahnenkämpfe stattfinden sollten … vielleicht hatte Ro ja Lust, sich das mal anzuschauen? Es war immer eine unglaubliche Show, nicht zuletzt wegen der Mädels, die im Lauf der Kämpfe immer so richtig heiß wurden. Bei seinen Vorurteilen und seinem Selbstverständnis wäre es für Ro normalerweise undenkbar gewesen, sich privat mit dem Personal abzugeben. In seinen Augen lebten sie in einem Universum, das Stratosphären unter dem seinen lag.

Aber Eztli war anders.

Zunächst einmal war er ein Mann – ein Kerl, der in seinem Leben schon einiges erlebt hatte. Und: Er behielt in allen Situationen einen kühlen Kopf, was ebenfalls immer ein Plus war.

Weit wichtiger aber war die Tatsache, dass Eztli sich um die Familie verdient gemacht hatte, als Ro im Knast saß. Er hatte Cliff und Theresa – die sich um Ros Sicherheit berechtigte Sorgen machten – vorgeschlagen, seine Latinoverbindungen spielen zu lassen und die anderen Gefängnisinsassen, vor allem die inhaftierten Mitglieder der berüchtigten mexikanischen EME-Gang, davon abzuhalten, Ro in irgendeiner Weise zu belästigen. Mehr noch: Für seinen Schutz wurden unter der Hand Prämien gezahlt.

Die beiden Männer hatten sich im Besucherraum des Gefängnisses mehrfach getroffen, um über die Höhe dieser Zahlungen zu sprechen, und waren dabei nicht nur gut miteinander ausgekommen, sondern hatten fast so etwas wie Freundschaft geschlossen. Davon ganz abgesehen war Ro durchaus gewillt, zumindest für einen Tag seine gesellschaftlichen Normen zu vergessen und sich von Eztlis Talenten als Animateur überraschen zu lassen.

Und so saßen sie nun gemeinsam im Wagen, passierten gerade Half Moon Bay, die Golfanlagen, rechts das Ritz-Carlton, und ließen einen Joint kreisen.

»Nie!«, sagte Ro. »Nie und nimmer werde ich zurück in den Knast gehen. Da lasse ich mich eher umlegen.«

Eztli zog noch einmal am Joint und reichte ihn zurück. »Deine Eltern sind wohl zuversichtlich, dass es so weit nicht kommen wird.«

»Das haben sie immer gesagt, aber ich bin mir nicht so sicher. Sie haben mir auch erzählt, dass sie diesen Wichser Farrell in der Tasche hätten, aber das lief wohl auch aus dem Ruder.«

»Schon, aber schau dir an, was passiert ist.«

»Was meinst du?«

»Ich meine, dass du frei bist.«

»Aber doch nicht wegen Farrell.«

»Nicht?« Eztli zuckte die Schultern. »Okay.«

Ro hielt den Rauch in den Lungen, während er zu seinem Fahrer hinüberschaute. Ihn beschlich das Gefühl, das er schon mehrfach im Besucherraum des Gefängnisses verspürt hatte: dass nämlich im Kopf dieses Mannes mehr vor sich ging, als es das unbewegte, stoische Gesicht vermuten ließ. Seine Eltern hatten Eztli nun schon seit zehn Jahren in ihren Diensten, und sie waren clevere, abgebrühte Menschen, die auf Sentimentalitäten keinen Wert legten. Wäre Eztli einfach nur ein dummer Muskelberg, hätte er schon längst einen Fehler gemacht und wäre entlassen worden. Aber er hatte nicht nur überlebt, sondern lebte in ihrem großen Haus praktisch mit der Familie zusammen. Er musste schon ein kluges Köpfchen sein und sich auch anderweitig unabkömmlich gemacht haben.

Abgesehen davon, dass er im Gefängnis im wahrsten Sinne des Wortes Ros Arsch, wenn nicht gar sein Leben gerettet hatte.

Ro blies den Rauch aus, den er inhaliert hatte. »Siehst du das nicht genauso?«, fragte er. »Was Farrell angeht?«

Eztli behielt die Straße im Blick und nahm sich eine gute Minute Zeit, bevor er antwortete. »Ich glaube, was deine Mutter und dein Vater glauben.«

»Und was ist das?«

»Dass, wenn Farrell dich im Knast haben will, du auch im Knast landest.«

»Aber er …«

Eztli schüttelte den Kopf. »Er spielt sein Spiel.«

»Warum sollte er das tun?«

»Weil er ein Politiker ist. Er hält sich beide Seiten offen. Das tun sie alle.« Eztli streckte seinen rechten Arm aus, und Ro reichte ihm den Rest des Joints, der bis auf den letzten Zentimeter runtergebrannt war. Nachdem er den Rauch ausgestoßen hatte, fuhr er fort: »Schau her, mach dir doch nichts vor. Farrell trifft die Entscheidung. Er geht zu einem Richter – zu jedem Richter – und sagt: keine Kaution. Punkt. Und dann gibt es keine Kaution. Aber er hat's nicht gemacht. In beiden Fällen hat er's nicht gemacht. Und er lässt zu, dass dein Anwalt ein halbes Jahr Zeit bekommt, um sich einzuarbeiten. Und mit dem halben Jahr wird's nicht getan sein. Es wird sich ein Jahr hinziehen, zwei Jahre, vielleicht für immer. Und deshalb ist Farrell der beste Freund, den du haben kannst. Er schenkt dir Zeit, und Zeit ist das Wichtigste.«

»Zeit wofür?«

»Nun, für alles.« Er blinzelte zu Ro hinüber. »Für alles, was du zu tun hast.«

Gloria Serrano, geborene Gonzalvez, war in ihrem Element, wenn sie sich um die Wäsche ihrer Familie kümmern durfte. Manchmal meinte sie, bis ans Ende der Zeit waschen zu können, weil es sie wunschlos glücklich machte – vorausgesetzt natürlich, dass sie es für ihre Söhne, ihre Tochter und ihren Mann tat. Sie liebte den Duft – sowohl den moschusartigen Geruch der Kleidung, die sie aus dem Wäschekorb zog, wie auch den frischen, süßlichen Waschmittelgeruch, wenn sie die Kleidungsstücke – fast noch zu heiß zum Anfassen – aus dem Trockner holte. Sie hatte Spaß daran, die weißen Sachen von den farbigen zu trennen und die getrockneten Hemden so schnell zu falten, dass sie völlig knitterfrei blieben.

Sie liebte es sogar, nach der verlorenen Socke zu forschen, die sich fast bei jeder Ladung in Luft aufzulösen schien.

An diesem Sonntagnachmittag, ihrem einzig freien Tag in der Woche, hatte sie gerade die Wäschestapel säuberlich auf die Arbeitsplatte neben der Waschmaschine gelegt. Ihre Waschküche befand sich in der Garage des kleinen Hauses in Sunnydale, das sie und Roberto sich endlich hatten kaufen können.

Heute war es eine von Robertos roten Socken, die unauffindbar blieb. Sie bückte sich, steckte ihren Kopf in den Trockner, drehte dann mit der Hand die Trommel, doch die Socke blieb verschwunden.

Sie hoffte, dass sie irgendwo zwischen der Wäsche liegen würde, die sie bereits gefaltet hatte. Sonst kam eigentlich nur noch die Waschmaschine in Frage – was aber auch unwahrscheinlich war, da sie immer zweimal nachschaute, wenn sie die nasse Wäsche herausnahm. Bei dieser Gelegenheit fand sie nämlich immer Geldstücke – und manchmal gar Scheine –, die sie dann ansparte, um ihren Kindern oder Roberto ein kleines Geschenk zu kaufen.

Seit sie für Ramons siebten Geburtstag im November das letzte Geschenk gekauft hatte, ein Lego-Kriegsschiff, das er inzwischen bestimmt zwanzig Mal zusammengesetzt hatte, waren immerhin fast 20 Dollar zusammengekommen, die ungewöhnlich hohe Ausbeute von heute – zwei Dollar-Scheine und ein Quarter – miteingerechnet.

Sie hatte nie das Gefühl, ihren Mann zu bestehlen; schließlich wanderte das Geld auf dem einen oder anderen Weg in die Familie zurück. Sie sah es mehr wie ein Bußgeld des Schicksals, das ihren Mann dafür bestrafte, nicht die Taschen zu leeren, bevor er seine Sachen in den Wäschekorb warf.

Aber die Socke war noch immer verschwunden, und sie wollte die Wäsche nicht wieder auseinanderfalten und dort danach suchen. Vielleicht hatte sie ja aus Freude, so viel Geld gefunden zu haben, nicht so sorgfältig wie sonst gearbeitet. Also öffnete sie noch einmal die Waschmaschine und suchte mit ihren Fingern die Ecken ab, wo sich die Socke versteckt haben konnte. Und heute – es musste ihr Glückstag sein – fand sie das gute Stück, es klebte am oberen Rand der Trommel.

Sie wollte wegen einer Socke nicht wieder den Trockner anwerfen, also nahm sie die nasse Socke und steckte sie mit ihrem Gegenstück in den Trockner, um sie mit der nächsten Ladung zu trocknen. Dann nahm sie die gefaltete Wäsche auf den Arm, öffnete die Tür zur Küche und trug die Wäsche hinein.

Sie hatte Enchiladas fürs Abendessen vorbereitet, und der wunderbare Duft ging ihr nicht aus der Nase. Von einer plötzlichen Gefühlsregung überkommen, legte sie die Wäsche auf den Küchentisch und griff sich einen Stuhl. Roberto hatte alle drei Kinder mit zu dem großen Discounter genommen, wo sie ihren zweiwöchentlichen Großeinkauf machten – was Gloria die Gelegenheit gegeben hatte, das leere Haus zu putzen und es für die kommende Woche auf Vordermann zu bringen.

Nach einer Minute stand sie auf und schenkte sich etwas von dem köstlichen guatemaltekischen Kaffee ein, legte ihre Hände um die Tasse und starrte durch das Küchenfenster auf den bewölkten Himmel.

Die Farbe des Himmels spielte keine Rolle. Hier saß sie mit ihrer sauberen, duftenden Wäsche, in ihrem eigenen Haus, trank den wundervollen Kaffee und freute sich schon auf das sonntägliche Dinner – und fühlte sich plötzlich, als sei sie von den Göttern geküsst.

Wer hätte gedacht, dass sie es so weit bringen würde? Vor allem nach den ersten Monaten bei den Curtlees, vor allem, nachdem sich ihr grässlicher Sohn schon nach einigen Tagen an sie rangemacht hatte und sie dann immer und immer wieder missbraucht hatte.

Was hätte sie denn tun sollen? An wen hätte sie sich wenden können? Ros Eltern zogen es vor, seine Untaten zu ignorieren. Oder, schlimmer noch, sie wussten davon und unternahmen nichts. Am Ende hatte man sie schließlich ziehen lassen und bei einer anderen Familie untergebracht, die sich als das zweite Wunder entpuppte.

Aber das Schicksal hätte nicht diese wundersame Wendung genommen, wenn nicht das neue Mädchen – Dolores, die Ro dann später umbringen sollte – schon auf dem Weg aus Guatemala gewesen wäre. Das arme Ding.

Gloria hatte keinen Zweifel, dass – ohne die göttliche Fügung – sie an ihrer Stelle gestorben wäre.

Und dann waren die schrecklichen Monate gekommen, in denen sie gegen Ro ausgesagt hatte, in denen Chris und Theresa Curtlee zunächst versucht hatten, sie mit Geld zu bestechen, um ihr dann – durch ihre Anwälte – mit Ausweisung zu drohen. Aber selbst mit all ihren Verbindungen war es ihnen nicht gelungen, Glorias eigene Helfer auszuhebeln. Sie konnten sie nicht aufspüren, als sie das erste Mal untertauchte und bei Freunden eines Cousins in Gilroy unterkam – und auch nicht, nachdem sie Roberto geheiratet hatte und wieder als Haushälterin in Sunnydale arbeitete.

Inzwischen betrieb sie ein florierendes Geschäft und putzte, zusammen mit zwei Angestellten, fünfundzwanzig Häuser in Palo Alto und Menlo Park, hatte eine zuverlässige Babysitterin, ein eigenes Haus, eine Familie und einen legal eingewanderten, hart arbeitenden Ehemann, der sie liebte.

Und es gab – dafür dankte sie Gott jeden Tag – keinen der Curtlees mehr in ihrem Leben.

Nicht mehr.

Und nie wieder.

Die Novios besaßen hinter dem Haus eine hölzerne, halboffene Gartenlaube mit gut drei Meter Durchmesser. Als Chuck an diesem kalten Sonntagabend herauskam, um Holz für den Kamin zu holen, sah er seinen Schwager drinnen auf der Bank. Er saß mit dem Rücken zum Haus, die Ellenbogen auf den Knien, die Hände gefaltet.

Chuck ging hinüber und klopfte an einen der Balken. Michael zuckte zusammen, bevor er sich umdrehte. »Hey.«

»Bist du okay?«

»Ich hab mich nur kurz abgeseilt.«

Kathy hatte darauf bestanden, dass die ganze Durbin-Familie bei ihnen einzog, zumindest bis zum Gedenkgottesdienst am kommenden Donnerstag. Der Schmerz jedes Einzelnen schien sich im Haus zu stapeln wie eine Halde nicht abgeholter Müllsäcke. Da war Kathy selbst, da waren ihre Zwillinge, und natürlich Michael und Janices eigene Kinder: Allie, Jon, der seine Wut in sich hineinfraß, und Peter, der völlig am Boden zerstört schien. Leblos und niedergeschlagen saßen sie auf dem Sofa vor dem Fernseher und ließen den ganzen Tag lang Sportübertragungen auf sich einrieseln.

»Um ehrlich zu sein«, fügte Durbin an: »Nein, okay kann man das wohl kaum nennen.«

»Natürlich nicht. Ist doch klar.« Novio setzte sich zu ihm.

Durbin hob den Kopf. »Ich frage mich, was ich jetzt tun soll. Was ist der nächste Schritt, verstehst du?«

»Ich kann's mir gut vorstellen. Wenn Kathy sterben würde ...« Er schüttelte den Kopf. »Ich mag es mir nicht ausmalen.«

»Nein«, sagte Durbin. »Brauchst du ja auch nicht.« Er schwieg für einen Moment. »Ich versuche die Ereignisse zu verarbeiten, aber ich finde einfach keine plausible Erklärung. Ich meine: Warum war sie überhaupt im Haus? Was hatte sie um diese Tageszeit dort verloren? Normalerweise verließ sie das Haus gleich nach mir, aber aus heiterem Himmel ist plötzlich eine andere Person im Haus, und sie liegt tot oben im Schlafzimmer. Wie kann so was passieren, Chuck? Wie passt das zusammen?«

»Was sagt die Polizei? Haben sie schon Vermutungen?«

Durbins Gesicht verfinsterte sich. »Scheiß Cops. Fang mir damit gar nicht erst an. Sie haben nichts, keine Erkenntnisse aus dem Labor. Die Ergebnisse der Autopsie werden erst nächsten Monat vorliegen. Sie sehen sich noch nicht mal in der Lage, von einem Mord zu sprechen. Vielleicht war sie zufällig im Haus, als jemand ein Feuer legte, worauf sie nach oben rannte, um es zu löschen, und dann an dem Rauch erstickte.«

»Das heißt, sie gehen in jedem Fall von Brandstiftung aus?«

»Anscheinend. Aber dann gibt's da noch den anderen Punkt. Ich hab dir ja gesagt, du sollst mit dem Thema gar nicht erst anfangen.«

»Zu spät. Was für einen anderen Punkt?«

»Dieser Bursche Glitsky, der Polizist. Als er hier war, tat er so, als sei ich selbst Gegenstand der Untersuchung. Als hätte ich was damit zu tun.«

Chuck nickte verständnisvoll. »Ja, er hat mir auch ein paar Fragen gestellt, als wir unten standen und auf dich warteten.«

Durbin richtete sich auf. »Er hat mit dir gesprochen? *Dich verhört?* Über was denn?«

»Mein Handy. Genauer gesagt: über Janices Handy. Es ist nicht verbrannt, weil es an einem Haken hinter der Küchentür hing. Und offensichtlich haben wir in den letzten zwei Wochen zwölf Mal miteinander telefoniert. Ich sagte ihm, dass das kaum ungewöhnlich sei. Wir wollten für Kathys vierzigsten Geburtstag eine Überraschungsparty organisieren. Ob das etwa schon Anlass für einen Verdacht wäre?«

»Und was hat er gesagt?«

Er zuckte die Schultern. »Er fragte nicht weiter nach. Warum auch? Aber, mein Gott, man kann's auch wirklich übertreiben. Ich weiß, es ist sein Job, aber irgendwo fängt's an, lächerlich zu werden.«

»Du hast völlig recht. Das Verrückte ist, dass ich bis zum gestrigen Tag den Eindruck hatte, Glitsky und ich hätten einen guten Draht.«

»Bis zum gestrigen Tag? Kanntest du Glitsky etwa privat?«

»Nicht, dass wir dicke Freunde waren, aber nach Ros Prozess haben wir uns ein paar Mal getroffen – eigentlich nur um uns gegenseitig zu informieren, wie die Curtlees versucht haben, uns beide zu ruinieren. Insofern weiß er schon, wer ich bin. Aber gestern hatte ich den Eindruck, als wolle er nicht völlig ausschließen, dass ich sie umgebracht hätte.«

»Er dreht halt jeden Stein um.«

Durbin schüttelte den Kopf. »Ja, aber er verschwendet nur seine Zeit. Ich erzählte ihm, dass Janice und ich ein paar Probleme gehabt hätten, so wie jedes andere Ehepaar mit Kindern im Teenageralter, aber nichts, das nicht lösbar gewesen wäre …«

»Ihr zwei hattet Probleme?«

Ein Schulterzucken. »Nichts Ernsthaftes, Chuck. Und sicher nichts, das einen Mord rechtfertigen würde.«

»Nein, das hätte ich auch nie …«

Durbin fiel ihm ins Wort. »Und trotzdem spitzt Glitsky gleich die Ohren und fragt: ›Wie lange hatten Sie diese Probleme?‹ und ›Haben Sie einen Eheberater aufgesucht?‹ Ich machte ihn drauf aufmerksam – so er es denn wirklich nicht wusste –, dass Janice selbst Psychiaterin war. Und dass wir nicht annähernd an diesem Punkt angekommen waren. Jedenfalls hätte ich besser keinen Ton gesagt. Denn dann erzählt er mir als Nächstes, dass er mit einigen Leuten in meiner Firma gesprochen habe. Und er will von mir wissen, warum ich am Freitag verspätet ins Büro gekommen sei. Ich sagte ihm, dass mir nicht mal bewusst war, dass ich überhaupt spät dran war. Und er sagt: ›Nun ja, immerhin eine halbe Stunde.‹ Und schaut mich dann an, als erwarte er von mir eine Erklärung. Und fragt dann auch noch nach Liza.«

»Wer ist Liza?«

»Meine Assistentin. Ein kluges, süßes Mädchen. Sie hält mir den Rücken frei, wenn er ins Büro kommt und fragt, wann ich gekommen sei, ob ich mich ungewöhnlich verhalten habe …«

»Er kommt sogar ins Büro?«

»Als Allererstes. Bevor er hierherkam. Ich sag ja: Ich bin auf seiner Liste.«

»Aber das ist doch einfach nur lächerlich.«

»Mehr als das. Aber trotzdem quetscht er mich zu meiner Beziehung mit Liza aus. Ob sie vielleicht der Grund sei, dass ich Janice getötet habe? Ich wollte dem Kerl an die Gurgel!« Sein Temperament ging mit ihm durch. »Zu unterstellen, dass ich tatsächlich der Mörder sein könnte! Mein Gott!«

Chuck setzte sich zu ihm auf die Bank. »Natürlich kann er den Blödsinn nicht wirklich glauben. Er fängt mit der Untersuchung halt erst an. Wenn erst mal die ersten Ergebnisse vorliegen, wenn die Autopsie stattgefunden hat, wird sich alles in Luft auflösen.«

Durbin lehnte sich zurück. »Du hast recht, du hast ja

recht.« Er führte eine Hand zur Stirn und rieb über seine ausdruckslosen, geröteten Augen. »Ich bin einfach völlig bedient.« Doch plötzlich hob Durbin seinen Kopf, und seine Augen begannen zu glänzen.

»Was ist?«, fragte Chuck. »Es passiert nicht alle Tage, dass dir ein Lämpchen aufgeht.«

Doch Durbin starrte weiterhin über Novios Schulter ins Nichts.

»Mike? Was ist denn?«

Durbin atmete die Luft aus, die er für einen Moment eingesogen hatte. »Ich hab dir doch von den Problemen erzählt, die Janice und ich hatten. Ich glaube, sie hatte eine Affäre.«

Novio war für einen Augenblick still, bevor er den Kopf schüttelte. »Unmöglich, Mike. Nicht Janice.« Doch dann: »Bist du dir sicher? Und mit wem?«

»Mit einem ihrer Patienten, würde ich mal vermuten.« Er richtete sich auf, als wolle der Gedanke ihn nicht mehr loslassen. »Ich habe mir nur gerade die Frage gestellt, wer einen Grund hatte, die Tat zu begehen. Es kann kein Zufall gewesen sein. Keiner greift sich wahllos ein Haus raus und zündet es an. Aber wenn sie mit jemandem eine Affäre hatte und Schluss machen wollte, und der Betreffende kommt zum Haus und rastet völlig aus ... Ich meine, das wäre eine Person, die zumindest ein Motiv hätte, eine persönliche Beziehung, auf die man Glitsky aufmerksam machen sollte, damit er nicht länger bei mir herumschnüffelt.«

Chuck nickte, als er sagte: »Zumindest wäre es ein Anhaltspunkt, den er weiterverfolgen könnte. Oder er könnte sich an meine andere Theorie halten.«

»Und die wäre?«

Chuck zögerte. »Vielleicht hat es gar nichts mit Janice zu tun. Vielleicht war sie ja nur das Mittel zum Zweck, um dir etwas anzuhängen.«

»Mir? Wer sollte mir etwas anhängen wollen? Wofür?« Aber dann fiel es ihm wie Schuppen von den Augen. »Ro Curtlee!«

Novio zuckte die Schultern. »Kaum ist er draußen, wird die erste Zeugin ermordet. Und hat er ihr Apartment nicht auch völlig niedergebrannt? Du hast doch erwähnt, dass er dich im Gericht wohl erkannt hat. Deshalb könnte ich mir vorstellen …«

Durbin streckte eine Hand aus und unterbrach ihn. »Großer Gott«, sagte er nur.

15

»Ich glaube wirklich, wir sollten nach New York ziehen«, sagte Theresa Curtlee am Montagmorgen. Sie saß mit ihrem Ehemann beim Frühstück und trank abwechselnd Kaffee aus einer Porzellantasse und Pellegrino mit einem Spritzer Limone aus einem Riedel-Bleikristallglas, zwischendurch auch mal ein Schlückchen Grapefruitsaft. Vor ihr auf dem Teller lagen zwei kleine Scheiben Ananas. Auf dem Tisch zwischen ihr und Cliff türmte sich das Frühstück, das zum großen Teil in den Abfall wandern würde: mehrere Schalen und Platten mit French Toast, Rührei, Würstchen, Schinkenspeck, Bagel und Toastbrötchen, Haferflocken, Heidelbeermuffins und einem gemischten Fruchtsalat. »Es gibt wirklich keinen Grund, warum wir uns diese ständigen Anfeindungen noch antun sollten.«

Cliff legte den »Courier« zur Seite. »Aus New York ließen sich unsere Geschäfte aber nur schwerlich koordinieren«, sagte er. »Und in unserem Alter sollte man vielleicht auch nicht seine Wurzeln kappen. Obwohl die Vorstellung natürlich sehr reizvoll ist, das gebe ich gerne zu. All dieser Rummel um Ro. Ich bete, dass das Kapitel endlich ein Ende findet.«

»Du glaubst doch nicht im Ernst, dass Glitsky aufgibt, oder? Manchmal habe ich Angst, dass er irgendwo auf der Lauer liegt und nur darauf wartet, dass Ro das Haus verlässt.«

»Er selbst wird das wohl kaum tun, aber er könnte jemanden dafür anheuern. Vielleicht müsste er noch nicht einmal jemanden anheuern, sondern nur einfach eine Gefälligkeit einfordern.«

Sie setzte ihre Tasse ab. »Aber das ist doch genau, was ich meine, Clifford. Warum müssen wir jeden Tag mit dieser Furcht leben? Ich kann nicht verstehen, warum es so schwer sein soll, diesen Mann in die Wüste zu schicken.«

»Wir haben das versucht, wie du dich erinnern kannst. Er ist hartnäckig. Ich war mir sicher, dass er das Handtuch werfen würde, als sie ihn degradierten. Aber nein, hier ist er wieder, offensichtlich von seiner Chefin gedeckt. Diese Cops und ihre lächerliche Loyalität! Und es gibt keine Möglichkeit, sie selbst loszuwerden – zumindest nicht in absehbarer Zukunft.«

»Also sind wir wieder genau da, wo wir schon vorher

waren.« Theresa tupfte ihre blutleeren Lippen ab. »Ich mag nicht verstehen, warum man sich überhaupt Einfluss verschafft, wenn man ihn dann nicht nutzen kann, um sich das Gesindel zumindest halbwegs vom Leib zu halten. Ist es nicht das, wofür wir arbeiten? Stattdessen schieben wir ihnen noch Geld in den Rachen und versuchen so viel Gutes zu tun. Es ist einfach nicht gerecht.«

»Es ist nicht gerecht, Theresa, aber so laufen die Dinge nun mal in dieser Stadt. Ein Käfig voller Narren.«

Sie schnitt sich ein weiteres Stückchen Ananas ab und kaute es pedantisch. »Und ich vermute«, sagte sie, »dass unser guter Mr. Farrell Ro nicht ziehen lassen würde, wenn wir uns in New York niederlassen sollten, oder? Nicht einmal für einen verlängerten Urlaub?«

»Kann ich mir nicht vorstellen.«

»Warum haben wir dann all das Geld in seine Wahlkampagne gesteckt?«

»Er war das kleinere von zwei Übeln, Theresa. Und zu seiner Verteidigung: Er hätte sich vermutlich vehementer gegen eine Kaution aussprechen können, verzichtete aber darauf. Insofern denke ich, dass die Wahlkampfspenden gut angelegt sind. Bislang jedenfalls. Ich hoffe, er widersteht der Versuchung, sich anzubiedern und es jedem recht machen zu wollen.«

Theresas Augen wanderten zu dem Teller mit Schinkenspeck vor ihr. Sie zog ihn ein paar Zentimeter heran, überlegte es sich dann aber noch mal und schob ihn wieder zurück. Als sie zum Grapefruitsaft griff, fragte sie: »Warum sind sie bloß so verbissen hinter ihm her?«

»Ro?« Er griff sich selbst ein Stück Speck, kaute, schluckte und seufzte.

»Ich frage mich«, sagte sie, »was er so Furchtbares angestellt hat? Sich ein bisschen die Hörner abgestoßen? Zeig mir einen jungen Mann, der das noch nicht getan hat.« Ihre Augen wurden plötzlich verdächtig feucht. »Wenn ich an all die Zeit denke, die er schon verloren hat … und jetzt ist er zwar wieder bei uns, aber wie lange? Ich weiß nicht, ob ich es verkrafte, wenn sie ihn mir wieder wegnehmen würden. Ich versteh diese Hexenjagd einfach nicht, Clifford, ich versteh's nicht. Was hat er denn schon gemacht? Es will mir einfach nicht in den Kopf!«

»Ich kann dir sagen, was er verbrochen hat«, antwortete Cliff Curtlee. »Er hat die Todsünde begangen, sich nicht dafür zu entschuldigen, dass er aus der besseren Gesellschaft kommt, aus unserer Gesellschaft nämlich. Und wie du weißt, gibt es in dieser Stadt kein größeres Verbrechen. Weil wir doch alle gleich sind.«

»Aber das ist doch offenkundig absurd.«

»Aber das ist genau der Punkt, den wir – und ich nehme mich ausdrücklich nicht aus – anfangs auf die leichte Schulter genommen haben. Zugegeben, er mag es mit diesen Mädchen etwas überzogen haben – und natürlich war das ein Fehler, aber er war nun mal jung und obendrein: Wer waren denn diese Mädchen? Waren sie wirklich vollwertige Mitglieder der Gesellschaft? Werden sie das je sein?«

Just in diesem Moment kam Linda Salcedo, eins ihrer jungen und attraktiven Hausmädchen, mit einer Kanne frischen Kaffees aus der Küche. »Ah«, sagte Cliff. »Meine Erlöserin. Perfektes Timing. Ja, ein bisschen mehr bitte, aber nur eine halbe Tasse. Genug, danke. Du bist ein Traum, Linda, was würden wir ohne dich nur tun?«

Linda schenkte ihm ein kleines Lächeln und machte einen Knicks. »*Gracias.*« Und drehte sich zu Theresa. »*Señora?*«

»Nein danke, Darling.«

Eine weitere Verbeugung, und die junge Frau verschwand wieder in der Küche.

»Ein liebes Mädchen.«

»Ganz wunderbar«, pflichtete Cliff bei, um dann wieder zum Thema zurückzukehren. »Wenn Ro eins der Mädchen verletzt hat, sollte es dafür natürlich eine Strafe geben, aber sein Urteil stand ja in keinem Verhältnis zu dem Schaden, den er angerichtet hat. Und unser Fehler – meiner und der unserer Anwälte – bestand darin, dass wir die Vorurteile der Geschworenen unterschätzt haben, dieses Klassenbewusstsein. Die Jury wollte ihm rein gar nichts nachsehen, sondern ein Exempel statuieren. Im Rückblick – und ich habe mir deshalb schon tausendmal die Haare gerauft – hätten wir ihn so verwahrlost präsentieren sollen, wie wir's letzte Woche praktiziert haben. Das hat ja ausnehmend gut funktioniert. Die Richterin sah in ihm nicht den verzogenen Schnösel mit mit Verhaltensdefiziten, sondern den armen Jungen, der grün und blau geschlagen wurde.«

»Es hat mir wehgetan, ihn so zu sehen. Er war ja gar nicht er selbst.«

»Nein, aber genau so sollte er sich auch beim nächsten Mal präsentieren, wenn er auf ein milderes Urteil oder gar einen Freispruch hofft.«

»Noch besser wäre es, es gäbe gar kein nächstes Mal.«

Cliff nickte. »Natürlich, keine Frage. Und Tristan und Ro arbeiten ja daran. Wir werden warten müssen, was daraus wird. Und noch mal: Auch in diesem Punkt wird uns Mr. Farrell nützlich sein können, wenn er die Terminierung der Wiederaufnahme verschiebt oder völlig unter den Teppich kehrt, weil sich keine der früheren Zeuginnen mehr auftreiben lassen. Und danach sieht es zurzeit ja aus.«

»Wollen wir es hoffen. Aber sollte es zur Wiederaufnahme kommen« – ihre Stimme war nur noch ein eindringliches Flüstern –, »dann sollten wir Ro vielleicht in ein sicheres Land bringen, das ihn nicht ausliefern wird.«

Cliff atmete tief durch. »Nun«, sagte er, »das ist natürlich eine Möglichkeit, aber es ist eine Zehn-einhalb-Millionen-Dollar-Entscheidung, Theresa. Wir könnten es uns erlauben, aber wir sollten zuvor alle Möglichkeiten ausschöpfen.«

Ohne es geplant zu haben, stattete Farrell seiner früheren Kanzlei in der Sutter Street einen Besuch ab. Er war noch immer Partner bei Freeman, Farrell, Hardy & Roake, obwohl er verständlicherweise wenig Zulauf erfuhr: Klienten, die einen Verteidiger suchten, konnten sich nur schwerlich mit dem Gedanken anfreunden, dass dieser Verteidiger gleichzeitig der Staatsanwalt war, der sie wegen eines Vergehens vor den Kadi zu zerren versuchte. Trotzdem war sein Name für die Kanzlei noch immer ein wohlklingendes Aushängeschild, zumal drei der vier Partner de facto ausgeschieden waren: David Freeman war tot, Farrell inzwischen Staatsanwalt, und Gina Roake verbrachte die meiste Zeit mit dem Schreiben ihres zweiten Romans, nachdem sich ihr Debüt als kleiner Achtungserfolg herausgestellt hatte.

Was Dismas Hardy zum einzigen Aktivposten der Kanzlei machte.

Farrell kam die Treppe zum Haupteingang hoch und ging um den runden Empfangsbereich. Hinter dem niedrigen Empfangstresen saß Phyllis an ihrer Tastatur und versuchte ihrer Dreifach-Rolle als Sekretärin, Empfangsdame und Hardys Vorzimmerdrache gerecht zu werden. Als sie Farrell sah, hörte sie mit dem Tippen auf und setzte, nachdem sich ihre Lippen zunächst pikiert gekräuselt hatten, ein eisiges Lächeln auf.

»Mr. Farrell«, sagte sie mit gespielter Begeisterung. »Willkommen zu Hause!«

»Danke, Phyllis. Ist Diz im Büro?«

Es war die Frage, die sie anscheinend überhaupt nicht hören wollte. Mit einem gequälten Gesichtsausdruck hob sie den Arm, um auf ihre Uhr zu schauen. »Er hat in zwanzig Minuten einen *offiziellen* Termin«, sagte sie, als wolle sie ihm nachdrücklich klarmachen, was sie von seinem unangekündigten Besuch hielt. »Erwartet er Sie?«

»Nein, ich wollte nur mal auf 'ne Minute reinschauen. Könnten Sie ihn vielleicht anklingeln? Ich könnte natürlich auch …« Er machte Anstalten, um durch den Empfang zu Hardys Tür zu gehen.

»Nein! Nein!« Sie hielt warnend ihre Hand hoch. »Ich werde Sie anmelden.« Sie griff zum Telefon und drückte eine Taste.

Eine Minute später schloss Hardy die Tür hinter ihnen von innen zu. »Weißt du, dass sie inzwischen bewaffnet ist?«, fragte er.

»Du nimmst mich auf den Arm.«

Hardy schüttelte den Kopf. »Kein Scherz. Seit einigen Monaten. Sie wies mich darauf hin – und durchaus plausibel, muss ich zugeben –, dass sie jemanden, der in mein Büro will, körperlich nicht aufhalten könne. Also bin ich mit ihr losgegangen und hab ihr eine Knarre gekauft, .357 Magnum, Dum-Dum-Geschosse.«

»Und all das nur, damit Leute dich nicht besuchen können?«

»Ohne Terminabsprache!«, sagte Hardy. »Das ist der kleine, aber feine Unterschied.«

Farrell hatte sich auf einen der antiken Queen-Anne-Polstersessel gesetzt. »Wie der Termin, den ich *nicht* hatte? Mein Gott, ich war drauf und dran, zu deiner Tür zu gehen.«

»Du kannst von Glück reden, dass sie dich erkannt hat und nicht das Feuer eröffnet hat.«

»Findest du nicht, das geht etwas zu weit?«

»Fände ich schon, wenn's denn der Wahrheit entsprechen würde.«

Farrell lehnte sich auf seinem Stuhl zurück. »Puh, da bin ich dir ja prächtig auf den Leim gegangen. Aber wie heißt es so schön: ›Allein die Vorstellung konstituiert schon eine Art von Realität.‹ Steht auch auf einem meiner T-Shirts.«

»Du hast ja T-Shirts für alles Mögliche«, sagte Hardy. »Kaffee?«

»Gerne. Zwei Zucker, bitte.«

Hardy rührte den Kaffee um und reichte Farrell die Tasse. »Die Leute im Justizgebäude haben wohl noch immer nicht viel zum Lachen?«

»Noch weniger, als du es dir ausmalen kannst.«

»Dann hast du sicher noch nicht den Witz mit den zwei Kanadiern gehört, die ›Frage & Antwort‹ spielen?«

»Nein, aber …«

Hardy war nicht mehr zu stoppen und legte gleich los. »Der erste denkt sich also ein Wort aus, und zwar ›Elchpimmel‹. Und der andere stellt die erste Frage: ›Kann man es essen?‹, worauf der erste sagt: ›Hm, ja, ich vermute, man kann es auch essen.‹ Der andere denkt eine Minute nach und sagt dann: ›Könnte es Elchpimmel sein?‹«

Farrell hatte gerade den heißen Kaffee im Mund, als Hardy mit der Pointe kam. Der Zeitpunkt war denkbar unglücklich: Farrell versuchte noch, den Kaffee im Mund zu halten, platzte dann aber vor Lachen derart heraus, dass der Kaffee wie eine Fontäne aus seinem Mund schoss. »O mein Gott, Diz, tut mir ja so leid, dein Teppich …« Farrell hatte ein Taschentuch herausgeholt, während noch Kaffee von seiner Nase tropfte.

Doch dann kam der nächste Lachanfall. Und noch einer.

Hardy hatte sich geistesgegenwärtig herumgedreht, ein paar Servietten von der Anrichte gegriffen und kniete nun auf dem Boden, um den Teppich zu retten.

Farrell gesellte sich mit seinem Taschentuch hinzu, konnte den Lachreiz aber noch immer nicht völlig unterdrücken. Da sich die Flecken auf dem Teppich doch als minimal erwiesen, nahm Farrell wieder auf seinem Stuhl Platz.

Hardys Grinsen ließ die Falten in seinem Gesicht nur noch prononcierter wirken. »Ich hätte warten sollen, bis du den Kaffee getrunken hattest. Mach dir um den Teppich keinen Kopf. War mein Fehler.«

Farrell lehnte sich zurück und sackte in sich zusammen. »Wow«, sagte er. Er atmete tief durch. Als er sich halbwegs unter Kontrolle hatte, kam er zum Punkt: »Ich wollte eigentlich nur eine objektive Meinung zu diesem ganzen Ro-Curtlee-Theater hören. In den Medien bekomme ich von beiden Seiten Prügel, Sam spricht kaum noch mit mir, Amanda Jenkins steht kurz davor, die Brocken hinzuwerfen – von Glitsky ganz zu schweigen.«

»Was ist mit Abe?«

»Er glaubt, dass Ro schon wieder jemanden umgebracht hat, eine Frau namens Janice Durbin.«

»Und wer ist das?«

»Die Frau des Geschworenensprechers im damaligen Prozess. Aber Abe kann Ro nicht schon wieder verhaften, schon gar nicht nach dem Fiasko von letzter Woche. Crawford möchte ihn komplett aus dem Verkehr ziehen, und Vi Lapeer musste sich vor ihn stellen, was die Sicherheit ihres Jobs auch nicht gerade erhöht. Die ganze Chose ist ein gigantischer Scheißhaufen, und Sam hat vielleicht nicht unrecht, wenn sie mir die Schuld dafür in die Schuhe schiebt. Aber ich weiß nicht, was ich hätte anders machen können – und auch nicht, wie ich mich jetzt verhalten sollte.«

Hardy nippte an seinem Kaffee und dachte nach. »Was würdest du denn am liebsten machen wollen?«

»Noch einmal zu Baretto gehen. Die Uhr zurückdrehen.«

»Die Uhr zurückdrehen?«, fragte Hardy. »Wenn das nur möglich wäre. Was würdest du denn diesmal anders machen?«

»Ich würde mit Nachdruck darauf plädieren, dass Kaution völlig unangemessen ist, weil Ro ein Killer und eine Bedrohung für die Öffentlichkeit ist.«

»Vergib meine Unwissenheit, aber was hast du ihm denn beim letzten Mal gesagt?«

»Gar nichts. Ich habe Amanda losgeschickt und sie den Termin wahrnehmen lassen.« Als Hardy ihn anschaute, fuhr er fort: »Ich weiß, was du denkst: dass ich vor den Curtlees gekuscht habe.«

»Ich habe keinerlei Informationen, was dich und die Curtlees betrifft, Wes. Ich versichere dir, dass ich an nichts Derartiges gedacht habe. Haben sie denn versucht, Druck auf dich auszuüben?«

»Sie dachten wohl, es wäre ein subtiler Fingerzeig, aber tatsächlich war's ein Wink mit dem dicken Zaunpfahl.«

»Und danach bist du nicht zu Baretto, um dich mit ihm auszutauschen?«

Wes schüttelte den Kopf. »Vorher hatte ich ja auch darauf verzichtet.«

»Und warum?«

»Vielleicht, weil es unethisch gewesen wäre? Ich habe ehrlich geglaubt, dass es allein seine Entscheidung ist – wobei zehn Millionen ja auch kein Pappenstiel sind.«

Hardy nippte erneut an seinem Kaffee.

Farrell sackte in sich zusammen. Er schüttelte den Kopf. »Ich hab's wohl komplett versemmelt, nicht wahr?«

Hardy zuckte die Schultern. »Wie lange warst du im Amt, als du die Entscheidung treffen musstest? Drei Tage?«

»Ungefähr. Aber letzte Woche hatte ich bei Donahoe eine zweite Chance, und die habe ich auch nicht genutzt.

Und inzwischen haben wir einen weiteren Toten, und ich würde mich nicht wundern, wenn noch ein paar dazukämen.«

Hardy schwieg für eine Minute. »Wie sieht es mit der Grand Jury aus?«

»Wir haben keine Beweise, Diz. Und ich meine nicht *dünne*, sondern gar keine.«

»Woher weißt du denn, dass Ro dahintersteckt?«

»Er sorgt dafür, dass seine Opfer ihre Schuhe anbehalten. Und beide Frauen hatten eine Verbindung zu seinem Prozess. Er ist ein Psycho und kriegt einen Kick aus der ganzen Situation.«

»Aber das sind doch Beweise, zumindest genug, um damit bei einer Grand Jury durchzukommen. Sie klagen ihn für diese zwei Morde an – und eine Kaution ist vom Tisch.«

»Wir verhaften ihn also zwei Mal innerhalb einer Woche? Wie wird das denn aussehen?«

»Wen kümmert's? Ist alles schon mal vorgekommen. Und die Grand Jury braucht ohnehin länger als eine Woche, um dir die Anklage zu geben. Und dann schickst du ein Einsatzkommando und lässt ihn festnehmen. Vielleicht hast du ja Glück, und er widersetzt sich wieder, und dann kannst du ihm die Kugel geben.«

»Dein Wort in Gottes Ohr«, sagte Farrell.

Hardy zuckte wieder die Schultern. »Schau, Wes, du bist jetzt der Staatsanwalt. Du bist kein Privatmann und noch weniger ein Verteidiger. Du musst dich an die Situation gewöhnen. Mit allem, was du tust, wirst du dir Feinde machen. Und angesichts dieser Lage kannst du eigentlich nur tun, was du für richtig hältst. Wenn du also meinst, der Bursche muss in den Knast, dann finde einen Weg.«

Farrell nahm den Rat kommentarlos zur Kenntnis. Nach ein paar Sekunden raffte er sich auf, schluckte den restlichen Kaffee hinunter, schaute Hardy an und sagte nur: »Scheiße.«

»Ich weiß.«

»Aber ich hab's ja so gewollt.«

»So kann man's wohl ausdrücken.«

Farrell drückte sich aus dem Stuhl hoch. »Nun, Diz, ich weiß die offenen Worte zu schätzen. Und nochmals sorry wegen dem Teppich.«

»Vergiss es. Ich werde Phyllis sagen, dass die Kaffeemaschine eine Macke hatte. Sie wird natürlich sofort eine neue kaufen wollen, woraufhin ich dann sagen werde, dass ich aber an der alten hänge, trotz ihrer Macken. Auf diese Weise werden wir ein paar Wochen lang unsere Freude haben.«

Farrell musste trotz allem grinsen. »Warum bin ich bloß von hier weggegangen?«

»Das Schicksal klopfte an der Tür. Und du bist jederzeit wieder willkommen. Und, Wes …?«

»Ja?«

»Solange du noch im Dienste der Öffentlichkeit bist, solltest du dir und allen anderen den Gefallen tun, dieses Arschloch einzusperren.«

16

Gleich beim ersten Klingeln griff er zum Hörer. »Glitsky.«

»Lieutenant, hier spricht Michael Durbin.«

Glitsky zögerte eine Sekunde. »Wie geht es Ihnen?«

»Um ehrlich zu sein: Es war ziemlich aufreibend in den letzten Tagen.«

»Kann ich mir gut vorstellen.« Glitsky, der mit dem Anruf nicht gerechnet hatte, kratzte gedankenverloren an einem Schmutzflecken auf seinem Schreibtisch.

»Lieutenant?«

»Ja, am Apparat.«

»Am Samstag, als Sie vorbeikamen, haben wir darüber nicht gesprochen, aber übers Wochenende habe ich nachgedacht und … Was ich sagen will: Ich hatte den Eindruck, dass wir nach dem Tumult in der Folge von Ros Prozess so etwas wie eine persönliche Beziehung entwickelt hatten.«

Glitsky wägte seine Worte vorsichtig ab. »Wenn ich mich recht erinnere, tranken wir danach ein paarmal miteinander Kaffee.«

»Soweit ich mich erinnere, Kommissar, tranken Sie Tee.«

»Richtig. Trinke ich noch immer.«

»Nun, ich hatte den Eindruck, dass wir damals gewisse Gemeinsamkeiten feststellten, weil wir beide von den Curtlees schikaniert wurden. Und deshalb fragte ich mich, ob wir uns nicht vielleicht noch einmal zu einem inoffiziellen Gespräch zusammensetzen könnten.«

»Über den Fall Ihrer Frau?« Glitsky zog einen Notizblock heran.

»In gewisser Weise, ja. Ich hatte den Eindruck – und ich weiß, dass ich das schon am Samstag hätte ansprechen sollen –, dass Sie in mir einen Verdächtigen sehen.«

Den Gedanken, dass Michael Durbin zum Kreis der Verdächtigen zählen könnte, hatte Glitsky eigentlich nie ernsthaft verfolgt, und er verspürte eine kurze innere Zufriedenheit, dass er seine Neutralität so überzeugend unter Beweis gestellt hatte. Aber er wollte derartige Gedanken nicht unbedingt mit seinem Gegenüber teilen. »Mr. Durbin«, sagte er. »Ich habe gerade erst mit der Untersuchung begonnen. Es gibt zu diesem Zeitpunkt eine unbegrenzte Anzahl von Personen, die als Verdächtige …«

»Warten Sie! Nein, nein und nochmals nein. Sie können mich einfach nicht in den Kreis der Verdächtigen aufnehmen, weil ich nicht dazugehöre. Ich kann kein Verdächtiger sein, Lieutenant, und das wissen Sie auch.«

»Woher weiß ich das?«

»Weil Sie mich nach Ros Prozess kennengelernt haben, und ich habe mich seitdem nicht verändert. Sie wissen, dass ich kein Killer bin. Ich könnte nicht mal einer Fliege etwas zuleide tun. Ich habe meine Frau weder getötet noch sie verbrannt.«

»Wir wissen nicht mal, ob es das Feuer war, durch das sie umgekommen ist, Sir, oder ob jemand sie erst ermordet und dann verbrannt hat. Wir hoffen, in Kürze Erkenntnisse aus dem Labor und der Autopsie zu bekommen, und danach werden wir wohl konkretere Ansätze für die Ermittlungen haben.«

»Gut, verstanden, aber die Untersuchungen sollten mich aus dem Kreis der Verdächtigen von vorneherein ausschließen. Und ich meine wirklich, dass Sie das in Erwägung ziehen sollten. Zumal wir doch beide nur zu gut wissen, wer für die Tat verantwortlich ist.«

»Nämlich?«

»Kommen Sie, Lieutenant. Denken Sie doch mal nach.«

»Ich habe in letzter Zeit kaum was anderes getan.«

»Und der Name Ro Curtlee ist Ihnen nie in den Sinn gekommen?«

Glitsky antwortete nicht.

Was wiederum Durbin veranlasste, seinen Gedankengang fortzusetzen. »Zugegeben, vielleicht liegt es nicht gleich auf der Hand. Ich räume auch ein, dass mir der Gedanke erst gestern kam – wahrscheinlich, weil Sie mich vorher mit Ihren Fragen derart aufgewühlt hatten …«

»Warum sollte Ro Ihre Frau umbringen?«

»Um es mir heimzuzahlen. Genau so, wie er es der anderen Frau, der Zeugin, heimgezahlt hat.«

»Gut, aber sie hätte wieder gegen ihn aussagen können, sie war für ihn eine konkrete Bedrohung. Ihre Frau stand in keinerlei Verbindung zu ihm und hätte keinen Einfluss auf seine Zukunft gehabt. Das sind zwei verschiedene Paar Schuhe.«

»Ich bin mir sicher, dass er es ist. Hören Sie, ich war bei der Kautionsanhörung letzte Woche – und weiß inzwischen auch, dass das dumm von mir war, aber als er sich umdrehte, schaute er mir direkt in die Augen. Ich bin mir hundertprozentig sicher, dass er mich erkannt hat – und in dem Augenblick auf die Idee kam, sich für den Prozess zu rächen.«

Glitsky wurde hellhörig. Ihm wurde klar, dass dies genau die Art von Spur war, die er sich für den Verlauf der Ermittlungen erhofft hatte. Durbins Information kam aus einer unabhängigen Quelle und führte zu Ro, ohne dass Glitsky und die Polizei dabei involviert waren. Es war eine legitime Aussage, die er verfolgen musste, selbst wenn er noch nie im Leben von Ro Curtlee gehört hätte. »Das ist eine provokante Theorie«, sagte er schließlich.

»Es ist verdammt mehr als das. Ich wette mit Ihnen um jeden Preis, dass es sich so abgespielt hat.«

»Nun, hoffen wir, dass wir es auch beweisen können.«

»Aber nicht, wenn Sie mich in Ihrem Hinterkopf noch als Verdächtigen führen. Um Gottes willen, Sie müssen sich auf Ro konzentrieren. Bevor die Spur kalt wird.«

Angesichts des emotionalen Appells fragte sich Glitsky für den Bruchteil einer Sekunde, ob Durbin nicht vielleicht etwas arg übertrieben reagierte, doch er verwarf den Gedanken so schnell wieder, wie er gekommen war. Mit Sicherheit war es Ro, der Janice umgebracht hatte – und Glitsky konnte Durbins Interesse, den Mörder umgehend festzusetzen, nur allzu gut nachvollziehen. Er hatte erst vor ein paar Tagen seine Frau verloren. Und Ro war ohne Frage eine Person, die nicht nur verdächtig, sondern auch gefährlich war. Glitsky bemühte sich um einen offiziellen Tonfall und sagte: »Ich werde jeder Spur folgen, Sir. Und nach dem, was ich heute von Ihnen gehört habe, sieht es ganz so aus, als könnte die Spur zu Ro führen.«

»Aber da gibt es kein *könnte*!«

»Vielleicht nicht«, sagte Glitsky, »Aber es ist meine Aufgabe, jeden Zweifel auszuräumen.«

Brandinspektor Arnie Becker war an diesem Montagmorgen unangekündigt in Glitskys Büro erschienen und war gerade dabei, sich von Glitsky auf den neuesten Stand der Ermittlungen bringen zu lassen: Niemand hatte an dem Freitagmorgen in der Nähe des Durbin-Hauses etwas Verdächtiges bemerkt. »Der Kerl hat ein unglaubliches Glück«, sagte Glitsky. »Irgendjemand hätte irgendwas beobachten müssen, schließlich gehen um diese Zeit alle Leute zur Arbeit oder zur Schule. Aber niemand sah etwas, auch keinen violetten Z4.«

»Was glauben Sie, wie viele Autos die Curtlees besitzen, Abe? Sechs? Acht? Fünfzehn? Sie haben eine ganze Flotte, davon können Sie ausgehen.«

»Sie haben ja recht«, sagte Glitsky und fuhr sich mit der Hand durch die Haare. »Ich möchte nur irgendetwas, egal, was, und ich möchte es so sehr, dass ich den Geschmack geradezu auf der Zunge verspüre.«

»Nun, vielleicht habe ich was, das Ihnen helfen könnte.«

»Schießen Sie los.«

»Ich komme gerade von Strout unten.« Unten meinte in diesem Fall das Büro des Gerichtsmediziners, das im Hinterhof des Justizgebäudes untergebracht war. Strout war bereits Mitte achtzig und ignorierte erfolgreich die Pensionierungsgepflogenheiten der Stadtverwaltung, aber da er so kompetent und allseits respektiert war, wollte ihn niemand aus seinem Job hinauskomplimentieren. »Das Wichtigste zuerst: Selbst ohne toxikologische Untersuchung gibt es keinen Zweifel, dass es Mord war. Das Zungenbein wurde gebrochen – wie bei Nuñez übrigens auch. Janice wurde stranguliert und war bereits tot, bevor sie in Brand gesetzt wurde – wenn wir mal ausschließen, dass sie sich selbst erwürgt hat, nachdem sie das Feuer legte.«

»Ich glaube«, sagte Glitsky, »das können wir ausschließen.«

»Und es war definitiv Brandstiftung, auch wenn – etwas überraschend – der Brandbeschleuniger in der Küche und im Esszimmer gezündet wurde und sich erst von da aus ausbreitete. Zeitungspapier und Gas, wenn Sie es genau wissen wollen. Er brachte das Flüssiggas in einer der großen Cola-Light-Flaschen. Sie war fast vollständig geschmolzen, aber immer noch identifizierbar.«

Glitsky quittierte die Information mit einem kurzen Nicken. »Was für einen Brandbeschleuniger benutzte er bei Nuñez?«

»Auch Flüssiggas, dann ein paar ihrer Kleider.«

»Wurde auch ein Behälter gefunden?«

»Nichts, was Spuren hinterlassen hätte. Und ich habe weiß Gott die Augen offen gehalten.«

»Das heißt also«, sagte Glitsky, »dass er Janice nicht angezündet hat.«

»Nun, sie war im ersten Geschoss eines Hauses. Nuñez hatte nur ein kleines Apartment, insofern hatte er dort keine Alternative. Er machte das Beste aus dieser Situation. Und leicht geknülltes Zeitungspapier ist für eine Brandstiftung nahezu ideal. Vielleicht hat er also seine Technik einfach nur verfeinert.«

»Aber Janice war nicht so verkohlt wie Nuñez, richtig?«

»Nein, nicht annähernd. Und das bringt mich zum nächsten Punkt.«

Glitsky wurde hellhörig. »Sagen Sie mir, dass Sie verwertbare DNA entnehmen konnten.«

»Negativ, aber vielleicht haben wir etwas, das Ihnen auch weiterhilft: Wir fanden Anzeichen einer sexuell übertragenen Infektion – Chlamydien.«

»Sie sagen also, Janice hatte Chlamydien?«

Becker nickte. »Strout hatte sie nicht mal darauf untersucht, aber einer seiner Assistenten entdeckte sie zufällig unter dem Mikroskop. Also machten sie eine zweite Probe. Eindeutig positiv.«

Glitsky lehnte sich zurück und schlug ein Bein übers andere. »Als ich mit Michael, ihrem Mann, sprach, sagte er, dass sie wohl Eheprobleme hatten, durchaus ernsthafte, aber nichts, weswegen man jemanden umbringen würde. Jetzt beginne ich zu verstehen, von welcher Art Problem er sprach, und möglicherweise war es ernster, als er es mir gegenüber zugab.«

»Wir wissen also, dass sie ein Affäre hatte«, sagte Becker.

»Oder er«, antwortete Glitsky. »Sie findet raus, dass er sie infiziert hat, es kommt zum Kampf, er tötet sie. Oder sie hat ihn angesteckt. Gleiches Szenario.«

»Genau«, sagte Becker. »Nur dumm, dass er sie nicht umgebracht hat, sondern Ro. Eheleute haben ständig Krach, bringen sich aber deswegen nicht gleich um.«

Glitsky steckte sich einen Finger ins Ohr und tat so, als habe er schlecht gehört. »Tut mir leid, Arnie. Haben Sie gerade gesagt, dass Eheleute ihre Partner nicht umbringen? Sollte das der Fall sein, hätten wir im Morddezernat ja doch ausreichend Personal.«

»Wollen Sie Ro nun mit Samthandschuhen anfassen?«, fragte Becker.

»Nein«, sagte Abe ohne zu zögern, »ich versuche nur, mir selbst zu erklären, wie diese Chlamydien ins Bild passen.«

»Das Erfreuliche ist ja«, meinte Becker, »dass Ro ebenfalls positiv auf Chlamydien getestet werden wird, wenn Sie ihn erst einmal wieder festgenommen haben.«

»Nicht unbedingt«, sagte Glitsky, »nicht, wenn er ein Kondom benutzt hat. Auch nicht, wenn er sie gar nicht vergewaltigt hat – und bislang gibt es dafür noch keine forensischen Erkenntnisse, oder?«

»Nein, noch nicht«, sagte Becker – um nach kurzem Nachdenken anzufügen: »Benutzen Vergewaltiger Kondome?«

»Und ob. Zumindest die Fortgeschrittenen unter ihnen.« Glitsky hatte sich im Stuhl zurückgelehnt und trommelte mit den Fingern seiner rechten Hand auf die Tischplatte. Als er wieder zu sprechen begann, klang es, als müsse er sich seine Gedanken erst zurechtlegen. »Ro hat Janice möglicherweise nicht vergewaltigt, weil sie nicht in das Profil seiner anderen Opfer passte. Er hatte keinerlei persönliche Beziehungen zu ihr. Er tat es nur, um sich an Durbin zu rächen. Wie klingt das für Sie?«

»Alles, was Ro mit der Tat in Zusammenhang bringt, klingt gut für mich, Abe. Ich habe den Nuñez-Brandort untersucht und den Durbin-Brandort, insofern laufen Sie bei mir offene Türen ein.«

»Dann sind wir ja schon zwei.«

Durbin saß in seinem Wagen, den er auf dem Parkplatz hinterm Büro geparkt hatte, und wartete auf die innere Stimme, die ihm das geheime Passwort gab, damit er sich in Bewegung setzte. Die dicke Wolkendecke war aufgerissen, begleitet von einer frischen Brise, und in den letzten zehn Minuten hatten sich sogar einige Sonnenstrahlen auf den Parkplatz verirrt. Er wusste selbst nicht, was er hier verloren hatte. Aber das wusste er auch nicht, als er am Morgen, nachdem die Kinder zur Schule gegangen waren, in Chucks und Kathys Haus herumhing. Also hatte er sich ins Auto gesetzt und Kathy gesagt, dass er mal im Büro nach dem Rechten schauen wolle.

Schließlich raffte er sich auf, öffnete die Tür und betrat durch den Hintereingang seine Firma. Die Alarmanlage ertönte, einige Angestellte drehten sich überrascht und besorgt um, doch er beschied ihnen mit einer Handbewegung, dass sie sich nicht weiter um ihn kümmern sollten. Er ging in sein Büro und setzte sich hinter den Schreibtisch.

Liza Sato brauchte nicht einmal zehn Sekunden, bis sie in der Tür stand. Sie trug Jeans und einen Seemannspullover mit Kapuze und stemmte die Hände in die Hüften. In ihrer Miene spiegelten sich Frustration und Sorge gleichermaßen. »Was um alles in der Welt treibst du hier, Michael?«

Er versuchte sich an einem Lächeln, brach den Versuch aber schnell wieder ab. »Um ehrlich zu sein: Ich hab keinen blassen Schimmer. Vorher hielt ich es für eine gute Idee.« Er machte eine vage Handbewegung. »Wie laufen die Dinge hier?«

»Alles läuft prima. Abgesehen davon, dass du hier nichts verloren hast.«

»Wo sollte ich denn sonst hin?«

»Wie wär es, wenn du nach Hause gehen würdest?«

»Da haben wir ein kleines Problem, Liz: Es gibt kein Zuhause mehr.«

Sie riss entsetzt ihre Augen auf und hielt die Hand vor den Mund. »Oh, ich wollte damit nicht …«

»Ist schon okay. Ich weiß, was du sagen wolltest. Willst du kurz reinkommen?«

»Klar.« Sie schloss die Tür hinter sich und lehnte sich dann mit dem Rücken dagegen. »Michael, ich weiß einfach nicht, was ich dir sagen kann. Es tut mir unendlich leid.«

Seine Schultern hoben sich und fielen wieder in sich zusammen. Er spreizte seine Hände auf der Tischplatte, schüttelte den Kopf und zuckte noch einmal mit den Schultern.

Liz stieß sich von der Tür ab, kam um den Schreibtisch herum, legte einen Arm um ihn und küsste ihn auf den Kopf. Sie spürte, wie sein Körper mit einem Seufzer zusammenfiel. Sie ließ ihn los und setzte sich auf den Schreibtisch. »Wirklich«, sagte sie, »es gibt keinen Grund für dich, hierzubleiben.«

»Ich weiß. Aber ich weiß nicht, wohin ich sonst gehen soll.« Er atmete tief durch. »Ich bin heute Morgen beim Haus vorbeigefahren – oder dem, was davon übrig geblieben ist. Kannst du dir vorstellen, was das für ein Gefühl ist? Du gehst am Freitag raus, und es ist dein Zuhause, wo deine Kinder leben, wo du dein ganzes Zeug hast, wo sich der größte Teil deines Lebens abspielt – und dann fahre ich heute wieder vorbei, und alles ist weg. Und auch noch Janice.« Er schaute zu ihr hoch. »Ich habe nicht die leiseste Idee, was ich jetzt tun soll.«

»Du musst gar nichts tun.«

»Doch, ich muss mich zumindest irgendwie um die Kinder kümmern. Dem Herrn sei Dank, dass sie jetzt in der Schule sind. Ich habe keine Ahnung, wie sie mit der Situation … verdammt noch mal, ich habe von *nichts* eine Ahnung.« Er schwieg. »Tut mir leid. Ich bin nicht hierhergekommen, um mich auszuheulen.«

»Das ist völlig okay« sagte sie. »Du kannst weinen, so viel du willst, Michael. Weinen hilft.«

»Nein, nicht wirklich.« Er klopfte ihr sachte aufs Knie. »Aber danke fürs Angebot.« Nachdem er seinen Stuhl ein Stück zurückgeschoben hatte, sagte er: »Ich habe gehört, dass du Lieutenant Glitzky am Samstagmorgen getroffen hast.«

Sie nickte. »Ja, er war hier.«

»Und anscheinend kam ich am Freitag spät zur Arbeit?«

»War das so?«

»Das behauptet er jedenfalls. Beziehungsweise: Jemand, der hier arbeitet, muss es ihm gesagt haben. Und er scheint das für eine wichtige Information zu halten.«

»In welcher Hinsicht?«

»Nun, ich könnte so lange zu Hause geblieben sein, um sicherzustellen, dass sich das Feuer ausgebreitet hätte. Und dann mit Verspätung zur Arbeit gefahren sein.«

Ihr Gesicht verfinsterte sich. »Das ist doch der helle Wahnsinn. Er kann so was doch beim besten Willen nicht glauben.«

»Ich kam aber tatsächlich mit Verspätung hier an, oder nicht?«

Sie dachte für einen Augenblick nach. »Ich erinnere mich, dass ich aufgesperrt habe, aber danach …« Sie zuckte die Schultern. »Aber das spielt doch keine Rolle.«

»Nun, nachdem ich mir am Wochenende – neben all den anderen Sachen, die mir durch den Kopf schwirren – Gedanken gemacht habe, konnte ich es so weit rekonstruieren: Ich musste tanken, stand aber hinter einem Wohnmobil, das scheinbar Hunderte von Litern brauchte. Dann stand auf der Zapfsäule, dass ich meine Quittung nur innen drin bekommen könne. Letztendlich bekam ich auch die nicht, weil ich in der Schlange warten musste und sich vor mir zwei Leute darüber stritten, wer nun den richtigen Lottoschein ausgefüllt habe und wer nicht. So lief es jedenfalls ab – falls noch einmal jemand fragen sollte, was ich mir aber nicht vorstellen kann.«

»Ich kann mir nicht vorstellen, dass es von irgendeiner Bedeutung ist, Michael.«

»Glitsky schien jedenfalls die große Nummer draus machen zu wollen. Und man sollte meinen, dass ich mich an den ganzen Zirkus an der Tankstelle erinnert hätte. Aber ich schwöre bei Gott: Es war wie weggewischt.«

»Was vielleicht dadurch erklärbar ist, dass gerade dein Haus abbrannte und deine Frau starb. Könnte es nicht damit was zu tun haben?«

»Ja, wahrscheinlich. Aber ich wollte es dir trotzdem gesagt haben.«

»Ich habe mir nie Gedanken darüber gemacht, Michael. Wirklich.«

»Gut. Ich denke auch, dass die Frage überhaupt nicht relevant ist.«

»Und warum?«

»Weil ich mir ziemlich sicher bin, wer es getan hat.«

17

Ro Curtlee und sein Anwalt Tristan Denardi saßen im »Tadich Grill« und löffelten ihre Cioppino, San Franciscos Fischsuppenspezialität.

»Ich weiß, dass Sie die Frage nicht stellen sollten«, sagte Ro, »ich weiß auch, dass Sie es gar nicht wissen wollen, aber ich sage es Ihnen trotzdem: Ich war nicht mal in der Nähe ihres Apartments, ich habe Nuñez nicht umgebracht. Auch wenn's mir nicht gerade das Herz bricht, dass sie nun nicht mehr unter uns weilt.«

»Nun, in gewisser Weise weilt sie noch immer unter uns.« Seiner theatralischen Gesten vor Gericht zum Trotz war Denardi eigentlich ein eher väterlicher, fast aristokratischer, in jedem Fall aber zurückhaltender Zeitgenosse. Er hatte volles silbernes Haar, eine gesunde, wohl Solarien geschuldete Gesichtsfarbe und trug einen teuren italienischen Anzug mit goldener Seidenkrawatte. »Die werden ihre Aussage vom letzten Prozess auch dieses Mal vortragen.«

»Schon klar. Aber sie wird selbst nicht mehr im Zeugenstand stehen. Sie werden also ihre Aussage einfach vorlesen lassen?«

»Eine andere Möglichkeiten haben sie nicht.«

»Und wie aussagekräftig wird das sein?«

»Nicht so aussagekräftig, wie sie es sich wünschen würden. Und ich geben Ihnen ja recht, dass es ein eindeutiges Plus für uns ist. Noch lieber wäre mir aber gewesen, wenn sie noch am Leben wäre und wir sie überzeugt hätten, nicht auszusagen. Oder sogar ihre frühere Aussage zurückzuziehen. Damit wären dann auch automatisch alle Fragen aus dem Weg geräumt, die Ihre mögliche Beteiligung an ihrem Tod beinhalten.«

Ro verdrehte die Augen. »Wie oft muss ich noch sagen, dass ich …«

Denardi hob die Hand. »Verstehe ich ja. Ich bin nicht derjenige, der Sie beschuldigt, Ro. Aber der Zeitpunkt ihres Todes, eine Woche nach Ihrer Freilassung … Sie müssen zugeben, dass das etwas problematisch ist.«

»Ist nicht mein Problem, Herr Anwalt, und auch nicht Ihres.« Mit seiner gesunden Hand fischte er eine Muschel aus der Suppe. »In meinen Augen ist unser hauptsächliches Problem die andere Zeugin, Gonzalvez. Wir müssen sie finden und sie zur Änderung ihrer Aussage bewegen – oder dazu, dass sie überhaupt nicht aussagt. Sollte der Prozess wirklich in die nächste Runde gehen, wäre es fatal, wenn sie aus heiterem Himmel auftaucht und aussagt.«

»Absolut richtig. Aber wie ich schon bemerkt habe, ist sie nach dem letzten Prozess spurlos verschwunden. Und wenn es Ihre Eltern nicht geschafft haben, sie zu lokalisieren, dürfte es für jeden anderen praktisch unmöglich sein.«

Ro schüttelte den Kopf. »Glaub ich nicht.«

»Und warum nicht?«

»Weil sie nicht *richtig* nach ihr gesucht haben. Sie wollten sie vielleicht etwas unter Druck setzen, wollten sie aus ihrem Job rausekeln, aber als sie einmal weg war, haben sie die Sache nicht weiterverfolgt. Es bestand auch kein Anlass mehr. Aber nun, für uns, sieht die Sache anders aus. Ihr Auftreten könnte das Urteil der Geschworenen völlig anders ausfallen lassen.«

»Die Möglichkeit besteht, ja.«

»Dann finden wir sie wohl besser!«

»Und wie stellen Sie sich das vor?«

»Sie haben doch Detektive, die für Sie arbeiten, oder?«

»Richtig. Mehrere.«

»Nun, warum setzen wir dann nicht einen auf sie an?«

»Es heißt, dass sie wieder in Guatemala ist, Ro. Was bedeuten würde, dass sie nicht wieder zu einem Prozess zurückkommen würde.«

»Ich sage ja nur: Warum gehen wir nicht auf Nummer sicher?«

Ungeachtet dessen, was er zu Arnie Becker gesagt hatte, war Glitsky mit seinem Tonband gekommen und hatte es auf Michael Durbins Schreibtisch gestellt. Die Tür war geschlossen, und der Publikumsverkehr im Schalterraum war nur noch als undefinierbare Geräuschkulisse zu registrieren. Beim Hereinkommen hatte Glitsky sofort Liza Sato wiedererkannt, und bereits zweimal hatte er aus den Augenwinkeln mitbekommen, dass sie an das Glasfenster getreten war, um sich einen Eindruck zu verschaffen, wie das Gespräch zwischen ihrem Boss und dem Cop verlief.

Sie hatten Durbins verspätete und arg gedrechselte Erklärung für sein spätes Erscheinen am Freitagmorgen bereits abgehakt. Durbin hatte noch einmal den Verdacht auf Ro Curtlee gelenkt, was Glitsky pflichtgemäß zur Kenntnis genommen und mit entsprechenden Fragen auch dokumentiert hatte. Nun, da diese Themen erschöpfend diskutiert worden waren, wollte er Durbin etwas mehr auf die Pelle rücken. »Da Sie ja bei der Anhörung waren, wissen Sie wohl auch, wie die Dinge zwischen Ro und mir zurzeit stehen, dass es eine Festnahme gab und so weiter …?«

»Natürlich.«

»Ich frage mich nur, warum Sie nicht schon bei dieser Gelegenheit auf mich zukamen und Ihren Verdacht äußerten?«

»Nun, Sie waren offensichtlich beschäftigt – und ich saß ganz hinten auf der Galerie; ich hätte lange gebraucht, um mich durchs Publikum nach vorne zu kämpfen. Und ich hatte ja auch nichts Besonderes, auf das ich Sie hätte ansprechen können.«

»Das war dann erst heute Morgen der Fall, als Sie mich anriefen. Was hat Sie zu dem Anruf veranlasst?«

»Das ist mir erst gestern alles klargeworden; ich dachte, Sie hätten das verstanden. Ich meine, Sie kennen doch die Hintergründe.«

»Hatte es vielleicht damit zu tun, dass Sie mir auf diese Weise Ihren Verdacht plausibler verkaufen konnten?«

»Das war nicht meine Absicht. Ich hielt es einfach für angebracht, Sie über alles zu informieren, was mir zu diesem Thema durch den Kopf ging. Ich hielt das für richtig.«

»Nun«, sagte Glitsky, »war es in diesem Fall auch.«

»Das beruhigt mich. Ich wollte keinen Staub aufwirbeln. Ich dachte nur … Ro ist ein gefährlicher Mann.«

»Das ist er in der Tat.«

»Hören Sie.« Durbin räusperte sich. »Können wir vielleicht eine kleine Pause machen, vielleicht etwas zu trinken holen? Ich verdurste. Darf ich Ihnen was anbieten? Wasser? Kaffee? Cola? Allerdings leider nur Cola Light.«

»Danke, nein. Aber holen Sie sich ruhig was.«

Durbin stand auf und ging um Glitsky herum auf den Flur. Glitsky schaltete sein Bandgerät ab und schaute sich in dem kleinen, aufgeräumten Büro um. Er sah sich in seinem Eindruck bestätigt, dass Durbin ein gut organisierter Mensch aus geordneten Verhältnissen war.

Nach etwa einer Minute kam er mit Eiswürfeln und einer großen Flasche Cola Light zurück. Er goss etwas in sein Glas, wartete, bis sich der Schaum gesetzt hatte, schüttete noch mal nach und stellte die Flasche dann in die Mitte des Schreibtischs.

Glitsky schaltete sein Tonbandgerät wieder an. »Als wir am Samstag sprachen«, sagte er, »erwähnten Sie, dass Sie und Ihre Frau Probleme hatten.«

Durbin hielt mitten im Trinken inne und setzte sein Glas ab. »Verstehe ich nicht. Warum spielt das überhaupt noch eine Rolle?«

»Warum sollte es heute weniger wichtig sein als vor zwei Tagen?«

»Weil wir vor zwei Tagen noch nicht wussten, dass Ro Janice umgebracht hat. Inzwischen wissen wir es, und folglich frage ich mich, warum unsere kleinen Differenzen heute überhaupt noch eine Rolle spielen?«

Glitsky wägte seine Worte vorsichtig ab. »Nur weil Ro ein Motiv hat, Janice zu töten, heißt es noch nicht, dass er es getan hat – oder dass ein anderer es *nicht* getan hat. Wir wissen einfach nicht, ob Ro es getan hat.«

Durbins Stimme wurde lauter. »Von wegen! Was zum Teufel brauchen Sie denn noch an Beweisen?«

Glitsky behielt seine Contenance. »Wir brauchen echte Beweise, Sir: Fingerabdrücke, DNA, jemanden, der ihn bei Ihrem Haus gesehen hat. Etwas, das eine Jury überzeugt, um ihn zu verurteilen.«

»Dann heften Sie sich auf seine Fersen und finden die Beweise. Sie finden sie bestimmt nicht, wenn Sie in den vermeintlichen Problemchen zwischen meiner Frau und mir herumschnüffeln.«

Glitsky, inzwischen doch leicht frustriert, ließ sich mit seiner Reaktion Zeit. »Ich bin hier derjenige, der die Fragen stellt, Sir. Wenn Sie die Fragen nicht beantworten wollen – kein Problem. Aber wir werden die Antworten früher oder später ohnehin bekommen.«

»Und Sie wollen mir ernsthaft erzählen, dass ich in Ihren Augen verdächtig bin?«

»Ich habe bislang noch keinen Verdächtigen. Ich suche ihn noch.«

Durbin donnerte seine Faust auf den Tisch. »Sie haben einen, in Gottes Namen. Was brauchen Sie denn noch? Soll ich Ihnen eine Skizze malen? Es ist Ro Curtlee!«

Glitsky wartete kurz, bis er die nächste Frage stellte. »Waren Sie es, der die Affäre hatte?«

Durbin schüttelte den Kopf. »Jesus Christus! Ich will's nicht glauben!« Er überlegte einen Moment. »Sollte ich mir einen Anwalt nehmen?«

»Es ist Ihr absolutes Recht, wenn Sie das Gefühl haben, einen zu brauchen.«

»Das ist doch alles Scheiße.«

»Nein, Sir, das ist die Untersuchung in einem Mordfall.« Glitsky hatte den Mund fest zusammengepresst. »Und um das einmal festzuhalten: Ich bin kein Fan von Kraftausdrücken. Wir können uns also zivilisiert unterhalten oder nicht. Sie haben die Wahl. Ich versuche Informationen über Ihre Frau zu sammeln, damit ich einen Hinweis bekomme, wo ich ihren Mörder finden kann. Wollen Sie mir nun dabei helfen oder nicht?«

»Natürlich. Ich habe Ihnen sogar den Mörder schon genannt.«

»Und ich werde dem sehr gezielt nachgehen, glauben Sie mir. Aber in der Zwischenzeit sitze ich hier mit Ihnen und möchte wissen, ob Ihre Frau vielleicht eine Affäre hatte. Oder Sie?«

Durbin ließ sich gegen die Rückenlehne fallen und atmete tief ein. Nachdem er eine Weile mit sich gekämpft hatte, sagte er schließlich: »Ich hatte keine Affäre. Und was sie betrifft: Ich vermute, es war einer ihrer Patienten.«

»Haben Sie eine Vorstellung, wie lange diese Affäre schon dauerte?«

»Ich weiß sonst nichts, nur die nackten Fakten – und nicht einmal die. Wir hatten … wir waren … nicht mehr intim, schon seit einigen Monaten. Mindestens ein paar Monate, auch wenn ich keine Strichliste geführt habe. Es war jedenfalls eine lange Zeit. Woraus Sie aber nicht schließen sollten, dass ich sie nicht mehr liebte. Ich liebte sie. Ich liebe sie noch immer. Und ich war mir sicher, dass wir einen Ausweg finden würden.«

»Sie haben sie also nie darauf angesprochen, sie nie direkt konfrontiert?«

»Nein.«

»Auch nicht am letzten Freitag.«

»Nein, auch nicht. Nie.« Er griff hastig nach dem Glas vor sich und trank es in einem Zug aus. »Hatten Sie noch nie eine Durststrecke in Ihrer Ehe, Lieutenant? Manchmal muss man es einfach aussitzen und hoffen, dass bessere Zeiten kommen.«

»Natürlich.« Glitsky spürte kein Verlangen, mit Michael Durbin über seine Ehe zu diskutieren – und mit anderen auch nicht. »Haben Sie vielleicht eine Aufstellung ihrer Patienten?«, fragte er.

»Nein. Die müsste in ihrem Büro sein, in der Nähe von Stonestown.« Durbin gab ihm die genaue Adresse. »Falls man sie Ihnen überhaupt gibt. Sie war mit ihren Patientenakten sehr penibel. Schweigepflicht, Sie wissen schon.«

»Ja, hab schon mal davon gehört. Gibt es sonst noch irgendetwas, das Sie mir sagen möchten?«

18

Meistens hatte Eztli den Großteil des Tages zur freien Verfügung. In der Castro Street, wo sich die Redaktion des »Courier« befand und Cliff und Theresa den größen Teil des Tages verbrachten, war seine Anwesenheit nicht erforderlich. Er war für die Instandhaltung des Hauses zuständig, hatte die Putzleute, Köche und Gärtner zu überwachen sowie Termine von Handwerkern und Boten zu koordinieren. Und da er als Manager extrem effizient war, hatte er meist mittags seine Aufgaben bereits erledigt. Wenn er nicht gerade unterwegs war, um eine Besorgung zu machen, erwarteten die Curtlees von ihm, dass er – in seinem Anzug – Gäste begrüßte und als Butler und Bodyguard im Hintergrund zur Verfügung stand.

Er hatte einen Waffenschein, den ihm ein Sheriff in einem Landkreis außerhalb San Franciscos ausgestellt hatte, und wenn er daheim seinen Anzug trug, hatte er stets die schwarze Halbautomatische im Holster unter dem Arm. Gelegentlich nahm er sie auch mit, wenn er unterwegs war – auch wenn er auf niemanden mehr geschossen hatte, seit er vor zehn Jahren in die USA gekommen war.

Da er heute mit Ro unterwegs war und gelernt hatte, dass in dessen Anwesenheit *alles* passieren konnte – eine Eigenschaft, die er an dem Jungen zunehmend schätzte –, trug er die Pistole sicherheitshalber unter seiner Oakland-Raiders-Jacke. Eztli hatte Ro am »Tadich Grill« abgesetzt und dort auch abgeholt und hatte sich mit dem 4Runner gerade wieder in den Straßenverkehr eingefädelt, als er zu Ro sagte: »Jemand leistet uns Gesellschaft. Er hat im Parkhaus die ganze Zeit auf mich gewartet.« Als Ro sich umdrehte, sagte er: »Der weiße Honda. Sieht wie ein Accord aus. Weißer, Krawatte, kein Anzug, Halbglatze.«

»Seh ihn«, sagte Ro und drehte sich wieder nach vorne. »Kennst du ihn?«

»Noch nie gesehen.«

»Sicher einer von Glitskys Zivilen.«

»Sieht so aus.«

Sie fuhren ein paar Blocks weiter, bis Ro einen freien Parkplatz erspähte und Eztli bedeutete, dort einzuparken und den Motor laufen zu lassen. Als sie angehalten hatten, fuhr der weiße Honda – der drei Wagen Abstand zu ihnen gehalten hatte – am Parkplatz vorbei. Der Fahrer hörte offensichtlich Radio, pfiff eine Melodie dazu und hatte die Augen vor sich auf die Straße gerichtet.

»Der Bursche wird noch einen Oscar bekommen«, sagte Eztli. »Was nun?«

»Er wird um den Block fahren und sich wieder an uns hängen. Also heften wir uns lieber an seinen Arsch.«

Mit quietschenden Reifen schoss Eztli aus der Parklücke, nahm ebenso rasant die nächste Kurve, schnitt einem Bus die Vorfahrt ab und sah gerade noch, wie der Honda um die nächste Ecke fuhr. Eztli brauchte keine weiteren Anweisungen. Er drückte aufs Gas, nahm eine Kurve so scharf, dass zwei Räder fast den Bodenkontakt verloren und hatte die Hälfte des Abstands wettgemacht, als der Honda wieder rechts einbog.

Als Eztli ihn fast erreicht hatte, sahen sie, dass der Fahrer des Honda nun ihren Trick kopierte und in eine Parklücke fuhr.

»Blockier ihn«, befahl Ro. Eztli zog den Wagen nach rechts in eine Einfahrt, die sich direkt vor dem Parkplatz befand. Bevor ihr 4Runner vollständig zum Halten gekommen war, sprang Ro bereits heraus und ging mit gestrecktem Mittelfinger auf den Honda zu. »Hey«, schrie er und zeigte noch immer den Finger. »Hey!« Er befand sich inzwischen am Fenster der Fahrerseite. »Verpiss dich gefälligst. Was zum Teufel soll der Scheiß?«

Das Fenster wurde heruntergekurbelt, und der Mann – von Ros Wutanfall völlig unbeeindruckt – zeigte mit der linken Hand seine Polizeimarke, während er in der rechten eine Pistole hielt, die genau auf Ros Gesicht gerichtet war.

»Was für ein Arschgesicht sind Sie nun wieder?«, fragte Ro. »Ich hab von euch Arschlöchern allmählich die Nase voll.«

Als er sah, wie Eztli dazutrat, die Hände in seiner Raiders-Jacke vergraben, zeigte der Mann auch ihm seine Marke, um Missverständnisse gar nicht erst aufkommen zu lassen. »Ich bin Inspector der Staatsanwaltschaft und passe nur auf, dass ihr zwei Burschen nicht noch mehr Probleme bekommt.«

»Nun, ich bin hier, um Ihnen offiziell mitzuteilen, dass Sir Ihren Arsch aus meinem Leben heraushalten. Ich habe auch meine Rechte. Ich kann gehen, wohin ich will, und tun, was ich will. Haben Sie das verstanden?«

Eztli legte seine Hand auf Ros Arm und beugte sich nach vorne. »Hat Wes Farrell Sie abgestellt?«, fragte er ruhig.

»Wir haben noch andere Staatsanwälte«, sagte Matt Lewis. »Ich bekomme meine Aufträge von verschiedenen Seiten. Und nun gehen Sie wieder in Ihr Auto und fahren weiter.«

»Die verdammte Jenkins«, sagte Ro zu Eztli. »Es muss Jenkins sein.«

»Sie ist in der Tat eine sehr entschlossene Frau.«

»Ja, und ihre Beine gehen ganz schön hoch. Ich hätte nichts dagegen, ihr mal an die Wäsche zu gehen. Würdest du nicht auf gern, Ez?«

»Ich würde sie nicht von der Bettkante stoßen.«

»Ich sage es nur noch einmal: Fahren Sie weiter!«

»Oh«, sagte Ro und beugte sich vor. »Ich glaube, wir haben da einen wunden Punkt erwischt. Vielleicht hat unser Mann ja auch schon mal schnuppern dürfen.«

Matt Lewis hob seine Pistole ein Stück höher.

Ro, die Augen auf der Pistole, wollte einen Schritt zurücktreten, aber Eztli stand direkt hinter ihm und rührte sich nicht. »Farrell hat Ihnen also nicht den Auftrag gegeben«, sagte er und bewegte sich nicht von der Stelle. »Heißes Gefährt haben Sie übrigens. Ist das ein Accord?«

Statt einer Antwort richtete Lewis seine Pistole auf ihn und sagte: »Eins ...«

Eztli ließ sich nicht beeindrucken. »Ich glaube, Ro, der Officer möchte, dass wir uns zurückziehen.«

»Ich hab's gehört.«

»Dann sollten wir ihm unbedingt gehorchen.« Er trat zurück und zog Ro mit sich. Auf dem Weg zu ihrem 4Runner sagte er beiläufig: »Die Stadtverwaltung benutzt keine Hondas als Dienstfahrzeuge. Ich frage mich, wie er ohne Funk Kontakt zum Hauptquartier hält.«

»Mit seinem Handy?«

»Aber nicht beim Fahren«, sagte Eztli. »Das wäre ja gegen das Gesetz.« Er öffnete die Fahrertür, stieg ein und startete den Wagen.

Matt Lewis, vom plötzlichen Adrenalinhoch merklich mitgenommen, schob seine Glock wieder ins Holster. Er ließ den Motor an und wartete, bis der 4Runner den Weg freigemacht hatte.

Als sie in die California Street bogen, fragte Ro: »Was hat dich denn so an dem Wagen interessiert, dem Honda?«

Eztli schaute in den Rückspiegel. »Was macht er jetzt?«

Ro drehte sich um. Lewis war direkt hinter ihnen. »Nichts. Er fährt nur.«

»Kein Handy?«

»Nein, es sei denn, er hat auf Lautsprecher geschaltet.«

»Sieht es denn so aus, als würde er sprechen?«

»Nein.«

»Würde mich auch wundern. Das Modell hat kein Bluetooth. Zu alt.«

»Und?«

»Das bedeutet, dass es sein eigenes Auto ist. Es hat keinen Funk. Und sein Handy benutzt er auch nicht.«

»Korrekt.«

»Also weiß niemand, wo er ist und was er gerade macht.«

»Aber zumindest weiß jemand, dass er den Auftrag hat, uns zu beschatten.«

»Niemand weiß aber, ob wir ihn abgeschüttelt haben oder nicht.«

»Stimmt, aber was sagt uns das?«

»Wirst du schon sehen.«

Sie überquerten Van Ness, Franklin, Gough, während Eztlis Blick zwischen Straße und Rückspiegel hin- und herglitt. Als sie zur Fillmore Street kamen, betätigte er seinen Blinker und ordnete sich links ein.

»Wohin fahren wir?«, fragte Ro.

»Nur eine kleine Spritztour. Hier ist mir zu viel Verkehr.«

Sie blieben auf Fillmore und fuhren nun südwärts. Innerhalb weniger Straßenzüge mutierte die elegante Shopping-Meile zur fast menschenleeren Durchgangsstraße, die zu einem der städtischen Ghettos führte. Eztli, der das Tempo bereits gedrosselt hatte, fuhr langsam auf jede Keuzung vor und schaute nach links und rechts. Turk Street schien in beiden Richtungen wie ausgestorben. Er bog nach rechts, fuhr noch einen halben Block und parkte den Wagen.

»Und nun was?«, fragte Ro.

»Der Bursche nervt mich. Nervt er dich nicht auch?«

»Sie nerven mich alle.«

»Na also. Siehst du jemand?«

»Wo?«

»In der Gegend hier.«

Ro drehte sich um, überblickte Bürgersteige und Straße. »Nein.«

Eztli nickte. »Ich auch nicht.«

Hinter ihnen hatte Matt Lewis seinen Wagen ebenfalls abgestellt, war sich aber unschlüssig, was er nun tun sollte. Es hatte wenig Sinn, den Clowns quer durch die Stadt zu folgen, wenn sie genau wussten, dass er sie beschattete. Amanda, die den Plan im Alleingang ausgeheckt hatte, hoffte, dass sie vielleicht zu einem ihrer Tatorte zurückkehren würden oder sie auf die Spur von Gonzalvez, der verschwundenen Zeugin, führen könnten. Oder dass sie zumindest etwas Illegales unternehmen würden, woraufhin Lewis das Einsatzkommando alarmieren würde, um sie festnehmen zu lassen. Und so wie sie die beiden Burschen kannten, würde das eher früher als später passieren.

Als Lewis nun hochschaute, sah er, wie Eztli um seinen Wagen kam. Genervt von dem Zirkus, fasste er den Entschluss, einfach loszufahren und sich an einem anderen Tag an ihre Fersen zu heften. Doch nun war Eztli nur noch wenige Schritte von seinem Auto entfernt und hatte offensichtlich irgendwas auf dem Herzen. Lewis ließ sein Fenster runter und fragte: »Was ist denn jetzt schon wieder?«

Eztli näherte sich fast schon unterwürfig. »Oh«, sagte er. »Nur eine Kleinigkeit. Ich vergaß ...« Und ohne weitere Warnung zog er seine Pistole hinter dem Körper hervor, presste sie gegen Lewis' Kopf und drückte ab.

19

Dismas Hardys Anregung, mit Hilfe einer Grand Jury Ro Curtlee wegen mehrfachen Mords anzuklagen, war Farrell den ganzen Tag nicht aus dem Kopf gegangen, als er durch die Büros im zweiten Stock des Justizgebäudes lief, um die Stimmung unter seinen Mitarbeitern auszumachen.

Als er mit seiner Runde begann, fehlte ihm noch die rechte Überzeugung, dass dies der angemessene Weg sei. Nach dem Nuñez-Mord hatte er die Grand-Jury-Lösung durchgespielt und aus guten Gründen verworfen: Er würde nur sechzig Tage Zeit haben, um Ro vor eine Jury zu stellen, die ihn angesichts der Beweislage wohl freisprechen würde. Dieser Freispruch wiederum würde es ungleich problematischer machen, die Wiederaufaufnahme des ersten Prozesses in Gang zu setzen. In jedem Fall wäre er aber nach einigen Monaten wieder auf Kaution frei. Farrell könnte das Gericht bitten, beide Fälle zusammenzulegen, war sich aber nicht sicher, ob diesem Vorschlag entsprochen würde. Und sollten die beiden Fälle separat verhandelt werden, war die Katastrophe fast unvermeidlich.

Aber das war vor Janice Durbin.

Mit diesem Mord hatten sich Farrells Prioritäten verschoben. Er war schlussendlich zur Überzeugung gekommen, dass es ein positives Resultat per se war, Ro hinter Gitter zu bringen – unabhängig davon, wie lange man ihn dort festhalten konnte. Wenn die Grand Jury ihn anklagen sollte, würde er die sechzig Tage als Startkonto nutzen, um die Wiederaufnahme so weit wie möglich zu beschleunigen, um Baretto und Donahoe zu überzeugen, ihre Kautionsentscheidungen zu überdenken – was immer er an Hebeln in Bewegung setzen konnte.

Die Anwälte in seinem Büro waren in der Regel beinharte Staatsanwälte, und die Ereignisse der letzten Tage, vor allem Ros neuerliche Kaution, hatten der Moral seines Teams einen Tiefschlag verpasst. Es konnte daher kaum überraschen, dass Farrells Vorschlag, die Entscheidungen des Gerichts zu umgehen, auf uneingeschränkte Begeisterung stieß. Endlich war er der Boss und verhielt sich auch so.

Er hatte das Heft in die Hand genommen.

Keiner seiner stellvertretenden Staatsanwälte hatte auch nur ansatzweise Zweifel an Ros Schuld, sowohl was den Mord und die Vergewaltigung im ersten Prozess betraf als nun auch bei seinen beiden jüngsten Opfern,

Felicia Nuñez und Janice Durbin. Alle waren ausnahmslos davon überzeugt, dass der Weg über die Grand Jury nicht nur legal sei, sondern auch zum gewünschten Resultat führen würde, nämlich Ro wieder dahin zu schicken, wo er hingehörte.

Es war kurz vor 17 Uhr, als Farrell seinen Stab einberief, um die weitere Vorgehensweise zu besprechen. Wenn er vor eine Grand Jury treten wollte, musste er alles Relevante über Ro Curtlee wissen. Da sein Büro für große Gesprächsrunden kaum geeignet war, hatte er seine Besucher kreuz und quer platziert: Gerichtsmediziner John Strout und Polizeichefin Vi Lapeer saßen auf dem Sofa, Brandinspektor Arnie Becker auf dem Sessel, Glitsky und Amanda Jenkins hatten sich zwei Stühle aus Treyas Büro geholt.

Farrell selbst setzte sich auf die stabile Eichenholz-Platte seines provisorischen Schreibtisches. Nachdem er sich bei allen für ihr Erscheinen bedankt und darum gebeten hatte, die Handys auszuschalten, kam er gleich zur Sache. »Ich denke, es liegt auf der Hand, dass Ro seine Entlassung auf Kaution als willkommene Gelegenheit wahrnimmt, es all den Leuten heimzuzahlen, die ihn beim ersten Mal ins Gefängnis gebracht haben.

Abe und Amanda, mir ist bewusst, dass Sie beide von Anfang an diese Argumentation verfolgt haben, und ich möchte mich bei Ihnen beiden entschuldigen, dass ich mein Gewicht nicht frühzeitig in die Waagschale geworfen habe. Sie hatten recht, ich hatte unrecht.

Und nur um auch das abzuhaken, Abe: Sie waren ebenfalls im Recht, als Sie ihn wegen Bedrohung Ihrer Familie festnahmen. Selbst wenn Sie auf einen Haftbefehl gewartet hätten, hätte Euer Ehren Erin Donahoe wohl in puncto Kaution genauso entschieden. Die Ausgangsposition könnte also nicht klarer sein: Wenn wir diese Kautionsurteile umgehen – und das müssen wir –, müssen wir ihn umgehend auf Mord verklagen, für den nun mal keine Kaution gestellt werden kann.

Folglich« – er hob geradezu flehend seine Hände – »brauche ich Ihre uneingeschränkte Unterstützung. Mir ist bekannt, dass wir in beiden Mordfällen die Schuhe haben, wir haben die Verbindungen und die Motive, die auf den ersten Prozess zurückweisen, wir haben in beiden Fällen die Brandstiftung. Nichts davon, befürchte ich, wird allerdings beim Prozess als hinreichender Beweis anerkannt werden. Es funktioniert vielleicht bei der Grand Jury, wenn ich lange genug auf Ros Motiven herumreite, aber es wäre schon schön, wenn wir noch weitere Beweise hätten – zumal die Medien das Thema natürlich an die große Glocke hängen werden. Und ich kann Ihnen jetzt schon versichern, dass sie uns nicht um den Hals fallen werden, nur weil wir die Guten sind.«

Keiner sagte etwas.

Glitsky schaute zu Becker, dann zu Amanda, zurück zu Farrell. »Das ist leider alles, was wir haben, Wes. Abgesehen davon, dass sie alle stranguliert wurden und bis auf die Schuhe nackt waren. Aber das ist natürlich auch kein schlagkräftiger Beweis.«

Alle Anwesenden waren mit der Tatsache vertraut, dass die Grand Jury im amerikanischen Rechtssystem vor allem dem Staatsanwalt Vorteile verschafft. Es gab bei der Verhandlung keinen Richter und auch keinen

Verteidiger, der die Rechtmäßigkeit von Behauptungen seitens des Staatsanwalts in Frage stellen konnte. Wenn auch die Hürde vergleichsweise niedrig war, waren trotzdem konkrete Beweise gefragt – und bislang sah es in diesem Punkt noch immer erschreckend dünn aus.

»Was ist mit Zeugen?«, wollte Farrell wissen. »Arnie?«

»Was Nuñez angeht, haben wir zwei Leute auf der Baker Street, die einen Wagen wie Ros BMW gesehen haben wollen. Und nein, sie haben natürlich nicht aufs Nummernschild geschaut. Niemand sah ihn aus- oder einsteigen. Ansonsten sieht es finster aus.«

»Wurde das Auto am Durbin-Haus gesichtet?«

Becker schüttelte den Kopf. »Noch nichts. Wir machen weiterhin die Runde, aber viel würde ich mir nicht versprechen.«

Farrell seufzte entmutigt. »John?«

Der betagte Doktor kratzte sich im weißen Haar. »Ich weiß, dass Sie alle von Vergewaltigung reden und sehnsüchtig hoffen, dass Ihnen die DNA etwas liefert, aber Nuñez war einfach zu verkohlt, um noch irgendetwas analysieren zu können. Es gab keinerlei Körperflüssigkeit. Und was Durbin angeht, kann ich von einer Vergewaltigung nichts feststellen. Ich habe allerdings Arnie heute Morgen darüber informiert, dass sie Chlamydien hatte. Ich kann Ihnen also in beiden Fällen keine Beweise an die Hand geben, dass eine Vergewaltigung stattgefunden hat. Insofern würde ich das an Ihrer Stelle auch nicht ins Täterprofil aufnehmen.«

»Was ist mit den Chlamydien?«, fragte Farrell. »Konnte sie damit jemanden anstecken?«

»Ja, aber selbst wenn sie Curtlee angesteckt hätte, wäre es kein Beweis, weil er sich auch anderweitig angesteckt haben könnte.«

Amanda Jenkins räusperte sich. »Wenn ich vielleicht …? Wie wäre es, wenn wir uns auf den früheren Prozess konzentrieren? Die Beweislage wurde damals ja nicht in Frage gestellt. Wir hatten zwei überzeugende Zeuginnen – und wir hatten seine DNA auf dem Opfer.«

»Schon richtig«, sagte Farrell, »aber er hat dafür sein Verfahren bekommen, wurde verurteilt und hat nun seine Berufung durchgeboxt. Wir können an der Berufung nicht rütteln, indem wir ihm nun noch weitere Verbrechen ans Bein binden.«

»Natürlich nicht. Aber stellen Sie sich mal vor, Sie zäumen das Pferd von der anderen Seite auf: Sie sagen der Grand Jury, dass Sie den ersten Fall – Sandoval – mit den zwei späteren zusammenlegen. Sie erweitern also nicht die Anklage im Fall Sandoval – was tatsächlich juristische Einwände nach sich ziehen würde. Und warum wollen Sie die Fälle zusammenlegen? Nun, weil der erste das Motiv für die folgenden Fälle liefert. Damit haben Sie also eine Anklage auf mehrfachen Mord, und das bedeutet ›erschwerende Umstände‹, und das bedeutet keine Kaution. Und auf diese Weise – und das liebe ich an dem Vorschlag, Wes – lösen Sie auch elegant das 60-Tage-Problem: Denn wenn seine Anwälte versuchen, den Prozess umgehend anzusetzen, schießen sie sich selbst in den Fuß, weil damit automatisch auch wieder der erste Fall verhandelt wird – und in diesem Fall haben wir die Fakten ja auf unserer Seite.«

Farrell wippte mit seinen Füßen, während er den Vorschlag ausgiebig überdachte. »Nicht übel, Amanda, aber ich glaube, dass wir uns damit noch immer in einer juristischen Grauzone bewegen.«

»Eigentlich nicht. Wenn wir uns nur an den Sandoval-Fall klammern würden – ja. Aber das machen wir nicht. Wir fordern die ›erschwerenden Umstände‹ nicht mehr für Vergewaltigung und Mord, sondern für mehrfachen Mord. Und wenn wir die Beweise für einen Fall haben – und das tun wir, dann haben wir alles, was wir brauchen.«

Farrell freundete sich offensichtlich zunehmend mit der Idee an, suchte aber noch immer nach Schwachstellen in der Argumentation. »Ich frage mich nur, wie ich es konkret der Grand Jury verkaufen soll?«

»Dass die Fälle miteinander verbunden sind? Nun, abgesehen davon, dass die Tatsachen für sich sprechen, würde ich sagen: ›Meine Damen und Herren, Janice Durbin war eine unbescholtene Hausfrau aus der Vorstadt. Sie hatte keine Verbindungen zu Gangs oder zu Drogen. Sie wurde nicht überfallen und ausgeraubt. Wer außer Ro Curtlee hätte ein Interesse an ihrem Tod gehabt? Und sein Motiv? Liegt auf der Hand: Rache an ihrem Ehemann.‹«

Sie war inzwischen in ihrem Element und schaute in die Runde, als wolle sie jeden einzeln überzeugen. »Sie erinnern die Grand Jury daran, dass ihr Kriterium nicht ›begründeter Zweifel‹, sondern ›hinreichender Verdacht‹ ist. Könnte sich wirklich jemand in der Jury vorstellen, dass der Zeitpunkt von Mrs. Durbins Tod ein Zufall ist? Könnten sie damit leben, den Verdächtigen weiterhin frei rumlaufen zu lassen? Nein, selbst wenn inzwischen zehn Jahre vergangen sind, seien diese Mordfälle miteinander verbunden – so offensichtlich, dass man davor einfach nicht die Augen verschließen könne. Und mehr Morde würden stattfinden, mehr Opfer ihr Leben lassen, wenn Ro Curtlee nicht wieder eingesperrt würde.«

Farrell nickte kaum merklich und sagte: »Ja, ich denke, so könnte es funktionieren.« Er schaute in die Runde: »Hat jemand noch eine Anregung?«

Vi Lapeer meldete sich erstmals zu Wort. »Es wäre besser, wenn von unserem Gespräch nichts an die Öffentlichkeit dringt.«

»Ich gehe mal davon aus«, so Farrell, »dass das selbstverständlich ist.«

»Sorry.« Lapeers Lächeln blieb kühl. »In Philadelphia war das nicht immer der Fall.« Sie wandte sich an Glitsky. »Unter normalen Umständen würde ich versuchen, die Untersuchungen der beiden jüngsten Fälle im Etat für außergewöhnliche Umstände unterzubringen« – was bedeutet hätte, Glitsky Zugriff auf das städtische Budget für »laufende Ausgaben« zu geben –, »aber da wir dazu die Unterschrift eines Richters brauchen, können wir diesen Weg wohl nicht einschlagen. Haben Sie denn angesichts dieser Situation genug Personal, Abe?«

»Ich könnte ein paar Leute von anderen Fällen abziehen und auch Überstunden abrufen«, sagte er. »Nur wer wird das bezahlen?«

»Sollten Sie Ihr Budget überziehen, werde ich dafür einstehen. Versprochen.«

»Danke«, sagte Glitsky. »Ich werde ein paar Leute auftreiben und sie instruieren.« Er wandte sich zu Farrell.

»Von welchem zeitlichen Rahmen sprechen wir denn hier?«

Farrell zuckte die Schultern und schaute zu Jenkins. »Amanda?«

»Wenn ich alles andere links liegen lasse, könnte ich den Fall in einer Woche vortragen, also in einer Woche ab morgen. Oder Sie könnten es selbst machen, Wes, wenn ich Ihnen zuarbeite.«

»Es ist Ihr Fall«, sagte Farrell.

»Nun denn.« Jenkins, sichtlich zufrieden, seufzte erleichtert auf. »Ich brauche alle nur verfügbaren Zeugen, vom ersten Prozess bis hin zu den jüngsten Untersuchungen. Wenn alles glatt läuft, haben wir vielleicht in zwei Wochen eine Anklage.«

»Jesus Christus«, sagte Arnie Becker. »So lang? Er könnte in der Zeit die halbe Stadt ausradieren.«

Jenkins warf ihm einen Blick zu. »Vielleicht, aber ›*so lang*‹ wäre auch ein neuer Geschwindigkeitsrekord, Inspector.«

»In der Zwischenzeit«, sagte Lapeer, »könnte ich ihn rund um die Uhr beschatten lassen, ohne dass dadurch das Budget der Mordkommission beeinträchtigt wird.«

»Das habe ich schon veranlasst«, sagte Jenkins.

Farrell war sichtlich überrascht. »Haben Sie?«

»Tatsächlich hat sich jemand freiwillig bereit erklärt, Matt Lewis, einer unserer Ermittler«, informierte sie Lapeer. »Matt war der Meinung, dass ich eins der nächsten Opfer sein könnte, und wollte deshalb ein Auge auf ihn werfen. Es ist auch keine Rund-um-die-Uhr-Überwachung, nur eine Schicht und vielleicht noch ein paar Stunden heute Nacht.«

»Dann wird er sicher Unterstützung brauchen«, sagte Lapeer.

»Das wäre hilfreich.«

Farrell schaute noch einmal in die Runde. »Also«, sagte er, »es sieht so aus, als hätten wir einen umsetzbaren Plan mit einem realistischen Zeitrahmen. Es wird länger dauern, als man es sich in einer perfekten Welt wünschen würde, aber schneller geht's nun mal nicht. Amanda, da Sie den Fall vor die Grand Jury bringen werden, sollten Sie sich möglichst umgehend eine Übersicht verschaffen, was Sie an Unterstützung brauchen. Mit etwas Glück haben wir dieses Tier dann wieder hinter Gittern, bevor er noch weiteren Schaden anrichten kann. Ich bedanke mich nochmals bei allen …«

Ein Klopfen unterbrach ihn, dann stand schon Treya in der Tür. »Enschuldigen Sie die Störung«, sagte sie, »aber Abe: Jemand hat mitbekommen, dass du dich gerade hier aufhältst. Du musst einen dringenden Anruf an meinem Apparat entgegennehmen.«

20

Seit er zuletzt einen Menschen erschossen hatte – was nun über zehn Jahre zurücklag –, hatte Eztli fast vergessen, welchen Adrenalinrausch physische Gewalt und der Akt des Tötens bei ihm auslösen konnten. Ihm war nicht bewusst gewesen, wie sehr er dieses Gefühl vermisst hatte, als er sich all die Jahre mit Hahnen- und Hunde-Kämpfen, die er regelmäßig besuchte, begnügt hatte. Nun, den Geschmack frischen Bluts noch immer im Mund, war es für ihn, als hätte man ihm die ganzen Jahre ein Glücksgefühl vorenthalten, als sei er langsam und methodisch von einer Droge entwöhnt worden, die nun mit aller Macht wieder Besitz von ihm ergriff.

Irgendetwas sagte ihm, dass Ro die Quelle dieser Droge war. Während Ro im Gefängnis gewesen war, hatte auch Eztli seine Zeit einfach nur abgesessen und die Sicherheit und den Komfort genossen, den ihm die Curtlees boten. Doch kaum war Ro wieder aufgetaucht, hatte der jüngere Mann mit seiner aggressiven Energie und seinem Draufgängertum Eztli das Gefühl gegeben, nach langem Schlaf wieder aufgewacht zu sein – was in dem Kopfschuss heute Nachmittag gipfelte. Ro hatte – vielleicht ohne es zu wollen – all das ausgelöst. Er war derjenige, der ihm seine Droge verschaffte.

Eztli würde alles tun, damit diese Quelle nicht wieder versiegte.

Es war gegen 21 Uhr, als er allein in seinem Wagen saß, den er gegenüber des Buena Vista Parks in Upper Haight geparkt hatte. Wes Farrell lebte in einem mittelgroßen viktorianischen Haus am Ende der Straße, die Eztli und Ro bereits ausgespäht hatten, als Ro gerade aus dem Gefängnis entlassen worden war. Die Adresse hatte ihnen einer von Denardis Privatdetektiven zugesteckt. Eztli wusste, dass Farrell der Schlüssel zu Ros Zukunft war – und dass Farrell als unentschlossen und charakterschwach galt.

Man konnte ihn leicht kontrollieren – und man konnte dabei mit Sicherheit effizienter vorgehen als Cliff und Theresa, die allein mit Zuckerbrot und Peitsche arbeiteten.

Der Trick, glaubte Eztli zu wissen, bestand darin, den Mann im Alltag zu beobachten, um so einen Eindruck zu gewinnen, wo und wann und wie man den Druck ausüben musste. Was Eztli Ro im Auto gesagt hatte, traf nach wie vor zu: Farrell war Ros bester Freund. Es konnte also nicht in ihrem Interesse sein, Farrell über die Klinge springen zu lassen. Nein, Farrell musste Teil der Konstellation bleiben, da nur dieses Gleichgewicht der Kräfte gewährleistete, dass Ro nicht wieder zurück ins Gefängnis musste.

Eztli musste Farrell lediglich den Ernst der Situation vor Augen führen. Bislang hatte Farrell letztlich nur vom Spielfeldrand aus zugesehen und den Einfluss der Curtlees nicht ernsthaft abgeblockt. Aber irgendwann würde der Punkt kommen, an dem er eine Entscheidung treffen musste: entweder Ro erneut anzuklagen – oder den Fall in der Versenkung verschwinden zu lassen. Eztli würde sicherstellen, dass er die richtige Wahl traf.

Also musste er ihn etwas besser kennenlernen. Und herausfinden, wo seine Schwachstellen waren.

Als sich Wes Farrell gegen 21.30 Uhr an diesem Montagabend nach Hause schleppte, konnte er sich nicht erinnern, jemals so erschöpft gewesen zu sein. Zu seiner Überraschung war das Haus völlig dunkel. Er konnte Sam wirklich keinen Vorwurf machen, wenn sie alleine oder mit Freunden zum Dinner gegangen war – in letzter Zeit hatte er als Lebenspartner keine gute Figur abgegeben.

Heute hatte er auch nicht angerufen, um seine Verspätung anzukündigen, hatte nicht mal an die Möglichkeit gedacht, weil sich die Nachricht von Matt Lewis' Tod wie ein emotionales Gewitter in seinen Büros entladen und alles unter sich begraben hatte. Amanda Jenkins, zwischen Schmerz und Schuldgefühlen hin- und hergerissen, war zusammengebrochen. John Strout, Treya und Farrell kümmerten sich um sie, während Glitsky und Becker umgehend zum Tatort ausgerückt waren. Lapeer, die Polizeichefin, war höchstpersönlich zum Amtsgericht gegangen, um einen Richter aufzutreiben, der einen Durchsuchungsbefehl für die Curtlee-Villa ausstellen würde. Niemand hatte auch nur den geringsten Zweifel, wer für den Tod von Lewis verantwortlich war.

Farrell schaltete das Licht an der Haustür an und hörte Sekunden später das vertraute *klick, klick, klick* von Gerts Pfoten auf dem Holzfußboden. Sie hatte vermutlich in der Küche geschlafen und kam nun angelaufen, um ihn zu begrüßen. Er beugte sich herab und streichelte sie. »Wo ist denn deine Mutter?«, fragte er, stellte seine Aktentasche ab, schaltete das Licht in der Küche an und ging zum Kühlschrank.

Die Antwort kam in Gestalt eines Zettels, den Sam ihm auf die Küchenplatte gelegt hatte.

»Wes, tut mir leid, wenn es etwas überstürzt wirkt, aber du wusstest ja, dass ich seit Längerem mit dem Gedanken spiele, uns eine kleine Auszeit zu geben. Obwohl wir in jüngster Zeit so oft darüber gesprochen haben, wie wichtig die Kommunikation zwischen uns beiden ist, hast du es heute Abend ja wieder einmal nicht für nötig befunden, mich auch nur anzurufen …

Wie dem auch sei: Es war für mich der Weckruf, etwas zu unternehmen und nicht nur apathisch hier zu sitzen und Ressentiments in mich reinzufressen. Denn würde ich das weiterhin tun, wäre es nur meine eigene Schuld. Ich werde also zumindest die nächsten Tage in Mariannes Haus übernachten und würde dich bitten, mich dort in Ruhe darüber nachdenken zu lassen, wie es mit uns weitergehen soll. Wer weiß, vielleicht gewöhnst du dich ja so schnell ans Junggesellenleben, dass du mich gar nicht mehr zurückhaben willst. In jedem Fall wirst du einräumen müssen, dass wir in letzter Zeit wenig Spaß zusammen hatten. Ich fürchte, ich bin nicht dazu geboren, die Frau oder Freundin eines Politikers zu sein. Die ganzen Kompromisse, das Geschachere, Ro Curtlee – ich komme damit einfach nicht klar.

Ich liebe dich noch immer – wirklich! – und bin auch nicht verbittert. Aber ich weiß nicht, ob ich noch weiter so leben kann – und will! –, wie wir zuletzt gelebt haben. Sam.

PS: Gert hat ihr Fressen bekommen, sollte aber noch Gassi gehen. Wenn du willst, kannst du sie mir tagsüber ins Center bringen, und ich liefere sie dann abends wieder ab, falls du zu Hause bist. Sag mir einfach Bescheid.«

Farrell ließ sich auf einem der Küchenstühle nieder und legte den Zettel vor sich. Geistesabwesend kraulte er Gert, die ihren Kopf auf sein Knie gelegt hatte.

Nach einer Weile – er hatte keine Ahnung, wie viel Zeit verstrichen war – wurde Gert unruhig und stupste mit ihrer Nase gegen sein Bein. Wie ein Zombie erhob er sich, legte ihr die Leine an, ging mit mechanischen Schritten zur Tür und in die Nacht hinaus.

Die Straße, in der Farrell wohnte, kreiste den Park praktisch ein, und er und Gert hatten für ihren Spaziergang morgens und abends eine festgelegte Route entlang der Peripherie, bevor sich dann Gert in die Büsche verdrückte, um ihr Geschäft zu machen. Das Innere des Parks, eigentlich nicht mehr als eine unbepflanzte Lichtung, war dunkel um diese Zeit, aber selbst in seinem abgestumpften Zustand hatte Farrell das unbestimmte Gefühl, dass irgendetwas anders war als sonst.

Er blieb stehen und spähte in den dunklen Park. Teile der Straßenbeleuchtung waren ausgefallen, und er konnte sich beim besten Willen nicht erinnern, ob sie in den letzten Tagen funktioniert hatten oder nicht. Direkt vor ihm gab es keinerlei Licht, weder im Park noch auf der umgebenden Straße. Am Ende der Leine fing Gert an zu jaulen. Farrell ging ein paar Schritte weiter, hielt dann aber erneut an.

Für eine Minute stand er still und lauschte in die Dunkelheit. Er hörte keine Geräusche und konnte auch keine Bewegungen ausmachen. Schließlich flüsterte er zu seiner Hündin: »Komm, Mädchen, lass uns lieber zurückgehen.«

Aber Gert, deren Rückenhaare sich inzwischen gesträubt hatten, zog an der Leine, knurrte und bellte dann etwas an, das sie offensichtlich im dunklen Nichts ausmachte.

Farrell hielt die Leine straff, zog Gert näher an sich heran und streichelte ihren Kopf. »Komm jetzt, komm.« Widerwillig ließ sie sich von ihm ziehen.

Als er wieder im Haus war, verriegelte er umgehend die Haustür. Er nahm ihr die Leine ab und ging in die

Küche. Normalerweise lief sie dabei neben ihm her, aber diesmal machte sie kehrt, lief wieder zur Haustür und knurrte noch einmal nach draußen.

»Hey, entspann dich«, rief er. »Alles ist okay.« Er hielt sie am Halsband, öffnete die Tür und schaute noch einmal auf die verschlafene Straße hinaus. Es war nichts zu sehen.

Nachdem es ihm endlich gelungen war, sie zu beruhigen, ließ er sie in ihren winzigen Garten hinaus, wo sie ihr Geschäft verrichtete und sich dann auf ihr angestammtes Kissen in der Küche verzog. Farrell griff sich eine Flasche Knob-Creek-Bourbon, füllte ein großes Glas fast bis zum Rand, warf noch ein paar Eisstücke hinein und trank es in einem Schluck auf.

Seine Lebensgefährtin zu verlieren und sich Bösewichter hinter jedem Busch einzubilden – nein, das war nun wirklich nicht das, was er sich vorgestellt hatte, als er sich um das Amt des Staatsanwalts bewarb. Tief im Innern seines Herzens wusste er, dass er ein Leichtgewicht war. Er hatte durchaus seine sprachliche Begabung und kam mit Menschen aus allen sozialen Schichten klar, aber für jemanden mit besonderen Führungsqualitäten hatte er sich nie gehalten. Er hatte sich zur Kandidatur überreden lassen, weil er glaubte, die Strafverfolgungsorgane der Stadt in ein Zeitalter der Aufklärung führen zu können. Aus Sicht des überzeugten Verteidigers hatte er den Eindruck, dass die Polizei tatsächlich oft genug ihre Kompetenzen überschritt – besonders im Umgang mit Immigranten oder anderen Minderheiten. Und im Umkehrschluss hatte er viele Klienten verteidigt, die sicher Fehler gemacht hatten und keine Engel waren, die er aber – dank seiner Selbstsicherheit und einer Prise Galgenhumor – nie als Gefahr für sich oder die Gesellschaft empfunden hatte.

Wobei – eine Ausnahme gab es. Mark Dooher war jahrelang einer seiner engsten Freunde gewesen. Er war Anwalt wie Farrell, hatte aber in völlig anderen gesellschaftlichen Sphären gearbeitet: Zu seinen Klienten gehörte, neben anderen wohlklingenden Namen, auch die Erzdiözese von San Francisco. Als Doohers Frau bei einem Einbruch ermordet worden war, hatte die übereifrige Polizei – Abe Glitsky, um genau zu sein – eine Untersuchung eingeleitet, die in Farrells Augen nichts anderes als ein Kreuzzug gegen seinen Freund war. Als er schließlich wegen Mordes an seiner Frau angeklagt wurde, hatte Farrell die Verteidigung übernommen und in einem zermürbenden Prozess seinen Freispruch erreicht. Der Sieg über Amanda Jenkins, seine damalige Kontrahentin, markierte auch den Beginn einer Karriere, die ihn zu einem prominenten Vertreter seiner Zunft in San Francisco gemacht hatte.

Das einzige Problem war, dass Mark Dooher – Stütze der Gesellschaft, liebevoller Vater und Ehemann, juristisches Aushängeschild der Erzdiözese – tatsächlich schuldig war. Er hatte nicht nur seine Ehefrau ermordet, sondern im College auch eine Frau vergewaltigt, einen Mann, mit dem er im Vietnamkrieg in Drogengeschäfte verwickelt war, kaltblütig umgebracht und einen jüngeren Kollegen, mit dem er einen Rechtsstreit hatte, mit einem Bajonett regelrecht aufgeschlitzt.

Und hatte zum krönenden Abschluss auch Farrell umzubringen versucht.

Bei Ro Curtlee, glaubte Farrell zu wissen, hatte er es nun wieder mit einem ausgewachsenen Soziopathen zu tun, der Mark Dooher möglicherweise sogar in den Schatten stellte. Er war nicht einmal einen Monat wieder auf freiem Fuß und hatte – daran konnte es eigentlich keinen Zweifel geben – drei Menschen umgebracht, darunter auch Farrells Ermittler. Und niemand schien ihn aufhalten zu können. Vi Lapeer wollte ihn rund um die Uhr beschatten lassen, bis die Grand Jury einer Anklage zustimmte, aber zumindest am heutigen Abend war die Order noch nicht umgesetzt worden. Ro saß möglicherweise da draußen in seinem Wagen und lauerte ihm auf. Nicht auszuschließen, dass er einbrechen und das Haus in Brand setzen würde.

Eines war Farrell klar: Ro würde alles unternehmen, um nicht wieder ins Gefängnis zu wandern. Wenn er sich daran erinnerte, mit welcher Brutalität er sich der Verhaftung durch Glitsky und die Polizisten widersetzt hatte, schien es auf der Hand zu liegen, dass er lieber sterben würde als sich erneut festnehmen zu lassen. Er hatte vor nichts und niemandem Angst. Er würde jeden angreifen, der seiner Freiheit im Weg stand. Felicia Nuñez, Janice Durbin, Matt Lewis. Und Gloria Gonzalves, wo immer sie auch war. Farrell war inzwischen auch klar, dass er Amanda Jenkins auf diese Liste setzen musste. Und Glitsky und seine Familie.

Und sich selbst.

Glitsky drehte die Schlüssel – erst den Sicherheitsriegel, dann das reguläre Schloss – so geräuschlos, wie er nur konnte. Er war kurz nach Mitternacht. Er zog seine

Schuhe aus und trug sie ins Wohnzimmer, wo Treya von der Couch aufstand und sagte: »Gott sei Dank, dass du daheim bist. Wenn du dazu noch in der Lage bist, hätte ich gegen eine herzhafte Umarmung nichts einzuwenden.«

Sie machte ein paar Schritte auf ihn zu und fiel in seine Arme. Hielt ihn so fest, wie sie nur konnte. Er ließ seine Schuhe auf den Boden fallen, und sie spürte, wie er in sich zusammensackte. Sie zog seinen Kopf auf ihre Schulter herunter und fühlte, wie sich seine kräftigen Nackenmuskeln langsam entspannten. Nach einer Weile legte er seine Arme um sie und drückte so fest, dass sie für einen Augenblick nicht mehr atmen konnte.

Es war ihr egal. Mehr wollte sie nicht. Notfalls musste es auch ohne Luft gehen.

Er atmete tief durch, legte seinen Kopf in ihren Nacken und küsste sie. Schließlich richtete er sich auf. »Bist du die ganze Zeit wach gewesen?«

»Sieht so aus.«

»Wie geht es Amanda?«

»Genauso schlecht, wie du dir's wahrscheinlich vorstellst. Vielleicht noch schlimmer. Sie glaubt, dass es ihre Schuld ist.«

»Ist es nicht.«

»Weiß ich. Aber sie wird eine Weile brauchen, um es zu verarbeiten. Möchtest du dich setzen?«

»Nicht die schlechteste Idee.«

Treya setzte sich wieder in die Ecke, in der sie auf ihn gewartet hatte und zog eine Decke über sich. Glitsky ließ sich langsam am anderen Ende nieder.

»Gibt es was Neues?«

»Wenn es eine Neuigkeit ist, dass der Antrag auf Hausdurchsuchung abgelehnt wurde.«

»Obwohl die Polizeichefin ihn selbst gestellt hat?«

»Gleiche Regeln für alle. Es läuft nichts ohne ›hinreichenden Verdacht‹.«

»Und dass Matt Lewis Ro beschattete und dabei von ihm erschossen wurde, zählt nicht?«

»Woher wissen wir, dass Matt ihn beschattet hat?«

»Das war sein Auftrag.«

»Woher wissen wir, dass er ihn tatsächlich getroffen hat?«

»Weil wir es wissen. Hat er nicht Amanda angerufen?«

»Das war mittags. Der Schuss fiel mindestens eine Stunde danach, wenn nicht noch später. Vielleicht hat er sie in der Zwischenzeit verloren, ging dann einem anderen Auftrag nach und wurde dabei erschossen.«

»Glaubt wirklich irgendjemand diesen Schwachsinn?«

»Nein.«

»Wieso sprichst du überhaupt von ›sie‹?«

»Ein anderer Bursche saß am Steuer, nicht Ro. Matt Lewis kannte ihn nicht, erzählte Amanda aber, dass er indianische Züge gehabt habe. Sie kamen zusammen aus Curtlees Haus. Ich vermute, dass es der Bodyguard ist, den ich beim ersten Mal dort getroffen habe.«

»Matt Lewis verfolgt sie also eine Stunde lang. Ist damit der ›hinreichende Verdacht‹ nicht gegeben? Ihnen muss doch bewusst sein, dass die Polizeichefin sich so was nicht ausdenkt.«

»Vielleicht wissen sie es, aber den Antrag unterschreiben sie trotzdem nicht.« Glitsky fuhr sich mit der Hand übers Gesicht, als müsse er Schmutz abwischen. »Ein

Polizeiermittler wird in einer menschenleeren Straße exekutiert. Die Gegend gilt als gefährlich, weil es dort von Dealern nur so wimmelt. Theoretisch kommen fünfzig Leute in der näheren Umgebung als Täter in Frage. Warum also gerade Ro rauspicken?«

»Weil wir wissen, dass er es war?«

»Nur ein klitzekleiner Beweis, und der Richter unterschreibt. Aber ...« Glitsky zuckte die Schultern.

»Wer war der Richter?«

»Chomorro.«

Treya machte ein abfälliges Geräusch. »Dann sind es nun schon drei.«

»Was meinst du?«

»Baretto, Donahoe, Chomorro. Will denn niemand aus der ganzen Kammer den Burschen ins Gefängnis stecken?«

»Nicht mehr als seine Bürgerrechte zu verteidigen.« Glitsky schwieg für einen Moment. »Weißt du, was es kostest, zum Richter gewählt zu werden, Trey? Mit 150000 Dollar bist du gerade mal im Rennen, 250000 musst du schon ansetzen, wenn du sicher gewinnen willst. Und es gibt kein Limit für Wahlkampfspenden. Es ist eine Schmierenkomödie. Im Endeffekt hat die gesamte Kammer Schiss vor den Curtlees.«

»Wer hatte denn in seinem ersten Prozess präsidiert?«

»Thomasino.«

»Warum lässt man ihn nicht den Durchsuchungsbefehl unterschreiben?«

Glitsky schüttelte den Kopf. »Nein. Wenn du eine Unterschrift brauchst, musst du dich schon an den amtierenden Richter wenden, und das ist diese Woche nun mal Chomorro. Ein reiner Zufall – der aber, wie ich dir kaum erklären muss, nun einmal die Unparteilichkeit des Gerichts gewährleistet.«

»Ich brauche keine Unparteilichkeit, zumindest nicht in diesem Fall.«

»Nun«, sagte Glitsky, »da bin ich anderer Meinung. Aber ich hätte nichts dagegen, ab und zu mal Glück zu haben.«

Treya zog die Decke über ihre Schultern und schwieg. Schließlich sagte sie ganz vorsichtig: »Glaubst du, wir müssen uns Sorgen machen? Wir – unsere Familie, meine ich?«

Glitsky seufzte und rutschte etwas näher an sie heran. »Ich mache mir weiß Gott schon genug Sorgen, aber das ist wohl nicht das, was du hören willst.« Er griff nach ihrer Hand. »Ich denke mir, dass er in unserem Fall sein Zeichen schon gesetzt hat – nur um mich auf die Palme zu bringen. Es würde ihm nichts bringen, wenn er dir oder den Kids etwas antut – und obendrein wird er wissen, dass ich ihn dann bis ans Ende der Welt jagen und umbringen würde. Wenn er mich umlegt, würde ihm das für den nächsten Prozess auch überhaupt nichts bringen. Rein von der Logik her sollte er also mit uns durch sein. Hoffe ich. Davon abgesehen hat die Polizeichefin nun mehrere Teams zu seiner Beschattung abgestellt.«

»Glaubst du nicht, dass er sie abschütteln kann?«

»Keine Ahnung. Auszuschließen ist es nicht.«

Treya schloss ihre Augen und atmete tief durch. »Nach dem, was heute vorgefallen ist … Ich bin einfach ins Grübeln gekommen. Ich weiß nicht mehr, ob ich mich bei dem Gedanken noch wohlfühlen kann, die Kinder hier mit Rita alleine zu lassen. Oder in der Schule. Selbst wenn du sagst, es gäbe kein Risiko …«

»Das habe ich nicht gesagt.«

»Ich weiß.« Sie atmete noch einmal tief ein. »Diese Situation ist anders als alles, was wir bisher erlebt haben, Abe. Wir haben es hier wirklich mit einem Irren zu tun.«

Nach einer Weile nickte Glitsky. »Ich mag dem nicht widersprechen. Du hast recht. Was willst du denn tun?«

»Ich glaube, ich sollte für eine gewisse Zeit von hier verschwinden. Wir alle. Bis Gras über die Sache gewachsen ist.«

Glitsky rümpfte die Nase. Er presste die Lippen so fest zusammen, dass sich umgehend seine weiße Narbe zeigte. »Ich kann nicht, Trey. Nicht jetzt, wo ich mittendrin stecke.«

»Und warum nicht?«

»Von anderen Gründen ganz abgesehen, würde ich Ro damit nur signalisieren, dass er gewonnen hat.«

»Und was wäre, wenn er gewinnt?« Ihre Stimme wurde ungeduldiger. »Es ist nun mal kein Zweikampf zwischen dir und ihm.«

»Da wäre ich mir nicht so sicher.«

»Dann ist mein Argument nur noch berechtigter.« Sie faltete ihre Hände zusammen. »Wenn es so persönlich ist, schwebst du wirklich in Gefahr. Kannst du das nicht einsehen?«

»Kann ich, zugegeben. Aber ich kann doch nicht einfach weglaufen, weil ein Psychopath hinter mir her ist. Es gibt Sicherheitsmaßnahmen, und es gibt keinen Grund zur Annahme, dass sie nicht funktionieren.«

»Keinen Grund? Dann erzähl das mal Mr. Lewis.«

Glitsky schüttelte den Kopf. »Ich glaube wirklich nicht, dass er mir oder dir oder den Kids etwas anhaben kann. Oder dass er überhaupt einen Grund dazu hat.«

»Und du bist bereit, unser aller Leben darauf zu verwetten?«

»Trey«, sagte er. »Ist das nicht etwas allzu dramatisch?«

Sie zog ihre Hand weg. Glitsky bemerkte mit einem Mal, dass sie sich in eine kalte Wut hineinsteigerte, die er nicht an ihr kannte. »Wenn das Leben unserer Kinder auf dem Spiel steht, Abe, dann lasse ich mir gerne vorwerfen, überdramatisch zu sein. Und tatsächlich bin ich entsetzt, dass du die Situation derart auf die leichte Schulter nimmst.«

»Tue ich nicht.«

»Tust du sehr wohl. Du denkst nur an deinen Job, nur an Abe Glitsky contra Ro Curtlee und wer den Kampf gewinnt – und dafür setzt du alles hier aufs Spiel« – sie gestikulierte wild umher –, »unser Heim, Rachel und Zack oder dich und mich …«

»Wir werden nicht …«

Wut und Frustration hatten ihr inzwischen Tränen in die Augen getrieben. Mit beiden Fäusten schlug Treya auf ihre Schenkel. »*Wir werden sehr wohl, Abe, wenn einer von uns ums Leben kommt. Warum willst du das nicht verstehen? Muss die Katastrophe denn wirklich bis zu unserer Haustür kommen? Dann geht es uns wie dem armen Matt Lewis, und plötzlich – puff – ist alles vorbei. Auch er hatte das nicht kommen sehen.*«

»Hey.« Er streckte seine Hand aus und berührte ihre Schulter. »Treya …«

Sie stieß seine Hand weg und baute sich vor ihm auf. »Fass mich nicht an. Ich bin nicht hysterisch. Ich brauche niemanden, der mich beruhigt. Du redest doch von Logik, willst aber nicht verstehen, dass dieser Mann – *nur weil es ihm gerade in den Sinn kommt* – uns all das wegnehmen kann, was wir gemeinsam aufgebaut haben. Und das willst du aufs Spiel setzen? Und warum? Wegen des Jobs? Wegen deiner Karriere bei der Polizei? Ich kann nicht glauben, dass wir dieses Gespräch überhaupt führen.«

»Ich habe dir doch gesagt, dass die Wahrscheinlichkeit …«

»*Scheiß auf die Wahrscheinlichkeit, Abe. Scheiß drauf!*«

Die Worte trafen Glitsky mit einer derartigen Wucht, dass sein Kopf zurückzuckte. Sie wusste, dass er eine gerade körperliche Aversion gegen jegliche Profanität hatte, und hatte in all den Jahren ihres Zusammenlebens auch nie derartige Worte benutzt. Er fasste sich mit der Hand an die Stirn – er fühlte, wie Blut in seinen Kopf schoss und der Magen verkrampfte – und trat zum Fenster, um etwas frische Luft zu schnappen.

»Ich habe es nicht so gemeint«, kam es schließlich aus ihm heraus. »Was immer ich gesagt habe: Ich habe es nicht so gemeint. Natürlich kannst du gehen. Natürlich ist ein Risiko in keiner Form akzeptabel. Es tut mir leid. Ich wollte dich nicht kritisieren. Du hast völlig recht. Und wenn du das Gefühl hast, gehen zu müssen, solltest du gehen. Und die Kinder auch.«

»Was ist mit dir?«

Er drehte sich um, schaute ihr lange in die Augen und schüttelte den Kopf.

»Wie kann das nur sein?«, fragte sie. »Wie kann das nur sein, dass wir so lange zusammenleben und ich dich überhaupt nicht kenne?«

»Trey«, fing er an, »du kennst mich. Du weißt, wer ich bin. Ich bin ein Cop seit …«

Sie erhob ihre Hand und unterbrach ihn. »Lass es«, sagte sie, »lass mich damit in Frieden.« Sie nahm ihre Decke, drehte sich auf dem Absatz um, ging zum Schlafzimmer und schlug die Tür laut hinter sich zu.

21

Um 7.45 Uhr am nächsten Morgen stand Darrel Bracco, ein Sergeant Inspector beim Morddezernat, vor Glitskys Büro. Die Tür stand einen Spaltbreit offen, obwohl es innen dunkel war. Der Lieutenant saß halb zusammengesunken auf seinem Stuhl und umklammerte mit seinem ausgestreckten Arm eine Tasse, die auf dem Schreibtisch stand. »Sie wollten mich sprechen, Abe?«

»In der Tat. Kommen Sie rein.«

»Licht?«

»Nein, lassen Sie's bitte aus. Setzen Sie sich.«

Bracco trat ein und nahm Platz. Glitsky machte keine Anstalten, sich aus seiner seltsamen Position zu befreien. Selbst im Halbdunkel blieb Bracco nicht verborgen, dass Glitskys hellbraune Haut eine gräuliche Färbung angenommen hatte. Seine ganze Körpersprache deutete auf totale Erschöpfung hin, doch wenn er sprach, kamen seine Worte klar und präzise gesetzt. »Sie haben von Matt Lewis gehört.«

Es war keine Frage. Selbst wenn sich die Nachricht nicht schon wie ein Lauffeuer im Justizgebäude verbreitet hätte, wäre man ihr kaum entkommen: Sie war gestern Abend der Aufmacher bei allen lokalen TV-Stationen gewesen – und hatte am Morgen auch im »Chronicle« und »Courier« Schlagzeilen gemacht.

Bracco wusste, dass er auf der Tafel hinter seinem Kopf bereits als Chefermittler in drei Mordfällen geführt wurde: einer Schießerei zwischen zwei Gangs im Mission District, der Misshandlung eines Babys mit tödlichen Folgen im Sunset District – und dem Tod eines 50-jährigen Versicherungsvertreters, der letzte Woche vor »Alfred's Steak House« erstochen wurde. Diese Ermittlungen, dachte Bracco, gingen schon hart an sein Limit, zumal er in letzter Zeit solo arbeiten musste.

Und nun fragte Glitsky auch noch, ob er von Matt Lewis gehört habe. Bracco sagte: »Klar. Furchtbare Sache. Und ich übernehme den Fall auch, wenn es keine andere Wahl gibt. Aber sollte sich jemand anderes drum reißen, wäre ich auch nicht unglücklich. Mein Teller ist randvoll.«

»Ich frage Sie nicht, ob Sie den Fall übernehmen, Darrel.«

»Sorry. Ich dachte nur …« Er zuckte die Schultern. »Bitte reden Sie weiter.«

»Was genau haben Sie über den Vorfall gehört?«

»Lewis? Nicht viel. Draußen im Mo« – so hieß die Lower-Fillmore-Gegend im Polizei-Slang – »kann alles Mögliche passieren. Wer übernimmt den Fall denn?«

»Bisher noch niemand. Vielleicht werde ich ihn selbst übernehmen.« Glitsky drehte seine Tasse auf dem Schreibtisch. »Sie haben also noch nichts Konkretes gehört?«

»Nein.«

»Was würden Sie sagen, wenn ich Ihnen erzähle, dass Matt Ro Curtlee beschattet hat?«

Bracco ließ sich keine Überraschung anmerken. »Davon ist bislang noch nichts durchgedrungen.«

»Nein.«

»Trifft es denn zu?«

»Kann man so sagen.«

In allen Fernsehberichten hatte Glitsky ganz bewusst Wert auf die Feststellung gelegt, dass es noch keinen Verdächtigen oder auch nur auffällige Personen gäbe. Es handele sich wohl um einen Mord im Drogen- oder Gangmilieu, aber Genaueres könne er noch nicht mitteilen. Die Ermittlung habe gerade erst begonnen.

»Und das bedeutet …?« Bracco tappte noch immer im Dunkeln.

»Ich brauche einen Freiwilligen, der Curtlees Anwalt anruft und um einen Termin zur Befragung bittet. Aus bekannten Gründen kann ich das nicht selbst tun – Denardi würde dem nie zustimmen. Andererseits sollten wir aber fragen. Ich möchte nicht, dass es nachher heißt, wir hätten Ro nie die Chance gegeben, seine Sicht der Dinge zu erklären.«

»Und wenn er zustimmen sollte: Wollen Sie dann, dass ich ihn auf den Lewis-Fall anspreche?«

»Und auf den anderen Fall: Janice Durbin.«

»Sagt mir nichts.«

»Am Freitag verbrannte sie in ihrem Haus. Genau wie

Felicia Nuñez, die eine Zeugin in Ros Prozess war. Und wurde vorher, wie Felicia, stranguliert. Und: Janice Durbin war die Ehefrau des Geschworenensprechers in Ros Prozess.«

»Sieht nach einem Muster aus.«

»Sie sind ein helles Köpfchen. Der Lewis-Fall beziehungsweise die Tatsache, dass er Ro beschattet hat, gibt uns nun einen hinlänglichen, sogar sehr plausiblen Grund, Ro zu fragen, was er gestern Nachmittag gemacht hat. Und bei der Gelegenheit auch gleich nach seinem Alibi für Janice Durbin zu fragen – so er denn eins haben sollte.«

»Glauben Sie denn, dass er reden wird?«

»Mit Sicherheit nicht. Aber wir sollten das trotzdem durchziehen.«

»Und Lewis hatte ihn wirklich beschattet?«

»Glauben Sie, Darrel, ich saug mir so was aus den Fingern?« Kaum hatte er registriert, wie barsch seine Stimme klang, hob er die Hand und entschuldigte sich. »Sorry«, sagte er, »hab letzte Nacht nicht geschlafen. Und ja: Lewis hat ihn beschattet, zumindest bis etwa eine Stunde vor der Tat. Zu diesem Zeitpunkt hatte er den letzten Kontakt zu Amanda Jenkins. Er befand sich vor dem ›Tadich's‹, wo Ro seinen Anwalt traf.«

»Und was dann?«

»Ro kam raus und stieg zu seinem Chauffeur ins Auto.«

»Und Lewis folgte ihnen?«

»Das waren jedenfalls seine letzten Worte. Was danach passierte, wissen wir nicht.«

Bracco überlegte und nickte dann kurz entschlossen. »Das reicht mir.«

Es war Kindergartentag bei der Staatsanwaltschaft. Treya kam spät, erst kurz vor neun, mit ihren beiden Kindern im Schlepptau, Farrell kreuzte eine Viertelstunde später mit seiner Hündin auf. Da Gert gut erzogen war und zum Glück Kinder liebte, hielt sich das Chaos in Grenzen, aber ein strukturierter Tag in einem effizienten Büro sah anders aus.

Rachel und Zachary saßen an Farrells Schreibplatte und beschäftigten sich mit einem Malbuch, während Gert es sich unter dem Schreibtisch bequem gemacht hatte. Treya und Wes hatten die Tür geschlossen und sich ins Vorzimmer verzogen, da es Wichtiges zu besprechen gab.

Farrell hockte auf der Kante von Treyas Schreibtisch. »Und für wie lange?«

»Ich weiß es nicht. So lange, wie es notwendig ist.« Treya lehnte gegen ein Regal mit juristischen Kompendien. »Ich kann die Kinder einfach nicht zu Hause lassen, wenn das Risiko so hoch ist.«

»Wissen Sie denn, wo Sie hinwollen?«

»Ich habe einen Bruder in Los Angeles. Das wird die erste Station sein. Bei Abes Vater wären wir auch willkommen, aber er wohnt hier in der Stadt, und das ist mir eigentlich zu nah. Ich möchte untertauchen, soweit das möglich ist.«

»Und was wird Abe machen?«

Treya verzog den Mund, bevor sie zum Sprechen ansetzte. »Er bleibt hier. Er sagt, es würde nur ein paar Wochen dauern, bis Ro wieder im Gefängnis landet. Hoffen wir's.«

»Wenn wir denn die Anklageschrift zusammenbekommen. Aber nun, mit Amanda …« Farrell fuhr sich mit der Hand durchs Haar. »Sie sollte den Fall präsentieren, aber ich weiß nicht, wie schnell sie nach dieser Matt-Geschichte dazu in der Lage ist.«

»Sie könnten es selbst übernehmen.«

»Ich weiß. Vielleicht werde ich es müssen. Aber wie soll ich in der Zwischenzeit« – er breitete seine Arme vor sich aus – »den Laden hier schmeißen, wenn Sie nicht da sind?«

»Es tut mir aufrichtig leid, Sir. Ich würde mir wünschen, es gäbe eine Alternative, aber ich wüsste nicht, wie sie aussehen sollte. Ich bin mir aber sicher, dass es irgendjemanden in diesem Gebäude geben muss, der mich vertreten kann.«

»Sind Sie da wirklich sicher? Haben Sie vielleicht einen Namen?«

Sie verschränkte ihre Arme und schüttelte den Kopf. »Nein.«

Es war ein unangenehmes Schweigen, das sich zwischen ihnen breitmachte.

»Wir haben ein echtes Problem, Treya. Ist Ihnen das bewusst? Je länger ich darüber nachdenke, desto größer wird es.«

»Verstehe ich vollkommen, Sir. Aber das Problem, das ich zu Hause habe, ist genauso real. Was soll ich tun? Und Urlaubsanspruch habe ich auch mehr als genug.«

»Darum geht es doch nicht.«

»Tut mir leid, aber mir geht es sehr wohl darum. Ich kann die Kinder einfach nicht hierlassen. Ich habe Angst, wenn ich daran denke, was Ro ihnen antun könnte. Und Sie wissen selbst, dass er zu allem fähig ist.«

Farrell ließ ihre Antwort einen Moment sacken, um dann angewidert seinen Kopf zu schütteln. »Scheiße!«, sagte er. »Entschuldigen Sie.«

»Das ist mein kleinstes Problem«, sagte Treya. »Wie dem auch sei: Ich wollte es Ihnen persönlich mitteilen und fragen, ob ich Ihnen bei der Suche nach einer Vertretung behilflich sein kann.«

»Innerhalb eines Tages?«

Treya versuchte, ihn optimistisch anzuschauen, wirkte aber wenig überzeugend. »Ich kann es nur versuchen. Tut mir wirklich leid.«

Farrell stieß sich vom Schreibtisch ab und schaute ihr direkt in die Augen. »Sie sollten aber wissen, Treya«, sagte er, »dass ich Ihnen nicht garantieren kann, dass Sie wieder an Ihren Arbeitsplatz zurückkehren können. Das soll keine Drohung sein, sondern ist einfach die Realität: Ich brauche jemanden, der jeden Tag hier sitzt.«

»Ist mir bewusst«, sagte sie. »Ich kann nicht erwarten, dass Sie mich wieder zurückholen.«

»Ich wollte es nur erwähnt haben.«

»Ja«, sagte sie. »Habe ich verstanden.«

Als er sich in Denardis Kanzlei einfand, wurde Bracco schnell klar, warum dem Wunsch nach einer Befragung überraschenderweise zugestimmt worden war: Neben Ro saßen auch Cliff und Theresa Curtlee am Tisch. Tristan Denardi stellte sie Bracco vor und machte gleich klar, dass sie nicht nur als moralische Unterstützung anwesend seien, sondern auch als Vertreter ihrer Zeitung. Bracco konnte sich ausrechnen, dass der »Courier« – egal, wie das Gespräch verlaufen würde – seine bloße

Anwesenheit als weiteres Beispiel polizeilicher Nötigung darstellen würde.

Denardi, wie immer perfekt gekleidet, legte ein Bein übers andere und ließ dabei makellos polierte Halbschuhe und Socken im Schottenmuster aufblitzen. Er nahm seine Kaffeetasse samt Unterteller und stellte sie auf einen niedrigen Tisch im Konferenzzimmer.

»Ich bin mir nicht sicher, ob mein Klient Ihnen überhaupt etwas zu sagen hat«, eröffnete er das Gespräch. »Um ehrlich zu sein, tendiere ich eher zu der Meinung, dass es nichts zu bereden gibt. Es liegt auf der Hand, dass Ihre Freunde ein gesteigertes Interesse daran haben, Mr. Curtlee zu schikanieren. Und ich möchte hiermit festhalten, dass wir nicht gewillt sind, derartige Schikanen unbeantwortet zu lassen.

Sie sind also hier, um meinen Klienten nach seinem Aufenthalt am Freitagmorgen letzter Woche zu befragen, aber wir sehen uns nicht im Stande, diese Information zu liefern, wenn Sie uns nicht zumindest aufklären, warum Sie an dieser Frage überhaupt interessiert sind.«

Bracco nippte an seinem Kaffee, um Zeit zu gewinnen. Die Anwesenheit der Curtlees machte ihn nervös. Er schaute von den unnachgiebigen Gesichtern der Eltern hinüber zu Ro Curtlee, der frisch gebügelte Jeans, ein hautenges schwarzes T-Shirt und 800-Dollar-Cowboystiefel trug. Er hatte noch immer den Gips vom Zusammenstoß mit Glitsky und seinen Männern am Arm, aber die Wunden im Gesicht waren verschwunden. Er war frisch rasiert und hatte seine Haare säuberlich gescheitelt.

Als er sah, wie Bracco ihn anschaute, lächelte er herablassend.

Bracco wählte seine Worte mit Bedacht. »Ich bin hier, weil ich in einem anderen Fall ermittle und diesbezüglich Ihren Klienten bitten möchte, einen möglichen Verdacht aus dem Weg zu räumen.«

»Sie sagen also, dass er in einem anderen Fall unter Verdacht steht?«

»Nur insofern, als wir in diesem Fall noch keinen wirklich Verdächtigen haben. Ich bin dabei, mögliche Kandidaten von vorneherein auszuschließen.«

»Aber Mr. Curtlee zählt zu diesen möglichen Kandidaten?«

»Ja.«

Ro lachte kurz auf und lehnte sich in seinem gepolsterten Stuhl zurück. »Unglaublich«, sagte er schließlich.

Theresa meldete sich ebenfalls zu Wort. »Aber wirklich!«, entfuhr es ihr.

Denardi hob warnend seine Arme. »Ro. Theresa. Bitte.« Er blickte wieder zu Bracco. »Und dieser andere Fall? Ein Mordfall, vermute ich?«

»Mord durch Brandstiftung, um genau zu sein.«

Auf Denardis Lippen zeigte sich ein spöttisches Lächeln. »Ja natürlich. Und wie könnte Mr. Curtlee auch nur im Entferntesten mit diesem hypothetischen Mord durch Brandstiftung in Verbindung gebracht werden?«

»Das Opfer war die Frau des damaligen Geschworenensprechers. Janice Durbin.«

Und noch ein affektiertes Lächeln von Denardi. »Ich verstehe. Aber vielleicht könnten Sie mir kurz skizzieren, wie der Tod dieser armen Frau in irgendeiner Form auf Mr. Curtlee verweist?«

Bracco machte es einfach: »Sie wurde erwürgt, dann

wurde das Haus in Brand gesetzt, also das identische Vorgehen wie im Fall Felicia Nuñez. Auch Ms. Sandoval wurde erwürgt. Man könnte also durchaus Übereinstimmungen in allen Fällen konstatieren. Wenn Ihr Klient kooperieren würde und wir ihn als Verdächtigen ausschließen könnten, so würde mich das sehr freuen. Ich sehe auch nicht, welche Einwände Sie dagegen haben könnten.«

Cliff Curtlee räusperte sich vernehmlich, sagte aber nichts.

Denardi hatte anscheinend auf das Signal gewartet. »Nun, grundsätzlich möchte ich anmerken, dass wir als amerikanische Bürger das Recht auf unsere Privatsphäre haben. Mr. Curtlee ist nicht dazu verpflichtet, Ihnen zu erzählen, was er am Freitag oder an einem anderen Tag gemacht hat.«

»Nein, völlig richtig.«

»Andererseits« – Denardi drehte sich wieder zu Ro und gab ihm offensichtlich ein Zeichen – »sind wir vielleicht in der Lage, eine zufriedenstellende Lösung zu finden, wenn Sie meinen Klienten und mich für ein paar Minuten entschuldigen würden.« Und damit standen er, Ro und die Eltern auf und verließen das Konferenzzimmer.

Bracco lehnte sich zurück und ließ seine Augen über die großformatigen Exponate moderner Kunst gleiten, über die ledergebundenen Bücher in den Regalen, die Fotos mit den Prominenten und Mächtigen dieser Welt. Schließlich schaute er zum Fenster auf die Stadt hinunter, auf das aufgewühlte Wasser in der Bay und die Sturmwolken, über das Ferry Building und die Bay Bridge, die sich elegant nach Treasure Island hinüberschwang.

So als wäre es einstudiert – und das war es vermutlich auch –, kamen Denardi, Ro und die Curtlees wieder ins Zimmer zurück.

»Inspector«, sagte Denardi bereits, bevor er sich setzte. »Ich wäre Ihnen dankbar, wenn Sie Ihre Kollegen im Polizeipräsidium darüber informieren würden, dass wir Ihre Ermittlungen immer unterstützen werden, wenn nur die angemessenen Verhaltensformen eingehalten werden. Mr. Curtlee ist bereit, eine Angabe zu seinem Aufenthalt am Freitagmorgen zu machen. Haben Sie ein Tonbandgerät dabei?«

»Natürlich.«

Sie setzten sich alle wieder auf ihre Plätze. »Wenn Sie nichts dagegen haben, wird Mrs. Curtlee sich auch Notizen machen.«

»Kein Problem.« Bracco zog seinen Mini-Recorder aus der Tasche und stellte ihn auf den Tisch. Nach der üblichen Feststellung der Fakten fragte er Ro Curtlee, was er am besagten Freitagmorgen getan habe.

»Ich wurde spät wach, ungefähr um Viertel nach neun«, antwortete er. »Ich ging runter und begrüßte meine Eltern, die gerade ihr Frühstück abschlossen. Anschließend nahm ich selbst ein Frühstück ein, das mir von unserer reizenden Linda serviert wurde.«

»Wir bestätigen die Aussage«, sagte Cliff Curtlee und zeigte auf seine Frau. »Wir beide. Möchten Sie auch wissen, was wir zum Frühstück gegessen haben?«

Bracco ließ sich nicht irritieren. »Das wird nicht notwendig sein«, sagte er. Er drehte sich wieder zu Ro. »Was war nach dem Frühstück?«

»Ich ging unter die Dusche, zog mir ein paar Sachen

an und suchte dann meinen Arzt auf, der sich meinen Arm anschaute. Und, was sagen Sie jetzt? Wollen Sie den Rest des Tages auch noch wissen?«

»Bitte.« Sie gingen den Ablauf des ganzen Tages durch – bis zum Abendessen, das Ro wieder mit seinen Eltern einnahm. »Das reicht«, sagte Bracco, »aber lassen Sie mich noch ein paar Fragen zum Morgen stellen: Gibt es irgendjemanden, der Sie vor Viertel nach neun im Bett gesehen hat?«

Er dachte eine Weile nach. »Linda hat um neun geklopft. Dadurch wurde ich wach – und war ziemlich angefressen, wenn Sie es genau wissen wollen.«

»Also neun. Irgendjemand vor neun?«

Denardi hatte die Nase voll. »Vor neun, Inspector«, sagte er, »lag er in seinem Bett und schlief. Ist das wirklich so schwer zu verstehen?«

»Nein.«

»Nun denn.« Denardi klatschte in die Hände. »Ich denke, wir haben alles abgehakt, was Sie mit Ihrem Besuch erreichen wollten. Sie haben Ihre Aussage, aus freien Stücken zu Protokoll gegeben. Vollste Kooperation. Wenn Sie uns nun entschuldigen würden …?«

Bracco machte keine Anstalten, zu seinem Tonband zu greifen. Stattdessen nickte er freundlich und tat so, als fiele ihm plötzlich noch etwas ein. »Hey, wo wir uns gerade so nett unterhalten: Wie ist in letzter Zeit das Essen im ›Tadich's‹? Noch immer empfehlenswert?«

Anwalt und Klient schauten sich nur für den Bruchteil einer Sekunde irritiert an, aber Bracco war der Blick nicht entgangen. Und beide wussten, dass er sie dabei beobachtet hatte.

»Zum Teufel mit diesem Zirkus«, sagte Ro zu Denardi. »Dieses Spiel wird nie aufhören, bis wir es nicht ein für alle Mal beenden. Ich sag Ihnen was, Kommissar: Ich werde mich einem verschissenen Lügendetektortest unterziehen. Wir müssen einfach einen Schlussstrich ziehen. Was halten Sie davon?«

Denardi streckte seinen Arm aus. »Ro!«

Aber der junge Mann war nicht mehr zu halten. »Nein, Tristan, das ist doch alles nur Scheiße. Es ist die gleiche Scheiße, mit der sie mich von Anfang an bewerfen. Ich habe gestern niemanden erschossen – und auch an keinem anderen Tag. Nach dem Lunch bin ich mit Ez ins Planetarium ...«

Denardi schoss aus seinem Stuhl hoch. »Ro! Halten Sie den Mund! Es reicht.«

Doch Ro schien die Kontrolle zu verlieren. Er war ebenfalls aufgesprungen und zeigte mit dem Finger auf seinen Anwalt. »Wie bitte? Ich soll mir diesen Scheiß gefallen lassen? Er hat mich gerade wieder beschuldigt ...«

»Schweigen Sie, verdammt noch mal«, schrie Denardi geradezu. »Sagen Sie kein weiteres Wort.« Dann starrte er Bracco wütend an. »Die Befragung ist beendet«, sagte er, »und zwar in dieser Sekunde.«

Bracco beeilte sich, das Aufnahmegerät in Sicherheit zu bringen. Als er aufstand, ließ er es aber weiter laufen. »Wozu wollen Sie denn im Lügendetektortest befragt werden, Ro? Ich habe mit keinem Wort erwähnt, dass jemand erschossen wurde.«

»Beantworten Sie das nicht«, sagte Denardi.

»Er hat die Frage doch schon beantwortet«, entgegnete Bracco.

»Das darf doch alles nicht wahr sein!« Cliff Curtlee erhob sich ebenfalls.

»Er hat überhaupt nichts zugegeben«, sagte Denardi gleich mehrmals.

»So? Nun, dann ist ja alles bestens. Dann muss er sich auch überhaupt keine Sorgen machen.«

Ro machte einen Schritt auf ihn zu. »Ich muss mir ohnehin keine Sorgen machen, Arschgesicht.«

»Das reicht, Ro.« Denardi stellte sich zwischen die beiden. »Inspector, verlassen Sie augenblicklich das Büro!«

»Klar«, sagte Bracco und trat einen Schritt zurück. »Bin schon so gut wie weg. War nett, mit Ihnen allen geplaudert zu haben.«

22

Sheila Marrenas war als Einzige aus der Redaktion des »Courier« nicht im Großraumbüro im Erdgeschoss untergebracht, sondern durfte in einem Einzelbüro arbeiten. Sie hatte sich diese Sonderstellung nicht nur erkämpft, weil sie eine flotte Schreibe hatte, sondern auch, weil ihre Kolumne »Unsere Stadt« die mit Abstand populärste in der ganzen Zeitung war. Sie hatte ein untrügliches Gespür für Nachrichten mit dem berühmten »human touch«, vor allem aber dafür, bestehende soziale Konflikte unter dem Deckmantel der »Nachricht« immer wieder auszugraben. Es hatte sich auch nicht als hinderlich erwiesen, dass sie von früh an mit einem Wertesystem aufgewachsen war, das sich mit den Positionen der Herausgeber deckte – und dass sie diese Positionen leidenschaftlich und voller Überzeugung vertrat.

Nachdem sie mit der Pressesprecherin des Bürgermeisters beim Lunch ein Informationsgespräch geführt hatte, war sie gerade zurück ins Büro gekommen. Ihr schwebte bereits vor, wie sie Leland Crawfords erste Wochen im Amt in einem ausnehmend positiven Licht darstellen würde. Objektivität war dabei ein Faktor, auf den sie keinen übermäßig großen Wert legte. Andere Nachrichtenmedien hatten schon seit Langem den Nachweis erbracht, dass diese Qualität schlicht und ergreifend überbewertet war. Abgesehen davon war sie keine Reporterin, sondern Kolumnistin: Es ging um Meinung und nichts anderes.

Marrenas wusste nur zu gut, dass es bei Zeitungen darum ging, Einfluss zu nehmen und die öffentliche Meinung zu formen. Im konkreten Fall bedeutete das, dass Leland Crawford erhebliche Wahlkampfspenden der Curtlees erhalten hatte und nun, selbst in den ersten Wochen seiner Amtszeit, keinen Zweifel daran ließ, wem er seine Sonnenseite zu zeigen gedachte. In den politischen Scharmützeln, die in San Francisco an der Tagesordnung waren, konnte er sich noch als ein wertvoller Verbündeter erweisen. Und eine schmeichelhafte Kolumne von ihr würde mit Sicherheit dazu beitragen, diese Allianz weiter zu festigen. Vielleicht sollte sie ja Crawfords pragmatische Agenda kontrastieren mit der katastrophalen Amtsführung, die ein Wes Farrell bislang an den Tag gelegt hatte.

Für einen netten Wirbel wäre garantiert gesorgt.

Ihr Telefon klingelte, als sie zur Tür kam. Sie reckte sich über ihren überfüllten Schreibtisch, um den Hörer zu greifen. Auf ihre unnachahmliche Art flötete sie ihren Namen.

»Sheila, Cliff hier. Es ist was passiert. Haben Sie eine Minute Zeit? Gut. Ich komme gleich runter.«

Sie ging hinter den Schreibtisch, öffnete eine Schublade und nahm einen kleinen Spiegel heraus, um ganz sicherzugehen, dass ihr Aussehen perfekt war. Sie hätte sich die Mühe sparen können: Mit ihren 43 Jahren sah sie blendender aus als mit 30. Sie hatte im Laufe der Jahre ihren persönlichen Stil gefunden, eine Mischung aus professionellem Auftreten und klassischem Chic. Die einst wilde schwarze Mähne war inzwischen gezähmt und mit Locken kultiviert worden, die ihr bis auf die Schultern fielen. Ihr Gesicht war nie das Problem gewesen: Ihre Haut, leicht ins Olive tendierend, war nicht nur rein, sondern besaß eine natürliche Strahlkraft. Und zusammen mit ihren heißblütigen kohlschwarzen Augen schenkte sie der Welt ein Lachen, das noch gewinnender geworden war, seit sie vor sechs Jahren die letzte Zahnspange abgelegt hatte.

Sie war mit ihrem Aussehen mehr als zufrieden, und als sie ihren Spiegel wieder in der Schublade verstaute, konnte sie sich ein wissendes Lächeln nicht verkneifen. Eigentlich war es jammerschade, ging es ihr durch den Kopf, dass sie ihre Attraktivität nicht nutzte, um Cliff zu verführen und ihre berufliche Stellung weiter auszubauen. Denn dass Cliff sie mit seinen Augen am liebsten ausgezogen hätte, ließ sich nun wirklich nicht übersehen. Wobei ihre sexuelle Neigung eigentlich eher Richtung Theresa tendiert hätte, aber – so fragte sie sich – welchen Grund sollte es geben, jemanden zu verführen, der in der Hierarchie nur an zweiter Stelle stand?

»Ah, da sind Sie ja. Und schauen noch hübscher aus als gewöhnlich, wenn ich mir das erlauben darf.«

»Nun hören Sie aber auf, Sie Schmeichler.« Trotzdem lächelte sie zufrieden, als sie um ihren Schreibtisch kam und Cliff erst die eine, dann auch die andere Wange zum Küsschen anbot. Wie immer, wenn er in ihr Büro kam, setzten sie sich auf das schwarze Ledersofa, das vor dem Fenster mit Blick auf die Castro Street stand.

»Und, wie war Ihr Lunch mit dem Bürgermeister?«, begann er beiläufig das Gespräch.

»Mit seiner Pressesprecherin«, korrigierte sie ihn. »Aber es verlief ausnehmend gut. Sie kann druckreif sprechen und ließ einige wundervolle Sachen raus. Sie werden's ja schon bald sehen.« Sie schlug ein Bein übers andere und drehte sich auf dem Sofa in seine Richtung. »Aber Sie haben ja offensichtlich eine heißere Story.«

»Heißer nicht im Sinne von sexy, aber im Sinne von dringlich. Es geht mal wieder um Ro und die Polizei.«

Sie konnte sich ein Lachen nicht verkneifen. »Sie wollen mich auf den Arm nehmen. Man sollte meinen, dass sie letzte Woche ihre Lektion gelernt hätten.«

»Ich frage mich, ob die überhaupt so etwas wie Lernfähigkeit besitzen.«

»Das frage ich mich auch. War es wieder dieser Glitsky?«

»Nein, aber da er nun mal Chef des Morddezernats ist, kam die Anweisung sicher von ihm. Diesmal war es ein Inspector namens Bracco.«

Marrenas nickte. »Darrel. Ich kenne ihn. Was hat er angestellt?«

»Nun, vielleicht sollten wir ihm sogar dankbar sein, weil er uns diese Story schenkt. Er kam heute Morgen in Tristan Denardis Kanzlei, um Ro einige Fragen zu stellen. Tristan wollte das Treffen unter allen Umständen verhindern, aber ich hielt es für eine gute Idee – unter der Prämisse, dass jemand anwesend war, der unsere Interessen vertritt. Und da Sie ja nicht abkömmlich waren, haben Theresa und ich den Termin wahrgenommen.«

Sie zog die Augenbrauen hoch. »Und?«

Cliff rutschte näher an sie heran. »Es stellte sich heraus, dass Glitsky in einem anderen Mordfall ermittelt, irgendein Mord im Sunset District, der mit unserem Fall in keinem Zusammenhang steht. Aber natürlich glaubt Glitsky, dass sehr wohl ein Zusammenhang besteht. Er glaubt, dass Ro etwas damit zu tun hat und beauftragt deshalb Bracco, Ro zu seinem Alibi zu befragen.«

»Ein Alibi für diesen anderen Mord also?«

»Ja, ich weiß, es ist alles bizarr.«

»Aber warum soll Ro darin verwickelt sein?«

»Sie werden es nicht glauben. Erinnern Sie sich noch an diesen Querkopf von Geschworenensprecher bei Ros Prozess?«

»Michael Durbin!« Sie schnippte mit ihren Fingern. »Das war er also!«, sagte sie mit blitzenden Augen.

»Wer?«

»Der Bursche, der bei der Anhörung letzte Woche im Gerichtssaal war und nicht mit mir sprechen wollte. Ich wusste doch, dass ich ihn vorher schon mal gesehen hatte.«

»Bei Ros Anhörung? Was hatte er denn da verloren?«

»Keine Ahnung.« Sie schüttelte ihren Kopf. »Sie sagen also, dass jemand ihn ermordet hat?«

»Nein. Jemand ermordete seine Frau. Und zündete dann ihr Haus an.«

Marrenas holte einmal tief Luft. »Das ist nicht gerade nett.«

»Nein, aber der Punkt ist doch der: Ihrer verqueren Logik folgend, glaubt die Polizei, dass Ro etwas damit zu tun hat. Die Theorie ist so lachhaft, dass man sich gar nicht vorstellen kann, wie jemand auf diese Idee kommt, aber offensichtlich wollen sie damit die nächste Front gegen Ro aufbauen. Obwohl Ro heute Morgen Bracco klipp und klar gesagt hat, dass er zur Zeit des Mordes am Schlafen war – was Theresa und ich natürlich bezeugen konnten.« Seine Gestik wurde eindringlicher. »Und das ist der springende Punkt, Sheila: Er *war* in seinem Zimmer am Schlafen. Theresa und ich können uns detailliert daran erinnern. Er kam um neun oder halb zehn aus seinem Zimmer und frühstückte mit uns, und ich gebe Ihnen mein Ehrenwort, dass er nicht eine Stunde zuvor eine ihm unbekannte Frau im Sunset ermordet und ihr Haus in Brand gesteckt hat. Das kann gar nicht sein.«

Sheila hakte noch einmal nach. »Aber die Cops kamen, um ihn dazu zu verhören?«

»Genau. Und jetzt kommt der nächste Knaller: der Ermittler, der gestern im Fillmore District erschossen wurde?«

»Ja?«

»Offensichtlich war das Ro auch. Zumindest wenn Sie Glitsky oder Bracco fragen.«

Marrenas nickte voller Bewunderung. »Wow, Ro hatte ja alle Hände voll zu tun.«

»Nicht wahr? Ist das nicht alles unfassbar? Tatsache ist, dass er mit Tristan Denardi gestern im ›Tadich's‹ war, um über die Prozessstrategie zu sprechen. Danach ging er mit Ez zum Planetarium. Sie haben nicht angehalten, um unterwegs mal schnell einen Ermittler abzuknallen.« Er seufzte tief. »Ich muss Ihnen sagen: Das ist schon längst nicht mehr lustig.«

Marrenas stand auf, streckte sich, rückte dabei gleich noch mal ihre körperlichen Vorzüge ins rechte Licht und ging zum Schreibtisch. Als sie sich umdrehte, sagte sie: »Was wollen Sie unternehmen?«

Cliff rutschte bis an den Rand des Sofas. »Diese Geschichte an die Öffentlichkeit bringen. Die Tatsache, dass die Cops Ro jeden Mord in die Schuhe schieben wollen, der zwischenzeitlich begangen wird. Insbesondere diesen Durbin-Mord, der nun offensichtlich mit Ro in keinerlei Zusammenhang steht. Er *kann* sie gar nicht umgebracht haben. Und andere auch nicht.

Und da wir inzwischen die öffentliche Meinung auf unserer Seite haben, besonders nach Ihren letzten brillanten Kolumnen über die Brutalität unserer Polizei, sollte man der Bevölkerung einmal vor Augen führen, wie sich diese Polizei in ihre abstrusen Theorien verbeißt und nicht loslassen will, sondern lieber einen unschuldigen Mann verfolgt. Meinen Sie, Sie könnten sich dazu mal ein paar Gedanken machen und eine Story zu Papier bringen?«

»Mit verbundenen Augen, Sir. Mit verbundenen Augen.«

»Sind du und Mom böse aufeinander?«, fragte Rachel.

Sie hatten gerade ihren Wagen im Kurzzeit-Parkbereich abgestellt und waren auf dem Weg zum Terminal. Treya hatte vorgeschlagen, sie direkt beim Eingang der Abflughalle rauszulassen, aber Abe hatte abgelehnt und darauf bestanden, sie so lange wie möglich zu begleiten. Was Treya mit Schweigen quittiert hatte.

Was wiederum zu Rachels Frage geführt hatte.

Vater und Tochter gingen etwa fünf Meter hinter Treya und Zachary und bemühten sich gar nicht erst, zu ihnen aufzuschließen. Rachel hatte mit der einen Hand die Hand ihres Vaters gefasst, während die andere ein rosa Köfferchen hinter sich herzog. Alice, die Affenpuppe, saß auf ihrer Schulter, die Arme waren mit Klettverschluss unter Rachels Kinn verbunden.

»Nein«, sagte Glitsky, »wir sind nur verschiedener Meinung, das ist alles.«

»Also bist du nicht böse auf sie?«

»Nein. Sagte ich doch.«

»Weiß ich. Aber ich glaube, sie ist böse auf dich.«

»Das kann ich nicht ausschließen.«

»Und warum?«

»Weil ich nicht mitkomme.«

»Warum kommst du denn nicht mit? Ist das nicht unser Urlaub? Mom hat gesagt, es wäre so was wie Urlaub.«

»Ich weiß, aber ›so was wie Urlaub‹ ist nicht das Gleiche wie Urlaub. Wenn es wirklicher Urlaub wäre, würde ich auch mitkommen.«

»Aber warum kannst du denn dieses Mal nicht mitkommen?«

»Versuch mal zu raten.«

Sie schaute zu ihm hoch. »Du wirst bestimmt böse werden.«

»Werde ich nicht. Versprochen.«

»Na gut. Wegen der Arbeit.«

»Richtig.«

»Es ist immer die Arbeit.«

»Jetzt klingst du schon wie deine Mutter.«

»Aber musst du denn gerade jetzt arbeiten?«

»Wenn ich nicht müsste, glaubst du nicht, dass ich dann lieber mit euch fahren würde?«

»Weiß nicht. Wahrscheinlich schon.«

»Nein, ganz sicher sogar. Und weißt du warum? Weil ich euch alle lieb habe.«

»Mom auch?«

»Mom besonders.«

In diesem Augenblick waren Treya und Zachary an der Rolltreppe zum Sicherheits-Check eingetroffen. Treya drehte sich um und schimpfte: »Nun kommt schon, ihr zwei, könnt ihr euch nicht ein bisschen beeilen?«

Rachel schaute wieder zu ihrem Vater hoch. »Ganz egal, was sie auch sagt, sie ist doch wütend.«

»Da könntest du recht haben«, flüsterte Glitsky.

Sie standen in der Schlange vor dem Sicherheits-Check.

Glitsky hatte Zachary mit seinem Spezialhelm, den er seit über einem Jahr tragen musste, auf den Arm genommen. Alle zusammen hatten sie schon die »Familienumarmung« hinter sich, die darin bestand, dass Rachel ihre Arme um Abes und Treyas Beine legte. Glitsky setzte nun Zachary neben Rachel auf dem Boden ab und sagte ihnen, sie sollten sich an die Hand nehmen, für einen Moment ruhig sein und auf das Gepäck aufpassen, während sich Mom und Dad voneinander verabschiedeten.

Glitsky nahm Treyas Hand, und nach einem kurzen Zögern ging sie mit ihm ein paar Schritte zur Seite. Er legte seine Arme um ihre Schultern und zog sie an sich. Für einen Moment stand sie unbeweglich da, mit angelegten Armen, doch dann hörte und spürte er, wie sie tief seufzte und ihre Arme um ihn legte.

Sie richtete sich auf und küsste ihn. »Ich liebe dich«, sagte sie.

»Ich liebe dich auch. Und es tut mir leid …«

Sie löste die Umarmung und legte ihre Finger auf seine Lippen. »Halt den Mund, okay. Mir tut es auch leid. Aber ich muss es einfach tun.«

»Ich weiß.«

»Und du tust, was du tun musst.«

»Genau. Das sind die Regeln. Und nur am Rande: Ich werd schon auf mich aufpassen.«

Sie quälte sich zu einem Lächeln. »Natürlich wirst du das.«

»Und du passt gut auf die Kids auf.«

»Werde ich.«

»Und wir telefonieren jeden Tag. Abgemacht?«

»Abgemacht.«

»Und ihr kommt alle zurück.«

»Daran gibt es keinen Zweifel. Überhaupt keinen.« Sie streckte sich und gab ihm noch einmal einen Kuss. »Ich muss los. Ich liebe dich.«

»Ich dich auch.«

Nach einem angedeuteten Lächeln ging sie zu den Kindern, während Glitsky ihnen zuwinkte. Er hörte, wie sie »Good-bye« sagten, brachte aber kein Wort mehr über die Lippen. Er winkte noch einmal, drehte sich um und ging zum Parkplatz.

23

Als Glitsky vom Flughafen zurückgekommen war, hatte Bracco im Besprechungszimmer auf ihn gewartet. Nachdem Glitsky das Tonband abgehört hatte, hatten sie kurz diskutiert und dann entschieden, es Wes Farrell vorzuspielen, der dann eine Entscheidung treffen sollte – so oder so.

Farrells und Glitskys Schritte hallten nun durch den für Publikumsverkehr gesperrten hinteren Korridor, der sich im ersten Stock hinter den Gerichtssälen befand. Sie waren beide am Ende ihrer Kräfte, und keinem von ihnen war noch nach Konversation zumute. Es war bereits das Ende des regulären Arbeitstags, und die meisten Gerichtssäle zur Rechten waren leer. Zur Linken lagen die Kammern der Richter. Auf dem Flur hörte man zusammenhanglose Gesprächsfetzen zwischen Untersuchungshäftlingen in orangefarbenen Overalls und Gerichtsdienern, die vor den Aufzügen warteten, um die Angeklagten wieder ins Untersuchungsgefängnis auf der anderen Seite des Hofs zu bringen.

Farrell und Glitsky blieben vor einer Tür mit einem

gravierten Messingschild stehen, auf dem zu lesen war: LEO CHOMORRO.

Farrell warf Glitsky einen hoffnungsvollen Blick zu, zögerte dann aber noch: Sie konnten hören, dass hinter der Tür gesprochen wurde. Farrell klopfte. Er hatte um den Termin gebeten, sie wurden also erwartet.

Hinter der Tür schrammte ein Stuhl über den Holzfußboden, kurz darauf begrüßte sie Richter Chomorro, der noch immer seine Robe trug und mit seiner deutlich latinogeprägten Präsenz den ganzen Türrahmen zu füllen schien. Ein paar Schritte hinter ihm stand Richter Sam Baretto im Business-Anzug, die Hände locker gefaltet. Warum er sich just zu diesem Zeitpunkt in Chomorros Kammer aufhielt, war ihnen nicht klar. Er begrüßte Farrell und Glitsky, entschuldigte sich dann aber gleich und schloss beim Herausgehen die Tür hinter sich.

Nach ein paar gestelzten Begrüßungsfloskeln forderte Chomorro sie auf, sich an den Kirschholztisch zu setzen, der den größten Teil des Zimmers einnahm und der ihm, dem Computer nach zu schließen, auch als Schreibtisch diente. Von allen Richterzimmern, die Glitsky bislang gesehen hatte, war dies das mit Abstand nüchternste. Abgesehen von Chomorros Zulassung und ein paar Auszeichnungen hingen nur vier, fünf Fotos mit Politikern an der Wand. Auf einer Seite stand ein Regal mit juristischer Literatur, zwei der vier Wände waren völlig nackt. In einer Ecke standen ein paar Golfschläger, aber ansonsten war das Zimmer bis auf den Tisch, ein paar Stühle und einen Sessel völlig leer.

Nachdem sie sich gesetzt hatten, räusperte sich Chomorro. »Nun, Mr. Farrell, Sie wollten mich sprechen. Was kann ich für Sie tun?«

»Euer Ehren, mir ist bewusst, dass Sie zum gleichen Fall bereits gestern ein Urteil gefällt haben, aber da wir neue Beweise haben, möchte ich es so kurz wie möglich halten: Heute Morgen führte Kommissar Bracco vom Morddezernat ein Gespräch mit Ro Curtlee, der Ihnen ja vertraut ist ...«

Chomorros Miene verfinsterte sich. »Verstehe, sprechen Sie weiter.«

»Lieutenant Glitsky und ich haben den Mitschnitt dieses Interviews gehört und sind zur Überzeugung gekommen, dass es offensichtlich belastend ist, und aus diesem Grund möchten wir es Ihnen gerne vorspielen.«

»Mit welcher Zielsetzung?«, fragte Chomorro.

»Um Sie erneut zu bitten, einen Durchsuchungsbefehl für die Curtlee-Residenz auszustellen.«

Chomorro kniff die Lippen zusammen. Allen Beteiligten war klar, dass es sich hierbei nicht um ein alltägliches Ersuchen handelte. Der Fall Ro Curtlee hatte schon höhere Wellen geschlagen als jeder andere zuvor. Chomorro wusste, dass eine Revision seiner gestrigen Entscheidung Schlagzeilen machen würde. Ganz abgesehen davon, was die Curtlees wohl unternehmen würden, um seine Karriere zu torpedieren. Natürlich war Justitia blind, geschenkt, aber andererseits war es auch nicht klug, sich unnötig mit den Mächtigen dieser Welt anzulegen. Als Chomorro gestern die Polizeichefin hatte abblitzen lassen, hatte er das nicht getan, weil sie keinen »hinreichenden Verdacht« präsentieren konnte – ein Kriterium, das nun mal sehr flexibel und subjektiv ausgelegt werden konnte –, sondern weil in der Realität, in der auch die Curtlees eine gewisse Rolle spielten, schon ein »sehr hinreichender Verdacht« vonnöten war. Er hatte sich fest vorgenommen, dieses Risiko nie aus den Augen zu verlieren.

Chomorro sog tief Luft ein, atmete sie wieder aus und sagte: »Okay, dann wollen wir mal hören, was Sie da haben.«

Farrell drehte sich, sagte »Abe«, und Glitsky stellte das Aufnahmegerät mitten auf den Tisch. »Die Stimmen, die Sie hören werden«, erläuterte Glitsky, »sind die von Inspector Bracco, Ro Curtlee, seinem Anwalt Mr. Denardi – und ein oder zwei Mal von den Curtlees, Cliff und Theresa, aber deren Beiträge spielen keine Rolle.« Er drückte den Abspielknopf. Man hörte zunächst Braccos einführende Worte, dann meldete sich Ro zu Wort:

»Ich wurde spät wach, ungefähr um Viertel nach neun. Ich ging runter und begrüßte meine Eltern, die gerade ihr Frühstück abschlossen. Anschließend nahm ich selbst ein Frühstück ein, das mir von unserer reizenden Linda serviert wurde.«

»Wir bestätigen die Aussage. Wir beide. Möchten Sie auch wissen, was wir zum Frühstück gegessen haben?«

»Das ist Cliff Curtlee«, erklärte Glitsky.

»Das ist mir schon klar«, sagte Chomorro unwirsch.

Unbeirrt fuhr Glitsky fort: »Jetzt antwortet Bracco.«

»Das wird nicht notwendig sein. Was war nach dem Frühstück?«

Glitsky: »Jetzt Ro.«

»Ich ging unter die Dusche, zog mir ein paar Sachen an und suchte dann meinen Arzt auf, der sich meinen

Arm anschaute. Und, was sagen Sie jetzt? Wollen Sie den Rest des Tages auch noch wissen?«

Glitsky drückte die Vorspultaste, um zum entscheidenden Teil des Gesprächs zu kommen.

»Hey, wo wir uns gerade so nett unterhalten: Wie ist in letzter Zeit das Essen im ›Tadich's‹? Noch immer empfehlenswert?«

»Zum Teufel mit diesem Zirkus. Dieses Spiel wird nie aufhören, bis wir es nicht ein für alle Mal beenden. Ich sag Ihnen was, Kommissar: Ich werde mich einem verschissenen Lügendetektortest unterziehen. Wir müssen einfach einen Schlussstrich ziehen. Was halten Sie davon?«

»Ro!«

»Nein, Tristan, das ist doch alles nur Scheiße. Es ist die gleiche Scheiße, mit der sie mich von Anfang an bewerfen. Ich habe gestern niemanden erschossen – und auch an keinem anderen Tag. Nach dem Lunch bin ich mit Ez ins Planetarium …«

»Ro! Halten Sie den Mund! Es reicht.«

»Wie bitte? Ich soll mir diesen Scheiß gefallen lassen? Er hat mich gerade wieder beschuldigt …«

»Schweigen Sie, verdammt noch mal. Sagen Sie kein weiteres Wort. Das Interview ist beendet, und zwar in dieser Sekunde.«

»Wozu wollen Sie denn im Lügendetektortest befragt werden, Ro? Ich habe mit keinem Wort erwähnt, dass jemand erschossen wurde.«

»Beantworten Sie das nicht.«

»Er hat die Frage doch schon beantwortet.«

»Das darf doch alles nicht wahr sein!«

»Er hat überhaupt nichts zugegeben.«

»So? Nun, dann ist ja alles bestens. Dann muss er sich auch überhaupt keine Sorgen machen.«

»Ich muss mir ohnehin keine Sorgen machen, Arschgesicht.«

»Das reicht, Ro. Inspector, verlassen Sie augenblicklich das Büro!«

»Klar. Bin schon so gut wie weg. War nett, mit Ihnen allen geplaudert zu haben.«

Glitsky schaltete das Gerät ab.

Chomorro neigte den Kopf, als könnte er seinen Ohren nicht trauen. »Das ist alles?«, fragte er. »Das würde ich nicht gerade ein Geständnis nennen, finden Sie nicht auch?«

Glitsky bemühte sich um einen sachlichen Ton. Er wollte nichts dramatisieren, was eigentlich auf der Hand lag. »Bracco hatte den Vorfall mit keinem Wort erwähnt, Euer Ehren, aber Ro kam gleich auf den Mord an Matt Lewis zu sprechen. Es könnte gar nicht eindeutiger sein.«

»Ich bin der Meinung, dass es erheblich eindeutiger sein müsste, Lieutenant. Dieser Mann, Ro Curtlee, weiß doch, dass Sie beide alles versuchen, um ihn wieder ins Gefängnis zu bringen – ungeachtet der Urteile, die zwei meiner Kollegen gefällt haben. Ihr Inspector spielt also auf seinen Aufenthalt am gestrigen Nachmittag an, und Ro vermutet nun – durchaus nachvollziehbar, wenn ich das anfügen darf –, dass er eines weiteren Mordes beschuldigt wird, der zu diesem Zeitpunkt stattfand. Halten Sie es denn wirklich für so ungewöhnlich, dass er genau wusste, um welchen Mord es sich handelte? Die

Nachrichten waren voll davon! Er hätte sich eher verdächtig gemacht, wenn er so getan hätte, als habe er nichts davon gehört.«

»Euer Ehren«, sagte Farrell. »Der Mann hat einen meiner Ermittler erschossen …«

»*Mutmaßlich* erschossen, Mr. Farrell. Wie ich bereits gestern Mrs. Lapeer erklärt habe: Das *mutmaßlich* löst sich erst dann in Luft auf, wenn es eine Verurteilung gegeben hat.«

»Euer Ehren« – Farrell wollte nicht so schnell aufgeben –, »bei allem Respekt: Es ist eine Tatsache, dass unser Ermittler ihn beschattete. Und nehmen Sie doch bitte zur Kenntnis, was alles passiert ist, seit Ro das Gefängnis verlassen hat. Er …«

Chomorro, inzwischen etwas gereizt, hob den Finger. »Da Sie davon schon sprechen: Aus dem ersten Teil des Gesprächs, das wir gerade gehört haben, entnehme ich, dass Ro auch noch in einem anderen Mordfall verdächtig ist – und deshalb von seinem Alibi zur Tatzeit spricht. Sehe ich das richtig, Lieutenant?«

»Ja.«

»Und welche Beweise gibt es in diesem Fall?«

»Die Beziehung zum Verdächtigen, Euer Ehren. Das Opfer war die Frau des Geschworenensprechers in Ros Prozess. Bei ihrem Mord und der anschließenden Brandstiftung wurde in der gleichen Weise vorgegangen, wie Ro es mit dem Opfer seines ersten Prozesses praktiziert hatte – und ebenso wie bei Felicia Nuñez, seinem ersten Opfer nach der Freilassung.«

»Einem weiteren *mutmaßlichen* Opfer, fürchte ich. Oder nicht?«

Glitsky konnte den gereizten Ton in seiner Stimme nicht unterdrücken. »Sie ist ein sehr reales Opfer, Euer Ehren. So tot, wie man nur sein kann. Genauso wie Janice Durbin.«

»Und doch«, so Chomorro, »liefert Ro im Gespräch ein plausibles Alibi für die Tatzeit – was von seinem Vater auch bestätigt wird. Wie erklären Sie das? Ist er in diesem Fall also nicht mehr verdächtig?«

»Plausibel muss nicht gleich wahr sein, Euer Ehren«, entgegnete Glitsky.

»Wenn die Aussage überzeugend erhärtet wird, wird man schon von der Wahrheit sprechen dürfen.«

»Es sind Aussagen seiner Eltern und ihrer Angestellten. Was erwarten Sie? Er lügt. Sie alle lügen.«

»Vielleicht, vielleicht aber auch nicht.« Chomorro sackte theatralisch in seinem Stuhl zusammen. Er atmete tief durch, wandte sich zuerst an Glitsky, dann an Farrell. »Meine Herren«, sagte er in einem versöhnlichen Tonfall, »ich verstehe ja Ihr Dilemma. Ich kann mich nur allzu gut in Ihre Situation hineinversetzen. Sie glauben, dass dieser Mann eine Gefahr für die Gemeinschaft ist, und vielleicht – sogar wahrscheinlich – haben Sie recht. Wenn er zu Ihrem Inspector gesagt hätte: ›Na klar, ich habe Ihren Ermittler umgebracht. Rutschen Sie mir den Buckel runter‹, dann hätte ich den Durchsuchungsbefehl unterschrieben, noch bevor Sie das Aufnahmegerät abgeschaltet hätten. Aber was Sie haben, reicht nicht aus, nicht annähernd.«

»Euer Ehren …«, begann Farrell erneut.

Aber wieder unterbrach ihn Chomorro und erhob seinen Finger. »Bitte. Schlussendlich müssen wir uns schon an das Gesetz halten. Das ist der einzig gangbare Weg, und das wissen Sie auch. Wenn wir damit anfangen, ohne hinreichenden Verdacht Leute festzunehmen und Häuser zu durchsuchen, können wir den Laden gleich dichtmachen. Unsere Arbeit besteht nun einmal darin, dem Buchstaben des Gesetzes zu folgen. Und deshalb ist meine Antwort – und ich befürchte, es ist die endgültige Antwort: Nein.«

»Nun«, sagte Farrell, »wir bedanken uns in jedem Fall für Ihre Zeit, Euer Ehren.«

»Wenn Sie etwas wirklich Substanzielles haben«, entgegnete Chomorro, »etwas, aus dem man einen hinreichenden Verdacht ableiten kann, werde ich mir den Fall gerne wieder anschauen. Was Sie momentan haben, reicht aber einfach nicht aus.«

»Ich war der Meinung, es wäre den Versuch wert«, sagte Glitsky.

»Es kann nie schaden.« Chomorro stand auf und signalisierte, dass das Gespräch beendet war. Er begleitete sie zur Tür, machte noch etwas Smalltalk, doch als sie gerade rausgehen wollten, sagte er: »Wissen Sie, ein Fall wie dieser ist eigentlich eher etwas für die Grand Jury. Vielleicht sollten Sie den Fall dort präsentieren? Vielleicht bekommen Sie ja eine Anklage.«

»Danke, Euer Ehren«, sagte Farrell. »Das war und ist noch immer unser Plan B.«

»Aber Sie werden vermutlich trotzdem mehr brauchen als das, was Sie mir heute gezeigt haben.«

»Wir arbeiten daran«, sagte Glitsky.

»Wir spielen auch mit dem Gedanken«, sagte Farrell, »die beiden Fälle zusammenlegen zu lassen, wodurch wir ›mehrfachen Mord‹ und ›erschwerenden Tatbestand‹ bekommen würden. Aber wie gesagt: Es wird schon ein paar Wochen dauern, bis wir die Anklageschrift zusammenbekommen. Vielleicht sogar länger.«

Chomorro lehnte am Türrahmen und erweckte den Eindruck, als sei es ihm unangenehm, sie mit leeren Händen nach Hause schicken zu müssen. »Mir ist bewusst, dass der Fall Sie beide persönlich mitnimmt«, sagte er, um ihnen zumindest noch ein paar aufmunternde Worte mit auf den Weg zu geben, »aber wenn der Bursche auch nur einen Teil dieser Verbrechen begangen hat, dann muss ihm irgendwann einmal ein Fehler unterlaufen sein. Und wenn das der Fall ist, bin ich mir sicher, dass Sie diesen Fehler auch finden.«

»An diese Hoffnung klammern wir uns«, sagte Farrell.

»Auch wenn es eigentlich schon zu spät ist«, fügte Glitsky hinzu.

Auch wenn es ihm von Amts wegen zustand, griff Farrell nur selten auf einen Chauffeur zurück. Für die Veranstaltungen, die einen unproportional großen Teil seines Arbeitstages einnahmen – Vorträge bei Bürgerinitiativen oder Spendengalas –, nutzte er gerne den Fahrdienst der Polizei, die dafür einen der wenigen Lincoln Town Cars abstellte, die die Kommune zur Verfügung hatte. An den meisten Tagen zog er es aber vor, mit seinem Wagen zur Arbeit zu fahren, auf seinem reservierten Parkplatz hinter dem Justizgebäude zu parken – und abends auch wieder mit seinem Wagen zurückzufahren.

An diesem Morgen, nach einer schlaflosen Nacht, in der er aus Angst um seine persönliche Sicherheit kein

Auge schließen konnte, hatte er aber dankbar von der Möglichkeit Gebrauch gemacht und einen Wagen bestellt. Auch als er am Abend sein Büro verließ – es war kurz vor 18 Uhr und bereits dunkel –, war er dankbar für diese Annehmlichkeit, die ihm sein Beruf verschaffte. Er konnte sich kaum noch auf den Beinen halten, als Gert ihn an der Leine erst zum Gebäude der Gerichtsmedizin, dann zum Untersuchungsgefängnis zerrte, bis sie schließlich an der wartenden Limousine ankamen.

Einer seiner halbwegs regelmäßigen Fahrer war Wachtmeister Ritz Naygrow, zu dem er einen guten Draht entwickelt hatte. Ritz hatte ihn bereits morgens abgeholt und schob inzwischen anscheinend Überstunden. Als er Farrell sah, stieg er aus, ging um den Wagen und öffnete die hintere Tür. Gert sprang anstandslos hinein und machte es sich bequem, Wes setzte sich neben sie. Ritz schloss die Tür und stieg hinter sein Lenkrad.

Obwohl er den Gang bereits eingelegt hatte, drehte er sich erst einmal um. »Und wohin fahren wir im Auftrag des Volkes heute Abend, Sir?«, fragte er.

Farrell hatte bereits die Augen geschlossen und war auf seinem Sitz weggesackt. Mit übermenschlicher Anstrengung riss er sie wieder auf und sagte: »Die Chinesische Handelskammer, wenn mich mein Terminkalender nicht täuscht – was aber durchaus der Fall sein kann. Treya hat unangemeldet Urlaub genommen, sie macht meine Termine. Und hält mir den Rücken frei. Oder besser: hielt.«

Ritz schaute ihn an: »Sie wussten nicht, dass sie in Urlaub geht? Wie kann denn so was passieren?«

»Sie wusste es ja selbst nicht. Sie ist Glitskys Frau, verstehen Sie?«

»Klar, natürlich.« Er brauchte eine Weile, bis der Groschen fiel. »Klar. Die Drohung. Ro Curtlee.«

»Sie nahm die Drohung sehr ernst.«

»Würde ich auch an ihrer Stelle.«

»Nun, wir haben inzwischen Leute, die ihn rund um die Uhr beschatten. Hoffen wir, dass ihn das etwas zur Ruhe bringt. Aber er ist schon ein ausgekochter Wichser. Trotzdem wünschte ich mir, Treya hätte sich nicht abgesetzt. Ich weiß nicht, was ich ohne sie tun soll.«

»Wenn Sie wollen«, sagte Ritz, »fahr ich bei Ro vorbei und jag ihm eine Kugel in den Kopf, während Sie mit den chinesischen Händlern sprechen. Dann bestätigen Sie später, dass ich die ganze Zeit bei Ihnen war, und die Sache ist gegessen. Dann rufen Sie Treya an und sagen ihr, dass die Luft rein ist und sie wieder zurückkommen kann.«

»Okay«, sagte Farrell. »So machen wir's. Super Plan.«

»Jeder Plan ist besser als kein Plan«, antwortete Ritz. »Und, wohin soll's gehen?«

»Ins Mandarin Oriental, glaube ich.«

»Zumindest gibt's da was Leckeres zum Essen.«

»Träumen Sie weiter. Vielleicht ist es am Anfang noch lecker, aber bis es auf meinem Teller gelandet ist … Man nennt das ja nicht umsonst die Gummiadler-Route. Ich mach jetzt mal meine Augen zu.«

»Bis zum Mandarin sind's aber nur fünf Minuten, Sir. Das wird ein kurzer Schlaf.«

»Fünf Minuten länger als letzte Nacht.« Nach ein paar Sekunden öffnete er wieder die Augen und sagte: »Fahren wir noch nicht?«

»Eine andere Sache noch, wenn Sie nichts dagegen haben.«

»Klar. Was denn?«

»Könnten Sie den Fahrdienst informieren, wenn Sie den Hund mit zur Arbeit bringen? Ich reagiere ziemlich allergisch.«

»Auf Gert?«

»Auf alle Hunde, Sir. Und Katzen. Pollen auch.«

»Tut mir leid, Ritz. Wusste ich nicht. Das heißt also, Sie würden an diesen Tagen nicht zur Verfügung stehen?«

Ritz zuckte die Schultern. »Die anderen Jungs würden schon einspringen, wenn man sie rechtzeitig informiert.«

»Okay«, sagte Farrell. »Ich werde frühzeitig anrufen. Falls ich es nicht vergesse. Und wenn ich weiß, ob ich Gert mitbringe oder nicht.«

»Wird das häufig der Fall sein? Nur damit ich mich drauf einstellen kann.«

»Weiß ich nicht, Ritz. Ich vermute … Ich weiß es wirklich nicht.« Er fuhr sich mit der Hand über die Augen. »Meine Freundin hat auch das Weite gesucht«, sagte er. »Gestern Abend.«

Ritz fuhr herum und sah ihn an. »Sie wollen mich verscheißern. Sam?«

»Sam.«

»Mann, erst Treya und dann auch noch Sam.«

»Genau genommen andersherum: erst Sam, dann Treya. Und jetzt auch noch Sie – wenn wir schon eine Liste mit Leuten anlegen, die mir ihr Rücklicht zeigen.«

»Wenn Sie mich wirklich wollen, werde ich auch weiterhin kommen.«

»Ist schon gut. Sie müssen tun, was Sie tun müssen.«

Ritz war für einen Moment still. »Mann, Sie müssen wirklich eine üble Woche hinter sich haben.«

»Wem sagen Sie das«, meinte Farrell. »Ich geh ganz schön auf dem Zahnfleisch.«

Nat, Abe Glitskys Vater, spülte das Geschirr. Er stand in der Küche einer kleinen Doppelhaushälfte auf der Third Avenue, die er zusammen mit Sadie Silverman bewohnte. Die Küche war auf der Rückseite, und obwohl sie nicht einmal zehn Quadratmeter groß war, wurde sie auch als Esszimmer benutzt. Man saß auf wackeligen Stühlchen und aß von einem zierlichen Beistelltisch, den Sadie aus ihrer früheren Wohnung mitgebracht hatte.

Nat war nicht mehr der Rüstigste, aber andererseits war er mit seinen 83 Jahren auch noch nicht unter der Erde – es gab also keinen Grund zur Klage. Statt 80 Kilo wog er inzwischen nur noch knapp 70 und – schlimmer noch: Von seinen 175 Zentimetern Körpergröße hatte er auf unergründliche Weise inzwischen fünf verloren. Er hatte noch volles Haar, wenn auch inzwischen weiß und dünn, aber immerhin: Es war noch alles da, danke der Nachfrage.

Sadie saß am Tisch, nippte an ihrem fingerhutgroßen Portweinglas und schlug das Buch zu, in dem sie gerade gelesen hatte. »Ich komm mit den Vampiren einfach nicht klar«, seufzte sie. »Das ist nun schon das dritte Vampirbuch, aber ich kann die Geschichten einfach nicht glauben.«

»Hat vielleicht damit zu tun, dass es Vampire in Wirklichkeit auch nicht gibt.«

»Aber Star Wars und Hobbits und Zeitreisen gibt es auch nicht.«

Nat drehte sich am Spülbecken um. »Seit wann gibt es keine Zeitreisen mehr?«

»Hör auf!«

Nat griff zum Schwamm und beschäftigte sich wieder mit dem Geschirr. »Wenn ich mit den ersten zwei Büchern nichts anfangen kann«, sagte er, »warum kaufe ich mir dann noch ein drittes?«

»Weil du ein ungeduldiger Mensch bist. Ich gebe den Dingen gerne Zeit.«

»Dann weiß ich ja, was ich dir zum Valentinstag schenke: Buch Nummer vier. Und ich bin auch nicht ungeduldig. Meine Geduld ist legendär.«

Sadie seufzte erneut. »Aber zurzeit lesen alle Leute diese Bücher.«

»Ich nicht.«

»Weil das einzige Buch, das du liest, die Thora ist.«

»Mehr brauche ich auch nicht. Du würdest es vermutlich mehr lieben als deine Vampire. Und davon abgesehen: Wenn du es oft genug liest und die guten Passagen auswendig kennst, kannst du es in deinem Herzen überall mitnehmen.«

»Und David zeugte Salomon, und Salomon zeugte …«

»Hey, du musst ja nicht daran glauben, aber ich tu's!«

»Ich kann ja noch glauben, dass David Salomon gezeugt hat, aber diese ganzen Moses-Geschichten mit dem Roten Meer, das sich auftat …«

Nat drehte sich wieder herum und trocknete seine Hände. »Das sind Wunder, Sadie. Sie passieren jeden Tag. So wie das Wunder mit dir und mir.«

Sie musste lachen und zeigte mit dem Finger auf ihn: »Du schummelst. Du kannst uns nicht als Beispiel nehmen. Das war einfach nur Glück.«

»Von wegen Glück! Es war ein Wunder – und das weißt du auch.«

»Na gut. Ich werde deswegen nicht mit dir streiten.«

»Ist auch besser so. Am Ende würde der Herrgott dich noch wegen Undankbarkeit bestrafen und mit einem Blitz darniederstrecken.«

»Darniederstrecken – das ist doch mal ein hübsches Wort.«

Er kam zu ihr herüber und küsste sie auf den Kopf. »Ich werd mir ein Stück von dem Honigkuchen abschneiden. Möchtest du was?«

»Nur ein Häppchen.«

Und dann klingelte es an der Tür.

»Dein Vater hat völlig recht, Abraham. Du siehst nicht gut aus. Isst du genug?«

»Natürlich«, log Abe.

»Und wann?«

»Wie wann?«

»Wann hast du zum letzten Mal gegessen?«

»Na, ich esse doch in diesem Moment. Diesen wunderbaren, selbst gebackenen Honigkuchen.«

»Und was ist mit Schlafen?«, wollte sein Vater wissen.

Auf dem kleinen Stühlchen in der winzigen Küche wirkte Abe neben den beiden alten Leuten wie ein Riese. »Wie wär's, wenn wir mit dem Verhör Schluss machen?« Er schluckte ein Stück Kuchen herunter und trank von seinem Tee. »Hast du was von dieser Ro-Curtlee-Sache mitbekommen?«

»Es gab wohl Ärger, als du ihn festgenommen hast«, sagte sein Vater. »Ich lese schon noch die Zeitung.«

»Ich habe ihn festgenommen, weil er eine Bedrohung für unsere Kinder war. Sie ließen ihn auf Kaution laufen, woraufhin Treya zu dem Entschluss … Sie musste mit den Kids einfach von hier weg.«

»Wohin?«

»Nach Los Angeles, wo ihr Bruder lebt.«

Nat hörte mit dem Kauen auf. »Willst du damit sagen, dass sie weg sind?«

Abe nickte. »Seit heute Nachmittag.«

»Warum haben sie ihn denn wieder rausgelassen?«, wollte Sadie wissen.

»Sie sind krank im Kopf. Sie leben nicht mehr in der Wirklichkeit.«

»Wie Vampire«, sagte Nat.

»Nicht genauso, Dad, aber ziemlich ähnlich. Wie dem auch sei: Wie ihr seht, bin ich geblieben.«

»Ist sie jetzt stinkig auf dich?«

Abe schnitt eine Grimasse. »Ich würde ja gern sagen, dass sie mich versteht, aber sicher bin ich mir da nicht.«

»Was gibt es denn da nicht zu verstehen?«

»Dass ich bleibe. Dass mir mein Job angeblich wichtiger ist als die Kids oder – glaubt sie – mein eigenes Leben.« Er drehte seine dünne Porzellantasche auf dem Unterteller. »Sie hat ihren Job verlassen – und meint, ich hätte das Gleiche tun sollen.«

»Sie hat den Dienst quittiert?«, fragte Sadie.

»Sie nutzt ihren Urlaubsanspruch, aber am Ende wird's aufs Gleiche hinauslaufen.«

»Was willst du denn jetzt machen?«

»Weiß ich nicht«, sagte Abe. »Ich möchte ja nicht jammern, aber der Job ist zurzeit nur noch eine Tortur. Ich habe nicht genug Leute, und wenn ich mit Treya nach L.A. ginge, würde ein anderer einspringen müssen und sich durchwursteln oder, wahrscheinlicher, die Sache verbocken, was ich aber anscheinend auch tue. Ich habe die Aufgabe angenommen – und ich kann sie nicht einfach wegdelegieren. Es klingt bescheuert und altmodisch, aber ich empfinde es nun mal als meine Pflicht.«

Nat zögerte einen Moment. »Das klingt nicht so, als ob du eine Wahl hättest.«

»Nein, ich weiß«, sagte Abe. »Ich habe keine.«

24

Für sein erstes Meeting am Morgen hatte Tristan Denardi einen Termin mit Privatdetektiv Mike Moylan angesetzt. Moylan ließ sich in einem der Ohrensessel nieder und sagte: »Ich kann sie nicht finden.«

Denardi, der gerade beim Unterzeichnen von Schriftstücken war, hielt inne und schaute überrascht auf. »Wie darf ich das verstehen? Sie kommen doch sonst jedermann auf die Spur – und brauchen in der Regel nicht mal fünf Minuten dafür.«

»Ich weiß. Aber diesmal nicht. Sie ist wie vom Erdboden verschluckt.«

»Aber Sie sagten mir einmal, dass so was völlig unmöglich sei.«

»Extrem schwer, aber nicht unmöglich. Zunächst einmal darf man nur noch mit Bargeld zahlen, nicht mit Kreditkarten. Dann müssen gefälschte Papiere her – und schließlich muss man alle Kontakte zu seinem früheren Leben kappen. Wenn man all das beherzigt – und die meisten Leute können das nun mal nicht –, dann ist man verschwunden.«

Denardi lehnte sich im Stuhl zurück: »Und Gloria Gonzalvez war so clever?«

»Anscheinend, auch wenn nicht Cleverness das entscheidende Kriterium ist, sondern der Wille, das Vorhaben auch konsequent durchzuziehen. Jeder kann den Entschluss fassen, nur noch mit Bargeld zu zahlen, und für 50 oder 100 Dollar bekommt man getürkte Papiere, die völlig ausreichend sind. Der Fehler unterläuft den meisten, wenn es einen Todesfall in der Familie gibt oder eine Hochzeit oder eine Geburt – und man dann jemanden aus seinem früheren Leben kontaktiert. Gloria hat sich das wohl verkniffen – und deshalb kann ich sie nicht finden.«

Denardi legte seinen Füllhalter auf den Schreibtisch und dachte nach. »Kann es sein, dass sie noch immer Zeugenschutz hat?«

»Glaub ich nicht. Gewöhnlich wird der Schutz nur bis zum Gerichtstermin gewährt – danach muss man wieder selbst auf sich aufpassen.«

»Was hat sie denn im Anschluss an ihre Zeugenaussage getan? Gibt es da nicht ansatzweise eine Spur?«

»Nein, sie tauchte sofort unter. Jemand muss ihr dabei unter die Arme gegriffen haben.«

»Das wird mein Klient nicht gerne hören.«

»Tut mir leid, Sir. Wenn Sie wollen, kann ich gerne weiter dranbleiben, aber wenn sie nicht in meinen Datenbanken auftaucht, weiß ich nicht so recht, wo ich anfangen soll.«

»Haben Sie es schon mit der – wie heißt das doch gleich? – der Pizzaliste versucht?« Moylan hatte Denardi schwer beeindruckt, als er ihm erstmals von der sogenannten Pizzaliste erzählt hatte. Wie jeder weiß, der je telefonisch eine Pizza bestellt hat, wird zuerst nach der Telefonnummer, dann nach dem Namen gefragt. Diese Datenbanken, mit denen in den USA die meisten Pizzaketten arbeiten, werden dann an Marketingorganisationen verkauft – oder eben auch an Privatdetektive. Es ist ein ungemein effizientes Instrument, um verschollenen Personen auf die Spur zu kommen.

Aber Moylan schüttelte den Kopf. »Nein.«

»Und warum nicht?«

»Das Budget. Sie haben mir nur vier Stunden zugestanden. Außerdem glaube ich auch nicht, dass sie noch Gloria Gonzalves heißt.«

»Wie wäre es dann nur mit Gloria?«

»Klar, theoretisch schon.«

»Dann suchen Sie doch nach Glorias.«

»Tristan, es gibt wahrscheinlich 40 oder 50 Telefonbuchseiten mit Glorias. Soll ich die etwa alle anrufen?«

»Sie könnten in Kalifornien anfangen.«

Moylan lachte leise. »Okay, dann haben wir vielleicht nur noch 2000 Namen. Wenn ich die alle anrufe, brauche ich eine Woche, vielleicht auch zwei, also achtzig Stunden – und am Ende stehen wir trotzdem mit leeren

Händen da. Verstehen Sie mich nicht falsch: Wenn Sie das wollen, nehme ich den Auftrag mit Kusshand an, aber Sie sollten schon wissen, worauf Sie sich einlassen.«

Denardi fuhr sich mit der Zunge über die Lippen. »Meine Klienten möchten um jeden Preis mit ihr sprechen. Sie ist nun mal die letzte Zeugin, und sie sind sich sicher, Gloria davon überzeugen zu können, nicht wieder auszusagen.«

»Und ich wünsche ihnen dabei alles Gute. Aber wenn sie erfolgreich untergetaucht ist, wird der Staatsanwalt sie genauso wenig auftreiben können.«

»Das ist sicher ein triftiges Argument. *Sollte* der aber Gloria zuerst finden, werden sie ihr wieder Zeugenschutz geben – und wir sind die Dummen. Mir wäre es erheblich lieber, wenn wir sie zuerst finden würden.«

»Dann bleib ich also am Ball?«

Denardi nickte. »Sie haben eine Woche – und dann sehen wir weiter.«

Sheila Marrenas betrat Michael Durbins Geschäft durch den Haupteingang, stellte sich geduldig in der Schlange an und nahm – als sie am Schalter angekommen war – ihre dunkle Sonnenbrille ab, zeigte ihren Presseausweis und fragte ihn lächelnd, ob er ein paar Minuten für sie erübrigen könne.

Sein Gesicht wurde blass. »Ich glaube nicht. Nein.«

»Wollen Sie denn, dass Ihre Version der Geschichte unterschlagen wird?«

»Meine Version welcher Geschichte?«

»Der Tod Ihrer Frau. Ich habe gehört, dass Sie diesbezüglich mit Kommissar Glitsky gesprochen haben.«

»Und woher wissen Sie davon?«

Sie zuckte die Schultern. »Das spielt wirklich keine Rolle, Michael. Ich spreche halt mit allen möglichen Leuten. Ich möchte Ihnen doch nur die Möglichkeit geben, zumindest einige der Punkte klarzustellen, die mir zu Ohren gekommen sind. Und ich denke, das ist in Ihrem eigenen Interesse.«

»Warum sollte ich? Damit Sie mich dann wieder so fair behandeln wie beim letzten Mal?«

»Ich habe Ihnen damals die Möglichkeit gegeben, sich zu verteidigen, aber Sie machten den gleichen Fehler, den Sie scheinbar diesmal auch wieder machen wollen.«

»Und der wäre? Mich gegen Vorwürfe zu verteidigen, die völlig aus der Luft gegriffen sind?«

»Wollen Sie mir erzählen, dass Sie an Ihrem damaligen Arbeitsplatz nichts geklaut hätten? Papier, Bürobedarf – nichts dergleichen? Und nie bei der Zeitabrechnung geschummelt hätten?«

»Ich werde mich dazu nicht äußern. Was immer ich getan habe – und es war weiß Gott nicht viel –, bewegte sich im normalen Rahmen eines Bürobetriebs. Dort haben alle das getan, was mir zum Vorwurf gemacht wurde.«

»Aber Sie gehörten schon zu *allen*, oder nicht?«

»Was immer es war: Ich habe dafür bereits einen hohen Preis gezahlt. Alles, was Sie mich fragen, läuft doch nach dem Strickmuster ab: ›Wann haben Sie aufgehört, Ihre Frau zu misshandeln?‹ Jede Antwort, die ich gebe, wird zwangsläufig die falsche sein.«

»Okay«, sagte sie, »dann sind wir ja schon beim Thema: Wann haben Sie aufgehört?«

Durbin senkte seine Stimme und beugte sich zu ihr hinüber: »Fahren Sie zur Hölle. Machen Sie, dass Sie hier rauskommen.«

Aus dem Nichts war plötzlich Liza Sato an seiner Seite aufgetaucht. »Gibt's ein Problem?«, fragte sie. »Ist alles okay, Michael?«

»Nicht einmal ansatzweise. Diese Frau wird ab sofort nicht mehr bedient. Ich möchte sie nicht mehr hier sehen.«

Aber Sheila Marrenas, die inzwischen Lizas Namensschild zur Kenntnis genommen hatte, dachte nicht im Traum daran, so schnell die Waffen zu strecken. »Miss Sato«, sagte sie. »Ist es zutreffend, dass Mr. Durbin am letzten Freitag verspätet zur Arbeit erschien?«

»Beantworte das nicht, Liza! Was immer du sagst, wird sie dir im Mund umdrehen.«

Sato schüttelte ihren Kopf. »Ich habe nichts zu sagen«, antwortete sie, »abgesehen davon, dass mein Boss Sie hier raushaben will.« Sie wandte sich an Michael. »Soll ich die Polizei rufen?«

Die vier anderen Kunden und fünf Angestellten an den Schaltern hatten sich bisher bemüht, die Konfrontation zu ignorieren, aber mit einem Schlag konnte man plötzlich die Stecknadel auf den Boden fallen hören. Michael schaute zu den anderen Schaltern hinüber und nickte dann. »Gib ihr zehn Sekunden.«

»Na gut«, sagte Marrenas und trat einen Schritt zurück. »Aber beschweren Sie sich nachher nicht, dass Ihre Version in meiner Kolumne nicht vertreten sein wird. Ich habe mein Bestes versucht.«

»Sie versuchen nur, mich in den Schwitzkasten zu

nehmen. Das ist alles, was Sie wollen. Sie haben noch genau zwei Sekunden, oder Liza ruft die Polizei.«

»Jeder gräbt sich selbst sein Grab«, sagte Marrenas. »Sie haben es selbst so gewollt.« Und drehte sich um und verschwand durch die Tür.

»Nein!« Bracco saß im Besprechungszimmer und hatte die Füße auf dem Schreibtisch. »Das stimmt so nicht. Ich habe nur gesagt, dass die Ermittlung fortgesetzt wird. Mehr kann ich dazu nicht sagen.«

»Aber«, konterte Marrenas, »Sie haben doch Ro Curtlee gestern im Zusammenhang mit diesen Morden verhört?«

»Richtig.«

»Und Sie behaupten, dass das nicht Teil einer Strategie ist, die wir nun schon seit Wochen erleben, nämlich Ro Curtlee grundlos zu schikanieren.«

»Absolut. Es gibt keine Schikane, weder gegen Ro Curtlee noch gegen sonst jemanden.«

»Das heißt also, dass Sie – neben Ro – noch einen anderen Verdächtigen haben?«

»Im Moment können wir niemanden ausschließen, Mam.«

»Also auch Michael Durbin nicht?«

Bracco überlegte. »Wir haben keine Hinweise, die Mr. Durbin mit dem Mord in Verbindung bringen.«

»Aber das haben Sie bei Ro Curtlee doch auch nicht.«

»Ich habe bereits alles gesagt, was ich zu diesem Thema sagen kann.«

»Warum hielten Sie es denn für notwendig, ihn überhaupt zu verhören?«

»Um ihm die Möglichkeit zu geben, sich selbst von der Liste möglicher Verdächtiger eliminieren zu können.«

»Und, hat er das getan?«

»Nun, wie Sie wissen, gab er uns ein Alibi für die Zeit von Mrs. Durbins Tod.«

»Womit er also nicht mehr zum Kreis der Verdächtigen gehört?«

»Es sei denn, sein Alibi würde sich als nicht hieb- und stichfest erweisen.« Bracco nahm die Füße vom Schreibtisch. »Hören Sie, Sheila. Es tut mir leid, aber ich muss diese Unterhaltung beenden. Die Ermittlungen sind in vollem Gang. Zum jetzigen Zeitpunkt kann ich Ihnen nicht mehr mitteilen.«

»Und was ist mit dem Matt-Lewis-Fall?«

»Ich bin für diese Ermittlung nicht zuständig.«

»Aber Sie wollten von Ro trotzdem ein Alibi.«

»Wenn ein Cop erschossen wird, dreht man nun einmal jeden Stein um.«

»Auch wenn man keinerlei Hinweise hat?«

»Beide Ermittlungen werden fortgesetzt«, sagte Bracco. »Wir haben noch niemanden als Verdächtigen ausgeschlossen.«

Kaum hatte er den Hörer aufgelegt, schoss Bracco durch den Kopf, dass er Marrenas gegenüber sogar die Wahrheit gesagt hatte: Im Falle des Durbin-Mordes hatte Glitsky tatsächlich noch niemanden von der Liste der Verdächtigen gestrichen. Glitsky und Becker mochten sich fast hundertprozentig sicher sein, dass Ro hinter dem Mord steckte – und auch im Falle Matt Lewis schien alles auf ihn zu deuten –, aber die Tatsache ließ sich nicht aus der Welt schaffen, dass Ro für den Zeitpunkt des Durbin-Mordes ein Alibi hatte, das von vier Personen bestätigt wurde. Zugegeben, die Aussagen dieser Personen – die Eltern, Eztli und Hausmädchen Linda – mochten fragwürdig sein, aber was, wenn sie tatsächlich die Wahrheit sagten? Und wenn sich Ro nicht im Durbin-Haus aufgehalten hatte – und dafür gab es auch nicht ansatzweise einen Hinweis –, dann bedeutete das zwangsläufig, dass jemand anderes Janice umgebracht haben musste.

»Erde an Bracco: Bitte melden Sie sich, Darrel.«

Er schaute hoch und war überrascht, Glitsky an seinem Schreibtisch zu sehen. »Abe! Hey.« Er setzte sich gerade auf seinen Stuhl.

»Den Trick muss ich noch lernen«, sagte Glitsky. »Schlafen mit offenen Augen.«

»Ich hab nicht geschlafen, sondern nachgedacht.«

»Sehr gut. Nachdenken ist eine Tätigkeit, die hier gefördert wird. Und worüber?«

»Sheila Marrenas hat mich angerufen. Ich hatte gerade erst den Hörer wieder aufgelegt.«

»Ich hoffe, Sie haben nicht zu viel rausgelassen.«

»Ich sagte ihr, dass beide Ermittlungen in vollem Gang seien, Durbin und Lewis. Und dass wir in beiden Fällen noch keinen Verdächtigen haben.«

»Und, hat sie Ihnen geglaubt?«

»Das ist bei ihr doch zweitrangig. Sie schreibt sowieso, was sie will, und dreht's dabei so, dass es ihr in den Kram passt.«

»Also, worüber haben Sie nachgedacht?«

»Nun, da es nun mal das ist, was ich rausfinden sollte,

muss ich zu der Schlussfolgerung kommen, dass Ro für Durbin tatsächlich ein Alibi hat.«

»Wenn man ihm Glauben schenken darf.«

»Nun, immerhin vier Leute würden es bestätigen.«

»Die Eltern und zwei Angestellte«, sagte Glitsky.

»Klar, Abe, das steht auf einem anderen Blatt. Ich sage ja nur ...«

»Nein, Ihr Einwand ist völlig berechtigt.« Glitsky hockte auf der Ecke von Braccos Schreibtisch. Er hatte die Lippen zusammengepresst und ließ seine Gesichtsmuskeln arbeiten. »Ich werde ihn nicht aus den Augen verlieren.«

»Und, wo wir schon gerade über den Fall reden, noch etwas.«

»Und das wäre?«

»Ros Arm.«

»Was soll damit sein?«

»Er war noch immer in Gips, nachdem Sie ihn ja wohl in dem Handgemenge gebrochen hatten, oder?«

»Stimmt.«

»Sie sagten mir aber, dass Janice Durbin erwürgt worden sei, und zwar mit den Händen stranguliert, ohne die Hilfe eines Stricks oder Gürtels.«

Bracco suchte im Gesicht seines Bosses nach Zeichen, ob seine Worte schon angekommen waren. Er konnte sich weitere Ausführungen ersparen. Jeder Cop im Morddezernat weiß, wie schwierig es ist, jemanden mit bloßen Händen zu erwürgen. Der Kampf zieht sich naturgemäß über Minuten hin und ist von erbitterter Gegenwehr des Opfers begleitet. Auch wenn es theoretisch vorstellbar war, dass ein physisch starker Täter dazu in der Lage sein könnte, war die Wahrscheinlichkeit doch relativ gering. Da er an Glitskys Gesichtsausdruck ablesen konnte, dass dieser seinem Gedankengang folgte, hakte Bracco nach. »Hat Strout irgendwelche Anzeichen gefunden, dass sie geschlagen wurde und das Bewusstsein verlor, bevor sie erwürgt wurde? Irgendwelche Platzwunden oder Hautabschürfungen am Kopf?«

»Ich muss das noch mal überprüfen – und werde es umgehend tun –, aber mein Gedächtnis sagt mir: Nein.«

Bracco lehnte sich im Stuhl zurück. »Ro hält sie also mit einer Hand auf dem Boden fest, während sie um sich tritt und sich windet. Und er versucht nicht, sie mit einem Schlag auszuknocken? Immerhin hatte er doch den schweren Gips zur Hand. Stattdessen greift er mit einer Hand an ihren Hals und versucht sie zu erwürgen? Außerdem wissen wir doch, dass er eine Waffe haben muss, weil Lewis damit getötet wurde. Und er benutzt sie nicht?«

25

Braccos Argumente, dass Ro als Janices Mörder nicht in Frage komme, hatten Glitsky mehr zu Knabbern gegeben, als er es sich nach außen hin anmerken ließ. Er wanderte ziellos durch den Gang des zweiten Stockwerks, wo er manchmal in Treyas Büro hereinschneite, um Hallo zu sagen und ein paar Worte zu wechseln. Als er diesmal an ihrer Tür vorbeikam, stellte er fest, dass ihr Schreibtisch unbesetzt war – es gab also noch keine Vertretung. Glitsky stand für einen Moment an der Tür, als er Farrells Stimme auf der anderen Seite des Vorzimmers hörte. Er machte ein paar Schritte an Treyas Schreibtisch vorbei und sah durch die offene Tür, dass Farrell auf einem seiner Sofas saß und telefonierte. »Nein, ich habe keinen Kommentar dazu«, sagte er gerade. »Tut mir leid: kein Kommentar. Ich fürchte, dazu werde ich mich nicht äußern.«

Glitsky klopfte am Türrahmen. Farrell schaute hoch, zeigte mit der Hand zum Telefon und zog eine Grimasse, winkte Glitsky dann aber herein und bedeutete ihm, sich zu setzen. »Ich bin mir sicher, aber wir werden die Entwicklung abwarten müssen … Nein, ich meine, natürlich. Sie werden tun, was Sie für notwendig erachten, aber das Gleiche trifft auch für mich zu. Ich weiß, und das tut mir ja auch leid, aber ich habe jetzt einen Termin, und der Besucher kommt gerade herein, und deshalb kann ich Ihnen zum jetzigen Zeitpunkt einfach nicht mehr sagen … Okay … Okay. Vielen Dank.«

Farrell legte auf und zeigte dem Telefon seinen gestreckten Mittelfinger. Zu Glitsky, der sich noch immer nicht gesetzt hatte, sagte er: »Irgendein Arschloch hat die Grand-Jury-Idee ausgeplaudert. Das, wie Sie sich sicher vorstellen können« – er gestikulierte noch mal Richtung Telefon – »war Marrenas.«

»Die ist ja richtig auf Trab heute«, sagte Glitsky. »Vor zwanzig Minuten telefonierte sie noch mit Bracco, allerdings nicht über die Grand Jury.«

»Dann muss sie in der Zwischenzeit wohl noch mit jemand anderem gesprochen haben, weil sie mich die ganze Zeit über die Grand Jury ausquetschen wollte. Sie wusste sogar von der Überlegung, beide Fälle zusammenzulegen, um damit ›erschwerende Umstände‹ zu bekommen und die Kaution zu umgehen.«

Glitsky ging zu Farrells Schreibtisch, klopfte ein paar Mal mit den Knöcheln darauf und drehte sich wieder um. »Ich kann mir nicht vorstellen, dass es Chomorro war. Das traue ich ihm nicht zu. Ich kann ja nachvollziehen, dass er uns den Durchsuchungsbefehl nicht unterschrieb, glaube aber trotzdem, dass er auf unserer Seite ist.«

Farrell nickte zustimmend. »Aber erinnern Sie sich noch, wer sich gerade in seinem Zimmer aufhielt, als wir reinkamen?«

»Baretto.«

»Das magische Wort! Sie gewinnen einhundert Dollar!«

»Sie glauben, er hat Marrenas angerufen?«

»Ja, auch wenn es letztlich egal ist, wer angerufen hat. Es gibt diverse Kandidaten: eine Sekretärin, der Gerichtsdiener, die Gerichtsstenografin. Entscheidend ist nur, dass sie es weiß und nun auch veröffentlichen wird. Was bedeutet, dass es Ro und Denardi auch erfahren – falls sie es zu diesem Zeitpunkt nicht schon längst wissen.«

»Dann wissen sie es eben – na und? Es war sicher nicht so geplant, aber es sollte doch eigentlich keinen großen Unterschied machen.«

»Nicht?«

»Nein, ich wüsste nicht, was sich geändert hätte.«

»Was passiert, wenn sich Ro vorher einen Geschworenen vorknüpft? Oder Amanda? Oder gleich mich?«

Glitsky lehnte sich gegen den Schreibtisch. Stirnrunzelnd starrte er ins Zimmer und richtete dann wieder seinen Blick auf Farrell. »Sie müssen Marrenas zurückrufen und ihr sagen, dass sie es falsch verstanden hat. Wer immer es ihr erzählt hat, muss ihr eine Ente aufgebunden haben. Sagen Sie, dass Sie in der Zwischenzeit noch einmal drüber nachgedacht hätten und sie hiermit wissen lassen, dass eine Grand Jury nicht zur Diskussion steht. Punkt. Und dass die Idee, beide Fälle zusammenzulegen, nicht in Frage kommt, weil es nicht genug Beweise gibt. Und dass Sie sich deshalb gedulden, bis der Prozess wiederaufgenommen wird.«

»Und dann was?«

»Dann gehen Sie trotzdem zur Grand Jury.«

»Wollen Sie damit sagen, dass ich lügen soll?«

»Nein, um Gottes willen. Sie ändern nur noch ein weiteres Mal Ihre Meinung, nachdem Sie mit ihr telefoniert haben. Ups! Sie haben einfach vergessen, Sie über diesen kleinen Schlenker zu informieren.«

Farrell lehnte sich auf dem Sofa zurück und massierte mit den Händen seine Schläfen. »Nur um die Idee mal auszuspinnen«, sagte er. »Ich gehe also zur Grand Jury, bekomme meine Anklage und verhafte Ro, woraufhin Marrenas die ganze Welt wissen lassen wird, dass ich sie glatt angelogen habe. Wird der Glaubwürdigkeit der Vierten Gewalt nicht gerade zuträglich sein.«

»Wen kümmert das dann noch? Sie haben Ihre Anklage. Ro sitzt im Gefängnis und kann in der Zwischenzeit niemanden mehr umbringen. Was wollen Sie mehr?«

Farrell schüttelte den Kopf. »Ich kann nicht lügen, Abe. Ich muss es bei ›Kein Kommentar‹ belassen. Die

Grand Jury ist nun mal aus gutem Grund ein nicht öffentlicher Vorgang, über den ich nicht im Vorfeld rumquatschen kann. Und warum? Damit die Zeugen nicht von dem Abschaum bedroht werden, gegen den sie aussagen. Damit der Staatsanwalt ohne Angst vor Repressalien seinen Fall vortragen kann. Und lassen Sie mich eines sagen: Ich hab schon genug Repressalien, bis zur Halskrause! Und ich rede von echter Angst um mein Leben. Wenn ich nicht wüsste, dass sie Ro rund um die Uhr beschatten, wäre ich vermutlich schon völlig paralysiert.«

»Wo wir gerade davon sprechen«, sagte Glitsky. »Die erste Schicht hat ihn gerade aus den Augen verloren.«

Ro und Eztli waren nach einem Joint schon gut angeknallt und lachten sich schlapp, dass es so einfach gewesen war, den zivilen Polizeiwagen abzuhängen, der seit dem Morgengrauen demonstrativ vor ihrem Haus parkte. Ro hatte sich nur auf den Boden vor dem Rücksitz gelegt, als Eztli am Nachmittag mit dem 4Runner aus der Garage fuhr und den Cops freundlich zuwinkte. Drei Kreuzungen weiter hatte er angehalten, und Ro war auf den Beifahrersitz geklettert, als hätte es nie eine Polizeiüberwachung gegeben. Es war geradezu rührend, so stellten sie beide fest, wenn es nicht gleichzeitig auch zum Schießen gewesen wäre.

Inzwischen befanden sie sich in einem Industriegebiet in der Nähe von San Bruno, einer Vorstadt südlich des Flughafens. Später am Abend würde die Lagerhalle der Austragungsort eines Pitbullkampfes sein, der um 20 Uhr beginnen und – sechs Runden waren angesetzt –

vermutlich bis nach Mitternacht dauern würde. Doch vorher hatte Ro noch etwas anderes zu erledigen. Er hatte in der Zwischenzeit einen Anruf von Tristan Denardi bekommen, der ihn über die mangelnden Fortschritte bei der Suche nach Gloria Gonzalvez informierte. Ro verlor zunehmend die Geduld. Die Frau musste gefunden und neutralisiert werden, weil er anderenfalls zurück in den Knast gehen würde. Und wenn Denardi sie nicht auftreiben konnte, musste er wohl selbst das Heft in die Hand nehmen.

Er hatte das Problem schon mit Ez besprochen, und wie immer hatte der Mann einen praktikablen, erfolgversprechenden Vorschlag. Eztli hatte seit Langem einen guten Draht zu Lupe Garcia, der nicht nur die Hundekämpfe organisierte, sondern in der guatemaltekischen Bevölkerungsgruppe der Bay Area auch anderweitig die Strippen zog: Wer sich Geld leihen oder eine Wette platzieren wollte, klopfte an seiner Tür, wer Knarren oder Drogen oder eine Frau brauchte – egal, ob Ehefrau, Sexsklavin oder beides –, war bei ihm goldrichtig.

Als Ro und Eztli ihn trafen, hielt sich Lupe – wie immer von zwei Gorillas begleitet – in einem riesigen Container auf, der mitten in der Lagerhalle aufgestellt worden war. Innerhalb der Metallwände sah es fast wie in einem Zirkus aus: In der Mitte befand sich der Ring, vielleicht viereinhalb Meter im Durchmesser, in dem die Hunde um ihr Leben kämpften, ringsherum die Tribünen. Lupe war gerade damit beschäftigt, mit einem Wasserschlauch den Teppichbodenbelag von den gestrigen Kämpfen zu säubern: Die Hunde brauchten einen griffigen Boden für ihre Krallen. Natürlich hätte er solch niedere Arbeit auch delegieren können, aber Lupe liebte nun mal den Geruch und den Dunst und das Blut.

Ez, Ro und die Bodyguards warteten, bis er das Wasser abgedreht und sich die Hände getrocknet hatte und mit einem breiten Grinsen auf sie zukam. Mit seinen 1,75 war Lupe nicht gerade übermäßig groß, wirkte aber drahtig und durchtrainiert. Er hatte seine langen Haare hinten zusammengebunden und trug Jeans, Cowboystiefel, eine grobe Segeltuchjacke und ein kariertes Hemd. An seinem linken Ohrläppchen hing ein silbernes Kreuz und seine Handrücken waren von Tätowierungen bedeckt, die sich offenbar auf den Armen fortsetzten. Er und Eztli gaben sich die Hand und umarmten sich kurz.

Natürlich unterhielten sie sich auf Spanisch. Lupe erinnerte Ro an die Mitglieder der Latino-Gang »La Eme« im Gefängnis. Dort hatten sie sich von den weißen Insassen abgeschottet, was hier allerdings nicht der Fall zu sein schien. Während Eztli den Grund ihres Besuches erklärte, schaute Lupe mehrfach wohlwollend zu ihm hinüber. Schon Ros Körpersprache schien ihm zu signalisieren, dass er selbst mal hinter Gittern gewesen war. Und er hatte nicht nur gleich die 1000 Dollar für seine Bemühungen gezahlt – die Lupe breit grinsend einsteckte, als ihm Eztli den Umschlag gab –, sondern auch weitere 5000 demjenigen in Aussicht gestellt, der diese Frau auftreiben würde, die vor zehn Jahren einmal Gloria Gonzalvez hieß und eine der beiden Kronzeuginnen in Ros Prozess gewesen war.

Wieder im Auto, auf dem Weg von dem Industriegebiet zurück zum Freeway, zog Eztli kräftig am Joint und sagte: »Ich mag Lupe, aber ich denke, wir waren gut beraten, die anderen 5 000 Dollar nicht mitzubringen. Hast du gesehen, wie er gestrahlt hat, als ich ihm die 1 000 in die Hand gedrückt habe?«

»Ja«, sagte Ro. »Hätten wir ihm die 5 000 gegeben, wäre er wohl in Versuchung gekommen, sie selbst einzustecken.«

»Nicht nur in Versuchung«, sagte Eztli mit einem donnernden Lachen. »Wahrscheinlich grübelt er just in dieser Minute, wie er auch die 5 000 einsacken kann. Aber das soll nicht unsere Sorge sein. Ab morgen werden wir jedenfalls eine ganze Armee haben, die sich der Sache annimmt.«

»Hat er gesagt, bis wann er mit einem Ergebnis rechnet?«

»Er meinte, es könne nicht länger als eine Woche dauern, wenn die Nachricht erst einmal kursiert. Das ist 'ne Menge Kohle für diese Leute.«

»So viel wie Denardi in ein oder zwei Tagen einstreicht«, sagte Ro. »Für ihn ist es ein Klacks.«

»Da kannst du's wieder mal sehen.« Eztli inhalierte noch einmal tief und blies dann den Rauch aus. »Das ist eine ganz andere Welt.«

Als er noch als Anwalt in seiner Kanzlei arbeitete, hatte die unvergleichliche Phyllis dafür gesorgt, dass unerwünschte Telefonate gar nicht erst an sein Ohr drangen. In den letzten zwölf Jahren hatte er im Büro nie das Telefon abgenommen, ohne genau zu wissen, wer am anderen Ende der Leitung war. Nach seiner Ernennung zum Staatsanwalt hatte Treya diese Funktion mit der ihr eigenen Zuverlässigkeit übernommen.

Seit sie sich verabschiedet hatte, war das Telefon zu einem konstanten Ärgernis geworden. Er musste dringend jemanden auftreiben, der dort am Empfang saß und ein Gespräch annahm. Aber auch wenn er ihr mit dem Verlust des Arbeitsplatzes gedroht hatte, wünschte Farrell sich nichts sehnlicher, als dass Treya möglichst bald zurückkehren würde.

Ihm schauderte bei dem Gedanken, eine Aushilfe einzustellen, die nicht nur seine Gespräche in Empfang nehmen sollte, sondern zwangsläufig auch Interna aufschnappen würde. Und schlimmer noch: die möglicherweise nach Treyas Rückkehr einen Riesenzirkus veranstalten und womöglich noch die Gewerkschaft auf den Plan rufen würde, nur um ihren Arbeitsplatz mit Händen und Füßen zu verteidigen. Und noch eins war ihm im Lauf der letzten Tage klar geworden: wie wichtig Vertrauen war. Er vertraute Treya blind, während sich eine Aushilfe schnell als Informant des politischen Gegners entpuppen könnte. Oder sich für Geld schmieren ließ.

Farrell war das Risiko zu hoch.

Aber nun klingelte das Telefon, und er wusste nicht, wer es war, sah aber auch keinen triftigen Grund, das Gespräch nicht entgegenzunehmen. Also seufzte er, griff zum Hörer und sagte: »Staatsanwaltschaft, Wes Farrell am Apparat.«

»Mr. Farrell« – es war eine unverkennbare Stimme –, »ich habe einige sehr beunruhigende Informationen erhalten. Hier spricht Cliff Curtlee.«

»Mr. Curtlee, wie geht es Ihnen?«

»Nun, alles andere als gut, wenn Sie's genau wissen

wollen. Ich hatte gedacht, dass Sie und ich ein Agreement hätten.«

»In welcher Hinsicht?«

»In der Hinsicht, dass Sie meinen Jungen mit diesem gottverdammten Irrsinn verschonen würden. Ich dachte, mit dieser lächerlichen Anhörung letzte Woche wäre das Thema endgültig gegessen: Ro bekam wieder seine Kaution, obwohl mir sonnenklar ist, dass es in Ihrem Ermessensspielraum lag, das zu verhindern. Aber nachdem die Kaution gewährt wurde, ging ich davon aus, dass wir – Sie und ich – uns noch immer im Rahmen unseres Agreements bewegen: dass Sie tun, was politisch unvermeidlich ist – aber gleichzeitig dafür sorgen, dass Ro bis zur Wiederaufnahme auf freiem Fuß bleibt. War das nicht die Absprache? Ich bin mir sicher, dass sie es war.«

»Nun, an eine präzise Absprache …«

»Zumindest war das der Kernpunkt. Es war ja schon schlimm genug, dass dieser wahnsinnige Glitsky meinen Sohn durch die Mangel nahm, aber ich dachte mir: Gut, kann passieren. Aber ich ging davon aus, dass Sie ein Auge auf Glitsky halten und ihn bis zur Wiederaufnahme des Prozesses ruhigstellen. Und dann sitze ich plötzlich mit Theresa und meinen Anwälten zusammen und muss miterleben, dass Ro wieder zu einem anderen Fall verhört wird.«

»Das war aber nun mal die Entscheidung der Polizei, Sir. Nicht meine.«

»Vergessen Sie's, ich werde mit Ihnen keine Haarspalterei betreiben. Was mich aber wirklich irritiert – und das ist der Grund, warum ich Sie direkt anrufe –, ist die

Tatsache, dass ich nun von einer unserer Quellen erfahre, dass Sie juristische Tricks aus dem Zylinder zaubern und eine Grand Jury bemühen wollen, nur um meinen Sohn so schnell wie möglich wieder hinter Gitter zu bringen.«

»Ich kann mich dazu nicht äußern, Sir. Grand-Jury-Vorgänge sind vertraulich.«

»Heißt das also, Sie können mir *nicht* bestätigen, dass Sie zur Grand Jury gehen wollen?«

»Ich kann es weder bestätigen noch verneinen. Ich kann es einfach nicht kommentieren.«

»Nun, dann werden Sie sicher verstehen, dass ich unter diesen Umständen den Eindruck haben muss, dass Sie sehr wohl zur Grand Jury wollen.«

»Ich kann es nicht kommentieren, Sir – so oder so. Es untergräbt die Prinzipien, die für eine Grand Jury unerlässlich sind.«

»Meine Reporterin hatte aber offensichtlich eine gut informierte Quelle.«

»Muss wohl jemand mit einer großen Klappe gewesen sein. Wollen Sie mir vielleicht sagen, um wen es sich dabei handelt?«

»Selbst wenn ich es wüsste – und ich weiß es nicht –, dürfte ich die Quellen meiner Journalisten nicht preisgeben, und das wissen Sie auch.«

»Nun«, sagte Farrell, »wir haben wohl beide unsere kleinen Geheimnisse.«

Die Leitung war für einen Augenblick still. Dann: »Ich möchte Ihnen eines klipp und klar sagen, Farrell. Sie und ich hatten einen Deal, dass mein Sohn nicht wieder ins Gefängnis …«

»Ohne damit Ihre Aussage bestätigen zu wollen, Sir: *Sollten* wir einen Deal gehabt haben, dann datiert er aus einer Zeit, in der Ro noch nicht damit angefangen hatte, Leute einfach umzubringen.«

»Ach, kommen Sie doch zu Sinnen, Farrell. Glauben Sie etwa den Blödsinn?«

»Es gibt Anhaltspunkte, die in diese Richtung weisen.«

»Das ist doch Scheiße. Es gibt keine Beweise, sonst hätte Glitsky ihn längst in Ketten gelegt. Also bleiben Sie mir mit Ihren Anhaltspunkten vom Leib. Lassen Sie es mich noch mal deutlich aussprechen: Ich möchte nicht, dass der Fall vor eine Grand Jury geht. Es wäre für Sie persönlich nicht vorteilhaft.«

»Wollen Sie mir etwa drohen, Cliff? Wir haben uns gerade unlängst detailliert mit den Strafen beschäftigt, die bei Drohungen gegen Gesetzesvertreter verhängt werden können.«

»Das kann ich nun meinerseits als Drohung verstehen. Ich stelle nur fest, dass Sie ein glücklicherer Mann sein werden, wenn diese Grand-Jury-Geschichte augenblicklich in der Versenkung verschwindet. Vorausgesetzt natürlich, der Plan dazu liegt in der Schublade. Wenn nicht, gibt es auch nichts, worüber wir beide uns Sorgen machen müssten.«

Eztli und Ro standen an der Bar des »MoMo's«, einem angesagten Restaurant in der Nähe des Giants-Stadions. Sie hatten hier zu Mittag gegessen, aber inzwischen hatte Ro bereits vier Jack Daniel's und ein paar Glas Bier intus – ganz zu schweigen von den zwei exzellenten Joints, die Eztli zwischenzeitlich gerollt hatte.

Trotzdem war Ro gut in Form und turtelte mit der Barfrau namens Tiffany, einer jungen braunhaarigen Frau mit einem gewinnenden Lachen und aggressiv vorgereckten Brüsten. »Nein«, sagte er gerade, »es ist wirklich wahr: Ich war neun Jahre im Bau.«

»Gibt's doch nicht«, sagte sie und schaute Eztli an. »Stimmt das wirklich?«

»Ja, Mam«, sagte er. »Und nach der Berufung endlich auf freiem Fuß.«

»O mein Gott«, sagte sie. »Es ist ja cool, dass sie dich am Ende rausgelassen haben, aber neun Jahre! Wie hält man so was durch?«

»Indem man jedem, der es hören will, seine Unschuld beteuert«, sagte Ro. »Ich habe nie das Vertrauen daran verloren, dass dies vielleicht das einzige Land der Welt ist, in dem am Ende die Gerechtigkeit siegt. Manchmal braucht es seine Zeit, aber ich bin zur Überzeugung gekommen, dass das System wirklich funktioniert.«

Tiffany berührte mit ihren perfekt manikürten Fingernägeln seine Hand. »Jedenfalls hast du es besser verarbeitet, als man sich das als Außenstehender vorstellen kann. Wenn mir das passiert wäre, würde ich nur daran denken, wie viel meines Lebens ich schon verloren hätte. Ich glaube, ich wäre nur noch verbittert.«

»So hätte ich natürlich auch reagieren können, aber was für eine Verschwendung wäre das! Schau mich doch nur an: Hier sitze ich in einem fantastischen Restaurant in der schönsten Stadt der Welt, bin jung und gesund, und unterhalte mich mit einer wundervollen Frau ...«

»Ach, ich weiß nicht ...«

Ro hielt seine gesunde Hand in die Höhe. »Ich würde den Mund nicht so vollnehmen, wenn es nicht wahr wäre, meine Liebe. Ich hoffe nicht, dass ich mit der Tür ins Haus falle, aber ich halte mich nur an die Tatsachen. Und mein Punkt ist nun mal: Ich möchte nicht einen Tag meines Lebens damit verbringen, verbittert zurückzuschauen. All diese Sachen liegen unwiderruflich hinter mir. Ich möchte lieber positiv in die Zukunft schauen. Mein Leben ist so wunderbar, wie es nur sein kann – und ich werde alles daransetzen, dass sich daran nichts ändert. Darfst du eigentlich was trinken bei der Arbeit? Ich würd dich gerne einladen.«

Sie schüttelte ihre Mähne und schenkte ihm ein entwaffnendes Lächeln. »Tut mir leid, ich darf leider nicht.« Und noch einmal berührte sie seine Hand mit ihren Fingern. »Ich bin sofort wieder zurück. Ich muss nur schnell mal ein Auge auf meine Tische werfen.«

Als sie gegangen war, drehte sich Ro zu Eztli herum. »Du hattest recht. Ich war mir sicher, sie würde beim Wort *Gefängnis* gleich schreiend weglaufen.«

Achselzuckend meinte Eztli: »Einige tun das, die meisten aber nicht. Hängt alles davon ab, wie man es verkauft.«

»Wenn sich die Dinge auch noch weiterhin positiv entwickeln, werd ich mir von ihrem Apartment ein Taxi nach Hause nehmen. Oder über Nacht bleiben und mich morgen melden.«

»Cool. Mir soll's recht sein.« An seinem Gürtel klingelte das Handy, und Eztli schaute auf das Display. »Dein Vater.«

»Er lebt mit einer Frau namens Sam Duncan zusammen«, sagte Cliff. »Sie leitet eine Beratungsstelle für Vergewaltigungsopfer in der Haight Street.«

»Sie scherzen«, sagte Eztli. »Das passt ja wie die Faust aufs Auge.«

»Ich weiß, man hätte sich es nicht schöner ausdenken können. Aber was sie macht, spielt eigentlich keine Rolle. Sheila hat mit einigen ihrer Informanten im Justizgebäude gesprochen, und diesen Quellen zufolge will Farrell sich wohl an neuen juristischen Tricks versuchen und zur Grand Jury gehen, um Ro wieder ins Gefängnis zu bringen – ohne die Möglichkeit einer Kaution.«

»Wie oft können sie uns denn noch durch den Fleischwolf drehen?«

»Scheinbar so oft, wie sie es wollen.«

»Und welche Rolle soll ich dabei spielen?«

»Nun, die Überlegung ist die, dass man Farrell einen kleinen Fingerzeig gibt – nichts, was er in irgendeiner Form als persönliche Drohung auffassen könnte, wie es bei Glitsky der Fall war. Sheila erzählt, dass sie im Justizgebäude alle unter Strom stehen, und dass sie – wenn man ihnen auch nur auf den großen Zeh tritt – es sofort wieder Ro anhängen würden. Wir sollten Farrell einfach nur klarmachen, dass es in seinem Interesse ist, wenn er seinen Arsch da raushält, die Grand Jury abbläst und wieder sein Hirn benutzt.«

»Und Sie glauben, der Weg dahin führt über diese Frau?«

»Ich möchte nicht, dass ihr was passiert, Ez. Ich glaube nicht, dass wir dadurch etwas bewegen würden – abgesehen davon, alle dann komplett in die Raserei zu treiben.

Aber vielleicht kann man sich ihr Büro mal vornehmen, nichts Extremes, nur dass Farrell weiß, was Sache ist. Ich verlasse mich dabei ganz auf dein Urteil.«

»Wie sieht der Zeitrahmen aus?«

»Wann immer es dir passt. Nimm dir Zeit und denk dir was aus. Vielleicht in den nächsten zwei, drei Tagen, aber auf einen Tag mehr oder weniger kommt's nicht an.«

Glitsky hatte Bob Grassilli einen Besuch abgestattet, der in der Polizeibehörde für vermisste Personen zuständig war. Draußen war es wieder stürmisch geworden, und das Pfeifen des Windes schien sich in dem kleinen Büro wie ein hartnäckiges Echo fortzusetzen. Grassilli war der klassische Schreibtischcop: Mitte vierzig, auf dem Kopf schon ziemlich kahl, dafür aber gut zwanzig Kilo über Idealgewicht. Er lachte gerne, was unter seinem rötlichen Schnurrbart, so breit wie eine Bürste, aber nicht immer erkenntlich war.

»Ich weiß nicht mal, ob Sie hier am richtigen Ort sind, Abe. Nach acht oder neun Jahren wird jede Spur reichlich kalt. Ich vermute, Sie haben es schon bei allen Datenbanken versucht?«

Glitsky nickte. »Führerscheine, Rentenbescheide, Einwanderungsbehörde – Sie können sich was aussuchen. Ich hab mich schon einige Stunden in die Materie vertieft. Was ich mich frage: Was passiert, wenn sie heiratet und ihren Namen ändert?«

»Nun, an ihrer Führerscheinnummer ändert sich dadurch nichts, vermutlich auch nichts an der Nummer ihres Passes. Und sie war legal im Land?«

»Sie hatte ein Arbeitsvisum, als sie aus Guatemala kam. Was auch noch nicht abgelaufen war, als sie als Zeugin aussagte. Danach – keine Ahnung.«

»Hat sie sich einbürgern lassen?«

»Auch hier: keine Ahnung.«

»Nun, in dem Fall müsste irgendwo eine Urkunde existieren. Die natürlich wieder wertlos wäre, falls sie danach geheiratet und ihren Namen geändert hat. Glauben Sie nicht, dass sie vielleicht in ihre Heimat zurückgekehrt ist? Schließlich wurde sie hier Opfer eines Verbrechens. Vielleicht will sie gar nicht mehr hier leben?«

»Um ehrlich zu sein, Bob, halte ich das auch für wahrscheinlich. Aber wie finde ich in Guatemala eine Person namens Gonzalvez? Das ist so, als würde ich in den USA nach einem ›Smith‹ suchen.«

»Tja, willkommen im Reich der vermissten Personen«, sagte Grassilli mit seinem typischen Grinsen. »Es ist hierzulande kein Kunststück, unterzutauchen und auch verschwunden zu bleiben. Es sei denn, Sie engagieren einen Privatdetektiv. Die haben Datenbanken, die man kaufen kann, aber leider steht uns dieser Weg nicht offen. Natürlich dürften die sie eigentlich auch nicht verwenden, aber auf dem privaten Sektor schert sich halt keiner drum.«

»Das sind tolle Nachrichten, Bob. Machen mir richtig Mut.«

Grassilli zuckte mit den Schultern und zeigte unter dem Schnauzbart seine Zähne. »Ich bin nur der Überbringer der schlechten Nachricht, Abe, aber so ist es nun mal.«

»Schon recht. Ich hab ja nicht genug im Budget für meine eigenen Leute. Wie soll ich es da rechtfertigen, einen Privatdetektiv zu engagieren?«

»Ich würde sagen, da haben Sie wenig Glück.«

»Ich würde sagen, da haben Sie völlig recht.«

26

Unsere Stadt
Von Sheila Marrenas

Überzogene Reaktionen, Schikane und die brutale Behandlung unserer Mitbürger sind Qualitäten, die bei der hiesigen Polizeibehörde an der Tagesordnung sind – eine bedenkliche Tendenz, die an dieser Stelle schon ausführlich dokumentiert wurde. Als Bürgermeister Leland Crawford Mrs. Vi Lapeer, eine Afroamerikanerin, zur neuen Polizeichefin ernannte, nährte das die Hoffnung, dass diese Stadtverwaltung die konstanten Übergriffe nicht weiter dulden würde. Doch leider wurden diese Hoffnungen in den vergangenen Wochen maßlos enttäuscht – was sich einmal mehr in dem Vorgehen gegen Ro Curtlee zeigte, den Sohn der Verleger dieser Zeitung.

Wie die Leser dieser Kolumne wissen, wurde Mr. Curtlee unlängst von der Neunten Kammer des Berufungsgerichts aus dem Gefängnis entlassen. Richter Sam Baretto gewährte daraufhin – bis zur Wiederaufnahme des Prozesses – die Stellung einer Kaution. Doch diese Entscheidung stieß bei Staatsanwalt Wes Farrell und Abe Glitsky, dem Chef der Mordkommission, auf taube Ohren. Innerhalb weniger Tage nach Mr. Curtlees vorläufiger Entlassung präsentierte Glitsky mehrere zweifelhafte Anschuldigungen und nahm ihn erneut fest. Bei dem Vorfall, der für erhebliches mediales Aufsehen sorgte, verletzte Glitsky Mr. Curtlee so schwer, dass er ins Krankenhaus eingeliefert werden musste.

Und wieder kam eine Richterin des Oberlandesgerichts – Erin Donahoe – zu der Überzeugung, dass Ro Curtlee keine Gefahr für die Gemeinschaft darstelle, und gewährte erneut Kaution.

Aber es scheint, als ob in San Francisco die erprobten Mechanismen unseres Rechtssystems außer Kraft gesetzt werden, wenn der Staatsanwalt und die Polizei einmal von der Schuld eines Verdächtigen überzeugt sind – und sich dabei auch über die Urteile des Gerichts hinwegsetzen. Nur so ist es zu erklären, dass sich Mr. Curtlee gestern Morgen einer weiteren Schikane der Polizei ausgesetzt sah. Es handelte sich um ein Verhör – das diesmal glücklicherweise nicht in Gewalt ausartete – im Zusammenhang mit einem Mord an einer Frau namens Janice Durbin. Das Verhör, dem sich Ro Curtlee freiwillig unterzog, endete mit der Erkenntnis, dass er ein hieb- und stichfestes Alibi für die Tatzeit am letzten Freitag hatte. Darüber hinaus räumte Kommissar Darrel Bracco, der das Verhör leitete, dieser Reporterin gegenüber ein, dass *keinerlei Belastungsmaterial* gegen Mr. Curtlee vorliege. Nun könnte man sich fragen, wie diese Reporterin es auch tat: »Wenn kein Belastungsmaterial vorliegt – nach welchen Kriterien entscheiden Sie dann, dass Ro Curtlee verhört wird? Und glauben Sie wirklich, dass diese Aktion nicht zwangsläufig als weitere Schikane interpretiert werden muss?«

Kommissar Bracco hatte darauf keine Antwort.

Die polizeilichen Ermittlungen kamen indes zu dem Ergebnis, dass Mrs. Durbin unzweifelhaft einem Mord zum Opfer fiel. Nachdem Ro Curtlee überzeugend dargelegt hatte, dass er als Täter nicht in Frage kommt, stellt sich die Frage, warum die Polizei trotzdem auf seiner möglichen Beteiligung beharrt. Sollte die Lösung des Rätsels nicht – wie in den meisten Fällen – viel näher vor Ort zu suchen sein? Eine beiläufige Nachfrage dieser Reporterin ergab, dass beispielsweise Michael Durbin, der Ehemann des Opfers, kein Alibi für die Tatzeit hat. Darüber hinaus gibt es Informationen aus seinem beruflichen Umfeld, die dieser Reporterin vorliegen, dass Mr. Durbin möglicherweise eine Affäre mit einer seiner Angestellten pflegt.

Hiermit soll – und darauf sei ausdrücklich hingewiesen – nicht der Eindruck erweckt werden, als sei Mr. Durbin tatsächlich in die Tat verstrickt. Es zeigt aber beispielhaft, in welche Richtung sich die Ermittlungen bewegen könnten, wenn sie nicht als persönlicher Kreuzzug gegen Ro Curtlee missbraucht würden.

»Du musst sie verklagen«, sagte Chuck Novio. »Sie und die Zeitung und die Curtlees persönlich. Das ist die übelste Verleumdung, von der ich je gehört habe.«

Es war kurz nach sieben am Morgen, Michael, Chuck und die drei Durbin-Kinder saßen alle am Esstisch. Kathy und ihre Zwillinge waren nebenan in der Küche und machten Rührei mit Speck und Toast. Chuck hatte sich freigenommen, und auch die Kinder waren von der Schule befreit, da für elf Uhr Janices Feuerbestattung angesetzt war. Peter, Durbins zweiter Sohn, war früh aufgestanden und hatte als Erster den Artikel gelesen – und war noch nicht mal bis zum letzten Satz gekommen, als er schon die Treppe hinauflief, um seinen Vater zu wecken.

»Aber sie schreibt nun mal, dass sie mich ausdrücklich *nicht* der Tat beschuldigt.«

»Das ist doch Blödsinn«, sagte Peter. »Sie behauptet, dass du es getan hast, Dad. Dass du Mutter umgebracht hast.«

»Du wirst dich doch wohl dagegen zur Wehr setzen, Daddy?«, fragte auch Jon. »Wenn du es nicht tust, gibst du doch automatisch zu, dass sie recht hat.« Der ältere Sohn lehnte sich zurück, verschränkte die Arme und starrte trotzig ins Nichts.

»Ich muss Jon recht geben, Mike«, sagte Chuck. »Du musst sie verklagen.«

Allie, gerade dreizehn Jahre alt, war bislang stumm geblieben, konnte aber kaum die Tränen zurückhalten. Schließlich fasste sich sich ein Herz und fragte mit zitternder Stimme: »Aber du hast es doch nicht getan, oder?«

Durbin streckte eine Hand über den Tisch und ergriff die Hand seiner Tochter. »Nein, Süße, natürlich nicht. Ich habe deine Mutter geliebt und vermisse sie sehr.«

»Ich auch. Ich vermisse sie so sehr«, sagte Allie und brach in Tränen aus.

Kathy, übernächtigt und selbst den Tränen nah, kam aus der Küche und nahm ihre Nichte in den Arm. »Niemand glaubt, dass dein Vater etwas getan hat. Du solltest daran keinen Gedanken verschwenden.«

»Marrenas glaubt es«, knurrte Jon. »Und inzwischen wahrscheinlich die halbe Stadt. Und deshalb muss Dad eine Gegendarstellung verlangen, ganz einfach.«

»Ich habe nicht vor, ihr den Gefallen zu tun. Dadurch würde ich mich auf ihr Niveau begeben, und das werde ich nicht tun.«

»Du musst es, Dad! Du musst es laut und deutlich sagen, dass du es nicht getan hast – falls du es nicht getan ...«

Michael schlug mit der Hand auf den Tisch. »Natürlich habe ich es nicht getan, verdammt noch mal. Sind wir jetzt schon so weit gekommen?«

»Natürlich nicht«, warf Chuck ein. »Mach dich nicht lächerlich.«

»Dann streite es auch ab«, sagte Jon. »Leg die Karten auf den Tisch.«

Michael, kurz vor einem Wutanfall, schüttelte den Kopf, als eine der Zwillinge aus der Küche rief: »Hey, jemand mit einem Fernsehwagen ist in unsere Einfahrt gefahren.«

»Verdammt.« Chuck stand auf und streckte sich, um durchs Fenster nach draußen zu sehen. »Woher wissen sie, dass du dich hier aufhältst?«

»Ich möchte wetten, dass Marrenas im Bild ist«, sagte Michael. Er war auch aufgestanden. »Und wenn sie es weiß, weiß es bald jeder. Vielleicht sollte ich mir mal anhören, was sie wollen.«

»Du weißt doch, was sie wollen«, sagte Peter. »Du hast völlig recht, Dad. Du solltest denen überhaupt nichts erzählen.«

»Falsch, Peter«, sagte Jon. »Worüber reden wir denn hier die ganze Zeit? Er muss es abstreiten, weil es sonst so aussieht, als hätte er es getan. Und deshalb ist Allie am Heulen. Weil es für sie auch so aussieht. Für jeden sieht es so aus.«

Durbin wirbelte herum und fuhr seinen Sohn an: »Was sagst du da? Wie kannst du nur so etwas behaupten?«

»Ich sage ja nur …«

Das Telefon klingelte.

»Mein Gott, was für ein Zirkus«, sagte Chuck. »Les, kannst du drangehen?«

Leslie, eine der Zwillinge, nahm das Gespräch in der Küche an. »Einen Augenblick, bitte«, sagte sie. »Onkel Mike, es ist für dich. Er sagt, er sei Jeff Elliot vom ›Chronicle‹.«

»Jesus«, entfuhr es Peter.

»Ich kümmer mich um die Clowns vor dem Haus«, sagte Chuck.

»Ich spreche mit niemandem vom ›Chronicle‹.«

»Sie könnten die Sache richtigstellen«, sagte Jon.

»Es gibt nichts richtigzustellen. Das sage ich doch schon die ganze Zeit.«

»Dann erzähl ihm das doch – wenn es denn der Wahrheit entspricht«, erwiderte Jon.

»Ich würd es nicht tun«, sagte Peter. »Sag ihnen gar nichts.«

»Halt mal, Jon. Schau mich an«, sagte Durbin. »Was soll das heißen: ›wenn es denn der Wahrheit entspricht‹?

Ich mag die Unterstellung nicht, die da mitschwingt. Ich habe mit dem Tod deiner Mutter nicht das Geringste zu tun.«

»Das sagst du die ganze Zeit. Aber was ist mit der anderen Sache, von der Marrenas spricht: dass du mit einer Angestellten etwas am Laufen hättest? Warum würde sie das behaupten, wenn überhaupt nichts dran ist?«

»Jon!«, entrüstete sich Kathy. »Hör auf, so mit deinem Vater zu reden. Sofort! Das ist einfach lächerlich.«

»Na klar.« Der schlaksige Junge stieß plötzlich fluchend seinen Stuhl zurück und stürmte die Treppe hinauf.

»Jon!«, rief Durbin ihm nach. »Junge!«

Aber die Schritte waren so lange zu hören, bis oben laut und vernehmlich eine Tür zugeschlagen wurde.

»Was ist bloß in ihn gefahren?«, fragte Peter.

Durbin schüttelte nur den Kopf und hob seine Arme, als wolle er den Himmel anflehen.

»Onkel Mike!« Leslies Stimme kam aus der Küche. »Der Mann wartet noch.«

»Lass ihn warten. Nein, sag ihm, ich könne nicht mit ihm sprechen. Nein, warte, ich werd's ihm selbst sagen.«

»Lass dich nicht einwickeln«, sagte Peter.

»Mach dir keine Sorgen, werd ich nicht. Herr im Himmel!«

Allie, deren Gesicht inzwischen völlig verweint und gerötet war, wand sich aus der Umarmung ihrer Tante heraus. »Ich möchte, dass das alles sofort aufhört«, schluchzte sie. »Ich möchte Mom wieder zurück. Ich will zu meiner Mom.«

Auch Eztli war am Donnerstag früh auf den Beinen.

Am Nachmittag zuvor hatte Ro bei »MoMo's«-Kellnerin Tiffany die schweren Geschütze aufgefahren, und als Eztli um halb vier das Restaurant verließ, hatte Tiffany nicht nur ihre Schicht beendet, sondern ließ sich gerade von Ro mit einem Cuervo nach dem anderen abfüllen.

Was Eztli nur lieb war. Die lachhaften Zivilbullen parkten noch immer vor dem Haus der Curtlees, obwohl sie sich gestern so anfängerhaft hatten übertölpeln lassen. Je länger Ro also dem Haus fernblieb, umso mehr Bewegungsfreiraum würde er haben – zumindest bis sie ihn wieder fanden.

Zum Glück – und Eztli konnte sich keinen Reim darauf machen – hefteten sie sich auch diesmal nicht an seine Fersen. Vermutlich, weil er gestern – scheinbar allein – abgefahren und auch allein wieder nach Hause gekommen war. Dachten sie wirklich, dass Ro still und brav in seinem Zimmer saß? Nun, es sollte seine Sorge nicht sein. Hauptsache, sie versuchten gar nicht erst, ihn zu beschatten.

Es war kurz vor acht, und der Morgen war klar und kühl. Er war mit dem Z4 – er liebte das Auto! – zur Haight Street runtergefahren und fand einen Parkplatz gegenüber einer gläsernen Fassade, hinter der sich die Beratungsstelle für Vergewaltigungsopfer befand. Er stieg aus und schlenderte an dem Haus vorbei. Eine schwere Parkbank stand neben dem Eingang, mit einer Kette gegen Diebstahl gesichert. Das Büro würde erst in einer halben Stunde öffnen, aber es brannte bereits Licht, und er konnte vereinzelte Bewegungen erkennen.

Die Fassade, dachte er, böte sich als Zielscheibe durchaus an. Er könnte heute Nacht wiederkommen und die ganze Glasfront in Scherben legen, aber er war nicht überzeugt, ob das die unmissverständliche Botschaft war, die er Farrell via Sam schicken sollte. Alle möglichen Leute könnten einen Groll gegen die Beratungsstelle oder das Personal hegen, und es wäre einfach nicht das eindeutige Signal, das sich Cliff Curtlee wünschte.

Eztli ging bis zum Ende des Blocks weiter und kehrte auf der anderen Straßenseite zurück, um sich mit der näheren Umgebung vertraut zu machen. Es waren fast ausnahmslos kleine Geschäfte, wie sie typisch für diesen Teil der Haight Street waren. Als er wieder am Auto war, schaute er auf die Uhr: In zwanzig Minuten würde die Beratungsstelle öffnen. Wo er schon mal hier war, konnte er auch so lange warten. Er könnte dann einfach reingehen, nach Sam Duncan fragen und ihr erklären, wie wichtig es sei, dass Wes Farrell nicht die Grand Jury bemühen würde. Er hatte schon oft genug festgestellt, dass seine bloße Präsenz Wunder vollbringen konnte.

Aber plötzlich kam ein schwarzer Lincoln um die Ecke und hielt direkt vor der Beratungsstelle an. Die Tür öffnete sich, und Wes Farrell stieg aus, gefolgt von dem gleichen gelbbraunen Labrador, mit dem Farrell neulich vor seinem Haus einen Spaziergang gemacht hatte. Farrell ging zur Eingangstür, klopfte – und eine attraktive dunkelhaarige Frau öffnete und griff sich die Hundeleine. Nach einer kurzen Unterhaltung – offenbar war die Hundeübergabe schon abgesprochen, deswegen musste es sich um Sam handeln – ging Farrell zurück zum Wagen und fuhr los.

Eztli saß im BMW und dachte nach, spielte verschiedene Möglichkeiten durch, als sich wenige Minuten später wieder die Tür öffnete. Die Frau kam mit dem Hund heraus und band die Leine an einen Fuß der Parkbank. Als sie mit der Hand auf die Holzleisten klopfte, sprang der Hund gehorsam auf die Bank und machte es sich bequem.

Eztli wartete noch ein paar Minuten und beobachtete die Szene. Die Straße erwachte langsam zum Leben. Die Frau im Beratungscenter drehte das GESCHLOSSEN-Schild um, sodass GEÖFFNET zu lesen war, kam wieder heraus und stellte zwei große rote Näpfe – Fressen und Wasser – unter die Bank. Der Hund sprang runter, fraß und trank etwas von dem Wasser, schnüffelte eine Weile herum, taufte dann ein Bein der Bank, sprang wieder hoch und machte sich in der Morgensonne lang.

Wenn sich Glitskys Dreizimmerwohnung durch etwas auszeichnete, dann dadurch, dass die 130 Quadratmeter nie ausreichten. Als er mit Flo hier vor fünfunddreißig Jahren eingezogen war, hatten sie bereits zwei Jungen, Isaac und Jacob; ein Jahr später kam Orel hinzu. Nachdem Flo an Eierstockkrebs gestorben war, teilten sich die drei Jungs zwei kleine Schlafzimmer neben der Küche, während Rita, die Haushaltshilfe, die praktisch zur Familie zählte, ihre Schlafstätte hinter einem Raumteiler in einer Ecke des Wohnzimmers errichtet hatte. Isaac und Jacob waren bereits ausgezogen, als Treya und ihre Tochter Raney dazustießen, und nun, nachdem auch Raney und Orel flügge geworden waren, hatten Rachel und Zachary ihre Zimmer übernommen. Und alle waren sie nicht gerade das, was man stille Zeitgenossen nennen würde.

Doch nun war von den Kindern nichts zu hören, genauso wenig wie von Treya. Als sich Glitsky mit seinem Tee morgens in die kleine Küche setzte, kam ihm die ungewohnte Stille wie ein böses Omen vor.

Als das Telefon klingelte, hatte er gerade seine Tasse zum Mund geführt, doch das *Brrring* war so laut und unerwartet gewesen, dass er etwas Tee auf seine Beine verschüttet hatte. Er sprang auf, ärgerte sich über sich selbst und wischte die Flüssigkeit von der Hose, ging aber dann doch zum Telefon an der Wand, nahm ab und knurrte seinen Namen.

»Abe, ich bin's, Vi. Tut mir leid, Sie zu Hause zu stören, aber da Sie noch nicht im Dienst waren, wollte ich mein Glück mal hier versuchen.«

Die unterschwellige Kritik trug nicht dazu bei, Glitskys Stimmung zu heben. »Kein Problem«, sagte er. »Was liegt an?«

»Haben Sie heute vielleicht schon die Kolumne ›Unsere Stadt‹ gelesen?«

»Nein, noch nicht.«

»Dann haben Sie Glück, dass ich Sie erreicht habe, um Sie zu warnen. Sie haut Ihnen die Vorgehensweise im Fall Janice Durbin links und rechts um die Ohren. Der Bürgermeister rief mich gleich in der Frühe an – auch zu Hause, übrigens – und machte mir die Hölle heiß, und ich muss ehrlich gestehen, dass ich mir die ersten vier Wochen in meinem Job anders vorgestellt hatte. Es macht keinen Spaß, wenn ich mich oder den Chef meiner Mordkommission bei jeder Gelegenheit verteidigen muss.«

»Sie ist eine unverantwortliche Irre«, sagte Glitsky.

»Das mag ja richtig sein, aber sie hat nun mal Lelands Ohr, und der will mittlerweile Ihren Kopf rollen sehen.«

Glitsky atmete tief durch. »Wissen Sie, Vi, an diesem Punkt bin ich fast geneigt, ihm meinen Kopf auf dem Tablett zu servieren. Wer braucht schon diesen Ärger? Wenn Sie es wünschen, trete ich augenblicklich zurück.«

»Führen Sie mich nicht in Versuchung, Abe! Ich will Ihren Rücktritt nicht, schon gar nicht wegen dieser Angelegenheit, bei der Sie ja nur Ihren Job machen. Davon ganz abgesehen: Wie soll es weitergehen, wenn ich gleich beim ersten Mal, dass diese Idiotie ihr scheußliches Gesicht zeigt, klein beigeben würde? Aber ich werde Leland und der Öffentlichkeit einige Fragen beantworten müssen, bevor diese Geschichte völlig außer Kontrolle gerät.«

Noch einmal atmete Glitsky tief durch. »Was genau sagt sie denn? Marrenas.«

»Im Prinzip den gleichen alten Kram: dass Sie bei Ihrem Versuch, Ro wieder einzubuchten, sogar plausiblere Verdächtige direkt vor Ihrer Nase ignorieren.«

»Und wer wäre das?«

»Der Durbin-Ehemann, der kein Alibi vorweisen könne und offensichtlich eine Affäre mit einer Angestellten habe.«

»Das schreibt sie?«

»Mehr oder minder. Und darauf folgt natürlich die Frage, warum Sie sich nicht auf ihn statt auf Ro konzentrieren.«

»Vielleicht, weil Ro der Täter war. Abgesehen davon sollten Sie wissen, dass ich den Ehemann schon mindestens zweimal verhört habe und es auch weiterhin tun werde, weil ich ja sonst nichts zu tun habe. Und Ihnen wird sicher auch aufgefallen sein, dass ich bislang noch niemanden verhaftet habe – weder Ro noch Michael Durbin –, was in der Regel bedeutet, dass ich auch noch keinen überzeugenden Verdacht habe.«

»Nun, wenn das der Fall ist, dann sollten Sie vielleicht eine diesbezügliche Pressemitteilung herausgeben. Mein Büro wird ein ähnliches Statement vorbereiten.«

»Aber das erklärt sich doch eigentlich von selbst.«

»Sicher, aber in diesem Fall sind die Dinge wohl etwas delikater.«

»Wie wäre es, wenn wir verlautbaren würden, dass wir uns jeden Kommentars enthalten, weil die Ermittlungen noch andauern?«

»Wissen Sie nicht mehr, wie das beim letzten Mal in die Hose ging? Ich denke, wir sollten uns etwas entgegenkommender verhalten. Und ich meine das wirklich ernst, Abe. Ich weiß nicht, wie lange ich noch meinen Job habe, wenn dieser Druck anhält. Ich bewege mich ohnehin schon auf dünnem Eis. Lassen Sie uns versuchen, einen etwas konzilianteren Ton anzuschlagen. Was meinen Sie? Die gute Miene zum bösen Spiel hat noch niemandem geschadet.«

27

Achtundfünfzig Personen hatten sich im Krematorium eingefunden, unter ihnen auch Glitsky, der in der letzten Reihe saß und sich Notizen machte, als Verwandte und Bekannte von Janice Durbin nach vorne traten, um die Trauerreden zu halten. Michael Durbin, den Tränen nahe, aber äußerlich gefasst, würdigte seine Frau als Partner, Ernährer, seelischen Beistand und Mutter. Kathy Novio, die ihre Rede mehrfach schluchzend unterbrechen musste, lud alle Anwesenden zum anschließenden Empfang in ihr Haus ein und sprach dann von ihrer gemeinsamen Kindheit, von Janices Passion für ihre Familie, ihre Patienten und ihren Beruf, erinnerte an ihre Überzeugung, dass die Welt ein lebenswerter, auch ein sicherer Ort sei – und ermahnte alle Anwesenden, trotz des tragischen Vorfalls nicht mit Zorn oder Kleinmut nach Hause zu gehen. Zwei andere Freundinnen aus ihrer Schulzeit sprachen von einem lebensbejahenden Mädchen, während der Pastor, der sie offensichtlich gut kannte, mit sonorem Bariton von ihrer ehrenamtlichen Arbeit mit geistig Behinderten erzählte, von ihrer Großzügigkeit und ihrem Glauben.

Glitsky hörte nichts, was aus dem Rahmen gefallen wäre, konnte sich aber gleichzeitig nicht die Frage verkneifen, wer der Anwesenden sie wohl mit den Chlamydien angesteckt habe – oder wen Janice ihrerseits damit angesteckt hatte. Denn dass sich der Betreffende in der Trauergemeinde befand, schien Glitsky mehr als wahrscheinlich.

Als sich die Zeremonie dem Ende näherte, stahl er sich

hinaus und wartete an der Tür, bis die Trauergäste an ihm vorbeikamen. Er wusste nicht, ob jemand ihn erkannte, und er konnte mit Sicherheit auch keine Feindseligkeit registrieren, die vielleicht auf seine Vorgehensweise bei den Ermittlungen zurückzuführen gewesen wäre.

Glitsky hatte Durbins Kinder und die Novios bereits am letzten Samstag kennengelernt, aber als die Familien nun als Letzte hinauskamen, konnte er mit eigenen Augen sehen, in welchem Ausmaß die traumatischen Ereignisse ihre Spuren hinterlassen hatten.

Kathy, die sich bei ihrer Rede noch tapfer geschlagen hatte, sah inzwischen eingefallen und aschfahl aus. Sie hatte ihre Töchter an den Händen und starrte mit feuchten Augen geradeaus. Ein paar Schritte dahinter, in fast schon zeremonieller Förmlichkeit erstarrt, folgte ihr Ehemann. Jon, der ältere Sohn, trat mit wutverzerrtem Gesicht durch die Tür und sonderte sich umgehend von der Trauergemeinde ab. Michael Durbin, der zwischen Peter und Allie folgte, rief ihm etwas nach, doch Jon drehte sich nur halb um, machte eine abfällige Handbewegung und ging weiter.

Glitsky hatte die Trauerfeier besucht, um seinen Beitrag zur Versöhnungsoffensive seiner Chefin zu liefern. Vielleicht, so die Überlegung, war ja ein Reporter des »Courier« oder »Chronicle« zur Stelle, der seine Anwesenheit als Teil der Ermittlungen interpretierte – und die drehten sich diesmal offensichtlich nicht um Ro Curtlee. Ursprünglich hatte sich Glitsky auch vorgenommen, Durbin zur Seite zu nehmen, um noch einmal sein Alibi und seine Beziehung zu Liza Sato abzuklopfen – so es denn eine gab. Er hatte sogar mit dem Gedanken gespielt, die Geschlechtskrankheit zu erwähnen, um zu sehen, wie Durbin darauf reagieren würde.

Doch als er die Familie in diesem aufgewühlten Zustand sah, Durbin zudem umgeben von seinen Kindern, nickte Glitsky ihm nur verständnisvoll zu und ließ sie alle zu den wartenden Autos ziehen.

»Ich glaube, du solltest Jeff Elliot zurückrufen.« Chuck saß auf der Küchenanrichte, trank ein Bier und redete auf Michael Durbin ein, während sich das Wohnzimmer mit den Trauergästen füllte. »Gib dem Typen vom ›Chronicle‹ ein Interview und geh in die Offensive.«

»Was soll mir die Offensive schon bringen?«, fragte Michael. Er hatte ein Glas mit Bourbon gefüllt und nahm einen Schluck. »Wie Peter heute Morgen richtig gesagt hat: Je erbitterter ich es abstreite, desto mehr wird es so klingen, als hätte ich etwas zu verbergen.«

»Mike.« Chuck legte die Hand auf die Schulter seines Schwagers. »Hör mir zu. Wir wissen, wer es getan hat, richtig? Ist dir vielleicht schon mal aufgefallen, dass in dem Marrenas-Artikel riesige logische Löcher klaffen? Wo sind beispielsweise all die Argumente, die auf Ro als Täter weisen? Hat sie erwähnt, dass du bei Ros Prozess der Sprecher der Geschworenen warst? Nein. Und dass Janice die Frau dieses Sprechers war? Nein. Oder den Mord an der anderen Frau, der Zeugin? Nein. Oder irgendeinen der anderen Gründe, die Glitsky veranlassen, sich auf Ro und nicht auf dich zu konzentrieren? Es gibt eine ganze Menge Dinge, die du Elliot erzählen könntest, die in der öffentlichen Diskussion bislang unterschlagen wurden. Denkst du nicht?«

»Ich weiß es nicht. Ich weiß überhaupt nicht mehr, was ich denken soll. Selbst Jon scheint inzwischen ja zu glauben, dass ich ...«

Chuck schnitt ihm das Wort ab. »Nein, glaubt er nicht. Er ist nach dem Tod seiner Mutter nur mit den Nerven fertig, und wer will ihm das vorwerfen? Ich verspreche dir, dass er nicht wirklich glaubt, dass du etwas mit dem Mord zu tun hast. Mann, er ist achtzehn Jahre alt. Er ersäuft in Gefühlen, die er eigentlich lieber verdrängen möchte, und sucht nun einen Weg, wie er sie aus seinem System bekommt – und dann kommt Marrenas und bringt ihn auf eine Idee, und er projiziert nun alles auf dich.«

»So dumm ist er nicht.«

»Vielleicht nicht, aber er steht zurzeit völlig neben sich. Gib ihm Zeit, damit er wieder mit sich ins Reine kommt.«

»Eine andere Wahl hab ich wohl nicht. Ich weiß nicht mal, wo er sich aufhält.«

»Er wird zurückkommen, mach dir darüber keine Gedanken. Und in der Zwischenzeit rufst du den ›Chronicle‹ an. Du weißt, dass sie mit dir sprechen wollen. Sorge dafür, dass Ro die Aufmerksamkeit zukommt, die er verdient.«

»Dieser Hurensohn. Aber was passiert, wenn er mich dann umbringen will? Oder die Kinder?«

Chuck atmete einmal tief durch und trank einen Schluck Bier. »Daran habe ich noch gar nicht gedacht.«

»Ich denke die ganze Zeit an nichts anderes.« Er hob sein Glas und trank es zur Hälfte aus. »Ich weiß, was ich tun sollte, und das meine ich völlig ernst.« Flüsternd fuhr er fort. »Ich sollte den Burschen eigenhändig umbringen.«

Chuck schüttelte den Kopf. »Nein, schlechte Idee.«

»Ich hab in der Garage ein gottverdammtes Gewehr. Ich hab's schon Ewigkeiten, seit den Tagen, als ich noch gejagt habe. Und eine Schrotflinte kann man nicht identifizieren. Ich gehe abends zu Ros Haus, klopfe an der Tür und drücke ab. Dann werf ich das Gewehr in die Bay. Und sage Glitsky, dass ich die ganze Zeit bei dir war und meinen Kummer ersäuft habe.«

»Ich hab schon gesagt, dass es eine schlechte Idee ist. Ich sag's noch mal: Es ist eine extrem schlechte Idee.«

»Andere Ideen hab ich nicht.«

»Aber diese hier kannst du auch vergessen. Sie ist für den Arsch. Du bist kein Mörder, Michael, du könntest so was nicht tun. Und dein Leben wäre verpfuscht.«

Durbin griff wieder zum Glas und leerte es: »Ach, du meinst im Gegensatz zu jetzt?«

Sheila Marrenas wartete im Vorraum, als Vi Lapeer vom Lunch zurück in ihr Büro kam. Sie unterhielt sich mit einem ihrer Ermittler und sah die Reporterin nicht, bis sie aufstand und sich ihr in den Weg stellte. »Entschuldigen Sie, ich habe nur eine kurze Frage.«

»Und ich freue mich, sie zu beantworten.« Sie schaute auf ihre Uhr. »Und zwar genau in fünfundvierzig Minuten bei der Pressekonferenz. Das ist ja der Sinn von Pressekonferenzen: dass wir dort mit der Presse sprechen. Wenn Sie mich nun …«

Sie wollte weitergehen, aber Marrenas stellte sich wieder in den Weg. »*Das hier ist dringend!*«

»Nun, ich befürchte, es wird warten müssen …«

Marrenas baute sich direkt vor ihr auf. »Trifft es zu, dass Sie eine 24-stündige Überwachung für Ro Curtlee angeordnet haben? Und dass Sie für diese Überwachung ein Sonderbudget zur Verfügung gestellt haben und sogar Überstunden bezahlen? Und dass trotz all dieses Aufwands niemand weiß, wo sich Ro zurzeit aufhält? Trifft das nicht zu? Halten Sie es für effizient, das ohnehin schon überstrapazierte Polizeibudget auf diese Weise zu belasten? Und können Sie persönlich eine derart kostspielige, sinnlose Verschwendung von Geld und Zeit tatsächlich verantworten?«

Lapeers sah sie einen Moment fassungslos und mit offenem Mund an, gewann ihre Contenance dann aber schnell wieder zurück. »Kein Kommentar«, sagte sie. »Kein Kommentar. Und wenn Sie mich nun entschuldigen …«

Und mit diesen Worten griff ihr Assistent ihren Arm und schob sie, ohne Marrenas zu berühren, seitlich ins Zimmer und schloss die Tür hinter sich.

Von dem Phänomen, dass jeder jeden über sechs Ecken kennt, hatte Hector Murillo noch nie in seinem Leben gehört. Er war ein 27-jähriger Tagelöhner, der 2004 aus Mexiko über die Grenze gekommen war und noch immer keine Papiere besaß. In den letzten acht Monaten hatte er in dem vierköpfigen Gärtnerteam von Roberto Serrano gearbeitet. Er war noch immer der Handlanger – zum einen, weil die anderen Arbeiter schon länger im Job waren, vor allem aber auch, weil er Mexikaner und nicht Guatemalteke war.

Probleme hatte er damit nicht.

Der Unterschied zwischen Handlanger und Vorarbeiter war kaum der Rede wert, da sein Boss Roberto die Drecksarbeit selbst machte: Er säuberte Abflussrohre und schleppte kubikmeterweise Schotter, vom üblichen Rasenmähen, Harken und Heckenschneiden ganz abgesehen. Unterm Strich war Hector heilfroh, einen festen Job zu haben und am Wochenende bar bezahlt zu werden.

Hector wohnte in einer Wohnwagensiedlung in Mountain View, gleich am Freeway 101, wo er sich abends auf ein Bier mit anderen Mexikanern traf, die in einer ähnlichen Situation lebten wie er. Genau das hatte er auch gestern Abend getan, als Jorge Cristobal, einer seiner Nachbarn, von der 5 000-Dollar-Belohnung erzählte, die Lupe Garcia demjenigen zahlen würde, der eine Frau namens Gloria Gonzalvez ausfindig machen könne. Offensichtlich war ihre Mutter in Guatemala gestorben und hatte eine kleine Erbschaft hinterlassen, und ihr Anwalt hatte Lupe in der Hoffnung kontaktiert, dass dieser seine Verbindungen spielen lassen würde und – gegen einen Teil der Erbschaft natürlich – die gesuchte Frau auftreiben könne.

So jedenfalls machte es die Runde.

Zunächst hatte Hector sich nicht viel dabei gedacht. Er versuchte sich vorzustellen, was er mit 5 000 Dollar alles machen könne. Er verdiente 62 Dollar am Tag, sechs Tage pro Woche, ungefähr 1 500 Dollar im Monat – und das reichte gerade einmal für die Miete, das Essen, etwas Kleidung und Bier. Er hatte kein Auto, er war nicht mal versichert. Und trotzdem waren seine Ersparnisse nach acht Monaten harter Arbeit praktisch gleich null.

Erst als er sich später ins Bett legte und die magische Zahl 5000 noch immer in seinem Hirn spukte, wurde ihm plötzlich klar, dass Robertos Frau Gloria hieß. Und sie stammte aus Guatemala – jedenfalls vermutete er das, weil Roberto ja selbst Guatemalteke war. Als er aufwachte, war der Gedanke sofort wieder da, doch er behielt ihn für sich, als sie am Morgen die ersten sechs Gärten bearbeiteten. Er wollte niemandem etwas verraten. Er kannte Roberto. Wenn er ihm von der Belohnung erzählen würde – und Gloria Gonzalvez wirklich seine Frau war –, würde Roberto direkt zu Lupe gehen und die Belohnung einkassieren. Hector konnte dann schon froh sein, wenn ein kleiner Teil für ihn abfallen würde. Vorsicht war auch bei seinen Arbeitskollegen geboten: Wenn sie Wind von der Sache bekämen, würden sie für jede Information die Hand aufhalten. Es war schon schlimm genug, dass Jorge Cristobal aus der Siedlung kaum zu umgehen war, weil er der Mittelsmann zwischen Hector und Lupe war. Wer immer die Belohnung für sich reklamieren wollte, käme an Jorge wohl nicht vorbei. Aber wenn Hector mit den Fakten zu Jorge ginge – so es denn wirklich Fakten waren –, hätte er zumindest das bessere Blatt auf der Hand, um Jorges Anteil auf ein Minimum zu drücken.

5000 Dollar! Es war unvorstellbar.

Sie gönnten sich nicht viel Zeit für die Mittagspause, gerade mal zwanzig Minuten, aber Hector stellte sicher, dass er diesmal neben Roberto saß, der beim Essen gewöhnlich die Geselligkeit mied. Er geduldete sich noch einige Minuten, bis er mit seinem Boss eine Unterhaltung begann: Er habe, so Hector, da eine Freundin, die unbedingt heiraten wolle.

»Wie lang«, fragte er auf Spanisch, »Bist du eigentlich verheiratet?«

Roberto zuckte mit den Schultern. »Acht Jahre.«

»Und wie ist es?«

»Gut. Ich hatte Glück. Gloria arbeitet hart und ist eine gute Mutter. Heirate nie ein Mädchen, das keine Kinder mag.«

»Das ist nicht das Problem«, sagte Hector.

»Wenn du jetzt schon ein Problem hast, solltest du vielleicht noch mal drüber nachdenken. Man sollte möglichst nicht vor der Hochzeit schon Probleme haben.«

»Nun, vielleicht ist es ja keins. Ich bin mir nicht sicher.«

»Du weißt nicht, ob du ein Problem hast?«

»Ich weiß, was ich habe, aber ich weiß nicht, ob es ein Problem ist.«

Roberto wartete.

»Sie …«

»Wie heißt sie denn?«

»Maria.«

»Okay.«

»Maria lebt hier schon seit sieben Jahren.«

»Ist sie eingebürgert? Wenn ja, dann heirate sie.«

»Nein, noch nicht. Ihr geht's so wie mir. Aber ihre Freundinnen haben ihr die Flause ins Ohr gesetzt, dass sie sich bei einer Hochzeit nicht zwingen lassen solle, meinen Namen anzunehmen.«

Roberto schien für einen Moment verwirrt. »Warum sollte sie ihren Namen ändern? Es gibt keinen schöneren als Maria.«

»Ihren Nachnamen«, sagte Hector. »Ihn in meinen Namen ändern – Murillo.«

»Murillo ist doch ein guter Name. Was sollte sie dagegen haben?«

»Es geht ihr nicht um den Namen. Es geht ihr darum, dass sie sich als moderne Amerikanerin versteht.«

»Aber sie ist doch gar keine.«

»Schon, aber sie spricht fließend Englisch. Sie möchte sich integrieren, und in der modernen Gesellschaft lege eine Frau nun mal nicht einfach so ihren Namen ab.«

Roberto runzelte die Stirn. »Sie wird sich nie in diese Gesellschaft integrieren. Weiß sie das denn nicht? Vielleicht ihre Kinder oder deren Kinder, aber möglicherweise nicht mal die. Ich will dir ja keine Vorträge halten, was du mit dieser Frau machen sollst, aber um ehrlich zu sein: Das klingt nicht gut.« Er biss in seinen Burrito und kaute so lange, als wolle er das Problem von allen Seiten durchdenken.

Hector ergriff die Gelegenheit, um weiter nachzuhaken. »Und deine Frau – gab es da kein Problem? Hat sie einfach ihren Mädchennamen abgelegt?«

Roberto nickte. »Natürlich. Darüber wurde nie gesprochen. Und es hätte auch nie eine Diskussion gegeben: Sie ist meine Frau und sie trägt meinen Namen.«

»So sehe ich das eigentlich auch«, sagte Hector, »aber dann frage ich mich wieder, ob sie vielleicht nur den Klang ihres neuen Namens nicht mag: Maria Murillo.«

»Blödsinn. Der Klang eines Namens! Wen interessiert so was schon. Wie heißt sie denn jetzt?«

»Gonzalvez«, sagte Hector. »Maria Gonzalvez.«

»Ha«, rief Roberto und riss triumphierend die Arme hoch. »Genau so hieß meine Frau auch – Gonzalvez. Aber nachdem sie ihn einmal abgelegt hatte, wollte sie ihn nie wieder zurückhaben. Erzähl das deiner Freundin. Und wenn sie es dann noch immer nicht will, würde ich mir die Hochzeit aus dem Kopf schlagen. Eine Frau, die deinen Namen nicht tragen will, macht dir bestimmt auch später nur Ärger.«

In einem der benachbarten russischen Geschäfte kaufte Eztli zwei Piroschki, kleine gefüllte Teigtaschen. Die eine aß er selbst, während er zurück zur Haight Street spazierte. Die andere öffnete er und stopfte vier Tabletten hinein, die er sich vorher in einem Drogeriemarkt besorgt hatte. Die Papierhülle und die Tablettenpackung entsorgte er säuberlich in einen Mülleimer am Straßenrand.

Als er auf die Haight Street einbog, einen Block von der Beratungsstelle entfernt, flanierte er an den Schaufenstern vorbei. Bei einem Reisebüro, zwei Häuser von der Beratungsstelle entfernt, sah er sich die Sonderangebote für Urlaubsreisen an und wartete. Zwei ältere Damen spielten gerade mit dem süßen Labrador auf der Bank, der ihnen dankbar die Hände ableckte.

28

Farrell drehte gedankenverloren an den Griffstangen seines Tischfußballspiels und versuchte, den Ball im Spiel zu halten.

Es klopfte an der Tür, und als er kurz aufschaute, kullerte der Ball prompt ins rechte Tor. »Herein.«

»Wo ist Treya?«

»Fragen Sie nicht. Und schließen Sie bitte die Tür.«

Amanda Jenkins zeigte diesmal kein Bein. Sie trug Jeans und ein einfaches schwarzes T-Shirt. Anscheinend hatte sie sich nach dem Aufstehen nicht gekämmt und sah überhaupt so aus, als habe sie in der Nacht kein Auge zugedrückt. Für einen Augenblick war Farrell versucht, einen schlauen Kommentar über die passende Kleidung am Arbeitsplatz vom Stapel zu lassen, doch nachdem er ihre roten Augen gesehen hatte, hielt er das für deplatziert und sagte: »Ich habe Sie nicht erwartet, Amanda. Vielleicht sollten Sie ein paar Tage freinehmen, bis sich der Staub gelegt hat.«

»Wollen Sie mich auf den Arm nehmen?«, fragte sie. »Genau deshalb bin ich doch hier: um ordentlich Staub aufzuwirbeln. Ich möchte dieses Schwein an seinen Eiern aufhängen.«

»Sie wollen also noch immer zur Grand Jury?«

»Absolut. Und ich möchte es schneller, als Sie es sich vorstellen können.«

»Das bezweifle ich.« Er war um seinen Kickertisch gekommen und lehnte sich nun dagegen. »Können Sie denn die Anklageschrift noch schneller zusammenbekommen?«

»Wenn ich auf Schlaf verzichte – aber das werde ich ohnehin tun müssen.«

»Aber die Sorgfalt darf darunter nicht leiden. Sie wollen nicht vor die Grand Jury treten und eine Abfuhr bekommen.«

»Ich werde ihn mir schon schnappen. Bei Gott, ich werde ihn schnappen.«

»Glauben Sie wirklich, Sie könnten es bis nächsten Dienstag schaffen?«

»Nun, ich habe alle Beweise aus den Sandoval-Unterlagen, ich habe Aussagen zu Matts Beschattungsauftrag, ich habe Nuñez und Janice Durbin und den Faktor Rache, dann werde ich noch Abe nach dem letzten Stand seiner Untersuchungen befragen …«

»Wo wir gerade beim Thema sind: Haben Sie die Marrenas-Kolumne heute gelesen?«

»Sie soll sich ins Knie ficken.«

»Klar, aber haben Sie die Kolumne gelesen?«

»Nein, warum?«

»Sie hat Abe die Hölle heißgemacht.«

»Abe? Wie denn das?«

»Er würde Michael Durbin nicht unter die Lupe nehmen, weil er auf Ro fixiert sei. Alles sei ein persönlicher Kreuzzug, bla bla bla. Und damit Sie nicht meinen, hier im Büro sei nichts los: Wer, glauben Sie, hat mich wohl gestern angerufen und auf die Grand Jury angesprochen?«

Jenkins fuhr sich mit den Händen durchs Haar. »Was ist das nur für eine unglaubliche Scheiße, Wes. Ich komme mir wie in ›Alice in Wonderland‹ vor.«

»Absolut. Willkommen in San Francisco.«

»Und, wer hat Sie nun wegen der Grand Jury angerufen? Marrenas?«

»Die auch, zuerst. Aber der Spaß ging erst richtig los, als Cliff Curtlee höchstpersönlich mich wissen ließ, dass persönliche Drohungen durchaus zu seinen Verhandlungswerkzeugen zählen.«

»Das liegt bei denen in der Familie.«

»Offensichtlich. Wie dem auch sei: Ich kann noch immer nicht die Bedienungsanleitung für diesen Staatsanwaltschaftsjob finden, für den ich Idiot mich selbst zur Wahl gestellt habe. Er spricht seelenruhig eine Drohung aus – und ich hocke hier im Büro und habe nicht die leiseste Idee, wie ich gegen ihn angehen kann. Ich bin nicht gerade Rambo, wenn ich im Namen des Volkes handeln soll. Langsam glaube ich, dass mir bei aller Liebe einfach die Eier für diesen Job fehlen.«

»Wir werden ihn schon schnappen, Wes. Glauben Sie mir.«

»Irgendwer wird ihn irgendwann sicher schnappen, das glaube ich auch.« Er ging durchs Zimmer und ließ sich auf das Sofa fallen. »Und glauben Sie bitte nicht, mir sei nicht bewusst, wie sehr alles mein Fehler ist.« Er schaute zu seiner Stellvertreterin hoch. »Es tut mir so leid, Amanda – die Sache mit Matt, und mit Ihnen. Von den anderen Opfern ganz zu schweigen. Man sollte mich aus dem Amt jagen.«

»Vergessen Sie das mal schnell wieder«, sagte Amanda beschwichtigend. »Vor allem jetzt, wo Sie kapieren, wie der Job funktioniert.«

»Machen Sie sich nichts vor«, sagte Farrell. »Ich kapiere gar nichts.« Das Handy klingelte an seinem Gürtel, und er schaute auf das Display. »Es ist Sam, ich muss das Gespräch kurz annehmen. Geben Sie mir eine Minute.« Er drückte die Empfangstaste. »Hey … Nein, ich bin … Langsam, langsam. Was? Sie ist was? Mein Gott, ruf die Polizei an und sag, dass sie umgehend einen Wagen schicken. Ich fahr auch sofort los.«

Als er das Handy zuklappte, spiegelte sich die Bestürzung in seinem Gesicht.

»Was?«, fragte Amanda. »Was ist jetzt passiert?«

»Jemand hat meinen Hund umgebracht«, sagte Farrell mit tonloser Stimme. »Sie haben meinen wundervollen Hund umgebracht.«

Glitsky fuhr vom Krematorium zur Polk Street, wo er seinen Wagen abstellte und sich im »Swan Oyster Depot« in die Schlange der Wartenden einreihte. Als er eineinhalb Stunden später mit vollem Magen wieder ans Sonnenlicht trat, hatte er gegen sämtliche Ernährungsvorschriften verstoßen, die für Herzinfarktpatienten oder halbwegs koscher essende Juden eigentlich in Stein gemeißelt waren. Er hatte zwei Dutzend rohe Austern geschlürft, ein halbes Dutzend Muscheln, dazu einen halben Brotlaib mit reichlich Butter, eine halbe Dungeness-Krabbe mit Mayonnaise und noch mehr geschmolzener Butter – und er hatte zwei Bier getrunken. Es war das erste Mal seit drei Jahren, dass er überhaupt einen Tropfen Alkohol angerührt hatte.

Zurück im Auto, rief er Treya in Los Angeles an, doch das Gespräch verlief völlig unbefriedigend. Sie wollte noch immer nicht nach Hause kommen – und ja, den Kindern gehe es prima. Er erwähnte die Marrenas-Kolumne, und sie hatte geantwortet: »Was hast du denn anderes erwartet?« Nach fünf Minuten hatte er sich verabschiedet und dabei »Ich liebe dich« gemurmelt, was sie aber nur mit einem »Okay« quittiert hatte.

Mit quietschenden Reifen war er aus seinem Parkplatz geschossen und fuhr nun, die kalte Wut im Gesicht, zum

Haus der Curtlees. Von der Rund-um-die-Uhr-Überwachung war weit und breit nichts zu sehen, was aber dadurch erklärbar war, dass die Kollegen vielleicht irgendwo an Ros Fersen klebten. Die Chance war gering, dass Ro gerade jetzt zufällig aufkreuzen würde – und nur Gott wusste, was in diesem Fall passiert wäre –, aber trotzdem blieb Glitsky in seinem Wagen sitzen, bis er nach zwanzig Minuten einnickte.

Als er rund vierzig Minuten später wieder wach wurde, mit dickem Kopf und belegter Zunge, ließ er den Wagen wieder an, machte einen U-Turn und fuhr in die Innenstadt zurück. Er legte Wert darauf, die Tempolimits um mindestens dreißig Stundenkilometer zu überschreiten – in der perversen Hoffnung, von einem Polizisten angehalten zu werden, mit dem er sich dann so richtig hätte fetzen können.

Jeff Elliot, bärtig und wohlgenährt, saß in seinem Rollstuhl im Erdgeschoss des »Chronicle«-Gebäudes, als er informiert wurde, dass sich Glitsky am Empfang befinde und mit ihm sprechen wolle. Die beiden Männer kannten sich seit zwanzig Jahren und waren in dieser Zeit oft genug stillschweigende Verbündete gewesen. Aktuell war Glitsky ein brandheißes Thema, und wenn er Elliot etwas zu sagen hatte, sollte es an Elliot sicher nicht scheitern.

Da stand er nun in der Tür, atmete schwer durch die Nase und hatte den Mund so fest zusammengepresst, dass die Narbe auf seiner Lippe weiß leuchtete. Sein Gesicht signalisierte eine neue, fast schon beängstigende Intensität, die Elliot an Glitsky noch nie erlebt hatte. Seine Aggressivität war so ungewohnt und augenfällig, dass Elliot im ersten Moment sogar unbewusst zurückgeschreckt war, bevor er dann ein freundliches, entwaffnendes Lächeln aufsetzte.

»Doktor Glitsky«, sagte er. »Welchem Umstand verdanke ich die Ehre Ihres Besuchs?«

»Bleibt alles vertraulich, bis ich es sage?«

»Selbstredend.«

»Ich möchte jemanden umbringen, Jeff, und ich meine es wörtlich. Wenn ich mich nicht selbst am Schopfe gepackt und hierher befördert hätte, wäre es vielleicht schon passiert.«

»Ro Curtlee?«

»Der wäre der Erste.«

»Sheila?«

»Ja, die auch. Ich kam in der Hoffnung, Sie könnten es mir ausreden.«

»Warum sollte ich?« Nachdem er kräftig durchgeatmet hatte, zeigte Jeff auf einen Stuhl. »Wollen Sie Platz nehmen?«

Glitsky atmete ebenfalls einmal durch und nickte, als müsse er sich selbst überzeugen. »Sitzen kann vielleicht nicht schaden.« Und das tat er denn auch, steif wie ein Ölgötze.

Jeff schaute ihn für eine Weile an. »Schweren Tag gehabt, was?«

Glitsky schüttelte den Kopf. »Wenn Sie wüssten.«

»Wenn Sie mir Ihre Version der Ereignisse schildern wollen, kann ich gerne für eine Veröffentlichung sorgen.«

»Nur damit Sie vorab im Bilde sind«, sagte Glitsky, »ich habe im Durbin-Fall noch niemanden von der Liste der Verdächtigen gestrichen, weder ihren Ehemann noch

Ro Curtlee. Aber es so darzustellen, wie Marrenas es tat, dass nämlich Ro überhaupt kein Motiv besaß, ist einfach unverfroren. Er hat Michael Durbin bei der Anhörung letzte Woche gesehen und ihn wiedererkannt. Und man kann in den Gerichtsunterlagen nachlesen, dass er der Geschworenensprecher war, der offensichtlich ein paar Unentschlossene davon überzeugte, Ro schuldig zu sprechen. Rache kommt als Motiv also definitiv in Frage – und wer das abstreitet, lügt sich selbst in die Tasche.«

Elliot nahm ein Aufnahmegerät aus seinem Schreibtisch und hielt es hoch.

»Gut unterrichtete Kreise?«, fragte Glitsky.

»Wie wäre es mit ›wohl informierte Kreise aus dem Polizeipräsidium‹?«

»Quellen aus dem Umfeld der Ermittlungen.«

»Abgemacht«, sagte Elliot und schaltete das Gerät an.

Es war gegen vier Uhr am Nachmittag, als Eztli mit dem 4Runner zum »MoMo's« gefahren war, um Ro wieder abzuholen. Er hatte bereits dort zu Mittag gegessen und hockte nun auf dem gleichen Barhocker, auf dem er schon gestern Wurzeln geschlagen hatte. Tiffany hatte heute Spätschicht, und Ro hatte nicht vor, bis um zwei in der Nacht oder noch länger zu warten und hatte deshalb Eztli beauftragt, ihn abzuholen. »Und, habe ich was verpasst?«, fragte Ro, als sie den Embarcadero entlangrollten. »Ich hab das Gefühl, als wär ich eine Woche weggewesen. Mein Gott, das Mädchen war wirklich ein heißer Feger. Noch eine Nummer, und sie hätte mir mein gutes Stück abgebrochen.«

Eztli sah ihn mit einem Gesichtsausdruck an, der Zuneigung schon ziemlich nahe kam. Ihm gefiel es einfach, wie der Bursche drauf war. »Du brichst mir das Herz«, sagte er. »Und ja, es gab ein paar Sachen. Am bemerkenswertesten war wohl, dass unsere Beschatter ihren Schwanz eingezogen haben.«

»Muss wohl in der Luft liegen. Ich hab meinen Schwanz auch eingeklemmt.« Ro prustete ob des eigenen Wortspiels. »Eine Tüte hast du zufällig nicht zur Hand?«

»Klar.« Eztli zog einen Joint aus der Innentasche und reichte ihn hinüber. »Ich meinte die Cops, die dich rund um die Uhr im Auge halten sollten.«

»Das waren ja eh völlige Nieten.« Ro zündete den Joint an und zog tief ein. Beim Ausatmen sagte er: »Ich kapier nur nicht, warum sie sich verdrückt haben. Nicht, dass es einen Unterschied machen würde ...«

»Sheila war wohl eifrig. Sie hat Lapeer informiert, dass sie morgen über die Beschattungsaktion schreiben würde, dass es wieder eine neue Schikane sei. Und Lapeer kann sich weiteren Druck nicht mehr leisten.«

»Ich würd die Frau gerne mal ficken.«

»Lapeer?«

»Nein. Die vielleicht auch. Aber ich meinte Sheila. Einen Zug?« Er reichte den Joint hinüber. »Das heißt also, dass wir wieder freie Menschen sind?«

Eztli nahm einen Zug. »Könnte man so sagen.«

»Hast du irgendwas auf dem Programm?«

»Nichts Konkretes.«

»Nun, ich dachte da an was ...«, sagte Ro. »Ich hab 'ne Idee.«

Glitsky redete länger als eine Stunde mit Jeff Elliot, fuhr dann aber noch mal am Justizgebäude vorbei, um kurz sein Gesicht zu zeigen. Farrell war mit unbekanntem Ziel verschwunden, während Glitskys eigene Truppen bis über beide Ohren in ihre Fälle vertieft waren. Im Besprechungszimmer bekam er immerhin moralische Unterstützung von den anwesenden Leuten der Mordkommission, und das kollektive Schulterklopfen tat ihm so gut, dass Glitsky für eine Weile nur rumhing und die Sympathie der Kollegen genoss.

Nun fuhr er einen Häuserblock nach dem anderen ab und suchte verzweifelt nach einem Parkplatz, der nicht weiter als fünf oder sechs Blocks von seinem Haus entfernt war.

Es war auch nicht hilfreich, dass sich im Westen eine dichte Nebelbank aufgebaut hatte, die das Ende des kalten, aber trockenen Wetters ankündigte. Kalt und nass, dachte Glitsky, war wohl nur noch eine Frage der Zeit. Und da tauchte sie auch schon auf, eine schwarze Regenfront, die vom Horizont auf ihn zurollte.

Als sein Handy klingelte, war er versucht, es auszuschalten, ohne auch nur aufs Display zu schauen. Er hatte schon einen brutalen Tag hinter sich, fühlte sich nach seinem Fress-Exzess noch immer etwas übel und war schlicht und einfach erschöpft. Aber dann dachte er, dass es vielleicht Treya sein könne, und schaute nach, wer der Anrufer war.

Michael Durbin.

»Lieutenant«, sagte Durbin. »Sie müssen sofort vorbeikommen. Sie werden nicht glauben, was er diesmal angerichtet hat.«

29

Als Glitsky in der Rivera Street ankam, hatte die Regenfront die Nachbarschaft bereits erreicht. Die Scheibenwischer verrichteten Schwerstarbeit, als Glitsky den Wagen bis vor die Ruine rollen ließ, deren Umrisse im Nebel kaum zu erkennen waren.

Jemand saß hinter dem Steuer des Wagens, hinter dem Glitsky geparkt hatte, und stieg umgehend aus. Im Scheinwerferlicht sah Glitsky, dass es Michael Durbin war. Glitsky schaltete Licht und Zündung ab und stieg aus, bevor Durbin seinen Wagen erreicht hatte.

»Danke, dass Sie gekommen sind. Ich glaube wirklich, dass es den Besuch wert ist.«

Es war eisig draußen, Glitsky verschränkte die Arme vor der Brust. »Dann wollen wir uns es mal anschauen.«

Schweigend führte ihn Durbin die Einfahrt hoch und hinter das Haus, wo eine separate Garage stand, die etwa die Hälfte des kleinen Gartens in Anspruch nahm. Da sie mit dem Haupthaus nicht verbunden war, hatte der Brand hier keine Schäden hinterlassen. Ihre Füße knirschten unter geborstenem Glas, als sie zu dem seitlichen Eingang gingen. Eine nackte Glühbirne hing über der Tür.

Durbin fischte in seiner Hose nach dem Schlüssel und steckte ihn ins Schloss. »Ich hätte wahrscheinlich dran denken müssen, den Türknopf nicht zu berühren«, sagte er, »aber ich konnte ja nicht wissen, was ich hier vorfinden würde.«

Glitsky schaute auf den blanken Türknopf, der eine ideale Oberfläche für Fingerabdrücke bot. »Warten

Sie. Sie sind also schon mal auf diesem Weg hineingegangen?«

»Nur das eine Mal.«

Glitsky schob Durbin zur Seite und holte die Latex-Handschuhe heraus, die er immer bei sich trug. »Ich öffne sie diesmal. Und fassen Sie nichts an, weder hier noch drinnen, verstanden?«

»Klar.«

Glitsky drehte den Schlüssel, dann den Türknopf und stieß die Tür auf. Er ging hinein und ertastete an der rechten Wand den Lichtschalter. Als er ihn betätigte, wurde der Raum von drei Schienenstrahlern taghell erleuchtet.

Glitsky hatte keine Ahnung, was ihn erwarten würde, war aber doch auf diesen Anblick nicht vorbereitet. Durbin hatte den Raum als Atelier genutzt. Knapp zwanzig großformatige, farbintensive und – in Glitskys Augen – professionelle Porträts sehr realistisch wirkender Personen standen an den Wänden. In der Mitte des Raum befanden sich drei Bilder, offensichtlich noch nicht fertiggestellt, die gegen Staffeleien gelehnt waren.

Jemand war in den Raum eingedrungen und hatte sie alle aufgeschlitzt – einige mit einem Hieb, andere fünf oder sechs Mal, sodass die Leinwand nur noch in Fetzen herunterhing. Soweit Glitsky sehen konnte, gab es kein Gemälde, das unbeschädigt geblieben war. Aber was den Vandalismus noch schlimmer machte, waren die Bilder selbst. Glitsky hielt sich nicht gerade für einen Kunstkenner, aber diese Bilder – die größten von ihnen reichten bis unter die Decke – waren offenkundig das Resultat eines wirklich ungewöhnlich talentierten Künstlers.

Was immer Glitsky sonst von Durbin halten mochte: Seine Gemälde hatten unbestreitbar Ausdruckskraft und Substanz.

Glitsky stand noch immer gebannt am Eingang, als sich Durbin neben ihn stellte. Als Glitsky zu ihm hinüberschaute, war er nicht überrascht, erste Spuren von Tränen in seinen Augen zu sehen.

»Und Sie glauben, Ro steckt dahinter?«, fragte Glitsky.

»Ich bin mir absolut sicher.«

»Woher wusste er, dass die Bilder überhaupt existierten?«

»Marrenas. Sie schrieb über meine fantasielosen, amateurhaften, lächerlichen Sachen, als Sie uns damals beide fertigzumachen versuchte. Dieser Raum war immer mein Atelier, ich habe keine Anstrengungen unternommen, das geheim zu halten. Warum sollte ich? Wen hätte das interessieren sollen?«

Glitsky musste wieder auf eines der Bilder schauen, das auf dem Fußboden stand. Es war das Porträt einer Frau, die den Rahmen fast ohne Hintergrund füllte. Sie hatte ihren Kopf zum Maler gedreht, ihre wundervollen Augen schienen ein Geheimnis zu hüten, ihre Haut war zum Anfassen nah. Obwohl ein Hieb ihr Gesicht aufgeschlitzt hatte, war sie faszinierend, vor allem in dieser Pose. Und das, obwohl das Gemälde noch nicht mal fertiggestellt war. »Ist das Liza Sato?«, fragte er.

»Ja. Oder: war es mal.«

»Ist sie hierhergekommen und hat Ihnen Modell gestanden?«

»Nein, natürlich nicht. Die Leute haben einfach nicht die Zeit, um Modell zu stehen. Und ich hätte dafür auch nicht die Muße. Normalerweise nehme ich ein Foto als Vorlage.« Er starrte auf das Bild. »Sie ist wunderschön, nicht?«

Glitsky nickte. »In der Tat. Hat Ihre Frau das je gesehen?«

Durbin schüttelte den Kopf. »Ich kann es Ihnen nur noch mal sagen, Kommissar: Ich habe Janice nicht umgebracht. Und meine Bilder habe ich auch nicht aufgeschlitzt. Das hier ist das Resultat von zehn Jahren Arbeit.«

Was sicher der Wahrheit entsprach, aber Glitsky war nicht entgangen, dass er die Frage nicht beantwortet hatte. »Hat Ihre Frau das je gesehen?«, fragte er noch mal.

Resigniert zuckte er mit den Schultern. »Keine Ahnung. Sie war nicht gerade der größte Fan meiner Kunst, Lieutenant, und ich kann es ihr nicht mal übel nehmen. Ich konnte die Dinger nicht verkaufen, als wir das Geld dringend gebraucht hätten.«

»Ich hätte vermutet, dass sie sich gut verkaufen.«

»Danke für die Blumen, aber Sie kennen den Markt nicht, Sie wissen nicht, wie es dort zugeht. Bei Fotorealismus ist die Konkurrenz unter den Künstlern geradezu brutal, aber Fotorealismus ist nun mal genau das, was ich mache – und immer geliebt habe. Dummerweise kann man seine Rechnungen davon nicht bezahlen. Und nur darum geht es, wenn man Frau und Kinder hat. Traurig, aber wahr. Ich habe seit Jahren nicht mal mehr versucht, eins zu verkaufen.« Er ließ noch mal den Blick über seine Werke schweifen. »Was aber nicht bedeutet, dass es mir nicht das Herz bricht – und dass es eine schlimmere Erfahrung ist als fast alles, was ich mir vorstellen kann.«

Glitsky konnte Durbins Gefühle nur allzu gut nachvollziehen: Die sinnlose Zerstörung, diese Demonstration unmenschlicher Barbarei, hatte selbst bei ihm ein flaues Gefühl im Magen ausgelöst. Aber gleichzeitig konnte er den Gedanken nicht verdrängen, dass Durbin selbst seine Werke zerstört haben könnte, um Ro Curtlee weiterhin als Mörder seiner Frau im Gespräch zu halten. Der Zeitpunkt war suspekt – Ro hatte schließlich gerade ein Alibi für die Tatzeit vorgelegt –, aber auch die Tatsache, dass es Michael Durbin selbst war, der die Verwüstung entdeckt hatte.

Was zu Glitskys nächster Frage führte: »Wann haben Sie das alles entdeckt?«

»Kurz bevor ich Sie angerufen habe.«

»Ihnen fiel also zufällig ein, dass Ihre Gemälde noch hier rumstanden.«

»Sicher nicht, Kommissar. Natürlich wusste ich, dass sie sich hier befanden. Ich wusste, dass das Feuer nicht auf die Garage übergegriffen hatte, also gab es auch keinen Grund, mich von ihrem Zustand zu überzeugen.«

»Dann kamen Sie heute also, um zu malen?«

»Spielt das wirklich eine Rolle, warum ich kam? Meine Frau ist tot. Meine Kinder sind am Boden zerstört. Mein bisheriges Leben ist ausgelöscht. Und nach dem, was Marrenas heute Morgen geschrieben hat – und die gleiche Erfahrung werden Sie ja sicher auch gemacht haben –, ist nun auch die Atmosphäre an meinem Arbeitsplatz so vergiftet, dass ich es dort nicht aushalte.

Obendrein muss wohl einer meiner Leute ihr was erzählt haben …«

»Was meinen Sie damit?«

»Jemand muss ihr erzählt haben, dass ich am Freitag verspätet zur Abeit kam.«

»Wissen Sie, wer es war? Und warum er es gesagt hat?«

»Liza Sato glaubt, dass es ein Typ namens Peter Bassey war. Und dass er eifersüchtig ist, weil sie mich mag.« Er schaute Glitsky verlegen an. »Hey, was soll ich sagen? Wir mögen uns beide. Wir kommen gut klar. Was ja meines Wissens kein Verbrechen ist. Peter sorgt also nun im Büro für schlechte Stimmung – und ich hatte einen endlos deprimierenden Nachmittag vor mir. Also bin ich hierhergekommen, um mir die Zeit zu vertreiben.« Er zeigte mit der Hand auf die Verwüstung. »Um das vorzufinden. Und danach hab ich Sie gleich angerufen. Falls Ro hier war, hat er vielleicht Spuren hinterlassen. Was meinen Sie?«

Statt einer Antwort griff Glitsky zum Handy und gab eine Nummer ein. »Abe Glitsky hier vom Morddezernat. Ich brauche so schnell wie möglich ein Spurensicherungsteam.«

Sam Duncan saß in Tränen aufgelöst auf einem der durchgesessenen Sofas im Empfangsbereich der Beratungsstelle. Wes Farrell, zu keiner Gefühlsregung mehr fähig, saß neben ihr und hielt ihre Hand. Mit der anderen Hand streichelte er über Gerts leblosen Körper, der neben ihm lag. Die Tierschutzbehörde hatte bereits einen Wagen losgeschickt, während Sam noch immer nach einer Erklärung suchte. Für Wes hingegen war die Sachlage völlig klar.

»Sie war den ganzen Morgen auf der Bank«, jammerte Sam, »so wie sie dort immer in der Sonne liegt.«

»Hast du jemanden gesehen, der stehen geblieben ist?«

»Wes, alle sind sie stehen geblieben – kleine Kinder, ältere Damen, selbst die Obdachlosen. Es war Gert! Alle haben Gert geliebt! Hast du das vergessen?«

»Natürlich nicht. Aber dann blieb jemand stehen und hat sie vergiftet.«

»Das wissen wir doch noch nicht – zumindest nicht mit letzter Sicherheit.«

»Ich weiß es.«

»Und wieso?«

»Ich weiß es einfach. Sie war – wie viel? – fünf Jahre alt, völlig gesund – und plötzlich hat sie Schaum vor der Schnauze und stirbt. So was passiert nicht aus heiterem Himmel.«

»Manchmal schon. Wer sollte denn einen Grund haben, einen so süßen Hund grundlos umzubringen?«

»Es hat mit ihr gar nichts zu tun. Erinnerst du dich an ›Der Pate‹ und den abgetrennten Pferdekopf, den man jemandem ins Bett gelegt hat? Genau der gleiche Fall. Es war Cliff Curtlee.«

»Aber ich hab ihn mal kennengelernt – er ist ein charmanter älterer Herr. Er spendet sogar für die Beratungsstelle. Cliff würde so was nicht tun.«

»Er selbst nicht, nein. Und er mag nach außen hin auch charmant sein, aber er hat nicht die geringsten Skrupel, den Befehl zu geben. Ich wette mit dir eine Million Dollar, dass er es getan hat.«

»Aber warum?«

»Um mich wissen zu lassen, dass es ihm ernst ist, dass er sich nicht länger auf der Nase herumtanzen lassen will. Und um mir eine Vorstellung zu geben, was als Nächstes passieren könnte. Nur, dass es beim nächsten Mal jemanden treffen wird, der mir noch näher steht. Wie dich. Oder mich selbst.«

»Als Nächstes? Warum?«

»Wenn ich weiterhin die Absicht habe, die Grand Jury auf seinen kleinen Jungen loszulassen.«

Sie fuhr sich mit der freien Hand durch die Haare. »Mein Gott, ich kann das alles nicht fassen. Wie kann so etwas passieren?«

»Wir beide kennen die Antwort, Sam. Ich war es, der nicht energisch genug gegen Ros Kaution eingeschritten ist. Nun hat er wieder den Duft der Freiheit in der Nase und kämpft mit allen Mitteln darum, sie nicht wieder zu verlieren. Mit *allen* Mitteln.« Sein Blick wanderte wieder zu seinem Hund. »Gottverdammte Scheiße.«

Sam beugte sich herüber und streichelte Gerts Kopf, ließ dann aber ihre Hand auf Farrells Oberschenkel liegen. »Was willst du denn jetzt machen?«

»Ich weiß es nicht. Ich habe wirklich nicht die leiseste Idee. Ro sofort verhaften. Die Grand Jury zu einer Krisensitzung einberufen, am besten gleich morgen, und mit Amandas Anklageschrift reinmarschieren.«

»Aber du sagtest doch, dass du Cliff Curtlee dahinter vermutest – und nicht Ro.«

»Ich weiß. Sehr wahrscheinlich war er's, aber ich weiß nicht mal mehr, ob das noch einen Unterschied macht. Die ganze Situation ist völlig verfahren. Fast möchte ich

Cliff anrufen und ihm sagen, dass ich die Botschaft verstanden habe und er das Spiel gewonnen hat. Dass wir alle Bemühungen zum Thema Ro sofort einstellen und bis zur Wiederaufnahme des Prozesses warten, was nicht vor August der Fall sein wird. Vielleicht wird das ja das Blutbad zu einem Ende bringen.«

»Glaubst du das wirklich?«

Farrell schüttelte den Kopf. »Nein. Ro wird noch immer die andere Zeugin aufspüren wollen, eine Frau namens Gloria Gonzalvez. Sie wird sich bald in akuter Gefahr befinden. Nein, sie *ist* schon in akuter Gefahr. Und allein schon aus diesem Grund kann ich nicht einfach aufgeben – abgesehen davon, dass ich das im Innersten meines Herzens auch nicht will. Aufgeben steht nicht auf der Agenda. Ich muss den Druck auf diesen Abschaum weiter aufrechterhalten, muss sie ständig daran erinnern, dass sie sich den Falschen ausgesucht haben, wenn sie meinen, mit dieser Scheiße durchzukommen.«

»Und was ist, wenn sie mit noch größeren Kanonen auf dich schießen?«

»Auf einen von uns beiden?« Er schüttelte den Kopf. »Ich werde ihnen keine Zeit dafür geben. Auch wenn ich weiß, dass sie zu allem fähig sind« – er fuhr mit der Hand über den Körper seines Hundes –, »dass es nichts gibt, vor dem sie zurückschrecken würden. Vielleicht sollte ich dich an einen sicheren Ort bringen, bis das alles vorbei ist.«

»Das will ich nicht.«

»Wäre aber vielleicht klüger.«

Sam ließ Farrells Hand los, stand auf und ging zur Tür. Mit verschränkten Armen stand sie da, unbeweglich wie eine Statue, und blickte in den dunklen Nebel hinaus. Schließlich atmete sie tief durch und drehte sich um. »Um nichts in der Welt. Wenn sie dich nicht abschütteln können, werden sie mich auch nicht los.«

»Aber du hast dich für diesen Job nicht beworben, ich schon. Macht einen kleinen Unterschied.«

»Aber nur einen ganz kleinen.«

»Finde ich nicht. Bist du nicht vor ein paar Tagen ausgezogen, weil ich in meinem Job so jämmerlich versagt habe? Und du hattest ja völlig recht. Ich hätte meine Unfähigkeit in den letzten Wochen nicht besser unter Beweis stellen können.«

Sie war zum Sofa zurückgekehrt und kniete sich vor ihn. »Aber da ging es doch nicht um deinen Job, Wes. Es ging um dich und mich und die Tatsache, dass wir nicht mehr über das gesprochen haben, was in unserem Leben passierte. So wie wir es in diesem Moment tun. Und, nein, du kannst diese Leute nicht unbehelligt laufen lassen, wenn sie Sachen tun wie … wie das hier. Oder noch Schlimmeres.«

Er sah sie eindringlich an. »Um ehrlich zu sein: Ich weiß nicht genau, wie ich sie aufhalten kann, Sam. Aber ich weiß, dass ich es mit aller Kraft versuchen werde. Es gibt einfach keine Alternativen – selbst wenn es stimmt, dass ich wahrscheinlich nicht die ideale Besetzung für diesen Job bin.«

»Aber das bist du, Wes. Vielleicht bist du sogar der einzige Mann, der noch das nötige Rückgrat hat, um die Sache durchzustehen.«

»Vielleicht hast du auch konkrete Vorschläge, wie ich das anstellen soll?«

»Spontan fällt mir nichts ein, aber wir beide werden einen Weg finden. Das verspreche ich dir.«

»Wir beide?«

»Natürlich wir beide. Was hast du denn gedacht?«

30

Zwei Stunden lang stellte das CSI-Team Durbins Garage auf den Kopf. Sie nahmen Fingerabdrücke von verschiedenen Oberflächen, machten Fotos, sammelten Staubmäuse und Fasern, konnten aber nichts finden – auch kein Werkzeug zum Aufschlitzen der Bilder –, was auf Ro Curtlee oder einen anderen Täter hingewiesen hätte. Und da die nächsten Schritte ihrer Untersuchungen ohnehin im Labor stattfanden, erklärten sie ihre Arbeit am Tatort für beendet und gingen. Glitsky, wortkarg und unwirsch, hatte Durbin von den Ermittlern ferngehalten und ließ sich keine weitere Informationen entlocken, geschweige denn in eine Unterhaltung verwickeln.

Nun, gegen 20 Uhr, kehrte Durbin zum Haus der Novios zurück. Als er durch die Küchentür eintrat, war das Haus dunkel; außer von einem Fernseher im ersten Stock war kein Laut zu hören. Michael war daher überrascht, plötzlich Kathy vor sich zu sehen. Sie hockte im Dunkeln am Küchentresen, vor sich einen Drink.

Sie hatte offensichtlich geweint und schaute hoch, als er hereinkam. »Hey«, sagte sie mit kaum vernehmbarer Stimme.

»Hey.« Er ging zu dem Tresen. »Alles okay mit dir?«

Sie zuckte mit den Schultern.

»Was trinkst du?«, fragte er.

»Keine Ahnung. Bourbon, glaube ich.«

»Kann ich dir Gesellschaft leisten? Wobei mir schon klar ist, dass du den ganzen Tag nur Leute um dich rum hattest. Solltest du also …«

»Nein, ist schon recht. Die Flasche steht da drüben. Du kannst mir auch noch einen nachkippen, wenn du magst.«

Michael holte sich ein Glas, füllte es mit Eis und Bourbon und ging dann hinüber, um Kathys Glas nachzufüllen. Er setzte sich auf den Hocker neben sie und nahm einen Schluck. »Ist Jon wieder zurück?«, fragte er.

»Noch nicht. Er hat mir eine SMS geschrieben, dass er woanders übernachten würde.«

»Bis wann?«

Sie schaute ihn an. »Bis er zurückkommt, würde ich sagen. Er ist okay, Michael. Alles wird wieder ins Lot kommen.«

»Er hält es für möglich, dass ich Janice umgebracht habe.«

Sie schüttelte den Kopf. »Glaube ich nicht. Er ist halt völlig durcheinander. Alle sind durcheinander, aber jeder zeigt es auf seine Weise.«

Er nahm noch einen Schluck. »Wo stecken denn die anderen?«

»Die Mädchen sitzen vor dem Fernseher, Peter ist schon schlafen gegangen, und Chuck ist auf dem College.«

»Auf dem College?«

»Er muss schriftliche Arbeiten benoten.« Sie nippte an ihrem Drink. »Es hört nie auf.«

»Ich weiß nicht, woher er die Energie nimmt.«

Sie zog ein Gesicht, das er nicht deuten konnte. »Er spart sie sich an anderer Stelle.«

Unsicher, wie er die Aussage interpretieren sollte, nickte Michael zustimmend. »Schätze ich auch.«

Beide nahmen erneut einen Schluck.

»Das hätte ich nicht sagen sollen«, sagte Kathy. »Ich glaube, ich bin schon betrunken.«

»Ist völlig okay. Du hast es dir verdient.«

»Nein, ich sollte Chuck nicht kritisieren. Aber manchmal fällt es mir so schwer. An einem Tag wie heute, wo Millionen Leute rein- und rausmarschieren, wo so viele Gefühle aufgewirbelt werden … dann denkt man sich schon mal, wie schön es wäre, wenn dein Mann nicht wieder zur Arbeit ginge, sondern bei dir bleiben würde, wenn es … ich weiß nicht, wenn es so wäre wie früher.« Sie schluchzte, wieder rollten Tränen über ihre Wangen. »Ich muss daran denken, wie die arme Janice ohne jede Warnung gestorben ist. Erst steht sie noch mitten im Leben – und dann ist sie für immer verschwunden, und man fragt sich unweigerlich, was wirklich wichtig ist und warum man sich mit diesen Banalitäten abgibt und nicht mehr Zeit mit der Person verbringt, die man doch angeblich liebt und die einen braucht – anstatt die verdammten Hausarbeiten der bescheuerten Studenten zu benoten.«

Sie wischte ihre Tränen mit der Hand ab, nahm noch einen Schluck und setzte das Glas ab. »Tut mir leid, Michael, es tut mir so leid. Ich weiß selbst nicht, was ich da erzähle, ich bin noch immer nicht ganz bei mir. Ich fühle mich so einsam. Mutterseelenallein. Ich weiß, dass du das verstehst.«

»Tu ich.«

»Ich sollte nicht so wütend auf Chuck sein. Es liegt nicht an ihm. Ich habe so eine Wut auf die ganze Welt.«

»Sie hat es verdient«, sagte Michael. »Mir geht es genauso.« Er nahm sein Glas und trank es mit einem Schluck aus.

Dismas Hardy, der Partner in Wes Farrells alter Kanzlei, war Abe Glitskys bester Freund. Er lebte mit seiner Frau Frannie auf der 34. Avenue, Nähe Clement Street. Auch wenn es nicht direkt auf Glitskys Heimweg lag, so war es auch kein großer Umweg. Als er vorbeifuhr, brannte Licht im Wohnzimmer, und Rauch stieg aus dem Kamin. Und als ihm auf der gegenüberliegenden Seite auch noch ein freier Parkplatz entgegenlachte, reagierte Glitsky schnell, machte eine Kehrtwende und stellte den Wagen ab.

Hardy öffnete in verwaschenen Jeans, ausgetretenen Slippern und einem alten blauen Pullover die Tür seines viktorianischen Hauses. »Tut mir leid«, sagte er. »Wir kaufen nichts. Wahrscheinlich haben Sie das Schild am Toreingang übersehen.«

Und schloss die Tür vor seiner Nase.

Glitsky hätte klopfen können oder noch einmal läuten, aber das hätte bedeutet, dass er ihr kleines Spiel verloren gab, also steckte er seine Hände in die Jackentasche und stellte sich auf eine Geduldsprobe ein. Hardy hielt eine Minute lang durch und hätte es sicher noch länger geschafft, wenn nicht Frannie aufgekreuzt wäre. Sie öffnete die Tür und war sichtlich überrascht, dort Glitsky stehen zu sehen.

»Abe! Mein Gott, was seid ihr für Kinder. Wie lange hättest du da draußen denn noch gestanden?«

»So lange wie notwendig. Diz hätte die Tür früher oder später schon aufgemacht.«

»Hätte ich nicht«, sagte Hardy. »Er hätte ja nur klopfen müssen.«

»Nicht im Traum«, entgegnete Glitsky.

»Möchtest du denn vielleicht reinkommen«, fragte Frannie, »statt draußen in der Kälte zu stehen?«

»Das wäre ein netter Zug.«

»Sag ihm, er soll ›bitte‹ sagen«, knurrte Hardy. »Bis er sich dazu durchringt, vergehen locker noch mal fünfzehn Minuten.«

Sie drehte sich zu ihrem Ehemann um. »Bei dir im Kopf läuft wirklich was falsch, weißt du das?«

»*Falsch* kann man das kaum nennen«, antwortete Hardy, »sondern vielleicht *entrückt, vergeistigt, über allen Wolken* – natürlich nur im besten Sinne des Wortes.«

»Ich seh das genau wie du, Fran«, schaltete sich Glitsky ein. »Bei ihm im Kopf tickt definitiv was nicht richtig. Ich sag ihm das schon seit Jahren.«

»Okay, jetzt reicht's. Nun muss er wirklich ›bitte‹ sagen.«

»Herrgott noch mal!« Frannie griff Glitskys Arm und zog ihn nach drinnen.

»Deshalb liebe ich sie«, sagte Hardy. »Bei ihr sehen selbst komplexe Entscheidungen kinderleicht aus.«

Fünf Minuten später saßen Hardy und Glitsky in zwei Sesseln vor dem Kamin, Hardy mit einem Scotch, Glitsky mit dem grünen Tee, den ihm Frannie gemacht hatte. »Also«, sagte Glitsky, »was du heute Morgen gelesen hast, dass ich Ro Curtlee Tag und Nacht schikaniere …«

»Ich lese den ›Courier‹ nur unter Androhung der Todesstrafe.«

»Gut zu wissen. Aber Tatsache ist, dass Ro offensichtlich ein Alibi für den Mord an Janice Durbin hat, während ihr Ehemann keines hat.«

»Und deshalb denkst du, dass er es war?«

»Ich denke eher, dass er es gewesen sein *könnte*. Aber wirklich daran glauben kann ich auch nicht. Der Bursche ist wirklich ein talentierter Künstler, und ich kann mir nicht vorstellen, dass er seine eigenen Gemälde zerfetzt, nur um Ro reinzuziehen – dann aber am Tatort nichts zurücklässt, das irgendwie Ro belasten würde. Was hätte das für einen Sinn?«

»Keinen großen.«

»Deshalb tendiere ich noch immer zu Ro, aber wenn ich falsch liege und Wes zur Grand Jury geht … Verstehst du das Problem?«

»Liegt auf der Hand: Wenn er in einem Fall unschuldig ist, bricht die gesamte Anklage in sich zusammen. Also solltest du diese Janice vergessen.«

»Aber ohne sie fehlt uns das Wiederholungstätermotiv für Ro.«

»Natürlich hast du das. Die Zeugin – wie hieß sie doch gleich? –, die er zuerst umgebracht hat, als er aus dem Knast kam.«

Glitsky nickte. »Felicia Nuñez. Sicher ist das eine Querverbindung zu seinem Prozess, aber ohne Janice Durbin haben wir kein überzeugendes Raster.«

Hardy schaute ins Feuer und nippte an seinem Drink. »Was ist mit Matt Lewis?«

Glitsky streckte seine Hand aus und schüttelte sie hin und her. »Äußerst heikel, wenn's hoch kommt. Auch hier hat Ro, zusammen mit seinem Butler, ein Alibi. Offensichtlich haben die beiden Astronomiejünger eine Vorstellung im Planetarium besucht.«

»Na, zumindest das ist glaubhaft«, sagte Hardy sarkastisch. Dann, wieder ernsthafter: »Mir stinkt es, wenn sich die perfekten Alibis häufen. Das riecht nach Planung von langer Hand.«

»In der Tat.«

»Also, was gedenkst du zu unternehmen?«

»Ich weiß es nicht. Sieht so aus, als hinge alles von Janice Durbin ab, aber wir haben nichts in der Hand, das Ro wirklich belasten würde. Zumindest werde ich versuchen, meine Zweifel über ihren Ehemann aus dem Weg zu räumen, bevor Wes zur Grand Jury geht.«

»Richtig. Entweder wird es dort einen Durchbruch geben oder nicht.«

»Ja, aber ich möchte nicht, dass der Durchbruch darin besteht, dass ein weiterer Mord begangen wird.«

»An wem?«

»Keine Ahnung. Könnte jeder sein: Wes, Amanda, ich selbst – und ich meine das völlig ernst. Oder auch die letzte übrig gebliebene Zeugin aus seinem Prozess – vorausgesetzt, er kann sie finden.«

»Wer ist das?«

»Gloria Gonzalves, eine der Frauen, die er damals vergewaltigt hat.«

»Hast du sie im Zeugenschutz?«

»Nein.« Glitskys Gesicht spiegelte seine Frustration. »Ich kann sie auch nicht finden.«

Eine tiefe Falte bildete sich auf Hardys Stirn. »Das bedeutet also, dass sie in einem neuen Prozess nicht aussagen wird?«

»Wenn wir sie nicht auftreiben können, sicher nicht.«

»Bei einer Wiederaufnahme ... hast du also eine Zeugenaussage, aber keine Zeugin?«

»Korrekt.«

Hardy gab ein Geräusch von sich, das Glitsky unschwer zu deuten wusste: Ohne Zeugin in Fleisch und Blut stand selbst die Wiederaufnahme des Prozesses auf der Kippe. Und Ro würde womöglich das Gefängnis nie wieder von innen sehen. Hardy nippte an seinem Scotch. Frannie fragte, ob Glitsky noch mehr Tee wünsche.

»Nein, ich bin versorgt. Danke.«

Frannie nickte und sagte dann zögernd: »Ich weiß, es kommt etwas überstürzt, aber wir haben gerade erfahren, dass unsere beiden Kinder am Wochenende nach Hause kommen. Vielleicht hast du Lust, mit Treya und den Kids am Samstag zum Dinner zu kommen? Ganz ungezwungen.«

Glitsky überlegte für einen Moment und sagte dann: »Sie sind alle bei Treyas Bruder in Los Angeles – was auch mit dieser Ro-Curtlee-Geschichte zu tun hat: Treya hat Angst, dass Ro den Kids etwas antun könnte.«

»Treya hat doch vor nichts und niemandem Angst«, sagte Frannie.

»In der Regel nicht«, räumte Glitsky ein, »aber Ro hat es geschafft. Sie hat wirklich Angst vor ihm.«

»Und wann will sie zurückkommen?«

»Das«, sagte Glitsky, »ist eine gute Frage. Ich hoffe, irgendwann einmal.«

Hardy reagierte sofort und beugte sich zu seinem Freund hinüber. »Nun mach mal halblang, Abe. Natürlich kommt sie zurück.«

Glitsky nickte gedankenverloren, als suche er eine Antwort auf Frannies Frage. Schließlich atmete er einmal durch und sagte: »Hoffen wir's. Aber so sicher, dass ich drauf wetten würde, bin ich mir auch nicht.«

Als sie auf der Gegensprechanlage eine Stimme hörte, die behauptete, Michael Durbin stände vor der Tür, wusste Liza zunächst nicht, wie sie reagieren sollte.

Er hatte sie noch nie besucht, war nie hier in ihrem kleinen Apartment gewesen, das – ganz in der Nähe des Büros – an der Ecke Chestnut und Laguna Street lag. Es war nun schon über ein Jahr her, dass sie sich ernsthaft in ihn verliebt hatte. Das Gefühl war anfangs nicht mehr als gegenseitige Sympathie – sie hatte damals auch noch einen Freund – und hatte sich im Laufe des gemeinsamen Arbeitens zu einer echten Freundschaft entwickelt.

Aber dann, bei der vorletzten Weihnachtsfeier, waren sie nach dem gemeinsamen Dinner alle zu einer Billard-Bar in North Beach gefahren, und als sie sich hinunterbeugte, um ihre Kugel zu spielen – ihr Dekolleté war zwar unübersehbar, aber auch nicht aufreizend tief –, hatte sie bemerkt, wie er sie anstarrte. Janice war bereits nach Hause gefahren, und sie selbst hatte reichlich gebechert. Michael hatte gegrinst und mit den Schultern gezuckt, als wolle er sagen: *Du hast mich erwischt.* Nachdem sie sich einen Moment tief in die Augen geschaut hatten, war sie um den Billardtisch gegangen und hatte ihm ins Gesicht gesagt, dass sie ihn liebe.

Er sagte, er liebe sie auch, beugte sich zu ihr hinunter und gab ihr einen so tiefen, leidenschaftlichen, hungrigen Kuss, dass ihre Knie schwach wurden.

Aber noch während sie sich im Arm hielten, schien ihm seine Situation klar zu werden. Er ließ sie los, sagte, es täte ihm leid und dass er es nie hätte tun sollen.

Am nächsten Montag hatte er sie zum Lunch eingeladen und sich ein weiteres Mal entschuldigt. Natürlich sei sie in seinen Augen attraktiv, natürlich möge er sie als Mensch, aber schließlich sei er noch immer mit Janice verheiratet und könne seiner Familie nicht den Rücken kehren. Er habe sich in einem schwachen Moment hinreißen lassen, aber mehr möge sie bitte nicht von ihm erwarten.

Wenn sie unter diesen Umständen nicht mehr bei ihm arbeiten wolle, habe er dafür tiefstes Verständnis und würde sich bemühen, ihr einen mindestens ebenso attraktiven Job zu vermitteln. Wenn sie hingegen bleiben wolle, wäre er mehr als glücklich, weiter mit ihr zu arbeiten, aber was in dieser Nacht passiert sei, würde sich nicht wiederholen.

Und das hatte es auch nicht.

Ohne zu zögern drückte sie nun auf den Türöffner. Sie trat aus der Tür ihres Apartments und sah, wie er aus dem Aufzug kam und sie anschaute. Als er vor ihr stand, warf sie sich in seine Arme. Für eine Weile standen sie unbeweglich da und hielten sich so fest, als ginge es um Leben und Tod.

31

Früher am Tag war Ro die Idee zu einem netten kleinen Spielchen gekommen.

Er hatte sich mit Tiffany über all die Veränderungen unterhalten, die in den Jahren seines Gefängnisaufenthaltes stattgefunden hatten – nicht nur die iPods und Smart-Phones und die ganze Technologie, sondern auch andere Umwälzungen, die den Alltag so substanziell verändert hatten.

Da waren plötzlich die riesigen Shoppingmalls und Discounter, wo man alle nur erdenklichen Produkte an einem Ort kaufen konnte, wohingegen die kleinen unabhängigen Buchläden beispielsweise völlig verschwunden waren. Wenn man heute ein Buch kaufen wollte, hatte Tiffany gesagt, habe man eigentlich nur die Wahl zwischen Borders und Barnes & Noble – und eine echte Wahl sei das eigentlich auch nicht. Das Gleiche bei den Cafés: An jeder Ecke gab's nun ein Starbucks. Wer hätte das vor ein paar Jahren auch nur ahnen können?

In diesem Zusammenhang hatte Tiffany von einem anderen Phänomen berichtet, das in San Francisco immer populärer wurde. Zunächst habe sie's auch nicht glauben wollen, aber Bekannte, die es mit eigenen Augen gesehen hatten, hatten ihr erzählt, dass es inzwischen ziemlich verbreitet war: dass sich wildfremde Leute trafen und dabei demonstrativ ihre Waffen zur Schau stellten. Meist verabredeten sie sich über Twitter, Facebook oder andere Internet-Communities, von denen Ro noch nie gehört hatte, aber irgendwie schafften sie es, sich kurzfristig in einem Starbucks zu treffen, um für das von der Verfassung garantierte Recht auf das Tragen einer Waffe zu demonstrieren. Wenn dort all die Leute mit den Pistolen in ihren Holstern aufkreuzen würden, käme man sich vor wie im Wilden Westen.

Jeden Tag, sagte sie, fänden inzwischen solche Treffen statt, warum ausgerechnet bei Starbucks wusste sie nicht. Gerade am letzten Wochenende hätten sich über siebzig Leute in Baker Beach eingefunden, alle mit ihrer Knarre. Ganz schön verrückt, oder?

Ro wollte nicht widersprechen.

Der Knackpunkt war natürlich, dass die Waffen nicht geladen sein durften. Es gab Vorschriften auf Stadt-, Landes- und Bundesebene, die das öffentliche Tragen geladener Waffen verboten. Aber zu Ros Überraschung war das Tragen *ungeladener* Waffen – so sie nicht unter der Kleidung versteckt wurden – nicht nur nicht verboten, sondern wurde von der US-Verfassung sogar ausdrücklich legitimiert.

Was natürlich völlig gaga war. Man konnte eine ungeladene Waffe und gleichzeitig ein Magazin bei sich tragen – und das Laden ging ja wirklich im Handumdrehen. Doch es war nicht die Weltanschauung dahinter, die Ro faszinierte, sondern die Tatsache, dass Leute tatsächlich ungeniert mit ihren Waffen durch die Gegend liefen. Er hatte Eztli vorgeschlagen, dass sie mal durch die Stadt fahren und die Augen aufhalten müssten – und genau das hatten sie auch getan.

Es war gegen fünf am Nachmittag, und sie wollten die Suche gerade schon abbrechen, als ihnen bei einem Starbucks an der Fisherman's Wharf doch noch das Glück lachte. Als sie vorbeifuhren, konnten sie sehen, dass das Café nicht nur ungewöhnlich voll war, sondern bemerkten auch drei parkende Streifenwagen vor dem Eingang. Weder Ro noch Eztli hatten Angst vor der Polizei, zumal es sich in diesem Fall um harmlose Streifencops handelte. Falls überhaupt, machte ihre Anwesenheit die Sache nur noch prickelnder. Eztli fuhr also in eine Parkgarage um die Ecke, schüttelte die Patronen aus seiner Pistole und steckte die leere Waffe in seinen Gürtel. Er ließ seine Jacke im Auto zurück, damit nur ja keine Missverständnisse entstehen konnten, ob die Waffe nun verdeckt war oder nicht.

Und dann spazierten sie die Straße hinunter, um sich den Laden mal anzuschauen.

Und tatsächlich, etwa fünfunddreißig oder vierzig Personen standen im Café, allesamt bewaffnet, und hielten sich an ihren Latte Macchiatos fest. Die etwa acht uniformierten Cops machten die Runde und stellten höflich, aber bestimmt sicher, dass keine der Waffen geladen war. Alle Teilnehmer – die meisten dem Aussehen nach Berufstätige – verhielten sich völlig zivil. Überwiegend waren es Männer, aber auch sieben, acht Frauen waren darunter – mehr als Ro gedacht hätte.

Als Ro das Café betrat, war er – die Bedienungen ausgenommen – vermutlich der einzige Anwesende, der keine Waffe trug.

Sie bestellten einen Kaffee – noch immer high vom letzten Joint – und blieben, bis sich die Versammlung langsam auflöste. Wie erwartet, wurden sie von den Cops weder erkannt noch behelligt. Vor der Parkgarage warteten sie, bis einer der Teilnehmer an ihnen vorbeiging und in die Toreinfahrt einbog. Es war ein rundlicher Mann mit Glatze und Anzug, der in seinem Holster eine große Halbautomatik mit maßgefertigtem Griff trug.

Eztli hatte sich geräuschlos von hinten genähert und den Mann mit einem gezielten Nackenschlag niedergestreckt. Nicht einmal fünf Minuten später – Ro hatte sich Pistole und Munition bereits eingesteckt – rasten sie mit Vollgas aus der Garage und konnten sich vor Lachen gar nicht mehr einkriegen.

Inzwischen war es kurz nach elf, und Ro hatte den Fernseher abgeschaltet. Er war nicht ansatzweise müde, aber tödlich gelangweilt – und wenn er gelangweilt war, stellte sich unweigerlich die Geilheit ein. Zu warten, bis Tiffany um zwei ihre Schicht beendete, kam nicht in Frage. Obendrein hatte er wenig Lust, sich an irgendeine Alte zu binden – vor allem dann nicht, wenn sich die Alternativen doch geradezu aufdrängten.

Ros Zimmer befand sich im zweiten Stock – ein Stockwerk über dem Schlafzimmer seiner Eltern und zwei Etagen über den Räumen der Bediensteten im Basement. Um die Kommunikation in dem 700-Quadratmeter-Haus zu erleichtern, hatten seine Eltern über sämtliche Stockwerke eine ausgefeilte Gegensprechanlage installieren lassen.

Von seinem Vorhaben immer mehr angetan, ging Ro zur Wäschekommode und holte sein neues Spielzeug aus der Schublade. Er ließ die Pistole von einer Hand in die andere wandern, prüfte ihr Gewicht und konnte sich an dem guten Stück gar nicht sattsehen. Ein schönes Stück, dachte er, neu oder so gut wie neu, ausgestattet mit einem überdimensionierten Magazin, das siebzehn Schuss fasste. Mit seinem polierten, mattglänzenden Stahl und dem handgefertigten Holzgriff war es eine Waffe, mit der man sich überall Respekt verschaffen konnte.

Die 20-jährige Linda Salcedo lag bereits im Bett und konnte das Summen der Sprechanlage unter der Decke zunächst kaum wahrnehmen. Sie wartete einen Moment, sie wollte sicher sein, dass sie nicht geträumt hatte. Dass die Curtlees um diese Zeit noch einen Wunsch hatten, war ungewöhnlich. Ihre Aufgabe, das Haus sauber zu halten, nahm den ganzen Tag in Anspruch, und wenn sie nach dem Abendessen beim Aufräumen geholfen hatte, gehörte der Rest des Abends eigentlich ihr. Aber sollte jemand einen Wunsch äußern – Toilettenpapier bringen, Haare im Abfluss entfernen, eine kaputte Glühbirne wechseln –, stand sie jederzeit zur Verfügung.

Und tatsächlich: Die Sprechanlage summte noch einmal.

Seufzend stieg sie aus dem Bett, lief barfuß zur Tür und drückte den Antwort-Knopf. »*Si?*«

»Linda, Ro hier. Tut mir leid, dass ich dich noch so spät störe.«

»Das stört nicht.« *Um Mitternacht sitze ich hier immer dumm rum und hoffe inständig, dass noch jemand anruft.*

»Gut. Ich war gerade in der Dusche und hab die Shampooflasche so blöd umgestoßen, dass nun der ganze Fußboden voll ist. Könntest du vielleicht schnell hochkommen und es sauber machen? Ich möchte nicht mitten in der Nacht ausrutschen und mir die Beine brechen.«

»Okay«, sagte sie, konnte sich ein frustriertes Stöhnen aber nicht verkneifen. *Du hast also das Shampoo umgestoßen – und kommst nicht auf den Gedanken, es selber aufzuwischen? Herr im Himmel!* »In zwei Minuten, *si*?«

»*Si*«, sagte er. »Zwei Minuten sind super, selbst drei. Lass dir ruhig Zeit.«

»*Gracias.*«

»*De Nada.*«

Sie hatte in ihrem Nachthemd geschlafen und überlegte, ob sie wieder in ihre Dienstmädchenkluft schlüpfen sollte, aber das schien dann doch etwas übertrieben angesichts der Tatsache, dass sie nur hochgehen und etwas aufwischen musste, was vermutlich nicht länger als eine Minute in Anspruch nehmen würde. Also entschied sie sich, ihren Morgenmantel überzustreifen und in die Hausschuhe zu steigen. In fünf Minuten würde sie wieder im Bett liegen.

Niemand im Haus schien mehr wach zu sein, aber die Flure waren durch kleine Nachtlichter erleuchtet. Sie stieg die drei Stockwerke hoch und ging nach links bis zum Ende des Flurs. Vorsichtig klopfte sie an der Tür.

»Komm rein.«

Als sie die Tür öffnete, war sie überrascht, dass Ro bereits alle Lampen ausgeschaltet hatte. Wahrscheinlich hatte er sich schon zum Schlafen gelegt. Zu Besprechen gab es eigentlich auch nichts – er hatte ihr ja schon gesagt, was sie zu tun hatte.

»Würdest du bitte die Tür hinter dir schließen?«, hörte sie ihn aus der Ecke des Zimmers, wo sich das Bett befand.

Sie tat, wie ihr befohlen, und stand plötzlich in völliger Dunkelheit. Sie rührte sich nicht vom Fleck und wartete, dass sich ihre Augen so weit ans Dunkel gewöhnen würden, um den Weg zum Badezimmer zu finden, wo er das Shampoo verschüttet hatte.

»Du kannst das Licht ruhig anmachen.«

Wieder gehorchte sie und drehte sich zurück zum Lichtschalter an der Tür. Als sie sich erneut umdrehte, machte sie instinktiv einen Satz zurück, begleitet von einem kleinen Aufschrei. Sie schlug sich die Hand vor den Mund, ihre Augen waren weit aufgerissen.

Ro lag nackt auf der Bettdecke, die Erektion unübersehbar. Er zielte mit einer Pistole genau auf ihr Herz. Mit der Hand seines eingegipsten Arms klopfte er neben sich auf das Bett und grinste über das ganze Gesicht. »Niemandem wird ein Haar gekrümmt, wenn du keine Dummheiten machst«, sagte er. »Komm einfach rüber und zieh den Morgenmantel aus. Und dann machen wir beide es uns richtig gemütlich.«

Als er von Lizas Apartment zurück zum Haus der Novios fuhr, wusste Michael Durbin nur eines: dass er völlig von der Rolle war.

Er verspürte Schuldgefühle, aber auch – keine Frage – einen beglückenden Rausch, diese Stunden mit Liza verbracht zu haben. Er redete sich ein, dass er nicht mit der Absicht losgefahren war, mit ihr im Bett zu landen. Er brauchte einfach jemanden, mit dem er reden konnte, dem er vertraute, der ihm glaubte. Aber wusste er nicht bereits auf dem Weg zu Liza, dass Sex durchaus im Bereich des Möglichen war? Doch selbst wenn das der Fall gewesen sein sollte – na und? Und dann meldete sich wieder die andere Stimme in seinem Kopf und sagte: Dass es so kurz nach Janices Tod passieren musste – ist das wirklich *na und*? Andererseits war Janice nun einmal tot, inzwischen sogar eingeäschert. Er war ihr immer treu geblieben, so wie er es damals geschworen hatte – bis dass der Tod sie trennen würde. Darüber hinaus war er ihr zu nichts mehr verpflichtet.

Für vieles, was ihm durch den Kopf ging, fand er selbst keine Erklärung, und Liza war intelligent und feinfühlig genug gewesen, mit seinen offenen Wunden behutsam umzugehen: dass Janice tot war, dass seine Gemälde zerstört wurden, dass sein ältester Sohn in ihm einen potenziellen Mörder sah, dass es im Büro drunter und drüber ging und – wo er schon mal dabei war – dass er nach zwanzig Jahren zum ersten Mal mit einer anderen Frau geschlafen hatte. Nicht zu vergessen, dass er gerade mit einem Gewehr im Kofferraum durch die Gegend fuhr.

Er hatte keinen Anlass gesehen, Glitsky über den wahren Grund zu unterrichten, warum er früher am Abend in seine Garage gefahren war. Dass er dort seine zerstörten Gemälde vorfand, war eigentlich nur ein Zufall gewesen – er war gekommen, um das Gewehr zu holen. Und er war sich nicht sicher, ob er es nur zu seinem persönlichen Schutz holen wollte oder um vielleicht selbst auf die Jagd zu gehen. Kaum dass sich der Gedanke in seinem Kopf eingenistet hatte, konnte er dem Impuls jedenfalls nicht mehr widerstehen.

Bevor er den Wagen in der Toreinfahrt abstellte, schaute er noch mal kurz auf die Uhr. Es war 1.21 Uhr. Er stieg aus und öffnete den Kofferraum. Da lag das Gewehr, daneben ein Päckchen mit Munition, Kaliber 12. Er nahm beides heraus und ging durch die Küche ins Haus. Wenn man schon eine Waffe hatte, dachte er sich, sollte man sie im Notfall auch zur Hand haben.

Im Wohnzimmer brannte noch immer Licht. Als Michael durch die Küche hereinkam, blickte Chuck von seinem Lesesessel auf; ein Stapel Papier lag auf seinem Schoß, ein weiterer auf dem Fußboden.

»Du bist noch auf?«, fragte Michael

»Konnte nicht schlafen.« Er machte eine vage Handbewegung. »Was willst du denn mit dem Ding da?«

»Ich will's griffbereit haben.«

»Ist es geladen? Ich glaube nicht, dass ich mich mit einer geladenen Waffe im Haus besonders wohlfühle.«

Statt einer Antwort öffnete Michael den Gewehrlauf und schaute hindurch. »Beide Läufe leer.« Dann hielt er die Packung hoch: »Munition ist hier.«

»Wo willst du das Ding denn aufbewahren?«

»In Reichweite. Hat dir Kathy schon erzählt, was es Neues gibt?«

»Ich hab sie nicht mehr gesehen. Sie schlief schon, als ich kam. Was gibt es Neues?«

Michael setzte sich, legte das Gewehr auf den Couchtisch zwischen ihnen und erzählte ihm von den zerstörten Gemälden.

»Alle?« Chuck war inzwischen auf seinem Sessel nach vorne gerutscht.

»Jedes einzelne.«

»Was für ein Abschaum«, sagte Chuck. »Warum hat er das getan?«

»Warum hat er Janice umgebracht? Der gleiche Grund. Um es mir heimzuzahlen.«

Chuck ließ sich wie erschöpft in den Sessel fallen. Er schaute auf das Gewehr, dann auf seinen Schwager. »Versteh mich bitte nicht falsch, aber ich kann schon nachvollziehen, warum du in Versuchung kommst.«

»Es ist mehr als nur eine Versuchung, Chuck. Wenn die Kinder nicht wären …« Er hielt inne, weil ihn irgendwas von seinem ursprünglichen Gedanken abgebracht hatte. »Wo wir davon sprechen: Hast du Jon heute Abend gesehen?«

»Nein, aber ich habe in ihren Zimmern auch nicht nachgeschaut. Warum?«

»Er war noch immer nicht zurück, als ich heute Abend das Haus verließ. Er hat Kathy eine SMS geschickt, dass er erst spät kommen würde. Ich schau besser mal nach.« Er stand auf und machte sich auf den Weg nach oben.

Chuck rutschte in seinem Sessel wieder nach vorne, griff sich das Gewehr, öffnete den Lauf, schaute hinein und legte es auf den Tisch zurück.

Michael kam aus dem Treppenhaus zurück. »Er ist noch immer nicht da. Scheiße.«

»Er ist ein großer Junge, Mike. Das wird schon wieder.«

»Ich hasse es, ich hasse diese ganze Situation.« Er trat einen Schritt ins Zimmer. »Was machst du denn mit dem Gewehr?«

»Wollte nur sicher sein, dass es wirklich nicht geladen ist. Du solltest nicht mit einem geladenen Gewehr durch die Welt laufen, Mike. Am Ende kommt vielleicht Jon nachts nach Hause, und du erschießt ihn noch aus Versehen.«

»Halte ich für unwahrscheinlich. Wo steckt er nur?«

»Er übernachtet sicher bei Freunden. Schick ihm doch eine SMS und sag ihm, dass du dir Sorgen machst.«

Durbin ließ sich auf das Sofa fallen. »Du hast recht, du hast völlig recht.«

»Und du solltest dir vielleicht auch etwas Schlaf gönnen.«

»Du aber auch.« Er schwieg für einen Moment. »Ich glaube, Kathy vermisst dich.«

Chuck warf ihm einen stechenden Blick zu und runzelte die Stirn. »Was meinst du damit?«

»Sie hat so etwas in der Art angedeutet.«

»Das geht niemanden etwas an.«

»Behaupte ich ja auch nicht. Ich gebe es ja nur weiter. Von einem Mann, der seine Frau gerade verloren hat, an einen Mann, der seine Frau immer noch hat.«

Chuck starrte Michael mehrere lange Sekunden mit einem Blick an, aus dem offene Feindseligkeit zu sprechen schien, dann atmete er tief durch. Er schaute auf den Papierstapel auf dem Boden, dann auf den Stapel auf seinem Schoß und rang sich den Anflug eines Lächelns ab. »Tut mit leid, Mike. Ich glaube, wir sind beide mit den Nerven am Ende. Vielleicht sollten wir lieber Schluss machen für heute.«

32

Stadt-Gespräch
Von Jeffrey Elliot

Der Schreiber dieser Zeilen hatte gestern Gelegenheit, sich mit informierten Kreisen, die Einblick in die laufenden Untersuchungen haben, zusammenzusetzen, um Licht in den Fall Ro Curtlee und den Mord an Janice Durbin zu bringen. Lieutenant Abe Glitsky, der Leiter der Mordkommission, steht seit Wochen im Brennpunkt der Kritik. Sowohl von Seiten des Bürgermeisters Leland Crawford als auch von anderen Medien wird er für mutmaßliche Schikanen und ausufernde Polizeibrutalität verantwortlich gemacht.

Es ist kein Geheimnis, dass die Beziehung zwischen Glitsky und Curtlee von langjährigen Konfrontationen gekennzeichnet ist. Sie begann, als Mr. Curtlee 1998 wegen Vergewaltigung und Mord verhaftet und zu »25 Jahren bis lebenslänglich« verurteilt wurde. Zu Beginn dieses Jahres wurde das Urteil von der Neunten Kammer des Berufungsgerichts aufgehoben und eine Wiederaufnahme des Prozesses angeordnet. Seitdem befindet sich Mr. Curtlee gegen Kaution auf freiem Fuß.

Seit Mr. Curtlees Entlassung wurden drei Personen ermordet, die in direktem Zusammenhang mit dem früheren Prozess stehen: Felicia Nuñez, eine Kronzeugin in besagtem Prozess, Matt Lewis, ein Ermittler der Staatsanwaltschaft, und schließlich Janice Durbin, die Frau des damaligen Geschworenensprechers Michael Durbin.

Erst in der letzten Woche kam es zu einem weiteren Eklat, der in den Medien ein umfangreiches Echo fand: Lieutenant Glitsky nahm Mr. Curtlee erneut fest, diesmal mit der Begründung, Curtlee habe seiner Familie mit Mord gedroht, er habe sich seiner Verhaftung widersetzt und sich des versuchten Mordes schuldig gemacht.

Die Verhaftung eskalierte in einer körperlichen Auseinandersetzung, auch mit Glitsky persönlich, in deren Verlauf Mr. Curtlee mehrere Verletzungen erlitt, unter anderem einen gebrochenen Arm. Zwei der verhaftenden Polizisten wurden ebenfalls verletzt. Wieder wurde Ro Curtlee auf Kaution entlassen.

Der kleinste gemeinsame Nenner in all diesen Vorfällen ist aber nun einmal Ro Curtlee. Aus diesem Grunde suchte die Polizei ein Gespräch mit Mr. Curtlee – dem von seinem Anwalt auch stattgegeben wurde –, um seinen Aufenthalt zur Zeit der beiden letzten Morde zu überprüfen. Mr. Curtlee konnte in beiden Fällen ein Alibi erbringen, und das ist zum gegenwärtigen Zeitpunkt der Stand der Ermittlungen.

Auch wenn der »Courier«, eine Curtlee-eigene Zeitung, die Hysterie in den letzten Tagen immer wieder aufs Neue zu schüren suchte, so gibt es keinerlei Anlass zu der Vermutung, dass die Polizei den Rahmen ihrer polizeilichen Befugnisse überschritt. In den Mordfällen Matt Lewis und Janice Durbin hat die Mordkommission bislang noch keinen Verdächtigen.

Dass die Untersuchung von einigen Kreisen zuletzt vollmundig als »Polizei-Schikane« an den Pranger gestellt wurde, ist möglicherweise nichts anderes als der Versuch der Reichen und Mächtigen dieser Stadt, ihren politischen und publizistischen Einfluss so zu instrumentalisieren, dass sie bei der Untersuchung mehrerer brutaler Verbrechen von vorneherein nicht belangt werden können.

Glitsky saß an seinem Küchentisch und nickte zustimmend, als er die letzten Sätze las. Wie immer hatte Jeff Elliot es auch diesmal geschafft, mit seinem sachlichen Tonfall den Nagel auf den Kopf zu treffen. Vielleicht, dachte er, würde dieser Artikel ja dazu beitragen, die erhitzten Gemüter etwas zu kühlen, damit er in Ruhe seinem Job nachgehen konnte.

Er faltete den »Chronicle« zusammen und wollte gerade das Haus verlassen, als das Telefon klingelte. Es war gerade erst kurz nach sechs. Der erfahrene Polizist hatte gleich eine Vermutung, von wem der Anruf stammen könnte. Er machte zwei Schritte durch die Küche und nahm den Hörer ab, bevor es zum zweiten Mal klingelte.

»Hallo.«

»Hey.«

»Hey. Alles okay bei euch?«

»Alles okay – abgesehen davon, dass ich dich vermisse.«

»Tust du das?«

»Und ob. Natürlich vermisse ich dich.«

»Ich dachte, du möchtest mich auf den Mond schießen.«

»Ich war stinkig. Und frustriert. Aber das hab ich jetzt hinter mir. Und vermisse dich.«

»Du fehlst mir auch. Ich könnte euch am Wochenende besuchen, wenn ihr noch länger bleibt.«

»Falls wir noch länger bleiben.«

»Und? Bleibt ihr?«

»Ich weiß es nicht. Ich habe noch keine Entscheidung getroffen. Es erscheint mir so bescheuert und melodramatisch, hier in Los Angeles zu sitzen, aber in San Francisco war die Bedrohung so greifbar und real. Ich weiß nicht, wozu er noch fähig ist, Abe.«

»Das wissen wir alle nicht, und das macht ihn so gefährlich.«

»Ich meine: Wie wahrscheinlich ist es, dass er uns wirklich etwas antut?«

»Solange es *überhaupt* eine Wahrscheinlichkeit gibt, ist die Gefahr noch immer zu groß.«

»Jetzt klingst du ja genau wie ich.«

»Gut. Denn offensichtlich bist du ja die Intelligentere.« Er zögerte für einen Moment. »Wenn ich drüber nachdenke, solltet ihr wirklich noch ein paar Tage bleiben. Ich kann den Flieger nehmen, und wir machen einen kleinen Wochenendurlaub. Kommt Sixto denn mit den Kindern klar?«

»Mein Bruder? Du beliebst zu scherzen. Er würde die Kids am liebsten für immer behalten.«

»Vielleicht könnten wir einen kleinen Deal mit ihm machen – und uns für eine Nacht absetzen.«

»Sollte kein Problem sein.«

Glitsky atmete tief durch. »Ich war mir nicht sicher, ob wirklich alles okay ist zwischen uns beiden. Ist alles okay?«

»Wir sind verschieden, aber wir sind okay. Ich kann einfach nicht mit dem Risiko leben.«

»Das solltest du auch nicht.«

»Du aber auch nicht.«

»Nun, dann müsste ich mir wohl einen neuen Job suchen.«

»Was du natürlich nicht willst.«

»Nein, sicher nicht. Irgendeiner muss hier am Ball bleiben und die Sache durchziehen, und ich bin der Richtige dafür. Es ist ein Fluch, aber ich kann nun mal nicht aus meiner Haut.«

»Ich weiß. Und ich möchte auch nicht, dass du dich veränderst. Ich liebe dich so wie du bist.«

Die plötzlichen Gefühlsanwandlungen machten ihn fast etwas schwindlig. Er stützte sich mit der Hand gegen die Wand. »Ich ruf dich an, sobald ich weiß, wann der Flieger in Burbank landet.«

»Lou The Greek« öffnete jeden Tag – außer Sonntag – um sechs Uhr morgens. Das Restaurant mit angeschlossener Bar befand sich in einem halbwegs hygienischen Souterrain gleich gegenüber dem Justizgebäude, was es natürlich zum angesagten Treffpunkt von Polizisten, Geschworenen und Anwälten machte. Mittags war der Laden gerammelt voll, und die Suche nach einer Sitzecke für sechs oder auch nur einen kleinen Tisch war nahezu aussichtslos. Und das, obwohl die Speisekarte nur aus einem Menü bestand, das meist essbar war, manchmal aber auch nicht, aber stets mit einer unorthodoxen Mischung aus zwei kulinarischen Kulturen aufwartete: Griechenland und China. Sonst nichts. Chiu, Lous Frau, die der »Chronicle« einmal zur »kreativsten Köchin der Stadt« gekürt hatte, war in der Tat ein Wunder an Einfallsreichtum: »Souvlaki Char Siu Bao«, »Moussaka mit Schweins-Barbecue«, »Gefüllte Weinblätter mit süß-saurem Zitronen-Quark«, »Pita-Brot mit knuspriger Ente« und »Zicklein im Tontopf« gehörten zu ihren populärsten Kreationen.

Vor dem Mittagstisch, vor allem in den frühen Morgenstunden, war »Lou's« aber der Treffpunkt der harten Trinker – und das waren nicht etwa Penner und Obdachlose, sondern gut gekleidete, übernächtigte Zeitgenossen, die schon Schlange standen, wenn Lou im Morgengrauen die Tür aufsperrte. Die Stühle an der Bar, die gerade erst vier Stunden zuvor geschlossen hatte, waren meist schon belegt, wenn Lou die erste Bestellung entgegennahm.

An diesem Freitagmorgen allerdings spielte die Musik nicht an der Bar, sondern in der letzten Sitznische an der Wand. Und Alkohol stand mit Sicherheit auch nicht auf dem Menü. Ein dynamischer Farrell, diesmal äußerst elegant im Armani-Anzug, hatte einige wichtige Entscheidungen getroffen und war sogar schon in der Nacht aktiv gewesen. Anschließend hatte er seine Verbündeten für ein Treffen um sieben Uhr zu »Lou's« einbestellt.

Farrell saß hinten an der Wand neben Amanda Jenkins, während Glitsky und die beunruhigt dreinschauende Vi Lapeer gegenüber Platz genommen hatten. Alle hatten sie bereits ihr Beileid und ihre Empörung über den Tod von Farrells Hund zum Ausdruck gebracht und Glitsky zum druckfrischen »Stadt-Gespräch«-Artikel gratuliert. Nach diesem Vorgeplänkel trank Farrell noch schnell einen Schluck Kaffee, räusperte sich und sprach dann entschlossen, wenn auch so leise, dass die Anwesenden ihn nur mit Mühe verstehen konnten.

»Dies ist das vertraulichste Gespräch, das Sie je mit mir führen werden. Ich lege gesteigerten Wert darauf, dass nicht ein Wort davon unseren Kreis verlässt. Ist das für Sie alle akzeptabel?«

Einige Augenbrauen hoben sich, aber keiner äußerte Einwände. Nach ein paar Sekunden hatten sie alle zustimmend genickt.

»Nun denn«, fuhr Farrell fort. »Ich habe Sie alle hierher eingeladen, weil ich zu dem Entschluss gekommen ist, dass Ro den Bogen endgültig überspannt hat. Nach dem, was er und seine Familie uns in den letzten Wochen angetan haben, möchte ich Ro Curtlee noch heute Abend hinter Gitter bringen.«

»Verdammt richtig«, entfuhr es Jenkins. Sie ballte ihre Faust: »*Ja!*«

Auch wenn er zustimmend nickte, schoben sich Glitskys Augenbrauen zu seinem typischen Stirnrunzeln zusammen. Polizeichefin Lapeer blinzelte konsterniert, schaute kurz Glitsky an, dann wieder Wes und sagte: »Wie wollen Sie das denn anstellen?«

»Kurz gesagt: Ich werde ihn anklagen.« Er erläuterte noch einmal die Gründe für den Gang zur Grand Jury und erklärte die Strategie, Ros frühere Verurteilung mit den jüngsten Morden zu koppeln, um so die »besonderen Umstände« zu bekommen, die Farrell dringend brauchte, um eine weitere Kaution verhindern zu können.

Als er seinen Gedankengang abgeschlossen hatte, schaute ihn Amanda irritiert an. »Ich verstehe ja die Strategie, Wes, aber die Grand Jury kann nicht vor Dienstag einberufen werden, und selbst dann …«

Farrell schüttelte den Kopf. »Ich habe sie zu einer Dringlichkeitssitzung für heute Morgen um acht Uhr einbestellt.«

»Heute Morgen? Aber wie haben Sie …«

»Ich habe sie alle gestern Abend zu Hause angerufen. Ich habe vierzehn Zusagen bekommen und habe sechs weitere Nachrichten hinterlassen. Da wir aber nur zwölf benötigen, sollten wir auf der sicheren Seite sein.«

»Abgesehen davon, dass ich meine Vorbereitungen noch nicht annähernd abgeschlossen habe.«

»Das sollte sich nicht als Problem erweisen. Sie kennen das zentrale Argument – und genau das werden Sie ihnen präsentieren.«

»Aber ohne neue Beweise wird das nicht ausreichend sein.«

»Aber wir haben narrensichere Beweise aus dem früheren Prozess. Im Fall *Sandoval* wird der gute Doktor Strout aussagen, dass sie eindeutig vergewaltigt wurde; dann wird der Labortechniker bestätigen, dass es Ros Samen war. Und da Nuñez nun mal tot ist, werden wir ihre

Aussagen vorlesen und ins Protokoll aufnehmen lassen. Das ist alles, was wir von ihr brauchen.

Dann wird Strout über den Zustand ihrer Leiche sprechen, die Jungs von der Spurensicherung werden erzählen, dass sie bis auf die Schuhe nackt war – und Arnie Becker wird bestätigen, dass es Brandstiftung war. Wir haben einen Ermittler, der aussagen wird, dass Ro in der Wiederaufnahme des Prozesses damit rechnen musste, dass Nuñez erneut aussagen würde. Das gibt uns die ›Besonderen Umstände‹: für mehrfachen Mord als auch für den Mord an einer Zeugin, um ihre Aussage zu verhindern.«

Jenkins, obwohl sichtlich animiert, hatte noch immer ihre Zweifel. »Was ist mit Janice Durbin? Wir haben hier ein *Johnson*-Problem.« Sie bezog sich auf einen Fall, in dem der Staatsanwalt dazu verpflichtet wurde, der Grand Jury auch entlastende Beweise vorzulegen. »Wenn wir die Curtlees vorladen, um Ros Alibi im Fall Janice Durbin zu bestätigen, wissen sie natürlich umgehend, woher der Wind weht. Denardi wird dann zumindest eine Verzögerung rausschlagen wollen oder die ganze Sache zum Platzen bringen.«

»Richtig«, sagte Farrell. »Deshalb werden wir wie folgt vorgehen: Wir holen uns zuerst die Anklagen für Sandoval und Nuñez. Dann werden wir die Grand Jury mit dem Fall Durbin vertraut machen, vielleicht sogar ein paar Zeugen präsentieren, um dann seine Eltern und die Angestellten vorzuladen, die das Albi bestätigen müssen. Nur: Zu diesem Zeitpunkt wird Ro bereits wegen der beiden ersten Fälle hinter Gittern sitzen, und daran werden sie nichts mehr ändern, selbst wenn sie noch so sehr zetern. Sollten wir eine Anklage für den Fall Durbin bekommen, werden wir ihn mit den beiden anderen Fällen zusammenlegen. Wenn nicht, haben wir ihn trotzdem im Gefängnis mit mehrfachem Mord, also ›erschwerenden Umständen‹, ergo keine Kaution.« Er blickte in die Runde und sah skeptische Gesichter. »Nun hört aber auf! Seit dreißig Jahren höre ich, dass ein halbwegs cleverer Staatsanwalt bei einer Grand Jury sogar die Verurteilung eines Schinkenbrots durchpauken kann. Wir werden also bald herausfinden, ob ich mein Geld wert bin oder nicht.«

»Aber bedeutet das nicht«, wollte Lapeer wissen, »dass Sie ihm mit diesen Anklagepunkten dann auch den Prozess machen müssen?«

»Durchaus möglich – wann immer das passieren wird.«

»Ich dachte, es müsse innerhalb von sechzig Tagen über die Bühne gehen«, warf Glitsky ein.

Farrell erlaubte sich ein unbescheidenes Lächeln. »Genau, und wenn Ros Anwälte dann behaupten, dass ihnen die sechzig Tage reichen, um sich auf den Prozess vorzubereiten – was passiert dann? Dann sind sie offensichtlich in der Lage, in diesem Zeitrahmen auch die Wiederaufnahme des alten Prozesses zu bewerkstelligen, weil es sich nun mal um den gleichen Fall handelt. Sie müssen sich also für eine der Varianten entscheiden.«

Glitsky hob den Finger. »Verstehen Sie mich nicht falsch – ich möchte ihn lieber gestern als heute hinter Gitter bringen. Aber ich habe da immer noch meine Zweifel, was den Fall Janice Durbin angeht.«

»Was ist damit?«

»Nun, Ro hat nun mal Zeugen für sein Alibi. Selbst wenn sie alle lügen sollten – ihre Aussage ist noch immer ein schwerer Brocken für jede Jury, selbst für eine Grand Jury.«

»Zu dem Zeitpunkt, wenn sie diese Zeugen hören werden, wird Ro schon im Gefängnis sitzen, weil wir zuvor unsere beiden narrensicheren Fälle präsentiert haben«, antwortete Wes. »Ich vermute sogar, dass sie ihn selbst nach Anhörung der Alibis anklagen würden, aber wenn nicht, sind wir immer noch aus dem Schneider.«

»Okay«, sagte Glitsky, »aber wenn es dann zum Prozess kommt …«

»Dann kommen wir zu der Situation, die ich gerade beschrieben habe: Sie müssen sich für den einen oder den anderen Weg entscheiden. Wenn sie auf den einen Prozess vorbereitet sind, dann auch auf den anderen. Oder keinen von beiden. Und in der Zwischenzeit ist Ro aus dem Verkehr – und das ist es ja, was wir uns alle aus ganzem Herzen wünschen.«

»Amen«, sagte Glitsky.

Lapeer meldete sich schließlich auch noch zu Wort. »Wofür brauchen Sie mich eigentlich in dieser Sache, Wes?«

Farrell atmete tief ein und drehte seine Kaffeetasse auf dem Unterteller. »Mir ist bewusst, dass Sie viel Prügel einstecken mussten, seit Sie Ihr Amt angetreten haben. Ich kann auch nachvollziehen, warum Sie die Beschattungsteams für Ro wieder abgezogen haben.«

Lapeer zog die Augenbrauen zusammen. »Wieso haben Sie davon gehört?«

»So was bleibt nie geheim, so ist es nun mal. Auch wenn ich mich nicht beschwert hätte, wenn ich darüber informiert gewesen wäre.«

»Wir haben alle unsere Jobs, die wir nicht verlieren möchten, Mr. Farrell«, sagte sie. »Der Bürgermeister wartete doch nur noch auf einen Anlass, um mich zu schassen, und diese Beschattungssache wäre …«

Farrell hob seine Hand. »Wie gesagt: Ich habe Verständnis für Ihre Situation. Ich möchte Sie aber nun darum bitten, das Gleiche zu tun, was ich tun werde.«

»Und das wäre?«

»So zu tun, als hätte unser Meeting heute Morgen nicht stattgefunden; den Eindruck zu erwecken, als würden wir nicht zur Grand Jury gehen; unserem Umfeld zu signalisieren, dass wir wie geprügelte Hunde unsere Wunden lecken – und deshalb sogar auf die Beschattung verzichten.«

»Aber darauf haben wir doch schon verzichtet.«

»Nun, wir werden sie wieder aufnehmen.« Farrell machte eine Kunstpause und atmete tief durch. »Ich schlage hiermit vor, dass wir ein paar zivile Wagen zum Curtlee-Haus schicken, sobald diese Besprechung beendet ist. Sie haben fünf Autos – drei in der Garage und zwei weiße SUVs, die vom Butler und Personal benutzt werden. Sobald eins der Fahrzeuge das Haus verlässt, hängen wir uns dran. Und wenn sie den Wagen irgendwo parken, stecken wie ihnen ein GPS unter die Stoßstange.«

Lapeer hatte ihre Hände zusammengepresst und vor sich auf den Tisch gelegt. »Und warum tun wir das zum jetzigen Zeitpunkt?«, fragte sie.

»Zwei Gründe. Zum einen wissen wir, dass Ro mit Sicherheit auf der Suche nach der anderen Zeugin ist, einer Frau namens Gloria Gonzalvez. Und wenn er sie findet, wird es ein unschönes Ende nehmen. Ganz abgesehen von der Tatsache, dass wir sie ja auch zu finden versuchen, um sie zu einer Aussage bei seinem kommenden Prozess zu bewegen. Ich denke, es gibt eine realistische Chance, dass er uns auf ihre Fährte führt, und wenn das passiert, werden wir sie umgehend in Zeugenschutz nehmen.«

»Sie meinen also, wir sollten ihn weiter verfolgen?«, wollte Lapeer wissen.

»Nein«, sagte Farrell. »Ich glaube nicht, dass wir uns das leisten könnten. Wir haben keine Leute dafür, wir haben kein Budget – und außerdem würden wir es nur unnötig an die große Glocke hängen.«

»Okay, wenn wir ihn aber nicht verfolgen – wie sollen wir dann wissen, ob er in ihre Nähe kommt? Und davon abgesehen: Er könnte ja auch aus dem Wagen aussteigen und ein öffentliches Verkehrsmittel benutzen. Was dann?«

Glitsky räusperte sich. »Und darüber hinaus, Wes, sehe ich auch noch ein anderes Problem.«

»Und das wäre?«

»Wenn wir jedem Wagen folgen, der das Haus verlässt, werden sie es früher oder später mitkriegen und sich gegenseitig informieren. Ich halte es für relativ wahrscheinlich, dass dann jemand auf die schlaue Idee kommt, nach einem GPS zu suchen.«

»Und ich möchte nicht einmal daran denken, wie das Echo in den Medien ausfallen wird, wenn sie davon

Wind bekommen«, sagte Lapeer. »Wenn Sie meinen, wir ständen jetzt schon mit dem Rücken zur Wand …«

Amanda platzte der Kragen. »Wir haben wirklich allen Grund, in irgendeiner Form ein Auge auf einen verurteilten Mörder und Vergewaltiger zu werfen – und genau das ist Ro nun einmal. Wie immer Marrenas das auch drehen und wenden mag: Es ist eine angemessene Vorgehensweise, die jeder Überprüfung standhält.«

Lapeer giftete zurück: »Genauso angemessen wie alles, was wir bisher unternommen haben. Und nichts davon hat zu einem positiven Resultat geführt – schon gar nicht in den Augen des Bürgermeisters.«

»Scheiß auf den Bürgermeister«, sagte Amanda. »Dem geht es doch nur um die nächste Wahl, wie immer.«

»Ich bitte um Ihr Verständnis, dass ich ihn nicht noch mehr reizen möchte, als ich es schon getan habe. Wenn wir nicht nach den Regeln spielen …«

»Wir spielen nach den Regeln«, warf Glitsky ein, der als Stimme der Vernunft fungierte. »Es ist nicht illegal, ihm zu folgen oder ein GPS anzubringen, solange sich der Wagen in der Öffentlichkeit befindet und wir das GPS außen am Wagen anbringen. Das ist keine Verletzung der Privatsphäre. Völlig legal. Punkt. Selbst die Neunte Kammer unseres Gerichts sieht das so, und dort sitzen nicht gerade Fans der Polizei.«

Farrell ließ mit seinen Fingern einen kleinen Trommelwirbel auf der Tischplatte ab. »Hier ist der Deal, Leute: Wir können es uns einfach nicht erlauben, ihn noch mal entwischen zu lassen. Vor allem dann nicht, wenn wir heute die Anklage bekommen – und ich werde alles daransetzen, dass wir sie bekommen. Wir werden ihn umgehend mit der Anklage konfrontieren und ihn festnehmen – und um das zu tun, müssen wir wissen, wo er sich aufhält.« Er schaute in die Runde. »Können wir uns darauf verständigen?«

Nachdem Amanda und Glitsky nickten, schaute Farrell auf Lapeer. »Vi?«

Nach einem zögerlichen Schweigen kam endlich ihre Entscheidung: »Wir sollten nur höllisch vorsichtig sein, wenn wir dieses gottverdammte GPS an ihren Autos anbringen.«

33

Um Punkt zehn Uhr ging Eztli die Treppe hoch und sah Ro im Esszimmer beim Frühstück: Kaffee, Obst und Speck. Er war noch barfuß und unrasiert und trug eine graue Trainingshose, in der er möglicherweise geschlafen hatte.

»Ich habe einen Anruf von Lupe Garcia bekommen«, sagte Eztli. »Jemand behauptet, Gloria Gonzalvez gefunden zu haben.«

Ro ließ die Gabel mit einem Stück Melone auf den Teller fallen. »Du nimmst mich auf den Arm.«

»Nein, sieht nicht so aus.«

»In zwei Tagen?«

»Wie ich schon sagte: Geld bringt die Leute zum Sprechen.«

»Wahnsinn«, sagte Ro. »Wo ist sie?«

»Der Bursche will es erst verraten, wenn er das Geld sieht. Ist ja verständlich.«

»Und, wie soll's jetzt weitergehen?«

»Der Bursche sitzt gerade bei Lupe.«

Ro kaute nachdenklich auf einem Stück Speck, schob dann aber den Stuhl zurück und nahm noch schnell einen Schluck Kaffee. »Zeit ist Geld«, sagte er strahlend. »Ich zieh mir schnell etwas an und bin sofort zurück.«

»Ich warte«, sagte Eztli. »Und Ro?«

»Ja.«

»Du wirst es nicht gerne hören, aber: Lass die Knarre hier.«

Ro war bereits an der Tür und drehte sich um. »Lass die Knarre hier? Was meinst du damit? Ich liebe das Ding.«

»Ist mir völlig klar, aber du solltest sie nicht in deiner Reichweite haben, falls wir mal angehalten werden. Und das kann, wie wir ja festgestellt haben, schnell passieren. Deine Eltern würden mich umbringen, wenn du für eine derartige Dummheit verhaftet wirst.«

»Sie werden mich nicht wieder festnehmen. Sie werden es nicht mal versuchen.«

»Wenn du eine Waffe trägst, werden sie gar keine andere Wahl haben.«

»Was ist mit dir?«

»Was soll mit mir sein?«

»Du nimmst doch deine Knarre mit, oder?«

»Ich habe auch einen Waffenschein. Und natürlich ist es nicht die gleiche Waffe, die ich neulich benutzt habe. Die liegt in meinem Safe – bis sich eine passende Gelegenheit anbietet, sie unauffällig verschwinden zu lassen.«

»Aber ich habe meine doch gerade erst bekommen! Hast du eine Vorstellung, wie lange ich ohne eine Knarre leben musste? Ein Mann ist nackt ohne das Ding.«

Ein Hauch von Ungeduld war in seiner Stimme, als Eztli antwortete. »Versteh ich ja. Ich weiß, dass es dir nicht schmeckt. Aber das Ding gestern abzustauben, war die eine Sache – und im Notfall weißt du immer, wo sie liegt. Heute brauchen wir sie aber nicht. Richtig?«

»Passt mir zwar überhaupt nicht in den Kram, aber – okay.«

Da sie noch bei einer Bank anhalten mussten, um das Geld abzuheben, war es bereits Mittag, als sie bei Lupe ankamen. Sie fuhren um die ihnen mittlerweile bekannte Lagerhalle herum und kamen zu einem überbreiten Wohnwagenhaus, das hinter dem Parkplatz am Hang eines Hügels stand. Auf dem Gelände war früher anscheinend Bergbau betrieben worden, was die Szenerie umso surrealer wirken ließ. Ein frischer Wind blies aus den grauen Wolken, als sie die Stufen zu dem Wohnwagen hinaufstiegen. Sie klingelten, und eine untersetzte Latina öffnete die Tür. Sie nickte nur kurz mit dem Kopf und führte sie dann an Küche und Esszimmer vorbei zu einem Bereich, der offenbar als Lupes Büro diente.

Lupe und drei weitere Lateinamerikaner, jeder mit einer Flasche Negra-Modelo-Bier in der Hand, saßen in einem Zimmer, das man sogar als großzügig hätte bezeichnen können, wenn sich nicht überall Gerümpel getürmt hätte. Es gab einen gigantischen Flachbildfernseher, einen gläsernen Couchtisch, eine Eisenbank, zwei Sofas und drei überdimensionalen Lounge-Sessel. Lupe –

oder wer auch immer hier lebte – hatte wohl die Neigung, all seine Besitztümer auf dem Boden zu stapeln – angefangen von offenen oder noch geschlossenen Bier- und Tequilakisten über Pizzakartons bis hin zu Stapeln von Girlie-, Hundekampf- und Hot-Rod-Magazinen. Die drei Fenster hatten keine Vorhänge, sodass es trotz des bewölkten Himmels erstaunlich hell im Raum war.

Als sie eintraten, stand Lupe auf, legte einen Arm um Eztlis Hals und begrüßte ihn mit einem »Chest-Bump«. Dann nickte er Ro geschäftsmäßig zu und sagte etwas in Spanisch, das Eztli beantwortete und dann für Ro übersetzte. »Er sagt, dass es eigentlich ganz einfach ist, Leute aufzuspüren: Setz einfach eine Belohnung aus.«

Ro zuckte die Schultern. »Hauptsache, es funktioniert«, sagte er.

»Hier ist dein Mann – Hector.« Lupe sprach für Ro wieder Englisch. Er drehte sich um und zeigte auf einen der drei Männer, der in einem der Sessel saß und, als er seinen Namen hörte, aufstand und mit hoffnungsfrohem Gesicht und gefalteten Händen nach vorne trat.

Ro schaute ihn an und prustete los. »Der Kerl sieht ja aus, als würde er sich gleich in die Hose machen.« Er knurrte wie ein Hund, beugte sich leicht nach vorne und machte eine ruckartige Bewegung auf ihn zu. Hector sprang zurück, als sei er vom Blitz getroffen worden. Alle außer Hector kicherten. Ro richtete sich wieder auf und lachte. »Sag ihm, dass ich nicht beiße.« Dann, direkt zu ihm: »Entspann dich, José, ich beiß nicht.«

»Hector«, sagte der Mann mit zitternder Stimme.

»Hector, José – egal. Entscheidend ist nur: Wo ist Gloria?«

Hector warf Lupe einen wehleidigen Blick zu, der ihn richtig deutete und sagte: »Zuerst das Geld.«

»Zuerst das Geld, natürlich.« Er seufzte melodramatisch, griff in seine Tasche und holte ein dickes Bündel 100-Dollar-Scheine heraus. Als er sie Lupe hinüberreichte, sagte er: »Soll ich sie vorzählen?«

»Nein«, sagte Lupe. »Wenn's nicht stimmt, wird er sich schon melden.« Er schaute zu Hector hinüber, dessen Augen auf die Scheine fixiert waren. »Okay, Hector, die Leute sind den weiten Weg hierhergekommen, um mit dir zu sprechen. Sag ihnen, was du weißt.«

Hector zog sein Handy aus der Tasche. »Das ist die Frau, die Sie suchen, *si*?« Er zeigte Ro das Foto.

Er erkannte sie sofort. »Das ist sie, genau. Wo steckt sie?«

Hector war wohl bewusst, dass er keinen Trumpf mehr in der Hand hätte, wenn er nun auch diese Information abliefern würde. Er machte ein bedauerndes Gesicht und sagte auf Englisch: »Es tut mir leid, aber vorher werde ich das Geld brauchen.«

»Da ist das Geld«, sagte Ro und zeigte auf die Scheine. Dann zu Lupe: »Gib ihm das scheiß Geld.«

Lupe drehte sich zu Ro um. »Was zum Teufel wird er mit dem Geld anstellen? Wo will er es deponieren? Hat er ein Bankkonto? Ich will ihm nur eine Menge Ärger ersparen.«

»Frag mich mal, ob mich das einen Scheiß interessiert«, meinte Ro.

Widerstrebend streckte Lupe die Hand mit dem Geld aus und sagte dann etwas auf Spanisch. Hector nahm sich das Bündel, nickte zufrieden und stopfte es in seine Hosentasche.

Ro wandte sich wieder an Hector. »Okay, du hast das Geld. Erzähl mir was.«

Aus seiner anderen Tasche zog Hector ein Stück Papier, entfaltete es und reichte es Ro. In Blockschrift stand dort der Name GLORIA SERRANO, darunter eine Straße, darunter *Sunnyvale*. Er zeigte auf den Namen und fragte Hector: »Also, Gloria Serrano?«

»*Si.*«

»Und du weißt mit Sicherheit, dass ich sie unter dieser Adresse finden kann?« Dann fiel ihm etwas ein. »Was passiert, wenn die Adresse nicht stimmt?«

Hector zog ein Gesicht. »Ich weiß, dass es die richtige Adresse ist. Ich kenne ihren Mann.«

Ro wandte sich an Lupe. »Weißt du, wo dieses Arschloch lebt, falls die Adresse nicht stimmt?«

Lupe drehte sich um und sprach auf Spanisch mit den anderen beiden Männern. »In der Nähe von Jorge«, sagte er. »Er kann ihn jederzeit auftreiben.«

»Hoffen wir, dass er das kann.«

»Sicher«, sagte Lupe. »Kein Problem.« Er zeigte auf das Papier. »Das ist die Frau, die Sie suchen.«

Hector sagte noch etwas auf Spanisch, worauf die anderen Männer sich anschauten und laut loslachten.

Ro wandte sich an Eztli. »Was ist da so lustig?«

»Hector machte den Vorschlag, dass Lupe doch vielleicht auch zu etwas Geld kommen könne, wenn die Frau ihre Erbschaft angetreten habe. Lupe könne dann bei ihr anklopfen und sie darauf hinweisen, dass sie nur wegen ihm die Erbschaft bekommen habe.«

Nachdem er es kurz hatte sacken lassen, sah Ro Hector zynisch an und sagte: »Super Idee, José.« Und dann zu Eztli: »Lass uns abhauen, Ez. Wir haben hier nichts mehr verloren.«

Lupe ging zu einem der Fenster und sah zu, wie Ro und Eztli in ihren Wagen stiegen und abfuhren.

Als sie hinter dem Lagerhaus verschwunden waren, drehte sich Lupe um und ging zu Hector hinüber, der dort mit Jorge Cristobal und dem drahtigen Mexikaner namens Daniel stand und auf den weiteren Lauf der Ereignisse wartete.

»Hey, Mann«, sagte Lupe auf Spanisch. »Du siehst ja noch immer so aus, als würdest du dir gleich in die Hose machen. Musst du vielleicht Pinkeln gehen? Ist das dein Problem?« Murillo trat tatsächlich ungeduldig von einem Bein aufs andere und hatte seine Hände in die Taschen gesteckt, als wäre ihm kalt. Lupes lächelnder Gesichtsausdruck lieferte keinen Hinweis darauf, dass er aus heiterem Himmel zu einem gewaltigen Faustschlag ausholte, der Hector an der Wange traf.

Die Knie des jungen Mannes streiften den gläsernen Kaffeetisch. Er stürzte und fiel mit seinem Rücken auf den Boden. Bevor er überhaupt zu einer Reaktion fähig war, kniete schon Daniel über ihm, drückte seine Schultern gegen den Boden und schlug ohne Unterlass auf sein Gesicht ein. Nachdem er die auch nur theoretische Möglichkeit einer Gegenwehr gebrochen hatte, sprang er wieder auf seine Füße und trat – noch immer in Rage – zwei, drei, vier Mal gegen Hectors Kopf.

Bis Lupe endlich einschritt und ihn beim Arm griff. *»Daniel! Bastantes!«*

Doch scheinbar unfähig, sich wieder unter Kontrolle zu bringen, trat Daniel mit seinem Stiefel ein weiteres Mal zu, um schließlich – schwer atmend – von seinem Opfer zu lassen. Lupe ging um den Tisch und beugte sich über Hectors leblosen Körper. Er griff in die Hosentasche des Jungen, holte das Geldbündel heraus, strich die Scheine glatt, trat dann aber Murillo selbst noch einmal in die Seite. *»Idiota!«*

Er drehte sich zu Jorge und Daniel um und zählte ein paar 100-Dollar-Scheine ab: *»… dos, tres, quatro, cinco …«* Er gab die ersten 500 an Jorge, dann den selben Betrag an Daniel. Schließlich schaute er zu Hector hinunter, der noch immer leblos am Boden lag. »Ich biete dem kleinen Wichser 2000 Dollar an, und er sagt mir doch glatt: Nein, das Geld gehört alles ihm.« Er trat einen Schritt zurück, spuckte auf ihn runter und wandte sich dann an Daniel. »Lass diesen Scheißhaufen irgendwo verschwinden.« Und dann: »Jorge, hol uns doch ein paar Flaschen Bier, okay?«

Farrell brauchte nur zwölf, doch tatsächlich waren es vierzehn Geschworene, die zur Sondersitzung erschienen waren, obwohl die Grand Jury freitags nie tagte. Für die letzten eineinhalb Stunden hatten sie aufmerksam zugehört, sich manchmal auch Notizen gemacht, als Amanda Jenkins die Vorwürfe gegen Ro Curtlee im Detail erläuterte.

Jenkins war sich bewusst, dass es eng werden würde – trotz der Beweislage in dem früheren Sandoval-Prozess.

Sie brauchte zwölf Stimmen für eine Anklage und war sich sicher, zumindest zehn zu haben. Allerdings hatten vier skeptische Jurymitglieder die bisherigen Zeugen mit bohrenden Fragen nach den fehlenden Indizien im Nuñez-Fall gelöchert.

Einer von ihnen, ein pensionierter Lehrer namens Julian Ross, hatte nach längeren Ausführungen tatsächlich die Frage gestellt, die Amanda befürchtet hatte: Wie konnte es angehen, dass ein zehn Jahre alter Fall nun plötzlich vor einer Grand Jury verhandelt werden musste? Jenkins hatte ihnen versichert, dass der Grund nicht in einer mangelnden Beweislage zu suchen sei, sondern die Verzögerungen auf anderweitige Ursachen zurückgingen, die sie im Detail aber nicht diskutieren dürfe. Ob Kommissar Glitsky – so eine andere Frage – denn nicht irritiert davon sei, dass es im Mordfall Nuñez keine physischen Indizien gebe, die mit Ro Curtlee in Verbindung gebracht werden konnten? Glitsky hatte auf das Motiv verwiesen, darauf, wie die Leiche vorgefunden wurde und die Ähnlichkeiten zwischen den Morden.

Amanda war am Ende ihrer Ausführungen angekommen.

Farrell hatte sie gebeten, die Verhandlung kurz zu unterbrechen, bevor sich die Jury – nach der obligatorischen Rechtsmittelbelehrung – zur Beratung zurückziehen würde. Er hatte noch einen Trumpf in der Tasche, den er jetzt zu ziehen gedachte.

Und da saß Farrell also nun im Zeugenstand. Er war in der Pause gekommen, nachdem Amanda ihn auf ihrem Handy benachrichtigt hatte. Ein paar Gerichtsdiener waren in seiner Begleitung, und sie hatten auf einer Handkarre einen großen Pappkarton hereingebracht und ihn auf den Tisch mit den Beweismaterialien gestellt.

Um es vorsichtig auszudrücken: Farrells Erscheinen war juristisch äußerst problematisch. Er wusste, dass es in einem politischen Selbstmord enden konnte, aber zumindest ein legales Nachspiel haben würde, dass der Staatsanwalt als Zeuge in seinem eigenen Fall aussagte. Ein ordentliches Gericht würde mit Sicherheit darauf bestehen, dass dem Staatsanwalt unter diesen Umständen der Fall entzogen wird. Es würde möglicherweise den gesamten Fall abweisen und endgültig ad acta legen, weil ihm ein so krasses Fehlverhalten der Staatsanwaltschaft vorausgegangen war. Vor seinem geistigen Auge sah Farrell schon Worte wie »unethisch« oder »unvertretbar«, die in einem Urteil mit Sicherheit auftauchen würden.

Farrell wusste, dass er in einer Situation wie dieser eigentlich das Schiedsgericht hätte anrufen müssen. Und selbst wenn er es nicht gewusst hätte: Jenkins hatte ihn in den fünf Minuten, bevor er den Zeugenstand betrat, dreimal darauf hingewiesen.

Es war ihm völlig egal. Wenn sie mich aus dem Amt jagen, dachte er grimmig, kann ich zumindest wieder jedes T-Shirt tragen, auf das ich Lust habe.

Alle weiteren Teilnehmer hatten das Sitzungszimmer verlassen – bis auf die Geschworenen, Amanda und Farrell. Das Procedere würde geheim bleiben, bis eine Abschrift angefertigt und der Verteidigung übergeben wurde. In der Zwischenzeit würde Ro Curtlee hoffentlich hinter Gittern sitzen und ihnen die Gelegenheit geben, im Prozess den Fall so zu präsentieren, dass er nicht wieder aus dem Gefängnis herauskam. Selbst wenn der Fall beim obersten Bundesstaatsanwalt landen sollte, hatten Farrell und seine Mitarbeiter alles nur Erdenkliche getan.

Und dann begann seine Aussage.

Auf die Frage von Jenkins, warum er selbst im Zeugenstand sitze, antwortete Farrell: »Gestern Nachmittag erhielt ich einen Anruf von Cliff Curtlee, dem Vater von Ro. Ihm war die Information zugespielt worden, dass ich eine Grand Jury für den kommenden Dienstag einberufen wollte. Bei diesem Termin wollte ich die Beweislage präsentieren, die Sie nun heute schon gehört haben, und auf eine Anklage ohne die Möglichkeit der Kaution plädieren.«

»Sagen Sie der Grand Jury, was er Ihnen mitteilte«, sagte Jenkins.

»Er sagte mir – und ich erinnere mich an diesen Satz wörtlich: ›Ich möchte nicht, dass der Fall vor eine Grand Jury geht. Es wäre für Sie persönlich nicht vorteilhaft.‹«

Plötzlich musste Farrell nach dem Geländer des Zeugenstands greifen – fast schien es, als würde er ohnmächtig werden, dann gewann er seine Fassung zurück. »Entschuldigen Sie«, sagte er, »das fällt mir nicht leicht.«

Jenkins hatte den Karton als Beweisstück auszeichnen und nun direkt vor den Zeugenstand stellen lassen. »Sagen Sie uns bitte, ob Sie den Inhalt des Kartons kennen.«

»Ja.«

»Würden Sie bitte den Inhalt der Grand Jury zeigen?«

Farrell griff mit beiden Händen hinein, zog seinen toten Hund heraus und legte ihn vorsichtig auf den Tisch.

Er streichelte ihn noch einmal, um sich dann wieder zu den Geschworenen umzudrehen, von denen zumindest einige von dem Anblick sichtlich mitgenommen waren.

»Dies war meine Hündin, Gert. Sie war gestern vor dem Büro meiner Freundin angeleint.«

Jenkins fragte: »Mr. Farrell, was haben Sie inzwischen mit Gerts Kadaver unternommen?«

»Ich habe sie gestern Abend zum Polizeilabor bringen lassen.«

Amanda trat vor die Jury und erklärte den Sachverhalt. »Mr. Farrell kann nicht über das Resultat der Untersuchung aussagen, da er sie nicht selbst durchgeführt hat. Aber die Informationen, die er von dem Gerichtsmediziner erhielt, können erklären, was er danach unternahm, und deshalb möchte ich ihn nun fragen: ›Mr. Farrell, was erfuhren Sie vom Labor?‹«

Farrell konnte die Rührung in seiner Stimme nicht unterdrücken. »Dass jemand meinen Hund vergiftet hat.«

»Mr. Farrell, Sie erwähnten das Büro Ihrer Freundin. Um welche Art von Geschäft handelt es sich dabei?«

»Sie leitet die Beratungsstelle für Vergewaltigungsopfer auf der Haight Street.«

»Hat die Beratungsstelle Überwachungskameras?«

»Ja.«

»Nachdem Sie den Laborbefund bekommen hatten, sind Sie zur Beratungsstelle gegangen und haben Kameraaufnahmen heruntergeladen?«

»In der Tat.«

Jenkins zeigte ein großformatiges Schwarz-Weiß-Foto eines BMW Z4 und ließ es als Beweisstück auszeichnen.

»Wenn man den Angaben des Überwachungssystems folgt: Zu welchem Zeitpunkt wurde das Foto gemacht?«

»Ziemlich genau zur gleichen Zeit, als der Hund vergiftet wurde«, sagte er.

»Können Sie das Nummernschild des Wagens erkennen?« Jenkins holte eine beglaubigte Bestätigung der Kfz-Behörde heraus, ließ sie als Beweisstück auszeichnen und gab sie Farrell. »Bitte sagen Sie der Jury, Mr. Farrell, basierend auf dem Foto und den Fahrzeugunterlagen: Wem gehört das Fahrzeug, das bei dem Beratungscenter geparkt war, als Ihr Hund vergiftet wurde?«

»Die Unterlagen besagen«, sagte Farrell, »dass der Wagen auf den Halter Ro Curtlee zugelassen ist.«

Jenkins ließ eine Minute verstreichen, bevor sie ihre Ausführungen abschloss. »Gibt es noch Fragen von der Grand Jury? Mr. Farrell, Sie sind entlassen.«

Nachdem er, wie jeder andere Zeuge, vom Geschworenen-Obmann daran erinnert wurde, dass seine Aussage nicht für die Öffentlichkeit bestimmt sei, stand Farrell auf, nickte Jenkins kurz zu und verließ das Zimmer.

Zurück in seinem Büro, schloss Farrell die Tür hinter sich ab. Angesichts seines zynischen Schachzugs zitterte er am ganzen Körper. Er ging zu seinem Kickertisch, griff zwei der Stangen und stützte sich mit seinem ganzen Gewicht darauf ab. Dann schloss er die Augen, atmete tief durch und schluckte den aufkommenden Brechreiz herunter.

Er hatte oft genug kritische Situationen erlebt – nicht nur in seinen Prozessen, sondern auch in seiner gescheiterten Ehe, mit seinen Kindern, überhaupt in seinem Leben. Und trotzdem hatte er sich immer als ehrlichen Mann, als Mensch mit Charakter gesehen. Und genau diese Vorstellung hatte er gerade – bewusst und mit Vorsatz – über Bord geworfen.

Aber andererseits wollte er sich auch nichts vormachen: Was er der Grand Jury gesagt und gezeigt hatte, war vielleicht noch halbwegs relevant, aber *wie* er es getan hatte, dass er selbst als Zeuge in seinem eigenen Fall aufgetreten war – das war zumindest höchst unprofessionell und entsprach nicht seinem beruflichen Ethos. Er hatte etwas getan, von dem er wusste, das er es nicht hätte tun dürfen.

Bei einer Grand Jury gab es keine Kontrolle seiner Machtbefugnisse, und er hatte sich von dieser Konstellation korrumpieren lassen. Er erinnerte sich daran, was Treya ihm an seinem ersten Tag im neuen Job gesagt hatte: dass Clarence Jackman, sein Vorgänger, nur deshalb so lang im Amt geblieben sei, weil er nach Macht süchtig wurde. Inzwischen verstand er, was sie damit gemeint hatte.

Dies war sein Rubicon: Er spielte mit gezinkten Karten, was ihm auch bewusst war – genau wie die Tatsache, dass er es unter vergleichbaren Umständen wieder tun würde.

Und plötzlich machte das Zittern einer innerlichen Gelassenheit Platz. Er ließ die Griffstangen los und verlagerte sein Gewicht wieder auf die Füße. Er betrachtete die zersplitterten Überreste seines Gewissens wie aus weiter Entfernung, und spürte weder Schuld noch Schmerz, sondern allenfalls ein schwaches Mitleid mit den letzten Überbleibseln seiner idealistischen Jugend.

Jetzt sorgte er sich in erster Linie darum, dass Jenkins – dort drüben in der geheiligten Verschwiegenheit des Grand-Jury-Zimmers – ihre zwölf Stimmen zusammenbekam.

34

»Tut mir leid, Abe«, sagte Amanda Jenkins. »Ich kann mit der Heulerei einfach nicht aufhören.«

»Heulen ist gut. Wir sind hier schließlich nicht beim Baseball. Heulen wird bei der Polizei nicht nur geduldet, sondern auch gefördert. Es gibt sogar Kurse.« Er versuchte, die Stimmung aufzulockern.

Es klappte nicht. »Ich weiß nicht, ob es der Hund war, dieser dumme, wundervolle Hund, oder einfach nur die Erleichterung oder Matt. Ich meine, Matt … Ich kann es immer noch nicht fassen …« Sie konnte nicht weiterreden und tupfte sich mit dem Taschentuch die Augen ab.

Glitsky nahm sie in den Arm. Sie war zu ihm ins Büro heruntergekommen, um ihm von den positiven Entwicklungen aus dem Sitzungssaal zu berichten, doch kaum hatte sie angefangen, war sie von ihren Gefühlen überwältigt worden. Im Gerichtsgebäude hielt sie es nicht mehr aus, also hatte sie sich Glitskys Regenmantel ausgeborgt – und gemeinsam waren sie die Treppe hinunter zur Bryant Street gegangen und trotteten nun durch den nebligen, kalten, grauen, windigen Frühnachmittag.

»Und es gibt noch etwas, das ich einfach nicht abstellen kann«, sagte sie. »Ich kann nicht aufhören, mir zu wünschen, dass sie ihn einfach abknallen. Ich wünsche mir aus ganzem Herzen, dass die Anklage erfolgt – und dass er sich dann der Verhaftung widersetzt und dabei erschossen wird.«

»Vielleicht kommt es ja dazu.«

Sie gingen einen halben Häuserblock, ohne ein weiteres Wort zu wechseln. Glitsky legte seinen Arm um ihre Schulter, ließ ihn dann aber wieder sinken. Sie liefen nebeneinander weiter.

»Sollten wir die Anklage bekommen, glauben Sie wirklich, dass wir ihn dann auch schnappen können?«

»Ich wüsste nicht, was daran so schwierig sein sollte. Beim letzten Mal haben wir ihn auch geschnappt. Es war nicht ganz einfach, aber wir haben ihn gekriegt. Und werden es wieder tun.«

»Wer ist denn damit beauftragt?«

»Lapeer hat ein paar Teams für einen Sondereinsatz zusammengestellt. Vorausgesetzt, die Grand Jury entscheidet bald, werden sie vor seinem Haus warten, wenn er heimkommt.«

»Und Sie sind nicht dabei?«

Glitsky verzog das Gesicht. »Klügere Köpfe haben das so beschlossen.«

»Ich hätte gedacht, Sie wollten unbedingt dabei sein?«

»Wollte ich auch. Sie hat mein Anliegen zur Kenntnis genommen und verworfen.«

Sie gingen noch einen Block weiter. Ein Restaurant mit ausgelassenen Gästen, die bereits das Wochenende einläuteten. Eine Autowerkstatt. Ein Tattoo-Studio. Vier Obdachlose.

»Heimkommen woher?«, fragte Jenkins.

»Wo immer sie sich gerade befinden.«

»Sie?«

»Er und der Butler. Sie haben das Haus gegen halb elf verlassen. Als sie zehn Minuten später an einer Bank anhielten, haben wir ihnen das GPS verpasst.«

»Und wohin sind sie danach gefahren?«

»Eine halbe Stunde waren sie in San Bruno, und danach fuhren sie nach Sunnyvale weiter. Ich ließ mir den letzten Stand gerade durchgeben, als Sie ins Zimmer kamen. Er war noch immer da.«

»Was gibt es denn da in der Gegend?«

»Keine Ahnung. Vielleicht was zu essen? Ein Bordell? Ich ...«

Glitsky hielt plötzlich an und legte seine Hand auf Jenkins' Arm.

»Was ist los? Abe?«

»Ich hatte gerade eine furchtbare Ahnung«, sagte er. »Vielleicht liege ich ja falsch, höchstwahrscheinlich liege ich falsch.«

»Was ist los?«

Glitsky hatte schon kehrtgemacht und lief wieder zum Gerichtsgebäude. »Wir müssen zurück, ich muss das nachprüfen.«

»Abe, um was geht es denn?«

»Nicht um was, sondern um wen«, antwortete er. »Gloria Gonzalvez.«

Gloria arrangierte ihr Arbeitspensum so, dass sie möglichst viel Zeit mit den Kindern verbringen konnte. Sie kam nicht umhin, ihr »Baby« – die dreijährige Bettina – an den Werktagen in der Obhut von Angela zurückzulassen. Die 18-jährige war ein Schatz und mehr ältere Schwester als Babysitter. Was die beiden Jungs – Ramón und den sechsjährigen Geraldo – anging, so war die Situation noch unproblematischer: Da die beiden inzwischen ganztägig zur Schule gingen, konnte sie sich morgens um acht auf den Weg machen, ihre fünf oder sechs Häuser putzen – freitags nur vier! – und wieder zurück sein, bevor sie gegen halb vier nach Hause kamen.

Heute war sie sogar etwas schneller mit der Arbeit durch. Sie hatte ihre beiden Hilfskräfte an ihrem Apartment abgesetzt, hatte schnell etwas fürs Abendessen und Wochenende eingekauft und war dann bei Angela vorbeigefahren, um Bettina abzuholen. Als sie mit dem Wagen in ihre Straße einbog, hatte sie noch immer eine Stunde, bis die Jungs von der Schule kommen würden. Sie freute sich schon darauf, allein mit ihrem Baby spielen zu können, was selten genug der Fall war. Ihre Nachbarschaft, im Ödland westlich des Freeways gelegen, zeigte sich von ihrer winterlichen Seite: die Bäume kahl, die kleinen Häuschen farblos und fahl, der Rasen so grau wie der Himmel darüber.

Es war eine Arbeitersiedlung, und all die Autos der Pendler, die die Parkplatzsuche am Abend und Wochenende oft so beschwerlich machten, waren noch unterwegs – was die Nachbarschaft geradezu verwaist wirken ließ. Gloria hatte sich über den brandneuen weißen Geländewagen gewundert, der ein paar Häuser weiter geparkt hatte. Die Leute hier hatten kein Geld für diese Luxusschlitten von Toyota, Lexus oder wie immer die Marken hießen. Er fiel derart aus dem Rahmen, dass sie beim Vorbeifahren kurz hinüberschaute und erleichtert feststellte, dass der Fahrer ein Latino war – gut gekleidet zwar, aber definitiv einer der ihren. Vielleicht war er mit irgendjemandem hier verwandt. Oder jemand hatte einen neuen Boyfriend.

Sie fuhr mit ihrem rostigen grünen Honda direkt vor die Garage, um gleich durch die Hintertür in die Küche gehen zu können. Sie hatte Bettina in einem Babysitz gegen Fahrtrichtung angeschnallt, und nachdem sie ausgestiegen war, hatte sie zunächst die rückwärtige Tür aufgesperrt, ihrer Tochter einen Kuss gegeben – »*Momento, chica*« –, um dann die Beifahrertür zu öffnen und die zwei Einkaufstüten herauszuholen.

Mit einer Tüte in jeder Hand ging sie die Stufen zur Küchentür hinauf, setzte sie ab, suchte nach ihrem Schlüssel und öffnete die Tür. Sie ging hinein, setzte die Tüten auf dem Küchentisch ab – und erinnerte sich daran, dass sie Häagen-Dazs-Eis gekauft hatte, und zwar »Dulce de Leche«, Robertos liebste Sorte. Sie wollte das Eis nicht unnötig schmelzen lassen, also buddelte sie in einer der Tüten, bis sie den Becher gefunden hatte, und stellte ihn ins Gefrierfach.

Sie hatte die ganze Zeit vor sich hergesummt – was sie immer tat, wenn sie glücklich war –, aber plötzlich schien ihr, als habe sie etwas gehört. Sie schloss den Kühlschrank, rührte sich nicht und neigte den Kopf, um besser hören zu können. Was war das für ein Geräusch?

Des Rätsels Lösung traf sie wie ein Blitz: Es war das Geräusch einer sich öffnenden Wagentür. Sie drehte sich um und rannte zur Einfahrt.

Und da war tatsächlich ein Mann, der gerade aus ihrem Wagen ausstieg, sich aufrichtete, umdrehte – und ihr Baby im Arm hielt.

Wie versteinert blieb sie stehen, die Augen vor Entsetzen weit aufgerissen.

Da stand Ro Curtlee und hielt ihr Baby.

»Hey, Gloria«, sagte er mit seinem abstoßenden Grinsen. »Ist ja schon lange her, aber du bist noch immer eine verdammt heiße Braut.«

Noch während er zum Justizgebäude zurücktrabte, wählte Glitsky die Nummer des Polizeireviers in Sunnydale. Da er nicht den Notruf gewählt hatte, landete er erst mal in einer Warteschleife. Zwei Häuserblocks weiter, als er bereits an den Stufen des Justizgebäudes angekommen war, gab er es auf und versuchte den Notruf. Besetzt.

Kaum war er im Gebäude, riss die Verbindung ganz ab.

Er lief den Gang zur Southern Station hinab, der Polizeiwache, die im Erdgeschoss untergebracht war, und traf dort auf einen Wachhabenden namens Gil Harris, der mit der GPS-Überwachung beauftragt war. Glitsky erfuhr, dass Ros Auto noch immer in Sunnydale parkte, inzwischen seit über einer Stunde. Glitsky versuchte erneut, die Notrufzentrale zu bekommen, hörte aber wieder nur das Besetzt-Zeichen.

Erst als er sich durch die überfüllte Lobby gekämpft hatte und im langsamsten Aufzug der Welt zu seinem Büro hochgefahren war, konnte er den Notruf auf seinem Festnetztelefon wählen. Diesmal kam er durch und sprach zwei Minuten später mit einem Sergeant Bransen vom Sunnydale-Polizeirevier.

»Der Verdächtige heißt Ro Curtlee«, sagte Glitsky und buchstabierte den Namen. »Er wurde wegen Mordes und gleichzeitiger Vergewaltigung verurteilt, ist aber auf Kaution frei …«

»Es gibt keine Kaution bei Mord und Vergewaltigung«, knurrte der Sergeant.

»Vergessen Sie's«, sagte Glitsky genervt, »er ist in jedem Fall bewaffnet und gefährlich. Er wird innerhalb der nächsten Stunden wegen mehrfachen Mordes angeklagt, und ich wäre Ihnen unendlich dankbar, wenn Sie ihn festnageln könnten.«

»Festnageln? Was soll das heißen? Ist er denn nun angeklagt oder nicht?«

»Bis Sie ihn haben, wird die Anklage stehen.«

»Und was passiert, wenn die Anklage nicht kommt?«

»Dann können Sie ihn zumindest eine Weile festhalten.«

Der Sergeant zögerte erneut und fragte: »Und was stellt er noch mal gerade an?«

»Ich glaube, dass er eine der Zeuginnen angreifen will, die gegen ihn aussagen werden.«

»Wie ist der Name?«

»Gloria Gonzalvez. Allerdings wird der Nachname inzwischen wohl ein anderer sein, weil sie geheiratet oder den Namen geändert hat.«

»Okay, also eine Gloria Sowieso.«

»Richtig.«

»Und wo hält er sich laut GPS auf?«

Glitsky hatte sich den Standort aufgeschrieben und las ihn von seinem Memo ab. »Es muss der 900er Block am Dennis Drive sein, zwischen Burnham und Agnes Street.«

»Okay. Und wo genau parkt der Wagen?«

»Lässt sich nicht exakt bestimmen.«

»Autokennzeichen?«

Glitsky gab es ihm.

»Und was ist die Adresse des Hauses, wo die Frau lebt?«

»Weiß ich auch nicht.«

Am anderen Ende der Leitung war ein leicht ungehaltenes Seufzen vernehmbar.

Glitsky fühlte seinen Pulsschlag zuerst an seinen Schläfen, dann auch hinter der Stirn. »Hören Sie, der Kerl ist brandgefährlich, und er befindet sich zurzeit an diesem Ort. Er lauert vermutlich gerade dieser Gloria auf. Sie brauchen bloß ein paar Wagen losschicken und die Lage sondieren. Machen Sie aus Ihrer Anwesenheit kein Geheimnis. Und wenn Sie einen Burschen sehen, der aus dem Rahmen fällt, lassen Sie sich den Ausweis zeigen. Und wenn es Ro Curtlee ist, halten Sie ihn fest oder verhaften ihn, wenn die Anklage bis dahin durch ist.«

»Heißt das, dass wir von Tür zu Tür gehen müssen?«

»Natürlich. Wenn es sich als notwendig erweist.«

»Kann ich Ihren Namen noch mal haben?«

»Sicher.« Glitsky ließ einmal kurz Dampf ab, buchstabierte ihm aber dann seinen Namen. »Ich bin Chef des Morddezernats von San Francisco.«

»Okay. Ich kapier's ja. Ich schick sofort einen Wagen los.«

»Mehrere wären besser.«

Wieder ein Zögern. »Ich sehe, was sich machen lässt.«

Auch wenn das Telefonieren beim Fahren selbst für Polizisten verboten war, fischte Glitsky sein Handy aus der Jacke und ließ sich auf dem Weg nach Sunnydale noch einmal mit Sergeant Bransen verbinden. Bransen hatte inzwischen einige Streifenwagen zum Dennis Drive geschickt, wo aber keine besonderen Vorkommnisse festgestellt werden konnten. Seine Beamten hatten deshalb keine Veranlassung gesehen, von Tür zu Tür zu gehen.

Glitsky rief daraufhin Sergeant Bornhorst bei der Southern Station an, der seit dem Vormittag die GPS-Signale verfolgte. Bornhorst informierte ihn, dass Ros Wagen Sunnydale verlassen hatte und nun auf der 280 nordwärts Richtung San Francisco fuhr. Es gab niemanden, der ihn verfolgte, aber Harris versicherte ihm, dass – sobald die Anklage bestätigt würde – Ro umgehend von der Straße geholt werden würde. Man werde dazu einige mobile Einheiten koordinieren müssen, aber daran solle es nicht scheitern.

Glitsky hatte keinen Grund, an seinen Worten zu zweifeln. Angesichts seiner Vorgeschichte – und um jeden Eindruck privater Animositäten zu vermeiden –, hatte Lapeer Wert darauf gelegt, Glitsky an Planung und Durchführung der Verhaftung nicht zu beteiligen. Sie hatte ein Sonderkommando zusammengestellt, das – so war ihm zu Ohren gekommen – in der Nähe der Curtlee-Residenz zuschlagen sollte, wenn er dort früher oder später aufkreuzen würde.

Vorausgesetzt natürlich, dass sich die Grand Jury zumindest auf die Anklage in den beiden ersten Mordfällen einigen konnte.

Aber inzwischen hatte Glitsky bereits zwei Drittel des Weges nach Sunnydale zurückgelegt. Er konnte sich immer noch nützlich machen. Und er hatte seine eigenen Gründe, Gloria Gonzalvez ausfindig zu machen.

Während der Fahrt hatte sich eine dicke Wolkendecke gebildet, und als er in den Dennis Drive einbog, prasselte ein eisiger Regen gegen die Windschutzscheibe. Es war gerade noch hell genug, um sich selbst davon zu überzeugen, dass keines der von Ro genutzten Autos am Straßenrand parkte.

Nachdem er den nächstbesten Parkplatz angesteuert hatte, hockte er eine Weile im Wagen und hoffte inständig, der Regen würde nachlassen: Da er seinen Regenmantel an Amanda Jenkins ausgeliehen hatte, trug er selbst nur eine leichte Sportjacke. Schließlich gab er die Hoffnung auf, stieg aus und sprintete zum nächsten beleuchteten Haus, stellte sich unters Vordach und klingelte.

Nach einer Weile wurde die Tür um einen Spalt geöffnet und eine weibliche Stimme ertönte: »Ja?«

Glitsky hatte in Situationen wie dieser regelmäßig feststellen können, dass er – ein hochgewachsener Farbiger mit forschem Auftreten, obendrein mit einer dicken Narbe über dem Mund – bestenfalls reserviert, wenn nicht gar verängstigt empfangen wurde. Diese Frau stellte keine Ausnahme dar. Also zeigte er brav seine Polizeimarke, stellte sich vor und sagte: »Ich suche eine Frau, die mit Vornamen Gloria heißt und in dieser Straße wohnt. Mit Nachnamen hieß oder heißt sie noch immer Gonzalvez, und ich habe Grund zur Annahme, dass sie in akuter Gefahr schwebt.«

Die Frau antwortete nur »Tut mir leid« und schlug die Tür wieder zu.

Da Glitsky keine Zeit darauf verschwenden wollte, ihr eine Lektion über den Umgang mit der Polizei zu erteilen, lief er weiter, übersprang aber das nächste Haus, weil er annahm, dass die Frau zumindest den Namen ihres direkten Nachbarns kennen würde, und lief ein Stück die Straße hinunter, bis er zu einem weiteren beleuchteten Haus kam. Diesmal öffnete ein Afroamerikaner in mittleren Jahren und grinste Glitsky breit an. »Na, nass genug für Sie da draußen?«

»Könnte nicht gemütlicher sein«, sagte Glitsky, zeigte seine Marke und erklärte die Situation.

Der Mann musste nicht lange nachdenken. »Das kann nur Gloria Serrano sein.« Er trat auf seine kleine Terrasse hinaus und wies Glitsky den Weg. »Vier Häuser weiter auf der anderen Straßenseite, das Haus mit den blauen Fensterläden. Ist alles okay mit ihr?«

»Ich hoffe es«, sagte Glitsky. »Vielen Dank.«

»Brauchen Sie Hilfe?«

»Nein, Sie haben mir schon geholfen. Nochmals danke.«

Eine halbe Minute später klingelte Glitsky an ihrer Tür. Offensichtlich befanden sich mehrere Personen im Haus, denn Glitsky hörte zunächst Kindergeschrei und dann die Stimme eines Mannes, der seine Kinder zur Ordnung rief. Als die Tür geöffnet wurde, zeigte Glitsky seine Marke und sah in das wütende Gesicht eines etwa 35-jährigen Latinos. Er trug einen Schürhaken in seiner rechten Hand und war offensichtlich gewillt, ihn bei der geringsten Provokation einzusetzen.

»*Si?*«

»Abe Glitsky, San Francisco Morddezernat. *Homocidio. Comprendo?*«

Hinter dem Mann sah Glitsky ein hell erleuchtetes Wohnzimmer. Zwei kleine Jungs hatten sich hinter den Beinen ihres Vaters versteckt und warfen Glitsky neugierige Blicke zu. Auf dem Sofa saß eine Frau mit Baby, die – als sie Glitskys Namen hörte – aufstand und zur Tür kam. »Roberto, ist schon in Ordnung«, sagte sie. »Ich kenne den Mann. Lass ihn rein.«

Sie bot Glitsky ein Handtuch an, um Gesicht und Haare zu trocknen, und hängte seine durchnässte Jacke über einen Stuhl vor der Heizung. Das Haus war schlicht eingerichtet, aber adrett aufgeräumt und so gut beheizt, dass die Fensterscheiben beschlagen waren. Glitsky setzte sich zu ihr an den Esstisch, der sich außerhalb des Wohnzimmers befand. Sie hatte ihr Baby im Arm, während der Vater die Kinder auf das Sofa schickte, wo sie ohne Widerspruch Platz nahmen. Glitsky hatte den Eindruck, als hinge eine Spannung im Raum, die nur darauf wartete, sich zu entladen.

»Ich bin so froh, dass ich Sie gefunden habe«, sagte er.

Sie rang sich ein gequältes Lächeln ab. »Ich freue mich auch, Sie zu sehen. Gibt es ein Problem?«

»Nun.« Glitskys Erleichterung, sie lebend und unverletzt zu sehen, war mit den Händen zu greifen. »Möglicherweise. Ich weiß nicht, ob Sie davon gehört haben, aber Ro Curtlee wurde aus dem Gefängnis entlassen.«

Sie schaute – warnend? – zu ihrem Ehemann, legte die Arme um ihr Baby, wiegte es auf ihren Knien und schüttelte den Kopf. »Wie ist das passiert?«

»Er hat Einspruch gegen das Urteil erhoben und bekommt nun einen neuen Prozess. Aber in der Zwischenzeit ist er auf Kaution frei.«

»Warum machen sie so was?«

»Darauf habe ich auch keine schlaue Antwort. Tatsache ist: Er ist draußen. Haben Sie nichts von ihm gehört?«

»Nein. Warum sollte ich von ihm hören?«

»Er könnte ein Interesse daran haben, Sie von einer weiteren Aussage als Zeuge abzuhalten. Bei dem kommenden Prozess werden wir Sie nämlich als Zeugin brauchen.«

»Aber ich habe doch schon beim letzten Mal alles gesagt.«

»Ja, das weiß ich.«

»Zählt meine Aussage denn nicht mehr?«

»Doch, aber es wirkt überzeugender, wenn Sie die Aussage noch einmal vor den Geschworenen machen.«

»Tut mir leid«, sagte sie, »aber ich kann mir nicht vorstellen, dass ich das noch einmal tun kann.«

Glitsky wusste nur zu gut, dass ihm eine heikle Mission bevorstand. »Ich kann Ihre Gefühle gut nachvollziehen«, sagte er. »Aber wir sind an dem Punkt angelangt, wo Sie die wichtigste Zeugin sind, wenn wir ihn wieder ins Gefängnis bringen wollen.«

Gloria schaute zu ihrem Mann, der reglos am Tisch saß und Glitsky ununterbrochen angestarrt hatte. »Wie kann es zu diesem Punkt kommen? Was ist mit den anderen Zeuginnen, was ist mit Felicia?«

Glitsky atmete tief ein und aus. »Felicia ist tot.«

Gloria bekreuzigte sich. Ihre Lippen zitterten.

»Sie starb in einem Feuer«, sagte Glitsky.

»Seit Ro aus dem Gefängnis frei ist?«

Glitsky zögerte, nickte dann aber. »Ja.«

»Er hat sie umgebracht.«

»Möglich. Wir können es nicht ausschließen.«

Urplötzlich meldete sich Roberto zu Wort: »Sie kann es nicht noch einmal tun«, sagte er. »Das ist alles.«

»Nun, ich befürchte, das ist nicht alles, Sir. Seit fast einem Monat versuche ich, Gloria ausfindig zu machen. Nachdem ich sie nun gefunden habe, möchte ich sie – und die ganze Familie – in ein Zeugenschutz-Programm stecken, bis der Prozess beginnt.«

»Nein, das können wir nicht machen«, sagte Gloria. »Ich habe das beim letzten Mal gemacht, als ich allein war, aber jetzt haben wir Jobs und leben unser Leben. Ich kann nicht wieder einfach so untertauchen.«

»Es geht nur um die Zeit bis zu Ihrer Aussage.«

»Und wann wäre das?«

»Im August, vielleicht auch später.«

Sie musste fast lachen angesichts der Absurdität des Vorschlags. »Nein«, sagte sie. »Ich bin keine Bedrohung für ihn, also ist er auch keine Bedrohung für mich – wenn ich nicht aussage. Also werde ich es auch nicht tun. Es ist ganz einfach.«

Glitsky spürte, dass er innerlich zu frösteln begann. Er wollte nicht unnötig Druck auf diese Frau ausüben, aber er musste ihr klar und deutlich vor Augen führen, in welcher Gefahr sie schwebte. »Wissen Sie, wie ich Sie gefunden habe?«, fragte er – und als sie den Kopf schüttelte, fuhr er fort: »Wir haben einen Peilsender an Ros Wagen angebracht, mit dem wir seinen Standort ermitteln konnten. Er ist heute zu dieser Straße gefahren und zwei Stunden hier gewesen.«

Roberto und seine Frau schauten sich vielsagend an. »Ich war aber nicht hier«, sagte sie.

»Sie haben ihn nicht gesehen? Nicht mit ihm gesprochen?«

Dieses Mal sprach ihr Blick Bände: *Sag kein Wort,* schien sie ihrem Mann zu signalisieren. »Nein«, sagte sie. »Ich werde seine Eltern anrufen und ihnen mitteilen, dass ich nicht aussagen werde. Er wird nicht zurückkommen.«

Glitsky hielt seine Hände zusammengepresst vor sich auf der Tischplatte. Als ihm seine Anspannung bewusst wurde, lockerte er seinen Griff. Unter keinen Umständen wollte er die Fassung verlieren oder die Leute mit Argumenten in eine Ecke treiben, aus der es dann keinen Ausweg mehr gab. Er versuchte die Strenge in seinen Gesichtszügen so weit wie möglich zu mildern und schaute Gloria in die Augen. »Er kam heute Nachmittag und hat Ihre Kinder bedroht«, sagte er eindringlich. »Ist es nicht so?«

Sie war nicht zur Lügnerin geboren. Mit weit aufgerissenen Augen schaute sie hilfesuchend ihren Mann an, der aber auch nicht mehr als ein *Was-kann-ich-da-schon-machen*-Schulterzucken zustande brachte. Schließlich schüttelte sie ein paar Mal den Kopf und sagte überhastet: »Ich hab Ihnen schon alles gesagt.«

»Ja, Sie sagten mir, dass er nichts dergleichen getan habe.« Glitsky lehnte sich nach vorne. »Aber war das auch die Wahrheit?«

Wieder sah sie ihren Mann flehentlich an, aber entweder konnte er ihr Zeichen nicht deuten oder hatte keine Antwort. Ihre Augen wanderten zu den beiden Kindern, die auf dem Sofa saßen, mit den Armen zog sie ihr Baby noch näher an sich. Schließlich schüttelte sie noch einmal ihren Kopf. »Ich habe ihn nicht gesehen«, sagte sie. »Ich weiß nicht, warum er sein Auto hier geparkt hatte.«

»Ich möchte Ihren Kindern keine Angst einjagen, Gloria«, sagte er kaum vernehmbar, »aber ich glaube, er war hier, um Sie zu töten – so wie er es mit Felicia Nuñez getan hat. Aber als er dann sah, dass Sie Kinder haben, hatte er eine bessere Idee.«

Sie starrte ihn nur an.

»Wir müssen sicherstellen, dass er wieder im Gefängnis landet«, sagte Glitsky, »damit er kein weiteres Unheil anrichten kann.«

»Er wird meine Kinder nicht anrühren, wenn ich nicht aussage«, sagte sie. »Er hätte keinen Grund dazu.«

»Woher wollen Sie das wissen?«, fragte Glitsky. »Sind Sie sich da wirklich ganz sicher?«

»Bitte. Es hat keinen Sinn.« Sie hob den Kopf und schaute ihm in die Augen. »Ich weiß es einfach.«

35

Auf dem Bayshore Freeway zurück in die Stadt – Heizung und Scheibenwischer liefen auf Hochtouren – tröstete sich Glitsky mit dem Wissen, dass er nun immerhin den Wohnsitz von Gloria Serrano hatte. Und dass vielleicht andere, psychologisch geschultere Mitarbeiter in der Lage sein würden, sie zu einer Aussage gegen Ro zu bewegen. Möglich war das durchaus, vor allem wenn Ro erst einmal hinter Gittern säße und keine direkte Bedrohung ihrer Kinder mehr darstellte.

Er fragte sich immer wieder, wie Ro es wohl geschafft hatte, Gloria so schnell zu finden – und so kam er zwangsläufig auf sein Lieblingsthema: dass das gottverdammte Polizeibudget vorne und hinten nicht reichte. Wahrscheinlich hatte Ro einen dieser Privatdetektive engagiert, die ganz individuelle und oft genug illegale Methoden anwandten, um vermisste oder untergetauchte Personen aufzuspüren. Er steigerte sich gerade in seine liebgewonnene Rage, als das Handy auf dem Beifahrersitz summte.

Als er den Namen Wes Farrell im Display sah, ersparte er sich die Formalitäten. »Sagen Sie mir, dass Sie die Anklage haben.«

»Besser spät als nie: Wir haben sie. Seit fünfzehn Minuten.«

»Hallelujah!«

»Das hab ich auch gesagt. Tut mir leid, dass ich nicht früher angerufen habe, aber ich dachte mir, dass ich zunächst Vi informieren sollte.«

»Ist ja auch richtig. Sind ihre Leute auf ihren Posten?«

»Noch nicht. Ich hatte sie ja gerade erst angerufen. Sie sagte, dass Ro laut letztem GPS-Signal inzwischen wieder in der Stadt sei, nachdem er zuletzt irgendwo im Süden geortet wurde.«

»Sunnyvale«, sagte Glitsky. »Er hat Gloria Gonzalvez gefunden.«

»Großer Gott. Scheiße. Nein.« Farrells Stimme klang blechern. »Sie werden mir doch nicht sagen wollen …«

»Nein. Er hat nur ihre Kinder bedroht, weil ihm so was ja einen Kick gibt. Und jetzt sagt sie natürlich, dass sie nicht mehr gegen ihn aussagen wird. Es wird eine schwere Geburt, sie vom Gegenteil zu überzeugen.«

»Vielleicht wenn sie weiß, dass er wieder im Gefängnis ist …«

»Das ist auch meine Hoffnung. Hat Vi denn gesagt, wie lange sie für den Einsatzbefehl braucht?«

»Sie sagt, sie muss ihre Truppen noch zusammenziehen. Sie sind zwar in Alarmbereitschaft, aber einige von ihnen waren offensichtlich schon nach Hause gefahren. Darüber hinaus wollte sie herausfinden, wo Ro hinfährt. Sie geht davon aus, dass er nach Hause will.«

»*Sie geht davon aus?*«

»Zurzeit ist er jedenfalls auf der 19th Avenue und scheint sich in diese Richtung zu bewegen. Haben Sie eine bessere Idee?«

»Nein, wüsste nicht.«

»Aber?«

»Nichts aber.« Glitsky hatte nicht vor, seine Chefin zu kritisieren, die sich trotz aller Repressalien bedingungslos hinter ihn gestellt hatte. Aber innerlich wurmte es ihn doch, dass sie nicht auf die Idee gekommen war, eine

Zivilstreife auf Ros Auto anzusetzen, nachdem er wieder die Stadtgrenze passiert hatte. Doch wie Glitsky – und vielleicht mehr noch als er – hatte sie vermutlich Budgetprobleme, die alle außerordentlichen Aktivitäten verhinderten. »Ich wünsche mir nur, dass er aus dem Verkehr gezogen wird.«

»Es sollte in ein paar Stunden über die Bühne gegangen sein«, sagte Farrell.

»Lieber früher als später.«

»Wollen Sie Vi anrufen und ihr das sagen?«

»Nein«, sagte Glitsky. »Ich glaube kaum, dass das hilfreich wäre.«

Jon Durbin war in der letzten Nacht gerade nach Hause gekommen, als er sah, wie sein Vater aus der Einfahrt der Novios ausparkte. Er hatte sich gewundert, was sein Vater zu dieser späten Stunde noch zu erledigen hatte, und war ihm einfach nachgefahren – durch den Golden Gate Park, dann auf der Geary Street runter nach Laguna, schließlich gen Norden zur Chestnut Street, wo er seinen Wagen parkte.

Jon parkte seinen Wagen einen halben Häuserblock hinter ihm und beobachtete, wie sein Vater zu einem großen Apartmentkomplex an der Ecke ging, klingelte und drinnen verschwand.

Jon folgte ihm eine Minute später und warf einen Blick auf die Briefkästen an der Wand. Als er den Namen Sato sah, wollte er es zunächst nicht glauben – bis dann die Gewissheit blitzartig einschlug. Seine Hand fuhr zum Magen hinunter, doch er konnte nicht mehr verhindern, dass er sich noch vor der Haustür übergab.

Sein Vater und Liza.

Wie widerlich, wie ekelerregend, wie gottverdammt plump.

Glaubte sein Vater wirklich, mit dieser Nummer durchkommen zu können? Glaubte er allen Ernstes, es nur mit gutgläubigen Volltrotteln zu tun zu haben?

Er hatte sich nicht in der Lage gefühlt, im Anschluss wieder nach Hause zu fahren, sondern hatte bei seinem besten Freund Rich übernachtet und war von dort aus, völlig übernächtigt und ungewaschen, am nächsten Morgen zur Schule gefahren.

Den ganzen Tag aber hatte es in ihm gebrodelt, und das schwarze Loch in seinem Inneren war immer größer geworden, bis er sich dafür entschied, die offene Konfrontation zu suchen. Um kurz vor fünf, gerade als der große Regen einsetzte, war er zum Haus der Novios zurückgefahren.

Was er dort tun wollte, war ihm auch nicht so recht klar. Aber irgendetwas musste passieren.

Als er ins Haus gekommen war, hatte er sich Tante Kathy gegenüber nicht weiter erklären müssen: Wie alle anderen – außer seinem gottverdammten Vater! – war sie noch immer am Boden zerstört und kaum ansprechbar. Er ging zum Schlafzimmer hoch, das er mit Peter teilte, stellte sich unter die Dusche, zog ein paar frische Klamotten an, legte sich aufs Bett und schloss die Augen.

Als sein Bruder eine halbe Stunde später eintraf, schlug er sie wieder auf. »Hey.«

»Wo hast du denn gesteckt?«

»War bei Rich. Bis auf letzte Nacht. Weißt du, was ich gestern Nacht getan habe?«

»Wen soll das schon interessieren?«

»Es wird dich interessieren. Ich bin Dad nachgefahren.«

»Wann?«

»Als er gestern Nacht das Haus verließ. Weißt du nicht mal das?«

Peter schüttelte den Kopf. »Ich hab früh gepennt. Du bist ihm nachgefahren? Warum? Wohin?«

»Weil ich wissen wollte, wohin er mitten in der Nacht wollte. Und rat mal, wo es ihn hinzog – zu Liza Satos Apartment.«

Die Information erwischte Peter auf dem falschen Fuß. Er brauchte ein paar Sekunden, um sich wieder zu fangen. »Und was wollte er da?«

»Was meinst du denn?«

»Wahrscheinlich hat er jemanden gebraucht, mit dem er reden konnte.«

»Klar. Vielleicht wollte er aber auch nur ficken.«

»Das ist doch Scheiße! Woher willst du das wissen? Du hast doch keine Ahnung.« Es dauerte eine Weile, bis ihm die tiefere Bedeutung von Jons Aussage klar wurde. Er trat näher an das Bett, auf dem Jon inzwischen saß. »Willst du damit sagen, dass Dad unsere Mutter umgebracht hat? Willst du wirklich darauf hinaus? Wenn ja, kann ich dir nur sagen, dass das kompletter Schwachsinn ist.«

»Für dich ist es also Schwachsinn, dass er eine Äffäre hat und keiner darüber redet? Für mich klingt es eher wie das Motiv, Mom umzubringen.«

»Er brauchte überhaupt kein Motiv, weil er Mom nicht umgebracht hat – er hat sie geliebt!« Peter konnte die Tränen nicht unterdrücken. »*Er hat sie geliebt, verdammt noch mal. Er liebte sie!*« In einem plötzlichen Wutanfall schlug er seinem Bruder mit beiden Händen gegen die Schultern und stieß ihn zurück aufs Bett. »Fick dich!«

Jon zog seine Beine an und stieß sie mit voller Wucht gegen Peters Brust. Während Peter zu Boden ging, sprang er auf, stieß wilde Flüche aus und begann, unkontrolliert auf seinen jüngeren Bruder einzuschlagen. Peter rappelte sich hoch, rammte seinen Kopf in Jons Magen und presste ihn gegen die Wand. Eine der Bettlampen fiel um und ging zu Bruch.

Jon raffte sich wieder auf, schlug um sich und traf Peter im Gesicht. Der jüngere Bruder blutete heftig aus der Nase, sammelte all seine Kräfte und ging mit einem animalischen Schrei wieder auf Jon los. Sie rollten über das Bett und krachten auf einen der Mahagoninachttische, der – zusammen mit der zweiten Lampe – unter ihrem Gewicht zersplitterte.

Michael Durbin schaute fassungslos auf das Chaos im Schlafzimmer und hatte nicht die leiseste Ahnung, wie er auf die jüngste Katastrophe reagieren sollte. Er drehte sich zu Chuck, der neben ihm stand. »Ich weiß nicht, was ich sagen soll – abgesehen davon, dass es mir furchtbar leidtut und ich für den Schaden natürlich aufkommen werde.«

»Um Geld geht es doch gar nicht.«

»Zum Teil schon.« Er warf einen weiteren Blick auf das Schlachtfeld. »Jesus Christus! Was ist bloß in sie gefahren?«

»Was ich von Peter erfahren habe«, sagte Chuck, »deutet darauf hin, dass es sich um dich gedreht haben muss.«

»Um mich? Warum denn um mich?«

Chuck legte ihm eine Hand auf die Schulter. »Vielleicht solltest du dich mal mit Peter unterhalten.«

»Ich bin viel zu wütend, um mit Peter zu sprechen.«

»Wenn ich auf jemanden wütend wäre, Michael, dann wäre es wohl eher Jon.«

»Ich habe Wut genug für beide.« Ein weiterer Blick ins Zimmer. »Herr im Himmel! Es sieht aus, als wäre hier eine Bombe eingeschlagen. Und warum sollte ich auf Jon wütender sein?«

»Anscheinend hat er Peter erzählt, dass du irgendwas mit Janices Tod zu tun hast.«

Durbins Kopf sank herab, bis er fast seine Brust berührte. »Wie kann er so was nur denken? Mein eigener Sohn. Wie kann jemand, der mich auch nur ein bisschen kennt, auf den Gedanken kommen …?«

»Jon ist dir letzte Nacht gefolgt. Als du von hier losgefahren bist. Bis zu Liza Satos Apartment.«

Durbin drehte sich zu seinem Schwager um. »Um Gottes willen«, sagte er. »Du glaubst doch nicht etwa auch diesen Mist?«

Chuck schüttelte den Kopf. »Nicht die Bohne, Michael. Ich wiederhole nur, was dein Sohn gesagt hat.« Er nickte mit dem Kopf zum Zimmer. »Und was all das hier ausgelöst hat.«

»Ich musste mit jemandem sprechen«, sagte Durbin. »Ich habe dich und Kathy schon viel zu sehr in Anspruch genommen. Ich musste einfach mal raus, das ist alles.«

»Du schuldest mir keine Erklärungen. Für mich ist alles sonnenklar: Janice wurde von Ro umgebracht, und er war es auch, der deine Gemälde aufgeschlitzt hat.«

»Jon kann doch unmöglich glauben, dass ich meine eigenen Bilder zerstört habe.«

Plötzlich meldete sich eine neue Stimme aus dem Hintergrund. »Er glaubt es«, sagte Peter heiser. »Damit alles auf Curtlee hinzudeuten scheint.«

Durbin drehte sich zu seinem jüngeren Sohn um. Er trug noch immer das zerrissene und blutverschmierte Hemd. Sein Gesicht war geschwollen, die Augen gerötet, die Nase deformiert, möglicherweise gebrochen. »Peter.« Schockiert von seinem desolaten Erscheinungsbild, klang seine Stimme besorgter, als er es eigentlich beabsichtigt hatte. »Was zum Teufel …?«

»Ich weiß. Es tut mir leid. Ich kann auch nicht erklären, wie es passiert ist. Jon fing an, diese wirren Sachen zu erzählen, und ich hab mich auf ihn gestürzt.« Er schaute an seinem Vater vorbei ins Zimmer. »Sorry, Onkel Chuck, tut mir leid.«

»Sorry ist ein guter Anfang«, sagte Chuck, »aber damit ist die Sache noch nicht vom Tisch. Weißt du, wo Jon steckt?«

Peter schüttelte seinen Kopf. »Er hatte bei Rich übernachtet, aber ich weiß nicht, wo er jetzt steckt. Ich hoffe auch, dass er sich nie mehr hier sehen lässt.«

»Nein, das hoffst du nicht. Er reagiert nur so, weil er seine Mutter vermisst. Wir alle vermissen sie. Er kocht vor Wut und weiß nicht, wohin damit – und lässt es deshalb an mir aus. Und an dir. Vielleicht an uns allen.« Durbin berührte seinen Sohn am Arm. »Aber wie ist er nur auf diese Idee gekommen? Nur weil ich Liza Sato besucht habe?«

Peter nickte. »Er glaubt halt, dass du irgendwas mit ihr am Laufen hast. Ich hab ihm gesagt, dass das völliger Blödsinn ist. Dass du Mom geliebt hast …«

»Ich habe deine Mutter geliebt, Peter. Ich habe sie über alles geliebt. Und ich liebe sie immer noch.«

»Genau das hab ich ihm auch gesagt. Ich hab ihm klarzumachen versucht, dass du mit Liza nur befreundet bist. Und das stimmt doch, oder? Das ist doch die Wahrheit?«

»Natürlich«, sagte Durbin. »Das ist die ganze, hundertprozentige Wahrheit.«

Die unmissverständlichen Worte seines Vaters verfehlten ihre Wirkung nicht. Er atmete tief durch den Mund, schloss die Augen und ließ das Gehörte sacken. »Okay«, sagte er. »Dann ist ja alles okay.«

36

Es war kurz nach sechs, als Ro und Eztli zu Hause eintrafen.

Ursprünglich wollte Ro beim »MoMo's« abgesetzt werden. Er hätte dort zu Abend gegessen und sich dann an der Bar vergnügt, bis Tiffany mit ihrer Schicht durch war. Aber es war Freitag, und Eztli drängte darauf, pünktlich nach Hause zu kommen, weil er sich noch in seinen Smoking werfen musste, um die Curtlees um acht ins Saint Francis Hotel zu fahren, wo eine Weinauktion für irgendeinen karitativen Zweck stattfand. Der Termin war seit einem Monat in seinem Kalender vorgemerkt, und auch wenn die Zeit mit Ro wahre Wunder für seinen Adrenalinspiegel bewirkt hatte, wusste er doch genau, wer allmonatlich seine Schecks ausstellte. Wenn Cliff und Theresa ihn irgendwo brauchten, wäre er natürlich zur Stelle.

Ro – stoned, entspannt und zufrieden mit dem Resultat des Nachmittags – hatte keine ernsthaften Einwände erhoben. Und so hatten sich die drei Curtlees und Eztli gegen sieben in der »Bibliothek« eingefunden – einem kleinen Zimmer mit Kamin und prall gefüllten Bücherregalen, das sich gleich an das Esszimmer anschloss.

Cliff und Theresa, festlich gekleidet, saßen Seite an Seite auf dem Sofa vorm Kamin und teilten sich eine kleine Flasche Roederer-Cristal-Champagner. Ro hatte sich nach dem Duschen ein blaues Seidenhemd und Khakis übergestreift und fläzte sich in einem Sessel zu ihrer Seite. Seine nackten Füße ruhten auf einer Ottomane, während er in der Hand einen Cognacschwenker aus Bleikristall hielt, der gut zwei Finger breit mit Remy Martin gefüllt war. Eztli trug seinen besten Anzug und stand in der Nähe des Kamins, von wo aus er immer ein wachsames Auge auf den einzigen Eingang zum Zimmer hatte. Er hatte auf dem Weg von Sunnyvale kein Gras geraucht und verzichtete in Anwesenheit der Familie auch auf einen Drink. Da er heute als Chauffeur und Bodyguard benötigt wurde, trug er eine Halbautomatik Kaliber 0.40 im Holster unter seiner linken Achsel. Überflüssig zu sagen, dass es sich nicht um die Waffe handelte, die er gegen Matt Lewis gerichtet hatte.

Mit wachsender Begeisterung hörten Cliff und Theresa zu, als Ro von seiner erfolgreichen Begegnung mit Gloria berichtete. »Es war wirklich erstaunlich, Leute. Sie war wie ausgewechselt – was vermutlich passiert, wenn man so lange eine Schuld mit sich herumtragen muss. Sie war eine völlig andere Person. Sie sagte mir, dass sie heute schwere Gewissensbisse habe, weil sie damals gegen mich ausgesagt hat.«

»Das kann ich gut nachvollziehen«, sagte Theresa. »Ich hatte immer den Eindruck, dass sie – bevor sie dann diese Lügen verbreitete – ein wirklich nettes Mädchen war.«

»Sehr nett«, pflichtete Cliff bei. »Und eins der hübschesten obendrein.«

»Das ist sie noch immer«, warf Eztli ein.

»Jedenfalls«, fuhr Ro fort, »und das ist eigentlich der beste Teil der Geschichte, wird sie definitiv nicht mehr gegen mich aussagen. Sie fragte mich sogar, ob sie vielleicht mit Tristan sprechen solle, um einige oder gar alle der früheren Vorwürfe zurückzunehmen.«

»Ro«, sagte Cliff, »das ist fantastisch, wirklich fantastisch.«

»Was mich nur interessieren würde«, schaltete sich Theresa ein: »Wie hast du sie bloß gefunden? Ich hatte doch von Tristan gehört, dass die Suche nach ihr etwas problematisch war.«

»Er hat einen Privatdetektiv engagiert, ich hatte Ez.«

Alle Augen richteten sich auf Eztli, der bescheiden mit den Schultern zuckte. »Ich hab in der Latino-Gemeinde nur ein wenig die Trommel gerührt. Es gibt dort ein enges Netzwerk von Gleichgesinnten. Und davon abgesehen: Man kann nicht gerade behaupten, dass sie sich wirklich versteckt hatte.«

»Nun, immerhin waren deine Bemühungen erfolgreicher als die unserer Anwälte, die dafür viel Geld verlangen.«

Eztli lächelte. »Wir hatten Glück. Und Glück ist manchmal wichtiger als Köpfchen.«

»Bravo!«, sagte Theresa. »Und war sie, diese Gloria, nicht die letzte Zeugin, die im nächsten Prozess aussagen sollte?«

Ro nippte zufrieden an seinem Cognac. »Nun, *sollte* ist wohl etwas übertrieben, wie sich nun rausstellte. Sie wusste nicht mal, dass ich wieder aus dem Gefängnis war.«

Theresas sonst so teilnahmsloses Gesicht signalisierte Überraschung. »Wie ist es möglich, dass sie davon nichts gehört hat?«

Ro lächelte zu ihr hinüber. »Ich glaube nicht, dass sie besonders eifrig Zeitung liest, Mutter – oder sich Nachrichten im Fernsehen anschaut.«

»Sie hat drei kleine Kinder«, fügte Eztli an. »Es sah so aus, als hätte sie alle Hände voll zu tun.«

»Nun, das mag die Erklärung sein«, sagte Theresa.

»Und das war's dann wohl mit ihrer Anklage«, mischte sich Cliff wieder ein. »Oder seh ich das falsch?«

»Hoffen wir's«, sagte Ro. »Sie haben keine neuen Zeugen und inzwischen auch keine alten mehr. Genau diese Situation hatte sich Tristan die ganze Zeit erhofft – und nun scheint sie eingetreten zu sein.«

»Heißt das, dass sie vielleicht gar nicht mehr versuchen, dich zurück ins Gefängnis zu schicken?«, fragte Theresa.

Ro nippte erneut am Cognac und machte ein besorgtes Gesicht. »Wir wollen den Tag nicht vor dem Abend loben«, sagte er. »Wir wissen, dass sie mit allen Tricks arbeiten. Ich kann mir nicht vorstellen, dass sie die Hände in den Schoß legen. Aber zumindest haben wir nun eine echte Hoffnung.«

»Glitsky wird nicht aufgeben«, sagte Theresa. »Er ist solch ein Quälgeist. Wir müssen irgendwie einen Weg finden, dass er in eine andere Abteilung versetzt wird.«

Cliff schüttelte den Kopf. »Es geht nicht um Glitsky, sondern um Farrell. Wenn er keine Beweise hat, wird er auch keine Anklage erheben. Und wir wissen inzwischen ja, wie wir ihm etwas auf die Füße treten können. Genauer gesagt: Wir haben ihm schon auf die Füße getreten – und wieder dürfen wir uns dafür bei Ez bedanken.«

Eztli quittierte die warmen Worte mit einem kurzen Kopfnicken. »Ich denke, dass Farrell aus dem Rennen ist«, sagte er.

Cliff schaute auf sein leeres Champagnerglas. »Nun«, sagte er, »ich habe das Gefühl, dass wir uns einen kleinen Toast redlich verdient haben – und just in diesem Moment sitzen wir auf dem Trockenen. Und, Ez, du solltest auch einen Schluck trinken – zur Feier des Tages.«

»Wie Sie wünschen, Sir. Ich werde klingeln.«

Bracco stand draußen im Nieselregen, zwei Straßenkreuzungen vor der Curtlee-Residenz, und wartete noch auf zwei Mitglieder seines zehnköpfigen Teams, das Lapeer für die Verhaftung zusammengestellt hatte. Er hätte die anwesenden Polizisten bereits ums Haus herum in

Stellung bringen können, wollte aber auf das Überraschungsmoment nicht verzichten. Aber unglücklicherweise mussten die zwei noch fehlenden Polizisten erst aus der Innenstadt kommen und den Haftbefehl mitbringen.

Die Scheinwerfer eines sich nähernden Autos drangen durch den Nebel, und Bracco atmete erleichtert auf, als der Wagen das Tempo drosselte und hinter ihrer kleinen Karawane einparkte. Noch immer nervös, lief er die Straße hinunter und erreichte den Wagen, als der Fahrer gerade aussteigen wollte.

»Haftbefehl?«, war alles, was er herausbrachte.

Der Fahrer klopfte mit der Faust auf seine Brust – »Hier steckt er« –, und Bracco konnte dem Klang entnehmen, dass auch er bereits eine kugelsichere Kevlar-Weste trug.

Niemand wollte ein Risiko eingehen.

Sie waren einsatzbereit. Bracco atmete noch einmal tief durch. Die Zeit war gekommen. Er zählte seine Leute, die sich inzwischen um ihn geschart hatten, ein weiteres Mal ab: alle zehn anwesend.

»Okay, Jungs«, sagte er. »Leise und vorsichtig. Bringen wir's hinter uns.«

Eztli ging durch die Bibliothek zu einem Tisch, auf dem sich Schalen mit Nüssen und Süßigkeiten befanden. Er griff nach einem kleinen Silberglöckchen und klingelte.

Kaum war das Klingeln verhallt, tauchte eines der uniformierten Dienstmädchen aus der Küche auf. Eztli hatte nie Wert darauf gelegt, sich ihre Namen einzuprägen, weil sie sonst wenig Kontakt untereinander hatten und die Mädchen meist nach einem Jahr an andere Familien aus dem Bekanntenkreis der Curtlees weitergereicht wurden. Er meinte sich zu erinnern, dass dieses Mädchen Linda hieß, wollte sie aber nicht beim Namen rufen, da er sich nicht absolut sicher war. Und Höflichkeit war eine der Eigenschaften, auf die Eztli großen Wert legte. »Bring bitte eine Flasche Cristal«, sagte er. »Die große Flasche aus dem Kühlschrank. Ach ja, und zwei zusätzliche Champagnergläser.«

Sie schaute zu den Curtlees hinüber, und Eztli hatte für einen Augenblick den Eindruck, als müsse sie damit kämpfen, in ihrem Gesicht nicht offene Abneigung zu zeigen. Er selbst kannte dieses Gefühl durchaus: Es war nicht immer einfach, ständig an die unüberbrückbare Kluft zwischen Herrschaft und Personal erinnert zu werden.

Als sich ihre Augen wieder trafen, gab er ihr ein aufmunterndes Kopfnicken, was sie – so wie sie's gelernt hatte – mit einem kleinen Knicks beantwortete. Dann sah sie die fast leere Schale mit Nüssen, ging hinüber und nahm sie mit. Seine Augen folgten ihren wohl geformten Hüften, als sie durchs Esszimmer in die Küche zurückging. Für einen Moment fragte er sich, ob er seine eiserne Einstellung, die Finger vom Personal zu lassen, vielleicht doch einmal überdenken müsse. Er konnte sich durchaus vorstellen, für diese junge Frau eine Ausnahme zu machen.

Aber er verbannte den Gedanken so schnell, wie er gekommen war. Es würde kein gutes Ende nehmen. Man brauchte sich ja nur vor Augen zu führen, in welchen

Schlamassel Ro dadurch geraten war: Obwohl der Vorfall nun so viele Jahre zurücklag, war sein Leben noch immer ein einziges Chaos. Es gab andere Frauen, mit denen er sich vergnügen konnte. Einen Mangel hatte es in dieser Beziehung nie gegeben.

Es dauerte gerade einmal dreißig Sekunden, bis die junge Frau mit dem in ein weißes Serviertuch eingeschlagenen Champagner zurückkehrte. Es machte sie offensichtlich nervös, die Flasche und die sündhaft teuren Gläser tragen zu müssen – die Gläser klackerten beim Tragen bedenklich gegeneinander –, und als sie das Tablett auf einem Nebentisch absetzte, atmete sie sichtlich erleichtert auf. Sie machte eine kleine Verbeugung, drehte sich um und ging wieder zur Küche.

Eztli holte die Flasche und hielt sie Ros Eltern vor. Während Cliff nur kurz nickte, sagte Theresa: »Ja, die sieht doch sehr gut aus.«

Die Unterhaltung drehte sich inzwischen um Sheila Marrenas und ihre jüngste Kolumne über Leland Crawfords Pläne, die Polizei auf Vordermann zu bringen. Eztli hörte nur mit einem Ohr zu, als er zum Tisch ging, die Folie und das Drahtgestell gekonnt entfernte, die Flasche – mit der Hand auf dem Korken – noch einmal kunstvoll drehte und sie dann mit einem dezenten *Plopp* öffnete, ohne etwas zu verschütten. Er goss zunächst ein Glas für Ro ein und brachte es zu seinem Sessel, um danach Cliff und Theresa zu bedienen und sich zum Schluss selbst ein halbes Glas zu genehmigen.

Er stand gerade bei Ro, als er bemerkte, dass das Dienstmädchen wieder zurückgekommen war, dieses Mal mit der Nussschüssel und einer silbernen Haube.

Sie setzte die Schüssel geräuschvoll auf einem Nebentisch ab, schob einige andere Gegenstände zur Seite und stand dann für einen Augenblick unbeweglich da, beide Hände auf den Tisch gestützt, als könne sie sich nur in dieser Stellung aufrecht halten.

Eztli war das ungewöhnliche Verhalten nicht verborgen geblieben, und er trat einen Schritt auf sie zu, um sich zu überzeugen, dass alles okay mit ihr war. In diesem Moment nahm sie die Haube von der Schüssel, stellte sie aber so ab, dass der Blick auf die Schüssel versperrt blieb. Dann griff sie mit beiden Händen hinein und holte einen Gegenstand heraus, der in diesem Moment selbst für Eztli so deplatziert und bizarr war, dass er seinen Augen nicht trauen wollte und wie gelähmt erstarrte. Sie hielt die große Halbautomatik in beiden Händen und hob sie langsam.

Als die Fassungslosigkeit einer panischen Gewissheit wich, ließ Eztli die Flasche in seiner rechten Hand fallen und feuerte Ros Glas Richtung Kamin.

»Ez!« Der plötzliche Tumult hatte Cliff aufgeschreckt. »Was zum …?«

Eztlis rechte Hand schnellte an seine Pistole. Er stand ihr nun frontal gegenüber und bot ungewollt eine optimale Zielscheibe. Als seine Hand gerade den Griff umfasste, hatte sie ihre Waffe genau auf seine Brust gerichtet.

Er hörte nicht einmal mehr den Knall, als ihn das Geschoss irgendwo über dem Herzen traf und auf den Fußboden schleuderte. Den zweiten Schuss hörte er wie aus weiter Entfernung, dann folgte ein rasender Schmerz in seiner Schulter. Alles um ihn herum wurde immer leiser, auch die sich in rascher Abfolge wiederholenden Schussgeräusche.

Bis es schließlich ganz still wurde.

Und dann dunkel.

Ro wollte nicht glauben, was sich vor seinen Augen abspielte. So hatte er sich seinen Tod nicht vorgestellt.

Er war nach dem Gras und dem Cognac so wunderbar entspannt gewesen, dass er tief in die Sesselkissen gesunken war. Er hatte gerade die Hand gehoben, um das Glas entgegenzunehmen, als Eztli herumfuhr, Linda anstarrte, die Flasche fallen ließ und nach seinem Holster griff.

Er kam nicht mehr dazu.

Und sie drückte immer und immer wieder ab. Ein weiterer Schuss traf Ez – Ro sah sich panisch um,suchte verzweifelt nach einer Fluchtmöglichkeit oder wenigstens irgendetwas, wohinter er in Deckung gehen konnte.

Dann hörte er, wie seine Mutter aufschrie, als Linda erneut schoss, diesmal auf seinen Vater, der gerade aufstehen wollte und nun zu Boden ging. Dann riss sie die Arme herum, feuerte wild in die Gegend und richtete den Lauf genau auf seine Brust und …

Er spürte, wie die erste Kugel seinen Körper durchschlug, irgendwo tief in den Eingeweiden, und die Wucht des Aufpralls ihn zurück in den Sessel warf.

Er konnte seinen Blick einfach nicht von ihr abwenden. Sie zielte mit dem Ding noch immer auf ihn. Er versuchte seine beiden Hände zu heben, doch sie wollten ihm nicht gehorchen.

»Tu's nicht …«, hörte er sich sprechen.

Sie drückte wieder ab – es fühlte sich an, als würde ihm der rechte Arm vom Körper abgerissen. Aus den Augenwinkeln sah er, wie seine Mutter aufstand, doch Linda folgte seinem Blick, drehte sich um und feuerte einmal, dann noch einmal, bis Theresa auf die Knie fiel.

Linda hielt sich nicht länger mit seiner Mutter auf. Sie drehte sich wieder um, ging langsam auf ihn zu und richtete die Waffe direkt auf seinen Kopf.

Ihre Blicke trafen sich.

Trotz des Schocks und der Schmerzen versuchte Ro, sich einen Reim auf das zu machen, was hier passierte. Was hatte sie nur für ein Problem? Was war schon groß gewesen? Gut, sie war nicht in Stimmung gewesen. Er hatte sie ein bisschen zu ihrem Glück zwingen müssen, na und? Das machte man halt so. Es konnte doch nicht sein, dass sie mit Männern noch keine Erfahrungen hatte. Sie war doch ein großes Mädchen, sie …

Er spürte, wie die Pistole gegen seine linke Wange gedrückt wurde.

»*Adios*«, sagte sie. »*Fucker!*«

37

Glitsky hatte die Nachricht von Bracco erhalten. Sein Team hatte sich gerade vor der Curtlee-Residenz in der Vallejo Street versammelt, als sie im Inneren die Schüsse hörten.

Die Straße war bereits von Autos verstopft, und Glitsky musste wieder umdrehen, bis er zwei Häuserblocks weiter einen Parkplatz fand. Es regnete inzwischen heftig, und Glitsky fragte sich, wie es nur möglich war, dass sich in so kurzer Zeit ein derartiger Menschenauflauf bilden konnte – neugierige Nachbarn, Fernsehteams, Reporter, selbst die Politiker waren schon da. Andererseits war das, was hier anscheinend vorgefallen war, mindestens genauso unglaublich. Und all diese Leute waren trotz des strömenden Regens gekommen und standen nun mit ihren Schirmen und Regenmänteln an dem gelben Absperrband, mit dem die Polizei das Grundstück abgeriegelt hatte.

Glitsky kämpfte sich seinen Weg durch die Menge, schlüpfte unter der Absperrung durch und zeigte seine Marke, als ihm ein Polizist am Eingang zum Grundstück den Zutritt verwehren wollte. Als er kurz vor dem Haus war, drehte er sich noch einmal um und warf einen Blick zurück.

Er schätzte, dass inzwischen fünfzehn Streifenwagen auf der Straße parkten, alle mit laufendem Blaulicht. Vier TV-Übertragungswagen waren vor Ort, und jemand hatte bereits Scheinwerfer aufgebaut, die die Straße in gleißendes Licht tauchten. Diese Leute mussten noch schneller informiert worden sein als er. Sheila Marrenas versuchte mit allen Mitteln – bislang noch vergeblich –, Zutritt zum Grundstück zu bekommen. Leland Crawford stand neben seiner Limousine und gab Fernsehreportern bereits ein Interview.

Glitsky lief die Stufen zum Eingang hinauf und bremste erst ab, als er Bracco vor der Haustür sah. »Ging aber schnell«, sagte der Detective.

Glitsky nickte. »Ich war auch motiviert. Wo hat es sich abgespielt?«

Bracco wies mit dem Finger den Weg und setzte sich gleichzeitig Richtung Bibliothek in Bewegung. Glitsky folgte ihm. »Ist unsere Chefin schon hier?«

»Noch nicht.«

»Was ist mit der Spurensicherung?«

»Ja. Und wir haben die Verdächtige auch in Gewahrsam. Eins der Dienstmädchen. Linda Salcedo. Sie macht keinerlei Ärger.«

»Hoffen wir, dass es so bleibt. Haben Sie die Tatwaffe?«

»Schon eingetütet. Sie lag auf dem Fußboden, wo das Dienstmädchen sie fallen ließ.«

»Sie hat sie einfach fallen lassen?«

»Sie ließ sie fallen, öffnete uns die Tür und zeigte uns auch den Weg. Man konnte sogar noch den Pulverdampf riechen. So was Verrücktes habe ich noch nie gesehen.«

Sie hatten inzwischen den Türbogen zum Bücherzimmer erreicht, der von zwei Mitgliedern des Teams bewacht wurde. Glitsky nickte ihnen kurz zu. Die Bibliothek war durch diverse Lampen und den Kristallkandelaber an der Decke hell erleuchtet. Das Zimmer war vielleicht zwanzig Quadratmeter groß und schien mit Leichen übersät zu sein.

Auch wenn er in seinem Job schon viel erlebt hatte, war die Häufung von Toten auf so engem Raum selbst für Glitsky bemerkenswert.

Der metallische Geruch des Bluts schien sich mit einer süßlichen, alkoholischen Komponente zu mischen. Glitsky trat ein und ließ alles auf sich wirken.

Der Butler lag auf dem Rücken neben dem Kamin.

Unter seiner offenen Smokingjacke konnte man das Holster mit einer Waffe sehen. Ein roter Blutfleck über seinem Herzen hatte sich kreisförmig ausgebreitet. Eine andere Kugel schien ihn in die Schulter getroffen zu haben, doch es war wohl der Schuss in die Herzgegend, der ihn ins Jenseits befördert hatte. Als Eztli gestürzt war, hatte er das Kamingitter umgerissen, das nun neben seinem Kopf lag. Auf der anderen Seite seines Kopfes befand sich eine Flasche Champagner. Der Spiegel über dem Kamin war zersplittert, und die Scherben waren um Eztlis Leiche verstreut.

Ro Curtlee lag zusammengesunken im Sessel, der gesamte Oberkörper von Blut überströmt. Er hatte zwei oder drei Schüsse in die Brust abbekommen, dazu einen aus kürzester Entfernung in seine linke Gesichtshälfte. Die Wucht des Geschosses hatte seinen Kopf nach rechts weggedrückt, und das Blut aus der Austrittswunde hatte sich über seine ganze rechte Körperhälfte verbreitet.

Am schlimmsten aber hatte es Cliff Curtlee getroffen, der wohl noch aufgesprungen war, bevor er tödlich getroffen wurde. Die Kugel, die anscheinend den größten Schaden angerichtet hatte, war ihm seitlich durch die Kehle gegangen, und das Blut aus seiner Arterie war nicht nur über den Teppich, sondern sogar bis ins benachbarte Esszimmer gespritzt. Weitere Kugeln hatten ihn in den Rücken getroffen, als er offentlichtlich versuchte, ins Esszimmer zu flüchten. Den Blutlachen nach zu urteilen, war er noch ein, zwei Meter Richtung Tür gekrochen, bis er ohnmächtig zusammengebrochen und verblutet war.

Bracco beugte sich interessiert über die Wunde an Cliffs Kehle und sagte: »Die Narbe wird man wohl immer sehen.«

Glitsky schaute noch immer in die Runde und fragte: »Wo ist Mrs. Curtlee?«

Ein Mann von der Spurensicherung, der gerade Ros Leiche fotografierte, drehte sich um und sagte nur: »Nächstes Zimmer.«

»Tot?«

»Mausetot«, kam die Antwort.

Glitsky fühlte sich einmal mehr an die Faustregel polizeilicher Ermittlungen erinnert, dass Reporter und andere Außenstehende einen Tatort erst dann betreten sollten, wenn die Spurensicherung abgeschlossen ist. Als er sich umdrehte, sah er, wie Vi Lapeer gerade das Esszimmer betrat. Er ging ihr entgegen, um sie aufzuhalten. »Boss«, sagte er, »was immer Sie gehört haben, trifft vermutlich zu. Sie sind alle tot – die Curtlees und ihr Butler. Aus kurzer Entfernung erschossen. Wir haben eine Verdächtige, die sich nebenan in Gewahrsam befindet.«

Lapeer setzte ihr Pokerface auf, atmete einmal tief durch, biss die Zähne zusammen und ging zum Eingang der Bibliothek.

Um 23 Uhr waren die Techniker von der Spurensicherung noch immer beschäftigt. Die Leichen waren in Leichensäcken hinausgetragen und zur Gerichtsmedizin am Justizgebäude gefahren worden. Da Bracco fließend Spanisch sprach und bereits am Tatort war, hatte Glitsky ihn offiziell mit der Untersuchung beauftragt. Bracco hatte Linda Salcedo bereits über ihre Rechte aufgeklärt sowie ein erstes kurzes Gespräch geführt – und war nun mit ihr auf dem Weg ins Revier, um ein ausführliches Verhör auf Video festzuhalten. Draußen hatte sich die Menschenmenge größtenteils aufgelöst. Da sie nicht zum Tatort vorgelassen worden waren, hatten sich der Bürgermeister wie auch Sheila Marrenas auf den Heimweg gemacht, ebenso wie die stoische Vi Lapeer.

Amanda Jenkins hatte mit ein paar Kollegen in einem Restaurant gesessen, als die Eilmeldung auf dem Fernsehbildschirm erschien. Inzwischen saß sie mit Glitsky am Tisch im Esszimmer, beide zu aufgedreht, um nach Hause gehen zu wollen.

»Unsere Verdächtige hatte offensichtlich von den früheren Vergewaltigungen erfahren«, sagte Glitsky. »Sie war also gewarnt, nahm die Warnung aber wohl nicht ernst genug.«

»Wollen Sie damit sagen, dass Ro seit seiner Entlassung bereits ein weiteres Mädchen vergewaltigt hatte?«

»Nein, ein anderes Dienstmädchen hatte ihr wohl von den früheren Vorfällen erzählt und ihr empfohlen, auf der Hut zu sein.«

»Was sie aber nicht war.«

»Zumindest nicht konsequent genug. Er rief sie letzte Nacht unter dem Vorwand auf sein Zimmer, dass sie etwas sauber machen müsse …«

»Letzte Nacht? Er hat die Nummer letzte Nacht durchgezogen? Obwohl er wusste, dass wir ihm auf den Fersen waren?«

Glitsky nickte. »Er war sich sicher, uns abgeschüttelt

zu haben. Er lässt Farrells Hund umbringen, schneidet uns die Eier ab und hetzt den Bürgermeister auf Lapeer. Die Zeit war gekommen, wieder einer häuslichen Beschäftigung nachzugehen.«

»Was für ein Arschloch. Sie geht also in sein Zimmer, obwohl man sie gewarnt hat?«

Glitsky zuckte mit den Schultern. »Er war fast schon einen Monat wieder zu Hause und hatte sich bis dahin nicht gerührt. Letzte Nacht ruft er sie an und sagt, dass sie was sauber machen müsse, also geht sie rauf und sieht, wie er nackt im Bett liegt und die Pistole auf sie richtet.«

»Dann ist sie also …?«

»Sie wollte nicht sterben.«

Jenkins schüttelte fassungslos den Kopf. »Am liebsten würde ich ihn noch mal umbringen.«

»Kann ich nachvollziehen.«

»Was ist mit den Schuhen?«

»Die spielten diesmal wohl keine Rolle. Zumindest hat sie Darrel gegenüber nichts davon erwähnt.«

»Okay, und woher hatte sie die Knarre?«

Glitskys Lippen formten ansatzweise ein Lächeln. »Das ist für mich das Beste an der Geschichte«, sagte er. »Er ließ sie in der Schublade in seinem Zimmer zurück – geladen! Er geht also mit seinem Kumpel Ez heute raus und nimmt sie nicht mit. Vielleicht redet er sich ja ein, dass es Linda gefallen hat – der Sex, nicht die Knarre. Oder vielleicht Sex mit einer Knarre. Sie geht also heute wieder in sein Zimmer, stellt sicher, dass die Waffe noch da ist – und wartet dann auf eine Gelegenheit. Und die hat nicht lange auf sich warten lassen.«

»Aber warum bringt sie dann die anderen um? Warum wartet sie nicht in seinem Zimmer, bis er nach Hause kommt?«

»Ich hatte Darrel gebeten, ihr diese Frage zu stellen. Sie sagt, es war Notwehr. Wenn man in ihrer Heimat ein Mitglied einer einflussreichen Familie tötet, werden sie deine eigene Familie ausradieren. Wenn sie Ro tötet, musste sie zwangsläufig auch die ganze Familie umbringen.«

Jenkins dachte eine Weile darüber nach. »Wenn man die Curtlees kennt, hat sie damit vielleicht gar nicht mal unrecht.«

»Gut möglich. Wie dem auch sei: Sie wusste, dass Eztli eine Waffe trug, also stand er ganz oben auf ihrer Liste. Und was Cliff und Theresa anging: Sie haben die ganze Zeit gewusst, was Ro anrichtete, aber einfach weggeschaut. In jedem Fall aber steckten sie mit ihm unter einer Decke und mussten deshalb auch dran glauben.«

»Jesus Christus«, sagte Amanda. »Ich wundere mich allerdings schon ein wenig, dass sie so gut mit einer Pistole umgehen konnte. Sie hat alle vier tödlich getroffen?«

»Gott war auf ihrer Seite.«

Amanda lehnte sich zurück, schaute zur Decke und schloss ihre Augen. »Ich möchte die Waffe noch heute Nacht zur ballistischen Untersuchung geben. Vielleicht ist es ja die gleiche, mit der Matt umgebracht wurde.«

Glitsky nickte. »Sicher eine gute Idee.«

»Und die Waffe von Ez gleich auch.«

»Alles, was Ihnen in die Hände fällt«, sagte Glitsky. »Diesmal sollte der Durchsuchungsbefehl kein Problem sein.«

Im Haus der Novios fiel der gedämpfte Jubel über die Nachricht von Ro Curtlees Tod noch verhaltener aus, weil um Mitternacht Jon Durbin noch immer nicht zu Hause war. Er hatte Anrufe auf seinem Handy ebenso ignoriert wie SMS, selbst als – auf Michaels Wunsch – seine kleine Schwester Allie von ihrem Handy aus angerufen hatte und flehentlich um ein Lebenszeichen gebeten hatte.

Inzwischen waren alle drei Mädchen im Bett, und Peter war auf dem Sofa im Fernsehzimmer eingeschlafen. Die drei Erwachsenen saßen im Wohnzimmer – Chuck und Michael auf der Couch, Kathy im Sessel – und versuchten die nervenaufreibenden Ereignisse zu verdauen.

Plötzlich richtete sich Michael auf und schlug mit einer Hand auf die Couch. »Ich hab's«, sagte er und wollte aufstehen. »Ich werde die Polizei anrufen.«

Chuck schaute ihn an. »Und was sagen?«

»Dass mein Sohn verschwunden ist. Ich werde fragen, ob nicht irgendeine Möglichkeit besteht, nach ihm Ausschau zu halten.«

»Aber er wird doch nicht wirklich vermisst«, sagte Kathy beschwichtigend. »Nicht mehr als gestern auch. Er ist einfach durcheinander, Michael, und muss die Situation verarbeiten.«

»Und die Polizei wird ihn auch nicht finden – genauer gesagt: Sie wird gar nicht nach ihm suchen«, fügte Chuck an. »Er ist zu alt und auch noch nicht lange genug verschwunden. Soweit ich weiß, suchen sie nach einem Erwachsenen erst, wenn er drei Tage vermisst wird.«

»Was jemandem, der untertauchen will, ja reichlich Zeit und Gelegenheit gibt, oder nicht?« Er sank wieder zurück in die Kissen. »Ich will doch nur mit ihm sprechen, das ist alles. Ich kann jede Frage beantworten, die er mir stellen will. Jede! Das verspreche ich.«

»Natürlich kannst du das.« Kathy seufzte erschöpft. »Vielleicht wird ja die Nachricht von heute Abend bei ihm einen Sinneswandel auslösen. Sie sagten in den Nachrichten, dass die Polizei nun alle Ro-Curtlee-Akten schließen wird – und das sollte ja eigentlich auch den Mord an Janice einbeziehen. Oder meinst du nicht?«

»Sollte man meinen«, sagte Michael, »aber vielleicht auch nicht. Glitsky sieht die ganze Sache wohl anders. Er glaubt nach wie vor, dass Ro es war, redet aber von Dingen, die nicht ins Bild passen. Was noch immer nicht bedeutet, dass *ich* der Täter bin. Soweit ich weiß, hat er noch nicht mal angefangen, sich ihre Patienten anzuschauen.«

»Ich weiß nicht, ob er das so einfach kann«, sagte Kathy. »Gibt es da nicht irgendeine Schweigepflicht? Und davon abgesehen: Warum sollte er mit ihren Patienten sprechen? Gibt es irgendeinen Verdacht, der auf einen Patienten weist?«

»Nur, dass sie …« Er unterbrach sich.

»Was?«, sagte Kathy. »Du wolltest was sagen.«

»Nein.« Michael legte seine Hände an die Schläfen und massierte sie. »Nur, dass ich so müde bin. Ich weiß nicht mehr, was ich sage.«

Aber Kathy ließ nicht locker. »Gab es etwas, das du über einen der Patienten wusstest? Michael? Etwas, das von Interesse wäre?«

»Für mich ist nichts von Interesse, Kathy«, sagte er. »Ich bin davon überzeugt, dass es Ro Curtlee war. Nur tragen diese anderen Sachen dazu bei, dass Glitsky abgelenkt wird.«

»Was für andere Sachen«, hakte sie nach.

Schließlich schaltete sich Chuck ins Gespräch ein: »Mike vermutet, dass sie eine Affäre hatte.«

»Wer? Janice? Völlig ausgeschlossen, Mike.«

Durbin zuckte mit den Schultern. »Nein, Kathy, so völlig ausgeschlossen ist es wohl nicht.«

»Warum glaubst du das?«

»Na ja …« Ein kurzes trockenes Lachen. »Das geht wohl arg in unsere Privatsphäre …«

»Hast du sie darauf angesprochen?«

»Nein.«

»Hat sie gesagt, dass sie dich verlassen will? Oder irgendwas in der Art?«

»Nein.« Er zögerte und schaute sie beide abwechselnd an, wandte sich dann aber wieder an Kathy. »Wir waren monatelang schon nicht mehr intim.«

Nun war es an Kathy, kurz und trocken zu lachen. »Ha! Und das soll die Erklärung sein? Dann müssen sie wohl allen irgendwas ins Trinkwasser geschüttet haben.«

Chuck riss verärgert den Kopf hoch. »Kathy!«

Unbeeindruckt erwiderte sie seinen Blick. »Was ist? Wenn es doch die Wahrheit ist?« Dann drehte sie sich zu Durbin. »Ist das wirklich ein Indiz, dass jemand eine Affäre hat? Selbst glückliche Ehepaare gehen durch Höhen und Tiefen. Das gehört doch dazu.« Dann, wieder zu ihrem Mann: »Das ist doch so, Chuck, oder? Das bedeutet noch lange nicht, dass deine Ehe in Scherben liegt. Hoffe ich zumindest.«

»Sie hat recht, Mike«, sagte Chuck. »Sie hat völlig recht. Aber um zur Ausgangsfrage zurückzukehren: Mich würde mal interessieren, was Glitskys Einwände sind«, sagte er. »Uns allen ist doch völlig klar, dass Ro sie umgebracht hat – und jetzt, wo Ro tot ist, sollte der Fall abgeschlossen werden. Gibt es da irgendwas, das wir übersehen?«

»Nun, diese Affäre – wenn es denn eine war«, sagte Kathy.

»Aber selbst wenn es da was gab«, sagte Chuck, »ist Ro dadurch doch nicht weniger verdächtig. Er hatte ein Motiv – und aus dem gleichen Motiv zerstörte er auch deine Bilder, Mike. Er wollte es dir heimzahlen. Selbst wenn Janice eine Affäre gehabt hätte: Warum hätte dieser Bursche deine Gemälde vernichten sollen? Das kann nur Ro gewesen sein. Und das bedeutet, dass das Feuer auch von ihm gelegt wurde. Warum erzählst du das nicht Glitsky, wenn er beim nächsten Mal wieder was von dir wissen will?«

Die Diskussion und die aufgewühlten Gefühle, nicht zuletzt seine Sorge um den Sohn, schienen Durbin inzwischen doch zuzusetzen. Er senkte seinen Kopf und schüttelte ihn langsam hin und her. »Hoffen wir, dass er nichts mehr wissen will«, sagte er. »Hoffen wird, dass er keinen Grund mehr haben wird, mich zu befragen. Und nun, Leute, entschuldigt mich bitte: Ich muss ins Bett.«

»Ich glaube, das sollten wir auch.« Kathy stemmte sich hoch und schaute zu ihrem Mann. »Chuck?«

Er schaute hoch und lächelte sie an. »Ich folge dir auf dem Fuß.«

»Du hast gesagt, ich könne jederzeit anrufen.«

»Schon«, sagte Treya, »aber ich hatte damit eigentlich nicht ein Uhr nachts gemeint. Du bist doch nie so spät auf den Beinen.«

»Manchmal schon, wie du siehst. Aber ich kann auch auflegen und dich morgen früh anrufen.«

»Oder du kannst mir jetzt sagen, wann dein Flugzeug landet, damit ich jetzt wieder schlafen und dich morgen gut ausgeschlafen begrüßen kann.«

»Nun, was das betrifft ... Ich frage mich, ob du und die Kids vielleicht nicht lieber nach Hause kommen wollt, um wieder ein normales Leben zu führen.«

Es war lange still am anderen Ende der Leitung. »Du hast die Anklage bekommen und Ro verhaftet.«

»Nein. Fast, aber noch besser.«

»Was könnte denn noch besser sein?«

»Wenn zum Beispiel eins der Dienstmädchen, die er vergewaltigt hat, ihn erschossen hätte.«

»Du machst Scherze.«

»Nicht im Geringsten.«

»Er ist tot?«

»Voll und ganz.«

Er hörte, wie sie wieder tief durchatmete. »Ich weiß, dass ich micht nicht freuen sollte, wenn ein anderer Mensch stirbt, aber ...«

»Es gibt Ausnahmen. Und dies ist eine. Also, möchtest du wieder nach Hause kommen?«

Sie machte erneut eine Pause. »Wie ist denn das Wetter?«

»Einfach wunderbar: um die sechs Grad und Dauerregen. Was könnte schöner sein?«

»Zum Beispiel 25 Grad und Sonnenschein.«

»25 Grad? Wirklich?«

»Großes Pfadfinder-Ehrenwort. Sixto hat den Kids versprochen, sie morgen mit zum Strand zu nehmen. Ist dir eigentlich klar, dass wir nie mit ihnen zum Strand gefahren sind?«

»Überrascht mich nicht. Warum sollten wir auch bei diesem Wetter.« Nun war es Abe, der für einen Moment zögerte. »Wird es morgen wirklich 25 Grad sein?«

»Falls nicht sogar 28.«

Noch eine Pause, bis Glitsky sagte: »Ich fliege Southwest und lande in Burbank um 11.15 Uhr. Vielleicht könntest du mich ja abholen?«

»Nicht ausgeschlossen«, sagte Treya. »Ich schau mal, was sich da machen lässt.«

38

Als Farrell aus dem Flur in sein Vorzimmer trat, machte er auf dem Absatz halt. Er setzte sein strahlendstes Lächeln auf und streckte theatralisch die Hände aus. »Die Sonne scheint, meine Sekretärin kehrt zurück, und Ro Curtlee muss sich vor dem Obersten Gericht im Himmel verantworten – kann das Leben noch schöner werden?«

Treya erhob sich von ihrem Stuhl. »Ich habe Ihnen etwas Gebäck auf den Schreibtisch gestellt«, sagte sie. »Vielleicht hilft das ja.«

»Jedenfalls ein viel versprechender Anfang. Sehr nett von Ihnen. Vielen Dank.«

»Gern geschehen. Es ist meine kleine Wiedergutmachung. Es tut mir aufrichtig leid, dass ich Hals über Kopf getürmt bin. Ich wollte Sie wirklich nicht hängenlassen, aber …«

Er machte eine abwehrende Handbewegung. »Sie müssen sich nicht entschuldigen, Treya.« Sein Gesichtsausdruck wurde ernster. »Ich selbst hätte die Situation nicht auf die leichte Schulter nehmen sollen. Wäre vielleicht auch eine gute Idee gewesen, Gert zu Ihnen nach Los Angeles zu schicken.«

»Es tut mir leid, was mit Ihrem Hund passiert ist.«

»Mir auch.« Sein Lächeln kam nicht so recht überzeugend. »Ich versuche mich mit dem Gedanken zu trösten, dass sie so etwas wie ein Märtyrer für unsere Sache war. Cliff, dieses Arschloch, ließ sie umbringen, um mir Angst einzujagen – und hätte damit fast Erfolg gehabt. Aber stattdessen – und zu meiner eigenen Überraschung – hat mir das Ganze einen Tritt in den Hintern verpasst und dafür gesorgt, dass ich in die Gänge kam. Obwohl es am Ende wohl gar keine Rolle mehr gespielt hat.«

»Doch, hat es. So oder so wäre das Kapitel Ro am Freitagabend geschlossen worden. Aber nur, weil Sie die Zusatzversicherung waren.«

»Mag sein. Zumindest haben Sie das schön formuliert. Aber wenn mir jemand angeboten hätte, Gerts Leben gegen Ros Leben zu tauschen, weiß ich nicht, wie ich reagiert hätte – auch wenn sie nur ein Tier war.«

»Das war Ro auch.«

»Da haben Sie auch wieder recht.« Er wechselte das Thema und deutete auf sein Büro. »Gibt es sonst noch

Überraschungen, die mich dort erwarten – vom Gebäck einmal abgesehen?«

Treya schaute auf den Terminplaner, der wie immer gleich neben ihrem Computer lag. »Vi Lapeer möchte mit Ihnen sprechen, sobald Sie ins Büro kommen. Und Mr. Crawford auch.«

»Höchstpersönlich?«

»Höchstpersönlich. Danach ist der nächste Termin erst um zehn, wenn Sie die beiden neuen stellvertretenden Staatsanwälte ins Amt einschwören müssen. Die betreffenden Unterlagen befinden sich im Aktenordner. Mittags haben Sie dann Lunch mit einigen Leuten vom Odd-Fellows-Orden und erzählen ihnen etwas über Katastrophenschutz.«

Farrell kicherte. »Meine Spezialität.«

»Machen Sie sich keine Sorgen. Ich habe Ihnen die wichtigsten Fakten von unserem Informationsbüro zusammenstellen lassen. Auch diese Unterlagen befinden sich im Ordner. Konzentrieren Sie sich nur auf den Ordner und Ihnen kann nichts passieren. Möchten Sie einen Kaffee?«

»Eine Tasse Kaffee wäre wunderbar. Und Treya?«

»Sir?«

»Ich bin froh, dass Sie zurück sind.«

»Entweder habe ich eine Überdosis Vitamin D erwischt«, sagte Glitsky, »oder es ist die ungewöhnliche Variante eines Katers.«

Dismas Hardy hatte an diesem Montagmorgen einen Termin bei Gericht, aber da die vorhergehenden Verhandlungen nicht termingerecht über die Bühne gegangen waren, würde sein Fall wohl erst zur Mittagszeit aufgerufen werden. Also hatte er in Glitskys Büro reingeschaut, um seinen Freund von der Arbeit abzuhalten und ein paar Erdnüsse zu knabbern. »Es gibt keine Überdosis Vitamin D«, sagte er, »und obwohl ich alle Erscheinungsformen des Katers ausführlich studiert habe, bin ich auf deine Variante nie gestoßen. Wie fühlt es sich denn an?«

»Ganz seltsam. Ich habe fast den Eindruck, als ob ich ... glücklich sei. Vermute ich einfach mal.«

»Wow.« Hardy knackte eine Erdnuss. »Das wäre in der Tat *extrem* seltsam. Und es ist richtig niedlich, wie präzise du deine Diagnose formulierst – ganz so, als müsstest du dich dabei auf vage Vermutungen stützen. Leute, schnallt euch an! Glitsky hat einen Lauf.«

Glitsky ignorierte die Süffisanz seines Freundes. »Ich glaube, es war der Strand. Die ganze Sonne.«

»Hey, die Sonne scheint hier auch.«

Glitsky warf einen abschätzigen Blick zum Fenster hinaus. »Ja, aber hier sind es gerade mal zehn Grad. Da unten waren es 28. Das sind immerhin 18 Grad Unterschied.«

»Und selbst in Mathematik ist er ein helles Köpfchen. Aber ich muss zugeben, es ist ein seltenes Vergnügen, dich glücklich zu sehen. Könnte es vielleicht auch was mit den Curtlees zu tun haben?«

Glitsky kaute eine Erdnuss. »Das mag ich nicht ausschließen.«

»Wie viele deiner Fälle haben sich dadurch in Luft aufgelöst?«

»Nun, abgesehen von der Wiederaufnahme des alten

Prozesses zumindest Felicia Nuñez und Matt Lewis und Janice Durbin. Gert, Farrells Hund, lassen wir mal außen vor. Dazu kommt, dass Gloria Gonzalvez oder ihre Kinder oder meine Kinder oder wer immer nun nichts mehr von Ro zu befürchten haben.«

Hardy zögerte einen Moment. »Ich will ja nicht päpstlicher als der Papst sein, aber hattest du beim letzten Mal nicht Magenschmerzen wegen Janice Durbin?«

»Nicht wirklich.« Glitsky schüttelte seinen Kopf. »Das waren eher logistische Probleme: Wie konnten wir den Fall der Grand Jury verkaufen? Aber dafür besteht inzwischen ja keine Notwendigkeit mehr.«

»Okay«, sagte Hardy.

»Okay was?«

»Ist ja schon gut.« Noch eine Erdnuss. »Ich will nicht der Auslöser sein, dass du wieder in das tiefe schwarze Loch deiner schlechten Laune zurückplumpst.«

»Kann nicht passieren. Im Moment bin ich einfach zu gut drauf, *hooked on a feelin'*.«

Hardy lehnte sich zurück und grinste breit übers ganze Gesicht: »Eins schwör ich dir: Wenn du jetzt auch noch ein Lied zu trällern beginnst, ruf ich den Notarzt.«

»B. J. Thomas«, sagte Glitsky.

»Ich weiß, ich weiß. ›Raindrops‹, ›Good Time Charlie‹ – ich kenne alle Songs, die der Typ je gesungen hat.«

»Das würde ich nie bezweifeln. Bei deinem fotografischen Gedächtnis ist es das Mindeste, was man erwarten darf.«

»Na gut. Dann sage ich dir jetzt mit meinem fotografischen Gedächtnis, dass Ro Curtlee sowohl für Janice als auch für Matt Alibis zu haben schien. Das hat mit Logistik nichts zu tun, wie du dich ausdrücktest, sondern mit Fakten.«

»Nun, dann werden wir die Wahrheit wohl nie erfahren, denn im Falle Durbin bezeugten seine Eltern das Alibi – und im Falle Matt war es der Butler. Alle drei sind nun tot, und ich würde mich auch in die Behauptung versteigen, dass alle Alibis einer Überprüfung nicht standgehalten hätten. Manchmal nimmt man eben ein Geschenk des Herrgotts an, verneigt sich und sagt: ›Danke, Gott.‹ All diese Fälle sind Schnee von gestern, Diz. Ab dafür! Nicht mehr und nicht weniger. Kannst du mir folgen?«

»Ich werde nicht mit dir streiten«, sagte Hardy. »Du weißt schon am besten, was du tust.« Und wieder grinste er breit übers Gesicht. »Wie der große Bassist Ray Brown einmal sagte: ›Ich bin doch nur in diese Stadt gekommen, um euch beim Pimpern zu helfen.‹«

Amanda Jenkins fühlte sich so attraktiv wie eine alte Rübe.

Seit der Sache mit Matt hatte sie nie mehr als drei Stunden am Stück geschlafen, und das letzte Wochenende – der scheinbar kosmischen Gerechtigkeit zum Trotz – hatte sich als noch nervenaufreibender erwiesen. Sie war gut ein Jahr mit Matt zusammen gewesen, hatte in dieser Zeit aber nie seine Eltern, die drei Schwestern oder den älteren Bruder kennengelernt. Nichtsdestotrotz war sie am Samstag von der Familie zur Messe in der Kirche Saints Peter and Paul am Washington Square und der anschließenden Einäscherung eingeladen worden. Beim anschließenden Empfang im »Fior d'Italia« saß sie zwischen Mutter Nan und Schwester Paula.

Nach dem Leichenschmaus war sie mit Nan, inzwischen ihre dickste Freundin, auf eine altmodische Sauftour durch diverse Lokalitäten in North Beach gezogen, wo sie einige Cops und Mitglieder der Staatsanwaltschaft getroffen hatten, die ebenfalls auf der Trauerfeier gewesen waren. Trotz des Alkohols – oder vielleicht gerade deswegen – war sie am Sonntag schon vor dem Morgengrauen wach geworden und hatte dann den ganzen Tag durchgeheult. Am späten Nachmittag war sie für etwa zwei Stunden weggenickt, hatte was vom Chinamann zu Abend gegessen und darauf geachtet, dass sie den Alkohol halbwegs unter Kontrolle hielt. Es war bereits drei Uhr am Morgen, als sie endlich Schlaf fand.

Als sie gegen halb zehn beim Polizeilabor vorfuhr, war ihr wohl bewusst, dass sie nicht gerade auf dem Zenit ihrer Attraktivität stand. Aber man musste nun mal mit dem arbeiten, was man hatte. Und da sie wusste, dass ihre Beine der große Trumpf waren, hatte sie sich ihren kürzesten Mini-Rock angezogen, der unter dem übergroßen Pullover fast verschwand. Und Stöckelschuhe. Als sie noch einmal einen kurzen Blick in den Spiegel warf, war sie sich relativ sicher, dass sich niemand für ihre fahle Gesichtsfarbe, die Tränensäcke oder ihre geröteten Augen interessieren würde.

Sie hatte die Laboruntersuchung bereits am Samstag in aller Herrgottsfrühe beantragt, bei einem der Mitarbeiter der Spurensicherung, der versprochen hatte, alle fraglichen Waffen mit ins Labor zu nehmen. Wie von Glitsky vorausgesagt, war der Durchsuchungsbefehl überhaupt kein Problem gewesen, und gegen zwei Uhr nachts – Amanda war mit dem Team noch immer vor Ort – hatten sie in Eztlis Zimmer einen Safe gefunden und aufgebrochen. Sie stießen auf die inzwischen sechste Waffe in der Curtlee-Residenz: die Curtlee/Eztli-Mörderwaffe, eine Pistole in Eztlis Holster, die S&W .357 in seinem Safe und drei weitere Pistolen, die sich in einem offenen Safe in der Rückwand des elterlichen Betts befanden. Vier davon hatten das Kaliber 0.40 und kamen somit als die Waffe in Frage, mit der Matt Lewis erschossen worden war.

Aus irgendeinem Grund hatte sich Amanda in die Idee verbissen, Matts Tod bis ins letzte Detail aufzuklären. Sie glaubte zu wissen, dass Ro ihn umgebracht hatte, wollte aber absolut sichergehen. Zumindest würde es ihr helfen, die Umstände seines Todes zu verstehen – auch wenn sie nicht hätte artikulieren können, wonach genau sie suchte.

Linda Salcedo hatte ausgesagt, dass die Mordwaffe von Freitagnacht Ros eigene Pistole war, also hatte sie im Labor eine ballistische Untersuchung beantragt: Eine Kugel aus dieser Waffe sollte mit der Kugel verglichen werden, die Matt getötet hatte. Da sie es als eilig klassifiziert hatte, war sie der Hoffnung, dass jemand ein paar Überstunden abgerissen habe und das Resultat bereits vorliege.

Als sie morgens um acht angerufen hatte, um das Resultat abzufragen, hatte man noch nicht mal mit der Untersuchung begonnen. Immerhin wusste sie nun, dass der Name des verantwortlichen Ballistikers Vincent J. Abbatiello war und er am Telefon so klang, als sei er Ende zwanzig. Und da er nun mal ein Cop war, war er vermutlich auch nicht schwul – was sie wiederum zum Mini-Rock greifen ließ.

Abbatiello hatte ihr angeboten, selbst beim neuen Labor im Marinehafen von Hunters Point vorbeizuschauen. Es war ein moderner und beeindruckender Bau und nicht zu vergleichen mit dem winzigen, hoffnungslos überlasteteten Labor früherer Tage. Abbatiello hatte sie mit sichtlichem Stolz durch das Gebäude geführt, und Amanda gab mit zahlreichen Aaahs und Ooohs zu erkennen, wie beeindruckt sie von seiner Führung war. Als sie bei seinem Arbeitsbereich ankamen, war es aber an der Zeit, Nägel mit Köpfen zu machen.

Angesichts der Tatsache, dass am Wochenende anscheinend niemand dazu die Zeit gefunden hatte, war sie überrascht, wie schnell der Test über die Bühne ging. Das Labor besaß modernstes Equipment, und der gesamte Vorgang – vom Feuern des Schusses bis zur Computeranalyse – dauerte nicht einmal fünf Minuten.

Als sie auf das erste Resultat wartete – das sich auf Ros Waffe, eine Smith & Wesson 9 mm Halbautomatik, bezog –, hatte Amanda schwer mit ihren Nerven und dem Restalkohol zu kämpfen. Die Spannung war unerträglich. Sie saß neben Abbatiello, der das Mikroskop kalibrierte, und musste sich – die Hände auf den Magen gepresst – gegen die Tischplatte lehnen. Das Resultat des ersten Tests war eindeutig, wenn auch nicht das, was sie sich erhofft hatte: Die beiden Kugelprofile hatten keine Ähnlichkeit.

»Mein Gott«, sagte sie zu Abbatiello. »Wie ist das nur möglich?«

»Macht nichts. Wir haben ja noch drei Versuche.«

Bereits beim zweiten hatten sie Gewissheit.

Glitsky war in Amandas Büro im zweiten Stock gegangen, hatte die Tür hinter sich geschlossen und lehnte gegen eine der Ablagen. »Bedeutet nicht, dass es Ro *nicht* war«, sagte er.

»Aber es war nun mal die Waffe von diesem Ez. Wir haben sie in seinem Safe gefunden. Sie ist auf ihn registriert. Er darf die Waffe tragen. Und wo wir schon mal dabei sind: Können Sie mir erklären, wie so etwas möglich ist? Wie kann jemand wie er einen Waffenschein bekommen?«

»Er ist US-Staatsangehöriger, eingebürgert zwar, aber das spielt ja keine Rolle. Er arbeitet als Security-Mann. Er hat kein Vorstrafenregister. Aber wichtiger noch: Cliff Curtlee steht hinter ihm und braucht nur seinen kleinen Finger krummzumachen – alles kein Problem.«

»Hier ist das Problem, das ich habe: Ich kann mir partout nicht vorstellen, dass er Ro seine Waffe benutzen lässt. Niemand wird Ro eine Knarre in die Hand drücken, weil er befürchten muss, dass Ro sie aus Jux und Dollerei gegen ihn richtet und abdrückt.«

»Nicht auszuschließen.« Glitsky biss sich auf die Lippen. »Und von Ro gibt es keinerlei Fingerabdrücke?«

»Keine.«

»Aber von dem anderen Burschen.«

»Mehrere.«

»Hm.«

»Was hat das nur zu bedeuten, Abe? Wenn Ro ihn nicht erschossen ...«

»Wenn Sie mich fragen, glaube ich noch immer, dass er es war.«

»Ich weiß. Aber was, wenn er es nicht war? Wie ließe sich das dann erklären?« Sie war den Tränen nahe.

Allzu Tröstliches konnte Glitsky ihr nicht sagen. »Schauen Sie«, sagte er. »Wer immer abgedrückt haben mag: Ro war letztlich der Auslöser. Er ist für alles verantwortlich.«

Glitskys Überdosis Vitamin D, so das denn der Grund war, hatte sich bereits verflüchtigt, als er an Darrel Braccos Schreibtisch Station machte. Bracco füllte gerade irgendwelche Berichtsbögen aus und war in die Arbeit vertieft, als sich Glitsky auf die Ecke seines Schreibtisches setzte und sagte: »Ich kann Ihnen gar nicht sagen, wie sehr ich mich sträube, Ihnen diese Frage zu stellen.«

Bracco schaute auf. »Dann fragen Sie nicht.«

»Gut, aber leider haben wir nun folgende Situation: Als ich heute Morgen zur Arbeit kam, war die Welt noch in Ordnung. Ro hatte sich in Luft aufgelöst – und mit ihm all die Fälle, die uns zuletzt beschäftigten. Darüber gibt es doch keine Zweifel, oder?«

»Korrekt. Keine Zweifel.«

»Gut. Und nun fährt Amanda Jenkins heute Morgen ins Labor und lässt die Kugel untersuchen, die ihren Freund getötet hat.«

»Okay.«

»Eben nicht okay. Die Kugel stammt nicht aus Ros Waffe. Es war die Waffe des Bodyguards.«

Bracco faltete die Hände hinter seinem Kopf zusammen. »Was aber noch nicht bedeutet, dass Ro nicht der Schütze war.«

»Hab ich auch gesagt. Es bedeutet nicht, dass Ro *nicht* geschossen hat. Aber wissen Sie, was es bedeutet? Es bedeutet, dass wir nicht mehr *mit Sicherheit* behaupten können, dass es Ro war. Es könnte genauso gut der Butler gewesen sein.«

Bracco schnippte mit den Fingern. »Und deshalb hat er auch angeboten, sich dem Lügendetektortest zu unterziehen. Und das Schwein hätte den Test vermutlich auch bestanden.« Er grinste über das ganze Gesicht. »Aber zumindest ein Gutes hat es doch: Nach vierzehn Jahren als Polizist kann ich nun endlich mal sagen: ›Es war der Butler!‹ Ist das nicht cool?«

»Nein. Da es mir lieber wäre, wenn es nicht der Butler war, finde ich das überhaupt nicht cool.«

»Ich würde mir da keinen Kopf machen, Abe. Höchstwahrscheinlich war es Ro. Und was kümmert es uns noch? Alle Beteiligten sind tot.«

»Stimmt nicht. Mich kümmert es sehr wohl.«

»Warum?«

»Weil ich absolut davon überzeugt war, dass Ro Matt Lewis erschossen hatte. Wie wir wissen, hatte er ein Motiv. Er hatte die Gelegenheit. Und er hatte die Mittel. Also stand fraglos fest: Er war es! Aber nun haben wir Zweifel. Vielleicht keine gravierenden Zweifel, aber eben doch Zweifel. Möglicherweise war er nicht der Täter.«

»Aber noch mal: Was für einen Unterschied macht das noch?«

»Es macht einen Unterschied, weil ich mich nun frage, ob in dem anderen Fall nicht auch Zweifel angebracht wären, nämlich bei Janice Durbin.«

»Nein«, antwortete Bracco. »In dem Fall kann es doch keine Zweifel geben: die Schuhe, die Brandstiftung – obendrein noch die zerstörten Gemälde: Das kann nur Ro gewesen sein.«

»Genau«, sagte Glitsky. »Es sei denn, er war überhaupt nicht am Tatort.«

»War er aber.«

»Erinnern Sie sich noch daran, als Sie mit ihm in Denardis Büro saßen? Wie er unfreiwillig den Mord an Matt Lewis zugab? Und dann stellt sich heraus, dass er es möglicherweise gar nicht war.«

»Ich glaube noch immer, dass er geschossen hat.«

»Glauben Sie, was Sie wollen, aber in dem gleichen Gespräch gab er uns ein Alibi für den Mord an Janice Durbin. Erinnern Sie sich?«

»Natürlich. Seine Eltern, der Butler und das Dienstmädchen sollten es bezeugen.«

»Das Dienstmädchen«, sagte Glitsky. »Das wäre doch wohl Linda Salcedo, oder?«

Bracco hatte sich weit in seinen Stuhl zurückgelehnt und die Augen geschlossen. »Das war also die Frage, die Sie mir nicht stellen wollten.«

»*Nicht wollten* trifft es nicht ganz.«

»Dann sage ich noch mal: Fragen Sie einfach nicht.«

»Ich muss. Sie ist sicher die letzte Person in der Welt, die Ro ein Alibi für irgendetwas geben würde. Sie ist noch nicht dem Gericht vorgeführt worden und hat noch keinen Anwalt. Ich möchte, dass Sie sie im Gefängnis besuchen und eruieren, ob sie mit Ihnen sprechen will. Fragen Sie, ob sie sich erinnert, dass Ro an einem Tag in den letzten Wochen früh aufgestanden ist. Sie hat uns ja schon gesagt, dass er normalerweise bis in die Puppen schlief. Wenn sie sein Alibi bestätigen würde … wenn er wirklich nicht am Tatort gewesen sein kann …«

»Er war da, Abe. Er muss da gewesen sein.«

»Ich weiß. Aber es ist besser, wenn wir es schwarz auf weiß hätten. Erheblich besser.«

39

Gegen Viertel nach elf wurde Jon Durbin aus seiner Englischstunde zum Schulleiter gerufen. Als er im Sekretariat eintraf und seinen Namen nannte, schickte man ihn in eins der Besprechungszimmer am Ende des Gangs. Mit flauem Magen und weichen Knien – *was in aller Welt war denn nun schon wieder passiert?* – kam er zur Tür und klopfte.

Die Tür wurde von innen geöffnet, und er sah seinen Vater erst, als dieser die Tür wieder hinter ihm geschlossen hatte. Frustriert und wütend suchte er nach einem zweiten Ausgang. Er saß in der Falle. »Ich muss hier nicht bleiben. Lass mich raus.«

Michael Durbin stand mit dem Rücken zur Tür und bewegte sich nicht. »Ich möchte kurz mit dir sprechen«, sagte er. »Danach kannst du machen, was du willst.«

»Ich kann jetzt schon machen, was ich will. Ich habe dir nichts zu sagen.«

»Aber ich dir. Und es ist schnell gesagt: Ich habe deine Mutter nicht umgebracht. Ich weiß nicht, wie du auf diese Idee …«

»Wirklich nicht? Glaubst du, wir hätten nicht gehört, wie ihr euch die ganze Zeit gestritten habt?«

»Es war nicht *die ganze Zeit*. Sicher, wir hatten unsere Probleme. Das passiert nun mal zwischen Eheleuten. Aber ich habe sie nicht umgebracht. Wir haben versucht, unsere Probleme zu lösen, um weiterhin zusammenleben zu können. Manchmal wurde es dabei vielleicht ein bisschen laut.«

»Ha. Ein bisschen?«

»Na und, Jon? Wirklich. Die Probleme waren nun mal da und ließen sich nicht so einfach vom Tisch wischen. Okay?«

»Ich weiß schon, was die Probleme waren – oder zumindest das Hauptproblem.«

»Tatsächlich? Vielleicht könntest du mich aufklären?«

»Du und Liza. Kommt dir das bekannt vor?«

»Nein, es kommt mir überhaupt nicht bekannt vor.« Michael hatte seine Arme über der Brust verschränkt gehabt und ließ sie nun sinken. »Meinst du, wir könnten uns für eine Minute setzen?«

Im Zimmer befanden sich vier Stühle und ein Tisch. Jon zögerte zunächst, setzte sich dann aber doch auf den nächsten Stuhl. Sein Vater zog einen Stuhl heran, der neben der Tür an der Wand stand. Er wollte seinem Sohn nicht die Gelegenheit geben, plötzlich aufzuspringen und zu türmen. Er beugte sich vor, die Ellenbogen auf die Knie gestützt, und schaute seinem Sohn direkt in die Augen. »Ich weiß nicht, wie ich dich davon überzeugen kann, aber Liza ist eine gute Freundin und nicht mehr. Da ist nie mehr gewesen.«

»Klar, und deshalb bist du auch gleich zu ihr gefahren,

kaum dass die Trauerfeier vorbei war. Oder willst du das abstreiten?«

»Nein, natürlich bin ich zu ihr gefahren. Ich habe gelitten, Jon, und ich leide noch immer. Ich musste mit jemandem sprechen und hatte das Gefühl, Chuck und Kathy schon über Gebühr strapaziert zu haben. Ich wusste, dass Liza mir zuhören würde. Warum ist das so schwer zu verstehen? Ich hätte gedacht, du wärst der Erste, der das versteht. Du kennst mich doch am besten. Du hast es immer gewusst.«

Michaels eindringlicher Tonfall verfehlte seine Wirkung nicht: Jons offene Feindseligkeit schien zu bröckeln. Er hatte sich im Stuhl zurückgelehnt, die Hände auf den Schoß gelegt und studierte den Fußboden. Schließlich schaute er auf. »Aber was war denn mit all den Streitereien zwischen Mom und dir?«

»Ich weiß nicht, welche Streitereien du jetzt genau meinst, aber in den meisten Fällen ging's ums Geld. Sie wollte ein größeres Haus – so wie das von Chuck und Kathy. Sie wollte, dass ich eine zweite Niederlassung eröffne – was ich aber nicht wollte. Ich hätte viel lieber weniger gearbeitet, um wieder mehr zum Malen zu kommen. Und das ist der andere Punkt: Glaubst du wirklich, dass ich meine eigenen Bilder zerstört hätte?«

»Weiß nicht. Wenn es der einzige Weg war, die Cops von deiner Fährte zu lenken.«

»Herr im Himmel.« Michael ließ seinen Kopf auf die Brust sinken und schüttelte ihn langsam. »Ich habe nicht die leiseste Ahnung, was ich bei dir falsch gemacht habe, dass du denkst, ich wäre zu all diesen Dingen fähig. Nichts davon habe ich getan – keine Liza, keine Gemälde aufgeschlitzt und auch deiner Mutter kein Haar gekrümmt.«

»Warum konntest du dann nicht mal erklären, was du an diesem Morgen gemacht hast?«

»Ich fuhr zum Büro, dachte an die Arbeit, dachte daran, wie ich mehr Geld verdienen kann, machte mir Sorgen um meine Beziehung und darüber, dass Ro Curtlee wieder auf freiem Fuß ist. Ich hab mich nicht auf die Fahrt konzentriert und auch nicht auf die Verzögerungen zwischendurch. Kannst du dich an jedes Detail erinnern, als du heute Morgen zur Schule fuhrst?«

»Wer hat sie dann ermordet?«

»Ro Curtlee war es, Jon. Ich war der Hauptgrund, dass er so lange im Gefängnis saß – und er brachte sie um und zerstörte meine Gemälde, um sich an mir zu rächen. Was ist daran so schwer zu verstehen?«

»Weil er einen gebrochenen Arm hatte, verdammt noch mal. Man konnte in jeder Zeitung nachlesen, dass die Polizei ihm bei der Verhaftung den Arm brach. Und man erwürgt nun mal niemanden mit einem gebrochenen Arm, schon gar nicht Mutter. Sie war ganz schön stark, sie war beim Armdrücken immer noch stärker als Peter. Also scheidet diese Möglichkeit aus. Und wer bleibt denn dann noch als Täter?« Er schlug mit seiner flachen Hand auf den Tisch. In seinen Augen spiegelten sich Wut und Verwirrung. »Glaubst du wirklich, ich hätte nicht lang und breit darüber nachgedacht? Glaubst du, dass ich mir wünsche, dass mein eigener Vater der Täter ist und unser aller Leben ins Chaos stürzt? Wenn es also nicht Ro Curtlee war – wer war es dann? Und dann kommst du und kannst dich nicht mal mehr dran erinnern, was du an diesem Morgen gemacht hast.«

»Ich habe mich erinnert – und ich erinnere mich auch jetzt. Es fiel mir nur im ersten Moment nicht mehr ein.«

»Hör dir doch selbst mal zu! Was für eine lahme Ausrede …«

»So war es aber nun mal, Jon. So war es.« In der Angst, ihn endgültig zu verlieren,unternahm er seinen letzten Versuch und beugte er sich vor. »Hör zu«, sagte er eindringlich. »Nun hör mir mal gut zu. Du wirst es nicht hören wollen, aber es war nicht ich, der eine Affäre hatte.«

»Willst du damit sagen, dass Mom eine hatte?«

»Genau, deine Mutter.«

»Was für ein Scheiß.«

»Nein, das ist eine Tatsache. Nur damit du weißt, dass noch jemand anderes auf der Bildfläche war.«

»Und wer soll das sein?«

»Das wissen wir noch nicht. Kommissar Glitsky tappt im Dunkeln. Vielleicht einer ihrer Patienten. Aber das Schlimme daran ist, dass Glitsky nun – wo Ro tot ist – sich nicht mehr überschlagen wird, um die Frage zu klären. Er glaubt ja auch, dass es Ro war.«

»Er *kann* das nicht glauben. Es ist einfach die bequemste Erklärung für ihn. Bei genauerem Hinsehen kann das aber gar nicht sein.«

»Er glaubt es trotzdem. Aber am Ende werden wir möglicherweise nie erfahren, wer sie umgebracht hat. Und das zu sagen bringt *mich* um. Aber so sieht die Lage nun mal aus.« Er streckte die Hand aus und berührte das Knie seines Sohnes. »Komm nach Hause, Jon. Bitte.«

Jons Mund blieb verkniffen, seine Körperhaltung angespannt – er war noch zu keinem Zugeständnis bereit. Tränen quollen aus seinen Augen und liefen die Wangen hinunter.

»Wo hast du überhaupt gesteckt?«

»Bei Rich.«

»Seine Eltern haben mir doch gesagt, du wärst nicht da.«

»Ich weiß.«

Michaels Ärger über das Verhalten von Richs Eltern entlud sich in einem wütenden Schnauben. »Wie dem auch sei: Am Mittwoch ziehen wir bei Chuck und Kathy aus und gehen vorübergehend in ein Motel. Ich glaube, dass wir wieder wie eine richtige Familie leben müssen. Glaubst du, dass du das auf die Reihe kriegst?«

Verärgert wischte sich Jon die Tränen aus dem Gesicht. »Ich weiß nicht, Dad. Ich weiß nur, dass ich denjenigen umbringen möchte, der sie umgebracht hat.«

»Ich auch, Jon, ich auch. Aber ich schwöre bei Gott, dass ich es nicht war. Du musst mir einfach glauben. Meinst du, du kannst das?«

Jon warf sich in den Stuhl zurück und verschränkte die Arme. Sein Gesicht war versteinert. Nach einer Weile dämmerte es Michael, dass er heute von seinem Sohn nicht mehr erwarten konnte. Er stand auf, legte ihm sanft die Hand auf die Schulter und ging hinaus.

Darrel Bracco formulierte seine Fragen so unverfänglich, dass Linda Salcedo nie auf den Gedanken kam, dass es ihm eigentlich um Ros Alibi am Morgen von Janice Durbins Tod ging. Er erweckte den Eindruck, als wolle er mehr über den Tagesablauf im Hause der Curtlees erfahren, und in diesem Punkt war sie sich absolut sicher: Seit er zum ersten Mal auf Kaution entlassen worden war, hatte Ro Curtlee – mit Ausnahme eines Tages in der letzten Woche und der Nacht nach seiner erneuten Verhaftung – jede Nacht in seinem Zimmer verbracht und war nie vor neun oder halb zehn aufgestanden. Linda wusste es so genau, weil sie selbst morgens um halb sieben aufstand und dann oben schon mit dem Saubermachen begann, bevor sie wieder runterkam, um beim Frühstück zu helfen. Sie kam jeden Morgen an Ros Schlafzimmer vorbei, klopfte leise und schaute ins Zimmer, ob er schon aufgestanden war, damit sie das Bett machen und aufräumen konnte. Aber nein, er war jeden Tag in seinem Bett gewesen. Hundertprozentig. Und sei erst dann runtergekommen, wenn seine Eltern beim Frühstück saßen.

Das waren nicht die Neuigkeiten, die Glitsky hören wollte.

Nachdem Bracco sein Büro verlassen hatte, saß er fast eine halbe Stunde da und brütete vor sich hin. Schließlich stand er auf und ging zu der Tafel mit den laufenden Ermittlungen und den zuständigen Ermittlern. An die weiße Stelle, an der bis heute Morgen noch der Name Felicia Nuñez gestanden hatte, schrieb er in Großbuchstaben JANICE DURBIN und dann, in das Rechteck daneben, GLITSKY.

Es würde ein langes, zähes Unterfangen werden, von einem Richter die Genehmigung zum Einblick in Janice Durbins Patientenkartei zu erhalten – und dann vielleicht auf eine Person zu stoßen, die zu der Psychiaterin nicht nur ein reines Patientenverhältnis pflegte. Es konnte Wochen dauern, vielleicht Monate, und am Ende keinerlei Früchte tragen, denn es gab nun mal unzählige Männer – und auch Frauen –, mit denen sie eine intime Beziehung gehabt haben könnte, ohne dass es sich dabei um einen ihrer Patienten handeln musste.

Und möglich war natürlich auch, dass es Michael Durbin war, der eine Affäre hatte, sich dabei die Geschlechtskrankheit einfing und dann seine Frau, vielleicht unabsichtlich, tötete, als sie die Infektion entdeckte und ihn damit konfrontierte. Aber die Vorstellung, dass Michael Durbin seine Frau getötet habe, beinhaltete natürlich auch, dass er selbst seine gesamten Gemälde zerstört haben musste – und eine solche Verzweiflungstat, glaubte Glitsky jedenfalls, war wohl nur jemandem zuzutrauen, der mit dem Rücken zur Wand stand.

Jedenfalls hatte er schon viel zu viel Zeit verstreichen lassen, weil er sich auf Ro Curtlee als Mörder versteift hatte. Janices Tod lag bereits elf Tage zurück, und zu sagen, dass die Spur schon kalt war, wäre wohl noch grob untertrieben gewesen.

Um 14.40 Uhr, nachdem er eine Stunde mit dem Antrag zur Durchsuchung ihrer Praxis verbracht hatte, stand Glitsky auf dem Gang eines langen flachen Bürogebäudes, das sich zwischen der Stonestown Mall und der San Francisco State University befand. Es war ein modernes, funktionales Gebäude ohne Schnickschnack. Janice hatte ihre Praxis in Büro 204, gleich neben dem Aufzug im ersten Stock. Glitsky stand vor dem Büro und schaute durch die halb geöffneten Jalousien hinein.

Glitsky war sich sicher, dass er die gesamte Praxis einsehen konnte.

Es gab keinen Empfangsbereich, nur zwei einfache Sofas, die im rechten Winkel an den Wänden positioniert waren. Links befand sich ein flacher Schrank, in dem sie offensichtlich die Akten ihrer Patienten aufbewahrte. Gegenüber den beiden Sofas stand ein großer, roter Ledersessel mit einer Stehlampe und einem kleinen Telefontisch. An den Wänden hingen einige gerahmte Bilder, aber aufgrund der Reflektionen konnte Glitsky nicht ausmachen, welche Art von Kunst sie dort aufgehängt hatte.

Große Erkenntnisse hätten die Bilder ihm wohl auch kaum geliefert, dachte er. Die Praxis war jedenfalls sauber, aufgeräumt und schlicht.

»Kann ich Ihnen helfen?«

Glitsky richtete sich auf und sah in das Gesicht einer attraktiven vollschlanken farbigen Frau Ende zwanzig, die Bürokleidung trug. Er stellte sich vor, zeigte seine Marke und sagte: »Wie Sie vielleicht wissen, wurde Dr. Durbin vor über einer Woche ermordet. Ich hatte die Hoffnung, mit einigen ihrer Nachbarn in diesem Gebäude zu sprechen, um vielleicht etwas Licht in die laufende Untersuchung bringen zu können.«

»In welcher Richtung?«

»In jeglicher Richtung, um ehrlich zu sein. Wir sind mit unseren Ermittlungen noch nicht allzu weit gekommen. Kannten Sie Dr. Durbin?«

»Nicht richtig. Man begegnete sich auf der Toilette oder grüßte sich im Flur. Ich konnte es nicht glauben, als ich hörte, was passiert ist. Niemand konnte es glauben.

Man kann sich nie vorstellen, dass so etwas jemandem zustößt, den man kennt. Jemandem wie ihr.«

»Wie war sie denn?«

»Wie war sie? Höflich, sehr nett, eine Frau mit Stil, bodenständig – eine ganz normale Person.«

»Hatte sie vielleicht Freunde hier im Gebäude? Leute, mit denen sie sich traf?«

»Glaube ich nicht, nein. Womit ich nicht sagen möchte, dass sie *keine* Freunde hatte, aber jedenfalls ist es mir nicht bekannt. Sie werden schon festgestellt haben, dass es hier viele einzelne Büros gibt. Jeder hat sein eigenes kleines Reich. Ich arbeite für Bayview Security, drüben in 207. Dr. Mitchell unten belegt immerhin drei Einheiten. Er ist Zahnarzt und braucht den Platz wegen der ganzen technischen Geräte. Und er ist wahrscheinlich auch der Hauptgrund, warum dieses Gebäude überhaupt Sicherheitspersonal benötigt – obwohl wir natürlich überall nach dem Rechten sehen.«

»Nun, ich danke Ihnen jedenfalls«, sagte Glitsky. »Vielleicht klopfe ich noch an ein paar Türen. Hätten Sie was dagegen?«

»Machen Sie nur«, sagte sie. »Und viel Glück.«

Er begann mit 201 auf der gegenüberliegenden Seite und arbeitete sich schnell bis 215 durch, wechselte dann auf die Seite von Janice Durbins Praxis, deren Fenster zum hinteren Parkplatz hinausgingen. Wie ihm bereits vorausgesagt worden war, konnten seine Gesprächspartner kaum mit Informationen dienen. In sechs der Büros arbeiteten Therapeuten und Eheberater – in zwei Fällen platzte er sogar mitten in eine Sitzung –, doch weder sie noch die anderen vier, auch nicht der Versicherungsvertreter in 203, konnten ihm etwas sagen, was über die Angaben der ersten Frau auf dem Flur hinausging.

Auf Janices Seite verhielt es sich ähnlich, bis er zu 208 kam. Es war ein Pilatesstudio. Glitsky wollte fast schon vorbeigehen, weil er sich dachte, dass es nur ein leerer Raum sei, in dem sich die Teilnehmer für ihre Übungen treffen – ganz so wie ein Fitnessstudio. Er wusste nicht mal, ob es einen einzelnen Mieter für dieses Büro gab. Gewissenhaft wie er war, klopfte er trotzdem.

Obwohl sie kein Make-up trug und leicht verschwitzt war, musste Glitsky erst einmal schlucken, als er plötzlich dieser Frau gegenüberstand. Sie trug einen roten Body und hatte schulterlange blonde Haare, die von einem roten Stirnband gebändigt wurden, das ihre jadegrünen Augen betonte. Sie war vielleicht Anfang vierzig, sah aber – von einigen Fältchen an ihren auffälligen Augen abgesehen – wie eine Zwanzigjährige aus. »Hi«, sagte sie und streckte die Hand aus. »Ich heiße Holly.«

»Hallo.« Glitsky schüttelte ihre Hand, zeigte seine Marke und beschränkte sich aufs Notwendigste. »Ich heiße Abe Glitsky, San Francisco Morddezernat. Könnten Sie mir ein paar Fragen beantworten?«

Sie warf einen Blick über die Schulter auf das offensichtlich leere Studio, zuckte mit den Schultern und sagte: »Klar. Es dreht sich sicher um Janice, oder?« Und ihre faszinierenden Augen blitzten plötzlich auf: »So ein Schwein!«

Ihr Gefühlsausbruch erwischte Glitsky auf dem falschen Fuß. »Meinen Sie Dr. Durbin?«

»Nein, nein, nein.« Sie hob abwehrend ihre Hände.

»Natürlich meine ich nicht Janice. Ich rede von dem Schwein, das sie umgebracht hat.«

»Also kannten Sie sie?«

»Ja. Gut, wir waren keine langjährigen Freunde – ich habe dieses Studio erst vor zwei Monaten eröffnet –, aber sie war … Ich hatte den Eindruck, dass wir die besten Freundinnen werden würden. Sie wissen sicher, wie das ist: Man trifft jemanden – und dann funkt es.«

»Um ehrlich zu sein: Allzu oft passiert es mir nicht«, sagte Glitsky.

»Nein. Ich weiß, was Sie meinen. Das passiert nicht gerade oft.«

»Sie hatten also den Eindruck, dass Sie auf dem besten Weg waren, Sie näher kennenzulernen.«

Sie nickte und wirkte plötzlich bedrückt. »Ich hatte wirklich das Gefühl, sie würde meine beste Freundin werden. An manchen Tagen hatte sie ein, zwei Stunden Luft zwischen ihren Terminen – und dann kam sie zu mir rüber. Und wie Sie sehen, ist hier manchmal auch nicht gerade viel los. Also quatschten wir.«

»Worüber?«

»Über alles. Über Kinder, wie man in Form bleibt, wie man alt wird, wie man ein eigenes Geschäft führt, Bücher, Filme – Sie können sich was aussuchen: Wir haben über alles gesprochen.«

»Männer?«

Sie warf ihren Kopf zur Seite. »Natürlich.«

»Nicht nur über ihren Ehemann?«

»Nicht immer, nein.« Sie verlagerte ihr Gewicht auf den anderen Fuß. »Ich vermute, Sie wollen wissen, ob sie jemand anderen traf. Ja, tat sie.«

»Hat sie gesagt, ob es einer ihrer Patienten war?«

»Nein. Ich meine, ja – sie sagte mir, dass es keiner ihrer Patienten war.«

»Sind Sie sicher?«

»Falls sie mich nicht belogen hat – aber das hat sie bestimmt nicht.«

»Wer war es denn? Haben Sie ihn kennengelernt? Oder gesehen?«

»Nein.«

»Hat sie je seinen Namen erwähnt?«

»Nein. Ihr war nicht richtig wohl dabei, über ihn zu sprechen. Es war, als wäre sie nicht gerade glücklich darüber, *dass* es passierte, aber gleichzeitig wusste sie nicht, wie sie Schluss machen sollte. Sie war nicht unbedingt stolz auf die ganze Sache.«

»Also wollte sie Schluss machen?«

»Ich weiß es nicht, aber ich glaube eher nicht. Sie hatte hauptsächlich Angst, dass es auffliegen würde. Sie wollte ihre Familie nicht verlieren. Aber Sie konnte einfach nicht von diesem Burschen loskommen, auch wenn ihr ziemlich klar war, dass er ein notorischer Aufreißer war.«

»Ein Aufreißer?«

»Sie wissen schon, jemand mit vielen Partnerinnen. Ein Aufreißer eben.«

»Viele Partnerinnen? Wie kommt er an so viele Partnerinnen?«

Die Frage amüsierte sie. »Hallo? Ein Mann in San Francisco, der nicht schwul ist? Der braucht sich bei der Partnersuche nicht krummzumachen, glauben Sie mir. Sie sehen etwas frustriert aus.«

Glitsky nickte. »Bin ich. Wenn dieser Bursche nicht einer ihrer Patienten war, weiß ich nicht, wo ich mit der Suche anfangen sollte. Er könnte überall sein.«

»Sie glauben also, dass er sie umgebracht hat?«

»Er könnte ein Motiv gehabt haben – oder ihrem Ehemann ein Motiv gegeben haben. So oder so: Ich möchte ihn gerne finden. Wissen Sie, wo sie sich getroffen haben? Vielleicht in einem Motel, einem Apartment?«

»Warum?«

»Wenn er eine Kreditkarte benutzt hat, haben wir ihn sofort. Wenn er bar gezahlt hat, muss er immer noch seinen Ausweis vorlegen – und die Nummer wird notiert. Ich greife nach jedem Strohhalm.«

Nach kurzem Überlegen sagte sie: »Falls Ihnen das hilft: Janice sagte mir, dass er manchmal in den Abendstunden hierhergekommen sei. Vielleicht hat ihn ja jemand gesehen?«

»Ich werde dem mit Sicherheit nachgehen«, sagte Glitsky. Er verfluchte sich innerlich, diese Spur nicht schon viel eher aufgenommen zu haben, bedankte sich bei Holly und ging zur nächsten Tür. Am Ende hatte er alle zweiundzwanzig Büros abgeklappert, doch niemand – Holly ausgenommen – hatte Janice Durbin persönlich näher kennengelernt.

40

Für eine Weile saß Glitsky allein am Esstisch im Haus der Novios. Er trank Tee, den Kathy ihm serviert hatte und wartete auf Michael Durbin, der gerade auf dem Heimweg von der Arbeit war. Kurz darauf tauchte Kathy wieder auf, diesmal mit einem Tablett, auf dem sich Gebäck und Kaffee in einer Porzellantasse befanden. Glitsky beobachtete sie, wie sie das Tablett vorsichtig auf den Tisch stellte. Sie setzte sich ihm gegenüber. Als sie die Tasse zum Mund führte, hatte er fast den Eindruck, als habe sie Angst, das Porzellan könne zerbrechen.

»Wie kommen Sie denn mit der Situation klar?«, fragte er behutsam.

Sie lächelte müde. »Ist es so offenkundig? Jede Minute habe ich Angst, in meine Einzelteile zu zerfallen. Sie war halt nicht nur meine Schwester, sondern auch meine beste Freundin.«

»Haben Sie schon mal dran gedacht, mit jemandem darüber zu sprechen?«

»Einen Trauerbegleiter meinen Sie?« Sie schüttelte den Kopf. »Ein paar meiner Freunde haben mir das auch schon empfohlen, und vielleicht sollte ich mich ernsthaft damit beschäftigen. Aber irgendetwas sagt mir im Inneren, dass es nur die Zeit ist, die diese Wunde heilen wird. Doch die Zeit scheint momentan stehengeblieben zu sein, und deshalb ist diese Vorstellung auch keine große Hilfe.«

»Ja, so kommt es einem manchmal vor, ich weiß.«

Sie hob ihre Tasse und setzte sie wieder ab. »Klingt ganz so, als würden Sie aus Erfahrung sprechen.«

Er nickte. »Meine erste Frau«, sagte er. »Krebs.«

»Das tut mir leid.«

Glitsky zuckte mit den Schultern. »Es ist schon lange her.«

»Klingt aber, als würde es Ihnen immer noch nahegehen.«

»Es gibt diese Augenblicke, ja. Aber meist erinnert man sich an die glücklichen Zeiten.«

»Die glücklichen Zeiten. Manchmal habe ich das Gefühl, die kommen nie mehr wieder.«

»Das kenne ich.«

»Und dann stelle ich mir vor, dass wir erst neulich, nicht mal vor einem Monat, alle hier an diesem Tisch zusammensaßen – ich, Chuck und die Mädchen. Alle machten Scherze, alle waren glücklich, alle lagen sich in den Armen. Und jetzt sitze ich hier und werde nächste Woche vierzig, und Chuck hatte sich diesen kleinen Song ausgedacht, den alle auf meiner Riesen-Geburtstagsparty singen sollten. Der Refrain war ›Alt, alt, wirklich alt‹, und die Mädchen haben ihre eigenen Strophen dafür geschrieben, und sie waren ein bisschen boshaft, aber total witzig. Wir konnten uns vor Lachen gar nicht mehr einkriegen. Und jetzt sehe ich, wie die Mädchen nur noch deprimiert sind – und wie Chuck und ich aus diesem tiefen schwarzen Loch überhaupt nicht mehr rauskommen.« Sie starrte ihn an. »Die Vorstellung, dass so eine Zeit, so glücklich und unbeschwert, jemals wiederkehren könnte, das scheint mir gar nicht mehr möglich.« Sie riss sich zusammen und trocknete ihre Tränen mit der Serviette ab. »Tut mir leid«, sagte sie. »Sie müssen sich so was wirklich nicht anhören.«

»Kein Problem«, sagte er. »Auch das gehört dazu.«

»Ich weiß nicht, wie Sie das schaffen.« Sie nippte an ihrem Kaffee. »Die ganzen Opfer und ihre Angehörigen. Denen muss es doch wohl genauso wie uns ergehen, oder?«

»Ein wenig, ja. Jeder reagiert auf seine Art und Weise, aber leicht ist es nie.«

»Das muss Sie doch motivieren – in Ihrem Job, meine ich. Das Leid der Opfer.«

Glitsky sah sich versucht zu lächeln, unterdrückte den Impuls aber wieder. »Sagen wir: Es hilft.«

Sie griffen beide zu ihrer Tasse und schwiegen. »Darf ich Ihnen noch eine Frage stellen?«, fragte Kathy.

»Ich kann mich nicht erinnern, dass Sie mich bislang etwas gefragt haben, aber schießen Sie ruhig los.«

»Was wollen Sie heute mit Michael besprechen? Ich dachte, es sei doch klar, dass … dass Janice von Ro Curtlee ermordet wurde.«

Glitsky beschäftigte sich für einige Sekunden mit seinem Tee. »Es gibt noch ein paar ungeklärte Fragen.«

»Zum Beispiel?« Sie legte die Hand an den Mund. »Meinen Sie, dass es außer Ro noch einen anderen Verdächtigen gibt? Aber Sie können doch nicht ernsthaft glauben, dass es Michael sein könnte, oder?«

»Nicht unbedingt. Aber ich habe ein paar Fragen, das ist alles.«

Sie legte ihre Arme auf den Tisch. »Er war's mit Sicherheit nicht, Lieutenant. Sie kennen ihn nicht. Er könnte so was nie tun. Er hat Janice geliebt.«

»Okay.«

»Das ist aber keine richtige Antwort.«

»Tut mir leid«, sagte Glitsky. »Ich kann Ihnen wirklich keine bessere geben.«

»Sie hatte Chlamydien«, sagte Glitsky.

Sie saßen in Chucks kleinem Büroraum und hatten die Tür geschlossen, damit sie sich ungestört unterhalten konnten. Glitsky lehnte sich an den Schreibtisch, Michael saß auf der Ledercouch und hatte die Füße auf den Kaffeetisch gelegt.

»Was?« Er nahm die Füße wieder runter und rutschte auf dem Sofa nach vorne. »Was bedeutet das?«

»Nun, es ist eine Geschlechtskrankheit, die …«

»Nein, nein, ich weiß, was Chlamydien sind. Und Sie sagen, dass sich Janice angesteckt hatte?«

»Wussten Sie das nicht?«

»Nein. Wie sollte ich …?«

»Wenn wir Einblick in Ihre medizinische Unterlagen beantragen sollten: Würden wir dort darauf stoßen, dass Sie sich selbst gegen Chlamydien behandeln ließen?«

»Definitiv nicht. Wie sind Sie denn überhaupt darauf gestoßen?«

»Durch die Autopsie.«

»Warum haben Sie mir nicht eher davon erzählt?«

»Ich wollte Sie nicht unnötig mit dieser Information belasten. Zum damaligen Zeitpunkt gingen wir ja davon aus, dass Ro Curtlee der Mörder war.«

»Und heute glauben Sie das nicht mehr?«

»Nein. Sein Alibi ist wasserdicht. Er war nicht am Tatort.«

»Ich war es auch nicht.«

»Das hatten Sie mir schon gesagt. Hat Janice Ihnen gesagt, dass sie eine Geschlechtskrankheit hatte?«

»Nein, erwähnte ich doch bereits. Wir hatten seit zwei Monaten keinen Sex mehr. Was einer der Gründe für meine Vermutung war, dass sie eine Affäre hatte. Jetzt weiß ich also, warum im Bett nichts mehr lief. Ich hätte mich angesteckt, und dann hätte ich es schwarz auf weiß gehabt, dass sie eine Affäre hatte.«

»Und wenn Sie das wussten – und gleichzeitig wussten, wie Ro seine Opfer zugerichtet hat und dass er obendrein auf Kaution frei war … Wenn Sie es also wirklich darauf angelegt hätten, dass alles auf Ro hinwies, hätten Sie vielleicht mit Ro in Kontakt treten müssen, um sicherzustellen, dass er kein hieb- und stichfestes Alibi hatte. Sie hätten ihn ja vielleicht unter irgendeinem Vorwand zu Ihrem Haus einladen können, damit er dort seine Spuren hinterließ …« Glitsky starrte ihn an und wartete.

Michael Durbin starrte zurück. »Wissen Sie was, Lieutenant? Ich habe freiwillig zugestimmt, mich heute mit Ihnen zu treffen, aber ich sage Ihnen hiermit, dass ich mir das nicht weiter anhören werde. Ich versuche, meine Familie zusammenzuhalten und die Tragödie mit meiner Frau zu verarbeiten, und ich habe nicht mehr die Energie, mit Ihnen noch länger zu diskutieren. Wenn Sie mich verhaften wollen, dann finden Sie gefälligst Beweise und buchten mich ein. Wenn nicht, machen Sie zum Teufel, dass Sie hier rauskommen. Ich habe genug damit zu tun, mein Leben wieder auf die Reihe zu kriegen und zu retten, was noch zu retten ist.«

Zum Abendessen hatten sich alle acht Mitglieder der erweiterten Familie zusammengefunden und luden sich nun ihre Teller mit Spaghetti und Fleischbällchen voll. Michael klopfte mit der Gabel an sein Weinglas und holte tief Luft. »Zunächst einmal«, sagte er, »möchten sich alle Durbins, bevor wir Mittwoch hier ausziehen, bei den Novios für die unglaubliche Gastfreundschaft bedanken, die ihr uns in den letzten zehn Tagen gewährt habt. Uns allen ist dadurch erst klar geworden, was das Wort *Familie* wirklich bedeutet – nämlich zusammenzuhalten, wenn die Zeiten am schwersten sind.

Zum Zweiten möchte ich hiermit auf Jon anstoßen, der wieder den Weg zurückgefunden hat.« Michael schaute seinen ältesten Sohn an. »Ich weiß, dass du noch immer Zweifel hast, aber ich bin mir sicher, dass auch die sich noch auflösen werden. Ich möchte dir dafür danken, dass du mir wieder dein Vertrauen geschenkt hast.«

Michael schaute weiterhin Jon an, obwohl seine Rede vor allem Peter und die Mädchen beruhigen sollte. Jon machte auch nicht den Eindruck, als wäre er inzwischen von der Version seines Vaters überzeugt, aber zumindest hatte er ihm einen Vertrauensbonus eingeräumt – und mehr konnte Michael unter diesen Umständen nicht erwarten. Seine Augen wanderten weiter zu Peter. »Und euch beiden dafür, dass ihr das Kriegsbeil begraben habt.«

»Und zu guter Letzt«, warf Kathy ein, »möchte ich auf Janice anstoßen: Wir werden dich immer lieben und vermissen.«

»So ist es«, sagte Chuck und hob sein Glas.

»Und jetzt«, sagte Kathy, »sollten wir mit dem Essen anfangen, bevor alles kalt ist.«

Die Spaghettischüssel war aber noch nicht einmal um den ganzen Tisch gewandert, als Jon das Wort ergriff. »Was war denn mit Glitsky, Dad? Worüber wollte er mit dir reden?«

Michael zog eine Grimasse. »Er ist frustriert, weil er nicht beweisen kann, dass Ro Curtlee an jenem Morgen in unserem Haus war.«

»Und wieso?«, fragte Chuck.

»Anscheinend hat das Hausmädchen ausgesagt, dass er an diesem Morgen zu Hause war – und Glitsky glaubt ihr. Also muss er nun jemand anderen aus dem Hut ziehen, damit er seine Kritiker zum Schweigen bringt. Er hat wegen Ro wohl viel schlucken müssen: dass er ihm alles habe anhängen wollen, ohne wirklich Beweise zu haben.«

»Und wie passt du da ins Bild?«, wollte Jon wissen.

»Gar nicht«, sagte Michael. »Er hat die gleichen Probleme mit mir. Aber ich habe den Eindruck, dass es inzwischen etwas eng für ihn wird. Er muss schnell eine andere Geschichte auftischen, weil er sonst selbst Riesenärger bekommt.« Er legte seine Gabel auf den Tisch. »Ich hatte eigentlich gehofft, dass wir dieses Thema nicht diskutieren würden, aber wenn wir schon mal dabei sind: Ich kann nicht ausschließen, dass sich Glitsky dazu entschließt, mich festzunehmen.«

»Nein, Daddy!« Allie fing an zu heulen. Sie sprang von ihrem Stuhl hoch, lief um den Tisch und umarmte ihren Vater. »Wie kann er so was machen? Du hast doch nichts getan.«

»Das stimmt. Ich habe nichts getan, also kann er mir auch nichts nachweisen. Aber sollte er es trotzdem probieren, müssen wir zusammenhalten« – er schaute Jon und Peter an –, »vor allem ihr Kinder.«

»Aber du glaubst doch nicht wirklich, dass er das tun wird?«, fragte Kathy.

»Ich wüsste nicht, wie er es ohne Beweise tun könnte. Aber er wollte ja auch Ro ohne Beweise verhaften. Ich habe keine Ahnung, was er zu tun gedenkt. Wahrscheinlich weiß er es selbst nicht mal. Aber es wäre vielleicht nicht die schlechteste Idee, sich darauf vorzubereiten.«

»Was die Polizei heutzutage für eine Macht hat«, sagte Chuck, »das ist schon erschreckend.«

Michael und Chuck saßen am Küchentresen und leerten den Rest des Weins, während Kathy mit dem Abwasch beschäftigt war. Die Kinder hatten sich in ihre Zimmer zurückgezogen, um Hausaufgaben zu machen und für Mittwoch zu packen. Die Diskussion über seine mögliche Verhaftung – so unwahrscheinlich sie auch war – hatte Michael im Lauf des Abends immer mehr zugesetzt. Er war inzwischen beim sechsten Glas Wein angekommen und stierte ins Glas.

»Ich weiß nicht, was ich dann mit den Kids machen würde«, sagte er.

»Sei doch nicht dumm«, antwortete Kathy. »Du weißt genau, dass wir sie natürlich wieder bei uns aufnehmen würden.«

Er lachte verbittert. »Genau, was ihr braucht – fünf Kinder statt zweien.«

»Natürlich würden wir sie aufnehmen«, sagte Chuck. »Aber die Situation wird gar nicht erst eintreten.«

»Es tröstet mich, dass du dir so sicher bist.«

»Du hast es doch selbst gesagt: Er kann keine Beweise haben, weil du nichts getan hast. Kein Beweis, kein Prozess.«

»Sollte er mich verhaften, kann ich bis zum Prozess aber lange in U-Haft schmoren.«

Kathy meldete sich zu Wort. »Wir würden umgehend deine Kaution stellen, Michael.«

»Nett von euch, aber muss ja nicht sein.«

»Nun«, sagte Chuck, »ich habe den Eindruck, dass wir das Pferd hier von hinten aufzäumen. Ich bin mir sicher, dass Glitsky weit davon entfernt ist, dich zu verhaften.«

»Ich hab heute mit ihm gesprochen, Chuck, und er ist näher dran, als du es wahrhaben willst. Und von mir ganz abgesehen – was wären die Folgen für die Kinder? Jon glaubt doch jetzt schon, dass ich möglicherweise der Mörder war. Wenn ich alle Kinder darüber verlieren sollte ...« Er griff zum Glas und trank einen Schluck. »Ich weiß nicht, was ich dann tun würde. Ich könnte nicht damit leben, dass sie mich in dieser Situation sehen.«

»Natürlich könntest du das«, sagte Kathy. »Du würdest kämpfen. Wir alle würden dagegen kämpfen.«

»Ich weiß nicht, ob es das wert wäre.«

»Aber natürlich.« Kathy kam um den Tresen, nahm Michaels halbvolles Glas, drückte ihm einen Kuss auf die Wange und ging dann wieder zur Küche, um das Glas auszuschütten. »Ich habe das Gefühl, dass dieses rote Zeug für deinen momentanen Seelenfrieden nicht gerade zuträglich ist. Niemand wird dich festnehmen! Und wenn doch, werden wir alle an deiner Seite stehen, um dich wieder rauszuholen. Okay? Hast du verstanden?«

»Okay.« Er seufzte tief auf. »Ich bin nur noch müde. Müde der Verdächtigungen, müde der Unterstellungen meines Sohns, müde, was Glitsky angeht, müde, ohne

Janice leben zu müssen. Einfach zu müde zum Leben. Punkt.«

»Sag so was nicht, Michael.«

Er schaute sie mit glasigen Augen an. »Oh«, sagte er, »na gut, dann sag ich es eben nicht.«

Mit einem unterdrückten Schrei schreckte Glitsky im Bett hoch. Er griff sich ans Herz und japste nach Luft.

Treya war umgehend wach, legte eine Hand auf seinen Rücken, die andere auf sein Herz. »Was ist los, Babe? Ist alles in Ordnung?«

Er schüttelte den Kopf und atmete weiter tief.

»Abe! Antworte mir. Ist es wieder dein Herz? Soll ich den Notarzt rufen?«

Endlich bekam er ein paar Worte heraus. »Nein, nein. Ich bin okay, ich bin okay.« Er sog noch einmal tief Luft ein und atmete sie wieder aus. »Ich muss aufstehen.« Und wollte aus dem Bett steigen.

»Untersteh dich! Du bleibst hier. Leg dich wieder hin.«

»Ich kann nicht.«

»Doch, du kannst sehr wohl. Beruhig dich mal.«

Er hockte weiter auf dem Bett. Langsam hob er den Arm und schob seine Hand auf die Hand seiner Frau, die noch immer über seinem Herzen lag. »Okay«, sagte er, als würde er mit sich selbst sprechen. »Okay.«

Treya flüsterte: »Wenn es kein Herzinfarkt war – was war es dann? Ein Albtraum?«

»Kein Albtraum«, sagte Glitsky. »Ich war nicht mal am Schlafen.«

»Was war es dann?«

»Janice Durbin«, sagte er. »Noch eine Kleinigkeit, die ich übersehen habe – und diesmal könnte es die entscheidende sein.« Er drehte sich zu ihr um. »Ich muss einfach aufstehen.«

»Abe, es ist mitten in der Nacht. Was willst du denn machen?«

»Ich weiß es nicht, aber an Schlafen ist nicht zu denken.«

41

Er wartete auf dem Parkplatz vor Janice Durbins Büro und sah, wie die vollschlanke Afroamerikanerin kurz vor acht aus ihrem Wagen stieg. Um nicht gleich mit der Tür ins Haus zu fallen, geduldete er sich – wenn auch nur mühsam – weitere zehn Minuten, betrat dann aber das Gebäude und ging zielstrebig zum Büro mit der Nummer 207.

Sie erkannte ihn sofort und begrüßte ihn freundlich. »Aber so leid es mir tut: Ihren Namen habe ich mir nicht gemerkt.«

»Glitsky«, sagte er, »Lieutenant Abe Glitsky.«

»Und ich heiße Roberta. Was kann ich für Sie tun, Lieutenant Glitsky?«

»Nun, Sie erinnern sich, dass ich gestern jemanden zu finden versuchte, der Janice Durbin in irgendeiner Form kannte. Möglicherweise habe ich die Frage falsch gestellt. Ich sprach mit Holly am Ende des Flurs, und sie erzählte mir, dass Janice ihr gegenüber eingeräumt habe, eine Beziehung zu einem anderen Mann zu haben – und dass besagter Mann offensichtlich mehrfach nach Büroschluss in dieses Gebäude kam. Mir fiel auf, dass Sie am Eingang Videokameras installiert haben, und ich frage mich nun, ob es vielleicht eine Aufnahme des Mannes oder seines Autos gibt.«

Roberta verkniff das Gesicht. »Aber das müsste schon eine Woche oder noch länger zurückliegen, nicht?«

»Genau. Mindestens elf Tage, vielleicht aber noch länger.«

Sie schnalzte mit der Zunge. »Tut mir leid, aber da werden wir wohl kein Glück haben. Wir haben in allen Gebäuden, die wir überwachen, einen Sieben-Tage-Zyklus. Wenn wir jemanden identifizieren müssen, dann geschieht das meist am nächsten Tag – bei einem Einbruch oder Sachbeschädigung beispielsweise. Sie kennen sich da ja sicher aus. Maximal sind es drei Tage, wenn ein Wochenende dazwischenliegt. Sind Sie sicher, dass der betreffende Zeitraum so weit zurückliegt?«

»Ich befürchte, ja – wenn nicht noch länger.« Glitsky kniff frustriert die Lippen zusammen. »Könnten Sie mir sagen, ob das Gebäude noch in irgendeiner anderen Form überwacht wird? Mir fiel auch auf, dass Sie Sicherheitssysteme an den Eingängen haben: Muss man einen Code eingeben, wenn man rein- oder rausgeht?«

»Genau, aber nicht während der regulären Öffnungszeiten – dann sind die Türen unverschlossen.« Doch dann schnippte Roberta mit den Fingern. »Warten Sie mal, vielleicht habe ich ja was für Sie.« Sie stand vom Schreibtisch auf und ging zu einem Hängeschrank an der Wand. »Wir haben einen Wachdienst, der nachts alle zwei Stunden vorbeikommt – von sechs Uhr abends bis morgens um acht. Jede Nacht. Sie kontrollieren das Gebäude und den Parkplatz. Die Mieter und ihre Patienten können den Parkplatz jederzeit nutzen, aber nachts ist er meist leer. Und wenn dort ein Wagen steht, der keinem der Mieter gehört, macht der Wachdienst eine kurze Notiz: Kennzeichen, Hersteller, Modell. Sollte er jedenfalls.« Sie griff in den Hängeschrank und holte zwei dünne Ordner heraus. »Hier sind die Unterlagen vom Januar und Dezember; die Unterlagen vom Februar liegen vermutlich noch beim Wachdienst. Sie können gerne mal reinschauen.«

Es war 15.45 Uhr, als Novio von seiner letzten Unterrichtsstunde in sein Büro zurückkam und sein Handy anschaltete. »Chuck, Michael hier«, hörte er. Durbins Stimme klang heiser und gequält. »Bitte ruf zurück, sobald du dies hörst. Es ist dringend.«

Stirnrunzelnd fragte er sich, was seinen Schwager wohl so aufgewühlt hatte, tippte umgehend »Rückruf« bei seinem iPhone und wartete auf die Verbindung.

Michael ging dran, kaum dass das erste Klingeln ertönt war. »Chuck. Gott sei Dank. Wo steckst du?«

»In meinem Büro. Packe gerade meine Sachen.«

»Können wir uns sofort in Janices Büro treffen?«

»In Janices Büro?«

»Ja.«

»Klar. Stimmt was nicht?«

»Gar nichts stimmt. Ich habe gerade mit Glitsky gesprochen. Er ist auf dem Weg zu deinem Haus, um mich zu verhaften. Ich musste sofort verschwinden. Und in den Knast geh ich nicht.« Er machte eine Pause. »Ich hab mein Gewehr dabei.«

Novio fluchte. Und dann: »Mach keine Dummheiten, Michael. Ich werde gleich da sein.«

Nicht einmal zehn Minuten später klopfte Chuck an Janices Bürotür.

»Komm rein.«

Michael saß auf einem der beiden Sofas, die gefalteten Hände auf dem Schoß. Er sah aufgedunsen aus, ausgelaugt von Übermüdung und Stress. Sein Gewehr lag auf einer Ablage neben ihm. Der Lauf war aufgeklappt, die Messingränder der Patronen waren zu sehen.

Das Gewehr war geladen.

Chucks Blick wanderte von Michael zum Gewehr und zurück. Vorsichtig schloss er die Tür hinter sich und drehte sich wieder um. »Was soll das?«, fragte er und deutete auf das Gewehr. »Was hat das Ding hier verloren?«

»Ich hab dir doch gesagt, dass ich nicht in den Knast gehen werde, Chuck.«

»Natürlich wirst du das nicht.«

»Ich meine, dass ich *unter keinen Umständen* ins Gefängnis gehen werde. Wenn Glitsky kommt und mich einsperren will, werde ich ihm diese Freude nicht machen. Ich werde nicht zulassen, dass er die Kinder in diese Sache reinzieht – in einen Prozess mit mir als Mordverdächtigem.«

»Die Kids würden auch das überleben, Michael. Sie würden viel mehr leiden, wenn du nicht mehr für sie da wärst.«

»Ich weiß nicht, ob das stimmt.«

»Ich garantiere dir, dass das stimmt.« Chuck hatte sich auf die Kante des Ledersessels gesetzt. »Wir werden für dich den besten Anwalt der ganzen Stadt engagieren und …«

Michael hielt abwehrend eine Hand hoch und schüttelte den Kopf. »Das wird nicht passieren. Um ehrlich zu sein: Überhaupt nichts in dieser Art wird passieren.«

»Nichts in dieser Art? Was meinst du damit?«

»Nun, ich dachte mir, dieses Büro sei der ideale Ort, um den großen Schlussstrich zu ziehen. Die kosmische Balance sozusagen. Janice hat mich betrogen – und ich schieße mir in ihrem Büro das Hirn aus dem Schädel. Verstehst du, was ich meine?«

»Es gibt keinen Grund, einen Schlussstrich zu ziehen, Michael. Wenn du es nicht getan hast …«

»Was meinst du damit: *wenn* ich es nicht getan habe?« Michael rutschte auf dem Sofa nach vorne und fuhr mit kratziger Stimme fort: »Von allen Leuten müsstest du doch am besten wissen, dass ich es nicht getan habe. Und weißt du auch, warum du es so gut weißt?«

»Keine Ahnung.« Chuck blieb ruhig und gefasst und schien nur am Wohl seines Schwagers interessiert. »Ich weiß nur eines: Wenn du mir sagst, dass du es nicht warst, dann warst du es auch nicht.«

Erschöpft ließ sich Michael zurück aufs Sofa fallen. »Mein Gott, du bist einfach gut.«

Wie ein neugieriger Vogel legte Chuck seinen Kopf zur Seite. »Wovon redest du, Michael? *Gut* worin?«

Michael hatte inzwischen wieder die Fassung zurückgewonnen und richtete sich auf. »Vielleicht war ich ja wirklich kurz vor dem Punkt, meinem Leben ein Ende zu setzen, Chuck. Es wäre sinnlos vergeudet gewesen, weil ich ja weiß, dass ich unschuldig bin. Während ich also hier sitze und mich selbst von dem Gedanken abzubringen versuche, muss mein Hirn wohl Überstunden eingelegt und sich an etwas erinnert haben, was du vor einiger Zeit mal gesagt hast.«

»Etwas, das ich gesagt habe?«

Michael nickte. »Es war das erste Wochenende nach Janices Tod. Du erzähltest davon, dass Glitsky dich auf all die Telefonate angesprochen habe, die von Janices Handy aus zwischen dir und ihr geführt wurden. Und du sagtest ihm, dass du eine Überraschungsparty für Kathys Geburtstag planen würdest – und das die vielen Telefonate erklären würde. Erinnerst du dich?«

»Natürlich.«

»Tatsache ist aber, dass eine Überraschungsparty nie geplant war – weder von dir noch von Janice.«

Chuck machte ein reuiges Gesicht, als sei er ertappt worden. »Ich weiß«, sagte er. »Sie bekam Wind davon, und wir mussten den Überraschungsteil der Party wohl oder übel vergessen. Aber ich wüsste nicht, was daran so anrüchig sein sollte. Ich habe kein Geheimnis daraus gemacht.«

»Nein? Das ist seltsam. Denn als ich anfing, mir über diese Telefonate Gedanken zu machen, kam mir in den Sinn, dass *du* vielleicht derjenige warst, der die Affäre mit Janice hatte …«

Wie vom elektrischen Schlag getroffen, zuckte Chuck zusammen. »Nun halt aber mal die Luft an! Du hast wohl den Verstand verloren, Michael. Janice und ich hatten …«

Michael unterbrach ihn. »Und dann fielen mir all die Abende ein, an denen sich Janice angeblich um einen Patienten kümmern musste, während du noch eine Spätschicht auf dem College schobst. Und wo hätten eure Begegnungen wohl stattgefunden? Doch wahrscheinlich genau hier. Und da ich ohnehin schon mal hier war, hab ich bei der Sicherheitsfirma gleich am Ende des Gangs vorbeigeschaut. Das war vor ein paar Stunden. Hast du gewusst, dass sie jedes Fahrzeug registrieren, das nachts hier parkt? Schriftliche Unterlagen, Chuck! Mit Autokennzeichen. Was sagst du nun? Willst du mir vielleicht erzählen, dass es eine andere Person in diesem Gebäude war, die du besucht hast? Oder dass du inzwischen einer von Janices Patienten warst? Und du warst ja auch gleich zur Stelle, als ich dich vorhin anrief – du musstest nicht mal nach dem Weg fragen.«

Für einen Moment herrschte eine gespenstische Stille, in der nur das Atmen beider Männer zu hören war. Nach einer Weile ließ Chuck die Schultern hängen. »Wir hatten es nicht geplant, Michael«, sagte er. »Es war eine dieser Sachen, die aus heiterem Himmel einfach passieren. Wir wollten auch wieder Schluss damit machen. Wir wollten niemanden in unseren Familien verletzen. Es tut mir unendlich leid.«

Von der Tragweite des Geständnisses schockiert, ließ Michael seinen Kopf auf die Brust sinken. Als er wieder hochblickte, fragte er mit heiserer Stimme: »Und warum musstest du sie dann umbringen?«

Chuck riss die Augen auf, als würde er seinen Ohren nicht trauen. »Michael, ich hab sie nicht umgebracht. Ich schwöre bei Gott. Ich hatte keinen Grund, sie umzubringen. Ich habe sie doch geliebt.«

»Und weil du sie so geliebt hast, hast du gleichzeitig noch eine andere Frau gevögelt, oder?«

»Ich habe nicht …«

»Chuck, sie hatte Chlamydien. Und die holt man sich nicht auf der Toilette, und sie hatte sie auch nicht von mir. Janice hat sie sich bei dir eingefangen. Und hat sie dir angehängt? Eine deiner Studentinnen vielleicht?«

Chuck hielt Michaels Blick stand, bis sein Widerstand brach. Nun war er es, der den Kopf hängen ließ und laut stöhnte. Als er wieder aufschaute, sah er, wie Michael sich Tränen aus den Augen wischte. Plötzlich schoss er aus dem Sessel hoch, griff zum Gewehr, schloss den offenen Lauf und richtete ihn auf Michaels Brust.

»Du gottverdammter Idiot«, schrie er. »Warum glaubst du Narr, dich da einmischen zu müssen?« Er lachte kurz und zynisch auf. »Du und Janice, ihr habt euch wirklich gegenseitig verdient. Willst du wissen, was passiert ist? Zufällig ging eine meiner Studentinnen zu ihr in Therapie – und heulte sich prompt darüber aus, dass sie angeblich missbraucht wurde.«

Novio steigerte sich immer mehr in Rage. »Alles, was sie wollen, ist ein ›Sehr Gut‹ im Zeugnis. Und sie haben nicht die geringsten Probleme, dafür die Beine breitzumachen. Aber Janice meinte, so etwas sei *verwerflich*. Es gehe hier nicht nur ums Ficken – nein, ich würde die armen Studentinnen ausbeuten.«

Er presste seine Hände so fest gegen das Gewehr, dass sich seine Knöchel weiß abzeichneten. »Und deshalb war sie nicht nur wütend – nein, sie bauschte es gleich zu einem moralischen Kreuzzug auf. Und weißt du, was sie machen wollte? Sie wollte nicht nur bei Kathy beichten, sondern auch zum College laufen und alles meinem Direktor erzählen! Kannst du dir das vorstellen?«

»Sicher, kann ich.«

»Nun, für mich wäre es das Ende der Fahnenstange gewesen. *Kapierst du das?* Es stellte sich nämlich heraus, dass die kleine Nutte erst siebzehn war. Als ob ich das hätte wissen können!«

Er sprach wieder leiser, um seinen Worten noch mehr Dringlichkeit zu verleihen. »Und das wäre Unzucht mit Minderjährigen gewesen, mein Freund. Janice war allen Ernstes gewillt, die Cops anzurufen und mich in den Knast stecken zu lassen. Sie wollte auch nicht zugeben, dass das ihre persönliche Abrechnung mit mir sei – nein, es ging angeblich nur um ihren Ethos als Therapeutin. Sie sei *verpflichtet,* jeden sexuellen Missbrauch zu melden.«

Michael hatte sich auf dem Sofa zurückgelehnt, die Augen auf den doppelten Gewehrlauf gerichtet. »Und was gedenkst du jetzt zu tun? Willst du mich vielleicht auch umbringen?«

Chuck lachte erneut kalt auf. »Ich? Den Teufel werde tun. Ich befürchte, dass ich einfach nicht schnell genug hier war, um dir noch helfen zu können. Ich kam gerade zur Tür rein, als mein armer Schwager – in Erwartung seiner Verhaftung – den Abzug drückte und sich selbst ins Jenseits beförderte.«

Chuck trat einen Schritt vor. »Und nebenbei: Danke für den Tipp, dass Schrotflinten keine forensischen Spuren hinterlassen.« Er kam immer näher heran, spannte beide Hähne und ging mit einem Knie auf den Boden. »Ich mag diesen Winkel«, sagte er. »Sieht so aus, als hättest du selbst den Lauf gegen die Kehle gerichtet.«

Er drückte beide Abzüge.

Glitsky hatte Bracco und den drei anderen Polizisten gerade das Signal gegeben, Janice Durbins Büro zu stürmen, als sie den Knall hörten. Mit gezückten Waffen stürmten sie ins Zimmer.

»Gewehr auf den Boden, Hände hoch«, schrie Glitsky. »Das Gewehr!«

Chuck Novio ließ das Gewehr zu Boden fallen. Er stand fassungslos da und starrte auf den unverletzten Michael Durbin, als sehe er ein Gespenst. »Was zum Teufel …?«

Ein paar kräftige Hände griffen nach seinen Armen, bogen sie auf seinen Rücken und legten ihm Handschellen an.

Glitsky war schon zu Durbin rübergegangen und suchte nach Verbrennungen oder anderen Verletzungen.

»Ich glaub, ich bin okay«, sagte Durbin. »Vielleicht ein bisschen taub.«

»Sie haben sich tapfer geschlagen«, sagte Glitsky. »Ganz hervorragend geschlagen.«

Hinter ihnen belehrte Bracco gerade Chuck Novio über seine Rechte – dass er zu keiner Aussage verpflichtet sei, aber jede seiner Aussagen gegen ihn verwendet werden könne.

Glitsky drehte sich wieder zu Durbin. »Tut mir leid, dass wir nicht eher reinkamen. Wir dachten, er würde uns vielleicht noch etwas mehr Zeit geben, aber alles ging dann rasend schnell. Aber das Gute ist, dass Sie unverletzt sind und wir alles auf Band haben. Was für ein Geständnis!«

Als die Polizisten Durbin zum wartenden Wagen abführten, versuchte Durbin auf die Füße zu kommen, stellte aber schnell fest, dass ihn die Kräfte verließen. »Ich muss für eine Minute sitzen, Lieutenant«, sagte er. »Meine Beine wollen einfach nicht. Ich glaube, ich werde ohnmächtig. Jesus Christus! Arme Kathy. Und die armen Mädchen.«

»Atmen Sie tief durch«, sagte Glitsky. »Legen Sie Ihren Kopf auf die Knie. Über all diese Sachen könnnen Sie später immer noch nachdenken. Im Moment sind Sie einfach nur ein echter Held.«

»Wie ein Held fühle ich mich nun wirklich nicht.«

»Willkommen im Club«, sagte Glitsky. »Das geht fast allen so.«

42

»Es gab keine Beweise«, sagte Glitsky. »Selbst als ich mir ziemlich sicher war, diesmal den Richtigen zu haben, fehlten mir die Beweise. Ich musste ihn in eine Falle locken.«

Er saß in einer Ecke bei »Lou The Greek«, zwei Tage nach Novios Verhaftung. Es war bereits früher Nachmittag, und insofern sah sich niemand gezwungen, das Mittagsmenü zu bestellen (»Zicklein im Tontopf« bereits zum zweiten Mal diese Woche). Abe trank eisgekühlten Tee, während sich Vi Lapeer und Amanda Jenkins an ihrer Cola Light festhielten. Es war trotz allem kein ungezwungenes Beisammensein. Lapeer war in Glitskys Büro gekommen, um sich den Ablauf der Ereignisse erklären zu lassen, damit sie später Glitsky gegen mögliche Vorwürfe des Bürgermeisters verteidigen könnte. Jenkins, die die Staatsanwaltschaft im Prozess gegen Chuck Novio vertreten würde, wollte grundsätzlich alle Informationen, die für sie von Interesse sein konnten.

»Aber wie sind Sie überhaupt auf ihn gekommen?«, wollte Lapeer wissen.

»Nun, es fiel mir zunächst nicht auf – oder um ehrlich zu sein: Es wäre fast völlig an mir vorbeigegangen –, dass er mich ganz am Anfang belogen hatte. Bei unserem ersten Gespräch fragte ich ihn, warum er Dauergast auf Janices Handy gewesen sei – und er antwortete, dass er und Janice eine Überraschungsparty für seine Frau organisieren wollten. Später erzählte mir Kathy, seine Frau, dann allerdings, dass sie alle eine Riesenfeier für ihren vierzigsten Geburtstag planen würden. Sie war an der Planung beteiligt – insofern konnte es auch keine große Überraschung mehr sein. Glücklicherweise fiel mir dieser Widerspruch noch gerade rechtzeitig auf.«

Lapeer war die Sache immer noch suspekt. »Und nur aufgrund dieser einen Lüge riskieren Sie das Leben eines Bürgers?«

»Nun, zwei Sachen: Zum einen war es nicht nur die eine Lüge. Die Lüge führte mich zu Novio und Janice, und das wiederum führte mich zu dem Wagen auf dem Parkplatz.«

»Noch immer ein weiter Weg bis zum Mord.«

»Zugegeben. Aber ich hätte nie das Leben eines Menschen riskiert – ob Zivilist oder Polizist –, wenn das alle Indizien gewesen wären. Als ich einmal Novio im Kopf hatte – und ich gebe zu, dass der Druck von Mr. Crawford und den Curtlees mir mächtig zu schaffen machte –, setzte ich mich in einer Nacht an den Computer und surfte im Web. Novio hat bei Google etwa 15 000 Einträge.«

»15 000?«, fragte Jenkins.

Glitsky nickte und nippte an seinem Tee. »Und prompt fand ich das, was ich suchte, in etwa fünf Minuten.«

Jenkins starrte ihn an. »Sie belieben zu scherzen.«

»Okay«, sagte Glitsky, »es waren wohl mehr drei Stunden – und selbst da hatte ich noch Glück.«

»Entschuldigung, Abe, aber wonach haben Sie denn gesucht?«

»Alles und nichts, ich weiß es nicht. Ich wusste nur, dass er mich angelogen hatte – und dass diese Lüge mit einer Frau zusammenhing, mit der er eine Affäre hatte.«

Jenkins wurde ungeduldig. »Also, was haben Sie gefunden?«

»Zwei Artikel aus einer kleinen Zeitung in New England. 1995 fiel sein Name in einem Skandal, bei dem einige Professoren offenbar gute Noten gegen Sex verteilt hatten. Im zweiten Artikel hieß es dann, dass die Vorwürfe zurückgezogen worden seien, nachdem eine gütliche Einigung erzielt wurde.«

Jenkins nickte. »Sie haben es vertuscht, dem Mädchen etwas Geld in die Hand gedrückt und ihn dann mit einer Empfehlung nach San Francisco abgeschoben.«

»So sieht's wohl aus«, sagte Glitsky. Er kaute auf einem Eiswürfel. »Also, Boss. Ich hatte Janices Affäre, Novios Sex mit Schülerinnen, die Chlamydien und die Lüge. Also machte ich mich auf zu Janices Praxis und fand heraus, dass sein Wagen dort nachts geparkt war – was wirklich der schlagende Beweis war. Jetzt hatte ich die Affäre mit Janice, aber noch keine Beweise und noch keinen Mord.«

»Okay«, meinte Lapeer, »aber hier wird's für mich ein wenig unübersichtlich. Sie wenden sich also an Michael Durbin. Warum an ihn?«

»Seine Frau war das Mordopfer, Boss. Er wollte den Mörder hinter Riegeln sehen – egal, wer es war. Und wenn Sie die Wahrheit wissen wollen: Ich hatte zwar die Idee, das Büro zu verwanzen, aber er machte den Vorschlag mit dem Gewehr – und das war einfach brillant. Und vergessen Sie nicht: Novio hätte alles rigoros abgestritten, wenn wir ihn verhört hätten – selbst wenn wir ihm die Affäre nachweisen konnten. Ihn dazu zu bewegen, über den Mord zu sprechen, war nur in einer Situation möglich, in der er sich abolut sicher fühlte.«

»Aber er hätte Durbin erschießen können.«

Glitsky schüttelte den Kopf. »Eher nicht. Nicht einmal ansatzweise vorstellbar, da die Patronen in den beiden Läufen ja leer waren. Im schlimmsten Fall hätte er sich ein paar Verbrennungen zugezogen.«

»Schwere Verbrennungen. Und dann hätte er die Stadt auf eine Trillion Dollar verklagt.«

»Stimmt.« Er schaute ihr in die Augen. »Durchaus im Bereich des Möglichen. Aber um ehrlich zu sein: Es war mir egal. Und Michael hätte so etwas auch nie gemacht.

Ich weiß seit dem Curtlee-Prozess, dass er ein Gerechtigkeitsfanatiker ist. Er stand zu seinen Prinzipien und akzeptierte die Konsequenzen. Als er von der Affäre zwischen Novio und Janice erfahren hatte, war er auch voll auf unserer Seite. Am Boden zerstört, aber voll auf unserer Seite.«

»Also«, sagte Jenkins, »lassen Sie uns doch noch mal zum Ausgangspunkt zurückkehren: Was veranlasste Novio zu seinem Plan? Die Tatsache, dass Ro wieder auf freiem Fuß war?«

»Genau«, sagte Glitsky. »Janice hatte Novio gerade darüber unterrichtet, was sie mit ihm zu tun gedachte. Sie war nur nicht schnell genug, ihr Vorhaben in die Tat umzusetzen. Und dieses Zögern – ein paar Tage vielleicht, maximal eine Woche – war es, das ihr zum Verhängnis wurde. Unser Chuckie geht natürlich davon aus, dass sein Leben ruiniert ist und er ins Gefängnis muss – was ja durchaus realistisch ist. Zur gleichen Zeit wird Ro aus dem Gefängnis entlassen und fackelt Felicia Nuñez' Apartment ab. Novio weiß von der Verbindung zwischen Ro und Durbin und hat eine brillante Idee: Ich arrangiere es so, dass der Verdacht auf Ro fallen muss. Und wenn ich schon mal dabei bin, kann ich auch gleich Michaels Gemälde zerstören. Und wieder deutet alles auf Ro.« Glitsky machte ein zerknirschtes Gesicht. »Und ich hätte ihm fast geholfen, mit diesem Plan tatsächlich durchzukommen.«

Lapeer streckte ihre Hand über den Tisch. »Ob man da von ›fast‹ sprechen kann, Abe? Ich würde mir deswegen nicht den Kopf zerbrechen. Aber vielleicht können Sie mir für den Fall, dass die ganze Sache auf, sagen wir mal, höherer Ebene zur Sprache kommt, und das wird sie, mir ja noch offiziell bestätigen, dass Michael Durbin aus freien Stücken an dieser Aktion teilgenommen hat?«

Glitsky nickte bedächtig, überlegte und nickte dann noch einmal. »Das wäre mit Sicherheit nicht die Unwahrheit.«

Seit dem Blutbad am letzten Freitag war in den Geschäftsräumen des »Courier« der Teufel los. Cliff und Theresa Curtlee hatten ihren Verlag stets an der kurzen Leine geführt, und ohne ihre Anwesenheit war das Boot umgehend aus dem Ruder gelaufen. Zwischen dem Chef vom Dienst, dem Chefredakteur und dem Chef der Anzeigenabteilung war bereits ein offener Machtkampf entbrannt. Die Aktie war in den Keller gerauscht, und Gerüchte um die feindliche Übernahme durch einen anderen Verlag machten die Nervosität unerträglich.

Auch an Sheila Marrenas waren die Ereignisse nicht spurlos vorbeigegangen. Sie hatte bereits vier Kolumnen verfasst, in denen sie die Curtlees und ihr Vermächtnis mit den wärmsten Worten gepriesen hatte. Und natürlich hatte sie gleichzeitig auf die Polizei und den Staatsanwalt eingedroschen und ihnen die gewissenlose Verfolgung von Ro Curtlee vorgeworfen – eines Mannes, »dessen einzige Schuld darin bestand, aus einer Familie zu stammen, die es wagte, den Filz der städtischen Polizeibehörde ans Tageslicht zu zerren, während diese vor keinem schmutzigen Trick zurückschreckte, um ihn seiner bürgerlichen Rechte zu berauben«.

Durch ihre Informanten im Justizgebäude hatte sie bereits am Montag erfahren, dass Janice Durbin definitiv nicht von Ro Curtlee ermordet worden war. Und hatte mit ihrer ganz eigenen Logik daraus geschlossen, dass er auch an den anderen Morden unbeteiligt gewesen war.

Sie saß gerade an ihrer Kolumne für die Freitagsausgabe, in der sie die ungeheuerliche Tat Linda Salcedos als die einer geistig unterbelichteten, emotional vergrätzten Hausangestellten beschrieb. Ihr Artikel sollte eine der gefühlsduseligen Breitseiten werden, die ihr so leicht aus der Feder flossen, doch als sie gerade um eine saftige Formulierung rang, stürmte urplötzlich ein Mann durch ihre Tür.

Wer hat diesen Mann reingelassen? Wieso hat das Personal beim Empfang ihn nicht aufgehalten?

Sie stand auf, schaute ihn kurz an, ihre Hände wanderten schon zum Telefon, um den Sicherheitsdienst zu rufen. Ihre Augen blitzten empört auf, dass jemand es gewagt hatte, unangemeldet in ihre Privatsphäre einzudringen. »Was zum Teufel …« Aber dann erkannte sie ihn. Sie legte den Telefonhörer wieder zur Seite und lehnte sich, auf die Hände gestützt, auf ihren Schreibtisch. »Sie sind Michael Durbin.«

»Stimmt.« Durbin trug Jeans, eine Windjacke und eine Stofftasche des San Francisco Mystery Bookstore über seiner Schulter. »Wie geht's Ihnen heute Morgen?«

»Gut«, antwortete sie, »aber wie Sie sehen, bin ich gerade mit meiner Kolumne beschäftigt. Normalerweise empfange ich keine Besucher, bis der Artikel geschrieben ist.« *Ich will Köpfe rollen sehen,* dachte sie sich. *Wer immer den Clown reingelassen hat, wird dafür büßen.* Mit einem gequälten Lächeln sagte sie: »Aber da Sie nun schon mal da sind, kann ich sicher einige Minuten erübrigen. Was kann ich für Sie tun? Wollen Sie sich nicht setzen?«

»Das wäre sehr nett. Danke.« Er griff sich einen Stuhl von der Seite ihres Schreibtischs.

Nachdem er sich gesetzt hatte, nahm auch Marrenas wieder Platz. »Nun?«

Durbin kniff die Lippen zusammen und atmete dann noch einmal tief durch. »Nun, Sheila – haben Sie etwas dagegen, wenn ich Sie Sheila nenne? –, mir fiel auf, dass Sie in den letzten Tagen alles darangesetzt haben, Ro Curtlee reinzuwaschen und dabei auch alle Interna der Ermittlungen auszuplaudern.«

»Richtig. Genau das tue …«

Durbin hob seine Hand und unterbrach sie. »Ich weiß nur zu gut, was Sie tun, Sheila. Ich weiß es besser als jeder andere. Ich bin gekommen, um Sie darüber aufzuklären, welchen *Schaden* Sie verursachen. Um Sie wissen zu lassen, dass Sie mich und meine Familie fast zerstört hätten – dass wir nun aber nur noch stärker aus dieser Krise hervorgegangen sind.«

»Ich freue mich, das zu …«

Durbin unterbrach sie wieder. »Bitte. Sie und Ihre journalistischen Giftschleudern hatten meinen Sohn Jon fast davon überzeugt, dass ich der Mörder seiner Mutter sei.«

Marrenas senkte ihren Blick. »Tut mir leid, das zu hören. Ich habe mich auf die Fakten bezogen, die damals zur Verfügung standen. Denn das möchte ich festhalten: Ich habe nichts geschrieben, das den Tatsachen nicht entsprach. Sollten Sie also mit dem Gedanken spielen, mir eine Klage ans Bein zu binden, sollten Sie es gleich wieder vergessen.«

»Ich habe keinen Zweifel, dass Sie sich Ihre Verleumdungskampagnen auf diese Weise schönreden: Man nimmt nur die Fakten, die einen in den Kram passen, ignoriert alle anderen und wäscht danach seine Hände in Unschuld.«

Marrenas fuhr empört hoch. »Ich bin keine verantwortungslose Journalistin, Mr. Durbin. Ich bin eine investigative Reporterin.« Sie zeigte auf all die Urkunden und Auszeichnungen, die an ihrer Wand hingen. »Die Dinger findet man nicht in einer Packung Frühstücksflocken.«

»Daran zweifle ich auch nicht. Aber darf ich Sie vielleicht mit ein paar Tatsachen vertraut machen. Wenn Sie wollen, können Sie sich gerne Notizen machen. Zum Ersten, und das ist die wichtigste Tatsache: Ich habe meine Frau nicht umgebracht. Zweitens: Ich liebe meine Kinder. Drittens: Da ich Janice nicht ermordet habe, konnte die vermeintliche Affäre mit meiner guten Freundin Liza Sato auch nicht das Motiv für den Mord sein, oder? Dass sie mich im Büro verteidigt hat, war nichts als die Loyalität einer Freundin – und nicht etwa der Versuch, beim Verschleiern eines Mordes behilflich zu sein. Können Sie mir bis dahin folgen?«

Marrenas zuckte herablassend mit der Schulter.

Durbin fuhr fort: »Und zum Abschluss möchte ich Sie mit meinen wundervollen Plänen für die Zukunft vertraut machen. Ich werde Janices Lebensversicherung nehmen und einen Teil der Hausratsversicherung und ein neues Haus bauen. Und ich werde wieder meine Karriere als Maler aufnehmen, die dank Ihnen vor zehn Jahren so abrupt endete. Wie finden Sie das?«

»Gut«, sagte Marrenas, doch ihre wachsende Nervosiät war nicht zu übersehen. Unruhig wanderten ihre Augen von Durbin zur Tür hinter ihm. »Das klingt doch alles sehr positiv. Ich freue mich, dass sich die Dinge für Sie zum Guten wenden. Aber ich muss wirklich darauf bestehen, dass Sie mein Büro jetzt verlassen.«

Durbin verlagerte sein Gewicht auf dem Stuhl. »Kein Problem, aber eines möchte ich Sie doch noch wissen lassen: Sollte mein Name erneut in Ihrer Kolumne auftauchen, werde ich mit dem verbleibenden Geld einen Killer engagieren, der Sie bis in die letzte Ecke dieser Welt verfolgen und wie Ungeziefer zertreten wird. Denn genau das sind Sie: parasitäres Geschmeiß.«

Sie konnte ihn nur noch sprachlos anstarren.

»Sollten Sie meine Aussage allerdings nicht ernst nehmen«, fuhr Durbin fort, »wäre es vielleicht sinnvoller, es gleich an Ort und Stelle über die Bühne zu bringen.«

Durbin griff in seine Stofftasche und holte eine kleine Pistole heraus.

Sie riss die Augen auf. Panisch streckte sie die Hände in die Luft. »O mein Gott, tun Sie's nicht. Bitte! O mein Gott, ich habe mir gerade in die Hose gemacht. Es tut mir so leid. Ich wollte niemanden verletzen. Ich wollte doch nur meinen Job machen. Bitte, bitte, tun Sie es nicht …«

Durbin konnte sich ein Grinsen nicht verkneifen. »Gut«, sagte er. »Sieht so aus, als hätte ich Ihre ungeteilte Aufmerksamkeit. Ich werde jetzt eine berühmte Stelle aus dem Film ›Die Reifeprüfung‹ zitieren, Sheila: ›Plastik!‹« Er legte die Spielzeugpistole auf ihren Schreibtisch. »Behalten Sie sie als Souvenir, damit Sie mich nicht vergessen. Und verschwenden Sie keinen Gedanken daran, die Polizei zu benachrichtigen. Denn was hätte ich mit einer Plastikpistole schon anstellen können? Und ich bin mir sicher, dass sie sich der Meinung anschließen würden, die Sie in Ihrer Kolumne über Ro Curtlee so überzeugend vertreten haben: dass es doch gar nicht so schlimm ist, Leute zu bedrohen. Aber vergessen Sie nie, was ich Ihnen gesagt habe: Wenn mein Name noch einmal in Ihrer Kolumne auftaucht, werde ich Sie töten lassen. Und nun« – er lächelte sie an – »wünsche ich Ihnen noch einen schönen Tag.«

43

Frannie Hardy kam am Sonntagvormittag nach Hause zurück, als sich ihr Gatte gerade sein Frühstück in der gusseisernen Pfanne zubereitete, die gewöhnlich an einem riesigen Fischhaken über dem Herd hing. »Wo warst du denn?«, fragte er. »Ich hab mir fast schon Sorgen gemacht?«

»Das mag ich so an dir«, sagte sie. »Diese ›fast schon‹-Sorgen, die du dir immer um mich machst.«

»Ich such halt immer nach der richtigen Dosierung«, antwortete Dismas Hardy. »Man will schließlich nicht voreilig in Panik verfallen und sich unnötig Sorgen machen.« Er deutete auf seinen Teller. »Möchtest du was? Ist genug da.«

»Danke. Leg ruhig los.« Sie setzte sich zu ihm an den Tisch.

»Wo warst du denn nun?«, fragte er. »Und sag nicht ›die Galapagos-Inseln‹ oder ›Ukraine‹ oder sonst was Spinnertes.«

»Ich war in der Kirche«, antwortete sie.

»Ich sagte doch: keine Fantasieziele.«

»Ich mache keine Scherze, ich war wirklich in einer Kirche. Ich könnte dir sogar den Namen der Kirche nennen, falls dich das interessieren sollte.«

Hardy legte seine Gabel ab und schaute sie an. »Das ist ja grundsätzlich eine löbliche Aktion, vor allem an einem Sonntagvormittag, aber trotzdem mache ich mir nun ernsthaft Sorgen. Ist alles okay mit dir?«

»Alles im grünen Bereich – wir, die Gesundheit, unsere Kinder, alles bestens.«

»Aber …?«

»Erinnerst du dich daran, als Abe neulich hier war und mit dir über die Nachwehen dieses ganzen Ro-Curtlee-Wahnsinns sprach? Und er erwähnte, dass eigentlich alles mit dem Tod dieser armen Felicia Nuñez angefangen habe, die auch eins seiner ersten Opfer war.«

»Ich erinnere mich sehr gut. Was ist mit ihr?«

»Na ja, aus irgendeinem Grund musste ich immer an sie denken. Stell dir vor: Da kommt ein junges Mädchen voller Hoffnung aus Guatemala in dieses Land. Sie wird vom Sohn ihres Bosses vergewaltigt – und macht dann das völlig Richtige und sagt gegen ihn aus. Dann arbeitet sie bei einer Reinigungsfirma, lebt allein, hat vermutlich nie wieder einen Partner, weil sie sich wegen der Vergewaltigung viel zu sehr schämt. Und kaum ist Ro aus dem Gefängnis, bringt er sie um und verbrennt ihre Leiche.« Frannie griff zu Hardys Serviette und trocknete ihre Tränen. »Es ist einfach so unfassbar ungerecht.«

»Hey.« Hardy stand auf, ging um den Tisch und legte seinen Arm um sie. »Hey«, sagte er noch einmal behutsam. Er küsste sie auf den Kopf, und sie lehnte sich an ihn.

Nach einer Minute seufzte sie auf. »Ich weiß selbst nicht, warum, aber mitten in der Nacht fielen mir wieder Abes Worte ein, dass es niemanden gäbe, der sie betrauern würde. Niemanden, der kommen und zumindest ihre Leiche abholen würde. Und das hat mich einfach so unendlich traurig gemacht. Also bin ich zur Kirche gegangen, hab eine Kerze angezündet und für sie gebetet. Ich weiß, dass es banal ist und wahrscheinlich abergläubisch, aber ich dachte …«

»Das ist wundervoll von dir«, sagte Hardy. »Und du bist eine wundervolle Frau.«

»Das wollte ich damit nicht gesagt haben, aber … zumindest war es eine kleine Geste für jemanden, der nie etwas gehabt hat, dem das Leben nicht einmal eine kleine Chance gewährt hat. Verstehst du, was ich sagen will? Ich hatte das Gefühl, einfach irgendwas unternehmen zu müssen. Damit sie zumindest – wenn es so etwas gibt – in Frieden ruhen kann. Verstehst du?«

Hardy nahm sie noch einmal fest in den Arm. »Amen.«

Da das Geschenk, das sie für Zachary Glitskys vierten Geburtstag gekauft hatten, ein reichlich sperriges Elektro-Keyboard war, hatte Hardy seine Frau mit dem Geschenk vor Glitskys Haus abgesetzt, um sich dann auf die Suche nach einem Parkplatz zu machen. Als er endlich an der Haustür klingelte, hörte er Glitskys Schritte im Flur und dann die Frage: »Wer ist da?«

»Der Osterhase.«

»Dann bist du aber ein paar Wochen zu früh dran.«

»Der Osterhase hat halt einen großen Hops nach vorne gemacht. Guter Spruch, was?«

»Ein echter Schenkelklopfer.«

»Und, machst du jetzt die Tür auf?«

»Nur wenn du Bitte sagst.«

Als Wes Farrell und Sam Duncan zehn Minuten später bei Glitskys Haus ankamen, saß Hardy noch immer auf der Treppe und kühlte sein Mütchen.

Farrell, ein kleines Paket mit Geschenkpapier unterm Arm, war sichtlich überrascht, seinen einstigen Partner vor Glitskys Haustür anzutreffen. »Hey, Diz. Was machst du denn hier? Ist Abe nicht zu Hause? Sollte hier nicht eine Party steigen?«

»Natürlich ist er zu Hause.« Hardy stand auf, drückte Farrell die Hand und nahm Sam in den Arm. »Er hat mal wieder seine infantile Phase. Schauen wir mal, ob er für dich aufmacht.« Hardy klingelte erneut. Wieder hörte man Glitskys Schritte im Haus. »Wer ist da?«

»Sag bloß nicht der Osterhase«, flüsterte Hardy.

Farrell schaute ihn fragend an. »Ich glaube, ich kann's

mir verkneifen.« Dann, Richtung Tür: »Wes Farrell, Bezirks-Staatsanwalt.«

»Er kann das gar nicht oft genug sagen«, spöttelte Sam. »Es klingt so, als sei er ein Action-Held.«

»Hey«, sagte Farrell, »ich bin ein Action-Held!«

Die Tür öffnete sich. Nachdem man sich freundschaftlich begrüßt hatte, schaute Glitsky an Wes und Sam vorbei und sagte scheinbar überrascht: »Hey, Diz, wann bist du denn gekommen?«

»Gerade jetzt mit den anderen.«

Frannie kam aus der Küche, schaute über Glitskys Schulter und sah ihren Gatten. »Baby, ich hab mir schon Sorgen gemacht. Hast du keinen Parkplatz gefunden?«

»Nur ein paar Kilometer weiter die Straße runter.«

Zwanzig Minuten später standen die drei Männer in einer Ecke von Glitskys Garten, während sechs Frauen, Glitskys Vater und eine Horde Kinder »Steck dem Esel den Schwanz an« spielten.

»Du kannst Gift darauf nehmen, dass es für Novio keine Kaution geben wird«, sagte Farrell.

»Auf welcher rechtlichen Basis?«, wollte Hardy wissen.

»Er hat ihr aufgelauert, und damit haben wir die ›erschwerenden Umstände‹.«

»Er hat ihr in ihrem Haus aufgelauert?«

»Diese Position werde ich jedenfalls vertreten.«

»Wie lange hat er ihr denn aufgelauert?«

»Lange genug«, sagte Glitsky.

»So was kann nur ein Cop sagen«, antwortete Hardy. »Woher weißt du denn, dass er nicht brav an der Tür geklopft hat und so reingekommen ist, wie er's schon hundert Mal zuvor gemacht hat?«

»Nein, an diesem Tag war's anders. Abe hat ihn persönlich verhört, und bei diesem Gespräch gab er zu, ihr aufgelauert zu haben. Völlig zweifelsfrei.«

»Ihr habt ihn reingelegt?«

»Das könnte ich nie tun«, sagte Glitsky. »Das würde ja jeder ethischen Grundlage entbehren.«

Hardy schaute von einem zum anderen. »Die Herren sollten vielleicht etwas vorsichtiger sein und dem Burschen nicht den Anlass zu einer Berufung geben. Mehr mag ich dazu nicht sagen.«

»Ordnungsgemäß zur Kenntnis genommen«, sagte Farrell. »Aber ich werde mich durch eine mögliche Berufung nicht davon abbringen lassen, den Fall mit allem Nachdruck zu verfolgen. Dafür bin ich schließlich gewählt worden – und so werde ich von nun an den Laden auch schmeißen.«

»Endlich mal gesprochen wie ein wahrer Staatsanwalt«, sagte Hardy.

Farrell ließ Hardys Kommentar für eine Weile sacken. »Verdammt richtig«, sagte er. »Genau das bin ich.«

Als alle anderen Geschenke bereits geöffnet waren, holte Farrell sein Paket und ging durchs Wohnzimmer zu Zachary, der inmitten seiner reichen Beute saß: ein tragbares Elektro-Keyboard, ein Football, ein Gameboy – von dem Abe offenbar nicht gerade begeistert war –, diverse Bücher und die letzte Disney-DVD. »Und nun aufgepasst, Zack. Uncle Wes hat das beste Geschenk bis zum Schluss aufbewahrt.«

Zachary öffnete die Schleife, streifte die Schlaufe ab und riss das Geschenkpapier auf. Als sie den Karton unter der Verpackung sah, drehte sich Sam zu Wes und sagte: »Du wirst in Gottes Namen doch nicht etwa …?«

»Er wird es lieben«, sagte Wes. »Das verspreche ich dir. Mach weiter, Kumpel, nimm's raus und trag es mit Stolz.«

Zachary konnte zwar noch nicht lesen, aber das war wohl auch besser so.

Auf dem T-Shirt stand: LOCK UP YOUR DAUGHTERS.

Danksagung

Einige Bücher benötigen mehr Fantasie und Inspiration als andere, und dieses Buch fällt für mich in diese Kategorie. Während ich gewöhnlich zunächst umfangreich recherchiere, um mich mit juristischen Details und polizeilichen Ermittlungsmethoden vertraut zu machen, waren die entsprechenden Fragen für dieses Buch schnell gelöst. Als sich die Idee des Buches herauskristallisiert hatte, begann ich deshalb umgehend mit dem Schreiben – in der Hoffnung, Wissenslücken noch beim Schreiben schließen zu können. Zu meiner eigenen Überraschung tauchten diese Lücken fast gar nicht auf. Von der Hilfestellung meines Freunds Al Giannini abgesehen, der mich wie immer in juristischen Fragen beriet, waren diesmal wenig Recherchen notwendig, damit die Geschichte realistisch und glaubwürdig wird.

Der glückliche Umstand war allerdings auch kein reines Zufallsprodukt. Als sich die Eckpfeiler dieses Buches in meinem Kopf abzeichneten, schickte ich je ein Exposé an Barney Karpfinger, meinen Agenten, und an Ben Sevier, meinen Lektor beim Dutton-Verlag. Beide Herren, wenn auch vom Plot begeistert, verbrachten mehrere Wochen damit, mich auf potenzielle Bruchstellen und

Sackgassen der Story aufmerksam zu machen. Immerhin vier Optimierungen des Exposés waren am Ende notwendig. Durch ihre Anregungen war ich dann allerdings in der Lage, eine inzwischen sehr detaillierte Vision des Buchs zügig umzusetzen. Deshalb ein großes Dankeschön an Barney und Ben, ohne deren Sorgfalt, Intelligenz und Enthusiasmus es dieses Buch nicht geben würde.

Ein Bereich, in dem ich definitiv auf Fachwissen angewiesen war, betraf die Frage, wie eine Person untertauchen und untergetaucht bleiben kann. In diesem Punkt bedanke ich mich herzlich bei Privatdetektiv Marcel Myres von Submar Investigations. Auch wenn ich dieses Mal weniger fachliche Beratung benötigte, so wäre dieses Buch nicht möglich gewesen ohne die Mitwirkung zahlloser Freunde und Familienmitglieder, die den Prozess des Schreibens erheblich fruchtbarer und angenehmer machten. Nennen möchte ich: meine Geschwister Michael, Emmett, Lorraine und Kathy, Don Matheson, Frank Seidl, Max Byrd, Tom Hedtke, Bob Zaro, Facebook-Guru Aryn DeSantis, Webmaster Maddee James und Andy Jalakas. Meine Assistentin Anita Boone trug ihren Teil dazu bei, die täglichen Abläufe an meinem Arbeitsplatz erfreulich reibungslos zu gestalten. Ich könnte diese Bücher nicht schreiben ohne ihre unschätzbare Unterstützung, weil ich die ganze Zeit zähneknirschend über logistischen Details und Bürounterlagen brüten würde, die Anita mühelos aus dem Weg räumt. Ich bedanke mich ebenfalls bei meiner Tochter Justine und meinem Sohn Jack, die meine Plots und mein ganzes Leben ständig um coole Ideen und unorthodoxe Perspektiven bereichern.

Zutiefst dankbar bin ich auch meinen Lektoren und Korrekturlesern: Karen Hlavacek, Peggy Nauts und Doug Kelly.

Einige Personen haben nennenswerte Beträge an karitative Organisationen gespendet, wofür sie das Recht erwarben, Protagonisten dieses Buchs benennen zu können: Ritz Naygrow, Stacey Leung-Crawford und Leland M. Crawford (The Sacramento Library Foundation), Vincent J. Abbatiello (Brenda Novak's Annual Online Auction to Benefit Diabetes Research), Trisha Stanionis (Yolo Family Service Agency), Gladys Mueller (Notre Dame de Namur University) sowie Mike und Tina Moylan (University of California, Davis).

Das Schicksal eines jeden Buchs liegt letztlich in den Händen des Verlegers, und ich schätze mich weiterhin glücklich und stolz, ein Mitglied der Dutton-Familie zu sein – einem unglaublich intelligenten, engagierten und effizienten Team, das aus Leuten besteht, die nicht nur kreativ sind, sondern gleichzeitig auch Freude an ihrer Arbeit haben. Besonders möchte ich Herausgeber Brian Tart danken, dem Marketing-Team um Christine Ball und Carrie Swetonic, Melissa Miller, Jessica Horvath, Susan Schwartz, Rachel Hicks, Signet/NAL-Herausgeberin Kara Welsh, Phil Budnick, Rick Pascocello und dem großartigen Cover-Designer Rich Hasselberger.

Zu guter Letzt freue ich mich immer über das Feedback von Lesern und lade Sie hiermit herzlich ein, mich mit Kommentaren, Fragen und Anregungen auf meiner Website www.johnlescroart.com zu besuchen. Sollten Sie Facebook-Mitglied sein, können Sie mich auch dort treffen (und Fan werden).

David Ellis

»David Ellis' Bücher bersten vor Action und Spannung.« ***James Patterson***

978-3-453-43451-6

In Gottes Namen
978-3-453-40555-4

Im Namen der Lüge
978-3-453-43389-2

Der Mann im Schatten
978-3-453-43450-9

Die Anklage
978-3-453-43451-6

Leseproben unter: **www.heyne.de**

HEYNE